Eres la dueña de las putas palpitaciones de mi corazón.

CORAZÓN DE FUEGO

TRILOGÍA CORAZÓN

JASMÍN MARTÍNEZ

Título: Corazón de Fuego
Copyright © Jasmín Martínez
Diseño de portada: Mireya Murillo, Cosmo Editorial, Lotus Ediciones
Diseño interior: Lotus Ediciones
Corrección: David Lee Libros.
Ilustradoras: Patricia Rodriguez y Mar Espinosa.
Todos los derechos reservados.

No se permite la reproducción total o parcial de este libro, ni su incorporación a un sistema informático, ni su transmisión en cualquier forma o medio, sin permiso previo de la titular del copyright. La infracción de las condiciones descritas puede constituir un delito contra la propiedad intelectual.

Los personajes, eventos y sucesos presentados en esta obra son ficticios. Cualquier semejanza con personas vivas o desaparecidas es pura coincidencia.

Para todas esas dalias negras que saben dar suaves caricias a las manos correctas, pero que atraviesan con sus espinas a las equivocadas.

Para ti que incluso en la oscuridad no te rindes, porque sabes que pronto llegará la luz y aun si no, estás dispuesto (o dispuesta) a caminar sin ella.

ADVERTENCIA

Este libro es apto para mayores de dieciocho años con criterio formado, ya que contiene temas que podrían ser perjudiciales para la sensibilidad y susceptibilidad de algunas personas.
Así como temas que implican:
Abuso y violencia explícita.
Escenas sexuales explícitas (en ocasiones no consensuadas).
Drogas.
Lenguaje ofensivo.
Problemas psicológicos y psiquiátricos.
Comportamientos sociales ofensivos.
Entre otros.

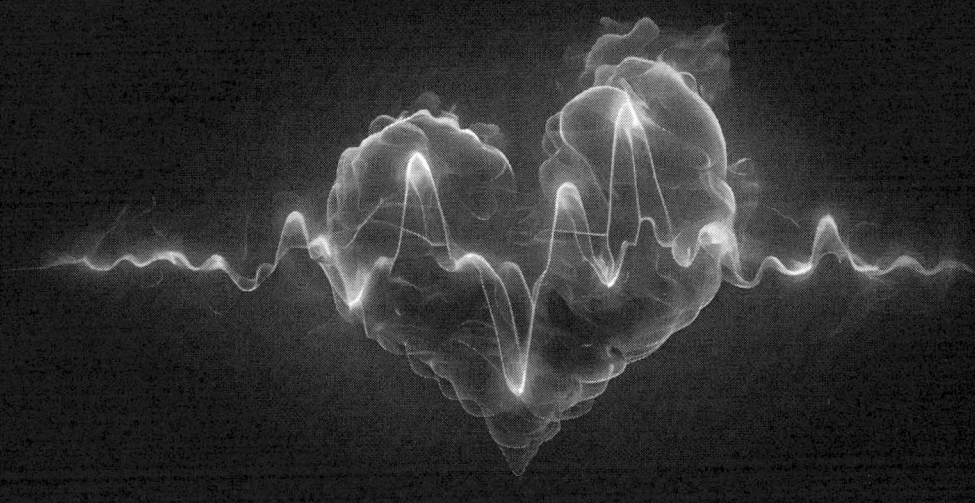

Si me pides fuego arderá todo.
Yo no sé amar de otra manera.
—David Sant—

L.O.D.S

Y donde tus fuerzas y voluntad terminen, comenzarán las mías para que no flaquees.

ISAMU

CAPÍTULO 23

No hay redención

ISABELLA

Tuve que recurrir a Perseo para que me proporcionara un lugar seguro en donde quedarme con mi élite mientras Caleb preparaba todo para salir del país. Así que, al siguiente día de la batalla que tuvimos en contra de los Vigilantes, nos encontrábamos en su casa de campo ubicada en Orange, siendo custodiados por hombres de su entera confianza que no dirían nada de nuestra presencia en el lugar.

Maokko, a pesar de las horas transcurridas, no podía bajarse el nerviosismo ni con todo el alcohol que ya había ingerido, y me observaba todavía asustada y mortificada mientras estábamos en la gran sala de la casa, procesando los daños sufridos. Caleb no se despegaba de su laptop, en silencio, haciendo su magia para que fuera seguro irnos, aunque su gesto iracundo me indicaba que todavía no aceptaba lo que pasó. Isamu, escondiendo el dolor que yo sabía que sentía (porque todos experimentábamos lo mismo por la muerte de Salike), se encargaba de hablar con Ronin, ya que él se quedó con los otros Sigilosos en la batalla, y luego ayudando a recuperar los cuerpos de los que perecieron y de los heridos.

¿Y yo?

¡Dios mío!

Yo seguía con el corazón acelerado y el cuerpo tembloroso. Mis manos todavía estaban manchadas con la sangre de LuzBel, que se negó a abandonarme, a pesar de haberme lavado, y no paraba de sudar frío.

«Inhala, Compañera».

Le obedecí a mi conciencia antes de caer en un ataque de ira, o pánico, porque mi cabeza era un caos que, por más que lo intentaba, no podía calmar.

Habían pasado más de quince horas, llegamos de madrugada a la casa y nadie se atrevió a dormir con la alerta que vivíamos, menos a cambiarnos de ropa o tomar una ducha. Yo ni siquiera ingerí alimentos, además de agua, porque mi cuerpo no aceptaba nada.

—Bebe un poco. —Maokko me ofreció un vaso con licor, y negué con la cabeza.

Tenía el estómago cerrado y pensar en comer, o beber, me provocaba náuseas, gracias al nudo en él, que me hacía sentir como si me dieron un puñetazo; y la sensación dolorosa junto a la falta de aire no pensaban abandonarme.

—Ronin va a encargarse de recuperar… —Isamu carraspeó antes de proseguir cuando llegó a la sala donde nos encontrábamos. Tragué con dificultad al saber lo que diría—. Recuperará el cuerpo de Salike y el de los otros hermanos que perecieron en la batalla.

—¡Jesús! Esto no puede ser cierto —exclamó Maokko, tomando asiento y cubriéndose el rostro cuando comenzó a llorar.

Admito que yo también me había negado a creer que Salike murió, a pesar de que aquella bomba la alcanzó frente a mí, o por mí en realidad. Porque eso hizo, se sacrificó para que yo viviera.

«Los ángeles que Leah White Miller te dejó, Colega».

Volví a tragar ante ese señalamiento, dándome cuenta de que, a pesar del dolor por la pérdida de Salike, no podía llorar. Mis lágrimas eran retenidas por la decepción, la furia y la traición que eran más fuertes que la tristeza, el miedo y el nerviosismo.

—¿Saben algo de Lucius? —cuestioné con la voz ronca, e Isamu sacudió la cabeza.

—Aseguran que murió ahogado con su propia sangre. Su cuerpo ya está en la morgue, pero Ronin no pudo acceder y asegurarse, porque el FBI y la CIA se han hecho cargo del caso —informó.

Tenía claro el recuerdo de mi daga clavándose en su cuello, y en ese momento esperaba haber hecho un buen trabajo, a pesar de que fue rápido para lo que ese malnacido se merecía.

—Dile que haga todo lo posible para confirmar esa muerte —solicité, y asintió.

Tras eso sentí que los tres me miraron, esperando, tal vez, a que preguntara por LuzBel, si había muerto o no. Y, aunque ni yo misma podía creerlo, sí estaba deseando que no hubiera sobrevivido a mi ataque. No sé si se debía a todo lo que atravesé al darme cuenta de su engaño y traición, o a lo que el maldito me hizo vivir tres años atrás al fingir su muerte para luego dejarme sumida en una depresión profunda, que casi me lleva a mí a la mía.

A asesinar a nuestros hijos.

¡Dios! Qué ilusa fui al guardarle luto, al haberle llorado hasta casi quedarme seca. Me sentí más estúpida al recordarme hablándole a su foto, suplicándole que volviera, llamando a su número para vivir en la fantasía de que él me escuchaba. Todo eso mientras el desgraciado gozaba de sus días con esa maldita asesina de mis padres, follando como unos conejos, tal cual ella se lo recordó, disfrutando de su noviazgo.

¡Arg!

Apreté los puños, sintiendo mi respiración errática. No podía entender sus razones para someterme a tal engaño, pues alegó tanto el ser un hombre directo, que siempre iba de frente, pero falló como el más vil cobarde.

Y eso era imperdonable. Así que no, no iba a preguntar por él, no me importaba.

—Puedes conseguirme algo para el dolor de cabeza, por favor.

—Por supuesto —respondió Isamu, y se dio la vuelta para ir en busca de lo que yo requería.

Había mantenido ese dolor desde que nos marchamos del almacén, aunque, cuando llegué a esa casa, fue en aumento.

—Pídele ayuda al senador Gibson, para que agilice la repatriación de los cuerpos de nuestros hermanos —recomendé a Caleb, y él se limitó a asentir. Todos estábamos actuando en automático en ese momento y no era para menos.

Maokko era la única que podía desahogarse con el llanto y, por un breve instante, la envidié. Aunque luego recordé mis lágrimas en el salón del cuartel el día anterior, mis gritos silenciosos, y comprendí mejor por qué en ese momento mis ojos se negaban a llorar.

Tuve suficiente.

Lo único que pude hacer fue recostarme bien en el sofá que estaba sentada, apoyé la cabeza en el respaldo y cerré los ojos, deseando que el dolor de cabeza que sufría mermara un poco. Aunque mi mente se negaba a darme una tregua y reviví todo lo que pasó en aquel almacén.

Las burlas de Amelia volvieron a encontrarme. Y, aunque en ese instante demostré no sentir nada, por dentro me ardió que recalcara con tanta seguridad cómo LuzBel la defendía. La protegió antes como Fantasma, me impidió llegar a ella y hacerle pagar por todo lo que me arrebató. Y tres años más tarde volvió a hacerlo, cuando expuse sus mentiras y él le consiguió el tiempo necesario al soltarme tantas verdades que me ocultaron desde siempre, para que los Vigilantes llegaran a atacarnos.

¡Maldición!

Culpé a los Vigilantes de que mis hijos nacieran y crecieran sin conocer a su padre, abandoné a mis pequeños por ir en busca de una maldita venganza que al final fue sin sentido. Perdí tres años de mi vida guardándole luto a un recuerdo, me arriesgué a morir por personas que me mintieron en la cara y perdí a grandes compañeros que dieron la vida por mí en esa batalla.

—Ahora mismo no sé qué, de todo lo que he vivido a lo largo de estos años, me destroza más —susurré solo para mí.

Sin embargo, estaba decidida a convertir todo ese dolor en odio sin importar las consecuencias.

«¿Y si todo tenía una explicación? ¿Una justificación de peso?».

Pues que se las metieran por donde les cupieran, así como yo tuve que tragarme tantas cosas.

«¿Y no te daba curiosidad saber por qué el Tinieblo fingió su muerte? Él juró que era por ti y yo sí quería saber su versión».

Pues te quedarías con las ganas por un tiempo.

Porque no estaba dispuesta a escucharlo decirme que tuvo que protegerla porque la amaba, y no podía permitir que yo se la arrebatara de nuevo. No quería que me repitieran que éramos hermanas, porque a ella no le importó el parentesco para asesinar a mis padres, tampoco para intentar matarme a mí.

¿Por qué yo sí tenía que tomar en cuenta la sangre que nos corría por las venas? No, no debía. Y si me detuve fue solo porque la impresión me ganó, y luego los Vigilantes llegaron.

—Isa, tu móvil —avisó Maokko con la voz gangosa.

Abrí los ojos y miré el aparato en la mesa de centro, el nombre de Evan se desplegó en una llamada entrante y lo ignoré.

Él me ayudó mucho a desenredar la red de mentiras que me lanzaron encima. Por Evan conseguí que dejaran de verme la cara de idiota. Pero en ese momento no quería hablar con nadie que no fuera de mi élite, aunque sentí alivio de saberlo vivo.

«Yo también».

—Maokko —advertí en el instante que ella tomó el móvil y respondió la llamada.

Le di una mirada amenazante que por supuesto ignoró y la escuché responder con sorpresa, preguntar con nerviosismo y esperar con temor. E intenté que eso no me afectara.

—Tienes que responderle, es importante —pidió dándome el móvil.

Se lo arrebaté de mala gana.

—¿Qué sucede? —indagué con la voz dura al responder.

Era consciente que ni Evan ni los demás Grigoris sabían de la treta de LuzBel. Y él estuvo de mi lado cuando me enfrenté a ese maldito, por lo que tenía mi gratitud. Pero no era un buen momento y yo necesitaba irme del país, es todo lo que quería.

—*Sea lo que sea que pienses hacer en este momento, debes saber que tienes un rastreador en el cuello.*

—¡¿Qué?! —Por instinto me llevé la mano a mi nuca cuando exclamé tal cosa, sin poder creer lo que decía.

—*No sé cómo aún, pero él pretendía rastrearte por medio de tu relicario y, cuando le dije que no podría, porque yo me encargué de eso, lo escuché ordenar que activaran el que llevas en tu cuello.*

—¡Hijo de puta! —grité, no podía ser posible.

Me llevé la mano a donde tenía mi relicario y por poco se me sale el corazón cuando no lo sentí.

«¡Mierda, Isa!».

—Oh, carajo —exclamé asustada—. No tengo mi relicario.

—*Sé que no, porque estoy en el hospital y Cameron acaba de entregárselo a LuzBel.* —No sé qué cara puse o de qué color, pero tanto Maokko como Caleb me miraron preocupados—. *Dicen que él reaccionó como loco al abrirlo y ordenó que agilicen tu búsqueda.*

«Ya sabía de los clones».

Maldije un millón de veces sintiendo cosas indescriptibles, pues Evan me estaba confirmando que LuzBel seguía vivo, que ya sabía de mis hijos, y encima me puso un rastreador quién sabía cuándo. Pero lo que más me aterró de todo fue que él estaba con Amelia y era probable que ya le hubiera dado aviso sobre los clones, lo que significaba que mis pequeños no estaban a salvo, porque dejaron de ser un secreto.

Mierda.

Pasé años protegiéndolos y no permitiría que LuzBel los pusiera en peligro. No, no y no.

—¿*Isa?*

—Gracias por avisarme, Evan.

Mi voz sonó entera y fuerte, a pesar del miedo que me helaba la piel, pero me obligué a recomponerme porque era momento de actuar con la cabeza fría, para no darle oportunidad a mis enemigos de que me destruyeran de verdad llegando a mis hijos.

—*Por si te importa saberlo, Tess sufrió un derrame cerebral.* —Me cubrí la boca al escuchar con lo que prosiguió, antes de que yo le colgara.

«Oh, Dios. Las cosas resultaron peores de lo que imaginamos».

Yo sabía que habría daños, incluso muertes, pero como tonta esperé que nada de eso fuera por parte de mi gente.

«Vaya ilusa».

Me costó tomar el siguiente respiro tras la declaración de Evan, porque, a pesar de mis problemas con Tess, y cómo nos enfrentamos en el almacén, porque ella pretendió defender a LuzBel, la chica en su momento fue como mi hermana. Y era la novia de Dylan, lo que significaba que el pobre estaría al borde de la locura.

—*Jane está muy mal herida, todos en realidad, aunque no hay ningún muerto por parte de la élite Pride. Sobreviviremos, Bella, pero, sinceramente, no puedo asegurar lo mismo de Tess.*

«Mi élite no corrió con la misma suerte», pensé cuando Salike llegó a mi cabeza. Además de los dos hermanos, que Ronin le confirmó a Isamu que también perecieron.

—¡¿Cómo está Dylan?! —me apresuré a preguntar, aliviada de que me confirmara que estaba vivo.

—*Destrozado por lo de Tess.*

Me quedé sin saber qué decir, pues mi hermano estaba vivo, aunque sufriendo. Y yo una vez más no me hallaba a su lado para ser su apoyo en un momento tan difícil; no obstante, esperaba que algún día entendiera que no era mi intención abandonarlo. Que no era fácil que, una vez más, el mundo se me cayera encima porque todo en lo que creí fue mentira, porque me ocultaron tantas cosas con la excusa de protegerme.

Volví a darle las gracias a Evan y le prometí que cuando pudiera me pondría en contacto con él. Tras eso, le comenté a Isamu, Caleb y Maokko lo que pasaba, pues, así no me gustara, debía olvidar la idea de viajar a Italia para reunirme con mis hijos, ya que no sería yo quien los expondría.

—Voy a hablar con Perseo para que me provea lo necesario para escanearte, y ver en dónde está el rastreador y así extraerlo —avisó Caleb, y asentí.

Habíamos llegado a la casa de Perseo luego de deshacernos de los aparatos móviles (y conseguir nuevos), y los implementos en los que pudieran adherirnos algún rastreador, por lo que me pareció una broma de mal gusto que al final yo cargara con uno en mi cuello.

—Ronin acaba de confirmarme que Elliot también está vivo, aunque hospitalizado como los demás —aportó Isamu, dos horas después de mi llamada con Evan, y me sorprendió sentir alivio, a pesar de que con ese idiota también me sintiera herida por lo que me ocultó.

Lo que le dije lo sostenía, me hería que, después de jurarme amor eterno, le haya sido más fiel a mi padre que a mí, porque eso me hizo sentir como que yo siempre fui una pieza en su juego. Una carta que podía usar para conseguir favores.

«En otro momento habría dicho que eras una dramática exagerada, pero después de lo que pasó, entendía que te sintieras así, ya que todo apuntaba a que los demás te veían como un comodín».

Negué con ironía, aunque mi conciencia tenía razón.

—Y Fantasma, o Amelia en realidad, ha sido tomada bajo custodia, pero no se sabe nada más que eso en este momento, porque en el revuelo que se ha hecho se están concentrando en los heridos de Grigori —prosiguió Isamu, y la ira reverberó en mi sistema ante la mención de esa tipa.

—Linda, Myles y Eleanor van rumbo al hangar, cerca de tu casa, para tomar un jet que los traerá aquí. —Caleb observaba algo en su laptop al decirme eso, lo que me hizo suponer que estaba dándose cuenta del viaje de los Pride en ese momento.

Me apresuré a marcarle a Myles antes de que tomaran ese jet, poniendo su llamada en altavoz, y confirmé que ya les habían notificado sobre lo sucedido, incluida la resurrección de su hijo y la situación de Tess. Eleanor era un mar de lágrimas agridulces, pues por un lado lloraba el milagro que Dios le estaba dando al regresarle a su primogénito. Y por el otro, la desgracia de estar a punto de perder a su nena.

«Vaya humor negro el que tenía la vida en ocasiones».

En ocasiones no, siempre.

Myles estaba siendo la roca fuerte en ese momento, mostrándose neutro porque no podía darse el lujo de sucumbir en una situación tan crítica. Y menos mal no se le ocurrió la brillante idea de llevar a mis hijos con ellos, los dejó a cargo de Lee-Ang y el maestro Cho, como supuso que sería mi orden.

—La situación es demasiado jodida y yo no puedo viajar en este momento, pero confío en que ustedes se manejarán como siempre —sugerí.

—*¿A qué te refieres?* —deseó constatar Myles.

Eleanor también me escuchaba.

—A que ustedes han estado recuperándose lejos de Estados Unidos, no más. Olvídense de mis hijos por este momento, por ningún motivo le comenten a nadie de la existencia de ellos. Y con nadie me refiero a su hijo.

—*Pero, Isabella, hija.* —Ya sabía que Eleanor no comprendería mi petición porque ella estaba pensando con el corazón, no con el cerebro.

—*¿Es así de crítica la situación?* —sondeó Myles, y agradecí que él sí me comprendiera.

—Él ha estado con Amelia todo este tiempo. Han sido la pareja más buscada por todas las atrocidades que cometieron. No sé si eso responde tu pregunta —ironicé, y el, *eso no puede ser* de Eleanor, fue muy audible—. He protegido a mis hijos desde que supe que los llevaba en mi vientre y ustedes lo saben. Y siento ser yo la portadora de malas noticias, pero LuzBel no es más el hijo que perdieron años atrás, por lo que haré lo que sea necesario para seguir cuidando a mis pequeños.

—*Me parece absurdo que siquiera creas que Elijah expondrá a los niños, Isabella. Son sus hijos, por el amor de Dios.* —La indignación de Eleanor aumentó mi dolor de cabeza.

Miré a Caleb y él maldijo al suponer lo que iba a pedirle, donde ella me diera más motivos para desconfiar. Isamu le comentó algo a Maokko y, luego de que mi amiga asintiera, este se marchó.

—¿Qué parte de "está con Amelia" no entendiste, Eleanor?

—*Isabella* —me reprendió Myles por mi tono.

—No, Myles. No voy a permitir que esa maldita sepa de mis hijos por medio de tu hijo. No mientras yo no pueda estar con ellos para protegerlos, si ella decide arremeter contra mí de esa manera. Así que, o me prometen por sus vidas que no le dirán nada a LuzBel, o no los dejo salir de Florencia hasta que yo sepa que es seguro para los clones. Porque créanme que en este momento me importa un carajo que él sea el padre y tenga derecho a saber de sus existencias.

—*Eleanor no hará nada que tú no quieras que se haga. Y menos yo, te lo prometemos* —aseguró Myles, y sentí la molestia en su voz, pero no identifiqué a quién iba dirigida en realidad. Aunque al escuchar a Eleanor maldecir, cosa que me asustó de ella, me quedó claro—. *Entiendo la situación y sé que mi esposa también lo hará, pero dale tiempo, cariño. No es fácil recibir tantas noticias de esta índole en un solo día.*

Bufé una risa antes de decir:

—¿Y me lo dices a mí? —Lo escuché exhalar al darse cuenta de su error—. ¿Sabías todo lo que mis padres me ocultaron? —No sé por qué quería torturarme más. La pregunta salió de mi boca antes de que mi cerebro diera la orden, y su largo silencio fue respuesta suficiente—. No me fallen como lo hicieron ellos, por favor.

—*Cariño...*

Corté la llamada antes de que Myles me diera una excusa que no aceptaría, y me bebí dos píldoras más de las que Isamu me llevó, pues la cabeza estaba a punto de explotarme al confirmar que todo el mundo sabía lo que mis padres me ocultaron, menos yo. Y eso dolía igual que la traición de LuzBel.

—Estaré afuera un momento —les avisé a Maokko y Caleb.

No esperé a que dijeran nada, me encaminé buscando la salida porque necesitaba respirar un poco de aire fresco, me urgía así fuera un minuto de paz entre la guerra que debía librar con mi salida del país, el maldito rastreador que ese infeliz me puso y el miedo de que dañaran a mis hijos.

«¿En qué momento te puso esa cosa en el cuello?».

Me hacía la misma pregunta.

«Jesús, Colega. Estas eran las consecuencias de dormir con el enemigo».

Me reí por el señalamiento de mi conciencia, pero también sentí una punzada en el pecho ante la aclaración de que LuzBel era eso: mi enemigo.

Inhalé todo el aire que pude, al llegar a la parte del cobertizo que daba vista a un pequeño lago que rodeaba la casa, y perdí mi mirada en el paisaje verde del campo. Notaba a todos los hombres custodiando la zona, queriendo pasar desapercibidos para que sus presencias no me incomodaran, y lo agradecí.

Solté lentamente el aire y sentí el ardor en los ojos cuando las lágrimas comenzaron a formarse en ellos, pero las contuve porque no quería llorar más. Así que en ese instante agradecí las punzadas de dolor en mis sienes, que me distrajeron. Segundos después, escuché a lo lejos una melodía triste y comencé a buscarla, llegando en minutos al otro lado del cobertizo y encontrando en un muelle del lago a Isamu de pie, observando a la nada.

Reconocí la canción de *Ghost* de Natasha Blume reproduciéndose desde su móvil, y mis latidos se aceleraron.

Nos separaban unos buenos pasos, pero, al suponer lo que le sucedía, mis pies se clavaron en el pasto, recordando las sospechas en mi élite de que entre él y Salike

17

pasaba algo, al menos por parte de ella, ya que yo supe el interés de Isamu en Esfir. Y, para ser sincera, yo sabía que el amor de mi compañera, mi *Doppelgänger*, no era correspondido por ese samurái.

—Ella me envió esa canción hace dos días. —Detuve mis pasos cuando decidí marcharme, porque no me consideré capaz de consolar a mi amigo en un momento como ese, además de creer que él necesitaba estar solo. Pero sus palabras me congelaron en mi lugar—. Entendí en ese momento que le hice creer que solo era un fantasma en mi vida, que era esa compañera a la cual no veía. Al menos no como Salike deseaba que la viera.

Dios.

La opresión en mi pecho se volvió dolorosa, porque comprendí a mi compañera. Sabía lo horrible que era amar sin ser correspondida, lo mucho que destrozaba que esa persona, que era todo para mí, simplemente pudiera pedir perdón por no sentir lo mismo y luego se marchara. Aunque no tuvieran culpa, pues el amor no era algo que se obligara a nacer o entregar a otra persona.

—Estuvimos juntos, sucedió durante dos semanas en una misión que ejecutamos como pareja, pero luego me alejé de ella sin darle una explicación. Pedí que me enviaran lejos para no tener que mirarla a los ojos y romperle el corazón cuando le dijera que lo que tuvimos no significó lo mismo para mí que para ella. Me marché y la dejé tal cual dejas a un guerrero al perecer, enterrado en una tumba sin nombre para que los enemigos no encuentren su cuerpo y lo profanen.

Aquellas lágrimas que me negué a derramar me abandonaron en ese momento sin permiso, porque, aunque sentí el dolor y arrepentimiento en las palabras de mi amigo, pude imaginar y vivir por Salike el que ella atravesó.

—Y sí, a pesar de mi cobardía, ella me siguió como un fantasma y me amó sin importarle lo que hice. —Me seguía dando la espalda, por lo que solo noté sus hombros sacudiéndose con violencia, e imaginé la razón—. Ni siquiera me pidió explicación de lo que hice cuando regresé, simplemente me aseguró que, si la necesitaba, me estaría esperando, que yo ya sabía dónde encontrarla.

Su voz, temblorosa por el llanto, me hizo ir hasta él y abrazarlo por la espalda, ya que, si Salike no lo juzgó por lo que hizo, yo tampoco debía hacerlo. Además de que no era de las que se metía en la vida de mis amigos, en la de nadie. Eso sin contar con que el remordimiento de Isamu ya era suficiente castigo por lo que no pudo hacer.

—Pero ahora que la necesito no sé dónde la encontraré.

Lo abracé más fuerte y lloré junto a él. Lo hice por su culpa y la mía, ya que, si no sabía en dónde encontrar a Salike, era porque ella me salvó a mí, dio su vida para que yo viviera; y mi garganta ardía como si hubiera tragado ácido al darme cuenta de que se la arrebaté. Le quité la oportunidad de buscarla, de que abriera los ojos y aprovechara su segunda oportunidad, no para obligarse a corresponderle, sino para sincerarse con ella.

«¡Mierda! ¿Por qué el llanto de los hombres duros tenía que doler tanto?».

No lo sabía, Colega.

—Perdóname —musité con la voz gangosa, y tomó mis brazos entrelazados a la altura de su pecho—. Salike se sacrificó por mí, y tú ni siquiera pudiste correr hacia ella por sacarme de ese almacén.

—No, Isabella. Salike hizo lo mismo que yo hubiera hecho por ti —juró, dándose la vuelta para quedar frente a mí. Me acunó las mejillas y limpió mis lágrimas sin importarle las suyas, y me partió el alma verlo tan destrozado—. Y yo merezco lo que me está pasando, me gané que me arrebataran la oportunidad de pedirle perdón por mi cobardía. De no poder decirle que me negué a amarla porque no quería que al perdernos, por los peligros a los que nos enfrentamos, quedáramos destruidos. Pero que, a pesar de eso, la llevé en mi corazón siempre como mi ángel, no como un fantasma. Pues esas dos semanas con ella se sintieron como un cielo que no merezco luego de todo lo que hecho.

Lo abracé porque eso era todo lo que podía hacer en un momento donde las palabras, por más certeras que fueran, no borrarían el dolor que sentíamos. Me aferré a su cuello y él a mi cintura, consolándonos como los hermanos incondicionales en que nos convertimos, y simplemente lloramos hasta que aquellos nudos en nuestros corazones y gargantas se deshicieron un poco. Lo suficiente para que pudiéramos continuar.

Porque la vida tenía que seguir, ¿no?

Sin importar las decepciones, las mentiras, la traición, el peligro. Teníamos que alzarnos de nuevo como las águilas y volar tan alto que a los cuervos picoteándonos la espalda no les quedara más que caer y morir.

Y cuando volvimos dentro de la casa, un poco más desahogados, hablé con el maestro Cho para que sacara a mis hijos de la casa en Florencia y se los llevara a una de seguridad, que Caleb se encargó de equipar meses atrás, y de la que solo él sabía la ubicación. Pues, a diferencia de Isamu, yo sí tenía una segunda oportunidad para enmendar mis errores, para asegurarme de proteger a las únicas personas que me mantenían con los pies en la tierra.

«Como una vez lo dijo el Tinieblo: íbamos a quemar el mundo por ellos».

Con seguridad lo haría.

—Evan pudo haber escuchado mal porque no encuentro nada. O nos estamos enfrentando a una tecnología desconocida e indetectable, linda —informó Caleb luego de escanearme el cuello y todo el cuerpo, y no descubrir nada.

—Maldición, esta incertidumbre es lo peor que me puede suceder en este momento —repliqué, y lo escuché suspirar con cansancio.

Él, Maokko e Isamu también se habían escaneado para descartar que tuvieran rastreadores, debido a que la asiática tuvo mucho contacto con Marcus (e íntimo que fue todo lo que nos dijo). Caleb se acostó con varias chicas en el tiempo que llevábamos en Richmond y, aunque parecían ser solo extrañas, no quisimos confiarnos y optamos por desechar la posibilidad de que fueran enviadas de los Vigilantes.

E Isamu estuvo infiltrado con ellos y, aparte de eso, nos confesó que una chica de la élite de Sombra jugó a seducirlo hasta hacerlo caer, como parte de un plan que armaron para saber qué se tenía entre manos, pues nunca confiaron en que solo era un Yakuza. Y con vergüenza admitió que ella consiguió hacerlo hablar lo suficiente para que supusieran quién era en realidad, algo que todavía lo cabreaba y por lo cual quería su venganza.

Y el odio que reflejó su mirada me indicó que buscaría hacerle pagar a esa chica costara lo que costara.

Aunque para suerte de todos eso sucedió la noche en la que Sombra (Elijah en realidad) atacó y secuestró a Elliot.

—Si me permites una opinión sincera, a diferencia de ti, yo estoy pensando con la cabeza fría y no considero prudente que salgas del país, sin antes estar seguros de que Evan escuchó mal. —La seguridad en la voz de Caleb al decirme eso me hizo sopesar la situación.

—Pero, si él sí escuchó bien y nos estamos enfrentando a una tecnología indetectable como mencionaste, mis enemigos tienen la posibilidad de llegar a mí —le recordé.

—No, linda. Perseo tiene esta casa en los terrenos de una base militar, lo que significa que le dan acceso a inhibidores de señal. Por eso los móviles que les entregué, aunque usen el mismo número, son más imposibles de rastrear que los irrastreables que ya teníamos. —Sabía que ya había explicado eso, pero llegué sumida en mi mierda, por lo que no le puse atención hasta ese momento.

—Entonces, ¿crees que los inhibidores estén funcionando con el rastreador también, si es que lo tiene y solo no lo detectas? —le preguntó Isamu, y lo agradecí.

—Sí, los militares también usan tecnología que desconocemos, porque deben estar preparados para que ningún espía pueda joderlos dentro de la base —le explicó—. Lo que significa que sus inhibidores son universales y funcionan hasta con lo que no podemos detectar. Así que, mientras te mantengas en su zona, si tienes un rastreador, no funcionará —aseguró para mí.

—Eso es perfecto. Y la razón por la cual Darius no ha conseguido dar contigo para regresarte con Sombra, como él se lo ordenó —confesó Isamu, y lo miré esperando a que añadiera más explicación. Ignorando que se siguiera refiriendo a LuzBel con ese apodo—. Mientras Caleb te escaneaba, Ronin me advirtió que el bastardo Black es quien se encarga de buscarte, y no está teniendo éxito. Lo que nos confirma que, si tienes un rastreador, no funciona aquí.

Reí con burla por sus intentos patéticos.

¿Qué carajos querían? ¿Seguirme tomando por imbécil y manipularme con sus mentiras?

«O tu guapo hermano quería entablar una relación fraternal contigo».

¡Puf! Pobre idiota.

Y sí, nuestro parentesco, aunque fuera por adopción, todavía me seguía sobresaltando. Y decepcionando además, porque mis padres me ocultaron cosas tan delicadas que, en lugar de protegerme, me mantuvieron en peligro.

—Me frustra necesitar ir a Italia y no poder por el temor de exponer a mis hijos —refuté, decidiendo no darle importancia a Darius, y su búsqueda, en ese instante.

—Yo puedo ir mientras tú resuelves eso —se ofreció Maokko—. Sabes bien que protejo a esos niños como si fueran míos. Y que con Lee, el maestro y yo tendrán un trío que los defenderá como si tú estuvieras allí, en caso de que algo suceda. Además, yo nunca estuve con ese moreno mentiroso en una situación vulnerable como para que me metiera algo que no iba detectar.

Sus mejillas se pusieron rojas al decir tal cosa, lo que me hizo suponer que imaginó, o pensó, algo guarro ante lo último que mencionó.

«Conociéndola, esa suertuda ya había comprobado si el tipo tenía todo grande».

—Considéralo, jefa. Es tu mejor opción —opinó Isamu, y el asentimiento de Caleb me dijo que los apoyaba.

—¿Cómo podemos asegurarnos de que no tengo nada? —inquirí.

—Voy a pedirle a Ronin que averigüe algo de lo que Evan dijo, con eso sabremos cómo proceder.

—Hazlo —animé a Caleb—. Y prepara todo para que Maokko se vaya a Italia, hoy mismo de preferencia —solicité, aceptando que ella se fuera en mi lugar.

—Ya estoy en ello.

—Y tú, asegúrate de que toda La Orden siga mis órdenes para que nadie se acerque a Aiden y Daemon. —Maokko asintió ante mi petición.

—¿Alguna orden que sea a la que más empeño deban ponerle? —sondeó. Respondí sin dudar.

—Maten a quienquiera que intente llegar a diez metros de ellos que no sean tú, Lee o el maestro Cho. Y cuando digo quienquiera no excluyo a nadie.

—¿Y si son sus abuelos?

La miré incrédula de que hiciera esa pregunta, cuando había sido bastante clara.

—Ellos solo los verán de nuevo cuando yo lo autorice. Y, si eso pasa, te lo haré saber. Si no lo hago, e incluso así intentan llegar a ellos, procederás como he ordenado. —Me miró con asombro porque no esperaba que fuera tan contundente.

—Bien, eso me parece exagerado.

—¿Debo enviar a Isamu o a alguien más en lugar de ti? —cuestioné, y noté que le hirió que la estuviera considerando incapaz, luego de que me dijera tal cosa.

—¿Cuándo te he fallado? —reclamó.

—Ahora mismo, al decir que es exagerado que pretenda proteger a mis hijos, incluso de las personas a las que he considerado como mis segundos padres.

—¡Porque tú misma lo estás diciendo, Isabella! ¡Los señores Pride son como tus segundos padres! ¡Por eso digo que estás exagerando! —exclamó.

—¡¿Y acaso ellos no me mintieron también?! —espeté—. ¡¿No escuchaste la actitud de Eleanor cuando hablé con ellos?! ¡¿Crees que mis enemigos exageran conmigo?!

—¡Yo entiendo eso, joder! Pero son sus abuelos y me parece insensato de tu parte creer que ellos los pondrán en peligro. Que ordenes que los asesinemos si se acercan a los clones sin tu consentimiento.

—Maokko, te estas dejando llevar por las emociones que vivimos, por el dolor de perder a Salike. Eso no te permite ver la razón de que Isabella ordene eso —me apoyó Caleb luego de que yo gruñera con fastidio y me apretara la sienes, por el dolor que esa discusión estaba aumentando en mí.

—Ilumíname, entonces —demandó ella, y su mirada se volvió acuosa.

—¿El nombre de Amelia Black es suficiente para que te ilumines? —inquirió Isamu con ironía—. Por si lo has olvidado, ella y los Vigilantes no son enemigos pequeños.

—Y no dejes de lado el odio que ambas nos profesamos —volví a hablar—. Amelia está con LuzBel, Maokko. Él la protege y eso le facilitará usar a Myles y a Eleanor incluso sin que ellos lo sepan. Y, si ella es tan perra como yo, te aseguro que manipulará la situación hasta conseguir darme donde de verdad me destruirá. Y créeme, ya caí fácilmente una vez con esos malnacidos y no pienso repetir el error.

Los tres se quedaron en silencio porque no podían rebatir lo que dije. Y lo agradecí, ya que la cabeza me estaba matando y el aire comenzó a faltarme.

—¡Isa! —gritó Caleb y, como era el más cercano a mí, alcanzó a sostenerme cuando mis piernas flaquearon y comencé a caer al suelo—. ¿Qué te sucede?

—Necesito…, dormir —titubeé sintiendo que no podía sostenerme más por mi cuenta.

—El estrés postraumático de lo que vivimos la debe estar consumiendo —dijo Isamu, y asentí apenas dándole la razón.

En realidad, creo que me había tardado en caer luego de todo el cúmulo de emociones en mi interior. Y, aunque no era el momento para sucumbir, mi cuerpo pensaba lo contrario.

—Pediré un médico de confianza —avisó Maokko, y la vi irse.

Caleb me llevó al sofá de la sala y sentí que poco a poco iba perdiendo la percepción de mi entorno. Y cada vez entregarme a los brazos de la inconsciencia se sentía mejor.

«¡Maldición! Eres mi jodido karma».

No sé por qué en ese momento pensé en las palabras que LuzBel me dijo como Sombra, cuando estuvimos en Rouge luego de que arremetiera contra Elliot. Sentí a Caleb haciendo algo con mi cuerpo, a lo lejos escuchaba la voz preocupada de Isamu, pero yo decidí concentrarme en ese recuerdo que tuve, y la debilidad fue la única que no permitió que la ira en mi interior se avivara.

El dolor de cabeza se acrecentaba cada vez más, pero incluso así miré al techo y permití que la debilidad me llevara a un lugar que me negué mientras estuve lúcida: a pensar en él. En lo que me dio como LuzBel. En la frialdad que me quemó y cautivó, que me volvió loca y me hizo conocer un lado amargo del amor para el que nadie me preparó. Luego reviví lo que conocí de Sombra, su dulzura psicópata, la oscuridad peligrosa en la que me envolvió y que estuvo a punto de enloquecerme.

Sin embargo, hubo algo que nunca cambió, y por lo cual sospeché en su momento de que fueran la misma persona, además de las similitudes corporales: su posesividad. Esa que me dio en ambas facetas. Y su deseo de tenerme como estúpida para usarme a su antojo y proteger a esa maldita.

—No quiero ser tu karma. Seré tu castigo —musité tan bajo que mi voz únicamente la escuché en mi cabeza—. Y tu muerte —añadí pensando en Amelia. Esa batalla la ganó ella. Me hizo vivir un infierno como me prometió, pero en el proceso me subestimó porque, mientras me hacía atravesar por lo peor, también me instruyó.

Y, cuando volviera a abrir los ojos, haría que tanto ella como LuzBel se arrepintieran. Les enseñaría que conmigo no hay redención. Y lo fácil que convertía mi amor en un arma cuando intentaban dañarme.

Comenzaríamos otra partida, pero en ese juego yo ya llevaba una ventaja.

—¡Mierda! Esto es grave, Isamu. Trae a un doctor.

Cuando Caleb gritó eso, comencé a ver oscuro de un ojo y dejé de entender lo que ellos decían. Y, antes de perder el conocimiento, rogué poder despertar de nuevo.

CAPÍTULO 24

Serás la muerte de muchos

ELIJAH

—¡No puedes irte así! ¡Tú y yo tenemos mucho de qué hablar!
—Sabes, LuzBel. Mi padre siempre decía algo a lo que esta mañana le encontré sentido. Nunca invoques al diablo cuando ni siquiera sabes rezar. Y tú eres ateo, ¿no?
—Isabella…
—¿Y sabes qué me susurró Sombra mientras me follaba en aquella cabaña? Que le excitaba que yo fuera la única con el poder de cortar el hilo entre su vida y la muerte. Y a mí me excita su muerte.
—Si acaso sobrevives a esto, no intentes buscarme, porque en verdad no espero ni verte en el infierno.
—Jaque mate, hijo de puta.

Abrí los ojos sintiendo mi estómago punzar de dolor justo donde Isabella me clavó la daga, luego de soñar con lo último que me dijo antes de marcharse, dejándome atrás sin importarle lo que pudiera suceder conmigo. Y, aunque comprendía su actitud por todo lo que le ocultamos, obligados o por esperar el mejor momento, recordarla mirándome a los ojos con ese deseo de asesinarme con sus propias manos conseguía que mi jodido corazón se acelerara y que el orgullo me doliera.

—Puta madre —gruñí intentando acomodarme en la camilla, que la habían reclinado para que quedara medio sentado.

—El médico ha pedido que no te alteres. —Miré a Evan, estaba de brazos cruzados cerca del ventanal de la habitación. Tenía cortes y golpes por doquier, un bíceps lo llevaba envuelto con vendaje, pero al parecer nada grave o que lo obligara a estar postrado en una camilla, según lo que noté por encima—. Y ese bip acelerado indica que tu ritmo cardiaco ya se alteró.

Su semblante serio me indicó que no era de su agrado estar ahí conmigo. Recordé que en el almacén se puso del lado de la Castaña y se atrevió a apuntarme con su maldita arma, dispuesto a matarme si ella se lo ordenaba, y no estaba seguro de cómo tomarme eso.

—¿Por qué estás aquí? —indagué. Mi voz estaba más ronca de lo normal por las horas que estuve dormido.

—Connor está con Jane, en la misma habitación, para ser tratados de sus lesiones. Dylan no se aparta de Tess, a pesar de la herida de bala en su abdomen. Cameron ha salido con Darius y tus padres vienen en un vuelo privado aún. Así que no había nadie más que estuviera aquí contigo para informarte lo que está pasando, antes de que los agentes del FBI pidan interrogarte. Ya sabes, parte de la rutina que deben cumplir —explicó.

—Veo que a nadie se le ocurrió que podías tomar tu oportunidad para deshacerte de mí, tal cual deseabas hacerlo en el almacén —satiricé, y él rio.

—Voy a dejárselo al tiempo. Total, tu corazón parece que ya no quiere funcionar como se debe —se burló, y fue mi turno de reír.

No esperaba una bienvenida por parte de nadie. De hecho, ni siquiera sabía si podría volver con mi gente, pero definitivamente tampoco creí que me recibirían como si, en lugar de alegrarse, lamentaran que no morí en aquella explosión.

—Voy a explicarme en su momento, Evan. Por ahora quiero que me digas lo que pasa con Tess y si sabes dónde está Isabella —demandé, y descruzó los brazos, exhalando con pesadez para luego acercarse a mí.

—Tienes razón, ahora mismo hay cosas más importantes que saber por qué demonios te convertiste en una de las peores mierdas del país —declaró, y tensé la mandíbula por el recordatorio del daño que cometí—. Tess sufrió un derrame cerebrovascular isquémico, gracias a que Isabella consiguió detener a Lucius antes de que se convirtiera en hemorrágico, por eso, aunque en estado delicado, sigue con vida. Ahora mismo los médicos están tratando el coágulo que se formó en su cerebro, pero, si no consiguen apagar el dispositivo en su cabeza y luego extraerlo, tememos que suceda lo peor si vuelven a atacar.

Negué con la cabeza, impotente por no poder hacer nada.

Sabía que Darius les habló de los dispositivos, porque yo le pedí que lo hiciera antes de que me sedaran para conseguir calmarme, luego de ver el relicario de Isabella. Y Marcus se estaba haciendo cargo de comunicarse con Cillian y averiguar si tenía en su poder el aparato que los apagaría. Además de saber si Dasher se encontraba con él.

Maldición. Era una mierda que el tiempo nos estuviera jugando en contra.

—¿Mis padres saben todo esto?

—Sí. Myles pidió que se le dijera todo con detalle. Darius todavía estaba en el hospital cuando eso sucedió, así que él mismo se encargó de informarlo. Tu padre, de hecho, está viajando con un neurocirujano de su entera confianza, para que traten a Tess y ver de qué manera podemos revertir un nuevo ataque de los Vigilantes. Aunque, si te soy sincero, con la muerte de Lucius y Derek, no creo que estén pensando en contraatacar, cuando David Black debe preocuparse mejor por huir.

—Entonces su muerte está confirmada —supuse, aunque se escuchó más como pregunta.

—La CIA lo confirmó —resaltó, y bufé.

—Pídele a Gibson que exija que su gente confirme esa muerte, porque los Vigilantes tienen aliados en la CIA —confesé, recordando lo que sucedió con Jarrel Spencer cuando quiso deslindarse de ese malnacido.

—¿Estás seguro de eso?

—¿Acaso crees que estuve en el infierno para sobarle los huevos al diablo? —El imbécil se encogió de hombros como respuesta, y rodé los ojos—. Pues no, Evan. Estuve ahí para aprender cómo se manejan, así que sí, estoy seguro.

—*Okey*, entonces le diré a Gibson que se asegure —cedió—. La muerte de Derek sí la hemos confirmado nosotros mismos. Aunque supongo que no era necesario hacerlo si el malnacido quedó descuartizado.

Torcí un lado de la boca con malicia, un poco más satisfecho por lo que le hice a esa mierda, aunque hubiera sido rápido.

Tras eso, Evan siguió diciéndome cómo estaban las cosas luego de la batalla que libramos. Me informó que, a pesar de las heridas, de la élite Pride no hubo muertos. Aunque sí de las otras. Además de tres muertes en La Orden del Silencio. Y ya sabía que una de ellas se trataba de la chica que se hacía pasar por la Castaña, pues vi cuando apartó a Isabella de la bomba que le lanzaron, pero ella no consiguió librarse de la explosión.

Y, aunque esto me hiciera más hijo de puta, me alegraba que haya sido esa chica y no White, por mucho que eso la dañara a ella, puesto que noté cuánto valora a sus compañeros Sigilosos. Sin embargo, lo superaría.

También me explicó que padre ordenó que se aseguraran de hacerle saber a las autoridades que Sombra escapó, porque ese tema era algo que él resolvería en persona. Y yo sabía que tenía que pagar por las mierdas que hice así me hayan obligado, pero, si podía librarme de la cárcel, no me opondría, ya que necesitaba la libertad para recuperar a Dasher y asegurarme de que tanto a Tess e Isabella les extrajeran los dispositivos en sus cabezas. Y de paso me quitaría el mío.

Aunque no iba a negar que me sentía inseguro con respecto a Cillian ayudándome, pues él le prometió el aparato a Amelia, no a mí. Y la chica, según la explicación de Evan, fue tomada bajo custodia por la INTERPOL, lo que significaba que, hasta que no tuvieran su declaración y llevaran a cabo todo el proceso que debían seguir antes de juzgarla, no podríamos hablar con ella y pedirle que consiguiera que su amante nos proporcionara lo que necesitábamos.

Además, ni siquiera estaba seguro de que me ayudaría, luego de enterarse de que nunca le cumplí mi promesa como ella esperó que lo hiciera.

—Tus padres llegarán pronto. Y, ya que he cumplido con informarte sobre lo que sabemos hasta este momento, iré a llamarle a Gibson para que pida por medio de su gente la confirmación de la muerte de Lucius —avisó Evan, y se dio la vuelta con la intención de marcharse enseguida.

—No mencionaste nada de Isabella. Si sabes dónde está, dímelo —exigí deteniendo su paso, y sonrió de lado, sin gracia.

25

—Está en el país, aunque no sé dónde. —Su voz fue segura al responder—. Pero sí, hablé con ella para avisarle que le pusiste un rastreador en el cuello.

Gruñí de dolor por el movimiento brusco que hice al escucharlo, e intentar llegar a él, para estrangularlo.

—¡Jodido idiota! No es solo un rastreador. Es el chip que inhibe los efectos del dispositivo en su cabeza —largué, preocupado porque Isabella se lo detectara y quitara, con tal de que yo no la encontrara y, que con eso quedara más expuesta.

Y rogué para que de verdad esa tecnología fuera indetectable como aseguró Darius.

—Ahora ya lo sé, pero no cuando se lo dije hace horas, debido a que Darius se preocupó más en auxiliarte que en darme esa explicación que prometió —se excusó, y reí con ironía por lo poco que le importó que me ayudaran—. Y, antes de que preguntes, le avisé a Isabella porque yo vi cómo se puso cuando descubrió tu engaño, malnacido. Por eso estaba dispuesto a matarte en ese almacén si ella me lo ordenaba. Porque la vi destruida en el momento que vio en un vídeo al amor de su vida huir con su novia, cuando ella estaba en un hospital luchando con el trauma de haberte visto explotar en su cara. —Su mirada acuosa fue lo único que me indicó que sus palabras furiosas y su odio no iba dirigido directamente a mí—. Así que, si lo que quería esta vez era ser quien huiría de ti, estaba dispuesto a ayudarle.

—Entonces, sí fuiste tú el que consiguió que nuestros relicarios se conectaran antes de destruir el programa —confirmé, recordando lo que me dijo mientras yo estaba tirado en el suelo, afuera del almacén—. Le diste mi huella para que lo activara, por eso ella descubrió que era yo detrás de la máscara. Por eso no me dio la oportunidad de explicarle mi mierda —gruñí, sabedor de que Grigori almacenaba nuestras huellas dactilares junto a registros de ADN.

—También fui el que descubrió los vídeos que Jacob escondió del día de la explosión. Y encontré las imágenes de cuando saliste de ese edificio, sano y salvo. Recibiste la máscara de Sombra por parte de Darius y luego te reencontraste con Amelia, aunque yo no sabía que era ella como Fantasma. Isabella sí. Y no me preguntes cómo lo supo porque eso lo desconozco —aclaró al ver mi sorpresa.

—Las cosas no son cómo ustedes piensan, Evan —espeté—. White huyó lejos de mí creyendo algo erróneo y no me dio la oportunidad de explicarle nada. Prefirió apuñalarme. Me miró a los ojos deseando con todo su ser que muriera por su mano.

—Lo sé, porque lo vi. —Su declaración me hizo suponer que fue él quien gritó mi apodo original, en el momento que Isabella me apuñaló, pues tenía un leve recuerdo de alguien llamándome en ese instante—. Así como estoy seguro de que si Bella huyó, si te quiso matar, fue porque antes de ayer te dio muchas oportunidades para que le dijeras la verdad y no lo hiciste.

En el instante que dijo eso, el recuerdo de la noche en nuestro apartamento llegó a mi cabeza, cuando bailábamos y me suplicó que le dijera mis secretos.

—No te equivocas —admití—. Pero nunca le dije nada porque quería evitar este desenlace que tuvo mi hermana. Quería impedir que las dañaran y fracasé.

—No, LuzBel. Jamás habrías fracasado si hubieras confiado en tus amigos, en tu padre, en la mujer que te ama —refutó, y deseé que las cosas hubieran sido así de fáciles.

«Debiste haber muerto de verdad. Porque, al quitarte esa máscara, mataste de nuevo al hombre del cual me enamoré y te juro que, si él hubiera sido real, lo habría preferido por encima de ti».

Tragué y luego reí cuando las palabras de Isabella volvieron a encontrarme. Esas que sí me mataron más que la jodida explosión y sus puñaladas.

—No, Evan. Esa mujer ya no me ama a mí, la escuchaste en el almacén. Se enamoró de Sombra.

—¿Y acaso no eras tú, idiota?

—Sí, pero ella no lo sabía. Isabella se enamoró de Sombra y, créeme, me deslindó de él desde hace mucho.

—¡Joder! Creo que iré por un psiquiatra porque estás loco, LuzBel —desdeñó.

Lo tomaba como una estupidez, lo entendía. Pero él no vio en los ojos de White lo que yo vi. Su decepción cuando dijo que prefería a Sombra por encima de mí, fue real. Su preocupación y el mensaje que me envió con Cameron constataban que pudo amar a LuzBel, pero se enamoró de Sombra. Lo hizo de quien ella creía otro, y le dolió que no fuera real.

—Ve a hablar con Gibson —lo despedí, y sentí su mirada, pero lo ignoré.

No quería seguir con esa charla porque era muy consciente de que, dijera lo que dijera, para ellos yo seguiría siendo el malo, el que se equivocó, quien no confió en su gente. Olvidando la traición que sufrimos de quien más confiábamos. Creyendo que yo me la pasé de rositas con los Vigilantes mientras todos sufrían por perderme, suponiendo que estuve en el paraíso con Amelia a mi lado.

—Admito que nunca me atreví a soñar con decirte la verdad, pero por un momento creí que las cosas serían menos complicadas si llegaba a tener la oportunidad —murmuré cuando me quedé solo y tomé el relicario de Isabella.

Mi respiración se volvió errática en cuanto lo abrí y volví a ver aquella fotografía al lado de la nuestra. No era digital, lo que me hizo suponer que la Castaña nunca tuvo el interés suficiente en saber por qué la de nosotros sí. Pero dejé de lado eso y contemplé los dos pequeños rostros, tan idénticos y diferentes a la vez.

—El mundo en realidad es muy pequeño —añadí con una sonrisa.

Reconocí a esos gemelos sin importar que solo los vi una vez. Una ocasión que bastó para que me marcaran, por sus rasgos y la familiaridad que me transmitieron. Y que comprendí hasta en el momento que los vi en esa imagen que pertenecía a Isabella.

«Más bien parecen ser hijos del diablo, hombre».

Me reí al recordar el señalamiento de Owen cuando los vimos en el parque de Italia tiempo atrás. Aiden y D, como los llamaron, los chiquillos roba osos que me regalaron una sonrisa que no pude corresponder porque me congelaron. Tan pequeños e inocentes, y me intimidaron igual que ella cuando la vi por primera vez en la universidad.

—¿Quiénes son ustedes en realidad? —pregunté reconociendo quién era Aiden y quién D, a pesar de que fueran idénticos.

Podía deberse a sus expresiones, uno risueño y el otro muy serio. Las dos caras de una misma moneda.

Sospeché muchas cosas cuando abrí ese relicario por primera vez y los vi, reconociéndolos en el instante, como dije antes. Sin embargo, no quería hacerme suposiciones porque la Isabella que reencontré no me dio indicios de tener en su poder a un tesoro como ese. La frialdad que ahora poseía no contrastaba con todo lo que imaginé, por eso necesitaba encontrarla, para buscar una manera de que estuviera a salvo. Para que jodidamente escuchara todo lo que tenía que decirle, para que me explicara quiénes eran esas copias. Porque, si confirmaba de su boca que eran sus hijos, querría saber quién era el padre.

Mierda.

Estuve a punto de enloquecer al imaginar que podían ser de otro hombre, incluso pensé en la posibilidad de que fuera Elliot el padre. Pero luego analicé las edades que esos niños podrían tener y, al hacer cuentas, me encontré con la probabilidad de que fueran míos en realidad.

¿Sería posible? Porque de confirmarlo iba a estar bien jodido. Primero porque esos niños eran demasiado perfectos. Y segundo porque ellos no merecían a una escoria como yo en sus vidas.

Yo no meritaba algo tan malditamente real y único, pues dañé a muchos inocentes, los condené a un infierno. Ni siquiera había podido recuperar a Dasher.

Puta madre.

¿Con qué cara vería a esos niños a los ojos y les diría que eran tan míos como su madre? Joder.

Comprendí mejor a Marcus y su temor de ser padre ante esa posibilidad. Entendí su vergüenza y decepción de sí mismo porque, si nunca quisimos ser padres, fue porque éramos conscientes de que jamás llenaríamos bien ese perfil luego de lo que hicimos.

—¡LuzBel! —Miré hacia la puerta de la habitación luego de que Darius entró y me llamó. Cerré el relicario y esperé a que siguiera hablando—. Alice cuadró la ubicación de Isabella en Orange, no se sabe exactamente el lugar porque, de un momento a otro, se perdió la señal del rastreador, pero ya tenemos una idea de a adónde ir.

—¡Me cago en la puta! —espeté, e hice una mueca de dolor al lastimar mi herida—. Espero que no se lo haya quitado porque, de ser así, corre más peligro.

—Pensamos lo mismo, por eso nos regresamos. Para informarte esto y de paso buscar a Ronin. Él se ha quedado aquí, así que le explicaremos lo que sucede para que nos ayude a llegar a ella lo más pronto posible.

—Hazlo. Y asegúrate de que el tipo entienda que esto es muy grave —aseveré, entendiendo que me hablaba del otro asiático compañero de Isabella, el que estuvo cuidando el culo de Elliot luego de que regresaron de California, y asintió.

—Dylan nos está ayudando con esto —avisó, y alcé una ceja, porque Evan me dijo de la herida de bala en el abdomen que el susodicho sufrió—. No hay nada que se pueda hacer con Tess en este momento más que esperar, y él asegura que su lesión no es motivo para estar hospitalizado, así que prefiere evitar que su hermana corra el mismo destino.

—Maldición —me quejé. Bajé las piernas de la camilla e hice un gesto de dolor. Era una suerte que White no me hubiera tocado ningún órgano con esas puñaladas que me asestó—. Si está con la capacidad de hacerlo, mejor. Es más probable que ese Ronin sí escuche a Dylan —opiné luego de un gruñido, y él asintió.

—Por cierto, han confirmado el estado de Lía. Tiene un poco más de doce semanas de gestación. Y, a pesar de la pelea con Isabella, de momento todo parece estar bien con el bebé. —Distinguí el ápice de tristeza en su voz, también el arrepentimiento porque estuvo dispuesto a matar a su hermana por defender a la otra, sin tener idea de que Amelia estaba embarazada.

—Déjalo pasar, Darius. No lo sabías —insistí, y sacudió la cabeza.

—Como sea. Van a llevarla a prisión preventiva mientras un psiquiatra la evalúa para determinar su salud mental. De eso dependerá su juicio y destino —prosiguió.

—Consigue la manera de poder hablar con ella, en caso de que Marcus no logre nada con Cillian —aconsejé.

—Ya estoy en ello.

—¿Y pudiste hablar con Jarrel para que esté preparado? —Negó con la cabeza antes de responder.

—Su secretaria me dijo que se fue de viaje hace dos días, pero no le notificó a dónde. —Esa información me hizo suponer muchas cosas, ya que me parecía inaudito que el tipo saliera del país por negocios o placer, cuando no teníamos idea del paradero de su hijo, a menos que… —. Yo también sospecho lo mismo.

—¿Que sabe dónde está el niño? —indagué.

—Y ruego porque sea así —confirmó.

Yo también lo hacía.

—¿Sabes algo de los mellizos, Serena y los demás? —Movió la cabeza en negación, y bufé exasperado—. ¿Y llamaste a Dominik para informarle lo que pasó?

Iba a responderme, pero escuchamos varios pasos afuera que nos obligaron a callar, y segundos después la puerta se abrió, dejándome ver a mis padres.

—¡Dios mío, gracias! —La exclamación de madre y sus lágrimas, junto a su reacción de correr hacia mí y abrazarme, fueron algo que no sabía que necesitaba, hasta que alcé los brazos y los envolví en su cintura.

Su llanto denotaba amor, agradecimiento, incredulidad y amargura en partes iguales.

No recordaba la última vez que le correspondí un abrazo, pues crecí sin apego emocional, y no porque mis padres lo merecieran, o porque haya crecido con algún trauma. Sencillamente estaba en mi naturaleza ser frío, y con ella me limitaba a recibir sus muestras de amor, pero no se las daba, excluyendo por supuesto el respeto que siempre le mostré.

—¡Oh, Dios! Esto es un milagro —siguió, y reí cuando acunó mi mandíbula y me dio besos por todo el rostro.

—Ya, madre —pedí, y puse las manos en su cintura, pensando en que ella era la única que me recibía con tanta efusividad, sin señalar lo ingrato que fui por fingir mi muerte.

—No, mi niño. No me pidas que me detenga cuando he pasado más de tres años añorando un momento como este, creyendo que era imposible volver a tenerlo —confesó sin parar de llorar.

Demonios. Solo ella me podía llamar *su niño* cuando dejé de serlo desde hace años.

Me fijé que padre sonreí al vernos, apretando los labios para no llorar. Darius no consiguió mucho y se limpió una lágrima que corrió por su mejilla sin permiso. Tras eso salió de la habitación para darnos privacidad.

—Perdónenme por todo lo que les he ocasionado. —Miré a padre al decir eso, y él negó.

—No hay nada qué perdonar, hijo. Sabemos que lo que hiciste tiene una buena explicación. —Myles llegó a mí tras decir eso y madre le cedió su lugar.

Me abrazó con fuerza y fingí que la herida en mi abdomen no me dolió. Agradecí además que la lesión en mi pecho estuviera sanando porque, con ese gesto, padre hubiera conseguido que mi operación se abriera. Sin embargo, a pesar del dolor, la bienvenida que ambos me estaban dando mermó un poco el caos en mi interior.

—¿Han visto a Tess? —Los dos asintieron.

—Fue difícil decidir a qué hijo ver primero, pero que el doctor D'angelo viniera con nosotros nos ayudó a escoger sin sentirnos mal, pues lo llevamos con el médico que se ha encargado de Tess para que le explique la situación —respondió madre, y me tomó por sorpresa la mención de ese apellido.

—¿Cómo se llama ese médico de confianza que han traído? —indagué, recordando la información que Evan me dio.

—Fabio D'angelo. Uno de los mejores neurocirujanos de Italia —aseguró padre, y me reí.

Ellos no comprendieron mi reacción.

—Carajo, el mundo es demasiado pequeño —confirmé.

—¿Lo conoces? —preguntó madre, también sorprendida.

—A él y a su hermano, pero esa es una historia para luego —aclaré, más tranquilo de que padre haya llegado con Fabio, pues no ignoraba el excelente médico que era a pesar de su edad—. Ahora mismo necesito que me crean que traté de hacer lo posible para que Tess no terminara de esta manera, pero al final las cosas se nos salieron de las manos.

Todavía no tenía conocimiento de lo que pasó para que Lucius nos emboscara, ya que algo me decía que tuvo que ser algo más que las artimañas de David para quitarle poder a su sobrina, o el que Amelia me hubiera estado poniendo a mí por encima de ellos.

—No tienes por qué aclararlo, Elijah. Somos conscientes de que jamás harías nada para dañar a tu hermana —Sentí una punzada de culpabilidad al oír a madre tan segura, porque sí hice muchas cosas con las que provoqué que la dañaran.

Y hubo un momento en el que me arriesgué a que la mataran.

—Sé que estás cansado y recuperándote, hijo. Pero necesito entender todo lo que has vivido para saber cómo proceder, ya que el sargento comisionado pide la cabeza de Sombra para hacerle pagar por la muerte de su compañero, Patterson —abordó Myles, y contuve que las comisuras de mi boca se alzaran con malicia.

Psicópata de mi parte haber matado a Caron por celos, y más desquiciado era no arrepentirme de haberlo hecho.

Comencé a hablarles a mis padres de las razones que me llevaron a ser Sombra, resumiendo todo desde que acepté vivir detrás de esa máscara, aunque detallé parte de algunas torturas que recibí, únicamente para que lograran comprender la gravedad de la situación. Cabe recalcar que madre volvió a llorar, por lo que yo pasé y por el sufrimiento de Tess y su frustración, al no entender por qué ningún médico descifraba el origen de su migraña.

Incluso les hablé de cuando estuve en el hospital luego de que a padre lo atacaran. Y lo cerca que me arriesgué a estar de madre, además de mis ganas de asegurarle en ese momento que todo estaría bien mientras le rezaba a su Dios.

—Tengo información de que hasta este momento Amelia se ha negado a delatar a quién usaba la máscara de Sombra. Y, mientras eso siga así, manejaremos la versión de que el tipo se escapó —indicó padre cuando terminé de contarles lo necesario.

Me sentí un poco extraño porque, luego de pasar decidiendo por mí mismo cada paso que daría, y los movimientos que haría para librarme de las consecuencias, arriesgándome a cagarla y confiando en el proceso; ahora lo tenía a él de nuevo escudándome. Tomando por mí las decisiones que se escapaban de mis manos, y no para joderme, como me acostumbré a que fuera con Lucius o Amelia.

—¿Y si llegara a delatarme? —sondeé.

—Me jugaré la carta de su condición mental para desmentirla. La usaré así como ella te usó a ti.

Mierda.

Me sorprendió escuchar eso de Myles, y por la cara de madre supe que a ella también. Pero de nuevo, si podía librarme de la cárcel, lo haría, al menos mientras me aseguraba de que Dasher, Isabella y Tess estaban a salvo. Ya si el destino quería hacerme pagar luego por mis mierdas, pues lo aceptaría.

Pero después.

—Hice muchas atrocidades y sé que merezco un castigo por eso, pero, si puedes conseguirme tiempo, te lo agradeceré. Luego puedo ser juzgado por mis delitos.

—De ninguna manera, Elijah. Pagarán los verdaderos culpables porque, aunque los demás crean que tuviste opción, yo sé que no. Me lo confirma el dolor en tus ojos —sentenció padre.

Y, joder. Acostumbrarme a que alguien más viera por mí, y no contra mí, no resultaría tan fácil después de todo.

—Ahora estás con nosotros de nuevo, cariño. Y así odie este mundo, sé que tu padre y los Grigoris te ayudarán a resolver todo lo que te atormenta. Recuperarán a ese niño —aseguró madre, llegando de nuevo a mí, para acariciarme el rostro.

A lo mejor ella sí se dio cuenta de lo difícil que estaba siendo para mí tener que confiar en alguien más para que me ayudara, tras los años que llevaba arreglándomelas por mi cuenta, temiendo que en cualquier momento me dieran una puñalada por la espalda. Pues con Amelia entendí mejor eso de que la bruja te daba dulces para que confiaras en ella y no intentaras huir mientras te llevaba al caldero.

—Eso espero, madre —deseé.

—Isabella también te ayudará. Y, como nosotros, comprenderá lo que pasaste, pero dale tiempo, hijo. —Noté un poco de molestia en el rostro de Eleanor cuando padre abogó por la Castaña, y eso me extrañó—. Ella, igual que tú, pasó por situaciones que la convirtieron en alguien que nunca quiso ser, pero se vio obligada a aceptar para sobrevivir.

—Aun así, no tenía por qué apuñalarlo —aseveró madre, y la tomé de la mano.

—No la juzgues por eso. Porque, créeme, yo en su lugar habría actuado peor y lo sabes —pedí y aclaré.

A mí me hirió el orgullo la actitud y acción de Isabella antes de irse, sus declaraciones sobre todo. Pero no negaría que odiaba que otros la juzgaran cuando solo ella y yo sabíamos lo que vivimos y pasamos. Además, padre tuvo razón al decir que las circunstancias convirtieron a ese ángel en una diabla mortífera y malvada.

Yo era testigo de ello.

—Entiendo perfectamente que Isabella se esté protegiendo, pero así como yo, ella es ma...

—Está en su derecho, Eleanor. —Padre cortó a madre de golpe, y fruncí el ceño, sobre todo cuando ella carraspeó y se sonrojó, avergonzada o preocupada; no lo identifiqué—. Pero va a recapacitar y también tendrá su cota de arrepentimiento, cuando se dé cuenta de tus motivos para mentirle —añadió para mí—. Simplemente esperemos a que el tiempo ponga todo en su lugar.

Para ese momento, él ya se había acercado a madre y le dio un beso en la sien. Entendí que era su manera de disculparse por cómo le habló. Y, aunque madre se recompuso y aceptó el gesto, imaginé que en privado tendrían una charla, en la que padre estaría en una situación muy similar a caminar sobre terreno minado.

—Mientras ese momento llega, si es que lo hace. ¿Pueden decirme en dónde han estado este tiempo?

—Con Baek. Tenía que recuperarme y decidimos irnos con él para que los Vigilantes no pretendieran atacarme de nuevo, y distraer con eso a Isabella y a Tess. —La seguridad en la respuesta de padre a mi pregunta no dejó lugar a dudas.

Pero el nerviosismo de madre, y que conocieran a Fabio, me las provocó igual.

—Supongo que te refieres a que estuvieron en Tokio, pero el doctor D'angelo reside en Italia. En Florencia para ser más específico. ¿Cómo coincidieron con él?

Madre miró a padre y la vi tragar con dificultad.

—Como bien dijiste: esa es una historia para después —acotó Myles con entereza, y sonreí.

«Para después, mis pelotas».

Probando hasta dónde llevarían esa situación, tomé el relicario de Isabella y lo abrí. Se los mostré para que miraran las fotografías en él y fui muy consciente de la acción de madre al tomar la mano de su marido. Él le dio un apretón con el cual intentó calmarla, y no supe cómo tomar esa actitud en ellos.

Si esas copias eran hijos de White, no tenían por qué callarlo, a menos que yo no fuera el padre y quisieran evitar mi reacción. Y el pensamiento de esa posibilidad me hizo tensar la mandíbula.

Puta madre, tenía que saber a qué malnacido iba a matar.

—Isabella perdió esto en la batalla. Yo le regalé el relicario, pero solo con una fotografía —aclaré—. ¿Saben quiénes son estos niños? Pero sobre todo, ¿saben quién es el padre de ellos?

El monitor cardiaco fue el que se encargó de dejarles saber lo acelerado que estaba latiendo mi corazón, mientras esperaba por una respuesta. Pues de ellos dependía mi cordura en ese instante, ya que, si me confirmaban que había alguien más en la vida de esa mujer que no era ni Sombra ni yo, habría más muertes en mi lista de las que no me arrepentiría.

—Hijo, nosotros...

—¡Hemos encontrado a Isabella! —Cameron entró a la habitación como alma en pena, haciendo que los tres dejáramos de lado las preguntas que les hice y la respuesta que padre estuvo a punto de darme.

—¿Dónde está? —le pregunté, bajándome de la camilla e ignorando la tremenda punzada de dolor en mi herida.

—Elijah, no. No debes moverte —me amonestó madre. Al parecer no escondí bien mi gesto de dolor.

—Habla —demandé para Cameron, porque él se quedó en silencio al ver que madre se acercó para sostenerme del brazo.

No era de vidrio, pero ella me estaba tratando como si fuera a quebrarme. Como si temiera que la vida me arrebatara de sus brazos de nuevo.

—Está en un hospital militar de Orange.

—¡¿Qué?! —exclamamos los tres al unísono al escuchar a Cam.

—Su compañero japonés le dijo a Darius que al parecer sufrió un AIT[1], pero ya él se puso en contacto con Isamu y le explicó lo que está sucediendo. Así que se están movilizando para traerla hacia aquí en cuanto el médico indique.

—¿Ella está bien? —pregunté con desesperación, sabiendo que con compañero japonés se refería a Ronin.

—Sí, solo fue un ataque transitorio. Se encuentra estable ahora mismo y, antes de venir a avisarte, Darius se fue en busca del doctor D'angelo para que se comunique con el médico que la atendió, y le explique mejor lo que sucede y por qué debe permitir que la saquen del hospital.

—¡Maldición! —largué al sentirme tan impotente por no ser yo quien fuera por ella.

—Calma, Elijah. Lo importante es que ya se sabe dónde está y que los Sigilosos se encargarán de traerla aquí. Confía en ellos —pidió padre, y simplemente negué.

No era fácil calmarme cuando quería correr hacia ella y asegurarme por mi cuenta que sí estaba bien.

No era fácil conformarme con esperar horas que se volverían interminables.

Me cago en la puta.

Pasé tres malditos años esperando para verla a la cara sin la jodida máscara puesta. Y no quería que nada ni nadie me siguiera arrebatando el momento de enfrentarnos y hacerle entender que nada de lo que hice fue para dañarla.

Y menos mal que, mientras los Sigilosos se encargaban de regresar con ella, los agentes que debían interrogarme para montar un caso sólido en contra de Amelia y David Black llegaron para tomar mis declaraciones. Manejaríamos mi versión como un secuestro, pues así lo decidimos con padre para que pudieran desligarme de todo, incluso las puñaladas que Isabella me dio se las inculpamos a los Vigilantes. Y, gracias a las torturas físicas que recibí, no tuve que inventar nada del maltrato que atravesé durante ese tiempo.

Luego de que ellos se fueran, y que mis padres me dejaran solo, para ir a ver a Tess e informarse de lo que pudiera estar pasando con ella (e intuí que también para librarse de mis preguntas incómodas referente al estado familiar de la Castaña), recibí la visita de Alice. La rubia se mostró preocupada por mí y aseguró que temió no volver a verme.

Ella se había mantenido en el hospital desde que llegamos luego de la batalla, aunque al principio quisieron detenerla e investigarla más a fondo por infiltración.

---

1 Ataque isquémico transitorio. Tiene los mismos síntomas que un derrame cerebral, pero solo dura varios minutos o puede alargarse hasta 24 horas.

Sin embargo, Darius se encargó de aclarar que la rubia no tenía nada que ver con los Vigilantes y que todo lo que hizo fue para ayudarme a mí.

Tras salir de ese embrollo tuvo que enfrentarse a una discusión con Elliot, porque este juró que ella solo lo usó para que yo lograra mi cometido. No obstante, Alice pudo hacerle entender que él jamás fue parte de la ecuación en mi plan y que lo que sucedió entre ambos ya fue obra del destino.

Y, solucionado ese asunto, se quedó a su lado, y únicamente se separó del tipo cuando los padres de él llegaron.

—Tu tía está loca por venir a verte —declaró, refiriéndose a Eliza, la hermana de padre.

—Espero que no sea para rematarme por haber querido deshacerme de su hijito —ironicé, y ella rodó los ojos.

—Agradece que no sepa que eras tú detrás de la máscara —soltó irónica.

Alice no había llegado a verme hasta ese momento, pero se mantuvo ayudándome incluso cuando estaba preocupada por Elliot. Y valoré más eso.

—¿Por qué el chip dejó de funcionar? —inquirí, esperando que tuviera alguna respuesta.

Se suponía que eso inhibía los efectos del dispositivo, así que no entendía por qué Isabella sufrió ese ataque transitorio. Además, que pasara por eso fue una prueba de que David Black en lugar de preocuparse por huir quería volver a darnos otro golpe.

—Cuando cuadré su ubicación, perdí su rastro de un momento a otro. Pero investigué las zonas cercanas al último lugar en el que la registré y descubrí una base militar, lo que me hace suponer que los aparatos que ellos tienen para bloquear las señales de cualquier tipo de dispositivo desactivó el chip, y por lo tanto la dejó expuesta a un ataque de los Vigilantes.

Eso tenía mucha lógica.

—Desactivó el chip, pero no el dispositivo —analicé.

—Recuerda que es un prototipo ruso. Es muy posible que Estados Unidos todavía no lo sepa, por eso no pueden protegerse. El chip en cambio parece ser una mezcla de tecnologías conocidas y desconocidas, por eso el inhibidor de señal de los militares le afectó.

—Joder, Alice —me quejé, soltando el aire por la boca y agarrándome la nuca cuando eché la cabeza hacia atrás.

La impotencia iba a matarme antes que un ataque al corazón.

—Confiemos en que ya no se ensañen con Tess ahora que ella está delicada —trató de animarme, y reí sin gracia—. El chip de Isabella ha vuelto a funcionar desde que salió de la zona militar, así que no podrán dañarla más, y eso te dará el tiempo necesario para conseguir el aparato que apagará los prototipos.

—No puedo confiar en la suerte, chica —repliqué.

—Tendrás que hacerlo, amigo. No tienes de otra —me recordó.

Nos quedamos en silencio unos minutos porque no había más que nos pudiéramos decir. Y, cuando la desesperación volvió a embargarme, se me ocurrió que Alice podía ayudarme a que mermara.

—¿Puedes ver en dónde está ella en este momento?

No me respondió, optó mejor por sacar su Tablet de un bolso, que llevaba con la asa cruzada por su pecho, y revisó algo, segundos después sonrió de lado.

—Está aquí. —Ni siquiera había terminado de decir eso y yo ya me estaba bajando de la camilla—. ¡Jesús, LuzBel! —chilló, y me acercó una silla de ruedas que habían dejado en la habitación.

—De ninguna manera —refunfuñé.

—Llegarás más rápido así, tonto —debatió ella.

Intenté dar un paso porque no me quería sentir más inútil de lo que ya me sentía si me llevaban en esa silla, pero mi herida escoció y punzó, así que no me quedó más que obedecerle, agradeciendo que además de la bata me había puesto un pantalón de algodón para evitarme la vergüenza de mostrar el culo.

—Justo venía por ti —dijo Cameron al encontrarnos fuera de mi habitación.

—¿Cómo está?

—Despierta pero inconsciente —avisó, y fruncí el ceño.

—¡Dios, chico! Explícate mejor —pidió Alice por mí.

—Según sus compañeros, se negaba a venir y exigió que lo que fuera que tuvieran que hacerle lo hicieran lejos de ti —comenzó a explicar Cameron, y me incomodó saber eso—, por lo que uno de ellos pidió que la sedaran para poder trasladarla sin ningún inconveniente. Lo que creo que se traduce a: sin que ella intentara matarlos.

Isabella despertó a minutos de llegar al hospital de Richmond, pero lo hizo en un estado similar a la borrachera. Por eso Cameron explicó que estaba despierta, aunque inconsciente. Nos guio con Alice a donde la habían llevado y siguió informándonos lo que sabía. Y, cuando llegamos cerca de la habitación en la que la metieron, mi corazón comenzó a acelerarse ante la expectativa del demonio enfurecido que me encontraría.

—Fabio vendrá a revisarla en un momento —comentó Darius al verme.

Él y Caleb eran los únicos en la habitación con Isabella, ya que, según Cameron, Isamu se marchó con Maokko luego de asegurarse que la Castaña quedara a salvo.

—¿Todo está bien con ella? —inquirí.

Alice y Cameron salieron y me dejaron solo con ellos.

—Teníamos una base militar cerca, así que la llevamos allí en el momento que nos dimos cuenta de que lo que le sucedía era grave. El médico determinó que sufrió un ataque isquémico transitorio, en palabras más claras: una advertencia sobre un posible derrame cerebral —explicó Caleb con seriedad—. Cuando nos dijeron eso creímos que se debió al cúmulo de emociones que experimentó en menos de veinticuatro horas, hasta que Darius le explicó a Isamu lo que en realidad pasaba. Por eso decidimos proceder.

—Gracias —ofrecí con sinceridad, y el rubio bufó una risa sardónica.

—No la trajimos aquí para ayudarte, lo hicimos porque nos estamos enfrentando a algo desconocido y tú tienes la ventaja en eso. Pero, de no haber sido así, créeme que jamás habríamos actuado en contra de lo que ella quería —juró y, aunque sus palabras fueron tranquilas, también iban cargadas del odio que sentía hacia mí.

—Nada de lo que hice fue para lastimarla —refuté, harto de los señalamientos.

La enfermera que se encargaba de revisar los signos vitales de Isabella dio un respingo por la molestia en mi voz, aunque no hablé fuerte. Y era parte de Grigori, por eso *conversábamos* con un poco de confianza.

—Tal vez no, pero, si hubieras estado en mi lugar cuando la encontré en el cuartel, tratando de huir de su dolor sin éxito, entenderías por qué quiero matarte —me reprochó.

—Amigos, este no es el lugar ni el momento para los reclamos —nos recordó Darius—. Ya habrá tiempo para hacer aclaraciones, por ahora, vamos afuera y dejemos que ellos se reencuentren —le pidió a Caleb, y este negó con la cabeza.

—No pretendo devolverle lo que me hizo antes de irse, si es lo que te preocupa —saniricé, refiriéndome a las puñaladas.

—Estarías muerto antes de siquiera intentarlo —se mofó.

Cómo me caía mal el hijo de puta, pero en la misma medida me gustaba que fuera un perro fiel y letal cuando se trataba de la Castaña.

—Vamos, Caleb —insistió Darius, y lo tomó del brazo sin ser brusco para que ese pitbull no lo mordiera.

Y el tipo no cedió en el instante, aunque sí minutos después de cansarse de mirarme fijamente y de que yo no me inmutara.

Solté una risa carente de gracia en cuanto me quedé a solas en la habitación, pues la enfermera también se fue detrás de ellos. Y, cuando encontré el valor, me puse de pie con un poco de dificultad y llegué a la camilla. Isabella estaba con los ojos cerrados, tenía hematomas en el rostro por la pelea que tuvo con Amelia y los otros Vigilantes que intentaron llegar a ella en la batalla. Una de sus manos estaba hinchada y con cortes en los nudillos; y supuse que era mi sangre la que todavía salpicaba algunas partes de su muñeca.

—Tan bonita..., y tan letal —susurré, y abrió los ojos, pero se fijó en el techo y sonrió como si lo que escuchó de mí hubiera sido un halago.

La imité porque la situación era irónica, pues cuando se fue me miró con el odio más puro y en ese momento lucía demasiado pacífica, cambiando sus rasgos de mujer peligrosa a los de la chica inocente que conocí en el pasado.

—¿Vas a intentar matarme de nuevo, Bonita? —pregunté y, arriesgándome a perder la mano, me atreví a acariciarle el rostro.

Ella me miró al sentir mi contacto, mostrándose tan relajada que parecía en trance.

—Que hermoso eres.

¿Qué demonios?

No quería que peleara más conmigo, me conformaba con que me aplicara la ley del hielo, por eso me sorprendió que me halagara, ya que era lo último que esperaba de ella. Aunque su voz borracha hizo que la información de Cam cobrara más sentido.

—Tus ojos son preciosos, se parecen a los de... —Comenzó a reír apenada, y tuve que morderme el labio para no hacerlo también, ya que llegué a desconocer esa versión de ella, luego de reencontrarnos.

Yo como Sombra e Isabella como la *femme fatale*.

—¿A los de quién? —inquirí, y volví a acariciarle el rostro, disfrutando de su estado. De un momento de paz entre nosotros, luego de las batallas que estuvimos luchando.

—Eres taaan bello —optó por halagarme de nuevo, alargando las frases esa vez—. Tú podrías ser mi esposo, ¿sabes? ¿Te casarías conmigo?

Vaya mierdas las que podía hacer un sedante.

—Si me lo propones de una manera muy romántica, tal vez sí —respondí, y sonrió tímida.

—Cerca de mi casa hay un acantilado hermoso, voy a prepararte algo tan romántico allí que te querrás casar conmigo en esta vida y en las que siguen —juró, y ya no pude evitar reírme.

Amaba ese sedante.

Y quería saber de qué casa hablaba.

—Hazlo entonces y me tendrás para toda la vida. En esta y las que nos faltan por vivir.

Joder. Creo que el sedante que me pusieron a mí también me afectó. Era de la única manera que podía justificar el decir cosas tan estúpidamente cursis, así fuera por seguir el hilo de la situación.

—¡Yupiii! El ángel se casará conmigo —gritó feliz, y empecé a considerar el pedirle a Fabio más de lo que sea que le hubieran inyectado—. Tendremos muchos hijos y, si vienen de a dos, será perfecto.

Oh, mierda.

Mis ojos se ensancharon al escucharla, pero también llegó a mi cabeza la imagen de aquellas copias tan perfectas que ella llevaba en el relicario, lo que me hizo encontrarle sentido a lo que su subconsciente quiso decirme.

—Isabella, ¿tienes hijos? —cuestioné, y me miró con asombro.

—¿En serio? ¿Tenemos hijos? —No comprendió que le hice una pregunta, no una afirmación— ¿Son lindos? ¡Guau! Espero que me los hayas hecho con amor, dicen que así salen más hermosos. Aunque… podrías hacerme otro par, ¿cierto? Para recordar el proceso esta vez.

Me mordí el labio al ver su sonrisa traviesa ante la insinuación implícita. Y de nuevo: amaba ese sedante.

—Por supuesto, Bonita. Te recordaré el proceso las veces que quieras —prometí, y se lamió los labios.

La acción provocó que la sangre me corriera más a la polla.

—¡LuzBel! Es bueno verte de pie. —Fabio entró a la habitación.

Lo miré y, segundos más tarde, sentí la mano de Isabella acariciándome el rostro.

—¿LuzBel? —pregunté, y Fabio miró la acción de Isabella conmigo—. ¿Lo supiste hoy o desde cuándo? Porque el mundo puede ser pequeño, pero las coincidencias no siempre son eso. —Él sonrió al entender lo que quise decir.

—¿Sinceramente? Nunca me provocaste la curiosidad suficiente como para investigarte a fondo —admitió, y bufé con sarcasmo—. De haberlo hecho, entonces te aseguro que lo hubiera sabido desde la segunda vez que nos vimos.

—Me duele no ser tan interesante como para que lo supieras desde la primera vez —fingí tristeza, y eso lo hizo reír.

—Si de algo sirve, aunque lo hubiera sabido desde la primera vez, no habría dicho nada. Ni a ti ni a Baek Cho. Era tu secreto y respeto eso. —Asentí porque no lo dudé.

El tiempo que tenía de conocerlo, aunque me relacioné más con su hermano, me hizo saber que Fabio era un hombre que no se metía en lo que no le importaba. Además, nada tuvo que ver su declaración acerca de mí, pero siempre supe que era rara la persona que a él le interesaba lo suficiente como para tomarse el tiempo de averiguar más de su vida.

Y únicamente Dominik estaba entre esas personas.

—¿Por qué actúa así? —indagué refiriéndome a la Castaña, ella había dejado de tomarme el rostro para entrelazar sus dedos con los míos.

—Es de ese por ciento de las personas que reaccionan con alucinaciones o en estado de borrachera cuando despiertan de los sedantes intravenosos —explicó—. Es pasajero y no deja consecuencias —añadió.

Con cuidado tomó el rostro de Isabella y le alumbró los ojos con una pequeña linterna, pidiéndole a la vez que siguiera la luz.

—¡Guau! Tú también eres muy hermoso. ¿Estoy en el cielo? —Fabio sonrió con diversión al escucharla.

—No, Isa. Esto es más como el infierno —respondió él, y entrecerré los ojos por la confianza con la que usó el diminutivo de su nombre.

—Entonces tú, él y yo —nos señaló—, ¿podríamos hacer perversidades?

—¡¿Qué demonios?! —espeté odiando ese maldito sedante.

—¿Ves? Sigue alucinando —alegó Fabio, tomando lo que la Castaña dijo como algo común en su diario vivir.

—Pues ponle algo para que espabile —solicité.

—No te pongas celoso, ángel. —Ella jodidamente imitó la voz de una niña al pedir eso—. Sería divertido, di que sí —insistió, y me tragué el nudo de celos en mi garganta—. Tú también di que sí. —Se giró hacia Fabio.

Y tuvo la osadía de acariciarle el rostro como antes hizo conmigo. Y, puta madre, como odiaba ese maldito sedante.

—Oh, hombre. No permitas eso porque me caes bien. Y por menos he matado —sugerí entre dientes a Fabio, apretando el hierro lateral de la camilla que servía de protección para que los pacientes no se cayeran de ella.

Fabio hizo lo que le pedí, pero era mejor que no lo hubiera hecho, ya que noté la intimidad con la que la tomó, y pobre de él si no hubiera estado recuperándome de la puñalada en mi abdomen. Un regalo de esa descarada que de nuevo me estaba llevando a la locura incluso sedada.

—Luego hablamos de eso, Isa —susurró el hijo de puta en respuesta a la propuesta que ella hizo.

—¡Me cago en la puta, Fabio! ¿Quieres morir? —lo desafié, y él negó con diversión.

Las imágenes que puso en mi cabeza fueron una mierda. Y fantaseé con la idea de meterle por la garganta ese estetoscopio que llevaba colgado en el cuello.

—Debo de decir que como LuzBel tienes más control que como Sombra —señaló.

—No, imbécil. Estoy herido, eso hace que me controle.

—Tengo suerte entonces.

—Fabio —advertí.

Por primera vez lo vi riendo abiertamente, aunque acató mi amenaza y siguió con lo suyo. Examinando a Isabella en ese momento como un profesional y no como el jodido suicida al que le encantaba desafiar a la muerte.

Al terminar me explicó que el ataque isquémico que ella sufrió no mataba las células del cerebro, por lo que no ocasionaría un daño permanente. Y, tal cual aseguró Alice, el chip la estaba protegiendo de nuevo. Y me daría el tiempo para conseguir el aparato que apagaría el dispositivo y que así él pudiera extraerlo de una manera segura.

Pero era posible que no fuera el tiempo suficiente en el caso de Tess.

—Actúas como si la conoces desde hace mucho —comenté luego de que acomodara la mano de Isabella a un lado de su cuerpo.

Ella al final se había dormido.

—Creí que estaba sola —manifestó, y la tensión en mi cuerpo volvió a incrementar.

—Conque ya la conocías —urdí, y me miró.

—Ella es la chica que consiguió que las demás te parecieran solo personas comunes y corrientes, ¿cierto? —dedujo en lugar de responder, y asentí—. Ahora te comprendo mejor. —Alcé la ceja en reacción a su señalamiento.

—¿Hay algo que yo todavía no sepa?

—Muchas cosas —recalcó con seguridad, y odié que fuese tan directo, pero que a la vez callara mucho.

—Habla de una vez —exigí, y me miró serio.

—Todo lo que sé es de manera profesional y, aunque seamos amigos, no te diré nada. Tengo ética. —Maldije al escucharlo, y notó mi frustración.

Miró a Isabella e intentó apartarle el cabello que le caía en la frente, pero le tomé la muñeca porque no permitiría más esas actitudes de su parte. Y menos en mi cara.

—En serio, viejo, deja de provocarme metiéndote con ella porque no voy a controlarme por más tiempo —sentencié, y me miró con alevosía—. ¿Te gusta? —pregunté siendo directo.

—Me gusta —devolvió sin inmutarse, y apreté la mandíbula—. Sin embargo, si está contigo, tienes mi palabra de que jamás intentaré algo con ella. —No le creí, a pesar de que demostró que iba de frente en todo momento, no confiaba en nadie que mirara a Isabella igual que yo lo hacía—. Pero si no lo está, entonces me alegraré mucho de que tu amistad haya sido más con Dominik que conmigo.

—Maldito imbécil, estás firmando tu sentencia —espeté, y sonrió de lado.

—Estoy sentenciado desde que nací —aseguró, y comenzó a caminar hacia la salida—. Y espero que, como yo, respetes a las personas que van de frente, son sinceras y tienen las bolas para decirte la verdad en la cara.

—Que las respete no es impedimento para matarlas. Y tú ya apestas a muerto —aclaré, y el hijo de puta rio antes de salir de la habitación—. Morirás con esa sonrisa en la cara, cabrón —le prometí.

Y mentalmente anoté su nombre en mi *lista de personas por enviar a descansar para siempre*, justo por debajo del cabrón de Elliot.

El suspiro de Isabella me sacó de mis cavilaciones y negué con la cabeza, observándola con atención, admirando su gesto de paz y tranquilidad, sin tener idea de todo el caos que podía provocar al estar despierta. Sin entender la tempestad que ocasionaba a su paso.

—Serás la muerte de muchos, *meree raanee*. Incluida la mía —preví.

Y tras eso me incliné con un poco de cuidado para no dañarme y le di un beso en los labios, consciente de que, cuando volviera a despertar, volvería a ser la tempestad que me estaba costando aplacar.

Esa que quería acabar conmigo.

39

Contigo compruebo que, a veces, el infierno se conoce por medio de alguien que te prometió el cielo.

CAPÍTULO 25

Maldita tempestad

ISABELLA

Cuando reaccioné, la sensación de vacío en mi cabeza y la pesadez en mis párpados impidieron que abriera los ojos. Tampoco me moví porque la debilidad seguía instalada en mi cuerpo y únicamente deseaba volver a dormir, a pesar de que el recuerdo de lo que sucedió antes de que me sedaran hizo que quisiera levantarme de la incómoda camilla e ir en busca de Caleb para hacer pagar a esa pequeña mierda por su traición.

Porque eso hizo, me traicionó al pedir que me sedaran para trasladarme a un lugar en el que no quería estar.

«Lo hizo para salvarte».

No, para salvarme no era necesario volver a estar cerca del maldito traidor de LuzBel.

Él solo estaba manipulando las cosas a su favor para que yo regresara, porque, si de verdad estuviera corriendo peligro, entonces me habrían explicado lo que sucedía y no solo me hubiera enviado recados a medias.

—¿Cuánto tiempo más seguirá dormida?

«Ahí estás, pequeña mierda», pensé al escuchar a Caleb hacer esa pregunta, luego de que alguien entrara a la habitación.

Tenía la certeza de dónde me encontraba, ya que Darius le pidió a Isamu que me llevaran al hospital oficial de los Grigoris para que pudieran atenderme, como si el hospital militar al que me llevaron no hubiera tenido la capacidad de mantenerme estable. Aunque desconocía cuánto tiempo transcurrió desde entonces.

—Despertará en cualquier momento. —La voz que respondió me resultó demasiado familiar.

«El neurólogo bipolar».

Jesús, por qué tendías a estigmatizar a las personas.

«¿El doctor guapetón entonces?».

¡El doctor D'angelo, maldita conciencia! O el doctor de D, si lo preferías.

«Pero me gustaba más el doctor guapetón. Incluso sexi».

Oh, Dios.

Dejé de lado a mi perra conciencia y el enamoramiento platónico que desarrolló por ese doctor enigmático en las pocas veces que nos vimos en Italia.

Me concentré en lo que sucedía a mi alrededor. El bip acelerado del monitor, que de seguro me conectaron al pecho, dejaría entrever que ya estaba consciente, así que traté de calmarme y me pregunté qué carajos hacía el doctor D'angelo en la ciudad. En Estados Unidos, en ese hospital y, al parecer, atendiéndome a mí.

—Ya no tendrá el efecto del sedante, ¿cierto?

«¡Santa mierda! El ex, y aun caliente, Chico oscuro también llegó».

Medité e ignoré a mi conciencia de nuevo, quien parecía demasiado emocionada porque LuzBel también estuviera presente en esa habitación, y maldije, pues así me era más difícil controlar mi ritmo cardiaco.

—Por el bien de tu corazón, espero que no.

—Fabio. —La advertencia en la voz de LuzBel, luego de lo que el doctor D'angelo dijo, me enfrió la piel.

También reconocí el toque de diversión en la respuesta del médico, y eso me hizo suponer que ellos se conocían, ¿pero de dónde? Eso tenía que averiguarlo en cuanto pudiera.

«Y si se conocían, ¿será que el Tinieblo lo envió para atender a D? Lo que podía significar que él siempre supo de los clones».

Carajo.

Necesitaba respuestas para esas preguntas de mi conciencia, pero me conocía y no era un buen momento para enfrentarme a LuzBel. Por eso me obligué a seguir con los ojos cerrados, aunque me costó mucho al sentir una mano tomando mi muñeca y apretándome el pulso, cosa que me indicó que se trataba del doctor.

—Voy a revisarla, así que les agradeceré que me dejen a solas con ella.

—Y una mierda, para eso no necesitas privacidad —largó LuzBel.

¡¿Pero qué demonios?! Él no tenía por qué decidir eso.

—Decide por tu privacidad, no por la de ella —siseó Caleb.

Bien, rubio traidor.

—Caballeros, por favor. —Escuché a LuzBel bufar cuando el doctor usó un tono profesional con ellos para reprenderlos. Y mi curiosidad por saber cómo se conocían ellos dos aumentó.

—Sabes que no voy a dejarte a solas con ella luego de…

—LuzBel, necesito que vengas conmigo. —Darius fue quien interrumpió lo que sea que el idiota diría.

—Ahora no.

—Es importante —insistió Darius, y la incomodidad aumentó en mí.

Se suponía que estábamos en un hospital, en una habitación en la que debía tener privacidad, pero ellos actuaban como si se encontraran en su casa y yo no fuera nadie a quien debían respetar, en un momento en el que estaba vulnerable.

—¿En serio crees que hay algo más importante en este momento? —La ironía de LuzBel provocó que la garganta se me secara, pues lo que dejó en el aire con esa pregunta sabía que me implicaba a mí.

«Que no había nadie más importante que tú, para él».

Aclaró mi conciencia como si yo no lo hubiera entendido ya.

«Es que ese es el punto: no lo entendías».

—Se trata de Hanna, está aquí con Marcus, y es importante.

—¿Qué? ¿Cómo que esa rubia está aquí? No se supone que…, maldición —se quejó LuzBel, y por alguna razón que mencionaran a una chica me obligó a tragar para humedecer mi garganta.

—Te dije que era importante —reiteró Darius.

—Me cago en la puta —rezongó LuzBel, y comencé a escuchar su voz más lejana—. Quédate aquí y por ningún motivo dejes sola a Isabella, sea quien sea que te lo pida.

Lo imaginé observando al doctor D'angelo con advertencia, y a él riéndose con burla de esa actitud tan inmadura.

—Tú no me das órdenes a mí, imbécil —largó Caleb entre dientes.

Y al parecer, mi conciencia se equivocó y quién sea que fuera esa Hanna sí era importante para el Tinieblo traidor, ya que se fue al fin de la habitación y yo abrí los ojos de una buena vez.

—¡Linda!

—Sal de aquí —demandé para Caleb en cuanto notó que reaccioné.

—Isabella, por Dios —rogó incrédulo porque siguiera molesta con él.

—Vete ahora mismo de aquí, pequeña mierda —zanjé, y me senté en la camilla sin bajar los pies de ella—. Sabes que no es momento para que hablemos, así que déjame a solas con el doctor D'angelo.

—Pero… —Lo miré alzándole una ceja, retándolo a que siguiera por ese camino, y chasqueó con la lengua, yéndose al darse cuenta de que no lograría nada más que siguiéramos discutiendo.

El doctor D'angelo estaba observándonos atento, con una leve sonrisa ladina que para muchos era imperceptible.

—Me preguntaba cuánto ibas a soportar fingiendo que estabas inconsciente —señaló.

—Conque se dio cuenta —sondeé.

—Desde que el monitor marcó la celeridad de tu ritmo cardiaco —admitió, y su sonrisa de lado creció.

Debí suponerlo.

Y, actuando como mi médico, me tomó de la barbilla con suavidad y alumbró mis ojos con la pequeña linterna que ya tenía en la mano, pidiéndome que siguiera la luz.

—Tengo muchas preguntas para usted, doctor D'angelo —indiqué, sintiéndome un poco nerviosa cuando colocó la campana del estetoscopio en mi pecho, luego de que se acomodara las olivas auriculares en los oídos.

—Lo suponía. Respira hondo —solicitó, y lo hice—. Suelta el aire lento —obedecí, y luego volví a hablar.

—¿Por qué está aquí? ¿Cómo se conoce con LuzBel? ¿Y desde hace cuánto? —Lo vi sonreír de nuevo, entretanto llevaba la campana a mi espalda, ordenando que repitiera el proceso anterior de inhalar y exhalar.

«¿Por qué me estaba gustando tanto su manera de actuar y examinarte?».

Porque eras una zorra.

—Myles me pidió que lo acompañara para encargarme de la situación de su hija. Supongo que haber sido recomendado por Baek y encargarme de Daemon ha hecho que confíe en mí —empezó a responder, y lo miré a los ojos. Sus iris verdes eran capaces de transmitir calma, o precaución, según su estado de ánimo—. ¿Te duele la cabeza? —Negué en respuesta—. ¿Y tu visión qué tal?

—Veo perfectamente que quiere evadir mis preguntas, no sé si eso es suficiente para que determine que está bien —ironicé, y de nuevo hizo un amago de sonrisa.

—A LuzBel lo he conocido hoy —aseguró, y entrecerré los ojos, pues su interacción me dijo otra cosa—. A Sombra, en cambio, lo conocí hace un par de años —confesó, y me tensé.

—Él lo envió, no el maestro Cho —deduje, y me quedé congelada cuando me tomó del rostro y comenzó a masajearme detrás de ambos lóbulos de mis orejas, con los dedos índices.

—Te diré lo mismo que le dije a él cuando me preguntó si te conocía: en mi caso con LuzBel, o Sombra, todo lo que sé es personal, pero nada tiene que ver contigo. —Fue muy seguro y contundente al responder—. ¿Te duele aquí?

No dolía. De hecho, se sentía muy bien que apretara detrás de mis lóbulos, era como si los nervios de ahí necesitaban ese masaje que me hacía. Y en una o dos ocasiones estuve a punto de cerrar los ojos por el placer, pero me contuve porque eso iba a ser muy extraño.

—No —musité y carraspeé a la vez.

«¿Estaba relajando a la bestia en ti?».

Idiota.

—No sabía que tú y él tuvieran lazos, Isabella. Así que, aunque no lo creas, que nos conozcamos es una coincidencia. Y antes de que me preguntes si sabe de Daemon y Aiden, deduzco que no porque no me ha preguntado sobre ellos. —Se adelantó y suspiré tranquila. Y más cuando dejó de darme ese delicioso masaje y puso un par de pasos de distancia entre nosotros—. Y tampoco se lo habría dicho si hubiera querido indagar, ya que lo que sé de ti es de manera profesional y mi ética no me permite hablar de lo que no me importa.

—Gracias —ofrecí.

—¿Por el masaje? —bromeó, y me mordí el labio para no reír.

—¿Puede explicarme qué ha pasado con Tess y conmigo?

—Solo si dejas de tratarme de usted y me llamas por mi nombre. No por el título o apellido.

—No sería correcto —señalé.

—Se lo estoy pidiendo yo, señorita White. —Que usara esa formalidad me hizo ver lo extraño que él se sentía que yo la utilizara con él—. Que sea el doctor que ha atendido a su hijo no significa que entre nosotros esté prohibido un trato más informal. No hay reglas que dictaminen eso —añadió, y entendí su punto.

—Está bien. Creo que el que Myles le… te pidiera que vinieras hasta aquí para atendernos nos da la confianza para dejar las formalidades, Fabio —acepté, corrigiéndome porque por costumbre estuve a punto de seguirlo tratando de usted.

Noté que el verde de sus ojos se oscureció un poco, instalando un brillo en su mirada que no logré descifrar.

—No sabía que mi nombre sonara tan bien, hasta que te he escuchado —declaró, y las mejillas se me calentaron porque no me esperaba eso de él.

De hecho, Fabio estaba actuando menos serio en ese momento. Un poco atrevido para lo que me tenía acostumbrada las pocas veces que nos vimos cuando revisó a D.

—¿Vas a explicarme lo que está pasando? —indagué, regresándolo al punto.

—Iré al grano. Tienes un prototipo ruso en la cabeza.

—¿A parte del chip? —cuestioné sobresaltada.

Asintió y comenzó a explicarme lo que sabía. El prototipo en nuestras cabezas fue un regalo de Amelia y Lucius desde que nos secuestraron años atrás. Una tecnología indetectable que servía para castigar o premiar a las víctimas de la Bratva o el gobierno ruso, quienes estaban coludidos. Y esa era la razón de nuestros dolores de cabeza, aunque en el caso de Tess todo se complicó porque, a diferencia de mí, ella no tenía un chip que lograba inhibir los efectos del otro dispositivo. Situación que nos llevó a tener destinos diferentes tras el ataque de Lucius.

Y Fabio no podía sacárnoslos sin antes apagarlos, ya que, si lo intentaba, ocasionaría un daño irreparable en nuestra médula espinal. Y, por si eso no fuera poco, no procedería hasta conseguir el aparato especial para desactivar por completo los prototipos.

—¿Dónde está ese aparato? —indagué.

—En manos de la mafia irlandesa. —Me reí con su respuesta.

Era lo que me faltaba.

Me había bajado de la camilla porque necesité comprobar que podía caminar por mí misma, pero en ese instante busqué sentarme en un sofá individual de la habitación y negué con la cabeza, preocupada por Tess, ya que al menos yo tenía un chip con el que me compraron un poco de tiempo.

Únicamente debía evitar zonas militares que lo desactivaran, que fue lo que me llevó a tener una advertencia de derrame cerebral, pues parecía que David Black no se daba por vencido y seguía intentando joderme a mí.

—LuzBel está haciendo lo posible por conseguirlo, Isa —me consoló, pero no sirvió de mucho, ya que no quería sentirme en las manos de ese hombre.

—¿Es necesario que siga aquí en el hospital? —cuestioné.

Él se encontraba con los brazos cruzados, de pie cerca de la cama, estudiándome con la mirada. Y era más que obvio que conocía mucho sobre nosotros, de Grigori y los Sigilosos, por esa razón Myles le confió nuestra situación.

—En el peor de los casos, si los Vigilantes decidieran atacar de nuevo de esa manera, no podríamos hacer mucho con Tess porque, o la joden ellos o la jodemos nosotros al sacar ese dispositivo sin apagarlo. A ti, en cambio, podemos mantenerte monitoreada para asegurarnos de que el chip siga funcionando.

Maldije porque su respuesta no era esperanzadora para Tess.

—¿Cómo es posible que no pueda deshacerme de esas ratas de una vez por todas? —me quejé.

Fabio me miró en ese momento un poco incrédulo, y no entendí la razón.

—Imagino que somos pocos los que hemos tenido la oportunidad de verte ejerciendo dos roles tan diferentes el uno del otro —explicó—. Pero déjame decirte que ambos tienen algo en común.

—¿Y qué es? —sondeé, sabiendo que se refería a que él me conoció como mamá y ahora me estaba viendo como una integrante de dos organizaciones.

—Que eres una fiera, Isabella White —respondió seguro, y eso me hizo reír.

—Esta fiera necesita un descanso, Fabio —admití, y no le mentí, me sentía cansada, con ganas de irme con mis hijos y odiando no poder hacerlo.

—Podrías tomar una ducha para que te relajes, ponerte ropa cómoda y luego, si quieres, puedo darte algo que te haga dormir hasta mañana. Tu cerebro necesita descanso y que dejes en manos de LuzBel lo que se debe hacer para resolver la situación.

Me reí de su chiste.

—Créeme, tengo dos razones suficientes para no dejar nada en sus manos. Y tú las conoces.

—Deberías hablar con él, escucharlo al menos. Ya luego decides si vuelves a confiar o no. Aunque desde donde yo lo veo, LuzBel es tu mejor opción para resolver esto, Isabella —manifestó—. A mí me consta que está dispuesto a todo por mantener a salvo a su hermana y a ti.

—Gracias por el consejo —dije para cortar sutilmente su intervención—. Y voy a tomarte la palabra, me daré una ducha, me cambiaré de ropa y luego me das lo que sea para que pueda dormir. Así descanso un poco más antes de enfrentarme a lo que deba.

Él sonrió entendiendo lo que hice y asintió de acuerdo.

—Tu amigo te trajo ropa para que te cambies. —Me señaló un bolso de cuero oscuro que estaba en una silla al lado de la camilla y lo reconocí porque era mío—. Y, como ya viste, esta habitación es más privada. Grigori despejó todo este piso para atender a sus heridos y que ninguna persona ajena a ustedes pueda acceder. El baño está ahí —añadió indicando a mi izquierda.

—Perfecto. —Me puse de pie para ir hacia ahí—. Y gracias por todo.

Él asintió.

—Volveré en un momento para traerte un somnífero suave.

—Vale —dije a punto de abrir la puerta del baño.

—Por cierto, ahora yo tengo una pregunta para ti. —Se detuvo antes de salir de la habitación porque él también se encaminó a la salida. Y me giré para mirarlo y animarlo a que la hiciera—. ¿Tú y LuzBel están juntos?

Alcé una ceja, pues no me esperaba eso.

—¿Por qué esa pregunta? —indagué, ya que supuse que no era por la actitud de ese traidor conmigo cuando estuvo antes en la habitación.

—Para poder cumplir mi palabra. —Fruncí el ceño y entrecerré los ojos, puesto que no comprendí a lo que se refería.

Sin embargo, no tenía nada que ocultar ni mucho menos fingir.

—Pues si mi respuesta es importante para eso, no, Fabio. Él y yo no estamos juntos, no más —ratifiqué, y el leve asentimiento que me dio, más el regocijo que cubrió sus rasgos, me intrigó, pero no indagué más sobre ello porque, fuese lo que fuese, no me importaba.

Decidí mejor meterme al baño y cuando estuve en la ducha, recibiendo el agua cálida para que destensara mis músculos y se llevara los estragos de aquella batalla que terminó con lo poco que quedaba de mi corazón, la respuesta que le di a Fabio se repitió en mi cabeza, sintiéndome anonadada de haberlo dicho en voz alta, pues durante mucho tiempo creí que sí estaba con LuzBel. Incluso con la seguridad de que murió, aun cuando comencé a sentir más por Sombra, siempre me sentí suya.

Yo era de mi Tinieblo. Hasta que descubrí su traición.

¡Dios!

Me tapé la boca con ambas manos para acallar mi sollozo porque dolía pensar en eso, me destrozaba recordar que él estuvo con Amelia durante años, siendo felices mientras yo me retorcía en mi miseria. Y tenía la madurez suficiente para reconocer que, en lugar de hacerme suposiciones, era mejor enfrentarlo, pero no estaba en el mejor momento para eso. Quería calmarme, dejar de pensar, dormir para luego levantarme viendo la vida de una manera diferente.

Por una vez necesitaba parar todo a mi alrededor para encontrar la mejor salida, luego de un descanso. Uno de verdad. Sin drogas de por medio a excepción de un somnífero medicado.

—Fabio dejó esto para ti —avisó Caleb cuando salí del baño con una toalla envuelta en mi cuerpo y el cabello escurriéndome agua.

Lucía preocupado, de seguro porque temía que iba a echarlo de la habitación. Y evitó mirarme a los ojos para que yo no me sintiera avergonzada, de que él notara que estuve llorando. Y en mi interior se lo agradecí.

—Puedes informarme lo que ha pasado desde que me sedaron —lo alenté. Fui hasta el bolso para tomar una playera y un pantalón de chándal, dejando de lado la ropa interior.

Me sentía un poco mejor después de sacarme la suciedad de encima, lavarme los dientes y llorar un poco.

—Maokko llegó a Francia hoy en la madrugada. Cruzará a Italia por vía terrestre hasta llegar al punto en donde el jet la estará esperando para llevarla a su destino —comenzó, dándome la espalda para que pudiera vestirme tranquila y evitando decir el nombre de Florencia por seguridad de mis hijos—. Isamu y Ronin ya consiguieron los permisos de repatriación de los cuerpos de Salike y nuestros otros dos hermanos, así que solo esperan tu orden para enviarlos a Japón.

Me bebí las dos píldoras que Fabio me dejó, sintiendo que iba a necesitar dormir más pronto de lo que imaginé, luego de que Caleb mencionara a Salike. Y lamentaba la muerte de mis otros compañeros, pero no sería hipócrita, me dolía la de mi amiga.

—Quiero despedirme de sus cuerpos —avisé.

—Podemos arreglarlo —prometió.

—Ya Fabio me ha explicado lo que tengo en la cabeza y cómo lo obtuve, ¿sabes más sobre ese tema? —Se giró con cuidado y, cuando se aseguró de que ya estaba vestida, me miró de frente.

—El chip que inhibe sus efectos te lo puso LuzBel con la ayuda de Alice, el día que creíste alucinarlo —confesó avergonzado, y negué, exhalando por la boca.

Todos me creyeron loca ese día. Y yo volví a sufrir como si acabara de perderlo al tener que convencerme de que lo aluciné por la droga, a pesar de que mis recuerdos con él hubieran sido demasiado reales.

«Entonces no tuviste una experiencia lésbica con ella».

No identifiqué si mi conciencia estaba feliz o triste por ese hecho.

—Conque Alice siempre fue infiltrada de él —resollé—. ¿Es una Vigilante?

—Al parecer no. Es hermana adoptiva de Marcus, pero ella trabaja con el gobierno y se alejó de todos los negocios de su familia con los Black. Y sí, se infiltró en Grig, aunque más por ser amiga de LuzBel y porque este le pidió llegar a ti para poder colocarte el chip. Además, su conocimiento de la tecnología le sirvió a él para llevar a cabo otros planes.

Me acerqué a una de las ventanas que daban al corredor del hospital y abrí las persianas, dándome cuenta de que la habitación en la que me tenían no quedaba a un lado del pasillo, sino de frente. Esto me permitió ver el cuarto en la otra punta, tenía toda la cortina abierta y adentro vislumbré a LuzBel.

«Oh mierda».

No quería, juro que no, pero me di cuenta de que seguía teniendo corazón, y este me latió frenético al verlo de espaldas, observando por la ventana que daba a la calle. Sin embargo, lo que alteró la química de mi cerebro no fue tenerlo a metros de distancia sin la máscara de Sombra; lo hizo la chica rubia que lo abrazaba por detrás con una confianza que solo se obtenía al ser más que amigos.

—¿Sabes... —Carraspeé antes de terminar la pregunta porque mi voz se escuchó demasiado ronca—, quién es la chica que está con él?

Alcé la barbilla cuando Caleb llegó a mi lado y miró lo mismo que yo veía.

—Se llama Hanna Blair. No tenemos más información de ella porque Darius aseguró que la conocen y no es peligrosa.

«Eeeh, estaba pegada a nuestro Tinieblo como garrapata. Así que, ¡por supuesto que era peligrosa!».

Bufé una risa sarcástica por la posesividad de mi conciencia con alguien que no le pertenecía a nadie.

—Sin embargo, hemos ordenado un informe completo sobre ella.

—Me decepcionaría si no fuera así —musité para Caleb, y él sonrió de lado.

Bostecé segundos después y comencé a sentir los párpados muy pesados.

—Isabella, no quiero que estés molesta conmigo. —Negué con la cabeza cuando Caleb dijo eso—. Linda, escúchame —pidió, y cerró la persiana para que dejara de ver la interacción de aquellos dos, aunque ya había observado lo suficiente para hacerme más ideas en la cabeza y confirmar que sí había algo, o alguien, más importante que yo. Como siempre—. Sabes que desde que hiciste tu juramento como Sigilosa he hecho lo que quieres y he respetado tu palabra como mi superior, pero como mi amiga te daré lo que necesitas, a pesar de que no estés de acuerdo con ello. Por eso pedí que te sedaran. —Puso las manos en mis hombros, y lo miré a los ojos—. No te traicioné, simplemente dejé de ser tu súbdito por unos segundos para tomar el papel de hermano, de amigo.

—Lo sé, Caleb —aseguré, y respiré hondo—. Perdóname tú a mí por haberte llamado traidor, por ser tan inmadura cuando se trata de LuzBel.

Él sonrió al escuchar eso.

Y sé que Caleb al igual que los demás también se habían dado cuenta de eso, de que era inmadura con LuzBel en mi vida. Nada que ver con la mujer frívola que siempre les mostré cuando lo creí muerto, o Sombra.

—No, Isa. No eres inmadura, simplemente lo amas y estás dolida por lo que te hizo. Tenga justificación o no, te dañó y eso se entiende. Al menos tus amigos de verdad lo hacemos —aseguró, y cerré la distancia entre nosotros.

Le rodeé la cintura con mis brazos y presioné la mejilla en su pecho, disfrutando del abrazo que me devolvió, reconfortándome y a la vez sintiéndome menos patética por lo que me pasaba con LuzBel.

En cuanto nos separamos le pedí que me dejara dormir un poco porque las píldoras comenzaron a hacer su efecto. Él me preguntó si quería que dejara a algunos Sigilosos cuidando la puerta de mi habitación. Le respondí afirmativamente, además de solicitar que no le permitieran entrar a LuzBel, porque necesitaba dormir sin la preocupación de que llegaría a velar mi sueño como un psicópata, y le informaran que, cuando fuera el momento, yo lo buscaría para que habláramos de lo importante.

Y, a pesar de mi cansancio, en el instante que puse la cabeza en la almohada, solo pensé en él, siendo abrazado por esa rubia, luego esa imagen fue suplantada por la de Sombra follando con Amelia en la oficina de Karma.

—Contigo compruebo que: a veces, el infierno se conoce por medio de alguien que te prometió el cielo, Tinieblo traidor —murmuré, y dejé correr una lágrima.

Minutos después perdí la noción del tiempo y le agradecí a Fabio por ayudarme a desconectarme del mundo con esos somníferos.

LuzBel había intentado entrar a mi habitación. Trató de pasar por encima de mis hombros y sobre todo de mis órdenes, pero esa vez Caleb fue más contundente e Isamu lo apoyó, ya que el asiático había llegado al hospital porque, al igual que el rubio, se sentían más tranquilos de mi seguridad cuando la tomaban en sus manos. Y por lo que escuché, Darius convenció al Tinieblo de que lo mejor era que me diera mi espacio.

Y tal cual Fabio aseguró, desperté hasta el siguiente día sintiéndome un poco más recompuesta; y tras tomar una ducha para espabilar, me vestí con ropa que, aunque era casual y más del tipo para estar lista por si una guerra se desataba, también era cómoda.

Fabio llegó justo cuando estuve vestida por completo y volvió a monitorear mis signos vitales, a pesar de que le aseguré de que me sentía mejor. También me informó sobre el estado de Jane y Connor, a quienes les darían el alta médica esa tarde. Y me aseguró que Dylan estaba bien y que la herida de bala que recibió en el abdomen no fue tan grave, pues ya se había incorporado a Grigori para colaborar en lo que fuera necesario.

Además, me aseguró que, de la élite Pride, Evan fue el menos vapuleado, y que Tess estaba teniendo un buen avance, por lo que esperaba que pronto despertara para evaluar los daños que pudo ocasionarle el derrame cerebral.

Tras eso hablé con Ronin, y ambos nos expresamos lo aliviados que nos sentíamos de que hubiéramos librado esa batalla, aunque, como todos los de mi élite, sufría la pérdida de Salike.

—*Lo único que me distrae en este momento de tanta mierda es ese médico que comienza a hacerme ojitos. Y Cameron que parece disfrutar de mis halagos.*

—Porque Cam no te entiende, idiota —señalé, rodando los ojos, pues no dejaba sus flirteos con ese médico con el que creo un *crush* cuando cuidaba a Elliot, y ahora con Cameron, ni en momentos tristes.

Pero también me sentí feliz de que me hiciera ver un lado de la vida que no era pésimo.

—*Jefa, el lenguaje del amor es universal* —rebatió, y solté una pequeña risa.

—Eres imposible.

—*Y te he hecho reír de verdad* —añadió, y lo miré agradecida.

Tocaron la puerta, justo cuando pensé en preguntarle por Elliot, y ambos miramos hacia ella en cuanto se abrió. Dylan estaba detrás y, antes de que pudiera preguntar si podía entrar, llegué a él y lo abracé.

—Perdóname —supliqué con la voz ahogada por su cuerpo.

—¿Y por qué tengo que perdonarte? —indagó, correspondiendo mi abrazo y dándome un beso en la cabeza, aliviado de encontrarme bien.

—Por huir de nuevo, dejándote atrás —recordé al separarme de él.

—No, Isa. Después de lo que pasó, estabas en tu derecho de irte, ya que, si a mí me dolió todo lo que descubrimos, no quiero ni imaginar lo que debiste sentir tú —reflexionó—. Además, estoy agradecido de que, antes de hacerlo, hubieras matado a esa mierda, porque, de haber vivido un segundo más, ahora Tess no estaría con nosotros.

—Con lo obstinada que es, sé que ella saldrá de esto —aseguré, y sonrió con tristeza. Su rostro mortificado me indicó que algo no andaba del todo bien, y negué porque no quería más malas noticias en ese momento—. Fabio me dijo que es posible que despierte pronto —comenté, rogando para que él no me hubiera mentido.

—Hay una situación muy delicada que debemos hablar contigo, así que te ruego que me acompañes. —Me tomó de las manos al decir eso, y me costó respirar.

—¿Acompañarte a dónde?

—Myles se encargó de que acomodaran una habitación de este piso como una pequeña sala de juntas. Ahí te están esperando él, Marcus, Darius y LuzBel... Isa, por favor —suplicó al ver que negué—. Lleva a Caleb e Isamu contigo, incluso a Ronin si quieres que ellos lo aparten de ti, pero ven conmigo porque se trata de algo que es de vida o muerte. Y me refiero a la muerte de mi chica.

—Por Dios, Dylan. No digas eso —resollé, y no dejó que me soltara de su agarre.

—Myles le ha hecho entender a LuzBel que debe darte tu espacio, sobre todo en este momento tan delicado, y él lo ha entendido. Así que no te buscará si tú no quieres que lo haga —aseguró.

Noté la desesperación en su voz, en todos sus gestos. Y comprendí que era momento de dejar mi orgullo herido de lado, por él y por Tess.

—Está bien, vamos con ellos —acepté, y reí, sintiéndome avergonzada a la vez cuando me dio un beso en cada mejilla.

Me avergonzó y me hizo sentir pésimo que, fuera lo que fuera lo que esos hombres querían hablar conmigo, yo lo estaba retrasando, y con eso perjudicando a Tess.

Al salir de la habitación le pedí a mis tres hombres de más confianza que me acompañaran, como Dylan sugirió. Mi hermano nos guio a la sala de juntas improvisada y antes de llegar pasamos por una sala de espera en la que me encontré a Eleanor acompañada de Angelina (la madre de Elliot), Alice y la otra chica que reconocí como Hanna.

«Alias: la garrapata del Tinieblo».

—¿Cómo te sientes? —preguntó Eleanor llegando a mí, y me abrazó.

Angelina la imitó e hizo la misma pregunta. Y antes de responderles le pedí a Ronin, Isamu y Caleb que se adelantaran, quedándome solo con Dylan y las señoras.

—Bien.

«Bien hecha mierda».

Mi conciencia hizo una aclaración muy certera.

Deduje que Angelina ignoraba que fui yo la que le disparó a su hijo, de lo contrario no se hubiera mostrado tan amable conmigo, como era siempre. A Eleanor la sentí un poquitín distante, sin embargo, no la juzgaba, ya que ella sí debía saber que apuñalé a LuzBel y encima me comporté como una perra con ellos con tal de proteger a mis hijos.

Ya tendríamos tiempo para arreglar esas diferencias. O eso esperaba.

—No me dijeron que estabas aquí.

—Llegamos con Robert ayer por la tarde, pero no fuimos a visitarte porque tus muchachos nos dijeron que estabas dormida —me respondió Angelina, y Eleanor asintió dándome a entender con eso que por la misma razón no habían llegado ellos a buscarme.

Tampoco lo esperaba, pues con la situación de Tess era obvio que ella y Myles se concentrarían en su hija.

—No queremos ser maleducados, pero llevamos prisa —nos interrumpió Dylan, y agradecí la intromisión.

A espaldas de Eleanor vi que Alice y Hanna se susurraban cosas intentando no mirarme, para que no notara que hablaban de mí.

—Por favor, continúen —nos alentó Eleanor—. Hija —me tomó de la mano antes de dejarme ir—, piensa en mi Tess, por favor —suplicó, y no comprendí por qué.

Tampoco indagué, pues Dylan me tomó de la otra mano y me arrastró lejos de ellas. Ignoré a Alice y a su acompañante (aunque sentí sus miradas), y me uní a mi élite, quienes me esperaban afuera de una habitación que era custodiada por los escoltas de Myles.

El corazón se me aceleró ante la expectativa de quién me esperaba detrás de esa puerta y sentí la garganta seca y las manos frías y sudorosas, cuando uno de los hombres abrió la puerta y nos invitó a entrar.

Isamu, Ronin y Caleb entraron primero en el orden que los mencioné. Y, antes de hacerlo yo, respiré hondo y sentí a Dylan presionándome la mano. Cuando lo miré, asintió para animarme y supe que se dio cuenta de lo que me sucedía.

«Estabas cagándote de los nervios porque oficialmente te verías con el Tinieblo, el hombre a quien creíste muerto durante tres años».

Y porque aceptaría de una vez por todas que nunca existió Sombra.

—Isa, cariño. Me alegra mucho que estés aquí y verte bien —exclamó Myles al verme entrar, y se puso de pie para darme un abrazo.

Se lo devolví sin decir nada, porque literalmente sentía detrás de él aquella mirada de hielo queriendo congelarme en mi lugar.

«Vaya poder el que tenía para conseguir eso con la mirada».

—Dylan me dijo que era de vida o muerte.

—Lo es —aseguró Myles cuando me aparté de él—. Toma asiento, por favor —ofreció señalando una silla a su lado.

La mesa era redonda y…

«¡Oh! Santos ojos grisáceos».

Maldición.

Esos ojos estaban clavados en mí. LuzBel se encontraba sentado en una silla de frente a la mía, serio, gélido. Con ganas de decirme mucho, pero mordiéndose la lengua para no hacerlo.

Había perdido peso luego de haber recibido aquella bala por mí, además de que estaba un poco pálido por la sangre que de seguro perdió tres días atrás, después de mis puñaladas. No nos saludamos y esa vez ni siquiera le sostuve la mirada. Y no sería mentirosa, lo evité porque el maldito me estaba poniendo nerviosa con su actitud cabrona, y más cuando se cogió los relicarios que tenía colgados en el cuello y jugó con las placas.

Carajo.

Reconocí el mío. Y supuse que me estaba probando.

—Isabella, espero que te encuentres bien —deseó Darius, él estaba al lado de LuzBel.

—Gracias. —Me alivié de que mi voz sonara entera y también de su intromisión, porque hizo que dejara de prestarle atención por completo a LuzBel—. A ti también —ofrecí para Myles, y me sonrió.

Él había corrido la silla para que me sentara, como el caballero que era.

En ese momento decidí que únicamente me concentraría en él, en Dylan o en mi élite (quienes también tomaron asientos alrededor de la mesa, Isamu lo hizo a mi lado derecho), ya que Marcus solo me ofreció un asentimiento como saludo; y con Darius no me era fácil interactuar luego de saber que era mi hermano adoptivo.

Era extraño tener tres hermanos luego de crecer creyendo que era hija única. Y, aunque no me había dado la oportunidad de pensar en nada de eso, hubo un breve instante en el que recordé la mayoría de mis interacciones con Darius, como él y como Sombra.

Me había llamado por el apellido de mamá, cosa que muy pocos conocían a menos que fueran de la familia o íntimos. También mencionó que aprendió japonés por una promesa a su madre para ir juntos a conocer Japón; y cuando Maokko le preguntó si le gustó el país, la tristeza que lo embargó fue imposible de esconder. Y sabiendo todo lo que ya sabía, reconocí que esas fueron pruebas de su parentesco conmigo.

«Tenías la verdad en tus narices».

Sonreí triste e irónica por el señalamiento.

—Bien, ahora que estás aquí, quiero ser claro y directo antes de entrar en cualquier otro tipo de información.

Que Myles arrancara con esa reunión incómoda e improvisada fue como un respiro que la vida me dio antes de volver a sumergirme en la mierda. Pero eso solo lo entendí minutos después de que el mayor de los Pride me informara sobre lo que decidieron para que LuzBel fuera desligado de Sombra. Me explicó además dónde tenían a Amelia y cómo estaba siendo tratada; y hubo un momento, mientras escuchaba cada cosa, que no pude contenerme las ganas de mirar a LuzBel y sonreírle con burla e ironía, pues cabía la posibilidad de que a su manera estuviera protegiendo a la chica de una pena de muerte o cadena perpetua.

—Deja de hacerte hipótesis estúpidas y escucha —me riñó LuzBel enseguida de que bufé por algo que su padre dijo.

Lo miré prometiéndole que, si volvía a hablarme así, terminaría mi trabajo con él. Y con eso escondí la reacción de mi estúpido corazón porque volví a escuchar su voz, la verdadera, la que añoré oír por años.

—Elijah —advirtió su padre, y LuzBel gruñó frustrado.

Gruñó, y mi estómago se calentó con el sonido.

—Ya tenemos claro todo esto que has explicado —le dije a Myles—. Ahora quiero saber qué conseguiste tú, porque mi gente me informó que fuiste en busca del irlandés que posee el aparato que apagará los dispositivos en nuestras cabezas para que puedan ser extraídos —me dirigí a Marcus en ese momento.

—Lo hice, hablé con él y me aseguró que lo tiene en su poder, pero solo lo entregará con una condición —aportó, y por su cara supe que no me diría nada bueno.

Y cuando Myles le hizo una señal de cabeza para que callara, me puse de pie, desesperada porque alargaran ese asunto.

—Sea lo que sea, tendremos que aceptar, ¿no? —sondeé mirando a Myles.

El irlandés nos tenía bien cogidos, pues era la vida de Tess, más que la mía, la que dependía de su condición.

—Ya hemos aceptado, pero quería hacértelo saber antes de proseguir.

Caleb e Isamu me miraron, pendientes de mi reacción. Ronin se mantuvo atento a Marcus, Darius y LuzBel. Y yo, luego de observar a Myles, miré a Dylan y sentí que él me estaba pidiendo perdón con la mirada.

—¿Qué quiere a cambio del aparato? —indagó Caleb por mí.

Myles me miró, pero fue LuzBel quien me respondió.

—A Amelia.

—¡De ninguna manera! —espeté, e Isamu se puso de pie para detenerme cuando intenté irme sobre ese traidor.

—Ya está hecho, White. Ahora mismo Evan y Gibson la están llevando con la gente de Cillian O'Connor, el irlandés. Ellos les entregarán el aparato como parte del trueque al tener a Amelia en su poder —siguió el hijo de puta.

—¡No, no, no y no! —grité intentando zafarme de Isamu para llegar a LuzBel y terminar de matarlo. Los demás solo esperaron en sus lugares, tensos por lo que sucedía—. ¡No puedes hacerme esto, malnacido! ¡No es posible que de nuevo la salves de lo que merece!

53

—*Isabella, cálmate*—pidió Isamu en japonés.

Pero calma es lo que menos podría tener, al verme reflejada en aquellos ojos grises y gélidos que me estaban demostrando que volvió para destruirme con su tormenta. Olvidándose de que, si me sabían provocar como lo hacía él, yo fácilmente me convertía en la maldita tempestad.

CAPÍTULO 26

No eres tan diferente a ella

ISABELLA

Myles había tenido que intervenir para que yo me calmara, pero nada de lo que me dijera lo conseguiría, pues quería despedazar la habitación si no podía conseguir mi objetivo con un imbécil que, al parecer, regresó a mi vida para terminar de joderla.

—¿Para qué demonios me querías en esta reunión si ya han resuelto todo según como le conviene a tu hijo? —espeté para Myles.

—No es para mi conveniencia, White. Deja de ver las malditas cosas como tú quieres verlas —se entrometió LuzBel, poniéndose de pie también.

Caleb y Ronin dejaron sus asientos al ver esa acción de él, e Isamu siguió sosteniéndome de la cintura.

—¡Ya, maldición! —gritó Myles, y dio un golpe en la mesa con su palma abierta, haciendo que Marcus, Dylan y Darius dieran un leve respingo al verlo perder los estribos—. Y ustedes dos, vuelvan a sus malditos lugares porque Isabella no corre ningún peligro aquí —les ordenó a Caleb y Ronin.

Era la primera vez que lo veía comportándose así.

«¿Así cómo? ¿Cómo el otro líder de Grigori y no como un padre teniendo que interferir entre sus hijos orgullosos?».

Tragué con dificultad por eso y tomé las muñecas de Isamu para que me soltara.

—Habrías podido evitar esto si, en lugar de traerme aquí con la idea de que necesitaban mi opinión, me hubieran advertido que solo querían tener la *delicadeza* de informarme lo que han hecho —le reclamé, y Myles negó con hastío.

—¿De verdad crees que queríamos entregar a Amelia para que se libre de todo lo que ha hecho?

—Tú tal vez no, ¿pero tú? —escupí para LuzBel—. Perdóname si tengo que dudar —satiricé.

Isamu me dejó ir, pero no tomó asiento, se quedó a mi lado por si debía interferir de nuevo.

—¿Qué parte de que fue una condición de Cillian no has entendido? —largó LuzBel—. Si no le entregábamos a Amelia, él no nos daría ese maldito aparato que salvará la vida de mi hermana y te librará a ti de un destino como el que ella corrió, joder.

—¿Y quién me asegura que no planeaste esto con él, desde antes? —debatí, y bufó sin poder creer lo que escuchaba de mí.

—Isabella está en su derecho de pensar así. —A todos les sorprendió la intromisión de Darius, aunque yo pensé que podía ser una artimaña suya para convencerme de que lo que habían hecho fue lo correcto—. Tienes una opinión muy equivocada de lo que ha pasado, pero te comprendo porque, si yo estuviera en tu lugar, también la tendría. Sin embargo, si de verdad nos permites explicarte las cosas, si nos escuchas antes de suponer, podrás deducir por tu cuenta si te mentimos o no.

Sí, yo comprendía ese punto, pero…, maldición, mi enojo era tanto que me cegaba.

—Respeto tu opinión, cariño. Te respeto como mi compañera líder. —Myles trató de sonar más calmado al ver que, aunque comprendí el punto de Darius, para mí no seguía siendo el momento idóneo de poder solo escuchar—. Pero en este instante estás cegada por tu dolor y no verías las cosas como yo las estoy viendo.

—Siento mucho si te ofendo, Myles, pero tú tampoco estás viendo las cosas desde un punto lógico —le dijo Caleb, y él alzó una ceja, aunque no calló a mi amigo—. Eres padre en este momento más que líder, y te tienen cogido de donde más duele, así que es fácil manipularte porque eres capaz de hacer lo que sea con tal de salvar a tu hija. Y eso se entiende, sin embargo, no pretendas hacer quedar a Isabella como la única irracional en esta situación, ya que ella, incluso con el riesgo que corre, está viendo algo que tú no has considerado.

—Y supongo que ese algo es que yo quiero librar a Amelia de su castigo —satirizó LuzBel.

—Tal cual —aceptó Caleb sin inmutarse.

—No nos crean, están en su derecho —se entrometió Marcus—. Pero podrían preguntarle a Tarzán si él cree que actuamos solo a favor de nosotros mismos, ya que, de todos aquí en la sala, es el único que puede ser racional por haber estado en ambos bandos y aparte ser fiel a ti. —Miré a Isamu luego de que ese mastodonte me dijera eso. Y su mirada asesina hacia él me indicó que no le gustó que lo entrometieran.

—David atrapó a Serena, Owen y Lewis. —Isamu miró a LuzBel cuando este admitió tal cosa, y noté la impotencia con la que mencionó a esas personas. Y mi compañero, por más que lo intentó, no pudo esconder del todo su sorpresa—. Los castigará a ellos por lo que yo le hice a Derek.

Ante lo último, supe que se refirió a que al final fue él quien asesinó a esa basura.

—Tú estuviste infiltrado, Tarzán. Sabes perfectamente nuestros movimientos y los de Lía. Conociste cada élite en realidad, así que dile a tu jefa si esto es un plan nuestro para librar a su enemiga del castigo que merece, o si actuamos a favor de ponerla a salvo a ella y a Tess. Y de paso a… —Marcus calló cuando LuzBel lo miró gélido.

Pasaron varios minutos antes de que Isamu dejara de mirarlos y se concentrara en mí.

—No ha sido un plan de Sombra y su élite, pero puedo asegurarte que fue un plan de Fantasma con el irlandés. —Tragué con dificultad y tomé asiento.

Esa hija de puta era muy inteligente. Y nunca la subestimé, pero sus alcances me seguían dejando anonadada.

El bufido de LuzBel me hizo mirarlo, y negó con la cabeza en cuanto nuestros ojos se conectaron. La decepción bañó sus rasgos, y supuse que se debió a que únicamente creí en que no tuvo nada que ver porque Isamu me lo confirmó. Pero no me importó, y tampoco tenía por qué esperar más después de todas las mentiras que me rodeaban.

—Al principio pensamos en no ceder y llevarnos lejos a Tess cuando dejara de ser un riesgo sacarla del hospital, porque, por ti, Elijah descubrió que la distancia también inhibe los efectos del dispositivo. Pero eso significaba que mi hija jamás volvería a regresar a su hogar —comentó Myles cuando supuso que me encontraba dispuesta a escuchar.

—¿Por qué por mí? —cuestioné a nadie en especial.

De soslayo noté que LuzBel tomó asiento y negó con la cabeza. Y cuando Darius habló, entendí que él no estaba dispuesto a hacerlo más.

—Cuando te fuiste de Estados Unidos, el monitor con el que controlaban tu nivel de dolor dejó de funcionar. Al principio eso nos asustó, pero luego investigamos y supimos que únicamente miles de millas de distancia, el chip, o la muerte, hacen que el prototipo deje de funcionar.

—Sacar a Tess del país era una vía para salvarla —repitió Myles—. Pero ella en este momento no puede salir del hospital hasta que se aseguren que no morirá en el proceso.

La ira comenzó a disiparse en ese instante de mi cuerpo, únicamente por la angustia que comenzó a aumentar al ser más consciente de la gravedad de todo lo que vivíamos.

—Solo existe un aparato para apagar esos prototipos que no está en manos de los rusos. Y cuando busqué a Cillian para pedírselo, la noticia de que apresaron a Lía ya había llegado a él, pues ha sido un acontecimiento mundial —volvió a explicar Marcus—. El tipo sabe que los cargos que ella enfrentará podrían conseguirle cadena perpetua o incluso la pena de muerte, y la chica se aseguró de crear buenas alianzas por su cuenta. Y la que hizo con él está resultando ser la más inteligente, pues le ha conseguido la libertad.

Tenía unas ganas enormes de restregarme el rostro, pero eso les dejaría ver mi frustración y miedo por lo que podía pasar con Amelia, libre de nuevo.

—¿Y puedo saber cómo manejarán esto? ¿El dejarla libre? —inquirí.

—Como suicidio —me respondió Dylan—. Su inestabilidad mental lo hará más creíble, ya que es fácil que estando loca tome esa decisión.

Sentí una punzada horrible en el pecho ante la manera en la que se expresó mi hermano. Y no por ella, sino más bien porque pensé en Daemon, en lo que mi bebé compartía con la mujer que más odiaba en este mundo; y la facilidad con la que se usaba su condición para dañar.

—Isa, yo no… —No sé qué cara puse, pero Dylan se dio cuenta de que en su enojo no utilizó las palabras adecuadas.

Y no lo culpaba porque yo, estando molesta, decía cosas hirientes sin pensar.

—Sé por qué te expresaste así —lo tranquilicé.

Supuse que pensó en lo que yo hice *estando loca* por la pérdida del tipo frente a mí. Pero Myles también me observó y sabía que él entendió que en realidad pensé en mi hijo, en su recién descubierta bipolaridad y los señalamientos que le esperaban.

—Hija, debes estar preparada porque, en cuanto Gibson nos haga llegar ese aparato con Evan, vas a someterte a la operación para que te extraigan ese dispositivo —avisó Myles cambiando de tema, y asentí.

Y rogué para que fuera pronto, porque luego de eso podría marcharme del país, sobre todo ahora que Amelia volvía a ser un peligro inminente.

—Si eso era todo lo que querían informarme, entonces me marcho. —Me puse de pie al decir eso, y mis chicos me imitaron.

Tenía el corazón acelerado de nuevo y el cuello me hormigueaba porque sentía la mirada de LuzBel puesta en mí. Sin embargo, no me detuvo cuando caminé hacia la salida, que es lo que pensé que haría. Aun así, mi cuerpo zumbó con la energía que ambos nos provocábamos y debíamos contener.

—¿*Me permites hacer una pregunta?* —Isamu habló en japonés al pedir mi autorización, y asentí— ¿Qué pasará con tu élite retenida? —indagó en inglés, y supe que fue para LuzBel.

¿Su élite?

«O la de Sombra».

—Estamos buscando la manera de recuperarlos antes de que sea tarde —le respondió LuzBel con seguridad.

—*Serena es la chica de la que te hablé* —me dijo Isamu, y entre tanto fue un milagro que recordara que se refería a la mujer que lo manipuló para que se delatara. La misma a la que juró que haría pagar.

—*Si quieres unirte, adelante* —lo animé, hablando también en japonés, y me regaló un leve asentimiento como agradecimiento.

—Fui un excelente observador y aprendí mucho de todas las élites, así que, si tú quieres, para mí no será un problema guiarte para que sepas por dónde ir —se ofreció.

—Si a tu jefa le parece bien y no te toma como traidor luego, pues quédate para informarte mejor de todo lo que sucede con ellos. —Sonreí de lado al escuchar la pulla de LuzBel.

Pero no me giré para encararlo, no pensaba continuar con ese juego, por lo que proseguí con mi camino solo con Ronin y Caleb. Aunque sabía que Myles y Dylan nos seguirían porque, al parecer, ese asunto era algo de lo que LuzBel se encargaría con su nueva élite.

—Isabella. —Ronin y Caleb se apartaron para que Myles caminara a mi lado luego de llamarme—. Siento mucho que las cosas se dieran así y agradezco que al final lo entendieras.

—Yo soy la que debe disculparse, Myles —aseguré—. No me es fácil soltar esto a pesar de que, en efecto, del intercambio depende la vida de Tess.

—Y la tuya, hija. No subestimes lo que tienes en tu cabeza, porque ese ataque que sufriste es la prueba de que corres el mismo peligro.

—Tienes razón —concedí, y recosté la cabeza en su hombro enseguida de que me cruzó el brazo por la espalda en un abrazo cariñoso.

Llegamos a la sala de espera de esa manera y nos encontramos de nuevo con Eleanor, aunque en ese momento solo la acompañaba Hanna.

—¿Todo está bien? —preguntó Eleanor.

Dylan conversaba algo con Caleb y Ronin unos pasos detrás de nosotros, y se detuvieron en cuanto Myles me detuvo a mí, cerca de su esposa.

—Sí, cariño. Te dije que no te preocuparas —le respondió Myles, y sonreí sin gracia.

«Pues a la pobre se le habría bajado la presión, si hubiese estado en esa sala donde casi la dejas sin hijo de nuevo, y de paso, sin marido».

Estúpida entrometida.

—Gracias por entender, hija.

—Mejor no agradezcas por eso, Eleanor —pedí, y le di un apretón en las manos porque ella me las había tomado.

—Oh, mira. Ella es Hanna —Eleanor me soltó para coger a la chica de los hombros, animándola a que se acercara más—, una amiga de Elijah.

«Amiga mis ovarios».

—Es un placer conocerte, Isabella. —Hanna me ofreció la mano, y se la tomé un poco reacia. Imaginé que había escuchado mi nombre de sobra, por eso no esperó a que yo se lo dijera.

Era de mi estatura, de cuerpo esbelto y tez blanca, ojos verdes y cejas gruesas con un arco perfecto. Su nariz perfilada y labios carnosos, junto a los rasgos finos de su rostro, le daban una belleza angelical y sensual a la vez. Sobre todo con ese cabello rubio y en ondas, que le llegaba un poco más abajo de sus omóplatos.

Era una chica muy delicada y lo dejaba entrever con la ropa que usaba: un pantalón de lino negro, top del mismo color y, sobre este, un *blazzer* fucsia con zapatillas a juego.

—¿Nuestro hijo te habló sobre ella? —le cuestionó Myles al darse cuenta de que yo no respondería a lo que ella me dijo. Y supuse que también buscaba asegurarse de cuánto sabía la chica.

—No en realidad —respondió Hanna con una sonrisa tímida.

Al menos fue cuidadoso con eso, pero… mierda, la culebrita de los celos se ahondó en mi pecho cuando mi mente, que era mi peor enemiga en ese instante, me hizo pensar que no me mencionó por razones que nada tenían que ver con protegerme.

—*Jefa, con Caleb pensamos que es el mejor momento para que te despidas. Salike y los otros dos hermanos siguen aquí* —murmuró Ronin en voz baja al llegar a mi lado.

Hanna lo miró, pero sospeché que no entendió lo que me dijo, por el idioma. Yo en cambio sí comprendí que con *aquí* se refería a la morgue del hospital.

—Debo hacerme cargo de algo —le avisé a Myles.

—¿Vas a salir del hospital?

—No —le respondí, y asintió—. Supongo que las seguiré viendo por aquí —añadí para Eleanor y Hanna, ambas asintieron.

—Podríamos tomar un café luego tú y yo, necesitamos hablar, cariño —me recordó Eleanor, y asentí.

—Nos vemos después —me despedí de todos.

Aunque antes de que Ronin y Caleb me guiaran hacia la morgue, le pedí a Dylan que me llevara a la habitación de Tess. Y en el momento que la vi postrada en la camilla, con los ojos cerrados y conectada a varias máquinas, entendí que Myles cediera con facilidad a la condición del irlandés.

—Te juro por mi vida que yo jamás habría permitido que la entregaran, si de eso no dependiera la salud de Tess y la tuya —aseguró Dylan, tomando la mano de su chica.

Los labios de Tess estaban pálidos, incluso sus pecas habían perdido el color, y me sentí muy mal, además de culpable por considerar no ceder con la entrega de Amelia cuando era la vida de esa pelirroja la que estaba en juego en realidad, pues, por una razón que desconocía, su hermano solo me colocó ese chip a mí.

—Lamento haberme cegado por mi furia, cuando es más que obvio que tú en mi lugar cederías sin rechistar para salvarme —musité, y tomé la mano con la que él sostenía la de Tess—. Va a estar bien, Dylan. Ella volverá a ser la pelirroja insufrible que adoras —prometí, y sonrió agradecido.

Me quedé unos segundos más con ellos, en los que Dylan aprovechó para comentarme que se sentía feliz porque LuzBel estuviera vivo, pues era su amigo, su hermano. Aquel ángel que lo salvó de una muerte por sobredosis. Sin embargo, eso no evitaba que también se sintiera dolido por su mentira, por todo lo que nos hizo sufrir, aunque ahora entendía sus razones.

Y, a pesar de que aseguró estar orgulloso de mí por no dejarme embaucar fácilmente por LuzBel, ya que tampoco estaba de acuerdo con ciertas cosas que hizo, sí intercedió por él y me pidió que me diera la oportunidad de escucharlo.

—Lo haré, te lo prometo.

—Pero no trates de matarlo esta vez —bromeó, y medio sonreí.

Acto seguido, le di un abrazo y luego me marché de la habitación. Caleb y Ronin me esperaban afuera, y juntos nos encaminamos a hacer algo que nos destruiría un poco más, pero que no por eso dejaríamos de hacer.

La morgue era fría y al entrar agradecí que no hubiera cuerpos a la intemperie. Los de nuestros compañeros yacían en ataúdes especiales para que fueran transportados vía aérea. Y la garganta se me cerró en el momento que reconocí el tahalí de Salike sobre el sarcófago que contenía sus restos.

Ronin y Caleb se detuvieron a unos pasos, se pararon en posición de descanso y con el puño izquierdo se dieron dos golpes en el pecho, sobre el lado del corazón, en un gesto de rendir honor y respeto a los guerreros caídos. Los imité quedándome más cerca del ataúd de Salike, y me tragué el nudo que me cerraba la garganta.

—*Me diste el mejor ejemplo de lo que es ser una guerrera* —musité en voz baja, aunque no débil, hablando en el idioma de mis hermanos Sigilosos—. *Fuiste fuerte pero compasiva. Heroica sin dejar de ser humilde. Invencible y, sin embargo, una mujer amable. Y créeme que el legado que has dejado no muere aquí, aunque tu cuerpo haya llegado a su fin. Y así duela tu partida, me hace feliz que pudieras cumplir la promesa que te hiciste a ti misma: morir con honor.* —Bajé al suelo antes de proseguir y me apoyé en una rodilla, flexionando la otra, inclinando el torso y poniendo una mano en mi corazón—. *Gracias por tus enseñanzas y consejos. Gracias por haber entregado tu vida para que yo pueda vivir la mía. Y sobre todo, gracias por haber sido el corazón de mi élite, uno que nunca perecerá.* —Me di dos golpes en el pecho y escuché los de mis compañeros al unísono—. *Te prometo que te honraré a ti y a tu familia, Salike Igarashi, y sabré recompensar tu sacrificio en esta generación y las venideras.*

Me puse de pie luego de decir lo último y mantuve la cabeza inclinada, escuchando cómo cada uno de mis compañeros se despedía del cuerpo de ella, añadiendo además unas palabras para nuestros otros hermanos.

«*No le temo a la muerte, ¿sabes por qué? Porque los miedos frenan la vida. Por eso heme aquí, viviendo con desenfreno antes de morir*».

Sonreí al recordarla diciéndome eso. Esa era otra de las cosas que Salike me enseñó, ella vivía con desenfreno, pero no del tipo que mataba lentamente, sino del que te hacía vivir de verdad. Pues amó como quiso, sufrió por lo que ameritaba, triunfó en lo que se propuso y aceptó lo que no pudo ser.

Cuando mis compañeros terminaron de rendir sus honores, me di la vuelta para salir de la morgue y no me sorprendió encontrar a Isamu en la misma posición que yo estuve antes.

—*Nuestras vidas son como el emblema de La Orden a la que honramos. Hermosa y breve como la flor de cerezo, por esa razón la muerte vendrá a nosotros como llega a ella, en batalla o naturalmente, pero siempre será gloriosa.*

Había dicho lo que nos enseñaron cuando nos entregaron el tahalí que portábamos en las batallas, y vimos la flor de cerezo grabado en él.

Tras eso se puso de pie y caminó hacia los ataúdes. Nosotros optamos por darle su espacio, pues éramos conscientes de que él necesitaría privacidad para despedirse de su ángel como tanto deseaba.

A continuación, caminamos en silencio, dispuestos a regresar al piso que despejaron para nosotros y, cuando estuvimos ahí y salimos del ascensor, le pedí a Caleb que se adelantara con la intención de que consiguiera noticias sobre Evan y Gibson, y su misión especial. Y mientras, yo iría a ver a Jane y a Connor antes de que les dieran el alta médica, y de paso averiguaría sobre Elliot, pues si algo había confirmado en la despedida que le hicimos a nuestros hermanos, fue que la muerte solo llegaba una vez, pero nos hacía sentir todos los momentos de nuestra vida.

Y yo no quería irme con dudas, remordimientos o cosas inconclusas.

«*¿Eso significaba que hablarías también con el Tinieblo?*».

Ya era hora, ¿no?

«*Chica, hasta te habías tardado*».

Sonreí en respuesta al reclamo de mi compañera y enemiga en muchas ocasiones.

—Yo confío en ti, Ángel. Confía en ti mismo también.

—Tienes demasiada fe en mí, Hanna. —Agarré a Ronin del hombro, ya que iba adelante de mí, para que se detuviera antes de doblar la esquina del pasillo, cuando reconocí la voz de LuzBel con la de su *amiga*.

Le hice una señal con el índice sobre mis labios, para que hiciera silencio, y el tonto sonrió emocionado al darse cuenta de que íbamos a espiar.

—¿Y acaso no tengo motivos suficientes para hacerlo? —cuestionó ella, e identifiqué una sonrisa en su voz—. ¿O debo recordarte las noches que pasamos metidos en esa habitación de lujo, en la que me demostraste que, por más que estuvieras con esas lacras, no eres igual que ellos?

«Oh, santa mierda».

La garganta se me secó al escuchar la pregunta íntima que le hizo a LuzBel; y vi a Ronin arrepentido de quedarse conmigo para espiar.

—¿O debo añadir que te arriesgaste para salvarme? Lo hiciste a pesar de lo que podías perder.

—Te lo debía, Hanna. No hice nada especial, simplemente te saqué de allí porque por mi culpa se ensañaron contigo. Porque te creían mi… chica exclusiva. Si Amelia no hubiera sentido celos de ti…

—Si tú no me hubieras tomado como tuya, me habrían vendido a todos esos hombres, Elijah. Si no me hubieras hecho tuya, ese malnacido…

—¡Hey! Ya. No pienses más en eso. —La voz de Hanna se había quebrado, y él la consoló.

A mí en cambio se me quebró todo por dentro.

—*Jefa* —susurró Ronin, y me tomó de las manos al ver que estaba temblando.

Ya no me sentía celosa. Lo que transitaba por mis venas en realidad era la decepción en su estado puro, quemándome como si en lugar de sangre fuera ácido, porque, si bien yo me acosté con Elliot luego de ver a Sombra entre las piernas de Amelia, sé que jamás le habría fallado a LuzBel de esa manera, de haber sabido que vivía. Pero supongo que fue mi error, esperar de alguien lo mismo que yo entregaba.

—¿Isabella? —La voz de Fabio me sacó de mi miseria, y me giré para verlo, pues habló a mis espaldas—. Justo iba a tu habitación —comentó.

Acababa de salir de la habitación del pasillo en el que estábamos.

—A-aquí me tienes. —Fingí que no me pasaba nada, aunque mi voz me traicionó por un momento.

—Vamos —me animó. Ronin se hizo a un lado, un poco inseguro por lo que acababa de presenciar conmigo, pero confió en que no haría una locura con Fabio ahí.

Respiré hondo en el momento que él puso una mano en mi espalda baja, al notar que no era capaz de dar un paso. Y me preparé para lo que sea que vería, pues debíamos pasar por el pasillo en el que se encontraba LuzBel y Hanna, *su* chica exclusiva.

Y me admiré de mi propia capacidad al levantar la barbilla y hacer como si no escuché nada, en cuanto me encontré con él de frente. Con su porte orgulloso y mirada que prometía que iba a arrancarle el brazo a Fabio por llevarlo donde lo llevaba, algo que me hizo reír por dentro y negar con ironía, pues había que ser muy descarado para comportarse tan posesivo habiendo hecho todo lo que hizo.

«Adiós ganas de querer escucharlo».

Juro que mi conciencia hizo un puchero al decir eso.

—Necesito hablar contigo en un momento.

—Por supuesto que lo haremos.

No sé si Fabio notó la amenaza implícita en la respuesta que LuzBel le dio luego de decirle que necesitaban hablar, o si la ignoró deliberadamente. Dado el caso no me importó, me limité a pasar al lado de esos dos y no tuve las ganas de sonreírle a Hanna cuando ella me sonrió a mí.

Era oficial, no podría fingir que no estaba comenzando a odiarla por obtener de LuzBel lo que yo añoré durante años: su presencia.

—¿Sabes qué? —Me tensé al sentir que me tomaron del brazo, y más al escuchar esa voz tan cerca de mí—. A la mierda con el espacio, White.

—*Déjalos.* —Escuché a Fabio pedirle a Ronin, hablándole en japonés cuando mi compañero quiso interponerse.

—*Lo va a matar* —le advirtió Ronin.

—*Es un riesgo que él quiere correr.*

Dejé de oírlos en el instante que LuzBel me metió a una habitación. Y debí haber estado en *shock*, pues era la única explicación que encontré para dejarme arrastrar por él.

—Quítame las manos de encima —exigí al reaccionar.

—Te molestan las mías, pero no las de Fabio, ¿cierto?

Me sacudí hasta que logré zafarme de él, y me giré dispuesta a enfrentarlo.

—¿Y si así fuera?

—Si así es, no me importará tener que conseguir otro neurólogo, White. —Me reí con odio y burla de su amenaza—. ¿Crees que, si no me detuve por un sargento, lo haré por un médico?

Retrocedí cuando él se acercó a mí, y odié esa sensación de idiotez revoloteando en mi estómago como un enjambre enfurecido, pues temí que me nublara el raciocinio.

—Deja las estúpidas amenazas porque no me tomas en buen momento, imbécil —exigí, y esa vez, cuando dio otro paso cerca de mí, no retrocedí, ya que no le permitiría que ganara poder. No más—. No estoy para escuchar la sarta de mentiras que tengas que decirme, o las excusas que pretendas utilizar para embaucarme, para enmascarar la cobardía que cometiste.

Alcé la cabeza para que nuestras miradas se alinearan cuando su pecho estuvo al ras del mío; y no me inmuté ni siquiera en el momento que su aroma golpeó mi nariz, como el recordatorio de que Sombra estaba ahí, aunque sus ojos grises y furiosos me gritaran que era LuzBel, el hombre que inevitablemente seguía amando. Y quien me seguía destrozando por las cosas que hizo.

—¿Fui un cobarde por querer mantenerte a salvo? —cuestionó bajando una octava de su tono, y miró mis labios.

Sentí el calor de su cuerpo arropando el mío, y apreté los puños cuando necesité tocarlo porque, así estuviera odiándolo, también me moría por confirmar que era él y no una ilusión.

—No, LuzBel. Lo fuiste por mantenerte fuera de mi vida durante más de tres años. Por mentirme en la cara. Por no aceptar que querías estar con ella, por ocultarme la verdad para protegerla.

—No asegures lo que no sabes, White —siseó entre dientes—. Porque no tienes ni una puta idea de lo que yo tuve que pasar.

—¡¿Y tú sí sabes lo que yo pasé?! ¡¿Piensas siquiera en cómo me levanté después de creerte muerto?! —vociferé, y puse las manos en su pecho para alejarlo de mí. Retrocedió, e imaginé que mis puñaladas ya no le dolían, pues se movía con facilidad—. ¡Me quise quitar la vida porque no soportaba seguir sin ti! ¡Me recluyeron en un hospital psiquiátrico por mi inestabilidad mental, porque me volví loca al ya no tenerte! ¡Viví la peor de las depresiones, y eso casi me hace acabar con mis...!

Callé de golpe y a la vez jadeé por lo que estuve a punto de decir, sintiendo mis mejillas húmedas por haber comenzado a llorar al hacerle todas esas preguntas. El cuerpo entero me temblaba y la respiración me abandonó, dejándome sentir más los latidos de mi corazón desbocado.

—¿Con tus qué, Isabella? —indagó, y negué con la cabeza.

—No confío en ti, LuzBel —reiteré para que no volviera a indagar sobre eso.

En un movimiento rápido, pasó el dedo por uno de los relicarios que llevaba en el cuello, siendo este el mío. Lo alzó y me lo mostró. Puso frente a mí la imagen de Aiden y Daemon.

—¿Con ellos? —preguntó con la voz ronca, y miré de manera alterna a la fotografía y a él—. Son tus hijos, ¿cierto?

—No te importa —largué, y maldijo.

—¿Son míos? —La desesperación al hacer esa pregunta fue inconfundible, por más que él la quiso camuflar con impaciencia.

—¡No! —espeté, y sacudió la cabeza, dudando si creerme o no.

—Entonces son de Elliot. El hijo de puta es el padre y por eso insistes en protegerlo de mí —escupió con celos y furia—. Al final sí te revolcaste con él mientras *llorabas* mi muerte —se burló con tanto deseo de hacerme daño, pero en lugar de eso consiguió que perdiera los estribos, pues me parecía increíble que minimizara mi dolor cuando fue él quien se revolcó con otras.

—No, maldito idiota —desdeñé con los dientes apretados—. Con Elliot me revolqué después, cuando ya te había superado. Cuando pretendiste hacerme caer como Sombra —confesé con una sonrisa llena de alevosía.

«¡Por el amor de Dios, Isabella! ¡¿Qué acababas de hacer?!».

El tiempo pareció congelarse por unos minutos. LuzBel se quedó petrificado y perdió el color hasta ponerse blanco, procesando lo que acababa de admitirle con tanto orgullo. Pero en segundos pareció reaccionar y, sin decir nada, salió de esa habitación.

«¡Santa mierda! ¡Iba a matarlo!».

—Joder —escupí, comenzando a ir detrás de él.

—LuzBel —lo llamó Fabio cogiéndolo de los brazos cuando lo tuvo de frente.

Pero ese hombre parecía un demonio prendido en fuego en ese instante, y empujó a Fabio para sacárselo de encima, consiguiendo que este diera con la espalda en la pared del pasillo.

—No. Te. Metas. En mi puto. Camino —parafraseó LuzBel con la voz tan gélida, que fue capaz de congelar el aire que nos rodeaba.

O literalmente así se sintió.

Negué con la cabeza para Fabio y le pedí así que no se metiera, pues él no tenía por qué sufrir las consecuencias de mis actos.

—¿*Qué hiciste, jefa?* —sondeó Ronin, y negué con la cabeza entretanto seguía detrás de LuzBel.

—Apuñalé al diablo. Así que ve por Caleb e Isamu —ordené—. Y tú, ven con nosotros —le sugerí a Hanna para tener un as bajo la manga, por si llegaba a ser necesario.

La chica había palidecido al ver a su amante hecho una furia, no obstante, encontró un poco de valentía y nos siguió tan rápido como sus piernas se lo permitieron. Y yo estuve a punto de alcanzar a LuzBel, pero sabía que no era inteligente tocarlo, así que lo evité.

—¿Qué mierdas piensas hacer? —espeté.

—Cumplirte mi promesa —gruñó él con la voz ronca, y no lo reconocí.

Estábamos por llegar a la habitación en la que imaginé que se encontraba Elliot, porque vi cerca a unos hombres de Robert. Y sabía que debía hacer algo para evitar que lo atacara, al menos sin que el ojiazul estuviera desprevenido.

—¿Tienes claro que no me forzó? ¿Que lo que pasó entre nosotros fue consensuado? ¡Mierda! —chillé en el instante que me cogió de la barbilla y me empotró en la pared, llamando la atención de los Grigoris dispersos por todo el piso.

—¡Sí, hija de la gran puta! ¡Lo tengo tan claro como que no soy capaz de asesinarte a ti! —rugió como un león herido—. ¡Pero puedo ponerme muy creativo con él! ¡Puedo despedazarlo frente a ti para que no te vuelvan a quedar ganas de darle a nadie más lo que debió ser solo mío! ¡Solo mío, pequeña mierda!

—¡Suéltala! —gritó Fabio, y jadeé porque LuzBel le obedeció en un santiamén, pero no porque quería, sino porque le urgía llegar a aquella habitación—. ¿Estás bien? —cuestionó para mí al llegar a mi lado.

Sacudí la cabeza para que no le diera importancia, e intenté tragar al sentir la garganta seca y el corazón a punto de salírseme por la boca.

—Puta madre, va a matarlo —avisé, viendo a Hanna correr detrás de LuzBel, llamándolo desesperada.

Corrí también.

Los hombres de Robert no fueron capaces de detener a ese endemoniado, e incluso de lejos pude ver que Elliot estaba de pie cuando LuzBel irrumpió en la habitación. Alice, quien lo acompañaba, gritó al ver que el ojiazul cayó por sus pies en el momento que el Tinieblo se le fue encima, y en ese instante me di cuenta de que, cuando la ira se apoderaba de tu cuerpo, ni las puñaladas profundas, ni las lesiones recientes en el pecho, y mucho menos las heridas de bala en la pierna, eran impedimento para meterse en una lucha de titanes.

Y nunca agradecí tanto que Elliot supiera defenderse y se recuperara rápido, a pesar de la impresión, como en ese instante, pues se levantó del suelo y le devolvió los golpes a su primo con la misma fuerza e intensidad que él se los daba.

Alice les gritaba que pararan, Hanna intentaba hacer lo mismo, y yo supe que donde los hombres no consiguieran hacer nada para separarlos, haría cosas que me dejarían ante todos como una mujer horrible. Pero ante situaciones desesperadas, medidas premeditadas.

—¡Ya, hombre! —exigió Fabio al conseguir retener a LuzBel por un momento.

Caleb, Ronin e Isamu llegaron junto a Darius por fin.

LuzBel trató de golpear a Fabio para apartarlo, sin embargo, este mostró una agilidad que no se conseguía en clases de karate solo por pasatiempo, y evitó el golpe. Caleb llegó a ellos para contenerlos, y Darius con Isamu tomaron a Elliot en el momento que el ojiazul quiso arremeter.

Ronin se quedó conmigo, escudándome.

65

—¡Voy a matarte para cortar de una jodida vez esa manía que tienes de tocar lo mío! —espetó LuzBel.

Usaba una camisa gris claro, así que noté que las heridas en su abdomen estaban sangrando igual que su boca. Elliot tenía puesto todavía el pantalón y la bata del hospital, y la pernera se le mojó con el líquido carmesí, a juego con el que le corría por la sien.

—¡¿Y acaso lo tomé por la fuerza?! —devolvió Elliot siendo, por muy lejos, el ángel ojiazul.

Alice me miró, tratando de encajar lo que esos dos se decían, y negué, diciéndole que no era momento para aclarar nada.

—¡No! ¡Pero me harté de que seas el puto tercero que siempre pretende librarse de la culpa! —Dicho eso, LuzBel hizo un movimiento con el que logró zafarse del agarre de Fabio y desencajó el arma que Caleb llevaba en su cintura.

Y la sangre abandonó mi cuerpo cuando vi que estuvo a segundos de dispararle a Elliot. Pero logró detenerse únicamente porque Alice previó lo que pasaría y se puso delante del ojiazul. Ambas ignoramos que Isamu y Darius no iban a permitir que el Tinieblo lograra su cometido.

«Si es que no los mataba a ellos también».

Buen punto.

—¡No, LuzBel! —rogó la rubia—. ¡No sé qué está pasando, pero no me hagas esto a mí!

Reconocí claramente que esa vez el Tinieblo no estaba dispuesto a detenerse. Y menos cuando Elliot también se zafó de Isamu y Darius para proteger a Alice con su propio cuerpo, pues también notó que el demonio frente a ellos iba a disparar sin remordimiento alguno.

Entonces cogí a mi as bajo la manga, tomando de paso el arma de Ronin y, gracias a que la camilla estaba cerca, la lancé sobre ella. Hanna gritó horrorizada al darse cuenta de mis intenciones, y se cubrió el rostro en lugar de apartar mi mano de su cuello.

—¡Isabella, no! —gritó Myles irrumpiendo en la habitación.

No me detuve, le disparé tres veces a Hanna y, cuando terminé con mi cometido, la solté y sonreí al verla inerte.

—¡¿Qué hiciste?! —espetó LuzBel, aterrorizado al ver la sangre manchando la sábana, pero no se atrevió a acercarse.

—¿Yo? Nada —desdeñé, y cogí a Hanna del cabello para que saliera del estado de *shock* en el que la dejó mi hazaña—. Ella, en cambio, sí se *hizo* —avisé, y lancé a la chica hacia él.

Consiguió cogerla en brazos, la pobre se había orinado encima al ver a la muerte de frente. El último disparo le rozó la sien, porque así lo quise, y en cuanto estuvo entre la protección de su amante, y este la revisó para asegurarse de que no la herí de gravedad, ella sollozó dejando entrever su terror.

Alice estaba pálida entre los brazos de Elliot, y solo mi élite no se inmutó por mi proceder, pero no podía decir lo mismo de Fabio, Darius, Myles y el ojiazul.

—Última advertencia, LuzBel —hablé con la voz gutural—: intenta matar de nuevo a Elliot por algo que yo le permití, y te prometo por mi sangre que la próxima vez los tiros irán directo a la cabeza de tu *exclusiva*. —Sus ojos se abrieron con sorpresa, pero no por mi promesa, sino porque entendió que ya sabía quién era Hanna para él, en realidad—. Y si insistes en provocarme más, le demostraré al Sombra dentro de ti que no se equivocó cuando aseguró que yo también estaba tan enferma como él.

El silencio reinó durante varios segundos. Solo nuestras respiraciones aceleradas lo cortaban. Y en ningún momento dejamos de vernos a los ojos, sellando esas promesas silenciosas que ambos nos hacíamos.

—Salgan todos de aquí —ordenó Myles, y entendí que se refirió a los demás, menos a su hijo y a mí.

Asentí para que mi élite obedeciera, y le entregué el arma a Ronin. Darius y Alice le ayudaron a Elliot mientras que Caleb y Fabio tomaron a Hanna para auxiliarla. Isamu extendió su mano hacia LuzBel, y este le dio la glock que todavía sostenía, y cuando estuvimos solo los tres, Myles nos miró con severidad.

—Me han hartado los dos —expresó con decepción—. Y, si ahora mismo no se dicen lo que tengan que decirse, te entregaré a ti para que pagues por el crimen contra Caron —dijo para LuzBel, y él negó incrédulo—. Y te llevaré a juicio a ti con el sindicato de Grigori por haber atentado contra la vida de mi heredero.

—¡¿Qué?! —inquirí, y Myles me miró con dolor.

—Se pasaron por el arco del triunfo los límites, Isabella. Así que agradece que he sido benevolente —zanjó, y dicho esto salió de la habitación y cerró, dejándome con su hijo.

Y no hablamos durante varios minutos, simplemente intentamos procesar todo, conteniéndonos porque Myles no nos hizo una amenaza vana. Iba a cumplir, y yo no podía ir a juicio, primero porque era obvio que me harían pagar por lo que hice, así estuviera justificado en mi cabeza. Y segundo porque necesitaba regresar con mis hijos antes de que Amelia pudiera dar con ellos.

—Seamos sensatos así sea por un segundo, LuzBel —me animé a hablar—. Ni a ti ni a mí nos conviene lo que tu padre pretende hacer. Y está más que claro que no estamos para hablar, y menos para escuchar. Así que dejemos esto por las buenas —propuse, y él torció los lados de su boca en un gesto lleno de sarcasmo y peligro.

—¿Pasó cuando te fuiste con él a California? —preguntó.

—¿Escuchaste lo que acabo de proponer? —cuestioné yo.

—Responde solo eso, White, y luego haremos lo que putas quieras —demandó, pero logré identificar la súplica en el fondo de su voz gutural—. ¿Pasó cuando estuvieron en Newport Beach?

Tragué con dificultad, y una vez más mi corazón se aceleró, pero no por furia o decepción. Fue porque me transporté a años atrás, cuando estuvimos en aquella habitación de Inferno y me encontré con Sombra (o Darius), luego de haberlo besado creyendo que era él.

Aunque en este caso, no confundí a Elliot con nadie.

—¿Hubo más mujeres a parte de Hanna y Amelia? —opté por ponerlo a él en la misma situación, pues, si iba a caer, me lo llevaría conmigo.

—¿Fue una sola vez con Elliot? —devolvió, e intuí que la mecánica era pregunta por pregunta.

Y supe muy bien a qué se refería con esa interrogación formulada de manera amarga.

—No, pero tampoco te diré cuántas. —Cerró los ojos cuando decidí ser sincera y, en cuanto los abrió, no pude descifrar su mirada—. ¿Por qué protegiste tanto a Amelia en la batalla?

—Porque está embarazada —soltó sin preámbulos.

Mi respiración se cortó cuando escuché aquello, eso no podía ser verdad. Tenía que haber una explicación que no doliera tanto, que no me llevara a un punto de sufrir un ataque al corazón. Y ni siquiera pude esconderlo porque necesité jadear para que el escozor en mi garganta se aliviara un poco.

—¿T-te gustó todo lo que ese imbécil te hizo? —masculló.

Y me di cuenta que para ese momento ambos nos estábamos rompiendo sin piedad.

—No preguntes lo que no quieres escuchar —recomendé, y fue su turno para dejar de respirar—. ¿Es tuyo? ¿El hijo que ella espera?

En mi fuero interno rogué que no fuera así. Supliqué porque dijese que no, así fuera mentira, pues no soportaría las ganas de llorar por más tiempo. Y de su respuesta dependía mantener mi orgullo intacto.

—No preguntes lo que no quieres escuchar, White —devolvió, y por primera vez en años quise morirme. O que la tierra me tragara y vomitara lejos de él—. Al final, no eres tan diferente a ella, ¿sabes? —Me quedé de piedra porque se atreviera a compararnos—. Sin embargo, Amelia tiene por excusa su bipolaridad. En cambio, tú eres una zorra porque quieres.

Mis ojos se abrieron demás por su manera de rematarme. Dejé de respirar por completo y estaba segura de que el corazón que creía que ya no tenía para él, no solo se me detuvo, sino también se me congeló y quebró luego en miles de pedazos.

«El maldito Tinieblo sabía cómo herir sin usar una daga».

CAPÍTULO 27

Moriría en el intento

ELIJAH

Cuando padre me exigió que le diera tiempo a Isabella, cedí solo porque Hanna llegó de nuevo a mi vida con más complicaciones. Y Marcus las empeoró, al comunicarnos la condición de O'Connor para entregarnos el aparato que salvaría la vida de mi hermana y la de esa terca.

—Está creyendo cosas que no son, padre —recalqué cuando Darius me convenció de que no insistiera con ella, luego de que sus hombres no me permitieran entrar a verla.

—Hazme caso, hijo. Déjala que piense lo que quiera, que se haga todas las suposiciones que desee. Permite que se torture ella misma hasta que se canse de eso y decida buscar las respuestas por su cuenta. Porque solo en ese momento estará lista para escucharte.

—Y mientras que me crea una mierda —satiricé.

—¿Y qué más da, Elijah? —inquirió, y lo miré sin creer que minimizara eso—. Con el necio solo gastarás saliva, porque, digas lo que digas, no te creerá. Por eso toma mi consejo y deja que el tiempo acomode las cosas.

—¿Y si es demasiado?

—Ya esperaste tres años, hijo. Y te aseguro que, por más reacia que esté en este momento, Isabella no soportará otros tres lejos de ti.

Decidí confiar en padre. Y casi no consigo darle ese tiempo a la Castaña cuando estuvimos en aquella sala y noté que pensaba lo peor de mí. Me indignó que siquiera imaginara que lo que hacía era por favorecer a Amelia. Y envié todo al demonio en el momento que vi a Fabio tan cerca de ella.

Y no, joder. No vi malicia en él en ese instante, pero no soporté que White le permitiera tanta cercanía cuando a mí me quería a tres metros bajo tierra.

Y…, puta madre. Bien decían que el diablo era sabio por viejo, no por diablo. Por eso padre me pidió que la dejara buscarme. Porque quería evitar el desenlace que estábamos teniendo. Pero, a pesar de estarme haciendo mierda con esas verdades que se sentían como puñaladas en el pecho, no me arrepentía de llegar a ese punto.

Así la rabia y la decepción; los celos y el dolor; el miedo, la sorpresa y la agonía se arremolinaran en mi interior y me desgarraran desde adentro. Desmoronando mi mundo hasta llevarme en picada a lo profundo, a ese lugar del que ni yo mismo me quería salvar, prefería saber esa verdad que quise ignorar meses atrás.

Porque lo sospeché… Mierda, vi en sus ojos que me mintió en la cara al negar que se acostó con él. Y decidí ignorarlo porque ni siquiera la tenía, pero tampoco la quería perder.

«Aunque entre mis piernas se meta quien yo quiera y no quien tú decides, no usaré a Elliot como te usé a ti. Simplemente porque a este chico jamás podría usarlo, me importa demasiado y estoy en un punto de mi vida en donde, si alguien más lo llegara a tocar después de que yo lo haga, quemaría el maldito mundo y a quien ose poner sus manos en lo que será solo mío».

Alcé las comisuras de mi boca, con burla hacia mí mismo porque me lo dejó claro desde un principio. No usaría a ese hijo de puta y, aunque estuve dispuesto a matarlo y a Alice junto con él, Elliot tuvo razón al asegurar que no tomó lo que creí mío por la fuerza. No lo hizo con Amelia, tampoco con White.

Entonces me di cuenta de que no lo odiaba por meterse donde le permitían. Lo detestaba porque, muy dentro de mí, siempre supe que, así los dos fuéramos unos hijos de puta, en las relaciones él siempre sería mejor hombre que yo. El bueno, el correcto, el que convenía. Al que las chicas escogerían para tener un futuro luego de un acostón pasajero conmigo.

Y, sin embargo, Isabella había sido la única chica que, en lugar de abandonarme a mí por él, dejó a Elliot por mí. Por eso me dolió más esa traición, porque creía que ella sería la excepción. Como un completo iluso pensé que para White yo era al que veía en su futuro, pero al final me reafirmó que era igual que las demás.

Buscaban al bueno, al correcto, el conveniente.

—¿Zorra porque me entregué a otro hombre que no eras tú? —preguntó incrédula, dolida e irónica—. ¿O porque jugué tu juego, pero superé tus técnicas?

La miré desconociéndola, y oculté mi dolor, tal cual ella escondió el suyo. Pues, así nos estuviéramos haciendo mierda, no cedíamos, no dejábamos el orgullo que nos caracterizaba.

—¿Qué juego, White? —sondeé—. ¿Ese en el que follas por despecho? Aunque, según me diste a entender, con Elliot lo harías por placer, ¿no? Así que explícame qué puto juego.

—Si fuera por despecho, entonces, tengo una ficha más para jugar, ¿cierto? Ya que tú estuviste con Amelia y de paso con Hanna —satirizó—. Porque Sombra, aunque se haya sentido diferente, al final eras tú; por eso él no cuenta. —Su voz filosa estaba dispuesta a seguir haciéndome sangrar—. Así que bien podría ir a cumplirle a Darius su fantasía de una aventura incestuosa. O mejor a Fabio, quien parece ser un tipo rudo en la cama.

—Cállate —rugí cogiéndola de las mejillas con una sola mano, odiándola por las imágenes que seguía poniendo en mi cabeza.

La maldita provocadora seguía golpeándome en su lugar favorito: en mis debilidades.

—Por esto soy una zorra, ¿no? —continuó, y tomó mi muñeca para que la soltara. Y lo hice antes de perder los pocos estribos que todavía tenía—. Porque hice lo mismo que hacen los tipos como tú: follar por placer con quien se me antojó. Y lo hice siendo una mujer libre, tal cual lo he sido desde que tú fingiste tu muerte para irte con tu primer amor, la madre de tu futuro hijo.

Me mordí el labio inferior y bufé una risa carente de emoción al escucharla. Acto seguido, tomé una respiración profunda que hizo que la herida en mi abdomen doliera y sentí que sangré más. Pero ignoré esas molestias y la miré por primera vez como la mujer en la que se convirtió. Vi a la reina Sigilosa, esa de la que Marcus siempre me pidió que me cuidara y la que me rehusé a ver porque, para mí, seguía siendo aquella chica que me hizo caer cuando juré que no lo haría.

—Entonces no eres como yo, White —masculló—. Porque yo no disfruté de mis encuentros sexuales con ninguna de esas chicas. —La muy cabrona se rio de mi declaración y me quitó las ganas de decirle que solo follé una vez con Hanna, y que ni siquiera lo recordaba.

Y menos le diría que lo que sucedió con Amelia no fue ni follar. O que desde que me acosté con ella tres años atrás no volví a hacerlo con nadie más. No lo admitiría porque no valía la pena, no con esa mujer que estaba muy lejos de ser mi Bonita.

—Ríete si es lo que quieres, pero mírame a los ojos y analiza si te estoy mintiendo —aconsejé.

Lo hizo. Me miró y encontró mi seguridad y la verdad que no estaba dispuesto a vocalizar, pero le ganó la ira, el orgullo, y optó por seguir firme en la pelea. Confirmándome que no estaba dispuesta a retroceder.

—¡Aww! Pobrecito —se burló, y ya ni siquiera reaccioné a eso porque en ese instante dejó de importarme lo que pasaba entre nosotros. Ya no quería escuchar explicaciones, y mucho menos darlas—. Para la próxima, asegúrate de follar con alguien que te haga gozar.

Me guiñó un puto ojo tras decir y hacer eso, y apreté los puños, pues lo que quedó implícito en sus palabras me estaba llevando a una profundidad muy peligrosa para los dos. La sugerencia descarada entre esas líneas me torturó, pues, como en el pasado, admitió sin palabras que ella sí se acostó con alguien que la hizo gozar.

Y la vi en mi cabeza, en la cama con Elliot, disfrutando, entregándose a él de la manera en la que se entregó a mí muchas veces y…, puta madre. Me ganó el coraje, la decepción, la frustración, los celos. Y dejé salir todos esos sentimientos en mis siguientes palabras.

—Nunca debiste tener miedo de que te viera con asco, después de lo que Derek te hizo pasar. —Sus ojos se abrieron demás al recordarle semejante mierda. Y sí, ese era un golpe bajo, pero no me detuvo—. Eso jamás habría sucedido —juré, y la vi tragar con dificultad—. Sin embargo, mira cómo te veo ahora después de saber lo que hiciste con Elliot, por tu propia voluntad, con tu maldito gusto, porque quisiste.

Intentó apartar la mirada en el momento que mis palabras se clavaron en su corazón como una maldita daga. Pero no se lo permití, volví a tomarla de las mejillas y apreté mis dedos con más fuerza, obligándola a mirarme a los ojos.

—Me. Das. Asco, reina Grigo… —No terminé de mascullar las palabras porque me giró el rostro de una bofetada, apartándome de ella en un santiamén.

Pero el escozor de ese golpe jamás iba a compararse con el daño que me causaron sus actos y confesiones. Por eso sonreí de lado y me lamí la sangre que me sacó de una de las comisuras de mi boca. Dando por sentado que esa *conversación* entre nosotros había finalizado. Girándome para marcharme de una buena vez.

—¿LuzBel? —me llamó en cuanto llegué cerca de la puerta—. Cuando Sombra me propuso acostarme con él, lo pensé demasiado antes de aceptar, porque le guardaba luto al hombre que amaba. Se lo guardé durante mucho tiempo, y hasta me señalaron de idiota por quedarme estancada en el pasado.

—¿Y ahora de qué te señalan? —sondeé con la voz mortecina, y me giré para mirarla. Alzó la barbilla y creí que me respondería con orgullo como lo venía haciendo, pero en ese instante me di cuenta de que ella también estaba cansada.

—Cuando decidí acostarme con Elliot, pensaba que ese mismo hombre seguía muerto —continuó, ignorando mi pregunta—. Y lo creas o no, solo el día que supuestamente te aluciné, volví a hacer el amor después de tres años. —Quise hablar, soltarle otra verdad, pero me mordí la lengua porque ya suficiente había quedado de estúpido como para seguir reiterando que lo era—. Por honrar tu recuerdo me negaba a darme una oportunidad con alguien más, y mira la ironía, tú mismo me hiciste aceptar con esa *alucinación* que no era sano vivir de los recuerdos, por eso acepté utilizar a Sombra así fuera en la cama. —Rio con sarcasmo, y sentí una gran opresión en el pecho—. ¿Y sabes qué es lo más gracioso? —No me dejó responder—. Que, si yo hubiera sabido que tú vivías, jamás habría caído con Sombra y menos con Elliot, Elijah Pride, porque tú lo eras todo para mí, por eso, cuando te fuiste, me dejaste sin nada.

Tuve la intención de dar un paso hacia ella, pero esas se esfumaron con la misma rapidez que llegaron, debido a que en ese momento era yo el que ya no quería escuchar ni aclarar nada. Y, conociéndome, sabía que si hablaba sería solo para seguirla hiriendo con las palabras.

—Sé que mis manos no están limpias porque tropecé y las apoyé varias veces en la mierda en la que se convirtió mi vida, después de perderte. Me he equivocado en incontables ocasiones y lo seguiré haciendo, pero te juro por lo más valioso que tengo que todo lo que hice y que ahora mismo te duele fue porque te creí muerto —repitió, y sonrió con tristeza—. ¿Por qué las hiciste tú? —cuestionó satírica, y sabía a dónde quería llegar.

«Por mantenerte con vida a ti, que eres todo lo que siempre me ha importado desde que te conocí», pensé. Sin embargo, Isabella jamás lo sabría, nunca escucharía eso. No luego de que me restregara en la cara que, a diferencia de mí, ella sí disfrutó el estar con otro.

Y mi silencio le dio a entender que no tenía una respuesta. Así que negó con fastidio y caminó hacia la puerta pasando por mi lado.

—No te duele que me haya acostado con Elliot porque sientas algo por mí, te duele porque hirió tu ego, tu orgullo —escupió asqueada—. Le haces tanto honor a tu apellido[2] —masculló decepcionada, y luego se marchó.

—No, White. No me duele el orgullo. Me duele que, de un segundo a otro, mi todo se convirtió en nada —susurré, sabiendo que ya no me escucharía.

En ese momento representábamos muy bien la estupidez de dos personas cegadas por la ira, sufriendo el ardor de la traición y la ignorancia, pero que no estaban dispuestas a dar su brazo a torcer porque si algo nos caracterizaba era el orgullo.

El orgullo que siempre conseguiría separarnos.

No necesité decirle nada a padre cuando salí de esa habitación, aun así, sabía que él estaba seguro de que ya no tendría que estar a cada dos por tres entre la Castaña y yo, porque supuso que lo que nos dijimos fue suficiente para no querer volver a vernos, a menos que las cuestiones de la organización nos obligaran a estar frente a frente.

—¡Dios mío! ¿Estás bien? —me preguntó Hanna cuando salí de la habitación en la que me tuvieron internado ese tiempo en el hospital.

El médico acababa de curar mis heridas, tuvo que ponerme algunas bandas de sutura en la lesión de mi abdomen para reemplazar los puntos que perdí durante la pelea. En la ceja también me colocó una y, aparte de eso, me inyectó con antibióticos, además de dejarme otros más para que los bebiera en casa, pues me dio el alta médica gracias a que no necesitaba seguir hospitalizado.

Y como dijo él, era increíble que después de una pelea como la que tuve con Elliot no me haya jodido más de lo que ya estaba.

—Se ve fatal, pero no es nada que los antibióticos y desinflamatorios no puedan arreglar —le respondí con la voz cansina—. ¿Y tú cómo estás? —indagué, y miró hacia el suelo, avergonzada por lo que le pasó al ser sometida a un terror como el que le hizo vivir White.

Mierda.

Si lo pensaba, volvía a sentir la furia de ese momento porque se haya ensañado con una chica que nada tenía que ver con nuestros problemas. Pero al recordar cómo la llamó y darme a entender que escuchó mi conversación con Hanna, en aquel pasillo en el que la encontré con Fabio, me obligaba a no ser hipócrita, ya que al final Isabella solo le hizo, en parte, lo que yo quería hacerle a Elliot.

—He estado mejor —aceptó sin querer verme a la cara.

Vestía con otra ropa. Y no debía ser inteligente para suponer el porqué. Además, le habían limpiado el roce de bala que recibió en la sien y se lo protegieron con gasa. Madre estuvo con ella mientras el médico la revisaba, lo supe por padre cuando quise ir en busca de la rubia para asegurarme de que estuviera bien.

—Hanna, el que debe estar avergonzado por lo que te pasó soy yo —declaré, y la tomé de la barbilla para que me mirara a los ojos—. Lo siento mucho.

---

2 En esta parte, Isabella se refiere a que Pride (que es el apellido de Elijah) significa orgullo en español.

—Iba a decir que no fuiste tú el desquiciado, pero, después de lo que vi, estaría errando —dijo en son de broma, y dejé de tomarle la barbilla, al ver su intención de cogerme de la muñeca.

—Definitivamente errarías —coincidí, sonriéndole de lado.

Por ella fue que supimos que Serena y los mellizos habían sido apresados por David y su gente, ya que Owen únicamente tenía el número de Hanna registrado en su móvil.

Darius había logrado ponerse en contacto con un Vigilante que le debía un par de favores, quien constató lo que la chica nos informó; añadiendo también que Lewis y Serena consiguieron eliminar de sus móviles el historial de llamadas y sus contactos antes de que se los quitaran. Y Owen, creyendo que el de la rubia no levantaría sospechas, porque lo guardó con el nombre de un restaurante, no se preocupó por eso.

Pero David no era estúpido, así que, con tal de que me llevaran el mensaje sobre lo que le hicieron a mi equipo, llamó a ese número para avisar que uno de los *clientes frecuentes* de ese restaurante no la estaba pasando para nada bien, y que él, así como los otros dos, pagarían por haber *comprado* comida en otro lugar. Utilizando esas palabras claves para que yo entendiera a lo que se refería.

Los noticieros ya se habían llenado con reportajes sobre la muerte del líder criminal más buscado en el país (y en otros fuera del continente americano) junto a su mano derecha y su sobrino. Así como el logro de haber atrapado a Fantasma, uno de los delincuentes que más había envenenado a la población, además de hacerla sangrar de la mano de Sombra.

Y como se decía que Sombra escapó, Hanna entrelazó la situación con la llamada que David le hizo y se arriesgó a regresar a Virginia para buscarme, debido a que yo no le respondí las llamadas que me hizo, confiando en que los Vigilantes no irían detrás de ella porque estaban más preocupados por huir, antes de ser arrestados también.

La chica llegó al restaurante de Nico, porque era el único lugar en el que tuvo esperanzas de que le dijeran dónde encontrarme, él la comunicó con Belial y este a su vez la contactó con Marcus, por eso el moreno la llevó al hospital. Para darnos ese mensaje de David y para reencontrarnos una vez más.

Y no me alegré de verla, porque se puso en peligro (y ahora yo tendría que protegerla), pero valoraba que se hubiera arriesgado por mi equipo, ya que por ella pusimos en marcha un plan para recuperarlos. Y con la ayuda de Isamu esperaba poder conseguirlo, pues el tipo en realidad resultó ser un buen observador que en efecto se aprendió a la perfección los lugares más vulnerables de los búnkeres de la organización, en los que podríamos acceder para rescatar a los tres.

«Encárgate de los mellizos y déjame a mí a Serena. Será más fácil si nos dividimos».

Esa había sido la propuesta del asiático y, aunque supuse que él y la chica tenían una espinita que no se habían sacado, luego de que ella lo sedujera para hacerlo hablar, no me dio la sensación de que quisiera lastimarla.

Darius no estuvo de acuerdo conmigo, pero tuvo que aceptar porque él debía encargarse de encontrar a Jarrel, ya que no había señales del hombre y Cillian le aseguró a Marcus que Dasher ya no era un problema que él debía solucionar. Cosa que nos dejó en el limbo; y como no estábamos para exigir nada porque el maldito irlandés nos tenía cogidos de las bolas, teníamos que buscar información por otro lado.

Y la frustración de no poder resolver todas las cosas que se me habían ido encima, me llevó a tener acercamientos con Hanna que no quería que ella interpretara de manera errónea. Primero, cuando me abrazó por la espalda luego de mi impotencia al saber lo de mi equipo secuestrado. Y después, en ese pasillo, en cuanto me sentí en un callejón sin salida por haber perdido a Dasher sin haberlo recuperado, y porque Cameron me avisó que no había conseguido saber nada de Miguel, Gabriel y Rafael, de quienes tampoco el informante de Darius sabía algo.

En ambas ocasiones, ella intentó ser un apoyo. Y eso le hizo ganarse ver a la muerte de frente cuando Isabella la tiró en esa camilla y le disparó como una puta advertencia para mí.

—¿Vas a quedarte con Alice? —le pregunté a Hanna al comenzar a caminar hacia el ascensor.

Quería ir a casa de mis padres, aunque no deseaba alejarme mucho para estar pendiente de lo que sucedía con Tess, pero, si seguía un minuto más en ese hospital, volvería a cometer errores y ya estaba cansado de cagarla.

—Sí, su hermano no quiere que nos movamos de aquí y, para ser sincera, yo tampoco, pero, como comprenderás, ella no tiene ganas de seguir en este lugar.

Comprendía que quería irse por la misma razón que yo quería hacerlo y, aunque le debía una disculpa a Alice, no era el mejor momento para dársela, porque verla significaba revivir todo lo que necesitaba olvidar, así fuera por un minuto.

—Voy a conseguirles un lugar para que se queden y estén protegidas —prometí.
—Gracias, Eli…
—No, Hanna. No me llames así —la corté. Quise hacer eso mismo en aquel pasillo (pedirle que no me llamara por mi nombre), antes de que todo se fuera a la mierda, pero no hubo oportunidad.

—Pero es tu nombre, ¿no?

—¿Escuchas a los demás llamándome por él? Y no cuentes a mis padres. —Sus mejillas se enrojecieron ante mi señalamiento, y exhalé un suspiro—. Solo no me llames así, ¿de acuerdo?

—Por supuesto, Sombra.

—Hanna —advertí, y ella se encogió de hombros.

—Yo lo conocí a él, ¿no? —satirizó, y apreté los labios al querer reírme cuando noté su enojo.

—Harás que me metan a la cárcel si me llamas así —le recordé, y eso la preocupó.

No habíamos tenido tiempo para hablar sobre lo que me llevó a ser Sombra y por qué no pagaría por mis mierdas en la cárcel, pero le expliqué lo suficiente y ella lo entrelazó con lo poco que supo antes de mí para hacerse una buena conjetura.

—Sabes que jamás haría eso, tonto.

Sonreí de lado, estábamos a punto de llegar al ascensor, aunque antes debíamos pasar por otro pasillo, y al estar cerca escuchamos unas voces, una discusión en realidad, entre las personas a las que menos quería encontrarme.

—Entiendo tu molestia, pero… ¡por Dios, Alice! Comprende tú que nada de eso habría sucedido si ustedes ya hubieran estado juntos. —Isabella se escuchó con mucho hastío al aclararle eso a la otra rubia.

La que estaba a mi lado en ese momento alzó una ceja por lo que escuchó.

—¡¿Y por qué decirlo entonces, Isabella?! —gritó Alice, y la Castaña bufó exasperada—. ¡No te hagas la buena porque está claro que lo único que querías con eso era dañar!

—Alice, cálmate, por favor —pidió Elliot, y Hanna rodó los ojos.

Ella y Alice acababan de conocerse, pero ambas se cayeron bien y, al parecer, ser mujer la haría ponerse del lado de su nueva amiga sin importar razones.

—¡Que me calme y una mierda! —gritó Alice, y se sintió bien no ser el receptor de su furia esa vez—. Los dos son iguales, unos egoístas a los que les importó un carajo el daño que causarían con tal de quitarse las ganas. Porque sí, tú y yo no tenemos nada oficial, pero ya conocías mis sentimientos, lo que me pasaba contigo, lo que quería.

—Alice...

—¡No me toques! —Negué con la cabeza en el momento que Hanna quiso apresurar el paso y apoyar a Alice, al escucharla quebrarse luego de exigirle tal cosa a Elliot—. No esperaba que respetaras a Sombra, Isabella, pero, como mujer, tampoco esperé que me hicieras esto a mí cuando sabías lo que yo ya sentía por Elliot.

Ni Isabella ni el malnacido pudieron decir algo referente a lo que Alice les reclamaba, porque ella, a diferencia de mí, les estaba demostrando cuánto la dañaron entre lágrimas.

—No sé por qué te quejas de LuzBel, Elliot, cuando está claro que eres peor que él.

Perfecto. Alice era la primera chica con esa opinión con respecto a nosotros. Y en ese momento se sintió bien.

—No pensarías eso si lo conocieras como yo —lo defendió Isabella, y tensé la mandíbula, ralentizando el paso.

—Y deberé creerte, ¿no? Porque tú puedes comparar con hechos a ambos primos —desdeñó Alice—. ¿Qué te gusta más de ellos, Isabella? ¿Que sean unos hijos de putas, o cómo follan?

—Isa, no —pidió Elliot, y supuse que la Castaña intentó irse sobre Alice, ante su provocación.

—Te mueres por saber lo que me gusta, ¿eh? —siseó White como una víbora desesperada por matar con su veneno—. Sus perlas, Alice. Esa joyería que ambos tuvieron en común y que tanto extrañé.

—Me cago en la puta —gruñí con la furia, y los celos reverberando de nuevo en mi interior, al escuchar esa declaración.

—¡Hey, no! ¡No, no, no! —suplicó Hanna en voz baja, y me tomó del rostro al ponerse frente a mí, para impedir que avanzara hacia ellos. Mi respiración era errática y comencé a ver todo rojo—. No le des más poder sobre ti, Ángel. No permitas que te dañe más. —La tomé de la cintura para apartarla, pero aferró más su agarre en mis mejillas—. Mírame, mírame, mírame, por favor. Tú no mereces seguir cayendo por ella.

—¡Eres una zorra! —gritó Alice.

—¡¿Y me lo dice quién?! La chica que, incluso teniendo novio, también cayó por las perlas de Elliot —satirizó Isabella—. Pero no te juzgo por eso, pues me pasó lo mismo.

—¡Ya, maldición! ¡No más! —exigió Elliot para ambas—. Deja de caer en las provocaciones, Isabella. Que no te importe lo que estén insinuando de ti, porque solo tú sabes lo que has pasado. Así que basta ya con esto —le demandó—. Y tú tampoco te pases, Alice, porque, así entienda que te hemos herido, Isabella no es ninguna cualquiera para que le hables así; y no merece que te ensañes de esta manera con ella cuando, en el momento que cedió a algo que yo inicié, los dos estábamos solteros.

—¿Y eso le da el derecho a que nos restriegue en la cara que se acostó contigo? Porque eso hizo con LuzBel. Y fue con toda la intención de dañarlo, de provocar un caos. Y lo consiguió —aseveró Alice—. Y de paso me llevó a mí entre las patas porque sabía muy bien que me enteraría de lo que hicieron, y le importó una mierda. Así que perdóname si te molesta tanto que le diga sus verdades en la cara.

—Alice...

—¡No, Elliot! ¡No más! Quédate con ella, total, es lo que siempre has deseado.

Escuché que Elliot soltó una maldición, luego oí los pasos apresurados de alguien, seguido de eso vi a Alice corriendo en dirección a nosotros. Iba llorando, deseando desaparecer. Hanna me soltó al darse cuenta de ella, y me miró mortificada, demostrándome que no quería dejarme a mí, pero tampoco se sentía bien al dejar sola a Alice.

La rubia ni siquiera se detuvo con nosotros, continúo su camino como si le hubieran prendido fuego y buscara agua para apagarse.

—Ve con ella —la animé.

—¿Estarás bien?

—Iré a casa.

—Prométeme que no caerás más —suplicó.

—Ve con Alice, Hanna —demandé yo.

Y no esperé respuesta de su parte, seguí mi camino, presintiendo que todavía iba a encontrarme con los dos traidores, pero no quería detenerme. Y no me equivoqué, Elliot estaba viendo el lugar por donde Alice corrió, con las manos en la nuca, negando con la cabeza y maldiciendo. Isabella me daba la espalda, tenía una mano en la cintura y la otra en la cabeza, en un gesto que parecía de frustración y enojo.

Y cuando Elliot me vio caminar hacia ellos se irguió, de seguro esperando a que volviera atacarlo. Sonreí de lado con suficiencia, aunque a la vez entendí que Hanna tenía razón, no podía continuar dándoles poder a esos dos. No tenía por qué seguir demostrándoles que me dolía lo que hicieron.

No más, joder.

Estaba harto de ser el blandengue que se dejaba manipular por los sentimientos. Quería volver a actuar como el hijo de puta al que todo le importaba un carajo. Y no me interesaba, ya que eso me seguiría manteniendo como el acostón ocasional de las chicas, que luego irían en busca de un ideal como Elliot.

Al final era obtener placer sin complicaciones lo que siempre me importó.

—¿Volveremos a la historia pasada? —preguntó Elliot cuando pasé a su lado sin perder mi tiempo con él. Isabella se giró al escucharlo, y fue claro que contuvo la respiración al darse cuenta de mi presencia—. ¿Ambos cuidándonos las espaldas el uno del otro?

Me detuve a unos pasos de Isabella, su pecho no había bajado, señal de que seguía conteniendo la respiración, y eso me hizo alzar un lado de mi boca con burla y frialdad.

—Despreocúpate de eso —le respondí gélido, mirándola a ella—. Tengo cosas más importantes por resolver que ensuciarme las manos contigo por *nada*. —Isabella tragó con dificultad al entender que la estaba degradando—. Al final solo recuperaste lo tuyo, primo. Un poco usado por mí, sin embargo —añadí con mi sonrisa más grande en ese momento.

—¡Hijo de puta! —escupió Isabella con los dientes apretados.

Se fue sobre mí, pero Elliot logró contenerla y la tomó de la cintura para alejarla todo lo que le fue posible, diciéndole algo en voz baja que no pude escuchar.

—Ella ya sabía a mí cuando te la tiraste —seguí, haciendo que White se sacudiera entre los brazos de Elliot para llegar a mí y matarme—. Y, lo que sea que te hizo al follar, lo aprendió conmigo.

—No, Isabella —largó él, y la arrastró lejos de mí.

—¡Te odio, malnacido! —chilló ella.

—Y eres correspondida, Pequeña —zanjé yo, llamándola como cuando fui Sombra, sintiendo el regocijo que de seguro la embargaba a ella cuando tiraba su veneno.

Miré cómo Elliot la alejaba de mí, ampliando mi sonrisa en el instante que sus ojos miel se conectaron a los míos, demostrándole con eso que le daría motivos verdaderos para que me detestara.

—Esto no puede continuar así, Elijah —se quejó madre.

Estábamos en casa de ellos, había llegado con padre a tomar una ducha y cambiarse de ropa. Ambos sabían que yo también estaba en casa, así que me buscó en mi habitación para amonestarme por su cuenta por lo que pasó con Elliot, ya que en el hospital no lo hizo porque odiaba montar espectáculos frente a los demás.

—Robert y Angelina querían hablar contigo, pero tu padre les pidió que no lo hagan porque quiere que tú y Elliot arreglen sus cosas como los adultos que son. Sin embargo, para mí no siguen siendo más que chicos inmaduros a los que todavía hay que tirarles de las orejas para que vean los errores que cometen —siguió, y rodé los ojos.

—No te preocupes, madre. Myles sabe utilizar otros medios para meternos en cintura —satiricé, recordando su amenaza de entregarme a las autoridades.

Ella suspiró con cansancio y se sentó a los pies de la cama, yo me encontraba medio recostado, jugueteando con los relicarios en mi cuello.

Y antes de que madre llegara a buscarme, había estado pensando en mis enfrentamientos con la Castaña, en cómo se puso de nerviosa cuando pregunté por esos niños. Y en cuánto me afectó que asegurara que no eran míos, a pesar de que yo no quería hijos.

Y suponer que Elliot era el padre de esos pequeños y, que al preguntárselo a Isabella, en lugar de negarlo, me restregara que sí se acostó con él, me llevó a perder la puta cordura. No me importó que cuando creyó alucinarme me asegurara que no había estado con nadie más, que le creí porque llegué a endiosarla y porque muy en el fondo yo sospechaba que esas copias también eran mías.

—Elijah, sé que será imposible que tú y Elliot se lleven como la familia que son, pero me destroza que esto también esté pasando con Isabella. Y créeme que no estoy feliz por lo que ella te hizo, sin embargo, me consta cuanto te ama.

—No me hables de esa traidora —pedí, y me senté, con cuidado de no seguir lastimándome la herida en mi abdomen.

—Traidora, ¿por qué, hijo? Si ella lo único que ha hecho es amarte y honrar tu recuerdo.

—¿Acaso has estado con ella todo el tiempo para asegurar eso? —inquirí, y me puse de pie—. ¿En serio me honraba cuando otro le hacía a estos niños? —largué, y tomé el relicario para que supiera de quiénes hablaba.

—¡¿Pero qué dices?! —urdió incrédula, y también se puso de pie—. ¿Cómo te atreves a decir eso, Elijah? ¿Qué acaso no ves que esos niños son...?

—¿Son qué, madre? —exigí saber porque calló de golpe y negó un tanto asustada—. Habla de una vez, Eleanor, por favor —rogué, y la tomé del rostro—. No seas como ella, no me hagas suponer. No dejes que me siga envenenando con lo que imagino. No permi...

—¡Son tuyos, Elijah! —gritó, y me quedé en silencio de golpe—. ¡Son tus hijos, mi amor! —añadió, y la solté.

Di un paso hacia atrás y ni siquiera pude tragar porque tenía la garganta demasiado cerrada. Esa confirmación, que ya esperaba, hizo que las imágenes de todos aquellos rostros inocentes y llenos de terror me embargaran, acelerándome el corazón. Cada cara infantil bañada en lágrimas pasó frente a mis ojos, lo hicieron como si se tratara de un vídeo en marcha rápida. Incluso volví a escuchar sus súplicas porque los devolviera con sus padres.

—¡Elijah! —Escuché a madre llamarme a lo lejos, y sacudí la cabeza. En ese instante, las risas de Dasher me llenaban los oídos, junto a su llanto la primera vez que me vio con la máscara puesta—. ¡Hijo, respira! —suplicó, y negué de manera incesante cuando, al final de todos mis recuerdos, vi a esos dos niños sonriéndome en Italia.

—Júrame... júrame que esas pequeñas cosas son mías —conseguí decir.

—Aiden y Daemon, hijo. Así se llaman esas pequeñas cosas, como les has dicho —informó, y me regresó a la cama, ayudándome a sentarme—. Respira, por favor. Tu corazón está muy acelerado —instó.

—¿Por qué Isabella me lo negó? —cuestioné.

—Porque tiene miedo. Ella cree que tú estás en una relación con Amelia y, después de que esa chica le arrebatara a sus padres y a ti, teme porque vaya detrás del tesoro más grande que la vida le dio, cariño —explicó.

«*No confío en ti, LuzBel*».

Eso me dijo Isabella cuando la enfrenté. Y, aunque entendí que se debía a lo que suponía, nunca sospeché que lo que en realidad hacía era proteger a sus... nuestros hijos.

—Yo jamás haría eso, madre. Yo nunca dañaría a unos ni...

La vergüenza que me embargó fue indescriptible.

¿Con qué cara diría eso después de todos los niños a los que dañé?

Puta madre. Ella estaba en todo su derecho de desconfiar de mí. Yo merecía que Isabella no quisiera decirme sobre la existencia de esas copias; que los protegiera con su vida de mí, porque me convirtieron en uno de los peores peligros para los niños.

Yo no los merecía. En eso estábamos de acuerdo.

—Incluso nos prohibió a nosotros acercarnos de nuevo a nuestros nietos. Y sí, me molesté por eso al principio, pero ahora, después de ver en primera fila el daño que nos han hecho esas ratas, la entiendo y la apoyo, Elijah —siguió explicándome.

Aunque se detuvo en el instante que padre llegó para avisarnos que Tess había despertado y que debían regresar al hospital. Les dije que yo llegaría luego porque, aunque me importara mi hermana, el impacto de esa confesión sobre los gemelos Pride White me tenía en jaque y necesitaba procesarlo.

Madre me pidió que le prometiera que no diría nada a nadie sobre los niños, ya que esas eran las reglas de White. Y lo hice sin dudar, porque yo también sabía que era lo mejor.

Y cuando se fueron, mi intención era quedarme en esa habitación, pero me desesperó no poder acallar mi cabeza. Y antes de volver al hospital para buscar a White de nuevo, incluso sabiendo que no podíamos estar en el mismo espacio, preferí irme para el apartamento sin importarme que sus cosas siguieran ahí. Aprovecharía que ella no llegaría, porque su gente no tenía intenciones de sacarla del hospital, pues la protegían mejor allí.

—Joder —espeté cuando el momento *comemierda* se apoderó más de mí, al entrar al apartamento.

Ninguno de los escoltas Grigori me siguió, pues como Sombra aprendí a escabullirme muy bien. Y nadie se daría cuenta de que estaba ahí porque utilicé el acceso secreto. Sin embargo, entendí que no escogí el mejor lugar para escapar, cuando todos los recuerdos que tenía en ese lugar me asestaron de golpe.

Los del pasado, pero más los recientes.

Me acerqué al reproductor de música para romper el silencio y callar mi cabeza, pero reí con sarcasmo en cuanto *Die Trying* sonó, y supuse que fue alguna carpeta que Isabella reprodujo en sus días ahí.

—Fantástico, White. Incluso cuando quiero olvidarte, estás presente —me quejé.

Pero no cambié la canción.

Fui al refrigerador por una botella con agua y regresé enseguida al sofá. Respiré hondo al sentarme y apoyé la espalda en el respaldo de este, cerrando los ojos, dándome cuenta de que, en todos estos años estuve literalmente aguantando la respiración porque, aunque quería, no podía permitir que nadie me descubriera.

Y cuando pude decir mi verdad, no me liberé, todo lo contrario, el agua se volvió más profunda, comencé a vivir de cabeza, sintiendo que con cada paso que daba me ahogaba. Y cansado y adolorido como me hallaba, ya no estaba seguro de querer morir en el intento por una mujer a la que no le importé lo suficiente como para que me escuchara. No quiso saber que yo era ese tipo de hombre al que no le importaba que lo encadenaran de manos a un barco hundiéndose con tal de salvarla.

—Moriría en el intento, no me importaba. Porque siempre prefería tu vida antes que la mía, White —musité con la voz ronca.

Apreté los párpados cuando las imágenes de ella sobre mi regazo, en ese mismo sofá, llegaron a mi cabeza. Me había vuelto loco que fuera tan desinhibida, que tomara el control de mi cuerpo y me usara para su placer sexual de la manera en la que se le antojara. Me puso a sus pies cuando me dio batalla en la cama y no solo fuera de ella.

No obstante, mis recuerdos se jodieron porque mi mente decidió suplantarme a mí por Elliot, y entonces lo vi. Lo vi disfrutando de la mujer que nos desquició a ambos, y terminé de hundirme, de ahogarme en mi mierda.

—¡Me cago en la puta! —grité, lanzando la botella de agua en un arranque de furia y celos.

Y agradecí la punzada de dolor en mi abdomen, porque me distrajo del que sentía en el pecho. Ese que aumentó al ser consciente de que jamás volvería a recordar a Isabella como antes. Porque ahora todo lo que vivimos estaba manchado con la imagen de ese hijo de puta usurpando mi lugar.

> **Hanna**
> Hoy
> ¿Cómo sigues? ¿Te fuiste a tu casa? 14:15

Leí en la pantalla de mi móvil cuando un mensaje de Hanna se desplegó. Lo tenía en la mesa de centro, cerca de una botella de licor que Isabella dejó. Era la misma que estuvo bebiendo la última noche que estuvimos juntos.

> **Hanna**
> Hoy
> Mejor, gracias por preguntar. 14:16

Digité rápido. No iba a responderle porque no tenía ánimos de conversar con nadie, pero tampoco quería que ella se preocupara y le dijera algo a Marcus, distrayéndolo de la misión que le encargué (preparar todo para el rescate de Serena y los mellizos), ya que luego de lo que pasó no tenía cabeza para eso.

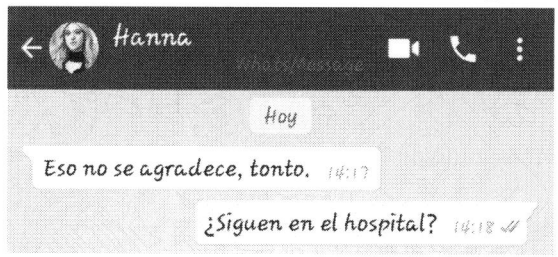

> **Hanna**
> Hoy
> Eso no se agradece, tonto. 14:17
> ¿Siguen en el hospital? 14:18

Me restregué el rostro y solté el aire por la boca tras volver a responderle a Hanna. Necesitaba recomponerme, pero no sabía cómo hacerlo.

—*¿Fue una sola vez con Elliot?*
—*No, pero tampoco te diré cuántas.*

—¿T-te gustó todo lo que ese imbécil te hizo?
—No preguntes lo que no quieres escuchar.

«Para la próxima, asegúrate de follar con alguien que te haga gozar».
«Te mueres por saber lo que me gusta, ¿eh? Sus perlas, Alice. Esa joyería que ambos tuvieron en común y que tanto extrañé».
—Me mataste, White —gruñí.

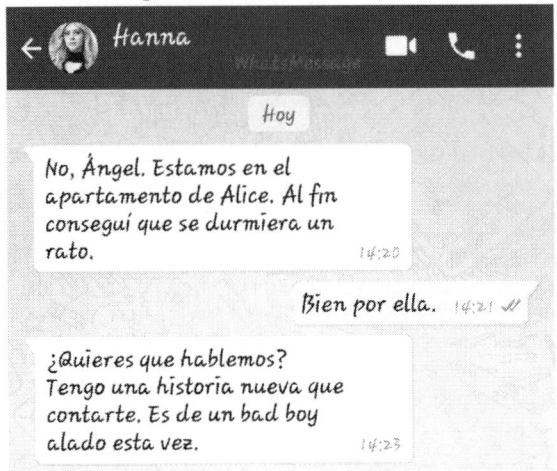

> **Hanna**
> Hoy
> No, Ángel. Estamos en el apartamento de Alice. Al fin conseguí que se durmiera un rato. 14:20
> Bien por ella. 14:21
> ¿Quieres que hablemos? Tengo una historia nueva que contarte. Es de un bad boy alado esta vez. 14:23

Acompañó el mensaje con un emoticono de guiño, y entendí lo que quería hacer. De nuevo pretendía distraerme de mi mierda contándome la de los personajes de sus libros.

Pero yo no quería nada de eso. Prefería olvidar de verdad.

> **Hanna**
> Hoy
> Ven a mi apartamento. Esta vez yo voy a contarte una historia. 14:25

Tecleé y envié antes de sobre analizarlo, porque no quería pensar ni sentir más.

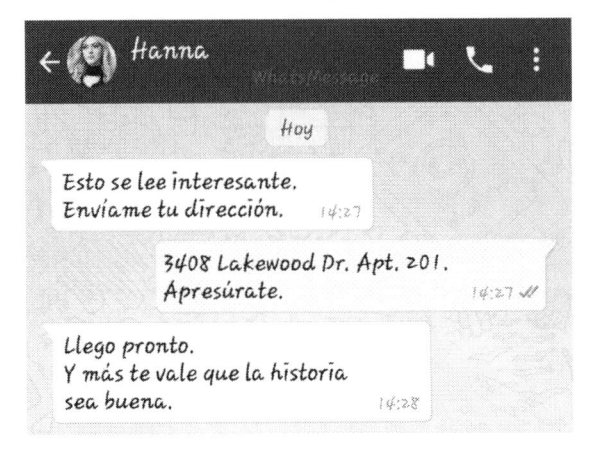

> **Hanna**
> Hoy
> Esto se lee interesante. Envíame tu dirección. 14:27
> 3408 Lakewood Dr. Apt. 201. Apresúrate. 14:27
> Llego pronto. Y más te vale que la historia sea buena. 14:28

Sonreí de lado, pero no respondí más.

Tiré el móvil de nuevo sobre la mesa y cogí la botella de whisky, sacando a la vez del bolsillo delantero de mi vaquero una píldora que encontré en mi habitación, en casa de mis padres. Era de esas que curaban por un rato los dolores que no eran físicos. Y no creí que llegaría a usarla hasta que esa presión en mi pecho aumentó, a tal punto que sentí que me mataría.

—A la mierda la madurez, la responsabilidad o sensatez —dije tras bajar la píldora por mi garganta con un buen sorbo de licor.

Cambié de música tras eso y experimenté cómo aquella droga en mi sistema comenzó a deshacerse de lo que me afectaba. Y por fin saqué de mi cabeza a la única mujer con la capacidad de joderme la vida en cuestión de segundos, o arreglarla si ella deseaba. Así yo no lo quisiera.

Y, cuando rato más tarde el timbre sonó, sonreí, volviendo a ser el tipo que primero saltaba y luego decidía. El que buscaba con quien follar y gozar a la vez. El malnacido que disfrutaba de cuanto coño tenía a su alcance. El demonio de todas. El *ángel* de ninguna.

Y se lo dejaría claro a Hanna. A ella que después de todo era el tipo de mujer que siempre le atrajo a LuzBel: sumisa y complaciente.

—Y heme aquí, lista para conocer al protagonista de tu historia —saludó con emoción cuando le abrí la puerta.

—No, preciosa. Vas a conocer al villano —aclaré mientras le tomaba la mano y la hacía entrar.

Esa era mi historia, la de un villano que tenía placer y polla para todas.

Y amor para ninguna.

L.O.D.S

No le temo a la muerte, ¿sabes por qué? Porque los miedos frenan la vida. Por eso heme aquí, viviendo con desenfreno antes de morir.

SALIKE

CAPÍTULO 28

No soy de porcelana

ISABELLA

Traté de respirar lo más hondo que pude y soltar el aire con lentitud, pero cuando los ojos me ardieron, por las lágrimas queriendo desbordarse de mis ojos, y el labio me tembló, tuve que morder el cuero de la manga de mi cazadora para no gritar por el enojo y la decepción que bullían en mi interior.

«Eres zorra porque quieres».

«Me. Das. Asco».

«Al final solo recuperaste lo tuyo, primo. Un poco usado por mí, sin embargo».

«Ella ya sabía a mí cuando te la tiraste. Y, lo que sea que te hizo al follar, lo aprendió conmigo».

¡Dios! Ni con los auriculares en mis oídos y la música a todo volumen dejaba de escuchar esas palabras.

Ardía de la furia al recordarlo diciéndome cada cosa, al revivir el momento en que sus ojos grises me miraron con asco de verdad. En el que sus palabras me hirieron como dagas de doble filo. Me corroía la vergüenza por haberme enamorado por segunda vez de él, porque lo creí diferente detrás de esa maldita máscara.

Me hizo creer la mentira. Tan fácil como convencer a un niño ofreciéndole dulces, caí.

«¡Jesús, Colega! Después de todo, el amor sí era el diablo».

Mi conciencia hizo ese señalamiento por la canción con la que estaba intentando silenciar las declaraciones de LuzBel. Y coincidí con ella. El amor era el maldito diablo y no podía explicar ¿cómo sus palabras hacían mierda mi cerebro?

«Porque el amor era el diablo cegado por el odio, chica».

—¡Puta madre! —grité, y comencé a golpear el capó de mi coche, pues me encontraba en el estacionamiento privado y subterráneo del hospital.

Ronin me había llevado ahí, cuando le supliqué que me sacara de aquel piso en el que me rodeaban Grigoris y Sigilosos, además de la familia Pride y Hamilton.

Mi compañero se mantenía cerca, pero dándome mi espacio para que pudiera derrumbarme sin tener que pasar por otra vergüenza. Y si ya antes me sentía como de cien años a causa de las miles de toneladas de lágrimas que derramé, después de ese momento, llegaría a los doscientos. Aunque rogaba que, así no fuera por mucho tiempo, consiguiera estar bien.

Sin embargo, en el momento que seguí golpeando el capó, ya no fueron solo las ofensas de LuzBel las que se repitieron en mi cabeza, también su declaración sobre Amelia esperando un hijo suyo; a Hanna recordándole el tiempo que pasaron juntos en esa habitación y la cercanía que existía entre ellos.

¡Maldita sea! ¿Por qué tenía que doler tanto? ¿Por qué, incluso sabiendo mi valor, me sentía inferior? ¿Por qué pensaba en que no era suficiente para él cuando era obvio que le quedé grande? ¿Por qué, joder? ¿Por qué esa inseguridad se apoderó de mí?

—¿Por qué quiero estar en el lugar de ella cuando te odio a ti de esta manera? —le pregunté a la nada, dándole un golpe más al capó, y sintiendo que ya eso era insuficiente.

Estaba cansada del dolor en mi corazón, por eso quería el físico. Así que, dado que golpear el metal se sentía como nada, me fui hacia el pilar de cemento y hierro que estaba a unos pasos del coche y apreté los puños, dispuesta a quebrarme los huesos de la mano si hacía falta. Le puse varios rostros a la estructura, y las ganas de hacerlos pedazos incrementaron, pues eran los culpables principales de que estuviera en esa situación.

—¡No, Isabella! —me gritaron y cogieron de la muñeca.

La persona que se atrevió a eso llegó por mi espalda y su estatura le hizo fácil detenerme. Y al mirarlo sobre mi hombro lo reconocí y fulminé con la mirada.

—Le pedí a Ronin que me sacara de aquel piso porque no quería que nadie me interrumpiera, Fabio —largué, escuchando mi voz más ronca.

Uno de los auriculares cayó de mi oído por culpa de su acción.

—Sí, me lo advirtió.

—Suéltame —pedí.

Ya había intentado zafarme de su agarre, pero él no lo permitió, demostrándome una vez más que sabía cosas que no se aprendían en clases de defensa personal.

—¿Vas a intentar molerte los nudillos con ese pilar?

—No, joder.

—¡*Sí lo hará!* —gritó Ronin a varios pasos de distancia.

Lo busqué con la mirada y él se encogió de hombros.

—¡¿Qué acaso no fui clara con mi orden?!

Le había pedido que no permitiera que se acercaran a ese estacionamiento.

—*Dijiste ningún Grigori* —debatió.

Gruñí, y de soslayo noté a Fabio sonriendo.

—Suéltame —volví a pedirle.

No quería pasarme con él porque era consciente de que no tenía la culpa de mi estado, pero por tratar de calmarme se estaba metiendo en una situación que me comprometería y avergonzaría luego en partes iguales, ya que en ese momento deseé desquitarme con él lo que solo debía cobrarle a LuzBel.

—Vas a hacerte daño.

—¡Que no te importe, Fabio! —Mi voz se quebró en ese grito, y me odié—. Solo vete, déjame sola.

—Desahógate conmigo.

—¡¿Es que no entiendes que para desahogarme necesito despedazar algo?! ¡¿O a alguien?! —largué, y el nudo en mi garganta comenzó a ganarme la batalla.

—Entonces no te detengas, no me tengas lástima.

—¡Joder, Fabio! —grité.

Hice un movimiento de *Taijutsu* con el que conseguí zafarme de él, siendo muy fácil, ya que estaba desprevenido. O al menos eso me pareció. Retrocedió en cuanto arremetí en su contra queriendo demostrarle su error, pero me sorprendió cuando me devolvió un ataque utilizando la misma arte marcial con la que pretendí asustarlo.

—¿Impresionada, guerrera?

«Oh. Santo. Dios».

Sí, mi conciencia parafraseó lo que yo pensé ante la pregunta de Fabio, pero no fue el cuestionamiento en sí lo que me dejó sin palabras, sino la seriedad en él, y a la vez la burla con la que me habló. Era como si su enigma se hubiera fusionado con el desdén y el orgullo que escondía en su fachada de médico. La cual no llevaba en ese momento, ya que vestía casual, luciendo como un ejecutivo de poder, un CEO de mis empresas; y no como el doctor con la capacidad de mantenerme con vida.

—Intrigada —admití, y volví a atacarlo.

Me esquivó con facilidad, como si esos movimientos en él fuesen innatos. Y, al confirmar que sí se podía defender, lo ataqué sin lástima como pidió, pero comenzó a frustrarme que únicamente me evitara.

—Golpéame —exigí.

—Uf, chica ruda —señaló, y tragué al notar la sonrisa que él quiso disimular—. Pero siento desilusionarte con esto: no golpeo a una mujer si al final no terminaré haciendo que se bañe en sudor, exhausta, complacida y muy feliz.

«Oh. Bendito. Jesús».

Me sonrojé, me distraje, y él lo aprovechó al arremeter contra mí, llevando mis manos hacia atrás, empotrándome boca abajo sobre el capó del coche, como si fuera un oficial apresándome por mis actos delictivos.

Y muy enfurecido además, ya que, mientras me sostenía con una mano los brazos en mi espalda, la otra la colocó en mi cabeza, consiguiendo que mi mejilla se fundiera un poco con el metal.

«Santa mierda».

Mi conciencia estaba más que estúpida, yo solo un poco. Por lo que no me rendí y conseguí tomar una pequeña ventaja, en el momento que sorprendí a Fabio al acercar mi culo a sus caderas. No lo hice por ofrecida o porque lo deseara, se debió más bien a que, sensei Yusei, me instruyó para que utilizara todas las ventajas que las mujeres teníamos sobre los hombres.

Y Fabio, por muy serio que fuera a veces, correcto, enigmático y apartado, seguía siendo hombre y, al parecer, con las mismas debilidades de los demás.

«Pero más listo».

También lo comprobé cuando, luego de erguirme, él me cogió de las manos, entrelazándolas en ese momento por encima de mi pecho y luego rodeándome con un brazo, sosteniendo mi frente con la palma, para presionar la parte de atrás de mi cabeza a su hombro, por si intentaba golpearlo con ella. Sus extremidades eran como bandas de acero apresándome.

¡Maldición!

Ya había notado que por debajo de su ropa era un hombre atlético, sin embargo, los músculos que me dejó sentir en sus brazos y pecho con ese agarre, y la manera de luchar, me confirmaron que no solo era eso, sino también un guerrero. Y uno con mucha destreza.

—Ya te he hecho sudar —señaló lo obvio—, y jadear. —Su aliento caliente rozó mi cuello y tuvo el efecto de estremecerme como si hubiera estado frío.

—Pero no estoy exhausta, tampoco satisfecha, y mucho menos feliz.

—Vamos por partes.

Me sostuve con las palmas sobre el capó cuando me soltó, y retrocedió, provocándome un leve impacto, porque sucedió muy de pronto. Lo miré sobre mi hombro y lo encontré sonriéndome de lado y, a diferencia de mí, él no estaba jadeando.

—Demonios —susurré al inclinar la cabeza y mirar el metal del coche, tomé una respiración profunda y cerré los ojos, sintiendo un poco de paz.

Me di cuenta en ese instante que le mentí, pues me hizo sudar, me dejó exhausta y, de paso, me ayudó a obtener un poco de tranquilidad.

—Esta guerra que estás librando es con tu corazón, Isabella. Porque estás enojada contigo misma —señaló minutos después.

Me di la vuelta y exhalé por la boca, apoyando las pompas en el coche, mirando a espaldas de Fabio a un Ronin bastante entretenido con lo que presenció.

—¿Por qué estás aquí? —le pregunté a Fabio dejando de lado su señalamiento.

Estaba de pie a unos pasos, con las piernas un poco abiertas y las manos en los bolsillos.

«¿Será que quería esconder algo que tú despertaste luego de restregarte en su pelvis?».

Ignoré esa pregunta.

—Vengo de mi hotel y me estaciono al otro lado —explicó, señalando con la cabeza la otra parte del estacionamiento privado—. Te vi aquí, queriendo destruir el coche. Me acerqué para ver si podía ayudarte en algo y tu escolta me advirtió que mejor no lo intentara. Pero supongo que ahora está feliz de no haberme detenido.

—Y mucho. —respondió Ronin—. *Pretendía acercarme yo, pero, luego de todo lo que la he visto hacer en ese piso, creí prudente que primero se desahogara con algo inanimado.*

Era la primera vez en el día que me reía de verdad, porque, así mi compañero fuera un entrometido, junto a Fabio me estaban demostrando que no todo tenía por qué ser oscuro, profundo o asfixiante.

«Y que no tenías por qué desear estar en el lugar de otra, cuando bien podrías confirmar a qué se refería ese médico con golpear a una mujer para luego darle un final feliz».

Estabas bien estúpida, si siquiera creías que me acercaría a él de esa manera.

—¿Te sientes mejor?

—Sí. Me ayudaste a ganar una batalla en esta guerra conmigo misma —le respondí a Fabio, y asintió satisfecho—. Por cierto, te debo una disculpa por lo que tuviste que pasar antes.

Me refería a cuando tuvo que intervenir en la pelea de LuzBel y Elliot. Y estaba segura de que él lo entendería.

—No voy a meterme en nada personal entre ustedes, pero sí quiero decirte que ambos están interpretando las cosas como los demonios en sus cabezas quieren. Y les otorgan demasiado poder cuando fácilmente pueden resolverlo todo, hablando como personas civilizadas.

—No ignoro eso, Fabio. Y te juro que quise intentarlo, tuve la intención de escucharlo, pero lo encontré en ese pasillo con su amante, diciéndose cosas que lograron que los celos me ganaran. Luego vinieron más confesiones para las que no estaba preparada.

—Tengo entendido que ella no es su amante —manifestó con tranquilidad, mostrándose seguro.

—No escuchaste lo que yo sí. Además, así ella no lo sea, no borra el hecho de que embarazó a la mujer que más daño me hizo, Fabio. —Alzó las cejas con sorpresa—. ¿Ahora lo entiendes? LuzBel sabía que todo lo que hiciera con Amelia me destruiría, y aun así lo hizo.

—¿Él te dijo que la embarazó? —indagó con mucha intriga.

—Me dijo que la protegió porque está embarazada y, cuando le cuestioné si el bebé era suyo, me sugirió que no preguntara lo que no quería escuchar.

«Como tú le habías sugerido antes».

Sí, porque la confirmación no necesitaba ser vocalizada.

—Y yo que creía que los demonios en mi cabeza eran peores que los de las personas mentalmente sanas —satirizó, y lo miré sin comprender.

—¿A qué te refieres? —Sacudió la cabeza en negación, y dio un paso hacia mí.

—Cuando decidan hablar, ambos se darán cuenta de que pudieron ahorrarse todo este dolor si en lugar de actuar como polos iguales, que provocan destrucción y no atracción, hubieran actuado como dos personas que evidentemente sienten mucha pasión el uno por el otro. Y que se mueren por volver a estar juntos.

—El sexo no lo es todo —declaré.

—Perdón por el atrevimiento —alcé la mirada para verlo a los ojos en cuanto dijo eso—, pero te aseguro que si LuzBel, en lugar de haberse puesto a reclamar cosas en aquella habitación a la que te arrastró, te hubiera follado hasta sacarte el coraje a través de los orgasmos, entenderías que, si bien el sexo no lo es todo, a veces es el mejor camino hacia la paz.

Perdí la capacidad de respirar, cohibiéndome porque Fabio me dijera ese tipo de cosas con tanta soltura. Demostrándome lo orgánico que era para él hablar de follar, haciéndolo ver como si se tratara de algún procedimiento médico para mejorar la salud, pero aportándole con su tono sugestivo una carnalidad para la que no estaba preparada.

«Probablemente te dijo eso porque como médico sabía que, en la edad media, sus colegas le quitaban la histeria a las mujeres a través de los orgasmos. Y a ti, amiga, te hacían faltan unos cuantos».

¡Por Dios!
—Tómalo en cuenta tú para cuando vuelvan a enfrentarse —sugirió—. O toma la iniciativa y hazle el amor en lugar de la guerra.
«¡Por el amor de Dios! ¿Por qué ese consejo se sintió como una provocación?».
No tenía ni la más remota idea.

Cuando recuperé la compostura, decidí preguntarle a Fabio cómo aprendió a defenderse tan bien, pues prefería el cambio de tema antes de seguir por el camino que íbamos. No obstante, mi cuestionamiento no pareció ser algo de lo que el hombre quisiera hablar, por lo que me llevó por otro camino hasta terminar explicándome la razón de que yo sí tuviera un chip en mi cabeza, para protegerme, y Tess no.

Solo existía un inhibidor. Luzbel debía decidir si me lo colocaba a mí o a ella.

«Y te escogió a ti».

Y todavía no sabía cómo reaccionar a eso.

—*Caleb avisó que ya han entregado a la chica. Ahora solo esperan que se complete el intercambio* —informó Ronin cuando íbamos en el ascensor, de regreso al cuarto piso que Myles despejó para nosotros.

Y no fue grato, tampoco mejoraba mi ánimo saber que esa estúpida de Amelia era libre de nuevo, pero al menos era una esperanza de que Tess pronto estaría a salvo.

Caleb se había unido al equipo de monitoreo Grigori (luego de todo el altercado con Elliot y LuzBel), junto a otros informáticos que le daban seguimiento a esa misión, en la que Evan nos representaba como organización.

Isamu, por otro lado, continuó con la élite del Tinieblo, preparando cada detalle con el que esperaban rescatar con éxito a las personas que David secuestró para que pagaran por la muerte de Derek. Por eso únicamente Ronin seguía a mi lado, y como él dijo cuando le aclaré que no necesitaba un escolta dentro del hospital: lo hacía para proteger a las personas de mí.

—Fabio me explicó que en cuanto reciban ese aparato van a revisarlo para asegurarse de que es seguro y luego procederán con la cirugía de extracción.

—*De una manera u otra, ese adonis te meterá mano, ¿no?* —Lo miré, frunciendo el ceño porque no entendí a qué se debía lo que indicó—. *¡Jesús, jefa! ¿Eres o te haces?*

—Ninguna de las dos, irrespetuoso. Así que explícate —lo amonesté.

—*¿En serio no te has dado cuenta de que ese hombre fantasea con la idea de estrangularte con el estetoscopio mientras te ordena que se la chupes?*

Me ahogué con mi propia saliva al escuchar a ese depravado.

—¿No será que en realidad tú fantaseas con que te haga eso a ti? —inquirí, escuchando mi voz demasiado chillona por la tos que sufrí al ahogarme, y porque me era increíble que ese tonto me haya dicho eso.

—*Ah, jefa. A veces eres demasiado inocente.*

—Fabio me respeta.

—*¡Por supuesto que sí! Es en sus fantasías donde te falta el respeto* —reiteró, alzándome una ceja con emoción y malicia—. *Y, si tu Tinieblo sigue de idiota, le dejará todo el camino libre al adonis.*

—¿Mi Tinieblo? —cuestioné con la sonrisa a punto de abandonarme.
—*Le llamas así cuando hablas contigo misma y crees que nadie más te escucha.*
—Eres un metido, Ronin.

El maldito se encogió de hombros, dejando claro que no le ofendía lo que dije. Y, al salir del ascensor, me reí porque me di cuenta de que, así Maokko no estuviera conmigo, me dejaba un buen reemplazo con el descarado de Ronin.

—Comunícate con Lee para que te detalle cómo están las cosas por allá —solicité, y asintió.

Yo no había hablado ni con ella ni con Maokko desde que desperté, pero Caleb me mantenía al tanto de todo; y era consciente de que, si ninguna se comunicaba conmigo, y tampoco el maestro Cho, era porque las cosas no marchaban mal.

—Y busca a Max y Dom, porque iremos al apartamento a sacar mis cosas más importantes. Aunque antes asegúrate de que LuzBel no vaya a estar ahí, porque no quiero volver a encontrarme con él.

—*Anotado* —confirmó, y le di las gracias.

Le había preguntado a Fabio si era seguro para mi salud salir del hospital, me respondió que sí, aunque sugirió que no lo hiciera sola.

Y hubiera podido enviar a alguno de mis hombres (para evitarme cualquier molestia o encuentro fatídico), al apartamento para que recogiera mis documentos y artículos personales más importantes, pero estaba harta de ese encierro. Además, ya Isamu me había avisado que LuzBel no se fue para allí luego de darme una última estocada y salir del hospital, pues, según lo que escuchó que él le dijo a Marcus, iría a casa de sus padres.

—Justo estaba buscándote. —Encontré a Elliot casi llegando a la habitación que destinaron para mí—. ¿Podemos hablar?

—Si es de Alice, te advierto que no tengo cabeza para eso. En este momento solo podría decirte las formas en las que la quiero castigar por haberme dicho todo lo que me dijo.

Había hecho mi mejor esfuerzo por entender a la chica. Y, aunque no se equivocó con eso de que quise dañar a su amigo al restregarle mi verdad en la cara, no sucedió únicamente por la maldad de hacerlo, fue más por intentar defenderme de alguna manera de sus palabras hirientes.

Además de eso, Alice tenía novio cuando pasó lo que pasó con Elliot, él incluso los había visto felices y hasta bromeamos con eso de que le dio el empujón de la suerte. Así que, ¿qué debía respetar? Y que sospechara que le gustaba Elliot no contaba, ya que nadie podía asegurarme si el gusto sería pasajero.

—No, Isa. De Alice me encargaré yo —zanjó él—. Quiero que hablemos de lo que sucedió entre nosotros.

Me tensé porque sabía a qué se refería.

—Lo que pasó en Newport Beach se quedó allá. En eso quedamos —Fingí no entender, y me adentré a la habitación.

Él me siguió, cojeando debido a su pierna herida.

—No le demos más vuelta, nena, por favor.

—No, no me llames más así, Elliot. No quiero volver a tener un enfrentamiento con tu novia y que me odies si no logro contenerme esta vez —advertí y, cuando me giré para verlo, lo encontré sonriendo.

—Que no quieras que te odie me da esperanzas.

—Eso no quiere decir que yo no lo hago.

—No, no me odias, Isabella —aseguró, y caminó más cerca de mí—. No lo haces porque, aunque estés furiosa, en el fondo sabes que tengo una explicación.

—Me mentiste, Elliot. Preferiste estar bien con papá y no conmigo. Juraste que yo era todo para ti, pero me ocultaste que ella estaba viva, que somos hermanas. Actuaste igual que LuzBel, escogiste proteger a Amelia.

—No, Isa. No ha sido así… Escúchame —suplicó, y me tomó del rostro cuando negué—. Íbamos a decírtelo, pero tú estabas atravesando la pérdida de John en ese momento, así que decidimos esperar. Luego sucedió lo de LuzBel, y tras eso te fuiste, entonces el tema quedó en el limbo.

—¿Y qué pasó cuando volví? ¿Cuál es la excusa? —inquirí, tomándolo de las muñecas.

Podía tratar de comprender que antes de eso hubo justificación, porque mi cabeza era un caos con la muerte de papá y yo descubriendo el mundo de Grigori. Lo de LuzBel fingiendo su muerte y yo yéndome era incluso más justificable. Pero hubo tiempo cuando volví, pues yo ya estaba empapada de mi entorno y no era fácil que me quebrara, y aun así siguió callando.

—Viniste por lo de tío Myles, Isa. Luego volviste a sufrir una segunda pérdida de LuzBel por esa alucinación. Te metiste en un juego de poderes utilizando a Sombra, le diste caza a Amelia y a Lucius. Te enfrentaste a lo de D y después te vengaste de Derek hasta terminar en este momento —enumeró—. ¿En serio crees que yo quería añadir algo más cuando ni siquiera habías resuelto lo demás?

«No era por estar de parte de nuestro ángel, pero tenía buenas razones».

—Ese ha sido el error de ustedes, que me ven como si fuera de porcelana —refuté—. Y no lo soy, Elliot. No iba a romperme con una decepción más.

—No eres de porcelana, pero tampoco eres de acero, cariño. Y te pido perdón si mi silencio te ha roto, sin embargo, deseo que entiendas que nunca callé para dañarte.

Me abrazó tras decir eso, se fundió conmigo a pesar de que yo no le correspondí el abrazo al principio. Y durante unos minutos nos mantuvimos así, él aferrándose a mí como si en ese momento yo fuera la única persona que lo mantenía con los pies en la tierra.

Luego de un rato me rendí y rodeé su cintura con mis brazos, pues mi cansancio mental me rogó por una tregua y mi corazón no quería volver a unirse para romperse en pedazos de nuevo, únicamente porque me negaba a entender sus razones, a pesar de no olvidar que, fuera como fuera, Elliot siempre estaba para mí.

«¿Por qué no podía ser así de fácil con el demonio de ojos color tormenta?».

Porque yo amaba con locura a ese demonio, y su traición no fue solo por callar, sino por proteger a mi enemiga y encima embarazarla. Además de fingir su muerte y casi llevarme a la mía por eso.

«Tenías un punto».

Cuando terminé de hablar con Elliot, le pedí que me acompañara a la habitación en la que tenían a Connor y a Jane. Ellos estaban a punto de marcharse, así que llegué justo a tiempo para que charláramos y asegurarme por mi cuenta que ya no corrían ningún peligro.

Connor tenía una férula en la pierna izquierda y a Jane le tocaría usar un collarín por un par de semanas, además de varios magullones que tardarían en borrarse. Pero fue una suerte que no recibieran golpes por los que habría que preocuparse en un futuro. Y tampoco había necesidad de que lo dijeran porque yo era consciente de que no eran culpables de nada, pero los dos me pidieron disculpas por todo el engaño al que otros me sometieron.

Y Connor, además, me pidió que lo entendiera por haberse puesto del lado de LuzBel.

—¿Está todo bien entre ustedes? —le pregunté a Jane cuando Elliot sacó a Connor de la habitación, pues iba en silla de ruedas.

Mi pregunta se debió a que, aunque fueron amables conmigo y se mostraron aliviados de verme bien, entre ellos noté una tensión que no era para nada agradable.

—Sé que has dicho que no nos preocupemos por lo que sucedió y entiendes lo que él hizo, pero yo no puedo hacerlo de momento, Isa. A mí me dolió y me sigue doliendo que Connor haya elegido a un mentiroso que hasta el día de hoy no se cansa de hacerte daño. —Puse una mano en su hombro dándole un suave apretón, y le sonreí con gratitud.

—Sigue sin agradarte LuzBel, ¿eh?

—Nunca hizo nada para que eso cambiara —resopló, y me hizo reír.

No justificaría a LuzBel y menos lo defendería con ella, porque Jane tenía motivos suficientes para sentirse reacia con él, ya que el hombre nunca hizo nada para resarcir el daño injustificado que le provocó años atrás. Así haya sido culpa de Cam en un principio, esa chica nunca mereció ser intimidada.

—No permitas que LuzBel dañe tu relación con su regreso, Jane. Lo que tú y Connor tienen es hermoso, así que no te mortifiques por algo que yo ya le he perdonado. —Sonrió con desgano y tras eso me abrazó, sabedora de que con lo último me refería a su novio.

—Tampoco permitas que te siga dañando a ti —sugirió en tono cariñoso.

Acto seguido se despidió y me dejó con un sinsabor en la boca, pues ella siempre me apoyó en el pasado, aunque LuzBel no fuera santo de su devoción. Sin embargo, así no me dijera nada y se mostrara feliz por mí, yo sabía que Jane nunca estuvo muy convencida de que lo mío con ese hombre tuviera futuro.

Y, al fin y al cabo, no erró.

Minutos después fui a la habitación de Tess antes de salir para el apartamento, ahí me encontré con los Hamilton y con mi hermano. Hablé un momento con ellos sin entrar en temas complicados, y me informaron que Myles y Eleanor fueron a su casa para tomar una ducha, pero regresarían pronto.

Terminé por decirle a Dylan a dónde me dirigía porque insistió en saberlo, y me ayudó a confirmar que LuzBel también estaba en casa de sus padres, descansando un poco para luego volver con ellos y estar al pendiente de lo que sucedía con Tess, por lo que partí al apartamento con más tranquilidad, aunque en el trayecto Ronin me convenció para que comiéramos algo, ya que yo no había ingerido alimento en todo el día.

Y cuando al fin llegamos a mi destino, la noche estaba entrando. Ronin había enviado a unos Sigilosos adelante para que monitorearan la zona y descartaran peligros. Y nos avisaron que no vieron ningún movimiento desde que llegaron, así que me encaminé hasta la puerta con mi compañero a la par y Dom junto a Max escoltándonos.

—Quédense aquí, me gustaría estar sola un momento —pedí.

—*Deja al menos que revise* —solicitó Ronin.

—Traigo mi arma y sé defenderme, así que déjame —insté—. Además, nuestros compañeros avisaron que no vieron nada raro.

—*No podemos confiarnos, jefa* —insistió.

—No lo hago, Ronin, pero… —Me quedé en silencio al escuchar música suave cuando llegamos cerca de la puerta.

Ronin sacó su arma y negué con la cabeza porque el único que podía estar adentro era LuzBel. Pues, si hubiera sido otra persona, de ninguna manera me habría dado un aviso como ese, de su presencia en el lugar. Eso sin contar con que los únicos que sabían que yo llegaría eran mis escoltas y Dylan. Y estaba segura de que mi hermano no le dijo nada a su amigo, porque él también quería que nos evitáramos para no terminar matándonos.

«¿Y si mejor ponías en práctica el consejo del doctor adonis?».

¡¿*Era en serio?!*

«Si no querías, estaba bien sin hacer el amor, pero al menos sí con una bandera blanca, Compañera. Ya era hora de que dejaras el orgullo de lado».

Me mordí el labio ante la súplica y consejo de mi conciencia.

—¿Crees que sea momento para escucharlo? —le pregunté a Ronin, él ya había comprendido que quien estaba adentro era LuzBel.

—*Si me lo estás preguntando, es porque de alguna manera comienzas a retroceder en esta guerra. Así que podría ser un inicio* —opinó él, y tragué al sentir la garganta seca.

—No quiero retroceder, quiero avanzar —acoté.

—Y lo estás haciendo al aceptar esto —reiteró, y le sonreí—. *Anda, entra antes de que te arrepientas y sácale el coraje a punta de orgasmos, como te sugirió el adonis.*

Apreté los labios, pero no pude contener la sonrisa.

—Eres imposible —señalé, y me guiñó un ojo.

Me froté las manos porque de pronto sentí frío, luego inspiré hondo y exhalé lento para calmar mi corazón acelerado. Estaba tan cansada de pelear con LuzBel que comencé a rendirme; por eso, a pesar de mi nerviosismo, empecé a sentirme un poco más liviana solo con el simple hecho de querer escucharlo.

—Espérenme aquí —demandé para los tres sin ser brusca, más bien soné nerviosa.

Ronin me sonrió animándome y yo no pasé desapercibido el temblor en mi mano, cuando saqué la llave para abrir la puerta. La respiración comenzó a ser trabajosa, y me froté las manos en las perneras del pantalón para deshacerme del sudor helado antes de tomar el pomo.

De corazón, ya no quería pelear más, tampoco buscaba una reconciliación temprana porque no sería hipócrita, ambos nos dañamos con las palabras, con las verdades, y necesitábamos sanar antes para llegar a eso. No obstante, deseaba que tuviéramos un avance esa tarde noche.

Sonreí al entrar porque reconocí la canción que se reproducía: *Porcelain.*

Estaba en mi carpeta de música. Y era tonto tal vez, pero sentí un poco de esperanza que escuchara lo que yo dejé, a pesar de que esa canción en especial, nos recordara a ambos que teníamos un millón de maneras para herirnos, que después de su regreso me estaba costando confiar en que él, era ese alguien que podría detener mi caída; y que de un momento a otro, todo lo que me importaba parecía estar hecho de vidrio.

¡Jesús! No sería fácil estar de nuevo frente a LuzBel. Y después de lo que aseguré a Elliot, en ese preciso instante sí me sentía de porcelana.

«¡Oh, maldito demonio!».

El corazón se me detuvo luego de la exclamación de mi conciencia, después de haber cerrado la puerta a mi espalda y encontrarme con una escena que, como ilusa, jamás esperé.

El cuerpo se me sacudió y apreté las llaves entre mi mano, clavándome una de ellas en la palma y dándome cuenta de que ese dolor no era nada comparado al que me provocaba la imagen de Hanna y LuzBel saliendo de la que fue nuestra habitación. Ella iba únicamente con una toalla blanca envolviendo su cuerpo desnudo, mientras que él cubrió su propia desnudez de caderas hacia abajo con una en color azul.

Hanna fue la primera en percatarse de mi presencia y tomó a LuzBel del brazo para que él también se diera cuenta de que yo estaba ahí, observándolos como si fueran los monstruos de mis peores pesadillas.

«Tengo entendido que ella no es su amante».

«Qué equivocado estabas, Fabio», pensé cuando su opinión llegó a mi cabeza.

«El hijo de puta estaba de regreso».

Tragué con dificultad, queriendo marcharme sin poder hacerlo porque me sentía paralizada. El aire entre los tres se volvió espeso, asfixiante. Respirar provocaba que la nariz me escociera y los pulmones se me incendiaran. La melodía de aquella canción se convirtió en una marcha fúnebre para la sepultura final de mi alma, pero LuzBel con sus ojos grises conectados a los míos, eran de nuevo, ese demonio que se negaba a soltarla para encontrar su camino.

Y por la distancia entre nosotros, fue lo único que pude distinguir. Por lo que esperaba que él no notara que justo en ese instante me dio una estocada de la que no me recuperaría jamás.

Dolía.

Ardía.

Quemaba.

Ahogaba.

Escuchar que Hanna y él tuvieron algo fue como recibir un puñetazo en mi estómago. Imaginarlos juntos una tortura que alimentó a mis demonios para que me aterraran. Pero verlos por mí misma, comprobar con mis propios ojos, ser testigo directo de que eran amantes y que encima follaron en nuestra cama; un lugar que LuzBel jamás profanó con nadie más que no fuera yo, me destruyó de maneras que no creí posibles.

Era como si me hubiera llevado al borde de un acantilado luego de prometerme que me protegería, pero, que al estar allí, su mano fuera la encargada de empujarme hacia el vacío, demostrándome con eso que él no era el que detendría mi caída, sino más bien quien la propiciaría.

—¿Qué haces aquí? —preguntó él al fin, con una frialdad que terminó por congelarme.

Tragué antes de responder, rogando para que mi voz saliera entera.

—Vine por mis cosas.

A pesar de todo, sentí orgullo de no quebrarme, aunque, al abrir la boca para responderle, el estómago se me revolviera más de lo que ya lo tenía. Y antes de vomitar el corazón a sus pies, que es lo que más quería para que él no tuviera el poder de seguir haciéndomelo mierda, caminé hacia a la habitación, decidida a acabar con ese encuentro desafortunado de una buena vez.

Mientras me acercaba a la puerta de la recámara, noté que Hanna se escondió detrás de él, y de alguna manera su acción me otorgó un poco de fuerza. Por primera vez el miedo de alguien más me provocó júbilo y no vergüenza o tristeza.

—Hueles a mi jabón, usas mi toalla y te folló en mi cama. —recalqué para Hanna al llegar a su lado y sentir el aroma que yo llevaba en la piel día con día. Y fue tan indignante que no me pude quedar callada—. ¿Acaso te hizo usar también mi lencería para imaginar que estaba conmigo? —Sus ojos se agrandaron con indignación, y noté su intención de replicar, pero LuzBel hizo una leve negación con su cabeza, y eso fue suficiente para que ella callara—. Debí suponerlo —saticé con una sonrisa vil, y él me miró, retándome a que me aclarara—: sumisa y complaciente, tal cual le encantan al heredero Pride.

—Termina de hacer lo que se supone que viniste a hacer, White —demandó él.

Me lamí los labios y alcé la barbilla, enseguida de eso, acaté su orden porque no valía la pena seguir destruyéndome a mí misma al estar en presencia de ambos, aunque, al entrar a la habitación donde ellos estuvieron y ver la cama deshecha, tuve que utilizar la pizca de autocontrol que me quedaba para no tirarme a llorar.

«Puta madre, Colega».

No cerré la puerta ante el pensamiento de que eso me serviría como barrera para contener mis lágrimas, pues ellos podrían verme. Apreté mis molares y los escalofríos y sacudidas que recorrieron mi cuerpo, junto a la taquicardia y mi manera errática de respirar, me indicaron que, si no me iba pronto de ahí, explotaría en un ataque de ira y sepultaría la dignidad que me quedaba.

Y, para mi jodida suerte, no me atreví a respirar hondo con la esperanza de calmarme un poco, por miedo a que el olor al sexo que esos dos tuvieron terminara con la pizca de autocontrol.

«Brillando en público. Herida en privado».

Me animó mi conciencia, y con eso tuve la voluntad suficiente para tomar un bolso grande (en donde tenía todo lo importante), que dejé en el *clóset*; luego llegué a la mesita de noche para recoger mi cámara (evitando fijarme en la cama). Abrí el cajón y fruncí el ceño al no encontrar mi pasaporte, pues estaba segura de que lo guardé ahí.

—¿Buscas esto? —Miré a LuzBel en cuanto hizo esa pregunta, y me tensé porque cerró la puerta de golpe.

Ya no llevaba la toalla, se había vestido con un pantalón de chándal rojo, sin camisa, lo que me dejó ver la venda que cubrían mis puñaladas.

«Maldito Tinieblo que no se cansaba de joder».

Tenía mi pasaporte en la mano, y apreté los puños, caminando hacia él, con miedo de hablar porque temía que en el proceso podría llorar.

—No quiero más problemas contigo —resoplé—. Así que dámelo para que puedas estar con ella sin que yo los interrumpa más.

Su ceja derecha se alzó levemente, y miró mi mano extendida, con la palma hacia arriba, estudiándome y, de un momento a otro, mostrándose desconcertado por mi comportamiento tan tranquilo en comparación a cómo había estado actuando con él.

Y me anonadé cuando cedió y puso el pasaporte en mi mano, sin soltarlo, porque me dio a entender que él tampoco quería que lo siguiera interrumpiendo.

—Te dolió lo que viste, ¿cierto? —preguntó con cabronería. Sonreí con perfidia al darme cuenta de que su objetivo era herirme más—. Aww, pobrecita. Te molestó que siguiera tu consejo de asegurarme de follar con alguien que me hiciera gozar.

Traté de zafarle el pasaporte cuando dijo eso, porque no soportaría más las ganas de llorar, porque ya no quería odiarlo más, pero él no colaboraba. Y, aunque me estuviera devolviendo mis palabras, una vez más me estaba demostrando que superarlo en su juego no siempre sería fácil, pues jugaba sucio y me contratacó en el peor de los terrenos.

—¿No prefieres mejor sentir lo que ella acaba de gozar conmigo entre sus piernas? —propuso, señalando con la cabeza hacia afuera en alusión a Hanna—. ¿Con lo que hizo mi lengua entre las suyas?

«¡Pero qué hijo de la gran puta!».

Creo que yo ya había dado todo lo que tenía para sufrir, ya que sus provocaciones, así siguieran doliendo, en ese momento me hicieron sonreír con una perversidad que no supe de dónde la saqué, pero la agradecí.

—No, cariño —pronuncié con vileza—. No me confundas con la estúpida a la que acabas de tirarte solo porque estás ardido —me burlé, y fue su turno de masticar y tragar—. Ya que yo no soy de las que creen que la gloria se encuentra entre los cuatro lados de una cama. —Volví a tirar del pasaporte, pero él lo retuvo como si necesitara aferrarse a él para no perder el control—; y tampoco me harás caer solo porque en su momento supiste cómo tocarme. Por lo tanto, ahorrémonos las ridiculeces y dame mi pasaporte.

No lo hizo, no me dio el maldito documento. Lo tiró al suelo, y luego me tomó de la mano con la intención de llevarme hacia él; eso fue todo lo que necesité para sacar el arma que llevaba en la parte trasera de la cinturilla de mi pantalón, y la apunté directo a su cabeza, quitándole el seguro para que entendiera que iba en serio.

El maldito me dedicó una sonrisa ladina, perversa e incitante. Su mirada fue fanfarrona, y por alguna razón imaginé que ese mismo gesto fue el que tuvo detrás de aquella máscara, la noche en la que asesinó a Caron para luego follarme casi sobre su cadáver.

Era el Sombra psicópata de nuevo, sin esconderse el rostro esa vez.

—No saques un arma si no piensas usarla —recomendó.

—No te confíes —mascullé.

Noté el leve temblor en mi mano, y maldije al darme cuenta de que esa versión suya volvió a intimidarme, sin asustarme.

—¡Dispara entonces! Total, muerto ya estoy —me provocó, y abrió los brazos de lado a lado.

—No tienes idea de los terrenos que estás pisando —advertí.

—Conozco tu versión mala —se burló.

—Te mostraré la más mala si sigues por ese camino —aseveré, y sonreí igual que él lo hizo.

—Oh, pequeña cabrona, no sabes cómo quiero odiarte, pero, cuando te pones así, vuelve a excitarme que mi vida dependa de tu cordura —confesó de pronto, cambiando una vez más el rumbo del juego.

Me obligué a tragar y contener la respiración porque, como el suicida que era, dio un paso hacia mí.

—A parte de imbécil, eres un desvergonzado —declaré.

A él no le importó mi advertencia y terminó de eliminar el espacio entre nosotros, tomándome con una mano de la muñeca y poniendo la otra en el cañón de la glock, para luego llevarla a su frente y presionarla ahí. Nuestro contacto me hizo experimentar una especie de cortocircuito, y mi vientre se calentó, a la vez que me provocó esas malditas cosquillas que revolvieron más mi estómago.

—Que no te tiemble la mano, Pequeña —instó, y tensé la mandíbula.

Tenía los ojos muy rojos y olía a alcohol. Lo que me hizo entender por qué su nivel de imbecilidad había aumentado.

—Veo que en serio te pone duro que esta zorra a la cual le tienes asco tenga tu vida en sus manos —señalé, utilizando la ofensa que usó contra mí en aquella habitación del hospital.

—Tócame y lo comprobarás.

—¡Hijo de puta! —gruñí, y puse la mano libre en su pecho, apartándolo cuando vi su intención de agarrarme de ella para llevarla a su polla.

Soltó una risa ronca, y deseé tirar del gatillo, pero en ese momento me hizo falta el valor que en aquella batalla me sobró.

—Sí, el único hijo de puta capaz de llevarte al cielo —se mofó.

Me alejé de él sin dejar de apuntarle, aunque fuera absurdo, pero de alguna manera sentía que eso lo limitaba un poco, por muy suicida que se mostrara.

—Pero incapaz de mantenerme en él, por más de unos cuantos minutos —ataqué.

Todo pasó realmente rápido tras lo que dije. LuzBel me quitó el arma en un santiamén y la tiró al suelo, consiguiendo con eso que un tiro se escapara, pero por fortuna no me hirió ni a mí ni a él. Lo comprobé porque sin ningún problema me acorraló contra la pared más cercana; sus manos en mi cintura, presionándome con fuerza. Puse las mías en sus hombros y quise quitarlo.

No pude.

—¡*Apártate de ella!* —gritó Ronin con su arma alzada.

Dom y Max lo seguían, de seguro entraron porque escucharon la detonación del arma que yacía sobre el suelo.

—¿Y él sí? —LuzBel preguntó ignorando a mis hombres. Entendí que se refería a Elliot, un cuestionamiento de su parte que nació de mi declaración anterior—. Por eso te olvidaste de que eras mía.

—*Tinieblo, no lo diré de nuevo.*

«¡Joder, Ronin!», pensé por cómo lo llamó.

—¡Responde, hija de puta! —exigió LuzBel para mí.

—Váyanse de aquí. Déjennos solos.

—*Jefa*.

—Fuera de aquí, Ronin —ordené, e hice una mueca cuando LuzBel llevó las manos a mi cuello y lo apretó.

Ese era su agarre favorito.

—Eras mía, Isabella —repitió con furia cuando estuvimos solos de nuevo.

Nuestras respiraciones estaban descontroladas y, a pesar de que nosotros también, sabía que solo nos mataríamos con palabras.

—Nunca fui tuya. Ni de nadie —le aclaré—. Siempre me he pertenecido a mí misma. Soy mía y demasiado mujer para ti, LuzBel. Por eso te has revolcado con esa tipa sin amor propio, porque a ella no le importa que la folles, incluso cuando piensas en mí mientras se lo haces —vociferé, y negó, arrugando un poco la nariz al apretar sus molares—. Y solo te quedará eso, malnacido: revivir con cada mujer que te lleves a la cama lo que te permití vivir conmigo. Porque nunca, escúchame bien, nunca me igualarás con nadie, y dudo mucho que en la vida vuelvas a tener a alguien que te haga sentir como lo hice yo. —Abrió y cerró la boca al intentar respirar, y luego tragó—. ¡Te quedé demasiado grande! —señalé con altanería, tal cual él me había enseñado.

—Me dueles, Isabella White. Me matas, me revives y me vuelves loco —soltó entre dientes, y fruncí el ceño porque no era lo que esperaba que dijera—. Me tienes estúpido, herido, inseguro, idiota.

«No decía mentiras, eh».

Jadeé en el instante que presionó la frente en mi clavícula y aflojó su agarre en mi garganta, lo hice porque, al enumerar todo lo que sentía, también me describió.

—Maldición. Jurabas amarme, pero no quisiste escucharme cuando intenté explicarte las cosas —prosiguió—. Y yo, como el mayor de los imbéciles, te endiosé, sin saber que a la primera oportunidad correrías a los brazos de esa mierda. Y no te bastó únicamente hacerlo con él, tenías que restregármelo en la cara, ¿no?

Me tomó de la barbilla y me hizo verlo a los ojos. Y esa vez, sus reclamos, en lugar de encender mi ira aún más, derrumbaron los muros que yo misma me hice para no seguir cayendo en el abismo.

—¿Y qué has hecho tú ahora mismo? —debatí con la voz entrecortada—. ¿Acaso no me restriegas en la cara lo que le has hecho a tu amante?

—Solo te devuelvo la estocada, Pequeña. Tú me llevaste a esto.

Me reí, lo hice con incredulidad y burla.

—Jodido sinvergüenza —siseé, y lo empujé sin lograr apartarlo.

—¡Escúchame! —exigió sin dejar de tomarme la barbilla.

—¡No, LuzBel! ¡No tengo por qué escuchar a un jodido traidor, cobarde, mentiroso y desvergonzado que le encanta jugar al diablo, pero llora como un condenado! —grité golpeándole el pecho con el lateral de mis puños—. ¡Te odio! ¡Te odio!

—¡Puta madre! ¡Escúchame, maldita Castaña! —largó con frustración, pero yo ya no quería hacerlo porque estaba perdiendo la batalla contra mis lágrimas—.

¡Eres la dueña de las putas palpitaciones de mi corazón! ¡Entiéndelo! —vociferó, y ensordecí—. Ese que has hecho mierda, Isabella, el que pisoteaste a tu antojo.

«¡Oh mi Dios!».

No pude más y dejé rodar una lágrima por mi mejilla, deseando ser la Isabella de antes. La que no tenía miedo de demostrar su dolor y derrumbarse frente a él, porque a ella le fue más fácil desahogarse.

—No, no llores —suplicó, sin embargo, sus palabras fueron la llave que abrieron dentro de mí y, en lugar de dejar de llorar, comencé a hacerlo más. Y me mordí el labio para tratar de contenerlo, pero fue en vano—. No, Bonita. No me hagas esto, no me destruyas más, no llores porque entonces vuelves a revivirme y a matarme una vez más.

A continuación, me arropó con sus brazos en un abrazo que necesitaba desde hace mucho, pero que no correspondí, no podía; mi cuerpo no funcionaba, estaba estática, sin saber qué decir, qué hacer. Ni siquiera sabía qué pensar porque me daba miedo que LuzBel únicamente actuara así porque estaba drogado.

No obstante, por un instante me permití disfrutar de su calidez, de la sensación de su piel desnuda y adornada con tatuajes, de su olor exquisito; disfruté de los latidos acelerados de su corazón y deseé más de él, pero la realidad me golpeó, demostrándome que, ese momento de leve tregua, no borraba nuestros encuentros llenos de amargura ni las traiciones que seguían en el medio.

Y menos lo que él acababa de hacer con Hanna en un lugar que debió ser solo nuestro.

—Tú también me llevaste a dañarte, LuzBel —aclaré, recomponiéndome un poco, aterrizando con los pies en la tierra—. Porque todo lo que hice, y que tanto te duele, fue porque tú me traicionaste a mí antes, no te olvides de eso.

Dejó de abrazarme en cuanto dije eso y me observó. La tormenta es sus ojos me llevó a años atrás, cuando estuvimos en Inferno, bailando aquella canción con la que me hizo sentir como la única mujer en su mundo. Y entonces comprendí por qué era tan perfecta para nosotros. Y me solté de esa cuerda que me mantenía a diez pies del suelo.

—Cumpliste, recibiste una bala por mí —musité sin perder la fortaleza—. Pero antes de eso te habías ido, dejando que te necesitara como el corazón necesita a un latido.

—No sigas —suplicó al comprender que, igual que lo hizo Sombra, yo le estaba hablando a través de una canción.

—Te amé con un rojo fuego, que ahora se vuelve azul.

—Isabella. —Apretó los puños al pronunciar mi nombre en una advertencia que no obedecí.

—Es demasiado tarde para pedir perdón, Elijah —finalicé.

Dicho eso, me di la vuelta para marcharme, y esa vez no me detuvo.

CAPÍTULO 29

Perdiste el juego

ELIJAH

Estaba dispuesto a follar a Hanna y ella muy disponible para mí, pues le daría algo que venía deseando desde la primera y última vez que estuvimos juntos. Pero, a pesar de los deseos de ambos por irnos directo al grano, la rubia me incitó a que le contara esa historia que le prometí. Y lo hice, le narré mi vida, la del hijo de puta que siempre fui antes de que una bruja de ojos miel se cruzara en mi camino.

Entre la charla me acompañó con la bebida. Y cuando llegué a una parte sexual de mi historia, ella comenzó a quitarse la ropa, dándole una imagen clara a mis palabras, interpretando su papel y provocándome a que inventara cosas solo para comprobar si se atrevería a hacerlas.

—Derramó el whisky en su ombligo y me incitó a que lo bebiera desde ahí —susurré y, con una sonrisa ladina grabada en el rostro, se sentó en la mesa, echó los hombros hacia atrás y se apoyó con una mano en la superficie de madera, para obtener una inclinación perfecta y provocativa, luego derramó un poco del licor justo donde yo narré.

Tenía los pechos desnudos y se había quedado en bragas. Sus pezones marrón claros estaban endurecidos luego de bañarlos con el licor, y notaba el brillo pegajoso en la piel de su cuello y en partes del abdomen y las piernas, pues ya antes el whisky la había besado por mí.

—Me haces tirar el licor, LuzBel —señaló con picardía, ya que no me vio con intenciones de lamerlo.

—Ya he bebido mucho —le recordé.

Era verdad, me sentía más allá de borracho porque la botella en su mano era la segunda que nos bebíamos. O al menos yo sí lo hice.

—Entonces voy a beber yo, desde tu cuerpo —avisó, y se puso de pie para acercarse a mí.

Dejé que me quitara la camisa y desabrochara mi vaquero, luego volví a acomodarme en el sofá con los brazos apoyados a cada lado del respaldo, y abrí las piernas, obteniendo una posición desenfadada, mirándola sonreír en el momento que comenzó a derramar el whisky en mi pecho para después lamerlo, juguetenado con los *piercings* en mis tetillas con la punta de su lengua.

Cerré los ojos para disfrutar de su atención, escuchando su respiración excitada, sintiendo la calidez de su boca en mi piel y... ¡Me cago en la puta!

El corazón se me aceleró compitiendo con mi respiración. De un segundo a otro mi deseo había aumentado en sobremanera y me removí porque, a pesar de sentir placer por lo que me hacía, también experimenté una incomodidad bastante desagradable y una presión en mi pecho que subió de inmediato a mi garganta.

—Justo así, dejas de lucir como la dulce Hanna —señalé sin detenerla, queriendo hacerme del control de mis sensaciones. Y, de alguna manera que no comprendía, pensé en que yo mismo me estaba obligando a continuar con el encuentro.

—Es lo que pasa cuando te enamoras del lobo —admitió con una sonrisa sensual—. Dejas de ser la Caperucita inocente.

Ignoré su declaración sobre lo que le pasaba conmigo y la miré atento cuando bajó la cremallera de mi vaquero y luego liberó mi polla, ambos descubriendo que la punta brillaba con exageración por el líquido preseminal acumulado.

—¿Y tus perlas? —inquirió.

El deseo hacía que sus ojos verdes brillaran y su voz bajó una octava.

—Cuando tengas mi polla adentro de ti, no las extrañarás —respondí sin querer recordar la razón por la que me las quité—. ¿Estás segura de seguir? Porque este lobo no está enamorado de la Caperucita —añadí, pues debía serle claro. Antes de responderme, me cogió el falo y bombeó con suavidad.

El placer corrió en forma de electricidad por toda mi columna, apretándome las bolas y obligándome a morderme el labio para no jadear, pues lo que ese toque de Hanna me provocó fue tan sorprendente que no se sintió real.

—Me basta con que esta vez sepa a quién le hará el amor. —Bufé una risa, y la tomé de las mejillas con una mano, antes de que se metiera mi glande en la boca para chuparlo.

—No confundas esto con hacer el amor —demandé.

Me respondió dando una suave lamida en la corona de mi polla, y tragué, porque de nuevo el placer fue tanto que, sin pretenderlo, me transportó a aquella celda, luego de matar a Caron, cuando Amelia me demostró que podía hacer que me corriera sin siquiera tocarme.

Aunque Hanna me regresó al presente y consiguió que mi respiración se volviera errática, en el instante que introdujo más de mi falo en su boca, succionando con timidez, pero con hambre a la vez.

—Espera —le pedí entre jadeos, y recosté la cabeza en el respaldo del sofá, cerrando los ojos, tratando de respirar.

Ella no se detuvo, ya que vio mi acción y creyó que quería detenerla porque no soportaría las ganas de correrme, no obstante, no se trataba de eso. Quería que parara porque mi cuerpo anhelaba ese placer, pero no mi mente, y menos mi corazón.

La culpabilidad por lo que hacía se hundió en el medio de mi pecho como una daga que no me dejaba respirar sin sentir dolor. Y el odio hacia mí mismo creció, junto a ese placer que comenzó a asquearme porque no mierdas lo quería.

—No, Hanna. Detente —ordené cuando reuní toda mi fuerza de voluntad.

La tomé del cabello para que se apartara de mí, y me miró asustada, pues no entendía mi reacción.

—¿Qué sucede, LuzBel? ¿Hice algo mal? ¿Te lastimé? —preguntó con evidente preocupación.

Tragué con dificultad, enfurecido a la vez conmigo mismo por haber permitido que llegáramos tan lejos, ya que nunca inicié ese encuentro porque quería estar con ella. Lo hice simplemente por despecho, porque me hirió lo que Isabella me dijo, pero más lo que hizo. Sin embargo, mediante avanzábamos con Hanna, me sentía menos convencido de seguir por ese camino, aunque el alcohol y el orgullo no me dejaron ceder.

Hasta que mi cuerpo necesitó lo que mi mente rechazaba. Y la impotencia de no conseguir dominarme a mí mismo me hizo sentirme saboteado, despojado de mi libre albedrío. Y me odié porque juré que no permitiría volver a estar en ese punto y no cumplí.

No pude cumplirme a mí mismo.

—No, pero no puedo seguir —le respondí a Hanna, y me puse de pie, acomodándome la polla dentro del bóxer.

—¿No lo disfrutabas? —indagó, manteniéndose de rodillas en el suelo.

«Mi cuerpo sí, pero no mi cabeza, y menos mi maldito corazón».

—Es complicado —le respondí a Hanna, sin el valor suficiente para admitir en voz alta que me estaba obligando a consentir lo que hacíamos.

Ella se abrazó a sí misma, de seguro sintiéndose usada, y por mi experiencia sabía que eso era una mierda.

—Entiendo. Es por ella —aseguró con amargura.

—Necesito tomar una ducha y descansar un poco. Si quieres asearte tú, en el baño de visitas encontrarás lo que necesites —ofrecí evitando darle largas al señalamiento que me hizo.

—¿Puedo tomar una ducha también?

—Por supuesto. Y, si quieres lavar y secar tu ropa, encontrarás la lavandería al fondo. —Señalé con mi cabeza el pasillo que debía seguir.

Su ropa se había mojado con el whisky, por eso la animé a que hiciera lo que necesitara para volver a estar limpia. Seguido a eso, me encaminé hacia mi habitación, sintiéndome pésimo conmigo mismo, más que con ella.

—¿LuzBel? —me llamó, y la miré sobre mi hombro—. No hacíamos nada malo, ¿cierto?

—Supongo que tú no —dije sincero.

Terminé de entrar a la habitación y al estar ahí me tambaleé un poco, por lo que decidí tumbarme en la cama, boca abajo. El aroma de Isabella me envolvió en un santiamén y maldije porque bebí y me drogué hasta el punto de la estupidez para sacármela de la cabeza, pero ella, sin pretenderlo, siempre encontraba la manera de mantenerse ahí.

Inhalé hondo para llenarme más de su aroma, lo que me llevó a sentirme más mierda por lo que hice con Hanna, pues en mi despecho pretendí devolverle la estocada a Isabella, quería sentir lo que ella aseguró que sintió con Elliot. Sin embargo, la cagué en el intento porque lo único que yo experimenté fue un placer superficial y mucha culpa.

Aunque ahí en la soledad de mi habitación también terminé de comprender que mi culpabilidad no se debió únicamente a que iba a fallarle a esa Castaña, a pesar de que ella me falló a mí, sino a que de verdad no pude controlar ese placer que experimenté con los toques de Hanna, y menos cuando comenzó a chupármela, pero tampoco conseguí apaciguarlo y volver a sentirme despojado de mi propia voluntad no me hizo ni puta gracia.

Y esa vez no culparía a Amelia, y a la mierda que puso en mi cabeza, ya que podía jurar que la chica en ningún momento me obligaría a sentir placer estando con otra mujer que no fuera ella, puesto que, a excepción de su demostración meses atrás, jamás volvió a apremiarme utilizando el dispositivo, ni para castigarme, y menos por conseguir su propia satisfacción.

Además de que todavía no habían confirmado que era libre, lo único que le daría la posibilidad de volver a hacerse con el mando con el que lo controlaba. Uno que solo ella sabía dónde estaba, por lo poco que pude averiguar luego de que me lo colocó.

Cuando el mareo por fin mermó y terminé con la cama deshecha, porque no lograba obtener una posición cómoda, decidí ir a tomar una ducha al baño privado. Quería espabilarme para volver al hospital y ver cómo estaba Tess, en lugar de seguirla cagando.

Al salir de la ducha me encontré a Hanna en la habitación y fruncí el ceño. Ella cubría su desnudez únicamente con una toalla igual que yo, y sus mejillas se sonrojaron.

—¿Qué haces aquí? —cuestioné con la voz más dura de lo que pretendía sonar.

Pude haber querido follarla, pero esa habitación no era lugar para que ella estuviera. Ni siquiera mi jodido apartamento lo era, así que no me agradó encontrarla ahí.

—Toqué varias veces y me preocupé porque no respondiste, por eso entré —explicó.

—¿Creíste que me encontrarías muerto por sobredosis? —satiricé, y su mirada avergonzada me dijo que sí—. No te preocupes, no es la primera vez que estoy drogado.

—Pero sí dolido. —La miré serio por el señalamiento tan acertado—. Escondes tu corazón con la rabia, ¿no? Al menos cuando estás a su alrededor.

—No lo escondo. Está congelado —mentí, y ella soltó un suspiro.

—¿Qué te hizo que te destruyó de esta manera, LuzBel? —indagó—. Sé que puedes decir que no me importa, pero te equivocas porque sí lo hace. Y mucho —aseveró en cuanto pasaron varios minutos y yo no le respondí—. Nunca te vi tan mal cuando estuvimos en manos de esas ratas, y mira que vivíamos en el infierno. Sin embargo, tenías esperanzas. En cambio, ahora te comportas como si quisieras hundirte cada vez más. Como si ya nada vale la pena. Y es ilógico porque al fin eres libre y estás con tu familia.

«Antes la tenía a ella», pensé.

—Nada ha sido como supuse que sería al volver —acepté—. Todos siguieron adelante, Hanna. Yo en cambio me quedé estancado.

Era la primera vez que hablaba de eso. Y solo ella me inspiró la confianza para aceptarlo en voz alta, porque de todas las personas a mi alrededor había sido la única en preocuparse realmente por cómo me estaba volviendo a readaptar, a la que tendría que ser mi verdadera vida.

—Sí, a veces cometemos el error de idealizar lo que queremos. Y cuando las cosas no resultan ser como lo esperábamos, nos decepciona, pero eso no significa que los otros estén mal, Ángel. Simplemente tenemos que ver las cosas de diferente perspectiva.

Estaba seguro que, desde la perspectiva que fuera, el que la Castaña se hubiera acostado con Elliot seguiría sintiéndose igual de mierda.

—¿Tú has estado con alguien más después de mí? —Frunció el ceño por mi cambio de tema repentino.

Pero no fue un cambio para mí, iba en el mismo hilo de lo que hablábamos, aunque ella no lo comprendiera.

—No —respondió segura—. Prefiero el recuerdo de lo que sucedió contigo, aunque haya pasado lo que pasó con ese maldito —confesó, y la observé.

Se había llenado de rabia al recordar lo que Lucius le hizo, pero ya no pareció tan afectada por eso. Estaba tratando de sobrellevarlo, y me satisfizo su determinación.

—Te prestaré una de mis camisas mientras tu ropa está lista —propuse de pronto, deseando acabar el tema que manteníamos.

Asintió sin rechistar, reiterándome que todo era fácil con ella. Nunca ponía un pero y eso me gustaba y aburría a la vez. Y cuando salimos juntos de la habitación, para darle una de las playeras que vi antes metidas en cajas en el cuarto de visitas, entendí la razón de pensar así, pues la mujer que consiguió que todas las demás me parecieran aburridas estaba ahí, viéndonos como si fuéramos los monstruos que le aterraban, imaginándose las cosas que debieron pasar entre la rubia y yo.

Mierda.

Esa reacción en Isabella era la que quería provocar; que me encontrara y viera con sus propios ojos que seguí su consejo, fue con lo que fantaseé cuando me obligué a seguir adelante con algo tan absurdo. Pero, cuando entré a la habitación después de pedirle a Hanna que se fuera, antes de que la Castaña la matara por algo de lo que no era culpable, entendí que verla tan herida porque la incité a creer en mi mentira no me satisfacía.

Además de que, con cada cuchillada que yo le asestaba, ella me devolvía una doble. Su presencia despertó a mis demonios adormecidos por la droga y el alcohol, y juntos anhelamos follarla con la furia y los celos que nos provocó por haber estado con otro. Quería experimentar el placer natural entre sus piernas, penetrarla mientras la obligaba a mirarme a los ojos para que no tuviera la osadía de imaginarlo a él.

Quería que Isabella viera en los míos que, por más que me obligaba, no podía sentir asco de ella como lo aseguré. Que fracasé en mi intento de estar con otra porque la tenía a ella tatuada en mis huesos, porque cada latido de mi puto corazón parecía bombearme su vida, no la mía.

Pero entonces dejó caer sus escudos y, al verla llorar, comprendí que llegamos demasiado lejos, que nos dañamos de mil maneras que no podían superarse tan fácil. Y ella me lo confirmó al utilizar las palabras de aquella canción que de alguna manera se convirtió en nuestra, la noche que experimentamos un momento único e inolvidable.

Aunque en ese instante, la letra de *Apologize* se convirtió en lo peor. Por eso no la detuve cuando se marchó. Por eso dejé ir a mi chica inocente convertida en una *femme fatale,* a mi ángel obligada a ser una diabla.

Y cuando salí de la habitación minutos después, todavía encontré a Ronin en el apartamento, cerca del reproductor. Vi que le dio reproducir a una canción y sonreí irónico al identificarla.

Lost the game.

—Perdiste el juego, *Tinieblo idiota* —sentenció al caminar hacia la puerta.

No le dije nada, simplemente me quedé ahí, dándole la razón en mi mente.

Cuando llegué al hospital al día siguiente, llevaba un dolor de cabeza que comenzaba a desesperarme. Y, si no hubiera ingerido alcohol o la droga, habría creído que me estaban jodiendo con el dispositivo, pero todo indicaba que mi tortura se debía esa vez a la resaca moral y física.

—Nuestro equipo se está asegurando de que todo esté bien con el aparato, y Fabio está pendiente de eso, para constatar que tenga los efectos que esperamos —nos informó padre, puesto que recibieron la parte acordada del intercambio en horas de la madrugada.

Y con eso yo recibí la confirmación de que Amelia volvió a ser libre.

Estábamos en ese momento en la habitación que adecuó como sala de juntas, Evan y Dylan nos acompañaban, además de Caleb e Isamu como representantes de Isabella, pues ella optó por no acompañarnos, y supuse que fue para no cruzarse conmigo, algo que, aunque entendí y acepté que era lo mejor, también me afectó.

Había estado con Tess antes de la reunión, mis padres me explicaron que el derrame que sufrió le paralizó toda la parte izquierda del cuerpo, pero Fabio les aseguró que no sería un daño permanente porque, aunque sus neuronas se vieron comprometidas, no murieron, y eso era vital para su recuperación. Con el habla tenía un poco de dificultad debido a la misma parálisis, no obstante, padre ya tenía dispuesto a todo un equipo médico para que ayudaran a mi hermana a que regresara a ser la misma, tan pronto como fuera posible. Y la disponibilidad de la pelirroja jugaría un papel importante en todo eso.

—De confirmar que sea seguro, ¿cuándo se procederá con las operaciones de extracción? —cuestionó Caleb.

—Mañana mismo. Iniciarán con Tess y luego será el turno de Isabella. Tú serás el último como sugeriste —respondió Myles, y con lo último me miró a mí.

Todos se mostraron extrañados con eso, porque ignoraban la razón de que yo también me fuera a someter a esa operación.

—¿Tú? —indagó Evan.

—¡Joder! No me digas que esos hijos de putas también te colocaron uno —sondeó Dylan, y bufé una risa sardónica.

Isamu y Caleb se mantuvieron expectantes a lo que escuchaban.

—Fue solo Amelia en realidad —respondí tajante, sin la intención de añadir más explicación, y todos lo comprendieron.

Padre dio por finalizada la reunión luego de eso, pero yo me quedé en la sala porque Cameron llegaría en unos minutos para hablar conmigo, sobre algo importante que no podía ser dicho por teléfono. Y más tarde me reuniría con Darius y Marcus, pues habían terminado de cuadrar todo con respecto al rescate de los mellizos y Serena.

—¿Le mostraste tu rostro? —Todos habían salido de la sala, pero Isamu se detuvo en la puerta y, tras decirle algo a Caleb y que este se fuera, se giró para hacer esa pregunta.

Y entendí a lo que se refería.

—¿Para qué esos cinco minutos si no? —devolví.

Había notado que él y yo éramos similares en muchos sentidos, en las actitudes sobre todo. Por eso no lo soporté cuando llegó a los Vigilantes como Tarzán, pero, desde que se ofreció a ayudarme con el rescate de mi equipo, ganó un poco de mi respeto.

—Te los debía, sin embargo, desde que te pagué con ello el haberte atacado por la espalda, sentía que le fallé a Isabella, y eso no me ha dejado dormir, ya que no fue honorable robarle esa venganza que creí que solo merecía ella.

En eso definitivamente no éramos iguales, pues a mí jamás me importaría atacar por la espalda a un enemigo. La enseñanza con la que Isamu creció, sin embargo, le hacía tener honor con sus rivales. Y comprendí lo que dijo, ni él ni Sombra merecían robarle la venganza a Isabella con Jacob.

—LuzBel obtuvo sus cinco minutos, Tarzán —aclaré—. Yo también merecía hacerle pagar por lo que me hizo.

Me miró con imperturbabilidad a través de sus ojos rasgados, pero el leve asentimiento de su cabeza me indicó que ahora él también lo creía así.

—Soy Isamu para los Grigoris y Sigilosos —aclaró con mesura segundos después.

Y no entendí por qué carajos eso me hizo sentir como si fuera una aceptación de su parte.

No nos dijimos nada más porque Cameron llegó. Y lo urgente y delicado que quería decirme en persona me liberó de un poco de la presión que tenía en mi interior, pues no solo estaba lidiando con lo sucedido a Tess, mi situación con la Castaña y la frustración de que Amelia volvió a ser libre, sino también con el asunto de Dasher, el secuestro de los mellizos y Serena; saber que tenía hijos, unas copias a las cuales no podía ver y de las que su madre no me hablaba porque creía que no lo merecía, y de paso, la desaparición de Miguel, Gabriel y Rafael, con quienes, aunque no conviví el mismo tiempo que con los demás, me demostraron ser leales. Por lo que me negaba a dejarlos a su suerte.

—Joder, es bueno tener una buena noticia entre tanta mierda —expresé para Cameron.

Él había averiguado que Miguel, Gabriel y Rafael consiguieron escaparse de unos Vigilantes, cuando estos los llevaban con David para que el hijo de puta también los castigara por la muerte de Derek. Y habían llamado a Belial y Lilith para que la pareja los socorriera, y junto a la banda de moteros que antes me ayudó a mí, y que ahora escondía a esos dos, los rescataron para resguardarlos también a ellos.

—Hasta yo me he alegrado con esa noticia. Y son Vigilantes, ¿ves la ironía? —satirizó Cam, y me reí.

—Habla con Nico y pídele que te comunique con Belial. Dile a él que voy a darles toda la protección que sea necesaria para que vuelvan a ser libres, pues no permitiré que sigan escondiéndose porque temen por sus vidas —solicité, y lo vi asentir—. Añade también que voy a sepultar lo último que queda de esos hijos de putas, antes de que Amelia pretenda tomar el poco poder que les queda.

—¿Quiere decir que la misión no será únicamente para rescatar a los mellizos y Serena? —indagó, y sonreí de lado.

—Por supuesto que no, Cam. Mataremos a dos pájaros con un solo tiro —proclamé.

—Mierda, quiero ser parte de eso —sentenció.

Acto seguido se retiró para hacer lo que le pedí. Y mientras Marcus y Darius llegaban para que repasáramos todo, busqué a madre con la intención de que me hablara más sobre mis hijos.

Mierda.

Sentía extraño pensar en alguien que no fuera Isabella como mi propiedad. Y no una que quería para lucir ni mucho menos jactarme, sino porque eran míos por ser mi sangre, mis genes. Dos gotas de agua que me unirían para toda la vida a una mujer con la que no podíamos vernos ni en pintura en ese momento, pero eso no me impediría darme la oportunidad de conocer a esos pequeños.

Y tal vez no en ese momento, porque las aguas alrededor de nosotros seguían revueltas. Y de ninguna manera me arriesgaría a ponerlos en la mira de mis enemigos. Además de que seguía pensando que no los merecía y el *shock* por saber que era padre aun no me abandonaba. Pero quería verlos y ya no más como los pequeños roba osos de Italia, sino como mis hijos.

—¿Qué haces aquí? —Hanna me sonrió al escucharme.

Estaba afuera de la habitación de Tess con madre y me sorprendió porque no esperaba encontrármela ahí.

—Yo la invité —respondió Eleanor por ella, y su mirada llena de molestia me dijo que no le gustó el tono que utilicé.

—Le llamé para preguntarle por Tess, ya que no quería molestarte a ti —explicó Hanna, y su gesto cohibido me indicó que se sentía apenada, por lo que estuvimos a punto de hacer un día antes. Y porque le pedí que se marchara de mi apartamento.

Tenía que ofrecerle una disculpa por eso, ya que reconocí que me comporté como un patán cuando llegó a buscarme, porque yo se lo pedí.

—Así es. Y la invité a venir para que me haga un poco de compañía mientras ustedes se ocupan de sus asuntos y Tess duerme —acotó madre.

—¿Y Alice? —indagué.

Hanna se puso de pie y se disculpó con madre para luego llegar a mí y tomarme del brazo, con el objetivo de alejarnos un poco de donde estábamos.

—Marcus se quedó con ella. Y, si te soy sincera, me sentí un poco incómoda por la situación, ya que parecía que ellos necesitaban privacidad como hermanos para hablar. Él estaba decidido a que Alice le explicara lo que está pasando con Elliot —informó en voz baja.

—¿Crees que ella ya se sienta un poco mejor?

—¿Tú te sientes mejor? —devolvió, y me tensé. Ella lo notó y vi su intención de cogerme la mano como señal de apoyo, pero negué con la cabeza para que lo evitara—. Ahora entiendo tu comportamiento de ayer, Ángel —musitó.

Imaginé que había hablado con Alice y que probablemente ella sí profundizó en el tema, por eso Hanna comprendió que las cosas iban más allá de la traición de Isabella y Elliot.

—Gracias por acompañar a madre —ofrecí, tratando de zanjar ese tema.

—No tienes que agradecer eso. Tu madre es una mujer muy amable y me hace sentir bien que le guste mi compañía —rebatió, y le regalé un amago de sonrisa.

—Te veré luego —me despedí.

—¿Sabes algo de Owen y su hermano? —cuestionó antes de que me alejara.

—Estoy en ello.

No le había dicho lo que pensábamos hacer porque no quería que ella tuviera información que al final solo la pondría en peligro. Sucedía lo mismo con madre, desconocía muchas cosas de la organización y las misiones porque padre aprendió, cuando asesinaron a la abuela, que a las mujeres en nuestras vidas era mejor mantenerlas en la ignorancia, si no tenían una participación activa en Grigori.

—LuzBel —me llamó Evan, y lo miré.

Estaba saliendo de la habitación de Tess y comprendí por qué madre estaba afuera. De seguro Dylan no pretendía despegarse de su chica por nada del mundo y Evan había llegado a verla, sin embargo, no podían estar más de dos personas con ella por recomendación médica, así que deduje que Eleanor cedió su lugar un momento.

—¿Podemos hablar?

—Claro —acepté.

Le dio un asentimiento a Hanna como saludo, y ella le sonrió. Se habían conocido el día que la chica llegó al hospital con Marcus, pero no hubo tiempo para que entablaran conversación alguna, aunque tampoco los vi con interés de hacerlo en ese momento.

—Tu padre me dijo de la misión de rescate que harás, también de que llevarás a más Grigoris para terminar con los Vigilantes que quedan —empezó cuando estuvimos cerca de la sala de reuniones—. Me preguntó si te acompañaría, pero le fui sincero con que no me has pedido que lo haga.

Lo miré con los ojos entrecerrados.

—Aunque quiera darle una estocada final a David, rescataré a tres Vigilantes, Evan. Así que deduje que no querías estar en una misión donde deberás cuidar la espalda de tu enemigo en lugar de acabar con él —puntualicé.

—No aprendes la lección, ¿cierto? —resolló—. Por deducir lo que crees que va a pasar, dejas de lado a tus amigos —zanjó con molestia.

—¿Lo sigues siendo? —urdí mordaz, y sonrió sin gracia.

—Supongo que quererte matar, pero alegrarme a la vez de que no hayas explotado en aquel edificio, significa que lo sigo siendo. —Me reí de su respuesta—. Seré sincero —avisó de pronto—, a veces quisiera que lo que sucedió con Jacob fuera mentira, pero eso es imposible. Contigo, en cambio, tenemos la oportunidad de comenzar a ver lo que sucedió años atrás como una horrible pesadilla. Y, así haya sido muy jodido, podemos despertar ahora y seguir adelante.

—No me pareció que pensaras así hace unos días —satiricé.

—Ya he superado el *shock* —se defendió, y eso me hizo reír.

Aunque mientras lo hacía pensé en que perdí a dos miembros muy importantes de mi élite en Grigori, pero Sombra tenía completa a la suya, o al menos eso esperaba. Y, si tenía que unir a ambas para recuperar a los que me faltaban, no me lo pensaría demasiado.

—¿Quieres acompañarme? —ofrecí.

—Connor también quiere hacerlo —avisó, y fruncí el ceño porque él no estaba en condiciones—. Parece que Jane lo ha mandado a la mierda y necesita distraerse de alguna manera —explicó al ver mi incomprensión y mi sorpresa porque la miedosa hiciera eso—. Además, hemos creado nuevos juguetes que se muere por usar.

—¿Explotan? —sondeé.

—Y de verdad. No como lo hiciste tú.

—Hijo de puta —apostillé, pero en ese momento los dos nos reímos de verdad. Como en los viejos tiempos.

Y eso me hizo sentir de regreso.

Seguido de eso me preguntó algunas cosas sobre Hanna, pero no porque tuviera interés en ella, sino porque creyó que era alguien importante y especial para mí, basándose en cómo me había visto tratarla el día que Marcus la llevó al hospital.

Le expliqué que la protegí y que por eso los Vigilantes se ensañaron con ella, añadí que la ayudé a escapar, pero Hanna en cuanto pudo, en lugar de olvidarse de mí, volvió a contactarse conmigo; y que en muchas ocasiones hizo que mi infierno fuera un poco más liviano con las historias que me contaba.

—¿LuzBel teniendo gratitud? Eso es nuevo —ironizó, y me encogí de hombros.

—Pero no te confíes, que cuando me hartan, me deshago con más facilidad de los cotillas. Eso también es nuevo —lo chinché.

Bufó una risa y seguimos hablando, pero como amigos en ese momento. Hasta que Marcus y Darius llegaron y luego Cameron, teniendo en esa sala a parte de mi élite como LuzBel y como Sombra.

Y eso me dio una idea que iba a disfrutar mucho.

Madre se asustó al verme con uno de mis juegos de lentillas puestos. Era de noche y estaba por salir de casa rumbo a una bodega en la que me reuniría con Belial, Lilith y los otros tres miembros de la élite. Habían aceptado la propuesta que les hice por medio de Cameron, pero querían ser parte del rescate de los mellizos y Serena.

Evan y Connor también estarían presentes junto a Marcus, Isamu y Darius. Dylan se quedaría fuera de eso porque yo lo prefería al lado de mi hermana. Así que en ese momento estaba vestido de negro, pero no con el uniforme Grigori, sino con el de Sombra, la razón de haberme puesto las lentillas.

Y menos mal no me coloqué la máscara, porque, si Eleanor me hubiera encontrado con ella, habría tenido que tardarme un poco más por auxiliarla en su desmayo.

—¿Hasta cuándo dejarás de ponerte en peligro, Elijah? —inquirió con la voz ahogada.

Evité decirle que hasta que muriera, porque no quería recordarle que durante años creyó que sí lo estaba.

—Estaré de regreso en unas horas. En una pieza, te lo prometo. —Me coloqué el gorro pasamontañas que me serviría de máscara, pero no me cubrí el rostro, para que ella no viera el diseño y entendiera por qué mis ojos eran unos pozos completamente negros en ese instante.

Le di un beso en la sien antes de ponerme en marcha y, cuando abrí la puerta, me encontré con quien menos esperé.

—Isabella —la llamé.

Tenía la boca entreabierta y no podía dejar de mirarme a los ojos, tampoco estaba respirando porque no vi que su pecho se moviera. Isamu y Ronin estaban a cada uno de sus lados.

—*¿Puedes convencerla de que esta es la peor idea que se le ha ocurrido?* —sondeó Ronin.

El idioma japonés no era mi fuerte, pero él lo hablaba un tanto pausado para que personas como yo lo entendiéramos.

—¿Qué idea? —cuestioné para Isabella. Ella tragó con dificultad, e imaginé que verme como Sombra de nuevo la impactó.

—Quiere ser parte de esta misión, por eso me vine hacia aquí en lugar de ir directo a donde acordamos —explicó Isamu por ella.

—De ninguna manera lo hará —espeté.

—Eso no lo decides tú —habló ella al fin.

—Iré por mi gente, White. Tú no tienes nada que ver en esto. —Mi tono fue rudo, pero no porque quería ofenderla.

—Iré para terminar yo misma con lo que queda de esas mierdas —aclaró, y respiré hondo.

La tomé del brazo luego de eso y me la llevé para la oficina de padre, aprovechando que él no se encontraba ahí, sorprendido porque Ronin no me detuviera, e Isabella no se soltara de mi agarre. Aunque trató de disimular el respingo que la hice dar cuando nos encerré, y eso me hizo sonreír.

—¿Debería bajarme la máscara para que lo escuches a él? —pregunté, y entonces sí se soltó de mi agarre para ponerse frente a mí—. Tal vez a Sombra lo odias menos.

—Quiero ir a esa misión. —Carraspeó antes de decirme eso, y negué con la cabeza.

—Será peligroso a pesar de que David esté debilitado. Y te quiero en el hospital para que te saquen esa mierda de una buena vez —recalqué.

—¿Crees que, porque ahora eres LuzBel de nuevo, yo volví a ser la Isabella a la que protegías por suponer que yo no podía?

Vi mi oportunidad en ese momento de que nos enfrentáramos con un tema que ella había cuidado, porque *suponía* que en lugar de protegerlos los expondría.

—No veo más a esa Isabella, pero sí estoy viendo a la madre de mis hijos.

Palideció, y sus ojos miel se agrandaron de una manera que temí que se salieran de sus cuencas. Ni siquiera pudo tragar por unos segundos, aunque cuando imaginó cómo lo supe, y entendió que no podría ocultarme más ese hecho, el enojo le devolvió el color.

Y a mí me regresó la capacidad de poder hablar, ya que, al pronunciar en voz alta que era la madre de mis hijos, el sentimiento de posesión que me embargaba con ella despertó una vez más.

—Sé que vas a regresar con ellos luego de la operación, White. Así que no permitiré que te pongas en peligro —proseguí. Madre me había dicho su intención de marcharse minutos atrás—. Y entiendo que creyeras que consentiría que Amelia fuera detrás de ese tesoro que tanto proteges, pero también es una estocada más que me diste, porque en tu ira y dolor me desconociste. Aun así, te prometo por mi maldita vida que, antes de permitir que alguien los dañe, quemaría el mundo y congelaría el infierno.

Su mirada se volvió acuosa al escuchar las palabras que antes utilicé con ella, pero se mantuvo sin hablar e imaginé que era porque no quería llorar. Y lo respeté, por eso me di la vuelta dispuesto a marcharme, consciente de que no insistiría más en acompañarnos.

—¿Y puedes entender también que no dejaré que los veas? —Cerré los ojos, y me tensé en cuanto dijo eso, agradecido de darle la espalda—. ¿Entiendes que mis hijos no merecen tener de padre a alguien que, mientras yo luchaba por mantenerlos a salvo, él se revolcaba con la mujer que me lo quitó todo? ¿Que prefirió irse con su amante y me dejó sola durante mi embarazo? ¿Que no estuvo para nosotros en el parto, asegurándose de que ellos estuvieran bien cuando yo no podía protegerlos?

Deseé darme la vuelta y comenzar una nueva batalla en la que ambos saldríamos agonizando, porque éramos expertos en dañarnos, en hacernos mierda. Pero recordé el dolor que vi en sus ojos, el día anterior, y no quise seguir por ese rumbo.

—Ojalá que ellos, a diferencia de ti, algún día entiendan que, si no estuve allí, fue porque estaba luchando para mantenerlos a salvo, incluso sin saber de sus existencias —contesté—. Ojalá un día Aiden y Daemon comprendan que, mientras su padre se ganaba el infierno, su madre los mantenía en el cielo. —La miré sobre mi hombro, y noté que sus ojos brillaban por las lágrimas que estaba a punto de derramar—. Después de todo, hemos sido un equipo para nuestros hijos, para protegerlos de la mierda que nos rodea —señalé, y alzó la barbilla—. Y los veré, Isabella White, los buscaré cuando sea el momento, te guste o no —finalicé.

Acto seguido, abrí la puerta y me marché. Y esa vez, fue ella la que no me detuvo.

CAPÍTULO 30

Si cumples, yo cumplo

ELIJAH

Cuando entré a aquella bodega acompañado por Isamu, Evan y Connor, sentí la adrenalina inconfundible que siempre me embargó antes de las batallas. Y el estado en el que me dejó Isabella, luego de informarme sus intenciones sobre no dejarme ver a mis hijos, aumentó mi instinto asesino, y ansiaba comenzar esa misión lo antes posible.

Pero ver a Belial y Lilith esperando por nosotros, acompañados de sus tres amantes y de Marcus, Cameron y Darius, me hizo obtener un poco de paciencia.

—LuzBel Hijo de puta Pride, de regreso. —Ese fue el saludo de Lilith, y sonreí de lado, porque la cabrona no pudo ocultar su emoción al verme.

Estaba de pie al lado de Belial, esa vez tenía el cabello negro azabache, con grandes mechones púrpura al frente, y vestía toda de cuero negro. A su chico lo llevaba a juego, vestido en cuero negro, incluso la bota ortopédica para proteger su pierna era del mismo color. Su cabello, sin embargo, era azul metálico.

—¿O deberíamos seguirte llamando Sombra? —cuestionó él, sonriendo con chulería.

—¿Y si mejor me llamas: mi Señor? ¿O te gustaría más: Amo? —satiricé.

El maldito soltó una carcajada que nos contagió a todos, y nos dimos un abrazo fraternal bastante fuerte, pues la puñalada en mi abdomen punzó un poco, aunque ya no era algo para preocuparme. Tras eso hice las presentaciones correspondientes, y admito que me alegré mucho de volver a verlos.

—Fanfarrón te queda mejor —aseguró Lilith cuando me acerqué a ella y le desordené el cabello como si se tratara de una cachorrita, lo que hizo que me ganara un puñetazo en el bíceps de su parte.

Gabriel, Miguel y Rafael me mostraron su agradecimiento por no haberlos dejado a su suerte, incluso cuando aseguraron que, de haberlo hecho, lo habrían entendido, pues ellos eran Vigilantes y yo un Grigori al que obligaron a estar en la organización.

—Sí, a todos ustedes me los impusieron, pero fueron leales a mí cuando los malos momentos llegaron. Y yo sé agradecer y devolver la lealtad —aclaré tanto para ellos tres como para Belial y Lilith.

Y sabía que para Evan, Connor y Cameron no era necesario, pues ellos me conocían desde hace años. Y con Marcus y Darius estaba demás, pues los tres operábamos de la misma manera. Y de Isamu ni hablar.

Rafael comenzó a relatarme que, mientras los tuvieron en cautiverio por unas horas antes de escaparse, consiguió averiguar que la razón para que Lucius quisiera deshacerse de Amelia el día que asesiné a Derek fue porque descubrió que ella había negociado con las autoridades Holandesas la entrega de tres buques de personas que a mí me obligaron a exportar, de los cuales la mayoría eran niños.

Además de eso, Amelia cerró un trato con Frank Rothstein para entregar a su padre, pues eso le ayudaría a él a crear una cortina de humo con la que tendría la oportunidad de hacer sus propias mierdas, sin que las autoridades metieran sus narices en ello. Con esa información, recibida por parte de alguien dentro del grupo de Rothstein, David aprovechó para convencer a su hermano de cortar de raíz el problema, y el peligro que significaba Amelia para los Vigilantes. Y esa vez el maldito viejo decrépito le tomó la palabra.

Y la gran ironía del caso: no fue Amelia, pero sí su hermanita la que creó para Rothstein una buena cortina de humo.

—Bien, caballeros, dama —dijo Evan, y Lilith le sonrió, encantada de que se refiriera así a ella—. Tenemos vigías apostados en puntos clave del búnker, en el que David se esconde y tiene cautivos a sus compañeros. Han sido guiados según las indicaciones de Isamu —informó, desplegando un holograma con el mapa virtual que recrearon junto a Connor.

—Vamos a dividirnos en grupos —continuó Darius, y siguió dando las indicaciones para que todo nos quedara claro.

—Hay varios puntos ciegos en los que los hombres de David podrían sorprendernos —previó Lilith. Ella se uniría a nosotros porque aseguró que necesitaba algo de acción fuera de la cama.

—Eso solo pasaría si no nos tuvieran de su lado —declaró Connor y, lejos de ser un fanfarrón, estaba siendo sincero.

—¿Qué? ¿Tienes ojos en el cielo? —lo chinchó Lilith, y Connor sonrió de lado, y tras eso dio un silbido.

Varios compañeros Grigoris, que esperaban afuera por indicaciones, entraron llevando drones con ellos. Pero no eran los típicos aparatos con los que los niños jugaban. Esos fueron fabricados por ellos, para chicos grandes y malos.

—En el cielo, en la tierra, en las paredes, en los árboles. Donde tú quieras —se mofó Connor, y contuve una sonrisa.

Lo de Jane en serio debía tenerlo mal, ya que, solo cuando no sabía sobrellevar una situación sentimental, se ponía gruñón y fanfarrón al mismo tiempo. El tipo intimidaba incluso con la férula en su pierna y sentado en la silla de ruedas. Y conseguir algo así, en ese estado, no era para cualquiera.

—Tendré que convencer a Jane para que no te acepte de nuevo, porque me gustas más así —lo provocó Cameron y, utilizando los controles en su Tablet, Connor hizo que uno de los drones en el aire sacara el arma y lo apuntó con ella—. Joder, no aguantas nada —se quejó Cam alzando las manos.

Con las cosas claras, decidimos que Belial se quedaría en la bodega (la cual ocuparíamos como base para esa operación), ayudándole a Connor con los drones, pues él sabía manejarlos bastante bien.

—Cuidaré a mi culito desde aquí —le dijo a Lilith al despedirse, y le propinó un azote en el culo a su chica.

—Solo ten cuidado de no ser tú quien me dispare, cariño —advirtió ella.

Me bajé la máscara antes de salir de la bodega, y noté que Cameron y Evan me miraron, incrédulos quizá, porque después de luchar en contra de mí, lo harían conmigo.

—Debo admitir que se siente bien tener lo mejor de dos mundos —confesé, girando la cabeza para destensar mi cuello.

Esa vez no tenía activo el cambiador de voz.

—Lo cierto es que en ambos mundos has sido un hijo de puta —señaló Cameron, y no se lo discutí.

Nadie de hecho.

—Apégate a las indicaciones. —Escuché que Darius le advirtió a Isamu, y este se limitó a sonreír de lado.

Seguido de eso nos trasladamos en equipos de tres hacia el búnker de los Vigilantes. Evan me acompañó a mí, aunque se quedaría afuera del lugar porque sería el encargado de manipular los drones con las bombas de menor magnitud e impacto. Mientras que Connor se encargaría de las más letales.

Y la batalla no fue fácil, aunque tampoco difícil porque, aunque había muchos Vigilantes, estos estaban más dispuestos a entregarse con tal de no morir, una debilidad que provocó la muerte de Lucius y Derek, y el arresto de Amelia. Y éramos conscientes de que David no estaría ahí, pues no era tan estúpido como para exponerse, pero igual lo sepultaríamos porque esa noche perdería a la mayoría de su gente, y de paso la droga y el dinero en efectivo que guardaban en las bodegas.

En otras palabras: de Vigilante solo le quedaría el nombre.

—Mierda —escuché que exclamaron, y sonreí al reconocer la voz de Owen.

Acababa de llegar cerca de la celda en la que lo tenían, pero antes me deshice de una manera medio sádica de los tipos que se interpusieron en mi camino.

—¿Me extrañaste, osito panda? —inquirí, y él sonrió feliz e incrédulo al escucharme.

—¡Jesús, Sombra! Ahora mismo quiero llorar —aceptó.

Disparé a la cerradura en dos ocasiones para que esta se abriera y cuando Owen salió al pasillo y la luz lo iluminó, entendí por qué quiso llorar.

—Puta madre, Owen. ¿Qué te hicieron? —bramé. Tenía el rostro inflamado y lo poco que se le veía de los ojos estaban al rojo vivo.

—El otro quedó peor —bromeó, y no supe de dónde sacó ánimos para eso.

Los hombros se le veían dislocados y uno de los codos no estaba en la posición correcta.

—Oh, mierda. Tendrás que mostrarme al hijo de puta que te hizo esto —masculló Lilith al llegar a nosotros. Llevaba el rostro manchado de sangre, que supe que no era de ella, y un dron la seguía de cerca.

—Necesito que me ayuden aquí —ordené por el intercomunicador en mi oído.

Los Grigoris que habían estado más cerca llegaron para ayudarle a Owen a caminar, y con Lilith los escoltamos hacia la salida. Yo al frente y ella atrás.

—*Tenemos a Lewis* —avisó Darius por el intercomunicador. Él era acompañado por Marcus.

—*Nosotros estamos por llegar con Serena* —aportó Cameron, quien hizo equipo con Isamu.

—¿Lewis está bien? —inquirí para Darius.

—*Sí. Dice que torturaron físicamente a Owen para joderlos a él y a Serena mentalmente.*

—Quiero a los malnacidos que se atrevieron a tocar a mi osito —exigió Lilith con la voz desquiciada.

Yo también los quería, porque iba a devolverles cada cosa que le hicieron a Owen. Y sabía que Lewis reclamaría su lugar para vengar a su mellizo.

—*¡Hemos recuperado a Serena! ¡Ella está bien, camina por su propio pie, pero está histérica porque hayamos permitido que Isamu viniera por ella!* —gritó Cameron, y cerré un ojo al sentir que iba a explotarme el tímpano.

—*Tenemos a los tres tipos que ejecutaron la tortura. Los llevaremos con nosotros para que reciban un trato especial* —informó Marcus.

—Bien, es hora de que todos salgan para terminar de una buena vez con lo que queda de estas mierdas aquí —recomendó Evan.

Los Grigoris que llegaron con nosotros, junto a Miguel, Rafael y Gabriel, se encargaron de poner bombas en las paredes de todo el búnker, para que la destrucción se magnificara y no quedara ningún lugar sin explotar. Así que le obedecimos a Evan y salimos de inmediato del lugar, marchándonos por nuestra cuenta en las *Todoterreno* que llegamos.

Y cuando nos alejamos de ahí y presenciamos desde varias millas de distancia la obra de Evan y Connor, sonreí porque durante tres años soñé con este día, uno que veía lejano, incluso imposible de que sucediera, pero ahí estaba viviéndolo en carne propia.

—*En este juego no gana el que mueve más rápido, sino el que piensa mejor sus movimientos, LuzBel*—recordó Darius, hablándome por el intercomunicador.

—Y cuando menos se lo esperen, derroca al rey. No importa si para eso pasen días o años, incluso una vida completa, solo hay que hacerlo bien —ratifiqué yo, y lo escuché reír—. Eres un buen jugador, Darius Black.

—*Y tú una excelente pieza.*

—Vete a la mierda —refuté, pero ambos nos reímos en ese momento.

—*Al menos tenemos suerte en el juego, porque en el amor somos un fiasco* —se entrometió Marcus con su humor negro.

—*Siento interrumpir este momento tan nostálgico, pero tengo que avisarles algo* —habló Connor, y esperamos a que continuara—. *Isamu ha tomado otro rumbo con la chica, no viene hacia la bodega.*

Puta madre.

—¡Joder! *Yo sabía que ese hijo de puta tramaba algo* —escupió Darius.

No dije nada, opté por pedirle a la operadora del coche que marcara el número de ese asiático infeliz, y esperé a que me respondiera, desesperándome porque llamaba, pero él no respondía hasta que estuve a punto de cortar la llamada para volver a marcarle.

—¿Qué demonios crees que estás haciendo? —escupí cuando descolgó.

—*Ella y yo tenemos una cuenta pendiente, así que, antes de regresarla con ustedes, vamos a saldar*la —respondió con mesura.

—No te atrevas a dañarla, Isamu.

Escuché a Serena de fondo espetando cosas ininteligibles, e imaginé que la tenía amordazada.

—*Todo lo contrario, LuzBel. Me aseguraré de que nadie la haya dañado, antes de cobrar mi venganza.*

—Maldito hijo de puta, voy a hacerte pagar si la tocas de alguna manera.

—*¿Y si es con su consentimiento?*

—Isamu —advertí.

—*Tienes mi palabra de que no la dañaré. Y mi palabra es todo el honor que yo poseo.*

—¡Mierda! —grité cuando cortó la llamada.

Solo eso me faltaba, rescatar a Serena de las manos de un loco para que cayera en las de otro. Pero tampoco sería hipócrita, ya que estaba seguro de que, si yo hubiera tenido una oportunidad como esa para saldar mis cuentas con la Castaña, la habría tomado, se interpusiera quien se interpusiera en mi camino.

Ni el diablo me habría detenido.

—¡Yo sabía que ese hijo de puta tramaba algo! ¡Por eso no estuve convencido de separarnos! —gritó Darius cuando llegamos a la bodega.

—Me dio su palabra de que no la dañará.

—¿Y le creíste? ¡No me jodas, LuzBel! —espetó.

Lewis estaba igual de molesto, pero la preocupación por su hermano no lo dejó explotar como lo estaba haciendo Darius.

—Resolvamos esto después. Ahora mismo debemos llevar a Owen al hospital —se entrometió Belial, y lo agradecí.

—Yo me hago responsable de Isamu y Serena. De seguro sus compañeros me dirán dónde podemos encontrarlo —resoplé.

Connor le había perdido la pista al coche porque el asiático resultó ser muy escurridizo, además de que se aseguró de quitar el rastreador del auto para que no diéramos con él por medio de eso. Por lo que Darius tenía toda la razón, el hijo de puta trazó su propio plan.

Jugó para nosotros con tal de conseguir su jaque mate personal.

Connor, Evan y Cameron se encargarían de llevar a toda la élite que tuve como Sombra, hacia el cuartel Grigori para instalarlos en las habitaciones con las que contábamos allí, para recibir a las visitas de otras sedes, mientras conseguían un lugar propio cuando estuviéramos seguros de que el peligro fue erradicado.

Marcus y Darius también irían con ellos para poder monitorear a Isamu en cuanto yo consiguiera más información por medio de Caleb o Ronin.

—Vamos —insté a Lewis, pues seriamos los encargados de llevar a Owen hacia el hospital.

Durante buena parte del trayecto hacia allí, escoltados por otros Grigoris, nos mantuvimos en silencio. Mi cabeza daba vueltas con el asunto de Serena, e imaginaba que Lewis estaba igual, pues ellos eran muy cercanos, y fui testigo de su molestia cuando la chica puso en marcha su plan con Isamu.

—¿Tú no estás herido? —inquirí.

Lo había visto bien, pero quería asegurarme de que no tuviera daños escondidos.

—David optó por torturarnos haciendo que viéramos cómo lastimaban a Owen —gruñó entre dientes.

Su mellizo iba en el asiento trasero con los ojos cerrados.

—Joder, Lewis. Lamento que hayan pasado por eso.

—¿Lo lamentas? —satirizó, y me tensé—. No jodas, Sombra. —No me extrañó que me llamara así, porque pasaron tres años utilizando ese apodo y hasta yo me acostumbré—. No tenías por qué putas regresar por nosotros después de lo que te hicimos, y aun así lo hiciste, hombre. Has ido a rescatarnos, nos estás dando protección y dices que lo lamentas. —Rio con lo último, y yo negué.

Me señaló todo eso porque ellos tuvieron que ser parte de mis torturas cuando Imbécil era el encargado de castigarme, pero yo siempre supe que solo seguían órdenes. Además, jamás olvidaría que ambos se arriesgaron a morir en el momento que Owen le hizo algo al monitor para que Imbécil no jodiera a las chicas con el dolor.

—Sí tenía que hacerlo, Lewis, porque jamás dejaría a mi élite atrás —recalqué, y sentí su mirada estupefacta en mí—. Lo que tuvieron que hacerme fue porque debían seguir órdenes, pero lo que ustedes hicieron por mí fue porque les nació ayudarme. Así que jamás imagines que los dejaré atrás.

No dijo nada, yo tampoco añadí más porque todo quedó claro. Y, segundos después, el silencio que se formó de nuevo en el coche fue interrumpido por un leve sollozo proveniente de la parte de atrás.

—Te quiero, viejo —musitó Owen entre lágrimas, y me reí. Lewis me acompañó, aunque su risa fue un poco gangosa.

Era de madrugada cuando llegamos al hospital, Lewis se encargó de ir con los médicos y enfermeras que atendieron a su hermano en cuanto llegamos, y yo le aseguré que me uniría a ellos enseguida, solo debía buscar a padre antes para informarle lo que pasó, además de hablar con Caleb, esperando que me diera alguna pista con la que pudiéramos dar con Isamu. Por lo que fui al estacionamiento subterráneo y privado para subir desde ahí al cuarto piso.

Sin embargo, cuando bajé del coche y estuve cerca del ascensor, mi móvil sonó con una llamada entrante, procedente de otro país.

—¿Sí? —respondí receloso al descolgar.

—*Hola, amor. ¿Me extrañaste?* —Esa voz melosa era inconfundible, y me tensé. Amelia.

—De hecho, rogué para que te olvidaras de mí. Pero ya veo que Dios no escucha a los ateos —satiricé luego de tragar con dificultad, y la escuché reír—. ¿Qué quieres?

Fui duro, pues no le demostraría que me afectaba volver a escucharla.

—*Solo darte las gracias por hacer el trabajo sucio, por mí, anoche* —alcé una ceja, sorprendido de que ya supiera de nuestra misión—, *con eso has hecho que te perdone por no haber cumplido con tu promesa, cuando yo sí te cumplí las mías.*

Me reí por su descaro.

—Me acerqué a ella, pero te cumplí en lo demás y lo sabes —aseveré—. Y tampoco te mofes porque no me cumpliste todo, me debes lo de Dash.

—*¿Dash? ¿Hablas de este Dash?* —Mi respiración se volvió trabajosa cuando llamó a alguien y luego le pidió que saludara—. *¿Somba?* —No supe qué decir durante varios segundos al reconocer esa vocecita infantil—. *Hola, Somba.*

—Hola, chaval —me obligué a decir, fingiendo que nada me afectaba.

—*¿Y mami?* —preguntó, y dejé de respirar porque no sabía cómo responder a eso.

¿Cómo demonios se le decía a un niño que su madre murió? ¿Cómo lo haría entender que Alina ya era un ángel que lo cuidaría por el resto de su vida? Si no era bueno para consolar o dar palabras de ánimos a los adultos, ¿cómo mierdas se los daría a un chiquillo?

Menos mal Amelia se dignó de mí y le dijo algo al pequeño, para que no preguntara más por su madre.

—*¿Tú tenes mi pelota?* —inquirió emocionado, y sonreí.

—Tengo una mejor para ti, cuando volvamos a vernos te enseñaré nuevos trucos —prometí, y lo escuché reír.

—*Ahora está conmigo, como ya escuchaste.* —Amelia volvió a tomar el móvil para decirme eso.

—¿Está bien?

—*Perfecto* —aseguró—. *Aunque me ofende que te preocupes por él y no por nuestro hijo.*

—Amelia…

—*¿Será porque mi bebé no es tuyo?* —me cortó, y el corazón me dolió por lo acelerado que latió. Eso no podía estar pasando, maldición—. *No es necesario que respondas a eso, porque siempre he sabido que no es tuyo. Y si fingí que sí, fue solo porque quería ver hasta dónde llegabas.*

—¿A qué te refieres?

—*Eso ya no importa, que te importe mejor esta propuesta que te haré* —aseveró, y callé para terminar con eso de una buena vez—. *Tengo a Jarrel esperando para que le devuelva a su hijo, pero dependerá de ti que lo haga, LuzBel.*

—¿Qué quieres ahora? ¿No te cansas de joderme? —largué desesperado.

—*Quiero la dirección de Dominik.*

Me cago en la puta.

Mierda.

Mierda.

Mierda.

—*Tan sencillo como eso. Dime dónde lo encuentro y yo entrego a Dasher con su papá. Y pobre del niño si le avisas algo a tu amigo, porque, hasta que Dominik no esté en mis manos, no lo entregaré.*

—¿Y quién me asegura que sí lo harás, incluso cuando tengas a Dominik en tus manos? —escupí.

—*Te lo aseguro yo, amor. Te prometo por mi vida que cumpliré. Piénsalo si quieres.*

—Hazlo. —Me giré con brusquedad al escuchar esa voz y me encontré a Fabio. Por su semblante deduje que había escuchado lo suficiente de mi llamada, y negué con la cabeza para él, con la intención de que comprendiera que podríamos enviar a su hermano directo a la muerte—. Él quiere ser encontrado por ella —aclaró, y fruncí el ceño—. Solo hazlo y luego te explico.

Había silenciado la llamada para que Amelia no lo escuchara.

—*¿Sigues ahí?* —preguntó ella, y Fabio asintió animándome.

—Está bien, anota la puta dirección —espeté.

Fabio se la escribió en la mano, con el bolígrafo que llevaba en el bolsillo de su camisa, y luego se la dicté a Amelia.

—*Si cumples, yo cumplo, LuzBel* —me advirtió antes de colgar.

No me dejó pedirle que cuidara a Dasher, que no lo dañara. La hija de puta cortó para que quedara claro que de nuevo tenía el sartén por el mango.

—Si le avisas, si haces algo para proteger a Dominik, temo que va a matar al niño, Fabio. ¿Comprendes eso? ¿Entiendes que puede matar a tu hermano también?

—Tú te llevaste bien con nosotros desde que nos conocimos porque tenemos algo en común —habló con parsimonia, y alcé una ceja.

—Por tu bien, espero que no digas que eso es que nos gustan las mismas mujeres. —El malnacido sonrió de lado ante mi advertencia.

—Además de que somos unos suicidas. ¿O crees que no he notado que disfrutas que tu vida esté en las manos de Isabella?

—La tuya estará en mis manos si pretendes algo con ella.

—Dominik ha querido reencontrarse con Amelia desde que supo que la metieron a la cárcel —informó, ignorando lo que le dije—. Y se puso como loco al saber que la liberarían, porque teme que jamás verá a su hijo. Así que, de una manera u otra, ambos se buscarán, por lo que, si adelantarlo servirá para que recuperes a ese niño, pues adelante.

—¿No te importa que pueda matarlo?

—Para morir nacimos, ¿no? —recalcó—. Y presiento que el imbécil de mi hermano lo hará feliz, si es en las manos de la mujer que ama.

Antes llegué a creer que a Fabio únicamente le importaba Dominik a parte de él mismo, pero en ese instante lo noté tan despreocupado que pensé que me equivoqué. No obstante, su serenidad me hizo sentir un poco más tranquilo con respecto a lo que hice, y esperé que las cosas resultaran en buenos términos.

Subimos juntos al ascensor para ir al cuarto piso, en el trayecto, Fabio me explicó que iba llegando al hospital para proceder con la operación de Tess, ya que dieron el aval con el aparato, por eso me encontró en el estacionamiento y escuchó mi llamada con Amelia.

Y cuando salimos, me sorprendí al ver a Isabella de nuevo, estaba con Caleb y Ronin, esperando por el ascensor. Sus ojos se clavaron en mi rostro, mostrándose nerviosa e ignorando a todos a su alrededor, como me pasó a mí al tenerla de frente una vez más.

—¿Extrañaste la máscara? —indagó Caleb, y recordé que no me la subí.

Iba como Sombra.

—Y no solo yo, según parece —satiricé, y escuché a Isabella carraspear. Me estaba dando cuenta de que verme como Sombra la dejaba sin palabras.

Fabio ya había salido del ascensor y, en cuanto yo lo hice, ella pasó a mi lado para meterse en él. Esa habría sido mi oportunidad de regresarme, cerrar las puertas y hacer que escuchara todo lo que tenía que decirle, pero me tocaría ser maduro y seguir con mi camino, ya que había tenido suficiente con todo lo que nos habíamos herido como para continuar así. A pesar de que la chinché con mi comentario anterior.

—¿Dónde puedo encontrar a Isamu? —le pregunté a Caleb.

—Creí que estaba con ustedes.

—Sí, pero el hijo de puta no regresó con nosotros y se llevó a mi compañera. Así que necesito saber en dónde mierdas se ha metido.

—Él no la dañará si es lo que piensas —respondió Isabella a la defensiva.

Bufé una risa sarcástica.

—Si yo te llevara ahora mismo conmigo, a un lugar en donde solo estemos tú y yo, para saldar las deudas que tenemos pendientes, ¿crees que no te dañaría? —desdeñé, y sonreí satisfecho, a pesar de que no lo notarían, porque mi pregunta la puso más nerviosa de lo que ya estaba, y quiso disimularlo alzando la barbilla para mostrarse imperturbable.

—Sí lo harías, con palabras —zanjó segura, y me ardió el orgullo—. Pero Isamu no es como tú.

—Ni Serena como tú —contrataqué.

—Entonces confía en lo que te decimos. Isamu no la dañará —se metió Caleb. Ronin y Fabio optaron por ser solo espectadores.

Miré a Isabella a los ojos y agradecí llevar puestas las lentillas, para que ella no pudiera leerme esa vez.

—Ustedes me pagarán si algo malo le pasa a Serena —amenacé, y luego me giré para seguir mi camino.

—Te daré el mismo consejo que le di a ella —musitó Fabio cuando estuvimos lo suficientemente lejos del ascensor—: si en lugar de ponerse a discutir hasta porque respiran, se follaran hasta sacarse esa ira a punta de orgasmos, podrían arreglar las cosas. O al menos escucharse antes de deducir o permitir que el otro crea lo que quiere.

—¿Y por qué demonios hablas con ella de follar? —urdí con la voz ronca por los celos.

—¿En serio, Sombra? ¿Le darás más importancia a eso que al consejo que te doy para que de una jodida vez dejen este drama que se traen? —devolvió él.

—Contigo sí, hijo de puta. Porque, por muy buena persona que aparentes ser, yo sé que debajo de tu piel de oveja escondes al lobo que quiere comerse a mi… a Isabella —gruñí corrigiéndome.

Recordando que ya no era mía.

—Una vez más: tipo inteligente. Me agradas. —Utilizó las mismas palabras de cuando nos conocimos, y negué con la cabeza.

—Tú a mí ya no. Y agradece que estas a punto de operar a mi hermana, jodido cabrón.

Acto seguido lo dejé antes de cometer una locura, y fui en busca de padre, quitándome la máscara y las lentillas en el proceso, metiendo estas últimas en su estuche, el mismo que mantuve en uno de los bolsillos de mi pantalón cargo. No había dormido nada y no lo haría hasta que me extrajeran la mierda de mi cabeza, y me refería al dispositivo, no a la que tenía desde que todo se convirtió en un fiasco entre Isabella y yo.

Tras encontrar a padre e informarle lo que sucedió, y luego ver a Tess, busqué a Lewis para que me pusiera al tanto de Owen. A él lo llevarían al cuarto piso luego de los exámenes a los que estaba siendo sometido, pues desde que los rescatamos pasaron a ser responsabilidad de Grigori con respecto a su seguridad. Y en efecto, tenía los hombros dislocados igual que su codo, además de golpes internos que dañaron algunos órganos, pero nada que no pudiera solucionarse con el tratamiento y la medicación adecuada.

Y mientras Tess era sometida a la extracción del dispositivo, me encargué de hablar con Darius para comentarle de la llamada de Amelia y el trato que me propuso, además de asegurarle que Serena estaría bien, reiterándole que la tomaba bajo mi responsabilidad. Asimismo, lo puse al tanto de Owen, con la intención de que se lo comunicara a los demás, y él me informó que Lilith había comenzado su venganza en contra de los malnacidos que torturaron a nuestro compañero, prometiendo que dejaría algo para Lewis y para mí.

Cuando llegó el momento de la cirugía de Isabella, y Fabio aseguró que la de Tess fue un éxito, él me avisó que yo sería el siguiente, pero le pedí esperar un poco más, porque no quería que me hicieran dormir sin antes comprobar con mis propios ojos que la Castaña estaría bien. Y lo cumplí, sin importar las razones que tuviéramos para odiarnos y despreciarnos, nadie me movió de mi lugar afuera del quirófano, tampoco me apartaron de su camilla mientras la llevaban a su habitación para que se recuperara.

Ni siquiera la presencia de Elliot me hizo marcharme, por mucho que odiara que él estuviera presente, para asegurarse de lo mismo que yo. No me marché hasta que Fabio confirmó que todo había sido un éxito, y que por fin ella y mi hermana dejaron de estar en un peligro constante.

—Elijah, es hora —comunicó padre. Estaba en ese momento solo en la habitación de Isabella, viéndola dormir con placidez, volviendo a ser aquel ángel que conocí en el pasado.

Era paz con los ojos cerrados, dormida. Pero tempestad cuando los abría.

—Cuídalos por mí, White. Y mientras, yo los cuidaré a los tres desde aquí —susurré, sabedor de que, cuando yo saliera de mi cirugía y volviese a reaccionar, ella se habría ido para encontrarse con nuestros hijos.

De nuevo existirían miles de millas de distancia entre nosotros. Una vez más seríamos como el sol y la luna, y en esta ocasión, yo estaba de acuerdo que algo entre nosotros era imposible.

Yo también dejé de creer en el eclipse.

CAPÍTULO 31

Prueba defectuosa

AMELIA

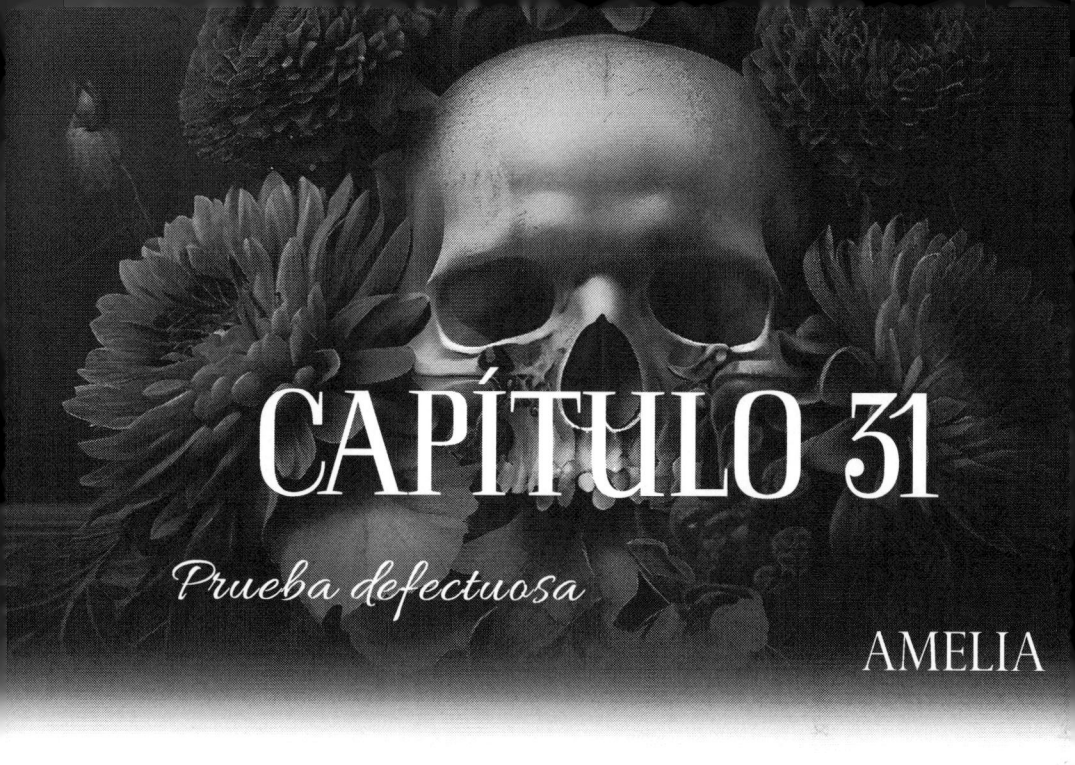

Respiré hondo el aire de Dublín y cerré los ojos, observando desde la terraza del apartamento el cielo azul manchado con miles de nubes, viendo que lo estaban despejando al fin, preguntándome si alguna vez mi vida también lo haría.

F**k U, sonaba en mis oídos a través de los *AirPods,* que me había negado a quitarme desde que me entregaron con los hombres de Cillian, y uno de ellos me los proporcionó junto al móvil que me envió su jefe, pues él me conocía y sabía que, en el estado que estaba, la música era la única que acallaba mi cabeza, ya que ni ocupándome con algo conseguía mantener en silencio a esas voces que me torturaban sin parar.

—No, yo no soy la luz más brillante que has conocido. Soy en realidad la oscuridad más intensa y asfixiante con la que te atreviste a jugar —musité por la letra de la canción, pensando en ese hombre que anhelaba encontrar, para comenzar a cobrarle un par de deudas—. Atravesaste mi corazón de la peor manera, así que ahora espera por tu muerte, sin un final feliz para ti y para mí.

Salí de ese trance en el que entré en segundos, hasta que las uñas me atravesaron las palmas de las manos y me di la vuelta, quedando de frente a la sala del apartamento. Dasher se hallaba ahí, jugando con los miles de juguetes que Cillian ordenó que le compraran, para que las niñeras no pasaran tanto trabajo con él si el pequeño se aburría.

Lo había recuperado semanas atrás y nos aseguramos de que estuviera bien, sin ningún rasguño, sin ningún daño. Y, para suerte de mi padre (en ese momento), la familia con la que lo envió no eran unos enfermos, como muchos de los otros con los que solía asociarse. Por eso los dejé vivir.

—¿Has conseguido la dirección? —preguntó Cillian llegando a mi lado.

No me había dejado sola desde que sus hombres me entregaron con él en un hangar privado de Costa Rica, país a donde me trasladaron luego de que Gibson me liberara, hasta llegar a Dublín, su tierra; a un apartamento de lujo que adecuó con todas las necesidades tanto para mí como para Dasher Spencer.

—Por supuesto —respondí en un tono que indicaba que siempre conseguía lo que me proponía.

Minutos atrás había terminado de hablar con LuzBel. Hice mi movimiento con él, luego de que uno de los hombres de mi élite en los Vigilantes me informara que habían atacado el búnker de la organización y lo hicieron explotar hasta dejarlo hecho polvo; destruyendo toda la tecnología con la que tío David contaba, a parte de la información importante en los ordenadores, la droga, las armas y el dinero.

LuzBel y su gente se deshicieron del único tesoro que mantendría en pie a los Vigilantes. Él y Darius consiguieron dar un jaque mate del que David Black no se recuperaría tan fácil. Al menos no durante un buen tiempo. Y me regocijé con la noticia porque sentí que de alguna manera cortaron una de las cadenas que me mantenía atrapada en un infierno.

Acabaron con años de torturas, abusos, desprecios, desestabilidad, dolor y muerte.

Aunque eso no bastaría para borrar de mi cabeza aquellos recuerdos de los toques ilícitos recibidos, disfrazados de caricias paternales. Del odio que tuve que esconder, de la necesidad y conformidad que desarrollé, porque era de la única manera que obtenía un buen trato; un poco de lo que creía que era el amor que merecía.

El mismo trato que en su momento busqué en Darius, porque me dolía que él quisiera cambiarme, que no me tolerara tal cual era, así como pensaba que los demás sí me querían. Y supuse que de esa manera lo convencería de amarme con mis demonios, de aceptarme con mi desequilibrio.

Pero me equivoqué.

Y era muy consciente de que, aunque Darius nunca diría lo que sospechó que en algún momento busqué de él, para que fuera feliz conmigo y me amara como la vida decidió crearme, eso fue lo que lo llevó a abandonarme cuando se rindió, pues entendió que yo jamás comprendería que, lo que veía como bueno para mí, era lo que me destruía poco a poco en realidad.

Darius aceptó que yo viviría por siempre entre el abismo y el infierno. Saltando en un trampolín que me mantenía girando en el aire, flotando sin dejarme caer. Llevándome de un punto a otro, a través de lo malo a lo peor; en una relación tóxica conmigo misma.

Enamorándome cada vez más de cuando soñaba con morir.

—¿Quieres que procedamos ya? —preguntó Cillian con su voz aguda, cuando me saqué uno de los *AirPods* por primera vez desde que nos reencontramos.

Me había sonreído de lado. Ese gesto sexi que le hacía ganar mucha admiración y deseo por parte de las personas en general.

Era un hombre de treinta y cinco años, el heredero de un imperio farmacéutico que le daría el poder y las comodidades para vivir esta vida y cinco más. Su cabello rubio oscuro y su barba corta de un tono rojizo dorado, junto a los ojos verdes esmeralda, le daban esos rasgos característicos de su país. Pero el porte elegante, la estatura de casi metro noventa, el cuerpo atlético y rasgos faciales duros, demostraban que con él no solo se podía encontrar suerte u ollas de oro, sino también mucho peligro, pasión y muerte.

En su momento fue un excelente amante, además de el mejor de mis aliados, que esto último lo seguía siendo. Pero como ambos lo teníamos claro, ni Cillian fue hecho para mí ni yo para él.

—Para ayer es tarde —le respondí, provocando que me alzara una ceja con galantería.

—¿Qué quieres que hagamos con el niño?

—Ya he hecho sufrir demasiado a su padre, así que entréguenselo, pero exijan que no diga nada hasta que yo tenga en mis manos a Dominik D'angelo —sugerí.

—Como siempre, tus deseos son las únicas órdenes que acepto con gusto, *mo ghrá rúnda*.[3]

Lo miré en ese instante, y me acerqué a él, alzando el rostro para mirarlo a los ojos. Pensando en que, incluso con Sile en el medio (su esposa), amarlo habría sido más fácil, porque al menos con Cillian estaba segura de ser correspondida.

El hombre era capaz de seguir dando la vida por mí, pero bien decían que en el corazón no se mandaba, y el mío ya tenía claro a quién le pertenecía, incluso cuando por muchos años estuvo equivocado. Sin embargo, la vida siempre encontraba las maneras de joderme, y yo no aprendía la lección, pues tendía a amar a quien no me amaba. A quien únicamente me usaba.

Me lo comprobó mi madre, luego mi padre, seguido por Derek, y en la fila estaba Elijah, para terminar con Dominik D'angelo. El tipo con el que me estuve acostando por meses, quien creyó que me vería la cara de estúpida por siempre, sin contar con que supe enseguida que él no era el hombre que en ese momento quería, pero con quien me conformé porque me gustó la mentira de sentirme deseada de verdad.

Hasta que lo vi con Isabella y entendí que era uno más de los que la preferiría. Y mis demonios se aprovecharon de eso, susurrándome a cada momento que él se acercó a mí por órdenes de ella. Y se lo haría pagar antes de proceder con lo que quería de verdad.

—Gracias por ser la única persona en amarme de verdad.

—Por siempre y para siempre, mi hermosa Dahlia —susurró Cillian cerca de mis labios. De él era el único que amaba que me llamara así, porque lo hacía con adoración. Y en respuesta, terminé de cerrar la poca distancia entre nosotros y lo besé.

No era un beso que nos llevaría a la cama, pero sí uno con el que me estaba despidiendo de él, ya que después de ese día no estaba segura de que nos volveríamos a ver.

Luego de eso se llevó a Dasher con él. Jarrel estaba en una ciudad cercana, llegó siguiendo las indicaciones de Cillian para recuperar a su hijo. Y pensaba

---

3 Mi amor secreto en idioma irlandés.

entregárselo sin más, pero Dominik resultó ser un hombre difícil de encontrar, por lo que tuve que ocupar al pequeño antes de deshacerme de esa carta a mi favor.

Por la noche me fui a mi habitación para descansar, dándole todo el volumen al reproductor para que *Trampoline* sonara en cada rincón del lugar y no me permitiera escuchar a mi cabeza. Cillian me dejó a varios de sus hombres porque así se lo pedí, pues tenía miedo de lo que podría hacer contra mí misma estando sola, ya que mis momentos de lucidez estaban siendo muy cortos y escasos desde que dejaron de darme aquella medicación de la cual creyeron que nunca me di cuenta.

Y si no la busqué yo misma fue porque desde hace mucho me había rendido, no quería seguir más con esa vida, prefería llegar de una maldita vez al punto sin retorno en el que mis demonios terminarían de gobernarme y haría lo que ellos deseaban, hasta acabar con mi tormento. Pero entonces mi periodo se ausentó, por más tiempo del que solía desaparecer, y cuando me hice esa prueba de embarazo y dio positiva, tuve miedo de morir.

No por mí, sino por la vida que ahora llevaba en mi vientre, ya que yo no quería ser como la mujer que me llevó en el suyo y luego me abandonó en ese infierno.

No obstante, los altibajos se hicieron más constantes y sabía que de un momento a otro perdería la razón, por lo que necesitaba la ayuda de alguien que, si bien no iba a luchar por mí, al menos esperaba que lo hiciera por la personita en mi vientre.

¿Para qué quieres procrear a alguien que podría nacer con tu maldición?
Deberías deshacerte de ella, sería el mejor regalo que le darías.
Estoy de acuerdo. ¿Para qué tener una madre que finalmente te matará cuando nazcas?
Mejor hacerlo ya, ¿no?
Sí, ahora mismo no sentirá nada. Le ahorrarás el dolor de nacer teniendo a una madre como tú.
Serás peor que ella, que tu madre.

—¡Ya! —supliqué cuando estaba en el baño, viéndome en el espejo.

Mi reflejo me decía todas esas cosas, hablando con sus múltiples yo, cobrando vida. Eran mis demonios saliendo de mi cabeza como en otras ocasiones.

Esos demonios a los que llegué a amar, porque para bien o para mal eran los únicos que jamás me abandonaron. Ni cuando Lucius me sometió a los electrochoques o me entregó al padre de Cillian para castigarme. Ellos siempre estuvieron conmigo, los únicos fieles, por eso les obedecí cuando me inducían a que me cortara, a que me dañara de alguna manera.

Ríndete. Quiebra el espejo, toma uno de sus pedazos e incrústalo con fuerza en tu vientre. Será fácil y rápido, también muy doloroso. ¿Escuchaste bien? Dolor, pequeña y salvaje Dahlia. El dulce dolor que te hace olvidar.

—¡Ah! —grité, y le di un puñetazo al espejo.

No porque quería obedecer, sino porque necesitaba borrar ese reflejo, que en ese momento tenía los ojos más oscuros y una sonrisa malévola. Pero cuando uno de los pedazos de vidrio roto cayó en el lavabo, me vi tomándolo con la mano temblorosa y los nudillos sangrantes. El dolor en ellos se había sentido dulce y silenció mi cabeza por un momento.

Hazlo, pequeña Dahlia. Termina de una vez con esto, evítale una tortura a ese feto.

Me vi en el pedazo de espejo que yacía en mi mano, manchado con la sangre de mis nudillos. Y derramé mis lágrimas porque esa vez escuché la voz de mi madre.

Aquella dulce voz con la que muchas veces aseguró que me amaba, con la que juró que nunca me abandonó, cuando las dos sabíamos que sí lo hizo.

Si yo no te quise y nadie más lo hace, ¿crees que ese bebé sí lo hará? ¿Crees que no se avergonzará de tener a una loca como madre? ¿A una desquiciada que en un arranque de histeria la dañará?

Tu madre dice la verdad, es mejor ahora que es un bebé no nacido, que apenas se está formando. Tú decides sobre él, nadie más tiene derecho, ni él mismo porque no piensa, no razona, no siente.

—¡Oh, Dios! No, por favor —me supliqué a mí misma cuando alcé el vidrio grande y puntiagudo en mi mano, dispuesta a obedecerle a mis voces. Mi reflejo volvió a sonreírme, su gesto siendo más grande de lo normal, demoniaco incluso—. Yo quiero a este bebé.

¡¿Para qué?! ¡¿Para darle lástima a un tipo que ni te quiere?! ¡¿Para al fin retener a alguien a tu lado, ya que nunca pudiste hacerlo por tu cuenta?!

¡Deja de ser tan estúpida! Podrás continuar con el embarazo, pero solo serás una incubadora. En cuanto nazca ese bebé te separarán de él, porque eres un peligro.

Acabaste con la vida de tu propia madre, perra asesina.

Ella fue una incubadora por tu culpa, te parió sin quererte, y mira la vida que tuviste. ¿Acaso quieres eso también para el feto?

—Por favor —rogué al apretar mi agarre en el objeto filoso y sentir cómo cortó mi palma—. ¡Por favor! —grité al prepararme con la fuerza y distancia suficiente para que el apuñalamiento fuera limpio y certero.

El alma que no creí tener se me estaba partiendo, me estaba rompiendo en pedazos. Mi mente ya se había desfragmentado, y perdí el dominio propio y el control de mis movimientos.

Haces lo correcto, cariño.

—Júrame que lo es —supliqué.

Es lo correcto, dulce Dahlia. Hazlo, no te detengas.

Cedí.

Iba a hacerlo.

Era lo mejor.

El bebé no sentía, volvería al lugar de donde nunca debió salir.

Pero entonces, cuando empujé el brazo hacia mi abdomen, uno de los hombres que Cillian dejó conmigo irrumpió en el baño y me detuvo a centímetros de mi vientre, lanzando el vidrio lejos de mí. Y aquellos demonios en mi cabeza chillaron de una manera que me erizó la piel, que me provocó escalofríos y miedo de mí misma.

Porque yo era mi peor enemiga, mi mayor amenaza. El monstruo más peligroso en mi vida.

El hombre pidió ayuda cuando me encerré en mí misma y me metí entre sus brazos para que no me dejara ir y no permitiera que volviese a intentar dañar a mi bebé. Escuché a lo lejos que llamó a un médico, y actué en automático en cuanto me llevaron a la cama, revisaron el daño que me hice y luego me dieron algo para que mi mente encontrara un poco de paz, sin dañar al bebé que yo misma traté de asesinar.

Y antes de ceder a los brazos de Morfeo, pensé en las veces que Cillian me quiso ayudar, pero yo no se lo permití por soberbia, porque no estaba dispuesta a que me encerraran en un lugar en el que ya me habían hecho daño.

Recordé además las cosas que hice y que siempre me hicieron ver como el monstruo de la historia de los demás, y no solo como el de la mía. Por ejemplo: cuando dejé que secuestraran a Dasher porque mi padre estuvo a punto de descubrir la ubicación de los hijos de Isabella; y no porque supiera de ellos, fue más una coincidencia que su buena suerte iba a proporcionarle.

Pero lo supe a tiempo y conseguí borrarlos de nuevo de su mapa. No obstante, si quería proteger a los hijos de quien creí el amor de mi vida, tenía que darle a mi padre a alguien que le satisficiera. Y Dasher fue la mejor opción, por muy cruel que fuera.

Sonreí al pensar también en que le puse el dispositivo a Elijah porque mi padre encontró la manera de bloquear el chip que él le colocó a Isabella, en lugar de a Tess como sugerí. Lo haría acercando a ella un inhibidor militar, por eso el día de la batalla la tipa sintió dolor cuando Lucius nos sorprendió en aquel almacén.

Así que la única manera de que la dejara tranquila y que no me castigara a mí por haberle entregado el chip a Elijah era que yo le colocara el último dispositivo que quedaba a él. Pero antes me aseguré de que solo yo pudiera torturarlo. Y tuve que hacerlo por un momento, únicamente para convencer a mi padre y a Derek, rogando que con eso Elijah dejara de hacer estupideces, ya que me estaba dejando sin opciones para protegerlos a ambos, y de paso, a sus hijos.

Y de pronto recordé algo que creí haber olvidado por los electrochoques a los que me sometieron. Un suceso que hizo que en ese momento volviera a llorar: maté a Enoc por venganza, porque me regresó al infierno cuando yo lo único que busqué fue escapar como lo hizo su esposa.

Pero a ella, a la mujer que me dio la vida, no la asesiné yo.

Simplemente la toqué para darle paz, en el momento que me suplicó que yo me salvara, mientras ella, mi madre, aceptaba lo que mi padre y sus hombres iban hacerle, luego de haber luchado juntas casi hasta la muerte, para protegernos e intentar huir de las garras de ese engendro del infierno.

—Ahora entiendo que la he protegido por ti, mamá —susurré entre sollozos.

Durante mucho tiempo creí que, a pesar de odiar a Isabella con todo mi ser y querer matarla con mis propias manos (u ocasionarle dolor porque me alimentaba de eso), terminaba por protegerla de lo que otras personas intentaban a hacerle, simplemente porque deseaba que solo sufriera por mi mano.

Incluso llegué a creer que la protegí porque después de todo ella era como un reflejo de lo que yo anhelaba ser: fuerte, guerrera, aceptada y amada.

Pero que jamás serías, porque a lo único que tú llegarías era a prueba defectuosa. De esas que se desechaban en la basura. Que tenían que ser eliminadas para no volver a cometer el mismo error.

Sollocé ante ese susurro.

—No me importa ya ser una prueba defectuosa. Porque incluso siéndolo, aun cuando me obligaron a olvidar y creer que yo asesiné a mi madre, no pudieron borrar que cuando hui de aquel lugar en el que me la arrebataron le prometí por mi vida que protegería a su hija.

Y lo hice, a pesar de que yo misma pensaba en deshacerme de ella, siempre hubo algo dentro de mí que me obligó a mantenerla con vida. Y más cuando descubrí que estaba embarazada en un viaje que hice a Tokio.

La odiaba con todo mi ser, pero yo siempre cumplía mis promesas. Y la que le hice a mi madre me llevó a convertirme en la torre que protegería a una reina vapuleada.

Dos días después de superar mi estado esquizofrénico, me transportaba hacia la fábrica en la que la gente de Cillian tenía a Dominik.

La manía estaba haciéndose cargo de mí, por eso me sentía reconfortada, fuerte y poderosa. La venda en mi mano era negra, a juego con mi ropa. Y ese día me maquillé y peiné para verme tan hermosa como me sentía.

Cillian me había explicado, por medio de una llamada telefónica, que no se les complicó atrapar al tipo, que hasta parecía dispuesto a ir a donde le pidieran, cosa que me extrañó. No obstante, lo trataron como lo que era: un cautivo.

Dasher ya había sido entregado a su padre y Jarrel cumplió su palabra de no decir nada, aunque era sabedora de que Darius o LuzBel lo buscarían al ingresar a Estados Unidos para asegurarse de que el niño estuviera bien.

—Le dimos una suave bienvenida, como ordenaron.

—¿Ningún hueso roto? —inquirí yo para el hombre que anunció eso, cuando llegué a la fábrica.

—Solo un poco de sangre.

—Perfecto —celebré.

Iba sola, Cillian no me acompañaría más, porque sabía que ese asunto únicamente me concernía a mí.

El hombre que me recibió se encargó de guiarme hasta la planta subterránea del lugar. La fábrica de la farmacéutica O'Connor, en la que creaban los medicamentos que luego sacaban al mercado.

—¡Ya, joder! *¡Sei uno stronzo!*⁴ —Escuché esa demanda y ofensa. Y a lo lejos vi a mi *invitado*.

Se hallaba de pie, encadenado de las muñecas, con cadenas gruesas que pendían de unas vigas en el techo, y abrían sus brazos para que recibiera los golpes sin meter las manos o encorvarse. Tenía el torso desnudo, descalzo y con un vaquero que caía bastante bajo en sus caderas. Y odié que mi corazón se acelerara porque era la primera vez que veía aquellos músculos que palpé con mis manos y adoré con mi lengua.

Lo había provocado meses atrás, cuando sorprendí a Elijah en el privado de Vikings y él se encontraba allí con su hermano, pero, como el cabronazo que era, simplemente me saludó como si hubiera visto a una mesera más del club, la cual no le despertaba ni el más mínimo interés. Incluso decidió concentrarse en Serena, importándole un carajo mi cercanía con LuzBel, o Sombra en ese momento.

Y cuando me fui esa noche, no volví a verlo. Y me dolió que se marchara dejándome atrás, demostrándome que no fui más que un favor que le hizo a alguien. Luego me desesperó la idea de no estar con él de nuevo, por eso en aquella

---

4 Eres un cabrón, en idioma italiano.

borrachera de LuzBel terminé suplicándole que me devolviera a mi Sombra, con la esperanza de que le pidiera a su amigo regresar para que ocupara su lugar.

Y lo hizo tiempo después para dejarme un *regalito*. Uno del que deseé que supiera por mi boca, por eso, en lugar de decírselo a LuzBel, se lo dije a él mismo la última vez que estuvimos juntos. Pero el malnacido se mostró furioso y luego me dejó sola, pensando en si se metió en el papel de Sombra o si en realidad odió la idea de tener un hijo conmigo.

Fuera como fuera, él era la única esperanza de ese bebé en mi vientre, por eso estaba ahí.

—Y aquí estás, ratoncito —hablé con malicia, llamándolo así por lo difícil que me fue dar con él.

Los tacones de aguja de mis botas resonaron con cada paso que di más cerca de él. Me buscó con la mirada, y noté sus ganas de asesinarme, por la bienvenida que pedí que le dieran. Sus ojos eran grises, tenía una piel bronceada que relucía con la luz del lugar y el cabello de dos tonos de rubio, uno más oscuro que el otro. Labios carnosos, nariz perfilada y mandíbula fuerte. Y unas cejas de cazador que hacían juego con su mirada, a pesar de que en ese momento solo fuera mi presa.

La V en sus caderas era bastante pronunciada, y los tatuajes en sus brazos y torso completo brillaban con el sudor que emanó. Era tan alto como lo recordaba, aunque más musculoso en ese momento sin llegar a lo exagerado, solo lo suficiente para querer morderme el labio e imaginarlo desnudo y entre mis piernas.

Culparía a mi hipersexualidad y a las hormonas enloquecidas por el embarazo.

—¿O prefieres que te llame Sombra? —pregunté, y sonreí de lado al ver su sorpresa.

Tenía sangre en la comisura de su boca. Con la mirada le ordené al tipo que había estado divirtiéndose con él que se fuera porque había llegado mi turno.

—¿Lo sabes? —inquirió Dominik con su voz grave, y me acerqué más a él, hasta que sentí la calidez que emanaba y su aroma corporal mezclado con la de su fragancia.

Antes de responderle, alcé la mano y tracé sus pectorales con mi uña, haciendo un círculo en sus tetillas y subiendo con lentitud a su mandíbula. Su nuez de Adán subió y bajó al tragar en el instante que nuestras miradas se alinearon.

—Desde que susurraste en mi oído que yo era un hermoso engaño —aclaré, y eso lo sorprendió aún más, pues me lo dijo la quinta vez que estuvimos juntos.

—Si es así, ¿por qué demonios lo aceptas hasta hoy? —indagó, y sus celos y rabia me indicaron que estaba pensando en la ocasión en la que le pedí a LuzBel que me follara sin la máscara.

O cuando lo provoqué en Vikings.

—Porque antes te demostraría que, en lugar de un hermoso engaño, soy un dulce y perverso castigo —aseveré, y el cabrón sonrió de lado.

Furiosa por eso, lo cogí de la parte trasera de su cabello y estampé mi boca con la suya.

Si pensaba matarlo, al menos lo disfrutaría una última vez.

CAPÍTULO 32

Me matas

ISABELLA

Ver a Hanna después de encontrarla en el apartamento de LuzBel y saber lo que ambos hicieron allí, jugaba con mi autocontrol tal cual un niño encendiendo una cerilla cerca de la pólvora.

No la soportaba, a pesar de ser consciente de que ella no tenía la culpa de nada. Pero no podía evitar el sentimiento enfermizo de celos y posesividad que me embargaba al verla en esa habitación, al lado de LuzBel, tomándole la mano, esperando que él reaccionara de la anestesia que le pusieron para extraerle un dispositivo del que supe que tenía por medio de Caleb.

Él se enteró de ello en la reunión a la que yo evité asistir, y todavía me tenía anonadada, sobre todo porque, además de eso, Caleb también averiguó que el maldito dispositivo servía para castigar con dolor hasta el punto de un derrame cerebral, o para premiar por medio del placer, uno que podía ser capaz de provocar el fallo cardiaco.

Y, cuando supe todo eso, entendí mejor por qué mi cuerpo reaccionó aquel día con Derek, a algo que ni mi mente ni mi corazón querían. Nunca se trató de droga o un deseo enfermo por ese ser tan aberrante, siempre fue porque manipularon mi cuerpo, y deseé revivir al malnacido, para volverlo a torturar de una manera peor, por lo que nos hizo.

—Linda, el jet estará listo para que podamos irnos por la madrugada —informó Caleb llegando a mi lado.

Estaba observando a LuzBel desde la ventana de su habitación. No quise entrar porque, después de todo el odio que nos habíamos proclamado, me parecía demasiado hipócrita de mi parte estar ahí con él, y que los demás dijeran que ahora sí deseaba que estuviera bien, cuando antes lo quise matar. Además de que Eleanor parecía sentirse a gusto con Hanna acompañándola, por lo que no sería yo quien las incomodaría con mi presencia, ya que con ella discutí antes por haberle dicho a su hijo sobre los míos.

Y, aunque sé que ella confiaba ciegamente en LuzBel y solo defendió los derechos de su primogénito, como aseguró, me molestó que faltara a su promesa y que no hubiera tenido ni la decencia de ponerme en sobre aviso para estar preparada en el momento que él me confesó que ya sabía de los clones.

Demonios.

La estupidez que me embargó por haberlo visto de nuevo como Sombra, aunque sin la máscara, hizo de ese momento más complicado. Y todavía al recordarlo volvía a sentir aquellas mariposas idiotas en el estómago, y más si pensaba en él cuando nos encontramos en el ascensor, siendo en ese instante Sombra en todo el sentido de la palabra, incluso con su actitud cabrona magnificada.

«Ahora que sabías quién estaba detrás de la máscara, te ponías más nerviosa, ¿no?».

No me atrevería a negarlo.

Antes no me ponía así porque siempre lo vi como una pieza a la que estaba utilizando, pero ahora, sabiendo que era el hombre que amaba y odiaba con la misma intensidad, tendía a petrificarme y dificultarme la respiración.

«Y también lo deseabas con la misma intensidad».

Hasta que recordaba lo que hizo con Hanna.

«¡Jesús!».

—Avísale a Fabio —le pedí a Caleb tras carraspear.

—Ya lo hice. Se fue a su hotel para descansar unas horas. Dejó todas sus instrucciones a los neurólogos que lo asistieron, quienes también son excelentes médicos. —Asentí en respuesta.

Fabio se regresaría con nosotros a Italia porque había surgido un asunto familiar del cual quería mantenerse pendiente desde su país natal. Así que me pidió que lo dejara acompañarnos, algo a lo que por supuesto no iba a negarme.

—Estaré en mi habitación —anuncié.

—¿Quieres que te avisemos cuando se quede solo para que puedas verlo? —preguntó.

Miré de nuevo a aquella camilla. Hanna le estaba apartando el cabello de la frente a LuzBel en ese instante, y apreté los puños a la vez que tragué, sintiendo cómo dolió pasarme ese trago amargo por el cogote, pues no era fácil ver que otra lo procurara de esa manera y confirmar con ello que nunca fue mío.

No lo fue antes, no lo era ahora y no lo sería nunca.

«Pero esa maldita se atribuía confianzas que no le correspondían».

Yo no estaba segura si de verdad no le correspondían, después de las declaraciones de LuzBel cuando estuvimos en el apartamento.

«Pero tú eras la dueña de las palpitaciones de su corazón. Él te lo dijo».

Sí. Y antes de eso quiso hacerme sentir lo que le provocó a ella cuando estuvo entre sus piernas, con la lengua y con la polla, Compañera. Por lo que te recomendaba dejar de ilusionarte con las palabras dichas por alguien drogado, y que no sabía ni en dónde estaba parado en ese momento.

«¡Arg!».

—No sé si sea conveniente, pero hazlo. Quiero asegurarme por mi cuenta de que respira —insté a Caleb luego de dejarle las cosas claras a mi conciencia—. No me conformaré solo con que digan que ya no hay ningún peligro —añadí.

Y con respecto a Hanna, de momento nadie corría ninguno con ella, puesto que Caleb recibió el informe de la chica y todo indicaba que era una ciudadana común y corriente. Nada resultó extraño, tenía algunas multas de tránsito, pero esos eran todos los problemas en los que se había metido con la ley.

—Está bien, linda. Ve y descansa un poco —me alentó él, y sonreí mordaz.

¿Cómo se descansaba? Porque para los demás podía ser fácil y algo natural, pero no para mí que, aunque me sentía exhausta y la cabeza me dolía por los efectos de una operación, que así no haya sido delicada, dejó sus estragos, también mantenía un caos en mi interior por las cosas que no podía resolver con la rapidez que deseaba. Y eso aumentaba mi frustración y ansiedad.

Fabio me había llamado la atención debido a eso, ya que me encontró afuera del quirófano cuando yo no tenía mucho tiempo de haber reaccionado de la anestesia. Y en lugar de descansar hasta recuperarme por completo le pedí a Ronin que me llevara hacia ahí tras informarme que a LuzBel lo estaban sometiendo a su operación, pues no soportaría quedarme en mi habitación, postrada en una camilla, mientras esa presión horrible en mi pecho, provocada por el miedo y la incertidumbre, me taladraba con violencia.

—Entonces es verdad, te irás —confirmó Elliot al llegar a mi habitación horas más tarde.

—No lo hice antes por lo que tenía en mi cabeza, pero, ahora que ese peligro ha pasado, no me queda nada que hacer aquí, Elliot. —Lo escuché suspirar con pesadez, y cerró la puerta detrás de él para que tuviéramos privacidad—. Myles se ha recuperado, Grigori volvió a levantarse con más fuerza, y LuzBel se encargó de darles una estocada final a los Vigilantes. Así que ahora es tiempo de volver con mis hijos y concentrarme en ellos y su bienestar.

—Comprendo eso, Isa, pero ¿qué pasará con la propuesta del gobierno para que La Orden se integre a sus filas? ¿No vas a aceptar?

—Todavía faltan un par de semanas para esa reunión y no he estudiado la propuesta con el maestro Cho y sensei Yusei —expliqué, recordando la proposición que me hizo llegar Gibson por medio de Tess—. En este instante, regresar con mis hijos es lo que más me importa, sobre todo con Amelia libre —reiteré, y lo vi asentir.

—Está bien, pero antes de que te vayas me gustaría que tengas claro algo. —Lo miré atenta para que dijera lo que quisiera—. Fuese cual fuese la razón que tus padres tuvieron para ocultarte tantas verdades, desencadenaron cosas terribles que se habrían podido evitar si hubieran sido sinceros contigo. Si te hubiesen dicho que tenías otros hermanos y la situación en la que estos crecieron. Sobre todo Amelia y Darius. —Escucharlo me sentó mal al deducir a dónde quería llegar—. Al final, pagaste por cosas que no debías, de las cuales no tenías culpa alguna, porque ellos pretendieron protegerte con la ignorancia, Isa. —Tragué aire, pues la saliva me abandonó cuando mi garganta estaba más seca—. Y como tú, Aiden y Daemon tampoco tienen la culpa de nada, por lo tanto, considero que tus hijos no merecen sufrir más la ausencia de su padre, ya que, aunque él sea un cabronazo, tiene derecho a conocerlos y a convivir con ambos.

—¿De verdad crees que él merece conocerlos después de dormir con el enemigo? —inquirí indignada—. ¿Incluso con la posibilidad de que él se los mencione a Amelia y ella quiera dañarlos para joderme a mí?

—Si lo que me dijeron mis padres es verdad, entonces dudo que haya dormido con el enemigo de buena gana, cariño —admitió, y eso me sobresaltó un poco, pues lo último que esperaba era que él se pusiera del lado del tipo que intentó asesinarlo en varias ocasiones.

«Y estabas olvidando deliberadamente la promesa que te hizo el Tinieblo sobre protegerlos».

¡Maldición! No lo olvidaba. Es solo que se sentía más fácil estar cegada por la ira que vomitando los pedazos de mi corazón, por el dolor que me provocaban esos recuerdos de nuestros fatídicos encuentros.

—Además, no olvido la carita de D cuando te dijo que quería a su papá, y no consideró justo que yo sí lo haya conocido y ellos no, así que estoy pensando en los clones cuando te digo que no merecen que les quites la oportunidad de conocerlo solo porque tú estás herida. —Miré atónita a Elliot porque eso fue golpe bajo—. No todos los niños tienen la oportunidad de que sus papás *regresen del cielo*. Así que no les arrebates a tus hijos la fortuna que ambos tienen, nena.

No pude responderle, e ignoré que volviera a llamarme con ese mote, porque, a pesar de sentir que lo que me dijo, fue un golpe bajo, también acepté que fue certero.

«Directo a la yugular, Colega».

—Ahora mismo deseo tocarte la frente para asegurarme de que no tengas fiebre, porque en la vida esperé que tú intercedieras por LuzBel. —Él rio por mi disparate, y negó con la cabeza—. Y, aunque no lo creas, sé que tienes razón con lo que me has dicho, pero también sé que para dar ese paso que sugieres, antes, debo poner distancia entre tu primo y yo, puesto que necesito pensar bien las cosas sin que las discusiones que hemos tenido últimamente me contaminen a cada momento.

Asintió de acuerdo.

—Por eso mismo no he dicho que cometes un error al irte. Todo lo contrario, estás haciendo lo más inteligente en un momento como este. Aunque igual debía decirte lo que pienso, porque sabes que te quiero, Isa. Y no deseo verte en el futuro sufriendo porque caíste en el mismo error que tus padres: ocultarte las cosas con el afán de protegerte.

—Yo también te quiero, Elliot. Y agradezco que veas por el bienestar de mis hijos antes que por el mío.

—El bienestar de ellos también es el tuyo, así que veo por los tres —aclaró, y puso sus manos en mis hombros.

Exhalé tremendo suspiro porque se sintió demasiado bien escuchar eso de un hombre que me amó de manera incondicional y que, hoy en día, seguía siendo capaz de hacerme sentir como la mujer más importante del mundo.

—¿Y tú? ¿Ya has arreglado las cosas con tu fiera? —Sonrió por mi pregunta.

No debía olvidar que estaba en algo con Alice y que, aunque la chica me tuviera molesta por las cosas que me dijo, a él le importaba. Tal vez no la amaba porque lo de ellos estaba comenzando, sin embargo, ella era la primera mujer con la que lo veía encaminarse a algo serio, y noté que le gustaba de verdad.

—Lo intenté, pero sigue sin querer escucharme.

—¿Son novios? —indagué, y negó con la cabeza.

—He estado solo con ella desde que dejó a su novio y LuzBel trató de quemarme vivo, pero no le he pedido que formalicemos nada. —Me estremecí ante el recordatorio de lo que pasó—. Y antes de que lo preguntes, sí, Isa, Alice me gusta tanto como para no soportar la idea de que otro la toque. Sin embargo, la conocí en un momento bastante complicado de mi vida, por lo que no puedo darle lo que desea.

—Si es así, entonces aléjate de ella —pedí, sabiendo lo doloroso que era para una mujer enamorarse de un tipo complicado que no pretendía sentar cabeza. Y Elliot era alguien especial para mí, pero no por eso me cegaría con él—. Hazlo ahora que Alice ha dado el primer paso por sentirse traicionada por nosotros. Si no pretendes nada serio, no le des alas.

—No quiero que me odie si piensa que no la busco, porque no me importa lo que esté pensando, o sintiendo, luego de enterarse de lo que tú y yo hicimos —aceptó.

—Creo que superaría más fácil eso, a que la busques, la convenzas de que no debe sentirse traicionada porque ustedes no tenían nada serio, cuando tú y yo estuvimos en Newport Beach, ni lo tienen ahora, y terminen en la cama de nuevo; para que una vez más se ilusione y luego sigas con que no estás seguro de querer algo serio con ella, Elliot —zanjé—. No juegues así, no destruyas a una buena chica, no la conviertas en una cabrona a la que después señalarán de perra por querer proteger su corazón de imbéciles como tú.

Alzó tanto las cejas que casi le llegaron al nacimiento de su cabello, incrédulo por lo que le solté con tanto ahínco, porque le dije a él algo que siempre deseé gritarle al mundo entero para que dejaran de mirarme como la inmadura, o la exagerada, en la que me convertí con el regreso de LuzBel.

—¿Quién te ha señalado así? —preguntó, y sacudí la cabeza para que él le restara importancia.

No quería decirle que lo hizo Alice y LuzBel, o que sentía que Eleanor me había mirado como una exagerada en la discusión que tuvimos. Incluso Fabio me hizo sentir inmadura, también Myles y Darius.

Y respetaba que ellos vieran las cosas desde diferente perspectiva, pero eso no significaba que mi dolor dejaría de ser menos, o que borraría el infierno por el que tuve que pasar.

—Nadie, Elliot.

—Isa…

—Linda, es momento. —Nos interrumpió Caleb, y supe a qué se refería.

—Te veo pronto —me despedí de Elliot, y le di un beso en la mejilla—. Gracias por tu consejo y toma el mío —lo insté al salir por la puerta, y él sonrió de lado.

Las manos me sudaron y el corazón se me aceleró al encaminarme hacia la habitación de LuzBel, incluso sabiendo que estaba dormido, porque Caleb así lo aseguró al acompañarme. Pero supuse que era normal, que eso no me hacía débil, simplemente era la reacción ante la expectativa de tener frente a mí a alguien que, por muy jodido que fuera todo, me importaba su bienestar.

«Bueno hubiera sido que pensaras así antes de apuñalarlo».
¡Por Dios! No tenías por qué recordármelo a cada momento.

—Te esperaré aquí —avisó Caleb, y ni siquiera asentí en respuesta, porque iba muy absorta en lo que estaba a punto de hacer.

El rubio abrió la puerta para mí y sufrí una pequeña taquicardia al ver a LuzBel de nuevo. De cerca notaba lo grande que era, a pesar de que la camilla tenía el tamaño perfecto para su cuerpo. Y me fue increíble que, incluso dormido, ese hombre me pusiera tan nerviosa. Inverosímil que luciera en paz en ese estado, cuando despierto no solo ponía de cabeza mi mundo, sino que también me hería aun con la mirada, pues notaba que nada de lo que me dijo al enterarse de que me acosté con Elliot fue mentira.

Me tenía asco y seguía considerando imperdonable lo que hice, incluso sabiendo que yo lo creí muerto.

—Ojalá que cuando nos volvamos a ver nuestras lenguas hayan perdido filo, al menos entre nosotros, Tinieblo. Porque, así nos odiemos, nada cambiará que por ti tengo lo mejor que la vida pudo darme. Y eso siempre te hará una persona especial para mí —susurré.

Estaba vestido con una bata de hospital, la sábana le cubría hasta el pecho, pero sus brazos y cuello quedaban al descubierto, lo que me permitió admirar de nuevo sus tatuajes, esos que no había olvidado, que dibujé con mi dedo y tracé con mi lengua luego de nuestras sesiones de sexo.

Su pecho subía y bajaba con lentitud, asegurándome que vivía, y la garganta se me cerró por la emoción acumulada en ella. El esparadrapo con el que aseguraron la gasa para proteger su pequeña operación sobresalía a los lados de su cuello, igual que el mío. Una marca más que compartiríamos.

—Isa, no sabía que estarías aquí. —Me limpié las mejillas al escuchar a Eleanor.

Había dejado escapar unas lágrimas porque por primera vez me permití, desde que volvió, disfrutar de la confirmación de que él vivía, que no era una alucinación.

—Quería… —carraspeé para aclarar mi voz—, asegurarme de que está bien por mi cuenta —le expliqué sin atreverme a mirarla para que no viera mis ojos.

—Físicamente lo está —confirmó ella—. El médico aseguró que solo es cuestión de que despierte de la anestesia. Además, le hicieron un estudio completo y la lesión que dejó esa bala en su pecho está sanando bien, también la puñalada en su abdomen.

La miré en ese instante, y negó de inmediato, dándome a entender que no me estaba reclamando nada con lo último, simplemente era parte de la información.

—No quiero volver a discutir contigo, Eleanor —aseguré—. Y puedo ponerme en tus zapatos y entender por qué le dijiste algo que yo no quería que supiera, al menos no de momento por el peligro que eso implica.

—Elijah no es un peligro para ellos, hija. Entiéndelo, por favor —suplicó en voz baja, y alcé las manos en señal de que no íbamos a pelear por eso.

—Lo único que pretendo al decirte esto es que no sigas divulgando ese secreto —enfaticé, y noté que le hirió mi desconfianza hacia ella, pero no podía culparme luego de faltar a su promesa excusándose con que no me prometió nada, que fue Myles quien lo hizo.

—Que me aleje de todo lo que tenga que ver con Grigori no significa que sea tonta, Isabella. Además, jamás pondría en peligro a las personas que amo —aseveró, y caminé hacia la salida, cerca de ella, porque mi tiempo en esa habitación se había terminado, y no seguiría por ese rumbo con una mujer a la cual quería y respetaba.

—Entiendo que se lo dijeras a tu hijo, pero no te pasaré algo como esto de nuevo si te atreves a mencionarlo con alguien más —formulé, y su mirada se tornó brillosa.

—¿Qué nos pasó, hija? —preguntó entre lágrimas, y sentí que las mías volvieron a aflorar.

«Tu hijo pasó», deseé decirle, pero me mordí la lengua porque no iba a lastimarla más con eso.

Además, a mí también me dolía que después de llevarnos tan bien, de que ella y Myles fueran uno de mis mayores apoyos y en quienes más confié, Eleanor se haya convertido en una extraña a la que toleraba por compromiso, cuando su único pecado era que dejó de ser mi segunda madre para volver a ser la de su propio hijo.

Y no podía culparla por amarlo por encima de todo, por confiar ciegamente en él y estar de su lado.

—Pasó de todo, Eleanor —terminé diciendo, y solté una larga exhalación—. Las aguas alrededor de nosotras están muy turbias, y ahora debemos esperar a que se calmen.

—Te quiero, Isabella. Y amo a mi hijo, por eso me duele que las cosas estén tan mal, cuando tú y él deberían estar más unidos y juntos para enfrentar las tempestades. Y no solo por ustedes, sino también por eso tan bello que procrearon.

—Como me lo dijo él, ahora mismo es preferible que libremos las tempestades como antes. Yo por mi cuenta y LuzBel por la suya.

—Hija, por favor.

—Eleanor, entiende que las cosas en este momento no son las mejores, así que no insistas —pedí con determinación.

Ella lloró más en ese momento, pero aceptó mi decisión, y luego se despidió de mí con un abrazo. Un gesto que de verdad agradecí. Y cuando estuvo más tranquila, me fui de la habitación dejándola con su hijo, yéndome hacia la de Tess mientras esperaba la hora para que yo pudiera ir en busca de los míos.

—Por tu bien, espero que hayas devuelto a esa chica con su gente, sana, completa y salva. —Mi voz fue dura al dirigirme a Isamu cuando llegó al hangar. Y el idiota tuvo el atrevimiento de sonreír de lado, con una vileza que a cualquiera podía erizarle la piel.

Menos a mí porque me tenía furiosa.

No habíamos despegado por estarlo esperando a él, ya que no pensaba devolverme a Italia sin un miembro tan valioso en mi equipo. Aunque las ganas por matarlo hacían zumbar mi piel, pues era la primera vez que Isamu osó jugar con mi tiempo, simplemente porque debía terminar con *algo*.

«Ojalá él sí hubiera tenido acción de la buena».

Por Dios.

—Isamu —advertí cuando pretendió subir al jet sin darme una respuesta—, no estoy jugando. Si esa chica llega a tener un solo rasguño, a diferencia de ti, yo misma voy a entregarte con LuzBel para que él y su gente te hagan pedazos.

Había notado unos arañazos en la poca piel que le sobresalía del cuello alto de nuestro uniforme de La Orden, por lo que imaginé que fue esa Serena quien se los dejó. Y de verdad rogaba para que no se los hubiera hecho por defenderse.

—No te preocupes, jefa. Solo la entregué exhausta y sin un poco de estabilidad emocional.

Le di una mirada asesina a Ronin cuando lo vi con ganas de reírse, por la declaración socarrona y sinvergüenza de Isamu.

—Eres un hijo de puta —replicó Caleb con tono divertido.

Los dos me habían seguido afuera del jet cuando decidí esperar a Isamu ahí.

—¿Podemos subir ahora? —preguntó Isamu, y noté que había una satisfacción en su rostro que no podía ocultar por completo.

—Vuelve a jugar con mi tiempo y te enviaré a descanso una buena temporada —arremetí, y me subí al jet dejando a los tres atrás.

Escuché que Caleb y Ronin hicieron sonidos de advertencia y burla porque todos éramos conscientes que para Isamu sería una deshonra que lo sacara de La Orden a descansar de todas las misiones por haber faltado a las reglas. Y él sabía que no se debía solo a que retrasara mi vuelo, sino a que no nos diera respuesta a nosotros cuando le llamamos para saber por qué carajos se llevó a esa chica.

Y sí, podía querer cobrarse lo que ella le hizo, pero para eso no eran necesarios dos días.

—¿Está todo bien? —preguntó Fabio cuando llegué de nuevo al asiento frente a él.

Tuve que pedirle que esperara por el atraso de Isamu y, antes de permitir que él soportara mi enojo, preferí bajarme a esperar por mi compañero para dejarle las cosas claras.

—¿Jefa?

—Ahora no, Isamu —advertí cuando él llegó a nuestros asientos con Fabio.

—Me he dejado llevar por asuntos personales y eso es imperdonable, aun así, te ofrezco una disculpa por faltarte el respeto de esta manera y te doy mi palabra de que no se repetirá —siguió él sin importarle mi advertencia, y se llevó el puño al corazón, como señal de que el honor que poseía me lo estaba entregando en esas palabras.

Solté el aire con cansancio y me di dos golpes sobre el corazón, diciéndole de esa manera que aceptaba sus disculpas.

Hizo una reverencia en agradecimiento y luego se fue a su lugar. Fabio no se había perdido nuestra interacción, y noté que sus ojos brillaron, a lo mejor con nostalgia, no podía estar segura de eso.

—Eres una gran líder, Isabella —aseguró.

La auxiliar de vuelo nos aconsejó ponernos los cinturones, porque ya íbamos a despegar, y obedecimos.

—¿Cómo podrías saber tú eso? —sondeé.

—Por el respeto que te profesan tus guerreros y la honestidad con la que te hablan. Como Isamu, por ejemplo, que te ha dicho que hará algo, dando por sentado que ya está hecho.

—Tienes buen conocimiento de este mundo y sabes luchar muy bien. ¿Acaso eres un guerrero también?

—Dicen que soy un guerrero de la vida, supongo que eso cuenta. —Me reí por su respuesta tan lista.

Nos quedamos en silencio luego de eso, sintiendo cómo el jet despegaba. Miré por la ventanilla cuando comenzó a alzarse, y apreté los labios al sentir la emoción embargándome porque muy pronto estaría con mis gemelos. Las únicas personas que disiparían la tristeza, el dolor y la decepción que me carcomía por dentro, que se devoraba mi alma.

Al estar en el aire y ver la ciudad abajo, tan pequeña, a miles de millas, los recuerdos de todo lo que estaba dejando atrás me embargaron. Incluso la mirada de LuzBel se reflejó en la ventanilla, esa tormentosa, llena de asco por momentos, de decepción y furia en otros, o todo mezclado la mayoría del tiempo.

La mirada que había tenido para mí en los últimos días.

Me torturé con los recuerdos de haberlo encontrado semidesnudo, igual que Hanna, en un apartamento que me aseguró que era nuestro; volvió a dolerme la imagen de nuestra cama deshecha, y agradecí no haber llegado minutos antes, haberme evitado verlos mientras follaban, porque me temía que entonces sí habría cometido una masacre.

«Debía ser lo mismo que él imaginaba contigo y Elliot».

Tal vez, pero yo no follé con Elliot para dañarlo a él, pues lo creía muerto.

«Pero sí utilizaste esa información para lastimarlo».

Sí, lo hice porque me hirió con su traición y engaño.

«Después de todo, ambos daban y recibían puñaladas».

No más.

—Deberías hablar para evitar esto —recomendó Fabio, tomándose el atrevimiento de coger mis manos para acariciarme los dedos.

Tenía los puños tan apretados que no me di cuenta de que me clavé las uñas en las palmas. Además de que estaban blancos porque impedí que la sangre me circulara como se debía. Él había abierto los muslos para poder acercarse, y sus rodillas rozaron las mías, pues era un hombre alto, más grande que LuzBel.

Y me escrutó con la mirada cuando obtuvo mi atención, y aflojé mis manos, sus iris verdes fueron capaces de intimidarme lo suficiente como para no reaccionar alejándome, pues poseía una manera de ver muy intensa, e indescifrable a veces.

—No me apetece en este momento —expresé, y una leve sonrisa se formó en su rostro.

Tenía los ojos más verdes y una barba rubia oscura, prominente y arreglada, igual que el color de su cabello. Se veía descansado, a pesar de las tres cirugías que realizó en los últimos dos días, sin contar con las noches de desvelo porque se mantuvo pendiente de Tess hasta que la dejó fuera de peligro y en manos de sus colegas.

No vestía como estaba acostumbrada a verlo, y de hecho me sorprendió un poco cuando llegó al hangar luciendo como un modelo sexi con su vaquero negro y desgastado, botas a juego y un *blazzer* del mismo color junto a una playera blanca por dentro. Parecía que se peinó con los dedos, pero eso le dio un toque rebelde que consiguió que mi mirada se prolongara más tiempo del prudente en él. Y únicamente dejé de observarlo cuando Ronin carraspeó a mi lado.

«¿*Qué tendrán los italianos que me hacen babear, y no de la boca?*».

Todavía me sonrojaba al recordar la pregunta descarada que ese tonto susurró, antes de que Fabio llegara lo suficientemente cerca y lo escuchara.

—Ese es tu problema, Isabella —indicó él, acercándose un poco más, provocando otro roce entre nuestras rodillas y muslos esa vez—. Te cierras en ti misma, evitas hablar, escuchar, y al final deduces lo que quieres, o crees que ha pasado —añadió en tono bajo, pero sin dejar de ser fuerte.

—No es lo que creo, Fabio, es lo que presencié y viví —repuse, recordando aquella vez cuando encontré a Sombra follando con Amelia en Karma, y a lo que vi días atrás entre él y Hanna—. Mierda.

Me mordí el labio inferior con frustración, odiando que, incluso lejos, LuzBel siguiera dañándome. Aunque me puse inquieta y me alejé de Fabio al ver el leve movimiento de su mano, como si su intención hubiera sido tocarme el rostro. No nos dijimos nada por unos minutos, simplemente nos miramos y, cuando no pude más con su intensidad, cogí una botella de agua que antes dejaron para mí y le di un sorbo.

Puta madre.

De repente me sentí nerviosa con ese hombre. Y no me gustaba, pero tampoco me disgustaba. Y nada tenía que ver que no fuera guapo, porque lo era; y no solo eso, sino que también sexi. Fabio era ese tipo de hombre con el que sabías que tu corazón y estabilidad emocional corrían un enorme peligro. Sin embargo, lo conocí en un momento de mi vida donde ya alguien más se había adueñado de esas dos cosas en mí. Y no solo una, sino dos veces.

Lo hizo como LuzBel y luego como Sombra.

«Estabas bien jodida, Colega».

¡Puf! No tenía duda de eso.

—No siempre lo que ves es lo que parece —continuó Fabio luego de reincorporarse en su asiento, volviendo a poner distancia entre nosotros.

—A menos que la vista ya me falle, sé que lo que vi es lo que parece —refuté.

—No se trata de que la vista te falle, sino de lo que los demonios en tu cabeza te hacen ver. Y créeme, ellos sí tienen el poder de empeorar la situación —expresó con propiedad, y deduje que fue porque él tenía experiencia con eso, pues sus demonios sí que podían ser jodidos.

—Dejemos de hablar de mí, ¿sí? —Mi voz llevaba una pizca de súplica, y noté que eso lo hizo ceder—. Mejor cuéntame algo de ti, ¿qué te lleva así tan pronto de regreso a tu país?

Ya me había dicho que era un asunto familiar, pero opté por probar si añadiría algo más.

—Mi hermano ha tenido un percance y necesito saber que todo esté bien con él —explicó.

—Si puedo ayudarte con eso, no dudes en decírmelo. —Sonrió divertido, y eso me hizo fruncir el ceño.

—Gracias, pero no creo que sea necesario —comentó.

Tras eso tuvo la confianza de decirme que antes de viajar a Estados Unidos para ayudarnos pasó por una crisis bastante fuerte que lo mantuvo fuera de su trabajo por unos días, por lo que fue una suerte que pudiéramos contar con él. Además, añadió que pensaba tomarse unas vacaciones al solucionar lo de su hermano.

Me atreví a pedirle que me hablara de esa crisis y lo que la desencadenó sin llegar a nada privado. Y fue muy amable, porque con su experiencia personal también me instruyó y entendí por qué lo había visto un poco más platicador e incluso atrevido: todavía estaba pasando por los últimos estragos de la manía, y eso lo llevaba a ser un hombre más desenvuelto de lo normal.

Entre la charla pensé en Daemon, en todo lo que mi bebé iba a pasar, y tuve miedo de no ser el apoyo que él necesitaría, aunque no por eso lo dejaría de intentar. Y mediante las horas pasaban, más ansiaba llegar a la nueva casa y ver a mis pequeños para empaparme de esa felicidad que tanta falta me hacía.

—Si cambias de opinión, ya sabes dónde encontrarme —me recordó Fabio luego de darme un beso en cada mejilla como despedida, cuando llegamos al hangar en Florencia.

Arribamos en un jet diferente al que tomamos en Estados Unidos, ya que en el primero viajamos hasta Londres, y ahí tomamos el siguiente para Italia.

—Por supuesto. Y gracias por todo —ofrecí.

Me había propuesto que lo acompañáramos a una casa que tenía en la playa, en la que él pasaría unos días. La invitación fue extendida para mis hijos, mi élite y yo, asegurando que era una buena opción para que descansáramos, nos distrajéramos y, de paso, le ayudáramos a él a no tener tiempo para concentrarse en su condición.

—*Es hora, jefa* —anunció Ronin, y le sonreí a Fabio antes de darme la vuelta para ir al coche donde ya Caleb me esperaba.

Isamu iría en otro y Ronin lo acompañaría a él.

Mi emoción por estar con los clones aumentó con cada kilómetro que nos acercábamos a la casa de seguridad a la que fueron trasladados luego de la batalla que libramos en Richmond, y por momentos sonreía al imaginar sus caritas. Pensarlos tuvo el poder de que me olvidara de los demás, incluso del cansancio por el viaje o la molestia de la pequeña incisión que me hicieron en la nuca, muy cerca de la cabeza.

El vendaje que Fabio me colocó en el jet era más pequeño, y lo agradecí porque sabía que mis hijos preguntarían por él, y con ellos no podía utilizar explicaciones vagas que los hiciera querer *marcas de fortaleza* como las mías.

—¡Papi llegó! —gritó Ronin cuando entramos al jardín delantero, y rodé los ojos.

La casa era más pequeña, y esa era la única zona verde del lugar. No tan acogedora como me hubiera gustado, pero sí segura, que era lo que más me importaba en ese momento.

—*Tus hijos están en la habitación con Maokko, Y debe tenerlos muy entretenidos, porque no te han escuchado* —informó Lee-Ang para Ronin, hablando por supuesto en japonés, como siempre lo hacían entre ellos, y me reí porque le siguiera el juego—. Chica americana, al fin en casa —me recibió y, tras hacer una reverencia, se acercó para darme un abrazo.

—Por fin, amiga —musité, abrazándola con fuerza.

Nos preguntó por el viaje y todo lo que había pasado últimamente, pero solo le dije lo más importante, y luego la dejé con los chicos para que la pusieran al tanto, mientras yo subí a la segunda planta en busca de mis clones.

La puerta estaba entreabierta al llegar a la habitación, con las indicaciones de Lee, y sonreí feliz al ver a Daemon armando un rompecabezas en su pequeña mesa de juegos, aunque fruncí el ceño cuando noté a Aiden abrazando a Maokko, y seguido de eso le limpió las lágrimas.

«¿Maokko llorando?».

Me asusté por eso, pues ella no lloraba.

—No lloles, Mooco, no lloles —le repetía Aiden una y otra vez—. Él sí la quiele.

—Se fue con otra —refutó ella, y me asusté en verdad, pues debió pasarle algo demasiado jodido como para que estuviera desahogándose con mis hijos.

Vi que se sorbió la nariz, y negué con la cabeza por lo orgullosa que era, ya que teniendo a Lee prefirió mostrarse vulnerable ante mis hijos. Sin embargo, solo Aiden pareció querer ayudarla de verdad, ya que Daemon la miró y frunció el ceño, pero luego siguió con lo suyo.

—Ya, sigamos —se animó ella sola, y cogió entre sus manos un libro que había tenido entre las piernas y que hasta ese momento noté—. A ver si el malna.... si el chico vuelve en el siguiente capítulo.

«¡Vaya! Ya entendía por qué Daemon la ignoró».

¿Estaba llorando por un libro? ¡Un libro!

Deseé asesinarla por el susto que me dio y ¡todo por un libro! Aiden en cambio asintió feliz, escuchando lo que Maokko comenzó a leer, y esperé por el bien de ella que hubiera escogido una historia apta para que mi pequeño la escuchara, o que al menos se saltara las partes eróticas de los que solía leer.

—¡Mami! —gritó Daemon al descubrir mi presencia, y una enorme sonrisa se dibujó en su rostro.

Corrió hasta mí, y Aiden lo siguió al percatarse de mi llegada. Yo me puse de rodillas y abrí los brazos para recibirlos.

Los abracé a ambos con fuerza, y disfruté de ese reencuentro, aunque en el proceso miré a Maokko y le prometí con ello que pronto hablaríamos de sus reacciones cuando leía, pues no quería que mis pequeños se traumaran porque yo sabía lo exagerada que era. Ella guardó el libro y sonrió, encogiéndose de hombros.

Mis hijos consiguieron que regresara toda mi atención a ellos cuando me llenaron el rostro de besos húmedos que amé con locura. Estaban recién duchados y olían a esa fragancia de bebés que tanto me encantaba.

—¡Dios! ¿Pero a quién tenemos aquí? —indagué al ver a una pequeña bola de pelos negros corriendo hacia nosotros. Movía la colita exigiendo atención, y se paró en sus patitas traseras, apoyando las delanteras en mi estómago con la intención de lamerme el rostro.

—¡Somba quiele a mami! —gritó Aiden entre carcajadas para Daemon, contagiándonos.

Me reí a pesar de saber que después de todo se quedaron con ese nombre para el cachorro.

«A alguien no le caería muy en gracia cuando lo supiera».

Ignoré eso.

—¡Sombra se quiere comer a mami! —gritó Maokko con voz cantarina, imitando la de mis hijos, y la fulminé con la mirada—. Otra vez —agregó con una sonrisa estúpida, en voz baja.

Come mierda, largué sin voz, solo para que ella me leyera los labios, y la maldita soltó una sonora carcajada.

Los niños comenzaron a contarme sus aventuras, haciendo que me olvidara de las bromas de Maokko, y descubrí que el cachorro había sido un regalo del maestro Cho; los tres se habían vuelto inseparables, incluso dormía en la habitación con ellos y, así no fuera una costumbre que quisiera que conservaran, entendí que con el cambio de casa Lee había hecho la excepción para que no se les complicara adaptarse.

Luego, confirmé ese hecho en un momento en el que los clones se pusieron a jugar con Sombra... ¡Dios! Me era demasiado loco y raro referirme así al perrito, pero, volviendo al punto, Maokko me explicó que, en efecto, el maestro decidió darles al cachorro porque Daemon no tomó a bien el cambio de casa y tuvo días en los que se comportó bastante hiperactivo y hasta desesperado, rogando porque regresaran a su casita.

Al final, el perrito fue una excelente terapia, una decisión muy acertada por mi maestro.

—¡Carajo! ¿Pero por qué tenía que ser negro? —inquirí, y Maokko rio.

El animalito era precioso, un labrador retriever totalmente negro, a excepción de la lengua. Tenía cuatro meses y, al parecer, la energía de los clones combinada.

—Supongo que el maestro se apegó al nombre que ya tenían los chicos para él —explicó mi amiga, y negué riéndome.

—Por cierto, espero que ese libro que leías sea adecuado para Aiden.

—¡Uy! No te imaginas cómo se pone de sonrojado cuando le leo las escenas de besos.

—Maokko —advertí, y volvió a carcajearse.

Me estaba tomando el pelo, pero con lo descarada que era no me podía confiar.

Terminó por contarme que Aiden se había vuelto su compañero de lecturas, descubriendo que a él le encantaba escucharla, por lo que terminó optando por libros infantiles, aunque de la versión de *Alicia en el país de las maravillas* se compró dos, uno para leérselo a mi hijo y un *retelling* que denominó: para niñas grandes y sucias como yo.

—Tú y Ronin son cortados con la misma tijera —murmuré.

Acto seguido a eso nos fuimos a la planta baja, y aproveché para ponerlas al día tanto a ella como a Lee. Además de que me seguí empapando del amor de mis hijos, y poco a poco eso me fue reconfortando.

Aunque en los siguientes días comprobé por mi cuenta que, en efecto, a Daemon no le hacía bien esa casa, y cada vez que había oportunidad me pedía que regresáramos a su casita, incluso Aiden comenzó a apoyarlo porque extrañaban su enorme jardín para jugar, y hasta alegaron que allí sí podrían divertirse de verdad con el cachorro.

—Deberías aceptar la propuesta del doctor D'angelo —comentó Lee.

Ella y Maokko también sabían sobre eso, pues, cuando dije que les conté todo, no dejé nada por fuera.

—Apoyo eso, los chicos pueden encargarse de la seguridad, y tú de disfrutar con tus hijos del mar, de unos días relajantes, lejos de todo. Ya que la casa de Florencia e incluso esta te recuerdan siempre que estás en alerta —opinó Maokko

—Sí, el mar podría ser una excelente terapia para D. —prosiguió Lee.

—Y el doctor D'angelo una excelente terapia para ti —acotó Maokko con una sonrisa maliciosa.

—No empieces —refunfuñé, y noté que Lee escondió una sonrisa.

—Está bien, pero solo, por si acaso, asegúrate de llevar condones.

Me atraganté con el sake que bebía al escuchar a esa maldita descarada.

—Y asegúrate de que sean extragrandes, porque el doctor es muy alto. —Se le unió Lee-Ang.

—¡Por Dios! ¿Tú también? —Ella escondió su risa detrás de la palma de su mano y se encogió de hombros.

—Sí, y tiene manos grandes, y ya he comprobado que, si ellas son así, lo de abajo es así. —Señaló Maokko, siguiendo con el hilo de la conversación, haciendo un ademán con sus dos índices para dejar claro el tamaño que imaginaba.

—Par de zorras, necesitan parar de beber ya —demandé, y las dos soltaron tremendas carcajadas.

Sin embargo, dejaron las bromas de lado minutos después y, al ponerse todo lo serias que el sake les permitió, terminaron convenciéndome de llamarle a Fabio, pues aseguraron que, a pesar de jugar conmigo, creían seriamente que ir al mar le ayudaría a mis hijos, por lo que me lo planteé y luego lo decidí.

Y Fabio se había mostrado encantado con la noticia cuando me respondió, y muy dispuesto a que Caleb se encargara de asegurar su casa para nosotros.

Decidido eso me fui a descansar, pasando antes por la habitación de mis hijos para asegurarme de que estaban bien. Y tras darles un beso y sonreír al ver al cachorro en una camita al lado de la de Aiden, me encaminé a mi recámara, sorprendiéndome en el camino cuando recibí un mensaje de LuzBel.

Se me aceleró el corazón, porque era su número antiguo, el que yo mantuve con tal de llamarle en mis momentos más oscuros. Además de que ya habían pasado dos semanas desde que lo vi por última vez y, aunque pregunté por él solo una vez para reconfirmar que salió bien de la operación, no volví a hacerlo más después de eso.

Elijah
¿Aún te gusta el pie de limón?

Al principio no comprendí por qué esa pregunta, pero tras unos minutos imaginé que Eleanor debió hablarle también de mi embarazo y las cosas que pasé en ese estado. De seguro ya le había dicho que incluso nacieron el mismo día que él, y por un momento deseé haber podido ver su rostro al enterarse.

Isa
No lo pude ni ver durante meses, me daba asco, pero justo hoy volví a probarlo y estaba delicioso. Por cierto, ¿cómo lo sabes?

Era obvio, pero no quise quedarme solo con la respuesta que di a su pregunta. Y tampoco le mentí, con los niños preparamos un pie de limón esa tarde y a todos nos encantó cómo quedó.

> **Elijah**
> Solo confórmate con saber que eres la primer mujer que incluso embarazada me pone realmente duro.

«Oh, padre».

La punzada de placer en mi entrepierna debió haber sido producto del sake, porque me negaba a que fuera por esa respuesta que me dio. No quería que él siguiera teniendo ese control sobre mi cuerpo y sensaciones incluso estando lejos.

> **Isa**
> Eres realmente un idiota, confórmate con aceptar eso.

Tras digitar eso me quité la ropa porque el calor que sentía era insoportable. Y pensé en quedarme en ropa interior, pero no confiaba en mi autocontrol, así que me puse un pijama de pantaloncillo corto.

> **Elijah**
> Incluso después de todo, todavía me matas, White.

—No, LuzBel. No empieces de nuevo —musité tras ver ese mensaje, y me restregué el rostro.

Tomé el móvil para exigirle que parara y comencé a escribir, pero me detuve antes de enviar el mensaje y lancé el aparato sobre la cama, tumbándome boca abajo al lado de él.

No caería. No más.

> **Elijah**
> Me mata recordar tu piel sobre la mía, tus súplicas porque parara cuando tenía la lengua entre tus pliegues, bebiendo tu placer, negándote el orgasmo porque querías retrasarlo un poco más. Y cuando pensaba en darte una tregua me sostenías con fuerza para que no me apartara de tu dulce coño.

Puta madre.

Reviví esos momentos, recordé su sonrisa *comemierda* porque amaba que lo retuviera. Lo imaginé cuando sacaba la punta de la lengua y la arrastraba de abajo hacia arriba en mi raja sin dejar de mirarme, luciendo ese *piercing,* jugueteando con él en mi capullo de nervios.

> **Elijah**
> Tú también lo recuerdas, lo sé.

Aseguró, y pensé en que no solo recordaba y extrañaba eso, sino también la forma en que sus caderas se empujaban entre mis piernas, empalándome hasta que me hacía rezar su nombre.

Mi mano tembló cuando sostuve el móvil con más fuerza con su siguiente mensaje.

Elijah
> Pienso y me endurezco aún más al imaginarte de nuevo en la Hayabusa, montándome como tu caballo, reclamándome como tuyo. Dime que también lo recuerdas, o te lo narraré para que vuelvas a pensar en ese momento.

Mierda.

Que me hiciera recordarlo como Sombra fue una jugada muy astuta de su parte. Una en la que no pude evitar pensar en sus manos codiciosas tocándome en aquel bosque, bañados por la lluvia, montándolo en su motocicleta. Su boca fue demandante y sus palabras una promesa.

Sentí una gota de sudor recorriendo mi sien, y apreté los muslos ante el recuerdo. También los dientes, porque odié no tener la capacidad de bloquear su número, el móvil, para no seguir leyéndolo.

Elijah
> ¿Quieres que lo haga?

—No, LuzBel, por favor —rogué como en el pasado, entre respiraciones cortas y rápidas, mirando la pantalla, siendo consciente de mi piel en llamas, de sentir eso tan correcto cuando quería que fuera incorrecto porque lo odiaba, ¿no?

Y si lo odiaba no tenía que permitirle que se adueñara de mi deseo. No quería que de nuevo se convirtiera en mi calor y mi paz para que después volviera a ser ese tormento que arrasaba con mi vida.

No quería que estar en su órbita se sintiera como regresar a casa.

Elijah
> Solías usar esas bragas que se meten entre tus nalgas cuando supiste que me volvían loco. Lo hacías incluso con vestidos, porque te encantaba que te metiera a cualquier rincón que nos diera la privacidad suficiente, para hacerlas a un lado y penetrarte hasta la empuñadura.
> Joder, la manera en la que tu necesidad revestía y humedecía mi falo era el cielo, White. Y solo con el recuerdo puedo saborearlo de nuevo.

Una lágrima corrió por el rabillo de mi ojo izquierdo cuando sentí que comencé a mover con suavidad mis caderas en círculos, tocándome justo donde lo quería a él, por encima del pantalón corto y de mis bragas.

Y luego me envió otro mensaje que me hizo jadear y rendirme.

> **Elijah**
> Cuando estuvimos en el cuarto de medicamentos, me tomaste del cabello con tanta fuerza, furiosa porque querías detenerme, pero sin la voluntad suficiente para llevarlo a cabo. Entonces te rendiste y me dejaste comerte el coño, mordiendo mi playera para que nadie te escuchara, pero yo lo hacía. Yo jodidamente oí cada jadeo y gemido que me dedicaste.

—Oh, Dios —gemí al pasar la palma de mi mano sobre mi clítoris, a través del pijama, pensando en ese día, imaginándonos de nuevo allí.

> **Elijah**
> Pero, aunque todo eso me tenga al punto del orgasmo, nada se comparará a nuestra primera vez en el viejo estudio de ballet. Eras tan inocente, te sonrojabas con mis palabras guarras, pero ellas también conseguían que te humedecieras más.
> Todavía te huelo en mis dedos, White.

Deslicé el dedo entre mis pliegues al hacer a un lado el *short* y las bragas, ansiando que fuera el suyo transportándome a ese estudio, admirando su reflejo en el espejo, mirando también mis mejillas sonrojadas y la boca entreabierta porque no quería gemir, y que él confirmara cuánto lo deseaba.

> **Elijah**
> Eras más mía que tuya. Sin importar cuánto lo negaras y cómo yo lo ignorara. Por eso no hubo vuelta atrás luego de que me besaras por primera vez en el gimnasio y de allí te llevara a mi apartamento, a mi cama. A tomar de ti lo que me pertenecía.

Entendí su objetivo, me estaba haciendo recordar nuestros momentos con él como LuzBel y luego como Sombra, para que quedara claro que siempre respondí y me enloquecí por la misma persona. Y, aunque no lo viera, se lo confirmé mientras rodaba mis caderas contra mi mano.

> **Elijah**
> Te encantaron mis perlas desde la primera vez, ¿cierto? Porque yo recuerdo cómo gritabas con locura cuando rozaban tu perineo mientras te empotraba por la espalda.

No le respondí porque ya él sabía que todo lo que decía era así. Cada cosa que me escribió fue porque comprobó cuánto me encantó. Y mi entrada ardió y dolió, caliente y dulce por la necesidad de volver a sentir sus perlas.

La humedad de mi coño mojó mis muslos, el sudor recubría mi frente y de nuevo, como tantas veces entre sus brazos, me volví salvaje. La avalancha de necesidad me inundó y la protuberancia a la que le daba fricción con mis dedos se volvió más dura.

> **Elijah**
> Incluso en los lugares indebidos, Bella, odiándome como me odiaste por hacerte sentir placer, en medio de cuerpos inertes y sangre por doquier, te acoplaste a mí. ¿Lo recuerdas?
> Tu locura se niveló a la mía mientras recibías mis embistes, arqueando la espalda, echando la cabeza hacia atrás, recibiendo mi polla en tu interior como los enfermos que fuimos, sin importarte que te embarrara la piel con la sangre de nuestras víctimas.
> Porque fueron nuestras.

—No. Puede. Ser —parafraseé con la voz entrecortada y la respiración errática al excitarme más con la imagen que puso en mi cabeza.

Tragué saliva e intenté dejar de tocarme.

> **Elijah**
> He tenido las dos versiones de ti: paraíso e infierno, porque ambas me han pertenecido.
> Hice mía a la curiosa, inocente e inexperta Castaña de ojos miel. Y luego a la reina Sigilosa, a la letal e hija de puta. A la implacable Isabella White.

Volví a soltar otra lágrima y puse mi mano en puño, necesitando mi liberación, pero negándome a darle la satisfacción de adueñarse de mi orgasmo sin siquiera tocarme. Golpeé la cama porque su declaración me hizo ser consciente de que incluso con todo eso, sabiendo que yo fui suya como LuzBel y luego como Sombra, me dañó.

Y ni la necesidad o la atracción física cambiarían eso.

> **Elijah**
> Por eso, cuando recuerdo que, incluso siendo más mía que tuya, fuiste capaz de entregarle a ese malnacido lo que me pertenece, quiero buscarlo para terminar lo que nunca he podido.
> Quiero cortarle las manos.
> No me importa que ahora mismo tenga una puta barra de acero levantando mi pantalón.

Sollocé y apreté los ojos cuando las lágrimas comenzaron a correrme como cascadas, porque eso no lo preví. No predije que, después de encenderme como el fuego, me apagaría con su hielo.

> **Elijah**
> Una vez más: me matas, White.

CAPÍTULO 33

Te quemó

ELIJAH

Lancé el móvil lejos de mí, furioso, con el orgullo herido, maldiciendo una y mil veces porque lo que comenzó como una conversación normal por mensajes de texto, que luego se volvió caliente porque, por mucho que quisiera odiar a esa mujer, la deseaba, terminó siendo una mierda.

Joder.

Detestaba con todo mi ser que ahora mis recuerdos con ella fueran manchados con la imagen de Elliot tomando mi lugar. Maldecía que él me usurpara en momentos que solo me pertenecían a mí y a ella.

—Debí matarte, hijo de puta —gruñí, yéndome hacia el cuarto de baño, para tomar una ducha con agua fría.

No era mentira cuando dije que tenía una jodida barra de acero en mi pantalón, pero esa vez me la bajaría con el agua de la ducha antes de correrme pensando en ella. No me arriesgaría a que de nuevo la imagen de Elliot tocándola se colara en mi cabeza para burlarse de mí.

Tendría una reunión con Perseo y Bartholome a las seis de la tarde, pero todavía faltaban dos horas para eso. Y, mientras llegaba el momento, tuve la brillante idea de torturarme con todo lo que había descubierto en esas dos semanas, viendo de nuevo aquel vídeo que me dio madre, de Isabella embarazada.

Cuando salí de la ducha y llegué al tocador del lavabo para tomar los relicarios, miré de nuevo la imagen de los clones, como madre me dijo que les llamaban, porque había dejado abierto el de Isabella. Contemplé sus rostros inocentes, esos que me habían hecho sentir más miserable por todas las cosas que hice en mi tiempo con los Vigilantes.

—No merecías que el karma te tocara a ti para darnos una lección, pequeño —murmuré al concentrarme en Daemon.

Cada vez que recordaba el día que mis padres me confesaron que lo diagnosticaron con bipolaridad, volvía a sentir la necesidad de despedazar todo a mi alrededor, porque no era justo que esa pequeña cosa hubiera heredado la maldición de Amelia. Era una mierda que, hasta con eso, esa mujer haya conseguido darnos una cruel estocada.

Porque, si bien la bipolaridad podía ser una condición que se desarrollaba al azar, era más fácil que lo hiciera en personas donde ya hubiera un historial clínico de la enfermedad, por eso estábamos seguros de que mi hijo lo heredó de Amelia.

—¿Por qué, si lo sabías, me lo ocultaste? —le pregunté a Fabio cuando tomó mi llamada.

Mis padres me dijeron que él era uno de los médicos de cabecera de mi hijo, y que no habían descubierto su condición desde hace mucho. Sucedió luego de que recibí aquella bala por Isabella, por eso ella se ausentó por mucho tiempo, porque voló a Italia para estar pendiente de lo que sucedía con Daemon.

También añadieron que Elliot había estado con ella en esa ocasión, mis padres por supuesto estaban agradecidos de que él los apoyara de esa manera, yo en cambio lo odié más porque hasta en eso me usurpó.

—Te lo dije antes, LuzBel: todo lo que sé es de manera profesional. Y mi ética no me permite divulgar los secretos de mis pacientes.

—Ahora sí puedes, porque sabes que son mis hijos y necesito saber qué está pasando con ellos —demandé desesperado.

Mis padres sabían muy poco luego de que Isabella regresara a Italia para protegerlos, y yo no le pregunté nada sobre ellos porque ese día fue la primera vez que le escribí, tanteando la situación, queriendo medir si podríamos mantener una conversación sin pelear. No obstante, verla tan atractiva estando embarazada hizo que comenzara un juego, en el que ambos terminamos perdiendo al final.

—*He visto su evolución, aunque, como hemos descubierto su condición hace muy poco, todavía tenemos que luchar con sus constantes cambios. Sin embargo, todo el equipo médico que trabajamos con él hemos notado que Aiden es un apoyo primordial para D.*

—Son almas gemelas después de todo —señalé con una sonrisa amarga.

—*Y vaya que lo son* —coincidió—. *Por esa razón tomamos a bien tratar psicológicamente a Aiden, debido a que el estado de uno afecta al otro. Y de esa manera, también lo instruimos para que sepa cómo auxiliar a D, si alguna vez se presenta la necesidad con alguno de sus episodios.*

—Me cago en la puta, Fabio —me quejé al pensar en los altibajos de Amelia.

Reviví su agonía cuando no sabía cómo sobrellevar ese dolor en su pecho, que no era físico. Sus momentos de manía, esos que la hacían sentir poderosa, pero que luego la enviaban directo a la depresión, su estado más patético como ella misma solía llamarle.

—Mi hijo no merecía esto —espeté. Viví esa enfermedad de primera mano con Amelia, vi en sus ojos cuando se rendía y no quería seguir más. Y me negaba a que Daemon también tuviera que pasar por todo eso—. ¿Dime, por favor, que su condición es más leve, que no pasará por lo mismo que Amelia?

Lo escuché exhalar, y me preparé para lo que diría.

—*Tiene tendencia a ser maniaco depresivo, LuzBel.*

Puta madre. Mi corazón estaba acelerado para ese momento.

Me había vestido únicamente con mi bóxer y unos vaqueros, y busqué sentarme en el borde de la cama al escuchar a Fabio, porque estaba siendo demasiado para procesar.

—*Estamos haciendo todo lo que sea posible para que él enfrente el trastorno de personalidad con la mayor naturalidad que sea posible. Y que haya presentado los síntomas siendo un niño aún puede ser una ventaja y no solo una condena a mayor tiempo con esta maldición, LuzBel. Pero no voy a mentirte, no será fácil, y habrá días en los que se pondrá peor, sin embargo, Isabella está moviendo el mundo para que su pequeño no sufra lo inevitable.*

Noté la pizca de tristeza en su voz, e imaginé que fue porque él sabía, por experiencia propia, que hiciera lo que hiciera la Castaña, la manía y la depresión llegarían como unas putas a joder a un ser inocente que no merecía ser condenado así.

Apoyé los codos en mis rodillas y me sostuve la cabeza con ambas manos, poniendo la llamada en altavoz, sintiéndome más derrotado que cuando me encontré en un callejón sin salida, al saber que las chicas tenían un dispositivo en la cabeza y dependía de mí que no las jodieran, pues esta vez no estaba en mis manos evitar que a mi hijo lo jodieran sus propios demonios.

«*También tengo un dispositivo con el que me controlan, LuzBel, pero el mío viene de fábrica. Un regalo de la jodida vida*».

Tragué fuerte y duro cuando las palabras de Amelia me encontraron de nuevo. Odiándome porque, en mi furia por lo que me hacía, llegué a desearle lo peor con su enfermedad. Y la vida me lo estaba cobrando como una jodida perra vengativa.

—¿Puedo saber por qué trabajas tan de cerca con ellos?

Mi pregunta no fue estúpida, él era neurólogo, y uno muy bueno, pero tenía conocimiento de que quienes trabajaban más de cerca con personas que padecían condiciones mentales eran los psiquiatras, psicólogos o psicoanalistas.

—*El postdoctorado que cursé fue en neuropsicología* —explicó—. *Irónico, ¿no?*

—¿Qué?

—*Que me apasione tanto la mente, el cerebro humano, pero que no pueda entender mi propia cabeza.*

Estaba odiando al hijo de puta por sus intenciones con Isabella, pero…, joder. En ese momento sentí tanta empatía por Fabio que no me atreví siquiera a reírme, como escuché que lo hizo él.

—¿Cómo son? Y no hablo de nada físico —pregunté, sintiéndome patético al recurrir a una tercera persona para conocer más de mis hijos.

—*Daemon es como tú: reservado y muchas veces indescifrable. Los psicólogos han pasado bastante trabajo con él por eso, razón que me llevó a pedirle a Dominik que tomara el reto.*

—No me jodas —satiricé.

Me había enterado que Amelia hizo lo suyo con Dominik, lo desapareció una semana, pero luego el imbécil volvió a casa, sano al parecer, a excepción de unos moratones en el rostro. Y, cuando le llamé para preguntarle qué había sucedido, me respondió que ella ya no era mi asunto y que la dejara en paz. Le dejé claro que lo único que me importaba de la chica es que ya no me siguiera jodiendo, y me sobresaltó que él me diera su palabra de que no sucedería de nuevo.

—*Aiden en cambio tiene la curiosidad de su madre, es muy listo y, si sabes cómo llegarle, habla hasta por los oídos* —prosiguió Fabio, y sonreí al recordar al pequeño adueñándose de mi oso, y cómo consiguió el otro para su hermano—. *Y te sentirías orgulloso al ver cómo ambos la protegen. En eso los dos salieron a ti.*

—Vaya, ojalá te aparten de ella entonces —saticé, y el hijo de puta soltó una carcajada—. Lo digo en serio, cabrón.

—*Siguiendo con el tema de Dominik, Isabella no sabe que él cubrió el cargo de psicólogo de tus hijos porque sucedió cuando ella estaba en Richmond* —fue inteligente de su parte regresarme al hilo de la conversación que manteníamos—, *pero se enterará pronto, ya que la siguiente cita se acerca y es obvio que los acompañará.*

Una idea suicida llegó a mi cabeza en ese momento. Isabella no quería que yo viera a mis hijos, pero me había hartado de ser solo espectador, así que haría lo que estuviera en mis manos para verlos por mi cuenta.

—¿Me ayudarías a poder verlos? —pregunté.

—*Lo haría, pero Isabella está con ellos ahora, LuzBel. Así que me pides imposibles. Te aconsejo que mejor vuelvas a buscarla, a lo mejor está más calmada y llegan a un acuerdo.*

Me reí sin gracia al recordar lo que había pasado horas atrás. Obviamente no me dejaría acercarme ni a diez metros de ellos.

—Créeme, no es buen momento para ir por ese camino —repliqué.

—*No te prometo nada, pero trataré de hablar con ella y convencerla para que te deje verlos.*

—¿Por qué te escucharía? —urdí en tono duro, pues habló en ese momento como si ellos fueran más cercanos de lo que yo vi.

—*Ella y los niños me acompañarán unos días en mi casa de playa, LuzBel.* —Tomé el móvil en ese momento y lo apreté entre mi mano, deseando que fuera su cabeza.

—Estás pisando terrenos peligrosos y lo sabes, Fabio —gruñí entre dientes, sintiendo la respiración acelerada.

—*Tienes mi palabra de que no intentaré nada, a menos que ella también lo quiera.*

—Eres un hijo de puta —largué.

Y luego tiré el móvil en el suelo con la misma furia que lo quería estrellar a él contra una superficie dura, hasta explotarle las jodidas neuronas.

—*Ha pasado tanto tiempo. Creí que ya me había resignado, ¿sabes? Que al fin estaba aceptando que no podrías coger más mis llamadas, pero mi corazón sigue reacio a dejar de latir por ti, aunque mi cerebro me grita que es momento de que te deje descansar como me lo recomendó Dylan. Cumpliste tu promesa, Elijah, y mejor de lo que esperabas. Ya que no solo te tatuaste en mi piel, sino también en mi alma, y no ha sido fácil seguir sin ti.*

—*Daría todo por volver a verte, mataría por un beso tuyo, por una caricia, o por una de tus miradas, aunque fuera fría. Pero, a pesar de que me niegue a dejarte ir, sé que no es posible y solo tengo que conformarme con amarte y extrañarte cada día más. Sin embargo, Dylan tiene razón, tengo que dejarte ir, y creo que por eso el destino me trajo aquí, para que viviera nuestros recuerdos una vez más y te llamara por última vez. Nunca olvides que, aunque no estés aquí conmigo, yo sigo quemándome a mitad del camino.*

Perdí la cuenta de las veces que había escuchado ese correo de voz que encontré en mi móvil, era el que usé antes de que la mierda nos hundiera. Lo había guardado porque en él tenía mis últimas conversaciones con Elsa y no me arriesgaría a perderlas, así que opté por usar otro, con el mismo número, que fue el que se perdió cuando fuimos emboscados por Derek y su gente.

Había encontrado el antiguo cuando llegué del hospital después de mi cirugía. Y, en cuanto lo encendí y se desplegaron las notificaciones de los correos de voz, me sorprendí porque no creí encontrarme con nada, aunque no llegué a ese que volví a escuchar en ese instante, hasta una semana después de mi último contacto con Isabella y mi llamada con Fabio.

—¡Jesucristo! ¿Qué te ha sucedido? —exclamó Serena al entrar en mi estudio de tatuajes. Algunos implementos estaban destrozados. Evan me había explicado que fue obra de Isabella, en su arranque de furia al enterarse de que era yo detrás de la máscara de Sombra—. Parece que viste algo que te ha dejado pálido.

Miré a la chica y respiré hondo.

—No lo vi, lo escuché —admití.

En ese correo, Isabella se había despedido de mí de verdad, me dejó ir, o a mi recuerdo, justo antes de entregarse a Sombra en aquella cabaña. Por primera vez sentí lo que ella aseguró antes: me creyó muerto, por eso se acostó con alguien a quien ella creía otro.

«Por la misma razón se entregó a Elliot».

—¿Quieres hablar de eso? —Serena me sacó de mis pensamientos, y negué con la cabeza.

Ella había llegado al cuartel de Grigori cuando yo todavía estaba recuperándome de la anestesia, por lo que no vi en qué estado la entregó el infeliz de Isamu, aunque Lilith me aseguró que, a pesar de que se mostró furiosa y con el ego herido, físicamente lucía sana.

¿Mentalmente? No podía asegurarlo.

Sin embargo, cuando tuvimos la oportunidad de vernos, me aseguró que estaba bien y que evitáramos tocar el tema, porque hablar de sus días con el asiático no era algo que la hiciera sentirse orgullosa. Zanjó el tema con esas palabras y luego se dedicó a ponerse al día, aunque la había descubierto en algunas discusiones con Lewis porque, al parecer, él sí quería saber lo que había pasado entre ella e Isamu.

—No. Mejor dime si ya has decidido hacer el juramento, o si prefieres retirarte.
—Cambié a ese tema porque me importaba y era menos dañino.

Me había reunido con ellos cuando Owen salió del hospital, y se sintió tan bien como para querer integrarse al grupo. Invité a mi élite en Grigori también en esa ocasión, porque estuve deliberando con padre el destino de mi equipo cuando fui Sombra. Y, al llegar a un acuerdo que favoreciera a ambos grupos y sobre todo a mí, se los comuniqué.

Padre les ofrecía la oportunidad de hacer un juramento de lealtad y honor, pero para mí y para él, ya que Perseo y Bartholome no estaban de acuerdo con integrarlos a las filas de Grigori debido a que eran Vigilantes, y no porque los obligaron a serlo, sino porque querían, a excepción de Darius.

A él le tenían cierta consideración por haber sido hijo de Leah Miller, y porque estaba claro que nunca quiso pertenecer al lado oscuro de nuestro mundo.

Se los expliqué a todos y lo entendieron, no obstante, les di la oportunidad de que lo pensaran bien y, si no querían, pues retirarse era una opción con la que contaban, con la promesa de que Grigori jamás se iría en contra de ellos, ya que después de todo me ayudaron a mí en lo que les fue posible.

Y el día anterior, Gabriel, Miguel y Rafael me habían comunicado que optarían por retirarse, pues huir de ese mundo era algo que ya deseaban, aunque no podían hacerlo porque de los Vigilantes solo se retiraba al morir. Y, ya que nosotros les brindaríamos la oportunidad, iban a aprovecharla, algo que por supuesto era totalmente aceptable.

Mi padre incluso les ofreció sacarlos del país para que no vivieran con miedo, y los tres tomaron, con gusto y agradecimiento, el ofrecimiento.

—Retirarse suena bien, pero no veo una vida sin esta adrenalina que dan las organizaciones —admitió Serena—. Y, con lo suicida que eres, voy a tener mucho de eso. Además, Darius se quedará, y aprovechará los privilegios que le dan por ser el hijo de Leah y el hermano de una líder, y ya sabes que ese tonto sin mí pierde el rumbo —bromeó, y solté una carcajada.

Al hacer el juramento, yo me quedaría con lo mejor de los mundos en los que me moví, uno por deseo y el otro por obligación, y trabajaría con las élites por individual, ya que, después de analizarlo bien con padre, él me sugirió no despedirme de Sombra porque había misiones en las que me convenía más usar la máscara. Sin embargo, eso no significaba que los equipos no trabajarían juntos, lo harían cuando fuera necesario.

—LuzBel, tu padre pide que hagas acto de presencia de una buena vez. Makris y Kontos han llegado junto a Gibson —avisó Cameron, y asentí.

Esa era la segunda vez que me reuniría con esos tres hombres de nuevo.

—Marcus también hará el juramento, así que solo esperaré por la decisión de los mellizos y la de Belial y Lilith —le comenté a Serena al ponerme de pie y encaminarme a la salida—. Te veo después.

—Así será, Sombra —se despidió—. Y por cierto, iremos a uno de tus clubes el viernes, deberías unirte. Hanna irá.

—Veré si puedo, si no, diviértanse por mí —recomendé, y rodó los ojos.

Serena y Hanna ya se habían conocido, pues la rubia no se separó de Owen desde que supo que estaba en el hospital. Y por lo visto, ellas se llevaban bien, o eso escuché, ya que no me había reunido con ellos en plan de pasar el rato, todas las veces que estuvimos juntos fue en el cuartel, y Hanna no tenía nada que hacer ahí.

Aunque a la rubia sí la había visto por mi cuenta, a veces en casa de mis padres, pues la amistad entre ella y madre fue creciendo, y de vez en cuando la invitaba a comer, incluso Eleanor la había llevado a los clubes de beneficencia a los que pertenecía, ya que Hanna resultó ser afín a esos lugares. Sin embargo, en ninguno de nuestros encuentros hubo acercamientos que le dieran a entender algo equivocado.

—No luces feliz de vernos, muchacho —señaló Gibson cuando entré a la sala de juntas donde me esperaban, y los saludé.

Dio golpecitos en mi hombro como saludo, y le di un amago de sonrisa.

—Es porque ustedes no tienen tetas ni buen trasero —bromeé, y todos rieron, a excepción del tipo por el cual Gibson señaló mi infelicidad—. Nadie me avisó que vendrías. —Traté de que mi voz no sonara dura cuando me dirigí a él.

Isamu.

—No lo sabíamos —explicó padre.

—Gibson le llamó a Isabella hace unos días para recordarle de esta reunión y, entre los tres líderes de La Orden, decidieron enviarme a mí como su vocero —explicó para todos.

De eso se trataba la junta, pronto se haría oficial que Grigori pasaría a formar parte de las filas del gobierno y, después del desempeño de La Orden del Silencio, varios gobiernos querían a la organización japonesa como aliada, pero Estados Unidos tenía una ventaja y querían aprovecharla.

—Espero que vengas con buenas noticias, hombre —deseó Bartholome, e Isamu se limitó a darle una sonrisa seca.

Padre inició la reunión cuando Dylan se nos unió también, pues como Grigori seguía siendo el representante de su hermana, así que los siete nos concentramos en hablar, deliberar y aclarar todo con respecto a lo que implicaba dejar de ser una organización que comenzó como privada, para convertirse en gubernamental, que fue algo con lo que Enoc soñó desde el día en que fundó una de las élites más poderosas, incluso a nivel mundial.

Y sonreí con un puto orgullo que no me cabía en el pecho, cuando Gibson dejó claro que, aunque Grigori se llevaría el mérito total como organización, fueron los herederos de los fundadores quienes por fin consiguieron que el presidente se diera cuenta del papel fundamental que siempre jugamos en el país.

Los logros más importantes y los golpes más fuertes que el crimen organizado recibió nunca llegaron por parte de la fuerza armada, naval o aérea, Grigori siempre estuvo detrás limpiándoles el camino, o el culo, cuando ellos la cagaban.

—Las ironías de la vida, ¿no? —señaló Perseo, y todos lo miramos—. Después de que Sombra fue un grano en el culo para nosotros, ahora es nuestra mejor pieza.

Bufé una risa por el señalamiento. Ya sabían todo con respecto a mí y mis años como Sombra, también por qué me vi obligado a serlo. Sin embargo, ahora que era libre, junto a Darius trabajamos durante días para poder resarcir el daño que provocamos, entregándoles información sobre los socios de los Vigilantes, los aliados y los lugares claves donde operaban; lo que desencadenó una ola de arrestos y confiscaciones de propiedades, cuentas bancarias, dinero en efectivo y drogas.

Pero sobre todo nos concentramos en las bandas de secuestradores.

—Has sido el villano de la historia, visto desde otra perspectiva —comentó Dylan.

—Puede ser, pero ahora volvamos al punto —los animé.

—Isamu, ¿qué ha decidido La Orden? —le preguntó padre.

—Para aceptar, tienen condiciones —aclaró.

—Eso ya lo suponía, así que adelante. Dinos cuáles son para hacérselas llegar al presidente —habló Gibson.

—La más importante es que no cederán a un trato exclusivo. Eso no es negociable —dejó en claro el asiático, utilizando un tono que indicó que a él tampoco debían intentar convencerlo de lo contrario—. Y operarán en el anonimato como ha venido siendo.

Todos escuchamos atentos las condiciones y estuvimos de acuerdo con que La Orden aceptaría por hacerle un favor al gobierno, e Isamu no lo negó cuando

Gibson se lo dijo en son de broma. Incluso tuvo la osadía de aclararle que no eran los Sigilosos quienes necesitaban al gobierno, sino al contrario.

En ese momento recordé por qué odiaba y respetaba al hijo de puta en partes iguales.

—La Orden del Silencio se rige por la enseñanza de nuestros antepasados, por eso nuestro mayor honor reside en la palabra. Así que, si Estados Unidos acepta un trato como el que nosotros proponemos, hacemos la promesa de que nos convertiremos en sus mejores aliados —finalizó Isamu, y a mí no me quedaron dudas de que lo que dijo ya estaba hecho en realidad.

—He trabajado de la mano con aliados japoneses, así que no dudo de tu palabra —aseguró Gibson.

—Y no dejes de lado que una de sus líderes es también líder de Grigori, así que obvio que serán nuestros mejores aliados —acotó Dylan con orgullo.

Cuando la reunión llegó a su final horas más tarde, luego de tocar otros temas ajenos a la unión de Grigoris y Sigilosos con el gobierno, pero que tenían que ver con los Vigilantes, Isamu avisó que no se marcharía hasta la siguiente semana, para esperar a que Gibson le diera una respuesta, pues estaba autorizado para firmar el trato en nombre de La Orden.

—Vaya descaro el que tienes para venir como si nada —señalé cuando salimos de la sala de juntas, él, Dylan y yo, y comenzamos a caminar hacia la salida del cuartel.

Dylan se estaba quedando en casa de mis padres, ellos le ofrecieron una habitación allí cuando notaron que no lo separarían de Tess, quien estaba teniendo muy buenos avances y ya comenzaba a tener movilidad en el lado izquierdo de su cuerpo. Y, como tenía rehabilitación a diario, él siempre la acompañaba, así que le urgía irse para no perderse la de ese día.

—Podría señalar lo mismo de ti, por todas las veces que actuaste como si nada con Isabella, pero tienes suerte de que no me meto en lo que no me importa —se defendió él, y Dylan alzó una ceja y apretó los labios para no reírse.

—No vayas a pedir que escoja un lado, porque definitivamente me pondré en el de él, si defiende así a mi hermana —advirtió cuando lo miré con los ojos entrecerrados.

—¡Sombra! Antes de que… —Serena se quedó en silencio, y perdió todo el color cuando se dio cuenta de la presencia de Isamu a mi lado. Me alerté por su reacción, aunque en minutos carraspeó y alzó la barbilla con altanería, ignorándolo. Él no logró contener a tiempo una sonrisa de medio lado que se esfumó igual que como llegó—. Darius necesita hablar contigo, te espera en la sala de vigilancia.

Acto seguido, caminó hacia nosotros para ir en dirección a la sala. Al pasar al lado de Isamu, lo golpeó en el hombro con el suyo, y siguió adelante como si simplemente hubiera chocado con algo sin importancia, aunque la tensión en su cuerpo la delató.

Ese encuentro imprevisto le afectó demasiado.

—Diablos, hasta a mí me dio calor —comentó Dylan.

Isamu se mantuvo mirando al frente todo el tiempo, como reviviendo algo. Y se mordió el interior de las mejillas para no reír, pero, cuando notó que no iba a conseguirlo, apretó los labios.

—Hijo de puta, disimula un poco la satisfacción —desdeñé.

—Vaya descaro el que tienes al pedirme algo que sabes cómo se siente y que no se puede esconder —devolvió.

—Con razón no se toleran, si los dos son unos cabronazos —opinó Dylan, y luego siguió su camino.

Tras eso me devolví por el lugar que antes se marchó Serena, y al entrar a la sala de vigilancia encontré a todo mi equipo, aparte de Darius, Evan y Connor, estos dos últimos como los únicos representantes de mi élite en Grigori.

—¿Qué demonios está pasando? —indagué al ver a Serena y a Lilith llorando, abrazadas a Owen que las acompañaba con las lágrimas.

—¿Crees en los milagros? —me preguntó Marcus.

—Sabes que no, solo en los hechos —reiteré.

—Pues disfruta este, hombre —me animó Belial, quien estaba a su lado.

Di un paso más dentro de la sala y vi a Evan y Connor tecleando como locos en sus laptops. Lewis les ayudaba con algunos monitores, acomodando quién sabía qué. Y Darius estaba frente a una pantalla que parecía ser la principal, riendo y limpiándose disimuladamente sus lágrimas.

—¡*Somba*!

Me congelé en mi lugar y vi cómo en todas las pantallas comenzó a aparecer el rostro sonriente de Dasher.

—¿Qué demo…? —No terminé la palabra, no pude.

—¡*Tío Oven*!

Owen rio acongojado al escuchar al pequeño llamándolo, luego lo hizo cada uno de los miembros de mi equipo porque Dasher gritó sus nombres, reconociéndolos, mostrándose feliz de volver a verlos. Jarrel sonreía al ver a su hijo así, y cada vez que tenía la oportunidad lo besaba en la cabeza.

El niño era una fotocopia de él.

—Lo conseguiste —murmuré para Darius.

—Lo hice, hermano —aseguró, y su labio tembló cuando no soportó más contener las lágrimas.

Serena corrió hacia él para abrazarlo, aprovechando que Lilith hablaba con Dash en ese momento, haciéndole preguntas triviales al pequeño para que no se aburriera de vernos. Darius no se rindió, día y noche buscó a ese pequeño, y luego a su padre, por cielo mar y tierra, pues quería confirmar por su cuenta que estaban bien, que Amelia cumplió con su palabra.

Y ahí estaban, detrás de una pantalla, pero luciendo una felicidad que la traspasó y nos embargó.

—*Gracias a todos por haber cuidado de mi hijo, y de mi esposa, en su momento* —ofreció el hombre en tono agridulce—. *No me alcanzará la vida para pagarles lo que hicieron para que no dañaran a mi pequeño. A ti y a ti sobre todos.* —Nos señaló a Darius y a mí.

—A mí no tienes que agradecerme, yo solo hice lo que tu hijo se merecía y yo le debía —zanjé.

—*Aun así, gracias, Sombra. Cuando seas padre, entenderás por qué ahora soy capaz de ofrecerte mi vida en pago* —insistió, y me tensé.

Lo hice porque a penas me había dado cuenta de que lo era y ni siquiera me permitían ver a mis hijos, pero no dudaba en que, si alguien hubiera hecho por

157

ellos lo mismo que Darius y yo hicimos por Dasher, aun porque se lo debíamos, también le ofrecería mi vida como pago.

—*Y créanme que quisiera que nos reuniéramos en persona, pero no estoy dispuesto a arriesgarlo hasta estar seguro de que no corre más peligro* —añadió, y asentí en comprensión.

—Hazle galletas con chispitas de colores —recomendó Owen con la voz entrecortada—, y mira junto a él la película de los bichos, ama la escena de cuando el gusano se convierte en mariposa.

Las risas que resonaron en la sala fueron acongojadas. Y Lilith abrazó con más fuerza a Owen, tratándolo como el oso que estaba demostrando ser. Éramos pocos los que nos manteníamos enteros, o escondíamos en realidad lo que estábamos sintiendo.

Y tras unos minutos, salimos de la sala, dejando solo a Darius despidiéndose de Dasher y su padre, ya que al final era quien más merecía un tiempo a solas con el pequeño. Yo opté por encerrarme de nuevo en mi estudio de tatuajes y me dediqué a diseñar, recordando lo mucho que me relajaba eso, lo bien que se sentía olvidar por un rato los celos, la ira, la decepción, el miedo, la tristeza y el sabor agridulce de la felicidad, al saber a salvo a un pequeño por el cual acepté hacer atrocidades.

—¿Estás seguro de esto? —me preguntó Belial, y me limité a mirarlo.

Estaba seguro, pero que él me lo preguntara de esa manera me hacía pensar que a lo mejor no era lo correcto. Aun así, le di llamar al número que ya tenía marcado y esperé a que me respondieran. Belial maldijo porque con eso obtuvo su respuesta.

—*No reconozco el número, pero, si tienes el mío, es porque me conoces y debo considerarte alguien a quien tolero.* —Sonreí de lado al escuchar la respuesta de Andru, cuando respondió luego de tres tonos.

—De hecho, me temo que era tu Vigilante favorito —satiricé.

—*¡¿Sombra?! ¡No lo puedo creer!* —exclamó. Escuchaba mi voz robotizada, por eso me identificó de inmediato.

—*Joder, chico. Parece que nos has extrañado* —se unió Aris, y supuse que Andru me puso en altavoz.

—Para nada, simplemente soy un hombre al que no le gusta deber favores, así que les llamé para pagar los que me hicieron. —Los escuché reír, pero cautelosos esa vez.

Por eso Belial se había mostrado inseguro de lo que haría, ya que, si me escuchaba alguien de Grigori, tomaría mi acto como traición. Sin embargo, yo lo veía como asegurar alianzas con el bajo mundo, de las cuales podría beneficiarme en el futuro. Además, esos griegos se lucraban con los secretos de personas asquerosas de la clase alta, políticos, gente del medio del entretenimiento, inversionistas y otros más. Y lo más importante, no dañaban a niños, la razón que me llevó a devolverles los favores dándoles el aviso de que el gobierno de Estados Unidos pensaba colaborar con los de otros países, para deshacerse de los Vigilantes que quedaban a nivel mundial.

Y todavía no sabían nada de ellos, lo que les daba la oportunidad de blindarse de alguna manera para que no se vieran implicados.

—*Nos llegó la información de que eras el hijo de Pride en realidad, pero no lo creímos porque Lucius supo mantener ese secreto y, David y fantasma desaparecieron del mapa para confirmarlo* —comentó Aris.

—*Y confirmarlo por tu boca no era algo que esperábamos. Y menos que, siendo quién eres, nos des esta información con la que nos pagas los favores, y de paso te deberemos unos cuantos* —acotó Andru.

—Prefiero que me deban a deber. Aunque espero no tener que cobrárselos —aclaré, sin afirmarles con palabras quién era yo en realidad.

—*Sabes jugar, Sombra* —señaló Aris con cierto orgullo, llamándome así, aunque ya supieran mi identidad—. *Buena movida* —añadió, entendiendo que no les di información por buena gente y mucho menos solté nada que me comprometiera a mí directamente.

Sonreí y corté la llamada tras eso, satisfecho por lo que conseguí, consciente de que ellos no me delatarían y, si intentaban hacerlo, podía desmentirme porque una voz robotizada podría usarla cualquiera, fingiendo que eran yo.

—Ahora entiendo por qué Cameron asegura que la única diferencia entre Sombra y LuzBel es el lado en el que juegan —razonó Belial, y solté una carcajada.

Él y Lilith iban a quedarse conmigo, harían el juramento en una semana junto a Serena, los mellizos y Marcus.

Después de hacer esa llamada, y que él me dijera que por la noche irían a Grig junto a los demás, me fui para el salón de entrenamientos del cuartel. Quería distraerme un poco porque estaba a punto de volverme loco, pues le había estado escribiendo a Isabella, esa vez haciéndole preguntas sobre mis hijos, y no me respondió ningún mensaje.

Lo único que sabía era lo poco que mis padres se seguían enterando sobre ellos, y el malnacido de Fabio no volvió a responder mis llamadas tras mis amenazas sobre matarlo.

Por lo que solo me quedó como opción Dominik, quien únicamente pudo hablarme sobre lo que llevaba del caso de Daemon antes de que la Castaña regresara a Italia, ya que ni siquiera Isamu se dignó a responderme algo sobre ellos cuando lo abordé.

Serena había insistido que hablara con ella sobre lo que me pasaba, porque me veía muy ansioso, pero no podía explicarle la razón de mi desesperación, ya que eran muy pocos los que sabían sobre los niños. Y ninguno de la élite Pride, ni mi hermana, ni Jane, y mucho menos Dylan, estaban incluidos en esa lista tan corta.

Y quien sí me sorprendió que los supiera fue Laurel Stone, mi mejor amiga, la mujer por la que la Castaña me hizo un pequeño espectáculo, pues le hice creer que estuve en un trío con ella.

Madre me explicó que recurrieron a la pelinegra para hacerle saber a Isabella de que estaba embarazada, porque estaban cansados de intentar sacarla del estado en el que cayó al perderme. Baek Cho se mostró reacio a confiarle ese secreto, pero mis padres conocían a Laurel y siempre me escucharon decir que era la única mujer en la cual confiaba, por eso le pidieron al maestro que él también lo hiciera, aprovechando que mi amiga se empecinó en entregar ella misma los regalos que yo dejé para White.

Y hasta ese preciso instante la pelinegra no había dicho nada sobre mis hijos, confirmándoles a todos por qué yo confiaba en ella. Y también Isabella, ya que, cuando le llamé a Laurel luego de saber todo eso (y que la chica superara el *shock* se saberme vivo y comprobar que no era una llamada del más allá, como me confesó que creyó), me comentó que la Castaña le había presentado a los gemelos por medio de la foto en su relicario.

Y quedamos de vernos para charlar más a fondo de todo, pero le pedí un poco de tiempo porque antes necesitaba resolver los asuntos más delicados con Grigori y mis dos élites.

—Vaya, nunca esperé verte por aquí —comenté tajante al llegar al salón de entrenamientos y encontrar a Jane practicando con un bokken.

Se tensó al escucharme y luego observarme, pero no huyó como antes.

—Ahora también soy parte de esta organización, aunque en el área administrativa.

Alcé levemente la ceja porque tampoco hablaba bajo, o con miedo.

Había escuchado a padre hablar sobre ella, él la estimaba porque fue su contacto con Cameron cuando este estuvo infiltrado con los Vigilantes, por eso la tomó como parte de Grigori sin que hiciera el juramento. Además, era buena con la contabilidad, así que deduje que a eso se refirió con área administrativa.

—¿Quieres enseñarme lo que sabes hacer con ese bokken? —la provoqué, solo por el gusto de comprobar si me seguía teniendo miedo.

Estaba claro que continuaba sin soportarme, ni siquiera haber tenido que meternos a una cama juntos, consiguió mermar lo que había pasado entre nosotros. Pero no la culpaba.

—No sé qué pretendes con esa propuesta, LuzBel, pero, lo que sea, no vas a conseguirlo —soltó.

No imaginó nada sexual, podía jurarlo, ya que nunca le mostré interés de esa manera, y ella no era de las mujeres que entendían las cosas que no eran.

—Connor no tiene por qué pagar mis errores, Jane —aclaré, y bebió agua de una botella que mantenía cerca, antes de responderme.

—Claro que no. Pagará los de él. —Quiso sonar fuerte, pero noté en sus ojos que ese era un tema que le dolía.

Y Connor estaba hecho mierda por eso, me lo dijo cuando hablamos días atrás, pues él no se había ido del cuartel durante días, buscó ocupar su mente resolviendo cosas, creando otras, todo con tal de no pensar en lo que pasaba con ella. Hasta que le puse un alto y lo obligué a descansar.

—¿Sabes por qué él y yo somos amigos? —cuestioné, y negó—. A su madre le diagnosticaron cáncer hace algunos años y su padre los había abandonado. Connor era un adolescente como yo en ese momento —comencé a narrar, y me miró con atención—. Había oportunidad de que su madre se salvara, pero el tratamiento era muy costoso. Entonces llegó a uno de nuestros clubes a pedir trabajo así fuese de limpiar, ya que era muy joven. No iban a dárselo porque era ilegal que un chico de su edad trabajara en un lugar como ese, así que comenzó a llorar desesperado.

Ella se llevó las manos hacia la boca sin poder creer lo que yo decía.

—Fui frío desde pequeño, pero ese día yo estaba en el club con padre por casualidad y, cuando lo vi llorando con tanta amargura y decepción, le pregunté qué le sucedía simplemente para valorar si valía la pena, o no, que fuera tan débil, según mi manera de pensar —aclaré al verla reaccionar mal por mi declaración—. Connor me lo contó todo, sin tener idea de quién era yo, y consiguió que pudiera ponerme en su lugar. Así que hablé con Myles y le dije que me hiciera un préstamo, explicándole para qué lo quería.

Yo reí, y ella comenzó a llorar. Padre se había quedado de piedra al verme reaccionar con empatía por alguien más que no fuera Tess, él o mamá, pues en ese momento ni los abuelos me importaban como para tomarlos en cuenta.

—Accedió de inmediato, Jane. Pagó todo el tratamiento de la madre de Connor y por supuesto que yo le reintegré ese dinero cuando comencé a ganar por mi cuenta, siendo parte de Grigori. Myles no necesitaba que se lo devolviera, así que lo doné a una fundación contra el cáncer. —No añadí nada de eso para jactarme, era parte de la historia y ya—. El día del enfrentamiento con Isabella, tu chico me apoyó no solo por amistad, sino porque él se siente en deuda conmigo. —Ella sollozó sin poder contenerse—. No lo castigues por eso, porque, aunque él asegure que me debe la vida, está hecho un imbécil por ti —agregué.

Noté que no iba a poder decirme nada por el llanto, por lo que me di la vuelta para marcharme.

—¿Por qué haces esto? —preguntó con su voz gangosa.

—Porque ya me aburrí de verlo aquí —mentí sin voltear a verla.

—Responde con la franqueza de la que te mofas —me chinchó, y eso me hizo reír.

—Porque estás loca por Connor y él por ti, así que no vale la pena que lo arruines —concedí—. Y porque no sé cómo pedirte disculpas por lo imbécil que fui contigo —finalicé, y me marché.

Tal vez Connor luego me enfrentaría por haber revelado su secreto, pero al menos estaría feliz de volver a ser el idiota de la Miedosa.

Por la noche decidí unirme a los chicos en Grig, Dylan terminó convenciéndome de ir, pidiéndome que me divirtiera por él, pues, aunque extrañara las noches de fiesta, prefería quedarse con Tess viendo una película.

Y me sorprendí cuando, al llegar al privado en el que me indicó Belial que estaban, me encontré a mis dos élites divirtiéndose juntos (a excepción de Dylan), incluso Hanna, Alice y Janne los acompañaban, y esta última parecía estar en mejores términos con Connor.

—Dios, me encanta que hayas venido —exclamó Hanna, medio hablando, medio gritando para que la escuchara por encima de la música.

Jane me regaló una sonrisa tímida al percatarse de mi presencia, y le respondí con un asentimiento. Connor a su lado me miraba serio y me encogí de hombros en respuesta, porque sabía a qué se debía que quisiera asesinarme, y negó con la cabeza para luego levantar su cerveza en señal de agradecimiento. Usaba una bota ortopédica, y en el cuartel los mellizos le jugaron un par de bromas, al decir que se la robó a Belial, porque este ya no la necesitaba.

—Chica, donde te le cuelgues más vas a terminar enseñando el culo —sermoneó Alice a Hanna cuando esta me sorprendió envolviendo los brazos en mi cuello.

Alice se veía más animada, y que estuviera ahí lo comprobaba. Habíamos hablado hace una semana, pero ambos evitamos el tema que teníamos en común y que tanto nos jodía la cabeza.

—No me regañes, porque estoy feliz de verlo.

—Y también un poco achispada —le dije yo luego de la respuesta que le dio a Alice.

Sonrió tímida, y se apartó de mí. No sentí malicia en su gesto, simplemente actuó feliz, movida por las copas que de seguro ya habían ingerido, o por lo que fuera.

Me acerqué a los demás para saludarlos, y cogí un botellín de cerveza que Lewis llevó para mí. Serena sacó a bailar a Evan y Alice a Owen. Y por un buen rato me divertí y relajé. La noche no era como en los viejos tiempos, porque nos faltaban personas importantes, pero se sentía bien compartir con mis dos élites sin temor a que debía esconderme, pues el peligro al fin había pasado.

—¡Oh, Dios! ¿Pero qué hace él aquí? —indagó Hanna a nadie en especial, y miré a donde ella lo hacía.

Me tensé al ver en el primer piso a Elliot acompañado por Isamu. Detestando tener que cruzármelo una vez más, ya que desde la cirugía de Isabella no se había aparecido por el cuartel, aunque sabía que seguía en la ciudad.

—¡Hey, no! Espera —suplicó Hanna al tomarme del brazo, cuando vio mi intención de bajar para sacarlo del club—. Por primera vez, creo que en mucho tiempo, todos la están pasando bien. No les arruines la noche, por favor.

—No me hace una puta gracia verlo aquí, pero Hanna tiene razón —se le unió Marcus, llegando a mi lado y observando a donde yo no podía dejar de ver.

El recuerdo de mis mensajes con la Castaña me encontró, incrementando mi odio porque Elliot tuvo la capacidad de joderme ese momento.

—¡Carajo! —Escuché a Serena exclamar, y vi que desde su lugar en el privado ella también se dio cuenta de la presencia de esos dos. O de Isamu para ser más específico.

Y este también pareció sentir su presencia, ya que la encontró con la mirada, la observó con frialdad y sonrió con satisfacción al notar desde la distancia que ella se puso nerviosa.

—¡Bien! Esta noche es nuestra, para divertirnos. Así que nada ni nadie la joderá —gritó Alice, y alzó su cóctel.

Supuse que ella también notó la presencia de Elliot y decidió ignorarlo.

—Ves, sigamos su ejemplo —me animó Hanna—. Que nada ni nadie nos amargue la noche.

Me alejó de donde estaba para que dejara de mirar hacia el primer piso, y me bebí la cerveza de un sorbo. Owen me ofreció otra, y Darius terminó por advertirles que no pretendieran emborracharme con la intención de hacerme ignorar, porque lo único que conseguirían es que hiciera una masacre, y me reí por lo bien que me conocía.

Varias cervezas después, la tensión nos había abandonado a todos. Alice y Serena disfrutaban juntas, Hanna se les unía cuando se aburría de intentar llevarme a bailar con ella. Connor, Cameron y Evan apostaban por cuál de las chicas caería desmayada por tanto alcohol, excluyendo a Jane, que era la única sobria del privado.

Belial y Lilith charlaban algo con Darius, y los mellizos se quedaron conmigo junto a Marcus.

—Ya, tontos, dejen de estar cuidando el culo de Sombra y vengan a bailar —exhortó Serena, tomando de la mano a los mellizos.

Los arrastró a la pista del privado, quedándose ella con Lewis y Owen con Alice.

—Toma el ejemplo y sal a buscar alguna chica para bailar. O hazlo con Hanna que se ha quedado sola —demandé para Marcus, y negó con la cabeza.

—Prefiero asegurar la diversión de los demás —declaró él, y rodé los ojos.

Ya no tenía ganas de asesinar a nadie, el alcohol estaba haciendo su efecto y me sentía más relajado. Incluso me reí con las locuras de Hanna cuando regresó con nosotros y comenzó a bailarme.

—Ya tienes que estar más allá de borracha para que no te importe que Marcus esté aquí también —señalé, mordiéndome la sonrisa porque, en lugar de sonrojarse como siempre, siguió moviendo sus caderas con sensualidad.

—Bien, es hora de ir en busca de más cervezas —avisó Marcus al notar que Hanna no se detendría.

Ella se inclinó hacia mí en ese momento, dejándome ver el pronunciado escote de su vestido, dándome una buena vista de sus pechos, y luego susurró en mi oído:

—¿Y si me llevas a un lugar más privado y me cuentas una historia? Pero que esta vez llegue a su fin.

—Al único lugar que podría llevarte es a la cama. —La sonrisa que me regaló fue sensual, y negué—. Para que duermas, Hanna.

—Ya, LuzBel. No seas aburrido. Quiero que vivas y goces, ¡por Dios! —se quejó, y solté una carcajada porque estaba arrastrando las palabras.

—Estoy viviendo y gozando.

—Pero hazlo conmigo —suplicó, acercando su boca carnosa a la mía.

La miré por unos segundos.

Era bella, pero no mi Bella.

—No...

—Bip, bip, bip, bip... ¡Jesucristo! Mi detector de zorras ha llegado a su nivel más alto —exclamó alguien luego de quitar a Hanna de encima de mí, cortando lo que yo le diría. Un vestido rojo sangre envolviendo un cuerpo lleno de curvas sensuales apareció en mi visión, su trasero casi quedó cerca de mi cara al darme la espalda y enfrentarse a la chica que pretendía que me la llevara a la cama—. Y me temo que es por ti, rubia de bote —espetó aquella voz que tanto conocía, y sonreí.

Todos pusieron su atención en la escena, pero Darius reaccionó realmente sorprendido al ver a la Venus hecha mujer y convertida en una fiera, protagonizando el momento.

—¿Y lo asegura quién? ¿La Madre Teresa? —se defendió Hanna mirándola de arriba abajo.

—No, cariño. Te lo asegura la reina de las zorras —le respondió ella con orgullo, y no pude evitar reírme. Siempre era así de descarada—. ¿Y tú solo vas a reírte, cabrón sinvergüenza? —siguió despotricando, y se giró hacia mí, dejándome ver su cabellera negra como la noche, enmarcando su delgado rostro.

—Solo tú eres capaz de hacer una entrada tan magistral, Laurel —exclamé con una sonrisa ladina, y me puse de pie.

—¡Demonios, LuzBel! Tú vuelves y pones todo patas arriba —reclamó con enojo, y abrí los brazos para abrazarla.

No se negó.

Se aferró a mi cuerpo con fuerza, con miedo de soltarme y que volviera a desaparecer. Ella era de esas amigas con las que no era necesario hablar a diario, o reunirse a charlar al menos los fines de semanas. Bastaba con verse, así fuera a los años, y sentir como si lo supiéramos todo el uno del otro.

—No tienes idea de cuánto te lloré y extrañé —informó con la voz ahogada por mi cuello.

Me separé de ella y limpié una lágrima que había derramado.

—Laurel Stone llorando, ¿en serio? —me burlé, y me golpeó.

Habíamos hablado esa tarde y la invité a llegar al club, pero me dijo que no podría. Por eso me desanimé a acompañar a los chicos en un principio. Razón por la cual, verla después de todo, esa estaba siendo una grata sorpresa.

—Gracias —musité de pronto, y sonrió, ella sabía que le agradecía por haber protegido mi secreto.

—Muero por conocerlos, y no solo por una foto —confesó con ilusión.

—Yo también —acepté, y me miró con comprensión—. Ven, vamos a la oficina —pedí echándole el brazo sobre los hombros para que no fuera a concentrarse en Hanna de nuevo.

La rubia estaba con Alice en ese instante. Y Laurel, desde donde estábamos, les avisó a los demás que luego los saludaría como se debía, concentrándose en Connor y Jane, y ambos le sonrieron, felices de verla.

—Estaré con Laurel en la oficina —le avisé a Darius al encontrarlo en el camino, él me miró serio, y la pelinegra a mi lado se puso un poco nerviosa. Y al saber lo *gustosa* que era, imaginé que quería conocer al idiota frente a nosotros—. Darius, ella es Laurel, Laurel, él es Darius —los presenté, y ambos se dieron la mano.

—Es un gusto conocerte, Darius. Soy amante del medio ambiente y me encanta reciclar. —Fruncí el ceño por la presentación que ella hizo de sí misma.

¿Qué demonios había sido eso?

A Darius lo abandonó la seriedad con las palabras de mi amiga, y sonrió en plan de galán.

—Vaya suerte la mía. A mí me encanta colaborar con el reciclaje —soltó él, y no pude evitar rodar los ojos y caí.

El cabrón pronto me pagaría unas cuantas. Después de que me explicara cómo se conocieron.

—Ya se conocían y, si no me equivoco, te lo llevaste a la cama —aseguré, mirando a Laurel, y ella me sonrió queriendo parecer inocente.

—Fue divertido que nos presentaras —respondió, y negué.

—Bien, luego se ponen al día —recomendé, y arrastré a Laurel hacia la oficina.

—Eres un maleducado —refunfuñó ella.

No quise perder más tiempo, así que al entrar a la oficina le serví un trago de bourbon y comenzamos a hablar de todo lo sucedido.

Como siempre, me escuchó con atención y casi se fue de culo cuando le conté la historia entre Isabella y Elliot, pues ni ella podía creer tal cosa, aunque en ningún momento habló en mal de White; solo calló y analizó todo. Y por mi parte, no dejé de lado ningún detalle tampoco, incluso le hablé sobre lo sucedido con Hanna y Amelia, y todas las cosas que le permití creer a Isabella por sentirme herido.

—No puedo creer que la llamaras zorra, o que le dijeras que sentías asco de ella —aseveró.

—Lo hice porque me volví loco por los celos y la ira —recalqué—. Sabes a la perfección lo que Elliot hizo antes con la chica de la que creí haberme enamorado, y que luego lo hiciera con Isabella fue el detonante de mi bomba interior. —Frunció el ceño al escucharme.

—Pues igual cometiste un grave error —señaló, eso ya lo sabía—. Incluso a mí, que toda la vida he sido una zorra y lo acepto sin problema, me dolería que el hombre que amo me llamase así, y sobre todo cuando no tiene derecho a referirse de esa manera a mí.

La miré incrédulo, no porque me sentía con derecho de llamar así a nadie, sino porque creía haber tenido justificación para hacerlo.

—Ni me mires así, LuzBel, porque sabes que tengo razón —alegó, y negué en desacuerdo—. Y si yo no te perdonaría algo así, peor Isa.

—¿Escuchaste la parte en la que te dije que ella me traicionó con Elliot? —largué—. Isabella se acostó con el hombre que más he odiado en este mundo.

—Lo escuché perfectamente y he sido capaz de sentir tu dolor en cada palabra —bramó—. Lo que me recuerda también que eso que te corroe por dentro y te hace sentir tan miserable es lo mismo que a Isabella le desgarró el alma y le rompió el corazón la noche en la que fingiste que harías un trío conmigo y la española. Lo mismo que debió sentir cuando te vio entre las piernas de Amelia, lo que repitió el día que se quedó creyendo que te ibas a acostar de nuevo con ella, la mujer que más odia, para salvar al papacito de su hermano. —Bien, lo estaba entendiendo—. Y no quiero ni imaginarme lo que le causaste cuando te encontró con Hanna y le dejaste creer que la follaste en su cama. Suya, no tuya.

Estaba demasiado cegado por mi ira y dolor, tanto que no analicé lo que le devolví a Isabella y lo que antes ya le había provocado. Sin embargo, lo mío fue fingido, y lo que pasó con Hanna en Vikings ni siquiera lo recordaba. De lo que sí debía responsabilizarme fue de lo que intenté hacer con la rubia en mi apartamento.

—Yo puedo borrarle todo ese dolor el día que le diga mi verdad, Laurel— murmuré—, pero ella no podrá borrar el mío.

—No te equivoques, amigo. Borrarle ese dolor porque crees que tienes justificación es igual a que quieras unir los pedazos de una vasija, luego de tirarla al suelo porque te viste en la obligación de hacerlo. Podrá seguir siendo valiosa, pero el daño estará ahí y lo notarás.

Mierda.

Confirmé en ese momento por qué esa chica era mi mejor amiga, pues la odiaba por no ponerse de mi lado, sin embargo, valoraba que me dijera las cosas en la cara.

—Y no se trata de esto, pero, si ponemos lo tuyo y lo de Isabella en una balanza, ¿qué lado crees que pesaría más? —preguntó, y no respondí de inmediato.

—Es claro, ¿no? —Bufé al rendirme con su mirada acusadora.

—Es gracioso que ahora te quejes de la diabla que tú mismo creaste, cariño. —Sonrió al decir eso—. Porque bien sabías que Isabella no era como las tipas a las que estabas acostumbrado, por eso le tuviste miedo en un principio, pero supongo que cuando fue más vulnerable te confiaste —reflexionó.

—Justo en este momento, no sé si eres mi amiga o la de ella —dramaticé.

—De ninguno, LuzBel. En este momento estoy siendo objetiva, viendo las cosas desde ambos puntos —aclaró, y exhaló un suspiro—. Tú no tienes idea de cuánto sufrió Isabella, y ella desconoce lo que tú sufriste, porque ambos son obstinados y orgullosos. Por eso está siendo difícil que se escuchen, sin embargo, créelo de mí, amigo: ella no te engañó. Incluso siendo tú Sombra, no te falló. Y lo comprobaste por tu cuenta cuando la tuviste a través de la máscara y te creyó otro, y aun entregándote su cuerpo, no te dio su corazón porque ese se lo obsequió a Elijah sin importarle que no le correspondiera. E hizo lo mismo con Elliot.

—Entiendo eso, Laurel. Pero entiende tú que ella sabe cuánto odio a Elliot y aun así folló con él —escupí.

No mentí, pues, si bien comprendía todo lo que me había dicho, Laurel todavía no miraba mi punto.

—Pero tú estabas *muerto* —largó haciendo comillas con sus dedos—. ¿En verdad sientes asco por ella? —cuestionó de pronto, y negué sin pensarlo.

—Lo dije por la ira del momento, y pensé en desmentirme luego, pero ella se cegó por la rabia también, y al final ninguno quiso escuchar nada más. Después terminó yéndose lejos de mí y, de paso, ha salido con otro.

—¡Dios! Eres idiota, LuzBel. —se quejó hastiada—. Isabella no salió con otro, aceptó una invitación y ya. No tienes que crucificarla ni tacharla de nada solo porque estás herido.

—Si se acostó con Elliot por creerme muerto. ¿Qué le impide no hacerlo también con Fabio porque está herida? —inquirí con amargura, y rio.

—Nada —zanjó—. De hecho, la felicitaría si lo hiciera en lugar de estar sufriendo por un cabrón como tú. —Apreté los puños—. Sin embargo, sé que ella te ama demasiado por muy jodida que quiera ser, y ahora sabe que tú estás vivo, por lo que no se acostará con otro a menos que tú la hartes e incites a hacerlo —apostilló tan segura de cómo era Isabella que hasta la envidié.

—Ahora resulta que será mi culpa —repliqué.

—¡Ya! Deja de estar a la defensiva, por el amor de Dios. —Noté que tenía ganas de golpearme al decir eso—. Olvida las malditas advertencias, los celos, la desconfianza, y búscala. Recupérala a ella y a tus hijos —aconsejó.

—Se dice fácil.

—Cariño, es fácil porque te conozco y sé que en tu interior sigues seguro de que esa mujer es tan tuya como tú eres suyo. —Su confianza al decir eso consiguió que retuviera el aire—. Lo supe desde aquella noche en esta misma oficina, y lo confirmé ahora cuando esa rubia estúpida quería comerte la boca, y tú la mirabas deseando que fuera Isabella. La amas, LuzBel —sentenció, y me tensé—, la amas como jamás en la vida has amado a nadie. Por eso te aterra, porque no sabes cómo manejar el sentimiento, porque lo desconoces, pero, aun así, no puedes ni quieres dejar de sentirlo.

Le quité la bebida de las manos y me la tragué de un sorbo, comprobando que sus palabras me quemaron más que el alcohol.

—El amor siempre me ha parecido un sentimiento patético —bufé, y negó con la cabeza—. He visto como debilita a las personas y yo, así esté furioso y herido, no me siento débil con Isabella. Todo lo contrario —sentencié, sintiendo que las palabras que diría a continuación se grabarían en mis huesos—. Con, y por esa

Castaña, siempre me sentido capaz de quemar el mundo y congelar el infierno —afirmé, y sonrió complacida.

—Si algún día alguien es capaz de eso por mí, también creeré que el amor es patético —admitió, y entonces fui yo quien sonrió—. Pero no seas tan cabrón y dame el gusto de escucharte decir que la amas, así esas palabras sean insignificantes para ti.

—Estás loca —solté riendo.

Ella me imitó y luego se puso de pie para llegar a mi silla. Alcé la ceja cuando se inclinó agarrando los apoyabrazos, dejando expuesto su escote, pero ni siquiera le di importancia, y Laurel lo notó.

La hija de puta me estaba probando.

—Te quemó, te hizo cenizas y luego te reconstruyó a su manera —habló con regocijo, y me miró con intensidad. En ese instante le sostuve la mirada—. ¿La amas? Recupérala, demuéstrale que solo tú eres su cielo y su infierno, hazle ver que ella es tu ángel y tú su demonio. Ve tras tu reina, tras tu luz y sus frutos.

Me mantuve en silencio un par de minutos, y luego tomé la decisión más importante de mi vida.

—Irás conmigo a Italia —demandé, y sus ojos se abrieron con sorpresa—. Necesitaré ayuda con esa diabla —añadí, y su carcajada fue escandalosa.

Ella lo hacía broma, yo no.

Iría tras una diabla enfurecida, pero esa vez, pasara lo que pasara, la haría escucharme hasta que le quedara claro que, si bien no congelé el infierno, lo libré para volver con ella.

Yo no soy de las que creen que la gloria se encuentra entre los cuatro lados de una cama; y tampoco me harás caer solo porque en su momento supiste cómo tocarme.

CAPÍTULO 34

Ya no hay vuelta atrás

ISABELLA

Acompañar a Fabio a su casa de playa fue la decisión más acertada que pude haber tomado, pues mis hijos amaban el mar, les encantaba que fuéramos todas las mañanas a caminar en la arena y jugar con su cachorro.

Los cuatro nos habíamos vuelto inseparables, y Fabio se nos unía siempre que el ánimo se lo permitía, aunque también aseguró que a veces se abstenía porque era consciente de que esas dos semanas eran para mis hijos y para mí, para reconectarme con ellos, llenarme de su amor y recordar que ahí solo era madre, nada más.

Por eso le tomé la palabra cuando me aconsejó que me desconectara y desintoxicara de la tecnología. Dejé el móvil a un lado, e incluso mi élite colaboró a no mencionarme nada del mundo fuera de esa casa; y confié en ellos, en que se encargarían de lo importante y que solo si pasaba algo realmente malo, o urgente, iban a decírmelo.

—Gracias por este detalle. —Miré a Fabio al decirle eso, estaba sentado a mi lado, ambos sobre el suelo.

Esa mañana había llevado un par de caballos y mis hijos se emocionaron al verlos. Fabio tuvo la amabilidad de enseñarles a montar, y por la tarde nos invitó a dar un paseo. Él había llevado a D, mientras que Aiden me acompañó a mí, y sus risas contagiosas cada vez que apresurábamos el galope terminaron haciendo que me doliera el rostro.

—¿Por esto? —Señaló nuestro alrededor. Nos encontrábamos en un espacio abierto, con mantas y cojines sobre el suelo para mayor comodidad, incluso teníamos comida y bebidas—. ¿O por los caballos? —Miró a los animales en los que nos conducimos, descansando a lo lejos para que Aiden y Daemon pudieran jugar sin exponerse a un accidente.

—Por todo, Fabio. Has sido un anfitrión excelente, y nos has hecho sentir en casa, nos has acogido como tu familia —acepté, y lo vi sonreír de lado.

Estaba medio recostado, sosteniéndose con el codo en un cojín, con una pierna flexionada y la otra encogida (el muslo de esta apoyado en el suelo). Y vestía con ropa blanca igual que yo. Ambos nos manteníamos descalzos, esperando por el eclipse que se pronosticó para ese día, por eso llevábamos gafas especiales, aunque estas descansaban en nuestras cabezas de momento.

—A veces, cuando la compañía es correcta, se siente bien no estar solo —admitió.

Coincidí con él en eso, aunque no lo vocalicé porque había notado que era muy reservado con su vida personal y no me gustaba ser imprudente, o incomodarlo de alguna manera. Por lo que decidí unirme a los juegos de mis hijos, quienes hacían formas en la arena con sus deditos; y solo volví al lado de Fabio cuando el eclipse comenzó a hacerse más evidente.

Me recosté sobre los cojines, mirando al cielo, contemplando que después de años la naturaleza se apiadaría, así fuera por un momento, de aquellos amantes, y les permitiría volver a estar juntos: el sol y la luna. Y sonreí mediante el eclipse fue avanzando, porque las palabras que Sombra me dijo en el apartamento antes de ir a rescatar a Darius me encontraron, suspirando a la vez al darme cuenta de que lo extrañaba, pues esa fue una versión de LuzBel que jamás creí tener para mí.

Una con menos miedo a demostrar que, así fuera un psicópata, tenía sentimientos.

—Intuyo, por ese suspiro, que son buenos recuerdos —murmuró Fabio, y sentí su mirada en mí.

Sonreí antes de responderle.

—No estoy segura de que sea bueno —acepté, pensando en que, cuando Sombra me dijo esas palabras, antes había estado follando con Amelia.

—Estos días te has relajado tanto con tus hijos que hasta pareces un ángel —musitó de pronto, y eso me hizo sonreír aún más.

—¿Tratas de decir que antes lucía como una bruja amargada? —bromeé y, por primera vez desde que lo conocía, me regaló una sonrisa de verdad, amplia y divertida.

—Un pequeño demonio enfurecido, tal vez —Me siguió la broma, y volví a reír, un poco avergonzada por el comportamiento que tuve frente a él cuando estuvimos en Richmond.

—¿Te usta mami, Falio? —Abrí los ojos desmesuradamente al escuchar a Aiden haciendo esa pregunta.

Él y Daemon se unieron a nosotros, y no entendí de dónde sacó Aiden eso, o qué lo llevó a cuestionar tal cosa.

—¿Por qué preguntas si me gusta tu madre? —indagó Fabio.

«Porque todos lo notábamos, adonis sexi. Solo mi Colega no lo veía».

Dios.

—Poque Jacco sonríe tuando mila a Danna —explicó Aiden, encogiéndose de hombros con cada palabra, casi como queriendo que entendiéramos que la respuesta era fácil—. Y tía Mooco dice que lo hace poque le usta.

¡Oh, Dios! Estaba hablando de un libro.

Me cubrí la boca al comenzar a reírme más, queriendo matar a Maokko a la vez porque le pedí que le leyera libros sobre aventuras infantiles, no de Jacco *sonriéndole* a Danna.

—¿En serio? —continuó Fabio, volviendo a reírse, y me miró—. Entonces sí, Aiden, me gusta tu mami.

«¡Jesús! Caí rendida, de rodillas frente a la pelvis de ese adonis».

Puta madre.

La sonrisa se me borró, y sentí que me sonrojé, porque no esperaba esa respuesta de su parte. Daemon se tiró a mis brazos, envolviendo sus bracitos en mi cuello como si hubiera sentido algún tipo de peligro y quisiera protegerme. Devolví el gesto para transmitirle seguridad, y seguí escuchando atenta la conversación que Fabio y Aiden siguieron, sobre la historia de Jacco y Danna. Y por supuesto que mi pequeño aseguró que el chico le sonreía mucho a la chica, lo que me hizo suponer que *sonreír* era la palabra clave que Maokko utilizaba para los besos.

Ella y yo tendríamos una charla seria.

—También luces inocente cuando te ruborizas con mis palabras, *Danna* —declaró Fabio en cuanto volvimos a los caballos.

No le respondí, pero me vi obligada a apretar los labios para no sonreír, porque utilizara ese nombre.

—Tú eles Jacco, Falio —gritó Aiden dando saltitos sin soltarse de mi mano, riendo feliz de que los personajes del libro se hicieran reales, según él.

«¡Uh! Ya sabía quién, no sería el favorito de papá».

—No, papi es Jacco —replicó Daemon al lado de Fabio.

«¡Vaya! Encontré al favorito de papá».

—También lo es, D. Pero mamá puede tener a dos Jacco —aceptó y explicó Fabio, consiguiendo que de nuevo me sonrojara.

«Santa mierda, el adonis sabía jugar sucio».

—¿Pueles, mami? —inquirió Daemon.

Fabio me miró con intensidad, atento a mi respuesta. Aiden lo hizo con curiosidad igual que su gemelo. Y ante la pregunta de D, pensé enseguida en LuzBel y Sombra, dos *Jacco* en la misma persona.

—Bien, es hora de volver para jugar con Sombra —animó Fabio a los chicos, refiriéndose al cachorro, que por cierto, él se rio cuando supo el nombre.

Y agradecí que, así como me metió en ese embrollo, también me sacara.

Al llegar a su casa no volvimos a tocar ese tema, tampoco me hizo sentir incómoda. Seguimos actuando como dos personas alimentando una amistad y, cuando llegó el día de despedirnos, únicamente sugirió que lo extrañáramos. Y, aunque no le respondí, yo sabía que sí lo haría, porque esas semanas con él y mis hijos me recompusieron en sobremanera. No obstante, volver a encender el móvil por poco arrasa con la tranquilidad que conseguí, pues encontré miles de mensajes, y hasta llamadas, de LuzBel.

Todos eran preguntando sobre nuestros hijos, y sabía que debía responderle, pero los borré antes de hacerlo, por la necesidad de alargar un poco la paz que había obtenido esos días.

—Pareces otra —señaló Lee-Ang.

Los niños ya se habían dormido y Maokko estaba en algo con Ronin y Caleb. Isamu partió hacia Estados Unidos, ya que antes de irme con Fabio deliberamos con el maestro Cho y sensei Yusei sobre la propuesta de Gibson, llegando a un acuerdo y escogiendo a mi compañero como vocero, para que se encargara de eso.

—Me siento como otra —acepté, y ella sonrió.

Me encontró sentada en la isla de la cocina, y ella se fue a la estufa para prepararnos un té.

—Cuéntamelo todo —pidió.

Ni ella ni Maokko me acompañaron, tampoco Caleb o Ronin. Simplemente se encargaron de desplegar seguridad en la casa de Fabio, ya que analizamos que nuestros enemigos se acostumbraron a vernos juntos, por lo que, que también fueran a la casa de Fabio, sería como ponerlos sobre aviso de mi presencia ahí.

Lee-Ang rio cuando llegué al tema de Aiden y el libro, coincidiendo las dos que Maokko tenía mucha astucia al leer algo que le gustara tanto a ella como a mi hijo sin saltarse las partes románticas.

Tras esa noche con Lee, continué con mi vida. LuzBel había dejado de escribirme, contribuyendo a que mi paz mental se alargara. Me dediqué de lleno a mis hijos, dejé La Orden en manos del maestro Cho y sensei Yusei, disfruté de la tranquilidad que por primera vez me rodeaba, y hasta me dejé convencer por Maokko de hacerme una renovación física, según ella, para cerrar ciclo. Así que una tarde terminamos metidas en una peluquería, no para raparme, sino para despedirme de mi color natural de cabello, optando por un *balayage*[5] rubio cenizo que me asustó al principio, pero luego me gustó.

«Dejaste de ser castaña».

Y acentué lo que Lee señaló dos semanas atrás: era otra.

Con mis hijos, retomamos sus consultas semanales con el psicólogo, y casi mato a Fabio al enterarme de que era Dominik quien atendía a los clones. Y no solo eso, pues, además de haber sido el doble de Sombra, el tipo era su hermano.

—Me aseguraste que ser el médico de D, y encima amigo de Sombra, fue una coincidencia, pero, con esto, estoy comenzando a dudarlo —me quejé.

Fabio y Dominik estaban reunidos conmigo en la oficina de este último, mientras los niños jugaban en una sala aledaña.

—No tendríamos por qué mentirte, Isabella —apostilló él.

—Nunca tocamos temas tan personales con Sombra —añadió Dominik—. Además, yo supe que eran tus hijos hasta después de lo sucedido con Darius. Y somos profesionales con ética, así que no divulgamos información de los pacientes ni con nuestra familia.

—Estás siguiendo adelante, Isabella. Así que deja de incomodarte por esto —sugirió Fabio, y puso las manos en mis hombros.

Los dos estábamos de pie, y en ese instante, frente a frente.

La clínica les pertenecía a ellos, especializada en la salud mental y equipada perfectamente con un área de pediatría y otra para adolescentes, adicional a la

---

5 Técnica de coloración francesa, que toma su nombre del verbo *balayer*, que significa barrer. La técnica crea un cabello ligeramente aclarado, que luce con un aspecto natural, como aclarado por el sol, con tonos más claros en las puntas.

general. Fabio era el director además de médico, por ello usaba su saco (o bata) blanco, y por dentro una camisa morado lila a juego con su pantalón beige.

—Aquí soy Dominik D'angelo, el psicólogo de tus hijos. No el doble de Sombra, y menos su amigo —zanjó, él se hallaba sentado detrás de su escritorio, utilizando también su saco blanco, con una camisa azul por dentro.

—Está bien, tienes razón —admití.

—No toques a mami, dotor —advirtió Daemon con su vocecita cantarina, mientras llegaba corriendo al despacho de Dominik junto a Aiden.

Y no le dijo tal cosa molesto, simplemente fue como un recordatorio que tanto a Fabio como a mí nos hizo reír.

—Lo siento, D. Solo aprovechaba que tú no estabas cerca para impedirlo —respondió Fabio alejándose de mí.

Me reí porque en eso los dos eran iguales, muy sinceros y directos. Dominik alzó una ceja al ver nuestra interacción, pero no hizo ningún comentario.

—Hola, Domilik —lo saludó Aiden.

Daemon solo le regaló un *hola* como saludo, porque a él se le dificultaba más pronunciar los nombres, pero lo recompensó con un choque de puños que me indicó que entre ellos existía cierta camaradería.

—Perfecto, ahora estamos completos —festejó Dominik.

—Los veo luego —se despidió Fabio dándome un beso en cada mejilla, y después se fue.

Dominik inició su sesión con los clones, y yo me quedé en silencio, atenta a todo lo que se decían, riendo de vez en cuando, porque ambos chicos tenían unas ocurrencias tremendas. Daemon se mostraba muy participativo, en comparación a como fue con los otros psicólogos, y deduje que Dominik debía tener algún tipo de don con los niños, pues interactuaba de una manera fácil y amena con los míos, llevándolos a un ritmo en el que ellos no se aburrieran.

Y me seguí uniendo a las siguientes sesiones que tuvieron, incluso participé en ellas, y aprendí muchísimo más de mis pequeños, tanto que pude aplicar varios de los métodos de Dominik en casa para que los clones, además de aprender cosas cotidianas como ducharse, comer, ir al baño, lavarse los dientes, también siguieran divirtiéndose.

Con las horas de lectura de Aiden, tuve que seguir recurriendo a Maokko porque, cuando yo intenté leerle un libro infantil, descubrí que no le gustaban, pues prefería los libros de mi amiga. Y al escucharla entendí la razón: ella no leía, narraba, y le transmitía los sentimientos de las letras con su voz e interpretación.

Con el pasatiempo de Daemon pude desenvolverme mejor, pues los rompecabezas también me encantaban, aunque me sorprendí porque a él no le gustaban esos con piezas grandes y escasas, prefería las pequeñas y que fueran muchas.

No obstante, esa mañana, mientras íbamos a la sesión correspondiente con Dominik, algo en mi interior me gritaba que la calma que había estado viviendo pronto llegaría a su fin, ya que Daemon estaba muy ansioso, y esos rompecabezas que tanto amaba lo estaban desesperando. Incluso los dejaba a medio ensamblaje y terminaba tirando las piezas, lleno de frustración.

—No lo entiendo, Dominik. —Me froté el rostro con ambas manos al decir eso.

Él había terminado la sesión, y luego le pidió a los clones que fueran a jugar a la sala aledaña, con los otros niños que trataban, como parte de las actividades de integración. Y al verme tan angustiada porque Daemon se comportó muy cerrado y poco participativo, incluso irritado, a diferencia de otras veces, me pidió que me quedara un momento con él.

—No perdemos las sesiones contigo, sigue con la medicación que le recetan, trato de que el ambiente en el que los estoy criando sea ameno. Hago todo por educarlos sin malcriarlos para no influir mal en la condición de Daemon, y a pesar de eso llegamos de nuevo a este punto.

—Respira, Isabella —pidió él al ver que estaba a punto de colapsar.

Pero respirar no era fácil cuando me la había pasado años intentando ser una buena madre, a pesar de que debía alejarme de mis hijos por temporadas. Sin embargo, lo hice por seguridad de ellos, porque tenía enemigos que no dudarían en dañarlos para destruirme. Esa fue la principal razón (además de lo sucedido con LuzBel) por la que me marché de Estados Unidos al enterarme de mi embarazo, dejando mi vida, amigos y familia atrás; por la que escogí Italia para que los clones crecieran, ya que mis rivales no ignoraban que Japón era uno de mis refugios.

Por protegerlos los oculté, incluso de las personas en las que confié años atrás. Pero en ese momento me di cuenta de que nada de todo eso que hice me servía para evitarle a Daemon una caída, pues no tenía el poder para resguardarlo de su propia mente.

Y eso dolía más que todo el infierno por el que atravesé.

Eso no me dejaba respirar.

—Sé lo que sientes en este momento. Sé que piensas que nada de lo que has hecho vale la pena, que fue en vano. Sé tu terror por lo que tu hijo va a experimentar de nuevo —continuó Dominik, y sacudí la cabeza para espantar mis lágrimas—. Lo sé porque lo he vivido con Fabio, y porque ahora me aterra la idea de que mi propio hijo, o hija, herede el trastorno de personalidad.

Lo miré sobresaltada porque desconocía que tuviera novia. Aunque tampoco debía extrañarme, ya que, a diferencia de su hermano, a Dominik lo estaba conociendo exclusivamente como el psicólogo de mis hijos.

—Pero se supone que la bipolaridad puede heredarse por la línea genética de la madre, no del padre. —Eso fue lo único que se me ocurrió decirle para animarlo.

—La madre de mi bebé es bipolar, Isabella —confesó, y tragué, comprendiéndolo—. Y no me aterra únicamente eso, sino también el hecho de que ella nunca fue tratada, no a tiempo, lo que la ha convertido en alguien peligrosa para sí misma, y sobre todo para nuestro hijo.

La tristeza que oscureció sus ojos grises me abrumó y comprendí su sentir.

—Pero te tienen a ti, Dominik. Y no dudo ni un solo segundo que tu apoyo, tu conocimiento, y sobre todo el amor que demuestras que sientes por ella, ayudará a que juntos superen esto.

Sonrió con tristeza e ironía, y eso me hizo suponer que toqué un tema delicado.

—Me enamoré en circunstancias equivocadas —confesó.

A veces uno olvidaba que esos profesionales que tanto ayudan a las personas también necesitaban ayuda, o al menos ser escuchados.

—Y la amo a pesar de que ella a mí no, porque llegué a su vida fingiendo ser alguien más y no me lo perdonará, porque además cree que lo hice por mi preferencia a otra mujer. —El dolor en su voz fue muy palpable, pero, después de lo vivido, en ese momento me puse en los zapatos de la madre de su bebé—. Y ahora, en su peor momento, cuando está perdida, debo fingir ser otro hombre para poder estar cerca de nuestro hijo.

Dominik siempre me pareció un chico rudo con sus tatuajes y esa mirada peligrosa, sobre todo cuando se metió en el papel de Sombra, pero, tras ver su faceta como psicólogo de mis hijos, descubrí que era un buen hombre, de esos que no temían admitir, o mostrar, sus sentimientos. Y, con las palabras que usó en su confesión, me demostró que, a pesar de su error, él estaba loco de amor por su chica.

—No la dejes sola en este momento, aunque te crea otro —aconsejé, y me atreví a tomarle la mano por encima del escritorio que nos separaba—. Sé esa luz que la guie y ayude a encontrar de nuevo su camino, para que salga del estado en el que ha caído.

Sentí empatía por la chica porque supuse que no tuvo el apoyo de sus padres, por eso no fue tratada debidamente con su condición. Y con Daemon, yo había descubierto lo importante que era tener a alguien que te amara y procurara en los altibajos.

—Lo estoy intentando, Isabella, pero créeme cuando te digo que está realmente perdida —recalcó—. Y no es fácil fingir ser Sombra, cuando quiero que Amelia Black me tenga a mí como Dominik. —soltó y, como si su mano me hubiese quemado, me aparté de él y lo miré en *shock*.

«Jodida mierda».

—¡¿Qué?! —exclamé, y me puse de pie.

—Cubrí a LuzBel como Sombra para que él no tuviera que acostarse con Amelia —respondió, y lo miré estupefacta—. Y me enamoré de tu hermana en el proceso, así que no, Isabella, el hijo que ella espera no es de él, es mío —zanjó, y sentí que iba a desmayarme.

Los recuerdos de las veces en las que supe que Sombra se acostó, o se acostaría con Amelia, me inundaron, llenándome de más preguntas. Hasta que llegué al momento en el que los encontré en la oficina de Karma y los vi follando con mis propios ojos.

—¿Fuiste tú con ella en Karma? —pregunté entre titubeos.

Estaba segura de que no, pero también tuve la esperanza de que haya sido Dominik con ella en la oficina y LuzBel quien me siguió.

—No, fue LuzBel en ese momento.

Maldición.

Era una estúpida por ilusionarme y herirme una segunda vez con algo que ya estaba claro. Pero por unos segundos me permití creer que LuzBel no había sido capaz de dañarme con la única mujer que él sabía que me destruiría. Incluso más que Hanna.

—Entiendo lo que sientes, porque a mí también me destrozó saberlo cuando LuzBel me confesó lo que pasó entre ellos, pero yo fui testigo de que él siempre la ha detestado, así que creo ciegamente que no quiso hacer lo que hizo. Se vio obligado, Isabella.

—¿Hablas en serio? —pregunté.

No quería lastimarlo ni tratarlo de estúpido, porque en efecto él conoció a Sombra en ese entorno de los Vigilantes, convivieron en una zona en la que yo ignoraba quién fue Sombra en realidad.

—Muy en serio. Él nunca estuvo con Amelia a excepción de esa vez.

Me volví a sentar, porque la información estaba siendo mucho más impactante de lo que esperaba.

—Cuando pasó lo de Darius…

—Fui yo, Isabella —me cortó—. En cada una de las ocasiones que Amelia estuvo con Sombra, yo estaba detrás de la máscara.

—Oh, Dios —musité, poniendo la mano en mi frente, aunque de pronto analicé lo que él me habló sobre Amelia y su embarazo, y me alerté—. Sabes dónde está ella —afirmé—. ¿Está en Italia?

La tensión lo embargó dándose cuenta de su error, pero no pudo decir nada porque escuchamos un escándalo en la sala aledaña, y reconocí los gritos de mis hijos. Los dos corrimos de inmediato hacia ahí y el corazón se me detuvo un instante, al ver a Aiden llorar asustado, y a Daemon sobre otro niño, golpeándolo con demasiada ira.

¡Jesús!

No era normal que un niño de su edad agrediera a otro de esa manera.

—¡Papi es un ángel! ¡Papi no está muelto! —gritaba dándole golpes al otro niño con los puños cerrados, utilizando las técnicas de artes marciales que había aprendido.

Corrí para apartarlo del niño, y lo tomé entre mis brazos, pero él se aferró a la camisa del pequeño, con su rostro inocente desfigurado por la furia contenida y frustrada, y tuve mucho miedo.

—¡Amor! ¡Cálmate! —pedí en vano.

Daemon estaba tan descontrolado que me cogió del cabello, tirando de él con fuerza con toda la intención de hacerme daño.

—¡Papi no está muelto! —me gritó con dolor.

Eso me hizo pedazos.

—Soy yo, Daemon. Soy mami —vociferé tomándolo del rostro.

Me soltó al reconocerme al fin, asustado por lo que hizo, con la respiración acelerada. Y cuando la culpa suplantó a la ira, su mirada, oscura en ese instante, se volvió acuosa.

—¡Mami! —El miedo en su grito me templó la piel, sus párpados estaban abiertos de una forma anormal, y me aferré a él en el instante que sus brazos y piernas se tensaron hasta colapsar.

—¡Oh, Dios! ¡Oh, Dios! —grité con horror.

—¡Coge su cabeza y cuida que su lengua no se enrolle! —gritó Dominik.

Todo se volvió un caos. Mi pequeño estaba sin reaccionar.

Dominik lo puso de lado y yo le abrí la boca, comprobando que su lengua ya estaba enrollándose. Se la tomé con los dedos y no entiendo si fue mi instinto de madre, pero incluso en esos momentos busqué a Aiden con la mirada al escucharlo gritar aterrorizado. Lee-Ang lo había tomado en brazos, las otras madres la imitaron al llegar por sus hijos, y las enfermeras abrieron el camino para que Fabio junto a otro médico entraran sin ningún impedimento.

Regresé la atención a Daemon cuando él apretó los dientes, clavándomelos con fuerza hasta hacerme sangrar, pero eso no me hizo soltar su lengua. La mantuve extendida hasta que Fabio se tiró a mi lado y Dominik se apartó dejándole su lugar al otro médico, justo cuando mi pequeño volvió a gritar, reaccionando y llorando con un desconsuelo que me partió en mil pedazos.

—Vamos, Daemon. Eso es —lo animó Fabio, sentándolo.

Daemon comenzó a abrir y cerrar las manitas sin dejar de llorar y, al darse cuenta de que seguía a su lado, se aferró a mí. Lo recibí con un solo brazo porque una enfermera se estaba encargando de cubrir la herida en mi mano para que mi pequeño no viese la sangre.

—Peldón, mamita —suplicó con la voz estrangulada y amortiguada por mi cuerpo.

No pude responder, simplemente lo abracé y me aferré a él, llorando de impotencia, de dolor al no poder evitarle aquel estado.

—Ya pasó, D. Has vencido. —Fabio le sobó la cabeza al decir eso.

Vi en su mirada atormentada que odiaba ver a alguien más pasando por eso, sobre todo a un niño. Y Dominik reflejaba en su rostro el terror de lo que él podía llegar a vivir con su propio hijo, o hija.

—¿Crees que… —me aclaré la garganta antes de seguir porque soné acongojada—, sea conveniente que se lo diga?

Dominik asintió sabiendo a lo que me refería.

—Tú tienes razón, mi vida —hablé para D, y lo tomé del rostro con una sola mano—. Papito no está muerto, está vivo, y tiene muchísimas ganas de verte —añadí, recordando los mensajes de LuzBel.

La enfermera terminó de cubrir las heridas que me hicieron sus dientes, y lo tomé también con esa mano.

—Lo pometes, mami —rogó.

—Sí, mi amor —aseguré sonriéndole.

Entendiendo en ese momento que, así tratara de ser una buena mamá, cometí el error de privar a mis hijos de una verdad que merecían saber. Y, si LuzBel quería verlos, no se lo impediría como le aseguré a él, un mes atrás.

—Él está acá —admitió Dominik, y lo miré con los ojos demasiados abiertos—. Esperando poder verlos —añadió, y entendí lo que no vocalizó.

LuzBel estaba en Italia esperando que yo le permitiera ver a nuestros hijos.

—¿Velemos a papi? —preguntó Aiden con esperanza, y lo capté detrás de Dominik, corriendo hacia mí.

—Sí, mi vida —le aseguré, y se lanzó a mis brazos.

Lee-Ang le había permitido llegar a nosotros, y lo besé en la frente, al escucharlo hipar, todavía tenía el rostro mojado por sus lágrimas.

—¿Ves, D? Tenes que ponelte ben —animó a su hermano con una ilusión que me dolió más que una estocada en el corazón.

—Ven, Daemon. Vamos a revisarte —pidió el otro médico que llegó con Fabio.

—Yo voy con él —avisó Lee, y asentí agradecida.

Aiden estaba aferrado a mí y, aunque quería ir con Daemon, confiaba en Lee-Ang para que tomara mi lugar, así yo me quedaba con mi otro pequeño y no lo exponía a más emociones.

—Ven conmigo —animó Dominik.

Me ayudó a ponerme en pie con Aiden en mis brazos y me encaminó de nuevo a su consultorio. Mi hijo estaba tan exhausto de lo vivido que se durmió entre sollozos y suspiros que me rompían más el corazón.

Dominik se había ido a conseguir agua para mí, así que en los minutos que me quedé solo con Aiden entre mis brazos lloré en silencio, dejando aflorar el terror, la tristeza y la preocupación a la que me enfrenté minutos atrás.

—¿Desde cuándo está aquí? —enfrenté a Dominik en cuanto regresó, y me limpié las lágrimas—. ¿Cuándo me lo ibas a decir? —añadí en un susurro severo.

—Desde hace dos días, pero no me correspondía a mí decirte nada —se defendió, y negué—. Está en un hotel de la ciudad, habla con él y planeen el encuentro con los niños, porque ya no hay vuelta atrás, Isabella. LuzBel llegó decidido a ver a sus hijos y lo haría quisieras tú o no.

Apreté los labios ante mi frustración. Debí suponer que su silencio esas semanas no se debió solo a que yo no le respondí los mensajes, sino porque lo obligué a actuar en contra de mi voluntad. Pero ya no sería el caso, pues la vida tenía sus propios planes.

—Supongo que sabes en qué hotel —sondeé.

Lo vi garabatear algo en un bloc de notas, y luego me la tendió.

—Hablen, Isabella —recomendó—. Como dos adultos, porque lo que yo te dije antes de todo esto es verdad —reiteró. En ese momento no le pregunté nada de ese tema porque mis hijos importaban más—. Y, antes de que te lleves una sorpresa, déjame decirte que vino con una amiga.

«Eso debía ser una jodida broma».

No debía importarme con quién llegó, pero también rogaba que fuera una broma. O al menos que no se tratara de Hanna.

Fue un ataque de epilepsia...

Esa había sido la explicación del neuropediatra luego de hablar conmigo, al acabar de revisar a Daemon. Mi pequeño estaba bajo un ataque de ansiedad y el niño al que golpeó... le había dicho que un ángel era una persona muerta; y D sabía lo que significaba morir, por eso reaccionó con tanta violencia y perdió el control hasta el punto de no reconocerme a mí.

Y ya no tenía caso, pero..., ¡maldición! Culpaba a LuzBel de lo que pasó porque, si él no se hubiera hecho pasar por muerto, yo no me habría visto en la necesidad de decirles a mis hijos que su padre era un ángel.

—Si ese niño no le hubiera dicho nada, habría existido otra razón para que Daemon explotara, Isabella. —Fabio dejó por sentado tal cosa como si me hubiese leído la mente.

Estábamos en su consultorio y el neuropediatra acababa de irse.

—Le mentí a mis hijos por su culpa.

—Si con mentirles te refieres a que les dijiste que su padre es un ángel, cuando da más para que sea un demonio, entonces sí, les mentiste. —Sonreí sin gracia por su señalamiento—. Nunca les dijiste que estaba muerto.

—Ya. Eso ya no importa, ahora es momento de buscar soluciones —reflexioné, y él asintió de acuerdo.

«¡Aleluya!».

Mi hijo estaba en sus días oscuros una vez más, y le aumentarían la medicación para que consiguiera salir de ellos pronto. Fabio me reiteró que la edad era una ventaja en este caso y que, así fuera duro, Daemon tendría que pasar por eso muchas veces más hasta aprender a reconocer sus altibajos y buscar ayuda inmediata, por su cuenta, cuando no pudiera solo.

Y, aunque me aseguraron que no era mi culpa, no podía evitar sentirme frustrada por no poder hacer más y evitarle el tormento.

—Esta vida puede ser un infierno si no cuentas con las personas correctas —explicó Fabio—. Daemon tiene la suerte de tenerte como madre y, pienses lo que pienses, lo estás haciendo bien, Isabella. —Se acercó a mí y limpió mis lágrimas.

—¿Por qué no fui yo? ¿Por qué él? —me quejé.

Fabio me abrazó y se lo permití; también le correspondí porque lo necesitaba, no a él, sino el gesto, pues en momentos como ese me cansaba de ser fuerte, de vivir una vida tan llena de mentiras, traiciones, confusiones y de dolor.

—Se necesita fuerza para sobrellevar esta enfermedad. Y esa la obtenemos de personas como tú. —Sobó mi espalda mientras decía tal cosa—. Daemon debe tener a sus padres para lograrlo, para vivir su vida siendo feliz —recalcó, y supuse que él también había sabido de la presencia de LuzBel—. Ahora tu hijo recuerda todo, pero dentro de unos años solo recordará la mitad de su vida. La otra mitad, los días oscuros, los olvidará; y si quieres que sea feliz, tienes que hacer de sus días cuerdos los mejores.

Sollocé ante lo que previó, porque ninguna madre debía pasar por una situación como la mía. Y ningún hijo merecía vivir una vida llena de tantos altibajos.

Me fui a casa cuando me calmé, y pasé el resto del día acompañada de mis hijos, monitoreando los estados de D y cuidando de que Aiden no se viera afectado por ellos. Mi élite ya sabía lo sucedido, también que pretendía ir a buscar a LuzBel a su hotel, por lo que Caleb y Ronin se encargaron de ir a los alrededores para asegurarse de que no hubiese ningún peligro.

Maokko había mencionado que el maestro Cho llamó para avisar que Isamu se encontraba en Japón, luego de firmar el trato con Estados Unidos, pues ellos aceptaron nuestras condiciones. Así que en un mes alguno de nosotros tendría que viajar para representar a La Orden, en la cena de bienvenida que el presidente estadounidense ofrecería para recibirnos junto a Grigori.

> **Caleb**
>
> *Hoy*
>
> Tienes vía libre. Ronin irá por ti. 16:22

Demonios.

El latir acelerado de mi corazón parecía el galope de aquellos caballos en la casa de playa de Fabio, cuando leí el mensaje de Caleb.

Le avisé a las chicas que pronto me marcharía, ellas ya estaban listas para sus rondas nocturnas, pues era la manera en la que operábamos, para que una cuidara la espalda de las otras en los descansos, mientras que Caleb y Ronin se encargaban del exterior de la casa.

Había tomado una ducha antes, y me vestí con lo primero que encontré, sin empeñarme en nada más que peinar mi cabello, ya que no tenía cabeza para lucir especialmente bonita. Además de que mi intención no era impresionar a nadie, sino buscar una solución que favoreciera a mis hijos.

Aunque, cuando me subí al coche con Ronin y viajamos en silencio a nuestro destino, los nervios y mi ansiedad fueron incrementando, pues en ese momento sí temía lo que iba a pasar con aquel hombre de lengua filosa y mirada de hielo.

Pero tal cual aseguró Dominik: ya no había vuelta atrás.

«Volvería a suceder, Compañera. Como la catástrofe que eran juntos».

CAPÍTULO 35

¿Quieres que me arrodille frente a ti?

ISABELLA

Cuando Dominik me avisó que LuzBel había llegado a Italia con una amiga, jamás esperé que fuera una pelinegra con el cabello enrollado en un moño flojo y enfundada en una cortísima bata de seda blanca la que me abriera la puerta.

—¡Al fin! —gritó al verme, y me abrazó, metiéndome a la habitación como si temiera que volviera a irme.

—¡¿Laurel?! —entoné, pasmada de que fuera ella y no Hanna la que hubiera llegado con LuzBel.

«Y también aliviada».

No lo podía negar.

Le devolví el abrazo a Laurel, dejando escapar el aire que contuve cuando me dirigí a la habitación, imaginándome muchos escenarios. Incluso había ido dispuesta a cortarle el polvo a LuzBel si hubiera sido Hanna la que llegó con él.

Ronin intentó subir conmigo debido a eso, queriendo evitar una masacre. Y no me dejó meterme al ascensor hasta que le prometí por mi vida que no mataría a nadie.

—¡Dios, mujer! Has tardado demasiado —se quejó Laurel al apartarse de mí.

En ese momento confirmé que ya no sentía celos de ella, ni desconfianza, a pesar de que en el pasado se acostó con LuzBel. Y no era estupidez de mi parte, más bien se trataba de la seguridad de que me podrían fallar los planes, o las estrategias, pero jamás la intuición.

Y ya lo había confirmado cuando la vi meses atrás en el cementerio, pero en ese momento creía que LuzBel estaba muerto, y eso podía influir.

—¿Sabías que vendría? —indagué.

—Dominik le envió un mensaje a LuzBel para avisarle que te dijo que él estaba aquí, y que te dio la dirección del hotel. Pero no aseguró si vendrías hoy, lo que puso a ese odioso realmente impaciente e insoportable —se quejó—. Así que salió a despejarse porque aseguró que se sentía como un león enjaulado y muy hambriento.

Me reí.

—¿Dominik solo dijo eso?

Hice la pregunta para tantear si mencionó lo que pasó con Daemon.

—Sí, no añadió más —confirmó, y exhalé un suspiro—. Por cierto, estás guapa así, eh. Me encanta lo que hiciste con tu cabello y la moda italiana te sienta bien. —Sonreí en agradecimiento.

Usé un vestido de algodón gris, largo, de tirantes finos y pegado al cuerpo, y me calcé con unas zapatillas *All Star* blancas. No era nada del otro mundo, simplemente ropa cómoda del día a día.

Me invitó a sentarme y me ofreció un poco de vino local, que acepté porque necesitaba calmar los nervios. Observé el lugar descubriendo que era una suite de dos habitaciones; y comprendí por qué la encontré ahí vestida como si acabara de levantarse de la cama.

Al ir a servir el vino en las copas, noté que tecleó algo en el móvil, y supuse que le estaba avisando a LuzBel que yo me encontraba con ella. Lo que no ayudó con mi nerviosismo. Sin embargo, su compañía me era de mucha ayuda y me fui sintiendo más relajada con la conversación que entablamos, aunque también celosa y molesta, pues Laurel, además de explicar la razón para viajar con LuzBel, añadió que días atrás encontró a Hanna casi en el regazo del Tinieblo, pero juró que ella se la sacó de encima y notó que él no tenía intenciones de nada con la rubia.

Cosa que me costó creer, pero no lo discutí porque no llegué ahí para resolver nuestros asuntos como pareja, sino como padres.

«Tenías que repetir eso hasta que te lo creyeras».

—Eres una picarona, se te dio comerte a Elliot, ¿eh? —Casi le escupo el vino en el rostro cuando soltó eso entre sonrisas—. No le digas a LuzBel que dije eso —añadió, comportándose como una hermana rebelde que apoyaba a su cuñada en las fechorías.

Y eso me hizo reír después de la impresión. Luego le expliqué mi verdad sobre ese hecho, sorprendiéndome una vez más porque ella lo sabía todo, e incluso me comprendía a mí tanto como a LuzBel. Y según sus palabras: no estaba en Italia para ser juez, sino mediadora.

—Oh, Dios —susurré cuando escuché que estaban abriendo la puerta.

Laurel se mordió el labio, pero no escondió su sonrisa, aunque tuvo la amabilidad de poner su mano sobre la mía como señal de apoyo.

—Tranquila —musitó.

En lugar de hacer eso, mi corazón comenzó a sufrir una taquicardia, y temí que se me escapara por la garganta. Aun así, tuve la capacidad de ponerme de pie junto a Laurel y me giré hacia la puerta. LuzBel entró en ese instante, y dejé de respirar cuando sus ojos grises encontraron los míos.

Vestía todo de negro, vaquero y playera lisa, usaba botas, y llevaba la parte delantera, y larga de su cabello, peinada hacia atrás, el de los lados se lo había recortado. Los tatuajes de su cuello y brazos de nuevo estaban expuestos para mí, y me obligué a tragar porque, así lo haya visto antes, esa era la primera vez que volvía verlo como LuzBel.

Como mi Elijah.

—*Okey*, dejen de mirarse así porque hasta yo comienzo a excitarme —susurró Laurel a mi lado.

No le hice caso, no podía hacerlo, no con LuzBel escaneándome de arriba abajo, observándome como si quería comerme y matarme al mismo tiempo.

—Debo sentirme afortunado porque la reina no me haya hecho esperar más —ironizó con la voz ronca y fría.

«Y aquí íbamos».

Casi escuché que mi conciencia exhaló un largo suspiro, conformándose con el filo que la lengua de ese hombre no había perdido. Y ni la mía al parecer, ya que sus palabras barrieron con el nerviosismo y la tensión que verlo de nuevo me provocó.

—Pues demuestra tu agradecimiento con una reverencia, lacayo —aconsejé con veneno.

Él sonrió de lado, con vileza.

«¡Jesucristo! Con lo que extrañé ese gesto».

Yo también, Colega. Yo también.

—¿Quieres que me arrodille frente a ti, Pequeña?

Jodida mierda.

¿Por qué demonios tuve que sentir el tono de esa pregunta entre mis piernas?

«Porque te hizo pensar en las veces que se arrodilló para comerte hasta el alma, Compañera».

Me sonrojé, pero, a pesar de eso, agradecí sonar fuerte con mi siguiente declaración, justo cuando él se acercó a mí.

—No lo necesito.

—Sé que no. Tú siempre tienes a alguien más dispuesto a hacerlo.

—LuzBel —advirtió Laurel.

Pero fue muy tarde, porque las palabras de ese idiota se sintieron como un balde de agua con hielo sobre mi cuerpo, que en lugar de dejarme sin aire hicieron bullir una ira en mi interior que ya había conseguido apaciguar.

—Sí, LuzBel. No te equivocas. Y no solo se arrodillan frente a mí, también lo hacen por detrás y entre medio de mis piernas cuando les monto el rostro.

Lo vi perder la cordura en ese instante, y sonreí satisfecha cuando caminó hasta quedar a unos pasos de mí.

—¡Diablos! Ustedes son como dos cables de electricidad pelados, —interrumpió Laurel, y se paró en el medio de ambos—, los juntan y hacen cortocircuito —añadió exasperada—. Vinimos aquí con un objetivo, no lo olvides —le recordó a LuzBel, él la miró reacio, pero me sorprendió que diera un paso atrás—. Y tú, por una vez en tu vida deja de echarle gasolina al fuego —demandó para mí—. No sean orgullosos y hablen de una puta vez. Explíquense lo que sea necesario, escúchense, fóllense antes si eso les ayudará a sacar esa ira reprimida, pero arreglen esta situación porque yo no me iré de aquí sin conocer a mis sobrinos —zanjó sin perder el aire—, y tal vez a algún italiano bueno al que me pueda tirar —finalizó con picardía.

«Por fin alguien les daba un buen consejo».

Laurel no era la primera en hacer eso.

«Pero sí la única que se atrevía a decírselo a los dos juntos».

Laurel soltó el aire por la boca con dramatismo e hizo un sonido que indicaba que se hartó de nosotros, así que se fue, dejándonos a LuzBel y a mí en una guerra de miradas, y se encerró en su recámara.

—¿Me honraría la reina al acompañarme a mi habitación? —urdió él sin romper el contacto visual conmigo, y apreté los puños.

—No es necesario ir ahí para lo que tenemos que hablar —zanjé—. ¡Joder, LuzBel! —chillé en el instante que gruñó y sin preverlo me tomó de los muslos y me echó sobre su hombro.

«Al lacayo le importó una mierda el deseo de la reina».

Ignoré a mi conciencia porque sentí las manos de LuzBel en mis caderas, muy cerca de mis nalgas, y me estremeció ese contacto. Aunque espabilé en el instante que me lanzó sobre la cama haciéndome rebotar y él cerró la puerta.

—¡Maldito imbécil! —largué poniéndome de pie.

Y ni siquiera intenté salirme porque él se quedó frente a la puerta como un jodido matón, por lo que opté por acercarme a la ventana y gruñí, observando la ciudad abajo, queriendo calmarme para no ser gasolina como aconsejó Laurel.

—Ya hice las cosas como tú querías, White. Ahora serán cómo yo quiero —aseveró, y controlé el respingo cuando sentí que llegó detrás de mí.

El calor que emanaba lamió mi espalda y, aun así, mi piel se erizó como si en lugar de calidez me hubiera transmitido su frialdad, haciéndome sentir por un momento como la vieja Isabella, la inocente, la que se cohibía con su presencia y enmudecía por su aura oscura.

—He venido para que hablemos de mis hijos —desdeñé, y el leve roce de su pecho en mi espalda y de mis nalgas con su pelvis casi consiguen que se me entrecortara la voz.

—Nuestros hijos, Pequeña —susurró cerca de mi oído, y tuve que cerrar los ojos.

Sentí mi pecho subir y bajar con intensidad, y empuñé las manos cuando estas comenzaron a temblarme. Su voz había descendido un tono y el mote me recordó que, detrás de mí, no solo tenía a LuzBel, sino también a Sombra.

—¿Qué te pasó?

—LuzBel —advertí porque me tomó la mano vendada al hacer esa pregunta, y la alzó a la altura de mi hombro, y en cuanto me quise alejar de él me retuvo por la cintura.

—Te hice una pregunta, responde —exigió, y giré levemente el rostro para encararlo.

«Santa mierda, Colega».

Me fue imposible no tragar con su rostro tan cerca del mío. Su mirada grisácea bajó a mis labios y luego a mis ojos.

«Tenías que hacerle caso a esa ninfómana y follar de una vez por todas».

—No. —Bufé para mi conciencia.

—¿No? —satirizó él con tono amenazante.

Carraspeé antes de decir:

—Hablemos de nuestros hijos —quise demandar, pero sonó a súplica.

Sus ojos brillaron con satisfacción.

—Lo haremos —aseguró, y me soltó la mano para apartarme el cabello del hombro. Su fragancia me estaba volviendo loca, combinada con su cercanía y cabronería—. Dejaste de ser castaña. —En ese momento no pude descifrar el tono de su voz.

Lo que sí pude fue encontrar mi dominio propio, y me aparté de él, poniendo una distancia suficiente para poder respirar sin dificultad. Y juro que sentí como si acabara de salir de debajo del agua, después de que me tuvieran sumergida hasta que mis pulmones ardieron.

—¿Recuerdas cuando le dijiste a Sombra que no querías a un hombre capaz de morir para salvarte, sino a uno que tuviera la fortaleza de vivir por ti? —preguntó, y el privilegio de respirar me duró poco—. ¿O cuando Elijah te aseguró que sería capaz de recibir una bala por ti? —Entendí que hablaba en tercera persona porque en aquel edificio, más de tres años atrás, me aseguró que nunca fue LuzBel conmigo, pero en ese momento sí lo era.

Y no le respondí, porque ya su presencia me había afectado demasiado. Y porque así quisiera actuar con dureza y exigirle que habláramos solo de nuestros hijos, como pretendí que fuera, admitía, únicamente para mí, que ya estaba lista para escucharlo, para entender por qué me engañó como lo hizo.

—¿Qué crees que hacía cuando me metieron en una puta cloaca? Castigándome porque tras hacer una promesa a cambio de que te dejaran vivir intenté ir contigo; como si no hubiera sido suficiente castigo que me obligaran a ver cómo te torturaban, y encima aceptara que te hicieran creer que me asesinaron de una manera sádica frente a tus ojos.

Estábamos lado a lado, él mirando hacia la ventana y yo a la puerta de su habitación. Y, cuando escuché su declaración, no pude más que echarme el cabello sobre uno de mis hombros y cruzar los brazos, porque comencé a temblar.

—Sobrevivía, Isabella —se respondió a sí mismo, y me lamí el labio inferior, mordiéndomelo en el proceso sin poder ocultar mi gesto de angustia—. Resistía porque necesitaba mantenerte a salvo, porque debía ser ese compañero para ti, aunque tuviéramos que luchar por separado en esa batalla. Sobrevivía porque quería volver a verte y, cuando te tuve de nuevo frente a mí, no me reconociste, no lo hiciste incluso suplicándotelo, sin pretenderlo ni preverlo, en aquel estudio de ballet, que me reconocieras aun si yo te decía que era otro.

Oh, mi Dios.

Escucharlo me llevó al pasado en un santiamén, reviviendo nuestros momentos con él como Elijah y como Sombra, esa vez no en una conversación sexual, sino dolorosa, pues sentía en su voz el calvario que vivió.

—La última noche que estuvimos juntos, antes de que descubrieras que yo estaba detrás de la máscara, me odiaste porque te dije que te escogí a ti, Isabella, porque lo hice por encima de LuzBel, el hijo de puta orgulloso que solo pensaba en sí mismo, pero quien dejó de lado su ego y posesividad para que tú salieras de aquel edificio, junto al hombre que más he odiado en mi puta vida. —Junté las manos y me las llevé a la boca, rogándole que parara sin atreverme a hacerlo de verdad—. Te preferí, White, viva y cerca de Elliot, antes que muerta.

Dejé escapar las lágrimas, y jadeé, porque me concentré tanto en mi dolor, me cegué tanto por el infierno que yo viví, que nunca imaginé que él también vivió en uno. Sollocé al darme cuenta de que, mientras yo lo imaginaba muerto, LuzBel sobrevivía por mí.

—Cuando me aseguraste que podías ayudarme a enmendar mi error, con tal de sacarme de las garras de los Vigilantes y yo te dije que no podías, no fue porque no te creyera capaz, o porque quería seguir al lado de Amelia. Fue porque... —Se detuvo en ese momento, la voz se le quebró y carraspeó para poder continuar—. Se llama Dasher, tiene la edad de nuestros hijos, o un poco más. Lucius lo secuestró junto a su madre para castigar al padre, los mantuvieron en el mismo búnker que me dieron a mí.

—No, LuzBel —rogué, y comencé a llorar sin poder detenerme, porque con el cambio de explicación tan repentino me hizo suponer lo que seguiría.

Las manos me estaban temblando y me giré de nuevo hacia la ventana.

—Me negué a traficar con niños —aclaró al ver mi terror—, Lucius intentó obligarme amenazándote a ti y a Tess con ese dispositivo, pero yo ya te había protegido con el inhibidor, así que sacrifiqué a mi hermana porque de ninguna manera haría eso.

—Dios —exclamé, pegando la frente en la ventana.

Los sollozos sacudieron mi cuerpo, viviendo un dolor que no era mío, pero que se debió a mí.

—Lucius se dio cuenta de que no podría obligarme más con ustedes, y le mencionaron de mi cercanía con ese niño, así que una noche me ordenó hacer un envío de armas, las cajas de madera en las que las transportaban eran grandes y pesadas, por eso no me di cuenta de que en una de ellas habían metido a Dasher, sedado. Y cuando me enteré de ello, el barco había zarpado, por mi maldita orden, a un destino que desconocía.

Los clones llegaron a mi mente y el horror me revolvió el estómago, porque no quería ni imaginarme el dolor de esa madre, cuando le arrebataron a su bebé para que fuera dañado de maneras tan atroces.

—Mataron a la madre y a uno de mis hombres para secuestrarlo de nuevo. Y me hicieron a mí que lo traficara, White. Para castigarme y obligarme a que formara parte de esos envíos si lo quería recuperar. —Giré el cuello con tanta rapidez para mirarlo que fue un milagro no provocarme una tortícolis—. No preguntes lo que no quieres escuchar —advirtió, y el labio me tembló por lo que eso significaba—. Porque por eso es que no te pedí antes que me permitieras ver a nuestros hijos, pues no tengo cara para mirarlos a los ojos, sabiendo lo que he hecho.

No contuve el sonido de mi llanto porque la rabia, el dolor y la tristeza se intensificaron de una manera que el pecho me dolió y el corazón iba a explotarme.

—Amaste a un imbécil y luego te enamoraste de un monstruo, Isabella —soltó con sarcasmo—. ¿Pero sabes qué tienen en común ellos dos? —No me dejó responder—. Que siempre te elegirán a ti, aun cuando eso signifique condenarse al infierno.

Negué con la cabeza y me llevé las manos a la nuca, pues esa declaración para muchos podría ser retorcidamente romántica, pero el peso que asentó en mis hombros no lo era, ya que, en efecto, Elijah Pride era el villano egoísta que quemaría el mundo y congelaría el infierno por la mujer que…

«*Eres la dueña de las putas palpitaciones de mi corazón*».

Sus palabras cobraron sentido.

«¡Jesús! Yo lo sabía».

—*Die for you*. —Me sobresalté porque no lo sentí llegar detrás de mí, de nuevo—. Moriría por ti —repitió, y la piel de todo mi cuello se erizó, cuando acarició con la parte de arriba de sus dedos, el tatuaje que me hizo en la nuca—. Eso significan las iniciales.

Incluso el llanto cesó, porque me quedé petrificada.

«¿Desde cuándo eras la dueña de sus palpitaciones, Colega? Porque esas iniciales no se inmortalizaban en la piel solo por hacerlo».

No pensé en la respuesta a esa pregunta, porque LuzBel dejó de acariciarme con los dedos y me tomó de la nuca, obligándome a que me girara y, cuando consiguió su cometido, presionó su frente a la mía.

Fue un gesto lleno de cansancio y alivio; de desesperación y tranquilidad; de frustración y triunfo; de aversión y afecto; de herido e indemne; de lucha y paz; de traición y lealtad.

Un gesto que me dejó claro que, con la misma intensidad que me quería cerca de él, también me deseaba muy lejos de su vida. Pero no encontraba el valor para decidirse ni por una cosa ni por la otra. Y quedarse en el medio no me lastimaba solo a mí, sino también a él.

—Me impactó saber que Amelia vivía —prosiguió cuando encontró su voz—, pero no la protegí porque la preferí por encima de ti. Callé en realidad que era ella, para escucharla antes de que le hicieras pagar por lo que te hizo, entonces me enteré que tu padre la regresó con Lucius, aun sabiendo que era hija de Leah, y que a él no le importó que ella volviera a un infierno, con tal de salvarte a ti.

—No, Elijah —jadeé llamándolo por su nombre.

Alejó el rostro del mío y me miró a los ojos, para que leyera en ellos que nada de lo que me decía era un invento para convencerme.

—No sabía cómo decirte la verdad sin ensuciar la memoria de tu padre, White, porque no quería romperte de nuevo cuando tú apenas estabas atravesando por su pérdida. Pero luego me decidí a hacerlo sin importarme eso, ya que me mataba ocultarte algo tan delicado, sin embargo, no conté con la traición de Jacob. Mi mejor amigo, mi hermano, truncó mis planes de sacarte del país para confesártelo. Y con eso todo se fue a la mierda.

Bajó el rostro y lo vi tan destruido que olvidé mi propio dolor y me quebré aún más por el suyo.

«Ese Tinieblo no era de hielo».

—Elijah —susurré, y lo tomé del rostro.

Él negó y me cogió de las muñecas para que lo soltara. Me dolió el desprecio, porque sentí que se debió a lo que hice con Elliot.

—No recuerdo haberme acostado con Hanna hace más de un año, porque esa noche estaba borracho, pero sé que desperté en una cama con ella, desnudos

—admitió, y apreté los puños—. Lo que sí puedo asegurarte es que no pasó nada entre nosotros el día que nos encontraste en mi apartamento.

Me solté de su agarre y él me dejó ir.

—Estaban semidesnudos y vi la cama deshecha —le recordé—. Tú mismo me restregaste en la cara lo que le hiciste, incluso tuviste el descaro de proponerme una demostración, usándome a mí —desdeñé.

—¡Porque lo intenté, White! —Alzó la voz, y me puse rígida—. Quise borrar tu imagen con la de ella, deseé que tus recuerdos conmigo se mancharan con Hanna usurpando tu lugar, así como tú has hecho que ese hijo de puta se apropie de los míos.

Sus últimas palabras fueron dichas con tanto odio que terminó poniendo una buena distancia entre nosotros. Y en ese momento, en lugar de actuar a la defensiva, me puse en sus zapatos porque lo comprendía, lo hice de la misma manera que deseaba que él me entendiera y creyera que, a pesar de lo que pasó con Elliot, mi corazón siempre fue y era suyo.

—Pero no pude —siguió en el instante que yo pretendí decirle algo—. Y nada de lo que viste fue lo que parecía. No nos bañamos juntos, y la cama fue deshecha por mí, cuando busqué estar solo, cuando me di cuenta de que ningún placer que pueda proporcionarme otra se compara al que me has dado tú.

No sé cómo podía decir que yo era la dueña de sus palpitaciones, cuando él manejaba las mías a su antojo al actuar de esa manera, al decirme esas cosas incluso cuando me miraba con odio.

—Es irónico y decepcionante que tuviéramos que pasar por todo esto para que me demuestres tus sentimientos —señalé, y caminé cerca de la cama, dándole la espalda de nuevo—. Pero más que eso, es doloroso que, incluso sufriendo el uno por el otro como lo hicimos, lo que yo hice creyendo que tú estabas muerto, pese más entre nosotros. Y que sea lo que nos impida que este encuentro llegue a otros términos.

—Aun así, White, no deja de doler porque lo hiciste por placer.

—¡Ya basta! —grité girándome, y él alzó una ceja—. Basta, LuzBel. Porque así lo tuyo con Amelia haya sido obligado o no recuerdes lo que hiciste con Hanna, en su momento me dolió. Así como dolió que me follaras la primera vez por vengarte de Elliot, como dolió, y sigue doliendo, recordar que te confesé que te amaba en un momento tan vulnerable para mí y me miraras como si estaba loca.

»Como dolió que, aunque no me pudieras decir que era importante para ti, no pudiste dejar de hacerme sentir como un trofeo que no querías perder por orgullo. Dejaste que me conformara con que me poseyeras como un objeto porque sabías que te necesitaba.

Me miró con arrepentimiento y se mantuvo en silencio.

—Incluso Sombra, esa versión tan diferente a ti, me hizo sentir de esa manera. Siempre como un trofeo en tus manos —lamenté, y vi sus ojos rojos y brillosos.

—Perdóname —pidió de manera repentina, y me dejó anonadada que esas palabras se hubieran deslizado tan fácil de su lengua—. Lamento mucho que mi forma de hacerte el amor se sienta más como posesión.

Perdí la capacidad de respirar, porque cambiara la palabra follar por hacer el amor. Y él aprovechó mi estupefacción para acercarse a mí.

—Perdón por no haberte devuelto la sonrisa la primera vez que nos vimos en la cafetería de la universidad, simplemente porque te tuve miedo. —Di un paso hacia atrás, pero él no dejó que aumentara la distancia—. Miedo de que mis demonios cedieran ante ti, que quisieran dejar de ser de todas con tal de pertenecerte.

La intensidad de su mirada me estaba quemando y, cuando volví a dar otro paso hacia atrás, sentí la cama impidiéndome más distancia entre nosotros.

—Me quemaste con una simple mirada y quise odiarte por eso, porque con solo mirarme me tuviste.

Caí sentada sobre la cama, y él me tomó de la barbilla, para que no se me ocurriera dejar de mirarlo, demostrándome con eso que ya no tenía miedo de que yo lo tuviera solo con mirarlo.

—¿Cómo puedes ser un trofeo para mí, si tú eres la dueña de mis besos, de mi cuerpo? ¿Cómo, si yo soy tuyo?

«Puta madre, ese hombre llegó dispuesto a matarte».

—Para un momento, por favor —supliqué, y bajé la mirada.

No podía con eso, pero él no estaba dispuesto a dejarme vivir un poco más, así que se puso de rodillas frente a mí y alzó mi rostro poniendo dos dedos debajo de mi barbilla.

—Mírame a los ojos, *meree raanee* —exigió, y me negué porque tenía miedo—. Mírame cuando te pido que me perdones por haberte hecho el amor, desde el primer día que dejé que probaras mis labios y yo saboreé los tuyos, y luego te permití creer que solo fuiste mi venganza.

Me estremecí en el momento que se acercó a mí y comenzó a besar mi barbilla, recorriéndome la mandíbula de esa manera hasta llegar a mi oído.

—Perdóname por haberme atrevido a decir *jaque mate* en Elite, en un juego que siempre lo has ganado tú —susurró, y mis ojos se desorbitaron—. Porque yo también ya me había quemado a mitad del camino, Bonita. Yo también siempre te he correspondido en todo.

El mundo cayó a mis pies tras esa declaración que fue capaz de eliminar toda agonía y dolor. Y que me dio el valor y la potestad para tomarlo del rostro y verlo a los ojos.

Sin temor.

Sin resentimientos.

Sin agonía.

Sin odio.

Dispuesta a dar el paso que ambos queríamos, pero que él no se atrevía a dar aún.

—¿Ves el humo, Elijah? —pregunté, y sonrió como un cazador encantado de ser cazado.

—No más, Pequeña. Porque contigo todo es fuego.

Y, tras decir eso, nuestras bocas se encontraron a mitad del camino.

L.O.D.S

De aquí y hasta el final de mis días, mi lealtad será para ti. Te daré y ayudaré en todo lo que necesites.

MAOKKO

CAPÍTULO 36

Caímos

ELIJAH

Había descubierto lo fácil que era sentirse poderoso, cuando optabas por estar enojado y juzgar, antes que correr el riesgo. Sin embargo, al tener a Isabella frente a mí, diciéndole tantas verdades que callé por orgullo, descubrí que rendirse con la persona correcta también era ganar.

Y eso no solo te daba más poder, sino también te hacía sentir invencible.

—Perdóname tú también —susurró sobre mis labios, no había dejado de cogerme del rostro ni yo de aferrarme a sus caderas—. Lamento no escucharte cuando quisiste explicarte —siguió, y me miró a los ojos. Sus iris miel brillaban, siendo un poco más claros, dejándome ver en ellos las motitas marrones—. Siento tanto haber creído que vivías un paraíso con ella, cuando en realidad resistías en el infierno por mí.

—No es necesario que pidas perdón.

—Sí lo es, Elijah. Necesito hacerlo, quiero pedirte perdón por haber querido odiarte con todo mi ser, porque se sentía más fácil que aceptar que no fui la única víctima. —Le acaricié el rostro y limpié el rezago de lágrimas sobre sus mejillas—. Perdóname por haberte herido con mis palabras, por pretender prohibirte que veas a nuestros hijos, por…

—Shss —Puse el pulgar sobre sus labios, y negué con la cabeza cuando su voz se quebró—. Solo dime una cosa y sé sincera. —Su expresión fue atormentada, sus ojos estaban llenos de expectativa y nerviosismo, e imaginé que esperaba que de alguna manera yo siguiera con mis reclamos y señalamientos, incluso después de todo lo que le confesé—. ¿Todavía me amas?

Se lamió los labios antes de responder.

—Nunca he dejado de hacerlo. —No hubo dudas en sus palabras.

—¿Con rojo fuego?

Sonrió de lado, y luego se mordió el labio inferior.

—Y ardiente —reiteró.

No hubo más qué decir ni discutir. Y lo que había por resolver lo veríamos en el camino. En ese momento simplemente disfruté de la tensión acumulada en mis nervios, disminuyendo. Me deleité de cómo el dolor por todas esas noches, de todo el tiempo en el que parecía que ella se movía cada vez más lejos de mí, me abandonó.

—Te amo, Elijah Pride.

Olvidé con esas palabras que todos los días fingiendo ser otro hicieron que cada uno de mis recuerdos con ella parecieran sueños irreales, provocándome miedo e incertidumbre.

Pero ahí estábamos. Isabella White confirmándome que fuimos reales, que me amaba, que cada centímetro de su ser era mío, y no estaba dispuesto a dejarla ir otra vez, porque me enfermé de vivir sin ella.

—Vivo en tu dimensión y moriré en ella, White. No hay otra elección posible para mí.

Eso era todo.

Caímos.

Llevé la mano a la parte posterior de su cabeza y enrosqué los dedos en su cabello, cerniéndome a la vez sobre su boca. Dejando claro que no habría más conversación, que no me negaría más a lo evidente, a lo que no podía ser cambiado, simplemente porque no quería que fuera de otra manera.

Me fundí en sus labios, y su gemido conmocionado vibró en mi lengua, succioné la suya cuando apenas la dejé tomar aire, sosteniéndola con firmeza para hacer con ella lo que yo quisiera.

Y no lo negaré, tuve miedo de volver a tomarla de esa manera, porque creía que los monstruos en mi cabeza me jugarían una mala pasada, haciendo que la imaginara con él, pero no sucedió. Y, sin embargo, estaba seguro de que, si hubiera pasado, habría seguido el consejo que Laurel me dio cuando admití que me aterrorizaba pensar a Isabella con Elliot, al tenerla frente a mí.

«*Borra sus huellas y vuelve a marcar las tuyas, pero no la pierdas por eso. Deja el pasado atrás, vive el presente y te aseguro que la tendrás en el futuro*».

«*¿Desde cuándo te volviste tan sabia?*».

«*No, amigo mío. No soy más sabia, solo tengo más experiencia de la que imaginas*».

Me moví sobre la boca de Isabella y mordí su labio inferior, tirando de él, provocándole otro gemido, rindiéndose a mi arrebato, dejando que fuera yo quien controlara el beso.

—Estoy harto de extrañarte, *meree raanee* —declaré sobre sus labios, los míos cosquilleaban todavía sintiéndola en ellos.

Su pecho subía y bajaba con intensidad, sin embargo, abrió la boca y me buscó queriendo más de mis besos, pero me aparté y negué con una sonrisa ladina en el rostro, provocándola, incitándola a que luchara por lo suyo.

—¿Qué significa? —preguntó en cambio, presionando su frente a la mía, bebiéndose y bebiéndome su aliento.

Acarició mi pómulo con la punta de su nariz, y llevó una mano hacia mi nuca, enterrando los dedos en mi cabello y consiguiendo que le diera acceso a mi cuello, donde respiró hondo para embriagarse con mi aroma.

—Mi reina —respondí, sabiendo a qué se había referido con su pregunta—. Joder —gemí al sentir sus dientes mordisqueando mi oreja.

La acción consiguió que la sangre recorriera con furia mis venas y se concentrara en mi pene. Mi erección dolió y palpitó a tal punto que me vi obligado a soltarla a ella para coger mi falo y apretarlo, y de paso restregar mi palma en él, con la intención de obtener un poco de alivio.

—Más tuya que mía —afirmó, y lamió el lóbulo de mi oreja.

Demonios.

Estuve a nada de cerrar los ojos por el placer que su voz y boca me provocaban. La mujer sabía lo que hacía conmigo cuando sacó la lengua y con suavidad comenzó a lamer y besar mi cuello, arrastrando esos besos húmedos a través de mi mejilla, saboreándome como si fuera su postre favorito.

Inhalé y exhalé, llevando las manos a sus pantorrillas para arrastrar mis dedos en ellas, subiendo ese maldito vestido en el proceso, una prenda que me puso loco de celos cuando la vi al llegar a la suite, pues tocaba cada una de sus curvas como yo añoraba hacerlo.

—Elijah —susurró en mi oreja, y sonreí, porque ambos nos estábamos probando, queriendo confirmar quién soportaría por más tiempo esa dulce tortura.

—¿Qué quieres, Pequeña? —pregunté, mirándola con desafío, sonriéndole con vileza y, sin más, tirando del tirante fino del vestido hasta romperlo.

Lo bajé junto a la copa del sostén y dejé expuesto su pecho, entendiendo por qué estaban más grandes.

—¿Tengo que pedirlo? —provocó, y me mordí el labio con tanta fuerza, que no me hubiera extrañado hacerlo sangrar, negando con la cabeza.

—No, pero quiero escucharlo —demandé.

La sangre en mi pene se aceleró cuando se sentó más al borde de la cama y abrió las piernas. Enganché el vestido entre el espacio de mi dedo pulgar e índice y lo subí hasta la mitad de sus muslos.

—Puedo sentir tu enorme deseo tocando mi pierna —dijo, y la levantó para acariciar mi falo, este luchaba por salir de mi pantalón—. Y he comenzado a babear por el deseo de sentirlo. —Frotó la nariz contra mi mejilla y yo subí más el vestido hasta obtener un vistazo de su coño desnudo y brillante.

—Sí, supuse que no te referías a la boca —la chinché. En lugar de sonrojarse me sonrió, sus ojos derramando fuego, luciendo hambrienta—. Maldición, White. Me matas.

Tomé sus labios de nuevo y la besé, reclamándola tal cual ella hizo conmigo al corresponderme, sujetando su cabello de la parte posterior para tirar su cuello hacia atrás. Arrastré mi lengua y dientes por su barbilla antes de capturar su pezón en mi boca y chuparlo. Tembló, y la euforia me embargó al darme cuenta de cómo se derretía entre mis brazos, incrédulo además por el control que tuve al no haberla tomado ya, con la dolorosa excitación que también sacudía mi cuerpo.

Mi puto pene mendingaba su calor, con ese placer natural que no me hacía sentir culpable ni mucho menos como si yo no tenía el control. Todo lo contrario, era tan correcto que me provocaba fortaleza y un descontrol adictivo.

Mordí y chupé ese capullo endurecido, lo lamí mientras arrastraba las manos por sus muslos, llevé una mano a su cadera y la otra la dirigí a su sexo, hundiendo un dedo entre sus pliegues, gimiendo los dos, ella por el placer que yo le provoqué, y yo porque eso también era mío.

—Me pone enfermo que babees así por mí —señalé, y se mordió el labio cuando jugué con su clítoris.

Era seda en mis dedos, tan suave y resbaladiza.

—No voy a soportar más —avisó, blanqueando los ojos antes de cerrarlos. Pero el placer de su primer orgasmo no se lo daría a mis dedos, quería bebérmelo hasta embriagarme de ella. Isabella era la única droga de la cual no quería rehabilitarme—. No, Elijah, no pares —rogó.

Le respondí con una sonrisa *comemierda,* y la tomé de las caderas hasta casi sacarla de la cama, con arrebato subí el vestido a su cintura y le cogí las piernas, consiguiendo que sus rodillas le llegaran al pecho.

—Joder —gruñí al extender sus piernas lado a lado y ver su coño expuesto para mí.

Enseguida me agaché para presionar mi lengua en su húmedo clítoris, y gritó, echando la cabeza hacia atrás, inclinando más su espalda a la cama mientras se apoyaba en ella con los codos.

La sostuve de la parte de atrás de los muslos para que no perdiera esa posición, y moví la lengua en círculos rápidos, llevándola también de arriba abajo para no perder ni una sola gota de su dulce excitación. Estaba comiéndole el coño porque sabía que le encantaba y, sin embargo, lo hacía más por mí. Porque su placer era el mío.

Noche tras noche soñé con un momento como este. Me mantuve vivo no solo para protegerla, sino también para volver a tenerla, como chocolate fundiéndose en mi lengua.

Maldición.

¿Cómo llegué siquiera imaginar que ya no era mía? Si pudo haber estado con otro, pero como el infierno sabía que nadie la tendría como yo lo hacía. Ni siquiera Sombra consiguió tener a esa reina en sus manos, con esa combinación de mente, cuerpo, alma y corazón que solo me dio a mí.

A Elijah jodido Pride.

Su dueño.

Su rey.

Suyo.

Arrastré la lengua por los lados de sus pliegues y luego la chupé donde tanto necesitaba. Gritó y me tomó del cabello, pero esa vez no para retenerme, sino para apartarme.

—Te quiero dentro de mí —demandó.

Con esa orden me reclamó y, como el psicópata que había caído a sus pies, sonreí.

Rápido tomó los bordes de mi playera y me la sacó, le ayudé con mi vaquero, desabrochándolo y dejando que colgara en mis caderas lo suficiente para exponer mi polla, en cuanto me puse de pie. Sonrió con malicia al ver que yo también babeaba por ella, y negué con la cabeza, prometiéndole que le cobraría esa osadía.

—Espero que te estés tomando la píldora, porque no hay tiempo para condones —advertí, y la tomé por debajo de los muslos, mi polla tan dura como un mástil de hierro siendo tirado por la gravedad del imán que tenía su coño para mí.

—Oh, Dios.

—Demonios —jadeé al unísono con ella.

Me empujé más adentro y la besé, sus gemidos eran el canto que acompañaba ese rito de placer.

Envolvió sus brazos en mi cuello cuando apoyé las manos en la cama y propicié que sus pechos se frotaran en el mío. Bombeé duro y rápido, desatando más de tres años de deseo contenido, ya que en ese instante, con ella consciente de que era yo, sin secretos en el medio, sin fingir, sentí que la estaba tomando por primera vez.

—Nada será tan perfecto como tú y yo juntos, Bella —sentencié, dándole a Sombra para que confirmara que esa vez nos tendría a ambos—. Nunca, Bonita —reiteré.

Me respondió con las caderas, moviéndolas una y otra vez, mis empujes constantes resonaron entre sus muslos en cuanto añadí más fuerza y la follé profundamente, sintiendo sus músculos tensarse alrededor de mi polla, con su orgasmo construyéndose, cuando encontré el punto perfecto y friccioné hasta que su cuerpo se tensó y sus gemidos se volvieron descontrolados, en el instante que colapsó y la cúspide máxima de su placer la atravesó como un rayo.

Gritó mi nombre, lo repitió como esa oración con la que me adoraba, y sonreí con un puto orgullo al verla deshacerse de gozo y satisfacción. Mis músculos ardieron al tratar de no correrme, y fue una maldita suerte que consiguiera contenerme.

—Te extrañé —susurró con la voz queda.

Su respiración se estaba relajando. Tomé su boca besándola duro para consumir su ambrosía, confirmándome a mí mismo lo que le aseguré a Laurel: yo no era débil con Isabella, ella no era mi kriptonita. Todo lo contrario, era la fuente de mi poder, y juntos éramos invencibles.

—¿Quieres saber cuánto te extrañé? —preguntó, su tono cambiando de quedo a malicioso.

—Por supuesto —dije, y me incitó a tumbarme en la cama.

Se sacó los zapatos y se puso de rodillas entre mis muslos. Me deleité con sus movimientos sensuales al quitarse el vestido y lucir su traje de Eva para mí, tuve que morderme el labio, y mi polla se alzó más con la imagen de esa reina. Como Sombra, nunca estuvimos juntos a la luz del día, y las lentillas me privaron de su piel tersa y bronceada, de esas rayitas blanquecinas que le adornaban el abdomen bajo.

Inclinó su pecho hacia mí cuando notó que mi mirada se detuvo en la marca de la V en su vientre.

—Es increíble cómo nuestros hijos sacaron esto de mí —hablé, y ella me miró sin entender—. Te marcaron como suya tal cual yo lo hice. —Sonrió de lado al comprender que me refería a las rayitas blanquecinas.

—¿De verdad te gusté embarazada?

Mi polla reaccionó antes que yo por la imagen que puso en mi cabeza: el recuerdo de cómo la vi en ese vídeo. Usaba un pantaloncillo corto que apenas cubría su culo.

La playera la había cortado para que le quedara como top, exponiendo su abultado vientre con orgullo y… joder, las fantasías que me provocó no eran sanas.

—Quien ha dicho que una mujer embarazada pierde su atractivo es porque jamás tuvo la oportunidad de verte a ti en ese estado —ratifiqué y, después de todo lo que habíamos hecho, sus mejillas se sonrojaron por esa declaración—. Aunque es una suerte para él, ya que de atreverse a mirarte se condenaría solo a vivir en la oscuridad.

—¿Por qué, Sombra? —cuestionó con picardía, y alcé una ceja.

¿Y yo era el enfermo?

Puta madre, sí lo era porque, escucharla incitándome a decir lo que diría, me llevó al borde del orgasmo.

—Porque perdería los ojos, Pequeña. Y te los daría a ti como regalo.

—Maldito enfermo —susurró mientras besaba mi cuello, escondiendo ahí su sonrisa.

Pero no dijimos nada más, opté por deleitarme con el placer de su lengua lamiéndome el torso, esa punta rosada jugando con los *piercings* en mis tetillas, trazando mis tatuajes, besando cada uno. Me mataba ver su culo en pompa, su cabello alborotado que, aunque ya no era castaño, no le restaba belleza, todo lo contrario, acentuaba su poder y madurez. Aunque igual lo extrañaría, echaría de menos a mi Castaña, así siguiera teniendo a la terca, curiosa, gruñona y provocadora.

Me lamí los labios cuando dejó besos húmedos sobre los músculos de mi abdomen, tentándome al retrasar su descenso. Mis pantalones seguían cayendo bajo, y mi polla parecía rogarle por atención a su lengua. Sin embargo, esperé con paciencia porque con ese ritual parecía que ella me estaba adorando.

—Ya te adoré, ahora te poseeré.

El sobre aviso llegó justo cuando agarró mi polla y se la tragó, gimiendo ella como si en verdad estuviera penetrando su coño. La sensación de su lengua caliente fue demasiado, pero no insoportable o algo que me asustara, todo lo contrario, gruñí deseando jamás dejar de sentir ese placer.

—Joder, Isabella.

La tomé del cabello en cuanto llegó a la mitad de mi falo, sin saber si quería apartarla u obligarla a que llegara más profundo. Respiré hondo en cuanto ella volvió a tragarse mi erección tras un impulso de cabeza, lamiendo a la vez mi carne y recorriendo con la lengua lo largo de mis venas hasta llegar a mi corona.

Sentí que iba a ahogarme cuando me miró fijamente, recibiéndome más adentro. La contemplé un poco asombrado, también con intensidad, dejándole ver la locura que estaba desatando en mí.

Puta madre.

Gruñí y le cogí el cabello con tanta fuerza que supe que le arrancaría un par de hebras, pero en lugar de mostrar dolor o incomodidad me dejó ver su deleite por tenerme al borde de lo insano.

Ahuecó las mejillas al chuparme más fuerte, y juro que esa imagen de ella dándome ese nivel de placer con la boca marcaría más cada parte de mí, se tatuaría en mi memoria. Utilizó la mano que no tenía vendada para rodear el extremo al que no lograba llegar, tratando de ir más profundo, pero no consiguiendo cubrir mi longitud por completo.

No obstante, su ingenio la llevó a retorcer la mano y deslizar los labios a lo largo de toda mi polla, logrando que gimiera con intensidad, sintiendo el fuego incendiando mi pelvis y el ardor en mis músculos, por el placer queriendo hacerme explotar.

—Mierda —solté con un gruñido profundo.

Ella acababa de poner los ojos en blanco y gimió alrededor de mi polla, confirmándome que sí, yo era su postre favorito, emitiendo vibraciones que recorrieron toda mi extensión hasta llegar a mis bolas.

Le cogí el cabello con una mano, enrollándolo alrededor de ella como una coleta, había soltado un par de lágrimas al tratar de tragarse mi falo más allá de sus límites, y solté una maldición, un sonido feroz que le demostró que tenía en sus manos al depredador.

—Nunca dejarás de adorarme así —sentencié, mordiéndome el labio.

Y cuando supe que no podría más, la retuve, obligándola a llegar más profundo hasta conseguir que diera una arcada, entonces la aparté, escuchando su fuerte jadeo al recuperar el aire que contuvo.

—Luego voy a ser que te tragues mi semen, Pequeña —advertí.

Tras eso la tumbé en la cama, me coloqué entre sus piernas y la penetré, clavando mi mástil tan profundo que mis testículos golpearon su montículo sensible, dejándola incluso sin poder gemir o gritar. Lo que sí consiguió fue arquear la espalda y clavar las uñas en la cama, arañando la sábana hasta casi romperla porque la embestí sin descanso.

La cogí de nuevo del pelo, siendo rudo pero no brusco, y levanté su cabeza obligándola a que me mirara a los ojos.

—Oh, Dios —gimió, abrazando mi cintura con sus piernas, dándome más acceso para llegar incluso más profundo.

—¿Tanto así me adoras que me has hecho tu dios? —no pudo responder, se mordió el labio para soltar el fuerte grito que tenía atorado en la garganta—. Es una suerte que tu dulce coño pueda recibirme completo a diferencia de tu boca —señalé sobre sus labios.

Asintió, mostrándose tan perdida que no podía sentir, o razonar, más allá de la lujuria cegadora que nos anulaba a ambos.

Acoplé mi cuerpo al suyo y me clavé más hondo en su coño, soltando su cabello para llevar mi mano a su garganta, rodeándole el cuello con ella mientras que la otra la coloqué en su vientre plano, presionando la palma deliberadamente, sonriendo cuando Isabella maldijo porque de esa manera sintió más cada empuje que le obsequié con ahínco.

La cama chirrió en cuanto me impulsé más fuerte con mis rodillas, bombeando con potencia, dejando la delicadeza a un lado, follándola duro sin dejar de hacerle el amor. Blanqueó los ojos, arqueó más la espalda, y apretó la sábana entre sus manos hasta que sus nudillos se volvieron blancos, y entonces lo sentí, sus músculos apretando mi polla como si quisiera estrangularme, el grito tembloroso escapando al fin de su garganta, y con él, mi nombre.

Me nombró como si estuviera en trance, proclamándome como su dios en el instante que su mundo se estrelló en mil pedazos.

—Maldición, eso es.

Terminé esa oración con un gruñido gutural al sentir mi polla sacudiéndose dentro de ella, el cuerpo se me estremeció de pies a cabeza, los músculos de la pelvis me ardieron, y el saco de mis testículos se contrajo al empotrarla una última vez, antes de correrme, de llenarla con mi semen hasta que no cupo una gota más, y sentir nuestros fluidos rebalsándose de su vagina.

—Puta madre —jadeé al colapsar sobre ella, apoyándome en los codos para no lastimarla.

Los muslos le temblaron igual que mis piernas, y me reí en su boca, jadeando sin aliento, percibiendo que ella seguía sintiendo espasmos de placer, junto a las leves sacudidas que mi polla continuó dando en su interior.

Ese había sido uno de los orgasmos más intensos que mi reina me había provocado.

—Te amo en todas tus versiones, Elijah —musitó, mirándome con amor e ilusión.

Con alivio y satisfacción.

Con incredulidad y felicidad.

Abandonando el pasado y dándome la bienvenida a su presente.

Convencí a Isabella para que se quedara esa noche conmigo, pero no dormimos nada; nos dedicamos a conversar entre los descansos de nuestros polvos, y luego seguíamos follándonos, como dos amantes que tenían el tiempo contado, necesitando recuperar esos tres años que nos mantuvieron separados en una sola noche.

En ese instante, Isabella se encontraba retozando en mi costado izquierdo, trazando con su uña pintada de negro aquel tatuaje que nunca pudo ver. Parecía anonadada aún con la reina del ajedrez en color blanco, sosteniendo aquellos demonios con sus cadenas. Y, aunque me preguntó qué significaba, en sus ojos vi el anhelo por escuchar lo que ya había imaginado.

Era ella.

Siempre llevé a mi reina, y ella siempre llevó a su rey.

—Tienes los ojos más hermosos después de follar —dije cuando me miró, y sonrió porque no esperaba que le señalara eso.

No le mentía, la miel en ellos parecía más clara y limpia, además de que brillaban de una manera que nunca vi en el pasado, y menos cuando volvió como la reina Sigilosa. Se había hecho el cabello en una coleta floja y pasó de la ropa, ya que cuando intentó cubrirse con mi playera tardó más en ponérsela que yo en quitársela para volver a follarla.

La tomé con suavidad en algunas ocasiones, pero la mayoría fueron con dureza.

—¿Sabes qué más tengo? —Me reí con su pregunta.

—También lo sé, ya he pedido comida a recepción. —Me miró con sorpresa porque no había olvidado que después de nuestras largas horas de sexo terminaba con un ataque de hambre—. ¿Qué? ¿No me crees capaz de cuidar bien de mi reina?

—Tienes que, después de agotarme de esta manera.

—No te vi quejándote por eso hace unos minutos, cuando engullías mi polla queriendo llevarla hasta tu garganta.

—¡Dios! Eres un patán —se quejó, y le di un azote en el culo cuando salió de la cama para buscar de nuevo mi playera y vestirse con ella.

Media hora después estábamos saliendo de mi habitación, eran las siete de la mañana, y tanto Isabella como yo nos sorprendimos de encontrar a Laurel sentada en una *chaise lounge,* cerca de la ventana de la suite; tenía las rodillas encogidas, abrazando sus piernas con una mano mientras que con la otra sostenía una taza con un líquido humeante.

Nos miramos con Isabella, y ella contuvo una sonrisa, porque la pelinegra nos estaba observando como si quisiera atravesarnos con algo muy filoso.

—Uno actuando de buena fe, y ustedes no tienen ni una pizca de consideración —se quejó y, aunque Isabella se sonrojó, yo me reí.

—¿Recuerdas que tú lo sugeriste? —inquirí cuando me miró indignada—. Además, no hicimos nada que tú no hubieras hecho —recalqué, y Laurel apretó los labios, conteniendo una sonrisa cínica.

—Ven que el sexo sí ayuda —señaló, retomando su actitud de celestina, esa que había tenido desde que llegó a Grig—. Y no dejemos de lado el amor —añadió con malicia, y negué.

No le dije nada porque en ese instante tocaron la puerta y fui a abrir de inmediato, sabiendo que era uno de los escoltas (que viajaron conmigo y Laurel), llevando la comida que pedí a recepción.

—¿Te dijo que te ama? —Alcancé a escuchar a Laurel preguntándole eso Isabella, y rodé los ojos, sabedor de que no me veían.

Esa maldita chismosa no pararía con eso.

Menos mal Isabella no le dio alas y, cuando regresé con la comida, Laurel nos acompañó, asegurando que era lo menos que le debíamos después de no dejarla dormir por nuestro escándalo. Me gustó que White le tuviera tanta confianza como yo, y no se cortó al hablar de nuestros hijos.

Las sorprendí a ambas cuando les hablé de la misión que hice para los griegos meses atrás, en la que, por razones que solo el destino sabía, me crucé con esos pequeños roba osos, a los cuales nunca pude sacar del todo de mi cabeza porque, así yo no supiera de ellos, mi ser los reconoció como parte de mí. Tras eso fue el turno de Isabella de dejarme sin palabras, en cuanto aseguró que las copias conservaban esos juguetes, que eran sus compañeros para dormir, además de añadir que Aiden siempre los llamó *tuti*.

Pero ese momento no fue del todo ameno, cuando tocamos el tema de Daemon y su condición. Laurel se mostró triste, Isabella frustrada y herida, yo en cambio, me llené de ira porque me seguía pareciendo injusto que el karma se ensañara así conmigo.

Ya Isabella me había explicado en la habitación la razón de su mano vendada, y todo lo que sucedió con Daemon en la clínica, antes de que me buscara. Dominik me avisó que él le dio la dirección del hotel, pero no mencionó nada del percance con mi hijo. Y, para ser sincero, no estaba seguro de si se lo guardó por ética, o porque se sentía reacio conmigo, ahora que tenía a Amelia literalmente en sus manos.

Porque sí, él mismo me confesó dos días atrás que Amelia lo había mandado a capturar por irlandeses, que lo llevaron a Dublín y se encontró con ella creyendo que la tipa lo asesinaría, sin embargo, se arriesgó porque necesitaba saber de su hijo, pero más de ella.

Y, aunque Amelia sí intentó matarlo porque estaba convencida de que Dominik la engañó haciéndose pasar por mí, por órdenes de Isabella, e incluso lo acusó de que él era otro que escogería a White por encima de ella, la chica terminó por rogarle que salvara a su bebé.

Me pareció increíble el giro que dio esa historia entre ellos, pero mientras Dominik siguió hablándome de lo sucedido, entendí que era cierto. Amelia en verdad quería que protegieran a su bebé de ella misma, y él llegó justo a tiempo, ya que, después de ese primer encuentro sin que fingiera ser Sombra, la chica terminó por perderse en su propia mente, y ahora se encontraba en alguna clínica psiquiátrica del mundo, tratando de ser salvada de sus propios demonios.

Dominik creyó que iba regocijarme con esa noticia, pero no sucedió. Y no por la situación con Daemon, sino más por él y su hijo.

—Se refugió en el único sentimiento que conoce —murmuré cuando Isabella terminó de contarle a Laurel lo que pasó con Daemon el día anterior—. La ira es el único sentimiento que saben reconocer al principio, y en el que se refugian por ser lo más familiar y menos complicado de demostrar y aceptar —expliqué, recordando todo lo que vi en Amelia, y lo que Darius me informó sobre la bipolaridad.

Isabella se llevó una mano a la nuca, incómoda al entender por qué yo sabía eso. Y no la culpaba, porque, así supiera la verdad, había odiado con intensidad a Amelia por muchos años y eso no cambiaría de la noche a la mañana.

—Esto es demasiado duro —comentó lo evidente, al sentir mi mirada en ella.

La tomé de la mano y agradecí que no me rechazara, que me confirmara con esa aceptación que ella también lucharía contra sus miedos, tal cual yo pensaba luchar contra los míos.

—Ahora lo es, pero al aprender sobre la enfermedad podrán lidiar mejor con ella —la animó Laurel tomándola de la otra mano—. Y ya no estarán solos, Isa. LuzBel los protegerá de cerca esta vez, será el apoyo que siempre debiste tener.

Isabella asintió, yo me puse nervioso porque, seguido de eso, ella nos informó que los niños ya sabían de mí y estaban realmente emocionados por verme.

Seguía pensando que no los merecía, era así de hecho. Y, siendo franco conmigo mismo, no sabía cómo demonios haría para verlos a la cara, sin recordar a todos aquellos rostros inocentes y llenos de miedo a los que condené. Ya que, ni siquiera con lo que estaba haciendo con mis élites para rescatar a tantos niños que sufrieron el mismo destino, me hacía sentir menos mierda.

—Iré a tomar una ducha, los veo en un rato —avisó Laurel, y se condujo a su habitación.

Yo me encerré con Isabella en la mía, la llevé a la ducha también para tratar de que se olvidara por unos minutos de todo lo que nos seguía atormentando, mientras la limpiaba y a la vez la ensuciaba, repitiendo el proceso en tres ocasiones antes de conseguir salir del cuarto de baño.

—Dime.

Isabella se veía cansada cuando respondió el móvil, aunque muy satisfecha, y eso me hizo sonreír.

—*Los niños despertaron y preguntaron por ti.* —Reconocí la voz de Maokko. White tenía la llamada en altavoz—. *Creyeron que habías ido al trabajo sin despedirte de ellos, así que tuve que decirles que estabas con su padre* —informó, y supuse que por trabajo se referían a las misiones con La Orden—. *Ahora preguntan que si les darás una hermanita.*

Mi sonrisa se ensanchó al ver lo roja que se puso la Castaña, bueno, ex Castaña. Demonios, extrañaría verla así.

—Diles que aún no habrá hermanita, pero sí mucha práctica —respondí yo por White, y ella me fulminó con la mirada.

—*¡Hola, Chico oscuro!* —me saludó con emoción.

En ese momento, Isabella también se rio por recordar ese mote con el que me bautizaron.

Cuando finalizaron la llamada, ya habíamos descubierto que, aunque esas copias sí preguntaron por su madre, no mencionaron nada sobre una hermanita. El comentario fue una broma en clave porque, al parecer, Maokko era tan chismosa como Laurel, y quería confirmar si hubo sexo entre nosotros o no, así que mi respuesta le satisfizo.

—Gracias, Fabio.

Esa segunda llamada que White recibió sí que barrió con la diversión que me dio Maokko, pues no me hacía ni puta gracia que Fabio se comunicara con Isabella. Sin embargo, me controlé porque él era uno de los médicos de Daemon, y le llamó para informarle sobre los resultados de los exámenes que le practicaron a nuestro hijo el día anterior.

Isabella volvió a poner la llamada en altavoz porque se estaba vistiendo con ropa que le prestó Laurel.

—*¿Estás con él?* —cuestionó Fabio de pronto, y fruncí el ceño.

—Sí, Fabio. Estoy con ella —no me contuve, y terminé por responderle yo—, pasamos la noche juntos. ¿Quieres saber más? —lo provoqué.

—*No viejo, puedo imaginarme lo demás* —respondió él, e Isabella me miró incrédula por haberme entrometido. Me encogí de hombros, como un jodido inmaduro diciéndole que él comenzó—. *Es más, me alegro por ti. Y por mí además, así dejas de amenazarme.*

Los ojos de Isabella se desorbitaron al saber eso, y la vi con ganas de bufarme.

—En mi defensa, fue hace un par de semanas. —Fabio rio cuando escuchó mi explicación para White.

—Perdón por eso, Fabio —pidió ella exasperada, al ver que yo no me arrepentía ni un poco por haberlo amenazado con llegar a Italia para despedazarlo.

Era posible que ignorara las intenciones que yo sí sabía que Fabio tenía con ella.

—*No te preocupes. Te escucho feliz y eso sí que es importante.* —Bufé una risa por su treta de galán de una puta novela—. *Y Luzbel, he mantenido mi palabra, así que deja el drama.*

Dicho eso, cortó la llamada, dejando a Isabella con el ceño fruncido.

—¿Qué quiso decir con eso? —inquirió.

—Que eres mía —zanjé yo, y rodó los ojos.

Sonreí llegando a ella, y le di un beso casto en los labios, consciente de que, si no era mientras la follaba, no aceptaba esa verdad. Y no le mentí, pues con su declaración Fabio me reconfirmó que Isabella era mía.

Por eso mantenía su palabra, ya que me aseguró que solo si ella quería seguiría adelante con sus intenciones. Y que Isabella estuviera ahí, respondiendo a mis besos castos, confirmaba que, por más hijo de puta que fui, nunca quiso a nadie más.

—Cálmate —pidió Laurel exasperada.

—No puedo —acepté, y la vi reír a través del retrovisor.

Estábamos en la casa de seguridad en la que actualmente estaban Isabella y mis hijos. Habíamos llegado hacía menos de media hora.

Cuando salimos del hotel, Caleb y Ronin todavía seguían abajo esperándola, y nos escoltaron hasta ahí porque, por supuesto, no permití que Isabella viajara de regreso con ellos. No pensaba separarme más de ella, y menos mal que White quería lo mismo conmigo, por lo que me evitó una discusión con sus compañeros de haber insistido que se devolviera con ellos.

Laurel se había quedado en el asiento trasero del coche, mientras Isabella se fue al interior de la casa, porque creímos que era mejor que ella se adelantara, para asegurarse de que las copias seguían con la emoción de verme, pues, de no ser así, yo estaba dispuesto a dar un paso atrás, por mucho que me afectara que después de todo la vida utilizara medios naturales para dejar por sentado que esos niños no merecían estar cerca de un tipo como yo.

—¿Por qué no hay un manual para esto? —me quejé, dándole golpes insistentes y constantes al volante con mi pulgar, mientras aferraba con ímpetu los otros cuatro dedos a él.

—Porque la idea es que aprendas a ser un buen padre, al igual que uno aprende a ser un buen hijo —respondió la pelinegra—. O eso dicen, pero ya sabes, mis padres no aprendieron ni una mierda —desdeñó—, y no me dejaron aprender a mí —susurró con una pizca de tristeza que no pudo esconder.

La mayoría únicamente vería en ella lo que era ahora, no obstante, yo que la conocí en su peor momento, era consciente de todo lo que esa chica atravesó, las veces que la cagó y cómo se superó. No para enorgullecer a otros, sino porque deseó ser una mejor versión, aunque más cabrona, de sí misma.

—Puedes aprender a ser una buena tía —le recordé cuando noté que su cabeza se había perdido con sus malos recuerdos—. Y deja de ponerte así, que ahora mismo te necesito fuerte y dándome ánimos, porque yo no tengo ni puta idea de cómo actuar —amonesté, y soltó una pequeña carcajada.

Ambos nos conocíamos muy bien, por eso sabía que ella no necesitaba que la hundieran más recordándole lo fuerte que era por lo que superó. En momentos como ese, prefería que la sacara de golpe de sus recuerdos para que estos no le robaran la poca paz.

—No actúes, solo sé tú mismo —aconsejó.

—Mierda.

Maldije al ver a una asiática saliendo de la casa, y la reconocí en el instante: era la misma chica que estuvo con mis hijos en el parque, la que no quería que ellos tomaran los osos. Y no me preocupó que ella también me recordara, porque no me vio el rostro en su totalidad, y tampoco era algo que debía ocultar.

Lo que sí lo hizo fue la incertidumbre de saber por qué era ella la que se encaminaba hacia el coche y no Isabella.

—Tranquilo, hombre.

—Temo que no quieren verme —supuse para Laurel.

Ya no dijimos nada porque la chica hizo un asentimiento hacia nosotros, al percatarse de que la mirábamos, y salimos del coche.

—Hola, soy Lee-Ang —se presentó, su acento japonés era más marcado que el de Maokko o Isamu—. He escuchado que le llaman LuzBel, pero, si me lo permite, me dirigiré a usted por su apellido, ya que no me gustaría utilizar su apodo frente a los gemelos —avisó, y asentí de acuerdo.

Puta madre.

La chica parecía menor que Isabella, e incluso dulce e inocente, pero había algo en su tono de voz y la educación con la que se dirigía a nosotros que intimidaba un poco y… mierda, a mí nada me intimidaba a excepción del momento al que estaba a punto de enfrentarme.

—Ella es Laurel. Supongo que Isabella te avisó que estaba con nosotros y que le tenemos confianza —la presenté al notar que Lee-Ang la miró, esperando porque yo tuviera educación.

—Por supuesto que lo hizo —afirmó, e hizo una reverencia tipo *eshaku*[6] para mi amiga.

Laurel se limitó a sonreírle un poco tímida, y comprendí que a ella también la estaba intimidando Lee-Ang, y con lo cabrona que era, además de extrovertida, me sorprendió más que la asiática consiguiera eso con su simple presencia.

—Es un placer conocerlos. Ahora, síganme, por favor —animó, y comenzó a caminar adelante de nosotros—. Isabella se quedó con los niños, ellos están en su entrenamiento diario con Maokko. Y, como ya saben, Daemon no se encuentra dispuesto a colaborar en este momento, así que Isa intenta controlar ese aspecto todo lo que sea posible. —Me sentí impotente y muy frustrado con ese recordatorio.

Maldita enfermedad.

—Pero… ¿no se han negado a verme? —pregunté, dejando entrever un poco del temor que trataba de contener.

—Han estado esperando este momento desde ayer —confirmó ella sin mirarme.

Joder.

Tomé un largo suspiro. La casa era amplia, aunque, según la explicación de Isabella, más pequeña que la otra en la que estuvo viviendo desde que las copias nacieron. En esta se encontraban de manera provisional, y confesó que a nuestros hijos no les gustaba, pero se las apañaban hasta que pudieran regresar a la vivienda original.

Lee-Ang nos condujo por un pasillo en el interior de la casa y, mientras más nos acercábamos a la habitación, que adecuaron como estudio de artes marciales, escuchábamos los *Kiai* de un niño y el ladrar emocionado de un cachorro.

Me obligué a tragar cuando mi corazón comenzó a latir de una manera muy extraña y ralenticé el paso, sintiendo que la respiración comenzó a faltarme.

---

6 Es un tipo de reverencia japonesa, se realiza con una inclinación del torso hacia el frente, de quince grados, y se utiliza para saludos sencillos hacia alguien de tu mismo rango o estatus social.

Puta madre. Solo eso me faltaba.

—Esto es demasiado —murmuré cuando Laurel me tomó de la mano al darse cuenta de mi reacción.

Ella me miró preocupada, Lee-Ang en cambio no perdió la paciencia ni el control, reconociendo quizá que lo único que me pasaba es que no tenía ni puta idea de cómo proseguir.

—Mi padre siempre dice: aquel que piensa mucho antes de dar un paso, se pasará toda la vida en un solo pie. —Dicho eso, la asiática se acercó a mí y me miró a los ojos—. Los niños no juzgan ni señalan, ellos solo reciben, dan y perdonan con la bondad y el amor que poseen en el corazón. —Sus palabras fueron tan seguras que, así no me sintiera merecedor de esa oportunidad, me animé a seguir adelante.

Lo hice porque no era de los que se pasaría toda la vida en un pie, no obstante, por primera vez estaba caminando con miedo, algo que sí me sorprendió, pues yo era de los que no le temían ni a la muerte, de quienes no se ponían nerviosos ante nadie, y mucho menos le huía a los peligros.

Hasta que me obligué a caminar a una habitación en la que se encontraban las únicas tres personas que tenían la capacidad de hacerme titubear, por las únicas que estaba dispuesto a dejar el orgullo y el ego a un lado, las únicas que lograban que yo me pusiera nervioso.

Y lo reafirmé en cuanto puse un pie dentro de esa habitación y escuché algo para lo que nadie jamás me preparó.

—¡Sí! ¡Papito!

«Los niños no juzgan ni señalan».

Las palabras de Lee-Ang resonaron en mi cabeza cuando caí de rodillas y mis brazos se abrieron por sí solos, esperando por el pequeño tornado, vestido con uniforme de artes marciales en color blanco, que se dirigía hacia mí. El impacto de su cuerpecito, y la manera en la que aferró sus brazos alrededor de mi cuello, me cortó la respiración como si en realidad hubiese recibido una bola enorme de acero.

Me cago en la puta.

¿Cómo demonios se respiraba?

—¡Etás aquí! —entonó con la voz amortiguada en el hueco de mi cuello, y me rompí en pedazos.

Lo hice por la incredulidad y el anhelo en su voz, porque corrió hacia mí lleno de euforia, pero en cuanto estuvo entre mis brazos soltó pequeños sollozos que me hicieron abrazarlo con un poco más de fuerza, sentir el sudor en su frente y respirar el aroma a frutas que su cabello castaño despedía.

Todo eso, junto al latido acelerado de su corazón que se acompasó con el mío.

Él era la cosa más diminuta y perfecta que alguna vez sostuve en mis brazos. Un ser pequeño e indefenso que consiguió que olvidara cómo se formulaba palabra alguna y que temiera siquiera intentarlo.

—Yo soy...

—Sé quién eres —lo corté cuando se separó de mí.

Miré sus ojos grises que ahora sabía que no era una coincidencia que fueran idénticos a los míos. Los tenía rojos y brillosos por las lágrimas. Sus mejillas también estaban sonrojadas, y grabé para siempre en mi memoria la sonrisa que me regaló.

Jamás desconocería al más curioso de mis copias. El niño con una capacidad innata de congelarme en mi lugar, como en ese momento, cuando llevó su manita a mi mejilla y limpió lo que yo creía que era el sudor que él me dejó.

—Te extañé mucho —aseguró.

—Y yo a ti, Aiden —dije, intentando formular las frases sin quebrarme.

Besé su frente y volví a abrazarlo, se sentía tan bien. Me sentí tan poderoso, dichoso y feliz en aquel momento, que supe que, si me tocaba morir en ese instante, lo habría hecho siendo el maldito cabrón más feliz del universo.

—No puedo lespiral —susurró, y reí.

Al alzar la mirada, encontré a Isabella a unos pasos de nosotros. Tenía a Daemon en brazos, y él mantenía el rostro metido en el cuello de ella. Mi reina lloraba en silencio, sobando la espalda de nuestro otro pequeño.

Tragué con dificultad porque ya había dado un paso, pero me hacía falta otro, y volvió a sentirse igual de aterrador, sin embargo, cuando me puse de pie y sentí a Aiden tomándome la mano, supe que no necesitaba a nadie más que me guiara hacia Isabella y Daemon.

—Es real, mi vida —susurró White cuando estuvimos frente a frente, pero no para mí. Me atreví a estirar el brazo libre y acaricié la cabecita de mi otro pequeño, él se estremeció ante mi contacto, reconociendo que no era la mano de su madre quien lo tocaba—. Te lo prometo —añadió ella.

Daemon negó con la cabeza, vestía con un uniforme igual al de su hermano.

—¡Sí, D! Mílalo, no tiene alas —lo animó Aiden, y volvió a negar.

—¿Puedo? —inquirí para Isabella, pidiéndole permiso para cargarlo. Ella dudó, pero no se negó—. Voy a sostenerte un momento —susurré al acercarme a ellos.

Tomé al pequeño de la cintura, tanteando su reacción, y en cuanto noté que no rechazó mi toque, lo agarré con más firmeza, viendo cómo apretó sus párpados con fuerzas. Un gesto que me indicaba que él tenía más miedo que yo en ese instante, sin embargo, en cuanto lo sostuve en la misma posición que lo había mantenido Isabella, se aferró a mi cuello tal cual lo hizo Aiden minutos atrás, y comenzó a llorar.

Los niños no señalaban ni juzgaban, pero... mierda, que capacidad la que tenían para romperte y reconstruirte en un santiamén.

—Siento mucho no haber estado aquí antes —musité en su oído. Mis palabras fueron como un interruptor en él, y comenzó a llorar con más intensidad, aunque siendo silencioso—. Pero ahora he vuelto y no volveré a dejarte —aseguré.

Lo alejé de mí para que me mirase, aunque no tuve éxito porque sus ojos seguían cerrados. Y me dio miedo que él, a diferencia de su hermano, sintiera que yo no merecía estar ahí con ellos y por eso me rechazaba.

—¿Por qué no quieres verme? —me atreví a preguntarle.

—Poque no quielo despeltar —susurró, y no lo comprendí.

—No, D. No es un sueño —le explicó Aiden, iluminándome sobre la verdadera razón para que su hermano se negara a mirarme.

—Oh, Dios —soltó Isabella en un gemido de lamento, entendiendo también la negatividad de nuestro hijo.

Yo me quedé sin palabras, sintiendo cómo esa copia entre mis brazos me lanzó desde lo más alto, hasta lo más profundo. Entendiendo mejor el odio de Isabella hacia nuestros enemigos, comprendiendo la sed de venganza que durante mucho tiempo la convirtió en un monstruo insaciable, que no estaba dispuesta a perdonar a nadie por mucha justificación que tuvieran.

—Mírame, por favor —supliqué cuando tuve la capacidad—. Soy real, Daemon, y quiero que me veas y te asegures de que estoy aquí, cargándote y deseando ver tus bonitos ojos —pedí.

—Papito etá llolando, D —añadió un pequeño entrometido.

Eso sirvió para que su hermano abriera los ojos de golpe, y entonces los vi.

Admiré con vehemencia aquellos ojos grises consumidos por la miel del medio; esos iris lograron atravesarme el alma y hacer que me estremeciera hasta los huesos. Eran extrañamente hermosos e intimidantes, pero verme reflejado con tanta claridad en ellos me hizo sentir al fin en casa.

—Etás aquí, papito. Eles tú y no tenes alas.

El dolor, la felicidad, la tristeza y la emoción se sintieron en sus palabras a tal punto que fui yo el que tuvo que cerrar los ojos, porque no quería que las personas que siempre deseé que me vieran fuerte, en ese momento fueran testigos de mi vulnerabilidad y culpa porque estaba pasando, ¡joder! Tenía a la inocencia en mis manos, esa misma que destruí antes y me avergoncé de que ellos me hayan creído un ángel, cuando no fui más que el peor de los demonios.

—Perdón —rogué con la voz gangosa, y atraje a Isabella a mi costado, ella ya cargaba a Aiden en sus brazos—. Perdón por todo lo que tuve que hacer para poder regresar con ustedes —seguí—. Perdónenme por no merecerlos.

—No, Elijah, no digas eso —suplicó Isabella comprendiendo lo que me pasaba.

—No soy digno de ustedes, amor. Pero te prometo por mi vida que siempre daré todo por ti y nuestros hijos —aseguré.

Ella vio en mis ojos que lo que salió de mi boca lo sentía y sostenía con el corazón.

Nada ni nadie me iba a hacer faltar a la promesa de vida que estaba haciendo frente a las personas que se convirtieron en mi mundo, en mi todo.

CAPÍTULO 37

Ahora la recuerdo

ISABELLA

Lo conocí siendo un arrogante, traté de alejarme de él por ser un déspota, pero caí a sus pies por su astucia y me dejó conocerlo en una faceta fría, manipuladora, aunque también leal. Sin embargo, lo que jamás preví, es que después de tantas tormentas, Elijah Pride me permitiría verlo cediendo, rompiéndose, siendo humano.

«Perdónenme por no merecerlos».

Esas palabras me marcaron más que aquel hierro mi piel, porque sentí su dolor, su agonía, su tormento. Elijah de verdad creía desmerecer a mis hijos y, aunque lo comprendía después de todo lo que tuvo que hacer, no aceptaba que él pensara de esa manera, pues ahora yo también sabía que, así hubiese hecho atrocidades imperdonables, ninguna fue por su voluntad.

Lo obligaron.

Lucius y Amelia consiguieron hacerlo caer, lo convirtieron en un villano. Y con eso aprendí que, a veces, los que estábamos del lado de la justicia éramos quienes más injusticias cometíamos al juzgar a las personas equivocadas, dejándonos llevar por lo que veíamos o creíamos que pasaba, sin investigar hasta lo más recóndito de los victimarios.

—¡Sí! —gritó Aiden, por algo que Elijah les dijo.

Daemon se limitó a sonreír, todavía aferrado al cuerpo de su padre, pues no quiso que dejara de cargarlo.

En ese instante, el pecho se me hinchó de felicidad, y por primera vez en muchos años sentía que cada grieta que quedó en mi corazón, tras romperse en muchas ocasiones, estaban comenzando a sellarse. Empezaron a hacerlo desde la noche anterior, cuando, después de escucharlo y enterarme de su verdad, me hizo el amor, dándome lo mejor de las dos versiones en las que me enamoré de él.

Tuve a Sombra y a Elijah en partes iguales.

«Tan perfecto como el chocolate: lo dulce y lo amargo en un solo paquete».

Me mordí el labio porque por primera vez fui mi conciencia: pensé en un paquete muy distinto al que ella se refería.

«¡Jesucristo!».

Culparía a mi dicha. A esa satisfacción que barrió con tres años de dolor, muerte, mentiras y traiciones. Pues ahí, en esa pequeña órbita conformada por los cuatro, el pasado quedó atrás e incluso el presente se congeló, dejándonos vivir y respirar con tranquilidad. Y ya eso se había vuelto tan escaso en nuestras vidas que incluso llegué a pensar que estaba borracha, o drogada, porque ese momento se sintió como los efectos fugaces de los estupefacientes. Y lo único que rogué al cielo fue que no me estuviera dando algo momentáneo.

Porque era tan perfecto que incluso daba miedo.

—Mila, papito. Somba te quiele.

Mis ojos se ensancharon al escuchar a Daemon y de la felicidad pasé a la aflicción cuando el cachorro llegó a nosotros y se paró en sus dos patitas, pidiéndole un poco de cariño a Elijah.

—¿Sombra? —preguntó él con una ceja alzada, acompañada de esa media sonrisa *mojabragas*.

«La que se le iba a borrar cuando supiera la razón detrás del nombre del cachorro».

Carajo.

—Sí, es nuestro cacholo —respondió Aiden con orgullo, dándole a su amigo canino la atención que Elijah todavía no le daba.

Se había bajado de mis brazos desde hace un rato, pues él, aunque le encantaban los mimos, también le gustaba ser independiente, por eso prefería caminar antes de que lo cargara. Aprendió a comer solo muy rápido, porque así escogía del plato lo que más le gustaba, e incluso ya comenzaba a ducharse solo, aunque siempre con la supervisión de las chicas, o la mía.

Y Daemon le seguía los pasos, pero, cuando se encontraba en días oscuros, optaba por depender de nosotros.

—¿Por qué se llama Sombra? —preguntó Elijah entre divertido y curioso.

Di un paso hacia atrás, sin que él me viese, y llamé la atención de Aiden, negando con la cabeza para que no respondiera la pregunta de su padre.

—Eteee… —En otro momento me hubiera reído al ver el gesto de Aiden al decir eso, sus ojos bailaron de un lado a otro, queriendo mirarme, pero sin que nadie más se diera cuenta, a pesar de que estaba siendo el niño más obvio del mundo—. No, papito, mami no quele que te diga. —Con la inocencia que lo caracterizaba, Aiden decidió decir la verdad.

La puta madre.

Me llevé una mano a la frente, apretando los labios para no reírme y rindiéndome porque la cagué monumentalmente.

«¡Mierda! Teníamos que enseñarles a mentir».

Vaya consejo.

—¿En serio, mami? —preguntó Elijah con burla—. ¿Por qué, eh?

—Sinceramente, es una plática para otro momento —solté, imitando la inocencia de Aiden, y volviendo a cagarla con eso.

—¡Yo te digo, papito! —gritó Daemon con emoción, todavía en los brazos de su papá, alzando los bracitos para que él le diera atención.

Me rasqué la nuca, luego la cabeza, sintiendo que la comezón me estaba recorriendo por todo el cuerpo.

¿Por qué nadie me dijo que los hijos podían ponerte en situaciones tan embarazosas?

«¡Ahhh! La dulce maternidad».

—Anda, campeón, dime todo lo que quieras —lo animó Elijah—. Enséñale a mami a no ser una pequeña cobarde —añadió, y exhalé un suspiro.

—Poque mami tene un pejro y tabén se llama Somba.

Elijah frunció el ceño.

—¿Y dónde está ese perro? —inquirió.

«Cargando a su cachorro».

Hija de puta.

Me dio un poco de vergüenza ver que Elijah miró al cachorrito *canino*, a lo mejor suponiendo que el padre de este era el perro del que nuestros hijos hablaban.

—No, no tengo perro —me vi en la obligación de aclarar, deseando que la tierra me tragara.

—Mami, pelo tío Ellio dijió que sí tenías uno —contradijo el pequeño traidor de Aiden.

«Me cago en la puta, Colega. Bien decían que después del gustazo llegaba el trancazo».

¡Puf! No había necesidad del recordatorio.

—No es dijió, Aiden, es: dijo —corregí nerviosa al sentir la mirada de Elijah quemándome.

—¿Tío Elliot? —Bufó tratando de controlarse al comprender todo—. Creo que ese hijo... —olvidé el nerviosismo y lo miré con dureza para que no fuera a soltar esa palabrota frente a los niños—, de su madre —se corrigió—. Merece unas *caricias* muy duras por meterse donde no lo llaman. —Negué al escucharlo, y solté el aire por la boca.

Y anoté mentalmente que debía enseñarle a los clones a no hablar demás.

«Les enseñarías a mentir».

¡No! Solo iba a enseñarles a ser prudentes.

Fue un alivio que el tema del nombre del cachorro quedara zanjado (de momento) cuando las chicas volvieron, pues se habían ido de la habitación para darnos privacidad en un encuentro tan emotivo y especial. Aunque las miradas que Elijah me dedicó me prometieron que pronto íbamos a retomarlo cuando estuviéramos solos.

Los niños conocieron a Laurel, y por primera vez disfruté de sus celos, ya que en cuanto vieron que ella abrazó a Elijah, emocionada por el momento que su amigo estaba atravesando, ellos le cuestionaron que por qué hacía eso. Mi Tinieblo se rio al ver la reacción cómica de la pelinegra, y juntos le jugamos un par de bromas. Y, tras eso, seguí disfrutando del día.

El cansancio se esfumó y yo, a diferencia de D, me negaba a cerrar los ojos para no dejar de ver esa realidad tan hermosa. Mis pequeños no se apartaron de Elijah en ningún momento y fueron capaces de arrancarle sonrisas grandes, hermosas y verdaderas. Incluso lo hicieron esconder esa dureza que lo caracterizaba para que acogiera con naturalidad su faceta de padre. Y, aunque por momentos noté que los miró atormentado porque seguía creyendo que no merecía tenerlos, nuestros hijos se encargaron de confirmarle que sí lo hacía.

—¿Vas a quedalte ton nosotos? —le preguntó D con ilusión, cuando la noche llegó.

Elliot había tenido razón, a Elijah le encantaba jugar a la pelota, así que en cuanto tuvo la oportunidad se los llevó al pequeño jardín de la casa y los mantuvo anonadados al mostrarles los trucos que sabía hacer. Daemon incluso se atrevió a tratar de ejecutar algunos, Aiden parecía más interesado en verlos y reírse cuando su gemelo fallaba.

Observarlos en ese momento me recordó cómo se respiraba, sobre todo porque Daemon, a pesar de su estado, consiguió gastar toda esa energía extra y pidió irse temprano a la cama, pero por supuesto que su papito lo llevara a ella.

Elijah me miró ante la pregunta de nuestro hijo y eso me hizo sonreír, ya que, al parecer, con ellos en nuestra órbita, se le olvidaba lo mucho que disfrutaba demandando e imponiendo.

—Sí, amor. Papito se va a quedar, no se irá más —aseguré.

Aunque miré a mis hijos, sentí de nuevo su mirada quemándome. Y cuando me acerqué a Aiden para acomodar su manta, Elijah se acercó para hacer lo mismo, simplemente por el placer de hacerme sentir su cercanía y rozar mi mano de una manera que parecía simple, pero que sentí en todas partes.

«¡Jesús! Esperaba que no estuvieras cansada para otra sesión de sexo».

—¿Polemos pintal tus dibujos mañana? —le preguntó Aiden, sacándonos de ese trance en el que nos metimos.

Antes de responderle, Elijah me dio un beso casto en el cuello, y miré a Daemon cubriéndose la boquita, al reír tímido por el gesto de su papá conmigo. Ellos conocían a su padre por la foto que tenía de él, pero en ella Elijah solo mostraba su rostro, por lo que los clones se sorprendieron al ver el cuerpo lleno de *dibujos* de su padre.

«Él era el lienzo perfecto para cualquier mujer, pero un cuaderno de dibujos andante para sus pequeños».

—Claro que sí. Mañana me darán la excusa perfecta para que su madre me limpie después. —Tragué con dificultad, porque no era correcto imaginar mi lengua trazando sus tatuajes, en presencia de nuestros hijos, luego de su respuesta descarada.

«Debías dejar de lado si eso era correcto o incorrecto. Y mejor rogar para que a tu pequeño entrometido no se le ocurriera preguntarle al Tinieblo si él era *Jacco*, porque no quería imaginar lo que seguía después».

Demonios.

Todavía teníamos pendiente la charla de Sombra, así que no quería pensar en dar otras explicaciones. Y menos después de comprobar que Elijah creía que Fabio buscaba algo conmigo.

«Bueno, tan equivocado no estaba, eh».
No me ayudabas.

—Gacias, mami —susurró Daemon cuando le di su beso de buenas noches, y sonreí.

—Te amamos, papito —aseguró Aiden, y vi un brillo especial en los ojos de Elijah.

Pero no les respondió, o yo no lo escuché, ya que se inclinó para darles un beso en la frente, y ellos sonrieron tras el susurro que les ofreció.

«Amaba y odiaba que no fuera un hombre de expresarse con palabras».
Yo también, pero siempre preferiría que fuera de acciones.

Cuando salimos de la habitación y caminamos por el pasillo hacia la sala, lo hicimos en silencio, porque en ese momento no había nada qué decir, simplemente era de disfrutar incluso de eso, y dejar asentar todo lo maravilloso que nos estaba sucediendo desde el día anterior.

No obstante, quise tener el detalle de avisarle que ya habíamos preparado una habitación de invitados, pero, antes de aclarar que era para Laurel, su rostro fue un poema, porque lo primero que se le ocurrió es que lo enviaría a dormir lejos de mí.

—¿Me harás dormir en una habitación de huéspedes? —preguntó indignado, y oculté mi sonrisa.

—Si lo prefieres, puedes quedarte en el sofá de la sala —seguí tomándole el pelo, y alzó una ceja.

—¡Perfecto! Si es lo que quieres —ironizó y, sin poder soportarlo más, reí.

Él no lo hizo.

Me tomó del brazo para detener mi paso y me empotró a la pared, cogiéndome con firmeza del cuello, sin dañarme. Únicamente se metió en el papel de cabrón que él ya había descubierto que me volvía loca. Y cuando vio que me mordí el labio y escuchó mi suave jadeo, sus ojos derramaron fuego, y la curva de su boca se alzó hacia arriba con lujuria, incitándome a quemarme.

—¿Quieres perderte de esto, Pequeña? —susurró cerca de mis labios, y su sonrisa se ensanchó cuando sintió con su mano que tragué con dificultad.

—Si me lo preguntas mientras presionas así mi collar favorito, pues resulta difícil negarse —lo provoqué, y se mordió el labio, poniendo un gesto lascivo que estaba a punto de llevarme a la locura.

—Mi mano en tu garganta te gusta, eh —confirmó.

—Tanto como a ti mi daga en tu cuello.

—Puta madre, White —susurró, y presionó su frente a la mía, dejándome sentir su respiración acelerada.

Con la otra mano se aferró a mi cintura y rozó su pelvis en mi vientre. Maokko iba a tener un espectáculo de los que le encantaba leer, en vivo y en directo, si llegaba a aparecer por ese pasillo en su ronda de vigilancia.

—Jamás te alejaría de mi cama de nuevo, Elijah —resollé, rozando nuestros labios al hablar, sin hacer más que ese contacto.

—Entonces llévame a ella ahora mismo —demandó.

No tuvo que repetirlo, porque él sabía que esas eran sus únicas órdenes que yo obedecía sin rechistar.

Elijah no había olvidado el tema del cachorro y su nombre. De hecho, lo sacó a relucir mientras me empalaba hasta la empuñadura, haciéndome gemir su nombre, logrando que le rogara por no parar cuando me negaba a responder las preguntas qué me hacía.

Entendí entonces que no quería follarme únicamente por placer, sino también para llevarme a un punto vulnerable en el que yo le dijera todo lo que quería escuchar. Y, aunque luego discutimos porque el tema de Elliot seguía siendo delicado, volvimos a reconciliarnos en unos instantes, ya que ni él ni yo estábamos dispuestos a perder el tiempo molestándonos.

En los días siguientes nos dedicamos a aclarar todo lo que todavía estaba pendiente entre nosotros, sin dejar de disfrutar juntos de nuestros hijos. Incluso me convenció de que regresáramos a la casa de Florencia luego de encargarse, junto a Caleb y Ronin, de doblar la seguridad en los anillos. Y no era necesario recalcar lo felices que fueron los clones con esa decisión.

Los momentos incómodos también llegaron cuando él quiso hablarme sobre Hanna y lo que sucedió con ella, lo que los llevó a tener sexo; y volvió a reiterarme que no lo recordaba, cosa que me extrañó demasiado. Y por supuesto que lamenté que la chica pasara por una violación, sin importar los celos que me despertara; jamás me alegraría de la desdicha de una mujer.

Ni siquiera me alegré por la de Amelia, así la siguiera odiando con todo mi ser, cuando me mencionó que estaba en una clínica psiquiátrica siendo tratada para que no se dañara ella, y menos al bebé que esperaba. Un tema que por supuesto nos llevó a otro más complicado y doloroso, pues tuve que enfrentarme a una verdad que no era fácil de digerir.

Mi padre la regresó, sin importarle nada, a un infierno del que ella intentó escapar al igual que mi madre.

—Cuando recién descubrí que Amelia vivía y ella me dijo esto, no te lo negaré, aunque entendí a Enoc también lo juzgué porque él ya sabía lo que tu madre había vivido en manos de Lucius, e incluso así, no se tocó el corazón y la condenó a un infierno peor —admitió Elijah.

Me estaba abrazando por la espalda, seguíamos desnudos en la cama luego de hacer el amor, antes de levantarnos ese nuevo día. Exhalé un suspiro tembloroso, y tragué, porque, visto de esa manera, mi padre fue un monstruo.

—Pero luego ella misma me llevó a su infierno, Bonita. Entonces mis señalamientos hacia tu padre se esfumaron, porque si cometí atrocidades, peores que las de Enoc, por Dasher; no quiero ni pensar lo que sería capaz de hacer si alguien pretendiera tocar a uno de mis hijos.

Mis ojos ardieron, y me di la vuelta para que quedáramos frente a frente, ya que con eso yo también comprendí que habría actuado igual o peor que papá. Y así Amelia no tuviera la culpa de nada, como todos esos niños que ahora eran parte de las pesadillas de Elijah, no podía señalar a mi padre de monstruo por lo que le hizo, ya que, después de todo, John White primero fue padre y puso mi bienestar por encima de lo que fuera.

—Siempre habrá mal para conseguir el bien. Y, por mucho que queramos evitarlo, el bien será tocado por el mal —susurré acariciándole el rostro—. Nunca serás un monstruo para nuestros hijos, amor. —Sus ojos se abrieron un poco más al escucharme llamarlo así, pues era la primera vez que lo hacía en persona. Y sé que le causé la misma impresión que él a mí cuando usó ese mote cariñoso días atrás, como Elijah y no como Sombra—. Y, aunque sí lo seas para el resto del mundo, no dudes que para ese niño, para Dasher, serás el ángel que lo protegió de un destino tan atroz.

No me dijo nada, su reacción fue besarme tan profundamente hasta que me extrajo el alma y la hizo suya.

«Una vez más».

Exacto.

Los días siguieron pasando, y con ellos Daemon logró salir de su estado oscuro. El gris en sus ojos volvió a extenderse hasta la mitad del miel, y a Elijah le fascinó descubrir que ese pequeño tenía la combinación de nuestros colores.

Ellos consiguieron su cometido al colorear los tatuajes de su padre y, tras haber hecho un trabajo magistral con mi lengua, luego de descubrir que *alguien* les proporcionó tinta comestible a mis pequeños, volvió a incitarlos para que lo tomaran como lienzo, y esa vez pasé toda la noche limpiándolo, incluso de las partes a las que mis hijos no llegaron a colorear.

Pero no todo fue placer y felicidad, también resolvimos algunas cosas de las organizaciones, él sobre todo, ya que había dejado a sus dos élites sacando adelante las misiones para continuar desmantelando grupos criminales que se dedicaban al secuestro de personas, que es en lo que Elijah estaba enfocando toda su atención.

Nos enteramos además que Tess estaba consiguiendo una recuperación rápida, y sus padres, igual que mi hermano, confiaban en que volvería a ser la pelirroja de siempre muy pronto. Sobre la existencia de nuestros hijos, habíamos decidido seguir manteniéndola en secreto, al menos un poco más de tiempo, porque en eso los dos estábamos siendo muy sobreprotectores.

—¿De verdad crees que se quedará tan tranquilo? —murmuró Laurel refiriéndose a Elijah, y me reí.

Estábamos en el jardín, ella, Maokko, Lee-Ang y yo en ese instante. Habíamos terminado de desayunar minutos atrás y las dos asiáticas, tras haber conectado muy bien con la pelinegra, planeaban una salida de chicas, ahora que las cosas estaban más tranquilas, y me incluyeron a mí.

Y Laurel estaba sorprendida de que su amigo no pusiera peros con el hecho de que me fuera de fiesta sin él, con lo celoso que era. Simplemente dijo que se aseguraría de que al club que iríamos fuera seguro.

—Pues eso espero —murmuré.

—¿Por qué te extraña tanto su actitud? —le cuestionó Lee-Ang.

—Si conocieras a ese tipo como yo, te asustarías de que se quede tan tranquilo, como un padre responsable, cuidando de sus pequeños mientras su chica se va de fiesta —explicó Laurel, y yo me reí porque para Maokko y Lee eso era algo muy normal, sin embargo, entendía el punto de la pelinegra—. Hasta quiero tocarle la frente y ver si no tiene fiebre, porque de estar sano, entonces, significa que ahora es un demonio bendecido.

Las tres nos reímos de sus ocurrencias y de los disparates que soltaba.

—Dale mérito, lo conocimos en su etapa de cabrón, no en la de padre —lo defendió Maokko teniendo con eso un buen punto.

Ella conoció una versión posesiva con Sombra y, aunque en un momento a mí también me extrañara que Elijah no utilizara excusas para que yo no saliera sin él, intuí que en realidad estaba siendo considerado conmigo, dejando a un lado sus celos y posesividad, para que yo volviese a tener una noche normal, con mis amigas, de fiesta, después de tantas en las que tuve que ser una máquina asesina con sed de venganza.

—Puede ser —murmuró Laurel, y le dio un sorbo a su café.

Vi jugar a Elijah con los niños mientras ellas seguían planeando la salida, descubriendo que las tres en un mismo paquete se convertían en una bomba de tiempo andante, Lee-Ang sobre todo, pues era seria la mayor parte del tiempo, pero cuando ingería alcohol se convertía en una versión alterna de ella misma.

—¿En serio te vas? —le preguntó Elijah a Aiden, y sonreí por lo incrédulo que lucía.

Maokko se había ido de la mesa porque ya era la hora de su lectura diaria (la que se dedicaba a ella misma), sin embargo, cuando Aiden la vio cogiendo un libro y yéndose a su rincón de paz, como ella lo llamaba, mi pequeño no dudó en seguirla para escucharla.

—Es el libo de Jacco y Danna, papito —le explicó Aiden, y el corazón se me aceleró.

«Ay mierda».

Maokko se rio a lo lejos, orgullosa de que Aiden reconociera ese libro y se lo comentara a su papá como un pequeño lector empedernido, que le indignaba que no tomaran en serio la lectura. Cosa que me hizo pensar que en realidad, haberlo hecho adicto a los libros, fue una venganza de la asiática hacia mí, por todas las veces que me burlé de ella y sus dramas lectorales.

Elijah se rascó la cabeza y frunció el ceño al no entender ni un carajo. Y yo rogué para que Aiden no añadiera nada más, y menos lo de las *sonrisas* y que Fabio dijera en la playa que era mi Jacco.

—¿Por qué no conformarte con enseñarle artes marciales? —le preguntó él a Maokko, y con Laurel soltamos una carcajada.

—Cuando sea grande, ese pequeño me pondrá en un altar, porque no solo lo convertiré en un guerrero de honor, sino también en un galán caliente que tendrá a todas las chicas a sus pies —declaró ella.

Noté la sonrisa socarrona de Elijah tras escuchar a Maokko, y entrecerré los ojos, esperando a comprobar si se atrevería a decir lo que juraba que estaba pensando.

«¿Qué él no había necesitado de los libros para ser un galán caliente?».

—Bien, campeón, ve a instruirte con tu sensei —animó él a nuestro hijo, y Maokko sonrió con arrogancia por el honor que le dio al llamarla así.

—¡Diablos! Es inteligente.

—Lo sé —concordé con Laurel tras bufar una sonrisa.

En ese momento, Elijah me miró y me guiñó un ojo.

«Tinieblo astuto».

—¡Yo sabía! Yo. Sabía —parafraseó Laurel bastante molesta.

Yo me limité a sonreír, mirando el VIP solo, a excepción de una mesera y la *bartender*. El administrador del club nos recibió personalmente y nos condujo hacia ahí por una entrada privada, alegando que nos quería dar un trato especial. Tras eso nos explicó que esa zona fue reservada únicamente para nosotras y que nadie estaba autorizado para subir o bajar.

Ni siquiera nosotras.

Y no lo negaría, la vista hacia la pista era excelente, la música era alta sin llegar a ser molesta y el privado tenía todas las comodidades para montar nuestra propia fiesta, a como se nos diera la gana, eso sí, sin chicos en el medio.

«Una vez más, Tinieblo astuto».

—Ahora entiendo por qué te extrañó su tranquilidad —comentó Lee-Ang.

—No sé ustedes, pero aquí me siento como uno de esos gánsteres que les encanta darse estos lujos y ver desde aquí a los demás, como dioses revolcándose en su arrogancia —señaló Maokko, viendo hacia la pista con una sonrisa en el rostro.

—Pero ellos vienen aquí con mujeres. Y nosotras no podemos traer chicos —refunfuñó Laurel, haciéndonos reír.

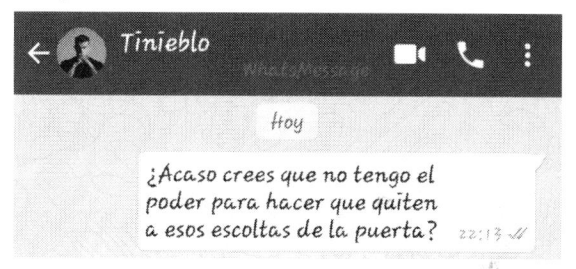

> **Tinieblo**
>
> Hoy
>
> ¿Acaso crees que no tengo el poder para hacer que quiten a esos escoltas de la puerta? 22:13

Le escribí a Elijah cuando me acomodé en el sofá de cuero.

Una de las meseras llegó con una bandeja de bebidas y otra con frutas, semillas y quesos, y la dejó en la mesa frente a mí, y luego de agradecerle tomé una, dándole un sorbo y sintiendo el sabor de la fruta y el alcohol explotando en mi lengua. Maokko y Lee-Ang intentaban animar a Laurel, asegurándole que para divertirse no eran necesario los chicos, pero la pelinegra no pensaba lo mismo.

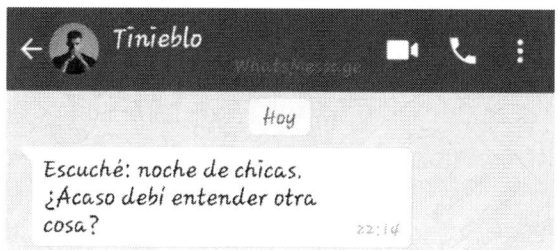

> **Tinieblo**
>
> Hoy
>
> Escuché: noche de chicas. ¿Acaso debí entender otra cosa? 22:14

Me mordí el labio por su provocación descarada.

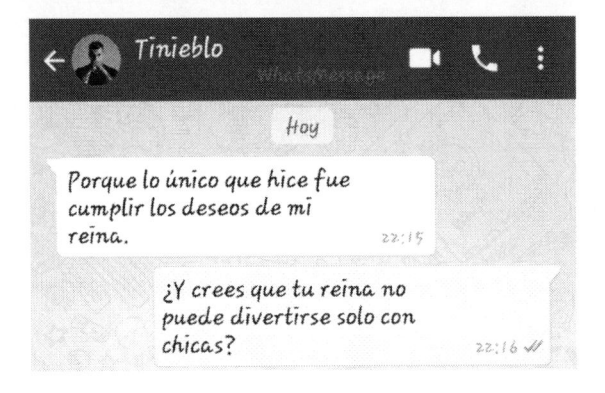

> **Tinieblo**
>
> Hoy
>
> Porque lo único que hice fue cumplir los deseos de mi reina. 22:15
>
> ¿Y crees que tu reina no puede divertirse solo con chicas? 22:16

Resalté la palabra *solo con chicas*, para que comprendiera el doble sentido, y esperé impaciente por su respuesta, mientras veía a Maokko moviendo las caderas cerca de Laurel. Lee-Ang le daba un sorbo a su bebida.

> **Tinieblo**
>
> Hoy
>
> Te gusta demasiado mi polla como para querer estar con una chica de esa manera. 22:17

Imaginé al hijo de puta sonriendo tras escribirme eso. La mesera se acercó para llevarse la bandeja vacía y se me ocurrió una idea, al verla vestida de una manera muy provocativa.

—¿Me ayudarías con algo?

—Por supuesto —respondió amable y dispuesta.

Tenía el cabello cobrizo y el cuerpo voluptuoso. Sus cejas eran perfiladas y gruesas, y los labios carnosos le aportaban un toque sensual a sus facciones de muñequita de porcelana.

—Mi chico me cree incapaz de poder divertirme solo con chicas —expliqué, y ella sonrió con picardía—. ¿Te molestaría si te tomo una foto mientras recoges la bandeja?

—¿Quieres que actúe normal o un poco insinuante? —inquirió.

—Hazlo como si de verdad quieres divertirte conmigo —la animé, y su sonrisa se ensanchó.

—Mujer, ese hombre va a follarte esta noche hasta que se te quiten las ganas de estar con chicas —advirtió con emoción, y me reí.

Tras eso se colocó frente a mí, dándome una vista excelente de su trasero, y se inclinó para tomar la bandeja. Y bueno, me sonrojé por lo sugerente que fue al poner el culo en pompa sin llegar a lo vulgar.

La falda plisada que usaba se subió lo suficiente para que los cachetes del trasero se le vieran, cubiertos por las medias de malla.

—¿Pero qué diablos? —escuché a Laurel exclamar cuando me vio tomándole la foto a la chica, esta me había mirado por sobre su hombro y me regaló una sonrisa traviesa.

—Gracias —le dije al terminar.

—Si quieres hacerlo real, me tendrás a unos pasos.

«La puta madre, Compañera».

El rostro me ardió ante el ofrecimiento de la mesera y me quedé sin palabras. Ella comprendió que en ese ámbito era una puritana jugando a la pecadora, así que se marchó para darme mi espacio.

—¿Qué carajos hice? —me pregunté, y noté que las manos me temblaron cuando le di enviar a la fotografía.

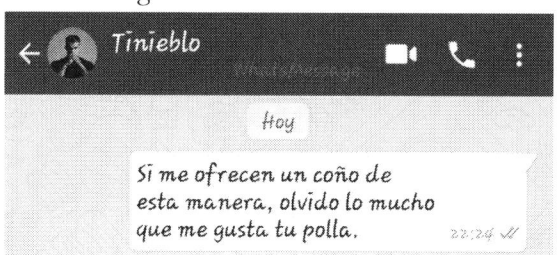

> **Tinieblo**
>
> Hoy
>
> Si me ofrecen un coño de esta manera, olvido lo mucho que me gusta tu polla. 22:24

Seguí adelante con mi juego, a pesar de mi nerviosismo.

—Dime, por favor, que lo estás castigando por lo que hizo —suplicó Laurel llegando a mi lado.

Maokko y Lee-Ang la imitaron. La primera sonreía, y la segunda no podía creer lo que vio.

—¿Castigando? No. Solo le estoy demostrando que las chicas también sabemos divertirnos sin hombres en el medio —respondí, dejando claro el doble sentido.

Lee-Ang fue la primera en reír en ese momento, las otras dos la acompañaron, orgullosas de lo que hice. Me terminaron contagiando y haciéndome olvidar el nerviosismo, hasta que el siguiente mensaje de Elijah llegó.

> **Tinieblo**
>
> Hoy
>
> Disfruta de tu noche de chicas, Pequeña. 22:30

«¡Jesucristo! Eso se leyó a castigo».

No quise darle importancia, así que me dediqué a disfrutar de la noche como recomendó, y al final Laurel dejó de refunfuñar.

Lo que Elijah había hecho no iba a aplaudírselo, porque eso era un nivel de celos y posesividad insano. No obstante, tampoco sería hipócrita, me excitaba cuando se ponía así, y disfrutaba provocándolo, sobre todo si luego de esos ataques me follaba con intensidad para que entendiera que yo era solo suya.

Sin embargo, no era algo que le diría, ya que la idea era trabajar en mejorar.

Cuando salimos de ese club, las cuatro íbamos lo suficientemente borrachas como para joder demás a Caleb y Ronin, los encargados de nuestro cuidado. Laurel incluso se atrevió a provocar al rubio y le propuso un trío a él y a Ronin, prometiéndole a este último que le ayudaría a que Caleb dejara los tabúes de lado.

Ronin sonrió al ver que Caleb se sonrojó por lo descarada que era la pelinegra, y los ojos le brillaron al asiático, queriendo comprobar si Laurel era capaz de cumplir lo que prometía.

—Encárgate tú de Isabella y Laurel. Yo me llevo a Maokko y Lee-Ang —ordenó Caleb a Ronin.

—Me tienes miedo, rubito —entonó Laurel, y las tres nos reímos cuando Caleb negó.

—Cuando estés sobria, búscame. Porque no me gustaría que olvidaras una noche conmigo —recomendó él, y nos callamos de golpe.

Aunque Laurel siguió sonriendo con malicia porque el tono de voz que Caleb utilizó hizo que el pantalón de Ronin se le levantara de la pelvis. Y Maokko constató que el rubio no estaba alardeando, pues ella fue testigo de lo formidable que era con sus dotes de amante.

Yo no iba tan borracha como Laurel, todavía era capaz de subir los escalones por mi cuenta, aunque sin odiarlos como cuando estaba sobria, así que le ayudé a Ronin a llevar a la pelinegra a su habitación, y me burlé un poco de él porque lucía más excitado que yo con mis provocaciones a Elijah.

—¿Dónde carajos está el Tinieblo? —le pregunté a Ronin al salir de la habitación de Laurel.

—*Supongo que intentando calmarse antes de matarte por cómo lo provocaste* —informó él, y sonreí.

Tanto él como Caleb sabían lo que pasó porque con las chicas se los comentamos en el camino y, a pesar de que aseguraron que se le había pasado la mano, también aceptaron que se lo agradecían porque les aligeró el trabajo, ya que así no debieron encargarse de algunos intensos que no entendían un *no*, cuando una chica se negaba a bailar con ellos.

Y como dije antes, no estaba tan borracha como para perder el conocimiento, pero sí para que no me importara si quería matarme cuando me encontrara dormida plácidamente en la cama.

Ronin me acompañó cuando fui a la habitación de mis hijos para darles un beso, dormían en paz, por lo que hice todo lo posible para no despertarlos. Teníamos a más Sigilosas esa vez para cuidarlos, pues a ellas sí les confiamos sus existencias para que nos ayudaran con la seguridad dentro de la casa. Y supuse que Elijah debió salir a calmarse justo cuando le notificaron, desde los anillos de seguridad, que ya estábamos llegando, pues era de la única manera que se atrevería a dejar a los clones.

Me despedí de Ronin y me metí a mi habitación de una buena vez al llegar ahí; tras eso, tomé una playera de Elijah del clóset y fui hacia el baño para lavarme el rostro y los dientes. Me saqué el vestido, dejándome la braga que usé esa noche, porque era de las que al Tinieblo le gustaban.

—No te la pongas. —Pegué un respingo cuando escuché su voz gutural ordenando que no me cubriera con la playera, al ver mi intención de hacerlo en ese instante.

Giré un poco el rostro y lo encontré debajo del marco de la puerta de nuestro baño. Llevaba una playera blanca de algodón y un pantalón de chándal con cuadros grises y negros. Me lamí los labios al ver su polla semi erecta, e imaginé que la vista que obtenía de mí lo tenía excitado, pues me encontró semidesnuda, únicamente con la tanga roja que se metía entre mis nalgas.

—¿Te has calmado ya?

—¿Me ves calmado? —inquirió él, y caminó hacia mí.

Se colocó a mi espalda y con la nariz acarició desde mi hombro hasta llegar a mi cuello, inspirando hondo detrás de mi oreja. Mi piel se erizó y los pezones se me endurecieron, sintiendo calor y frío con su cercanía.

—¿Qué tal tu *noche de chicas*, Pequeña? —preguntó.

Tenía los ojos cerrados y, guiándose por su instinto y por cómo conocía mi cuerpo, arrastró los dedos por mi clavícula, y tras eso llevó la mano a mi cuello, siendo advertencia y provocación en medidas iguales.

—Bastante fructífera, gracias por haber cuidado los detalles. —Se mordió el labio, y gruñó en mi oído.

La vibración, provocada por su garganta, descendió a mi centro, y apretó su agarre en mi cuello cuando intenté buscarlo.

—¿Te sonrojaste así cuando le pediste a esa chica que posara para ti? —indagó.

Miré nuestro reflejo en el espejo, mis mejillas parecían arder. Y no imaginé que me tenía el móvil pinchado ni nada de eso cuando hizo esa pregunta, pues él me conocía y era consciente de que nunca había estado con una chica y que jamás se me pasó por la cabeza la posibilidad.

Por lo mismo intuyó que solo busqué provocarlo.

—Me sonrojé más cuando ella se arrodilló delante de mí… ¡Ah! —grité en el instante que llevó la mano a mi coño, haciendo la braga a un lado, para hundir los dedos en mi raja.

—Te excita provocarme así, ¿no, Pequeña enferma?

Puse los ojos en blanco cuando deslizó mi clítoris, entre sus dos dedos, y luego hundió las puntas en mi vagina. Era demasiado bueno, y me vi buscando más fricción en el instante que mi humedad lo recubrió.

—¿Te olvidaste de mi polla cuando ella estaba chupándote el coño? —urdió, y apretó más mi garganta.

—Y sigo sin recordarla.

—Hija de puta —bramó.

No pasó mucho tiempo antes de bajarse el pantalón, coger la tira fina del tanga que se metía en mi trasero, haciéndola a un lado, hundiéndose en mí con furia, sabedor de que estaba lista para recibirlo porque con sus dedos comprobó que chorreaba por él.

—¡Dios, sí! —gemí cuando salió un poco de mi interior y volvió a hundirse.

Mi coño palpitante apretó con vehemencia su longitud rígida, y gruñó de placer absoluto, mezclado con enojo, porque eso no lo estaba fingiendo. Lo sentí en su manera de apretar mi cuello y luego cuando lo abandonó para coger el cabello de la parte de atrás de mi cabeza, con la otra mano me sostenía de la cadera para equilibrarnos.

Volví a verlo por el espejo, se mordía el labio con ferocidad y no paraba de gruñir al sentir mi calor envolviéndolo. Enroscó los dedos en mi cabello en el instante que molí mis caderas y unté más su polla con mi esencia. Jadeé cuando tiró de él con fuerza, y eché la cabeza hacia atrás por la presión.

—¿Sigues sin recordarla? —bramó profundamente.

Subí la pierna al lavabo, apoyando mi rodilla en él, para darle más acceso, y grité en cuanto me penetró más profundo, casi destrozándome por la fuerza, tocando ese punto que me llevaría al nirvana.

Confirmé en ese instante por qué me encantaba provocarlo. Y no es que estando bien no me tomara con esa locura, se trataba más de la adrenalina que aportaba su furia a nuestros encuentros sexuales.

—Elijah —rogué cuando dejó mi cadera y cogió con ímpetu el cachete de mi culo, llevando a la vez su pulgar a mi orificio virgen.

Empujó más adentro de mí, acompasando la penetración de su dedo con el vaivén de sus caderas, llegando un poco más allá de lo que podía tomarse como roce, y apreté los párpados, gritando porque el placer que me daba me estaba consumiendo.

—Recuerda esto, Pequeña —gruñó, y estuve a punto de correrme porque su voz de pronto era robotizada, dándome a Sombra sin la máscara. Sonrió cuando lo miré por el espejo y sacó su polla casi por completo, para embestir enseguida hasta que sus testículos golpearon mi coño, y su dedo en mi ano entró completo—. Voy a estar aquí, con mi verga —juró.

—¡Sí! —grité, lo hice sin medirme, sin importar si nos escuchaban afuera.

Moví las caderas con frenetismo, porque mi cuerpo para ese momento cobró vida propia, y él no paró de penetrarme por ambos orificios. Sentí el orgasmo contrayéndose en mi abdomen, demasiado poderoso, a tal punto que no estaba consiguiendo respirar.

—Si así me demuestras que no recuerdas mi polla, no quiero imaginar cómo serás cuando sí lo hagas —zanjó.

No pude más, dejé que la oscuridad me encontrara por el placer cegador cuando el orgasmo me atravesó y destrozó cada célula de mi cuerpo. Chillé tan fuerte que mi garganta enronqueció, y sentí que mis fluidos mojaron incluso su pelvis.

—Joder, Isabella —gritó él, y su polla se ensanchó dentro de mí, sujetando mis caderas con ambas manos, para controlar mis movimientos irregulares, en el momento que comenzó a derramarse en mi interior—. Mierda, mierda, mierda —dijo entre dientes, embistiéndome con cada palabra, dándome hasta la última gota.

Sus sacudidas fueron capaces de convertir mis espasmos en réplicas de mi orgasmo. Y nos detuvimos hasta que sentí su semen espeso bajando por mi pierna temblorosa, que todavía tenía apoyada en el piso.

—Ahora la recuerdo —susurré cuando pegó su pecho a mi espalda desnuda y besó mi tatuaje.

Lo escuché reír. Nuestras respiraciones eran pesadas y el latido de mi corazón lo sentía en mi coño.

—Eres pecado y muerte, Isabella White —siseó entre dientes cerca de mi oído, pero sonreí consciente de que ya no estaba molesto.

—Y la dueña de tu cordura —añadí yo, amando verlo sonreír cuando respiró el aroma de mi cabello y depositó un beso en mi sien.

—¿Y si vuelves a ser castaña? —propuso, apenas recuperando el aliento sin salirse de mi interior.

—Solo si tú vuelves a tener perlas. —Lancé la contrapropuesta, y rio complacido.

—Hecho —cedió, y cerró el trato tomando por fin mis labios.

«Me encantaban las propuestas donde los resultados serían ganar y ganar en partes iguales».

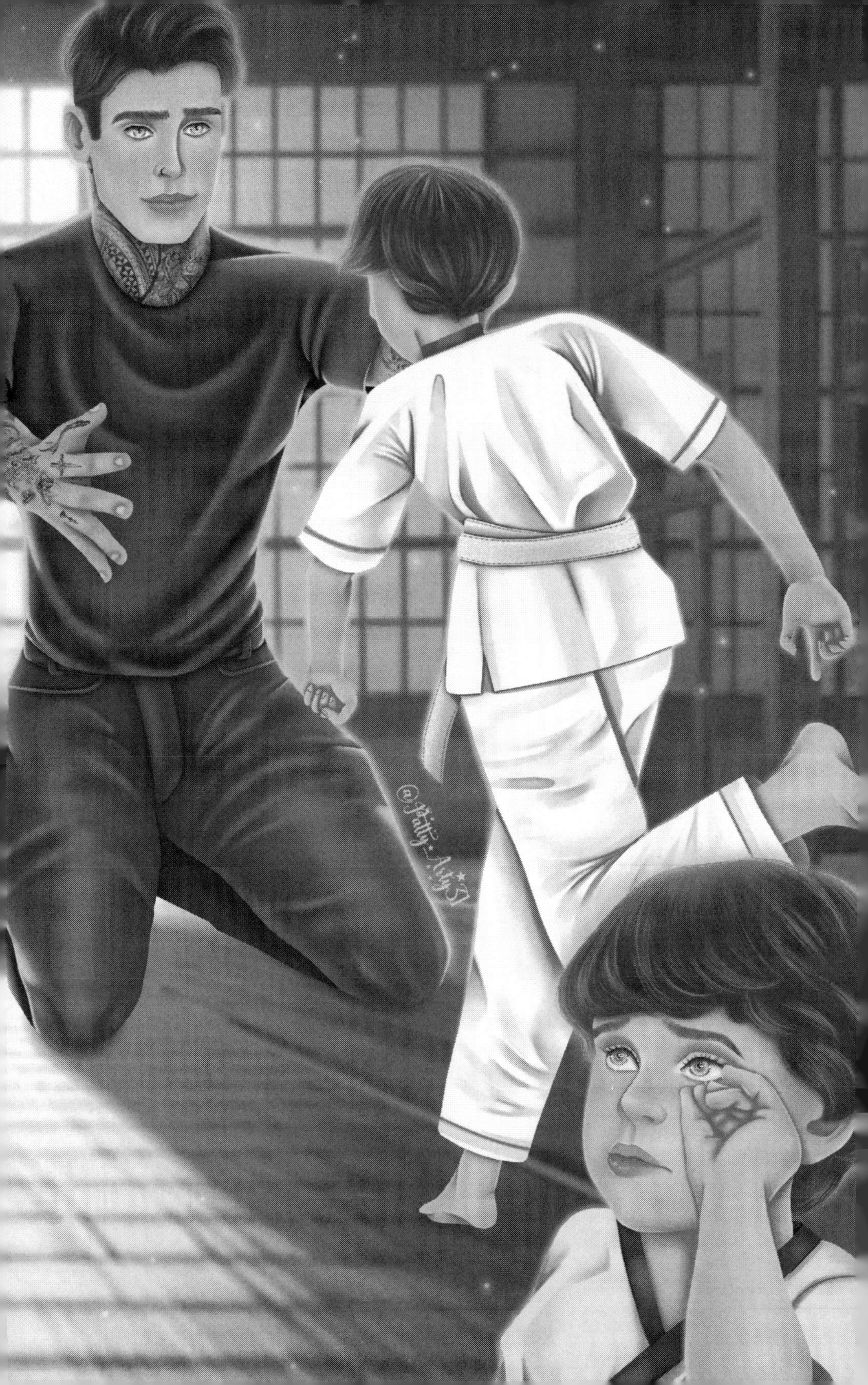

CAPÍTULO 38

Mi momento ha llegado

ELIJAH

Meses después...

—¡Guau! Serán unos excelentes guerreros. —La risa de Isabella resonó al escuchar a Lee-Ang diciendo eso—. ¡Mira esas patadas! ¿En serio no te duele?

—¡Puf! Lo hace, pero ya me he acostumbrado y lo disfruto, no del dolor, sino el saber que serán unos chicos energéticos —explicó White.

Sonreí al ver cómo, después de que dijo eso, Lee-Ang enfocó más el vientre abultado de mi chica y los movimientos de nuestros hijos quedaron inmortalizados en ese vídeo que conservaba como uno de mis tesoros, desde que mis padres me lo compartieron meses atrás.

Isabella se reía con verdadera felicidad en él, sus ojos brillaban de una manera que transmitía ilusión, a pesar de la pizca de tristeza que seguía llevando con ella. Estaba sentada en el suelo con las piernas cruzadas en posición india, tenía el cabello más corto y las mejillas rojas; vestía ese *short* de mezclilla y la camisa cortada por debajo de los pechos (que me ponía enfermo de deseo, como se lo dije en mensajes, meses atrás), para lucir las cuatro huellas plantares que alguien le dibujó en el vientre junto a la leyenda: somos clones.

—*Por Dios, chicos. ¿Qué tienen con el pie de limón que hacen que mamá lo desee tanto?* —les habló, acariciándose los lados del estómago, demostrando el amor inmenso que ya tenía por esos pequeños.

—*No los culpes a ellos, Chica americana* —se burló Lee, mientras seguía grabándola.

Isabella volvió a reírse y se puso de pie con la ayuda de su amiga, tras eso caminó hacia un refrigerador y lo abrió. El vídeo se detuvo justo cuando se inclinó para tomar algo, dándome una bonita vista de su culo.

—¡Jesús! Sigo sin poder creer que te gusté en ese estado. —Isabella acababa de entrar a la habitación, luego de dejar a nuestros hijos en la de ellos. Se subió a la cama, donde yo me encontraba, y se colocó a horcajadas en mi regazo vistiendo únicamente una de mis playeras—. Estaba hinchada, mi vientre se abultó demasiado y había perdido mucho peso, por eso ese pantaloncillo se veía demasiado flojo de mis nalgas. Me sentía muy fea, Elijah —siguió explicando, y la tomé de sus, ahora, grandes nalgas.

Sonrió en mi boca cuando le di un beso, y me tomó del rostro.

Había vuelto a ser mi Castaña, y por supuesto yo cumplí mi parte del trato al ponerme las perlas, aunque con un diseño diferente, pues en esta ocasión una línea vertical de cuatro bolitas adornaba la parte de encima de mi falo, y la otra línea la dejé por el lado de abajo, para que de esa manera, ella sintiera toda mi extensión rozando con más intensidad el cúmulo de nervios vaginales que ya la habían llevado a experimentar el *squirting*.

—Grande o pequeño, tu culo me vuelve loco, Bonita —reiteré, y me mordió el labio inferior, tirando de él para luego chuparlo.

Sin embargo, no reproducía ese vídeo cada vez que podía únicamente con fines morbosos. Lo hacía también porque, a pesar de tenerla para mí y disfrutar de nuestros hijos cada día, desde que nos reconciliamos, convirtiéndome en el cabrón más afortunado del universo por tener a mi lado a las personas más importantes de mi vida; seguía lamentándome por no haber estado con ella en una etapa tan especial, deseando con mi ser una oportunidad para volver al pasado, así fuera solo por ese día en el que Lee la grabó, y poner mis manos en su vientre para sentir los golpecitos de mis copias.

Anhelaba haberla adorado así y que viviera en carne propia que en mis ojos no era la chica que ella describió.

—¿Pusiste el seguro esta vez? —inquirí, y sonrió, recordando que días atrás nuestros hijos entraron a la habitación mientras le comía el coño por debajo de las sábanas.

Podíamos ser unos jodidos enfermos, manejar organizaciones poderosas, enfrentarnos a verdaderos peligros, y salir bien librados de ellos, porque nos convertimos en unos hijos de putas letales, pero eso no significaba que nos libraríamos de momentos inoportunos como padres, sobre todo con unos hijos energéticos y bastante curiosos.

Lo último al menos por parte de Aiden, quien quiso saber ese día por qué su madre estaba tan roja y si yo tenía miedo de algún monstruo, y por eso me encontró debajo de las sábanas.

Puta madre.

Debía haber existido un manual para ser padres.

—¿Qué tienes en mente? —me provocó, y con las manos en su culo la insté a que se moliera en mi pene semi erecto.

—Conseguir que duermas como una bebé luego de dejarte exhausta y satisfecha —aseveré.

A continuación, le saqué la playera y comencé a adorarla con mi boca, cumpliéndole mi palabra horas más tarde, cuando cayó rendida y durmió tal cual le prometí.

Yo no lo hice de inmediato, preferí contemplarla, pensando a la vez en lo caóticos y perfectos que nos habíamos vuelto juntos, ya que, a pesar de todo, seguíamos sin ser la pareja rutinaria. Nada entre nosotros era color de rosa, ni lo sería jamás; nacimos destinados a vivir entre el negro, gris y rojo. Letales si lo ameritaba, bailando todo el tiempo entre la línea que no se podía cruzar (sin inclinar la balanza hacia lo correcto e incorrecto) y apasionados y ardientes al discutir, y más cuando nos reconciliábamos.

Porque el habernos recuperado no significó ponerle fin a nuestras discusiones, eso jamás pasaría, ya que éramos dos líderes poderosos y orgullosos. Sin embargo, existía una regla entre nosotros que nunca pactamos, pero aun así respetábamos: nunca nos íbamos a dormir molestos, y siempre nos sacábamos la furia en la cama.

Nuestra habitación se había convertido en una especie de santuario, en la que solucionábamos las cosas a nuestra manera, como lo creíamos correcto, y nos hacíamos sentir vivos y dichosos.

—Prepárate, porque Lee-Ang, Maokko y Laurel van a organizar la fiesta de cumpleaños de los clones y la tuya —avisó Isabella días después, y negué con la cabeza, riéndome a la vez.

Había sido una sorpresa y una dicha para mí que, además de la Castaña, compartiéramos con mis hijos la fecha de nacimiento.

El veinte de noviembre sería en tres días, el día en que ellos cumplirían tres años y yo veintiséis. Y, aunque pensar en mi edad hacía que me diera cuenta de que todavía era joven, no me sentía de esa edad, pues pasé por situaciones que me hicieron madurar de cierta manera, tal cual le sucedió a la Castaña, que a sus veintidós (veintitrés en unos meses), tenía la vida, los golpes y la experiencia de alguien muchísimo mayor.

Y con respecto a la fiesta, esas tres chicas no la organizarían únicamente para mis hijos y yo, tendríamos la casa llena en realidad, pues meses atrás, cuando la tranquilidad siguió encontrándonos, dándonos un descanso, decidimos hacer partícipes a toda nuestra familia y amigos de la existencia de nuestros hijos.

Mis padres, Tess, Dylan y Darius habían viajado a Italia cuando tomamos la decisión, pues a ellos quisimos contárselos de manera personal, excluyendo a mis progenitores, porque ellos ya conocían a sus nietos desde que nacieron. Mi hermana, y los de Isabella, no tomaron a mal que les hayamos ocultado durante tanto tiempo (la Castaña más que yo) ese secreto, es más, admiraron a mi chica por la capacidad innata que poseía de protegerlos de nuestros enemigos.

Tess ya estaba totalmente recuperada para ese momento y con Dylan también nos dieron la sorpresa de que se habían comprometido y, al parecer, buscaban casarse muy pronto. Isabella, por su parte, se dio la oportunidad de aclarar las cosas con Darius, de arreglarlas sobre todo; y juntos hicieron un viaje exprés a Tokio para obtener un diario que su madre le dejó a mi chica, en donde ella comprendió, por medio de Leah, la razón de tantas verdades ocultas, de las decisiones que tomó junto a Enoc y que desencadenaron tantos desastres.

Darius y ese diario incluso lograron lo impensable con Isabella: ver a Amelia desde un punto donde no permitió que el odio hacia ella la cegara.

Mis élites también conocieron a nuestros hijos. Belial y Lilith fueron los primeros en viajar a Italia por una misión que les encargué. Así que aproveché ese momento para presentárselos, aunque cometí el error de olvidar la presencia de Caleb en casa, y los tres casi se matan al encontrarse en uno de los anillos de seguridad.

El rubio había olvidado lo que le hizo a Belial, pero, como era obvio, ni él ni Lilith lo hicieron y quisieron devolverle cada golpe y disparo. Menos mal Isamu estaba presente ese día y se encargó de controlar la situación.

Isabella tuvo la consideración de enviar a Caleb hacia Tokio luego de eso, para que Belial y Lilith no se sintieran amenazados ni con ganas de seguir con esa venganza. Eso sí, no conocieron a los clones hasta que volvieron a estar presentables, sin sangre en el rostro.

Tras ese altercado y días después, fueron los mellizos y Serena quienes nos visitaron. Y de nuevo volví a cometer otra cagada, porque olvidaba a cada momento que mi equipo (como Sombra) se enfrentó a la élite de Isabella cuando estuvimos con los Vigilantes; y, ya que Caleb seguía en Tokio, Isamu era el encargado de la seguridad y, por lo visto, también de poner nerviosa a Serena con su presencia (aunque la chica tratara de ignorarlo), y de tensar a Lewis.

Menos mal, Owen estuvo en el medio para convertir esa visita en amena, ya que el tipo conectó con los clones como si hubiera sido un niño más. Maokko incluso se puso celosa porque, durante esos días que ellos estuvieron en casa, Aiden no la siguió para escuchar sus lecturas.

—*Bien, no soy de meterme en estas cosas, pero Isabella y Aiden me han contagiado con su curiosidad. Así que ahora quiero saber ¿por qué demonios le acabas de guiñar un ojo a Ronin mientras le sonreías como un cabronazo? Y sobre todo, ¿por qué carajos un tipo duro como él se pone nervioso al verte?*

Owen sonrió como un pervertido cuando le hice esa pregunta. Estábamos en el jardín trasero de la casa, bebiendo unas cervezas mientras Lewis jugaba con los clones y el cachorro. Serena se encontraba en algún lado, aunque desconocía dónde. Se había perdido de nuestra vista desde hace mucho, de hecho.

—*Porque los chicos duros como él se jactan de saber jugar con fuego, hasta que encuentran uno que los quema de verdad —respondió al fin.*

Admito que me quedé sin palabras en ese instante, pues esa respuesta llevó implícita una connotación sexual, que creía que únicamente le dedicaba a las chicas, ya que lo vi solo con mujeres en el pasado.

—*¿Desde cuándo te gustan los hombres?*

—*Vaya, tu reina y su príncipe, en realidad, te han contagiado de su curiosidad, Sombra —se burló—. No, cachorrito, no te hablo a ti —añadió más burlón cuando el perro detuvo el juego que mantenía con mis hijos y Lewis, creyendo que Owen acababa de llamarlo.*

Y claro que fui el centro de muchas bromas cuando se enteraron del nombre del perro. Las cuales avivaron mis ganas de matar a Elliot porque fue el causante de que mis hijos se decantaran por llamar así a su amigo canino. No obstante, cuando recordaba que yo era ese Sombra por el que la Castaña babeaba entre las piernas, lo dejaba pasar.

—*Y respondiendo a tu pregunta, no son los hombres quienes me gustan, me atraen las personas, y la mayoría son mujeres, no voy a negarlo. Pero, cuando la atracción viene en un envase igual al mío, no me lo niego. Lo disfruto sin límites —explicó.*

No tocamos más el tema luego de esa conversación, simplemente le advertí que no fuera hacer nada que complicara más las cosas entre los Sigilosos y ellos, los Oscuros, que es como se habían autonombrado para diferenciarse de mi élite Grigori.

Marcus y Cameron se quedaron más tiempo en Italia cuando nos visitaron, con ellos recibí también a mi élite Grigori (Jane incluida). A la única que no vi, a pesar de que sí hablamos, fue a Alice, pues las cosas entre ella y la Castaña seguían siendo complicadas, algo que, aunque no se lo dejara ver a nadie más, me incomodaba por la razón que las llevó a pelearse.

Con quien sí evité todo tipo de contacto fue con Hanna, ella seguía visitándose con madre y yendo juntas a los centros de beneficencia, porque la rubia comenzó a trabajar en uno de ellos. Pero yo tomé la decisión de poner distancia entre nosotros porque noté que Isabella sentía mucho celos y, aunque no nos prohibiéramos ni impusiéramos nada en el ámbito de nuestra relación, quise que todo fuera recíproco.

Sobre todo al darme cuenta de que la Castaña hizo lo mismo con Elliot, porque ella sabía que él siempre sería un tema sensible entre nosotros. Y ya no se debía a la desconfianza, sino a que, por mucho que yo hubiera cambiado en varios aspectos de mi vida, la posesividad y los celos parecían ser sentimientos bien enraizados en mi interior, que me tocaría moldear un poco más lento que todos los demás.

—¿Qué es eso? —le pregunté a un Sigiloso que llevaba varias tiras que parecían ser de velcro en una caja.

—Son collares de electricidad —respondió Laurel, quien llegó detrás de él.

Ella llevaba otra caja con controles.

—¿A quién quieres entrenar? —me burlé, y alzó una hoja de papel que parecía ser una lista.

—Belial, Lilith y Caleb —leyó.

—¿Estás bromeando? —pregunté, y me reí.

—No iba a arriesgarme a que jodieran la fiesta de mis sobrinos, luego de que Maokko me dijera que no pueden verse ni en pintura —explicó, y solté una carcajada—. Así que les di dos opciones, o se quedaban fuera de la lista de invitados, o usaban esto para que yo pueda controlar que no la caguen, ya que no confío en que lo hagan por su propia voluntad.

—¿Y aceptaron? —indagué incrédulo.

—¿Dudas de mi poder de convencimiento? —devolvió, y alcé una ceja—. Por cierto, tengo uno para ti también, ya que Isabella incluyó en la lista a Fabio.

—Vete a la mierda —desdeñé, y ella comenzó a reírse—. Además, confío en que tú estés haciendo un excelente trabajo con él y lo mantengas alejado de mi chica —añadí, y su risa se convirtió en una sonrisa pícara.

No ignoraba que meses atrás, cuando viajó conmigo para recuperar a Isabella, se conoció con Fabio de las maneras en las que a ella le encantaba conocer a un hombre, y que en esa semana que tenía de estar de regreso en casa ya se había encontrado con él en dos ocasiones.

—Mejor ofrécele ese collar a Darius, porque estoy seguro que a él sí que le incomodará la presencia de Falio —aconsejé, utilizando el nombre como se lo decían las copias.

Y por supuesto que Laurel se puso nerviosa ante mi consejo, porque yo, que la conocía tanto como me conocía a mí mismo, sabía que, por más que lo negara y por muchos hombres con los que tuviera sus aventuras, únicamente Darius conseguía afectarla con su presencia, cada vez que se habían encontrado en esa misma casa.

Me fui hacia el jardín trasero tras decirle eso, sonriendo por haber sido yo quien la dejó sin palabras esa vez. Y horas más tarde nos hallábamos disfrutando de una fiesta de cumpleaños para los clones, en los que ellos eran los únicos niños, pero con Owen, Cameron y Darius no les hizo falta la presencia de más infantes, ya que esos tres pasaban por unos cuando se juntaban. Incluso Lewis y Ronin se unieron a ellos, dándoles a mis hijos una velada divertida.

Y por fortuna, esa casa que Isabella construyó especialmente para ellos, contaba con espacio de sobra para recibir a nuestra familia, los amigos y las élites, todos reunidos por primera vez, celebrando la vida de los pequeños que, por siempre y para siempre, serían esa conexión que consiguió lo impensable (sin necesidad de collares eléctricos): que Belial, Lilith y Caleb hicieran las paces, que Serena e Isamu dejaran la tensión (al menos por ese día), que Ronin no se comportara nervioso en presencia de Owen y que Darius no quisiera matar a nadie porque miraban demás lo que solo él quería mirar (o eso pensé en ese momento).

Incluso consiguieron que yo actuara como en los viejos tiempos con Fabio, cuando el bastardo no había puesto los ojos en mi chica. Y que Maokko dejara de mirar a Marcus con ganas de asesinarlo, por infiel (como lo había acusado cuando él le mintió con eso de que tenía novia) y volviera a ser esa bocazas por la cual el moreno tenía cierta debilidad.

Él, por cierto, ya era padre de un niño que parecía su fotocopia y, aunque no lo veía como quería, sí comenzó a disfrutar de su paternidad tal cual estaba aprendiendo a hacerlo yo, dejando de lado las culpas que nos atormentaban.

—¿Cuándo vuelve Dominik? —le pregunté a Fabio.

Su hermano no estaba en la fiesta porque ya tenía varias semanas de haberse ido a la clínica en la que ingresó a Amelia, pues la chica estaba cerca de sus días para dar a luz.

—Se fue por tiempo indefinido —respondió Fabio, y sonrió de lado cuando notó que Laurel, a varios metros de distancia, se agachó a recoger algo del suelo.

Para cualquiera hubiera sido algo normal, pero yo noté cuando ella lo miró y sonrió antes de hacer tal cosa, por lo que también me percaté de la posición sugerente que utilizó. Y podía jurar por mis bolas que Fabio se dio cuenta de que Darius a lo lejos lo observaba con ganas de asesinarlo a él, o de follar a la pelinegra frente a sus ojos para marcarla como suya.

Sin embargo, tanto Darius como yo éramos conscientes de que Fabio, en lugar de entender que Laurel era de otro (y eso no estaba dado por sentado, porque mi amiga moriría siendo una mujer libre, según ella), disfrutaría de verlos y hasta pediría que lo invitaran a la fiesta.

—Espero que todo salga bien con el bebé —deseé, y no mentí.

—Yo igual, porque, si algo le pasa, no solo perderé a mi hermano, sino también a mi sobrina —declaró él, y alcé una ceja con sorpresa.

—¿Es niña? —Fabio sonrió como un tío feliz al escuchar mi pregunta.

—Lo es —confirmó.

No le dije nada, pero en mi interior seguía deseando que todo saliera bien con el parto, ya que Dominik merecía a tener a su hija en brazos y verla crecer. Y no sería hipócrita, no le deseaba el mal a Amelia, aunque de momento seguía sin importarme lo que sucediera con ella.

Miré a Daemon al pensar en eso, y sentí una presión en el pecho. El pequeño había tenido meses sin recaídas y, en conjunto con Isabella, seguíamos haciendo todo lo posible para retrasarlas. No perdíamos las sesiones con el psicólogo (ni con Dominik ni su sustituto) y también me uní a las clases de artes marciales con él y Aiden, en algunas ocasiones, aunque a Lee-Ang y a Maokko no les agradaba tenerme en ellas, porque no aceptaban que yo quisiera enseñarles a mis hijos ciertas técnicas que para ambas no eran honorables.

Oficialmente, yo era una persona no grata para los Sigilosos, a excepción de Ronin. Él era quien mejor me toleraba.

—Voy a enviarlos a tu habitación mañana muy temprano —le advirtió Isabella a Tess.

Se lo dijo porque mi hermana era igual a madre, les encantaba consentir a nuestros hijos, cediendo a sus ojitos de cachorro cuando ellos querían más dulces. Lee-Ang había asegurado que esa técnica de convencimiento se la habían aprendido a su amigo canino.

—Ya, Isa. Déjame consentir a mis sobrinos favoritos —rogó ella, pellizcando con cuidado las mejillas de Aiden, y él sonrió, luego hizo lo mismo con Daemon.

Escuché a la Castaña bufar, y se fue, dejando a mi hermana con nuestros hijos.

—Mi momento ha llegado —le avisé a Fabio, y este soltó una carcajada cuando entendió a lo que me refería.

Me fui detrás de Isabella al ver que se metió a la casa y la sorprendí de camino hacia la cocina, arrastrándola dentro de una pequeña habitación donde guardaban los artículos de limpieza, para bajarle la frustración que llevaba.

Y por la noche fue el turno de mi celebración, Laurel había reservado el mismo club al que yo las envié meses atrás, pues este pertenecía a un colega de Fabio, razón por la cual pude hacer todo lo que hice para darles esa *noche de chicas* que tanto deseaban.

En ese momento solo mis padres y los clones faltaban, pues ellos se quedaron en casa (resguardados) para descansar, mientras nosotros disfrutábamos de una noche entre amigos. Aunque, después de recibir los obsequios que me dieron, me llevé a Isabella de ahí, ya que ella era el único regalo que quería desenvolver. Sin embargo, mi reina me tenía preparada una sorpresa, consciente de mis deseos, por lo que me condujo a aquel hotel donde nos reconciliamos, y me guio a la misma suite y habitación.

Ahí me regaló un baile erótico y luego me folló, porque sí, fue esa Castaña de ojos miel quien me hizo suyo durante toda la noche. Convirtiendo mi cumpleaños veintiséis en el único que había disfrutado realmente en toda mi vida. Y no solo por ese momento, sino también por el que viví con nuestros hijos.

Sin embargo, días después, la realidad volvió a encontrarnos, demostrándonos que todo lo bueno llegaba a su final.

—¡Esto tiene que ser una maldita broma! —espeté, lanzando el móvil a lo lejos.

Isabella se hallaba sin palabras, tratando de controlarse más que yo. Isamu se encontraba en la oficina con nosotros, junto a Marcus y Cameron, quienes representaban a mis dos élites ahí en Italia.

Acababa de terminar mi llamada con Aris y Andru, ellos me la solicitaron un día antes, explicando que lo que tenían que decirme era importante, por esa razón le pedí a mi gente que me acompañara. Por eso ellos escucharon el momento en el que los griegos me devolvieron el favor que les hice meses atrás.

—Es que… no entiendo cómo —habló Isabella al fin—. ¿Confías en ellos?

Yo estaba en ese instante con las palmas sobre el escritorio, viendo la madera, queriendo lanzar todo lo que tenía a mi alrededor.

Aris y Andru me informaron que David Black había conseguido reactivar a los Vigilantes con el apoyo de Alonzo Gambino, un don de la mafia italiana con mucho poder en el país donde radicábamos en ese momento, por lo que dejamos de estar seguros ahí. También volvió a recuperar su alianza con la Yakuza, y los griegos me aseguraron que iban a por los rusos y que, hasta el momento, solo los irlandeses cerraron sus puertas con ellos sin posibilidad de renegociar, aunque ellos sospechaban que David tenía un as bajo la manga para hacer que Cillian se arrepintiera de darles la espalda, pero todavía no sabían de qué se trataba.

—¡LuzBel! —Alcé la mirada hacia la puerta, antes de responder la pregunta de Isabella, cuando Dominik entró como un alma en pena y, en cuanto me miró, supe a qué había llegado.

—También lo sabes —afirmé.

Isamu, Marcus y Cameron estaban tensos, la noticia nos había dejado en jaque.

—Han atacado a Cillian —soltó él—. Hicieron explotar todas sus farmacéuticas para debilitarlo.

—Me cago en la puta —gruñí pasándome las manos por el cabello. E Isabella comprobó con eso que los griegos no me habían mentido.

Y no me importaba el irlandés, pero sí lo que el ataque perpetrado hacia él significaba: David iba detrás de Amelia para hacerle pagar por su traición, pues yo podía jurar que no atacaron a Cillian únicamente por darles la espalda con una asociación.

—Envía una alerta a Tokio —le ordenó Isabella a Isamu, recomponiéndose como la fiera que era porque ese no era momento para quedarnos a esperar—. Refuerza todos los anillos de seguridad y pídele a La Orden que se preparen.

Sentí que el cuerpo se me sacudió, y aquel frío intenso me recorrió de pies a cabeza, por la ira y la adrenalina mezcladas.

—Ayúdenme a mantenerlas a salvo —pidió Dominik de pronto. Amelia había dado a luz dos días atrás—. Con Cillian debilitado me están dejando en un callejón sin salida y, sin él, no voy a poder enfrentarme a los Vigilantes, porque no vienen solos esta vez.

No vi a un amigo en ese momento, tampoco al psicólogo de mis hijos. Era un hombre enamorado y un padre. Por eso mi decisión no fue difícil de tomar.

—Pídele al equipo que preparen una extracción inmediata para ellos y dile a Darius que los comande. Él sabrá mantener a salvo a su familia —demandé para Marcus, y este asintió, yéndose enseguida a cumplir mi orden—. Y tú, alerta a los Grigori que ha llegado la hora de trabajar juntos. —Miré a Cameron al decir eso.

Isabella estaba observando por la ventana en ese momento, Dominik me miró a mí agradecido porque no lo dejara solo, aunque también atormentado, e intuí que sucedía algo más.

—Suéltalo, Dominik —pedí.

Él respiró hondo antes de hablar.

—Está vivo. —Isabella se giró para mirarnos cuando dijo eso, y yo negué con la cabeza—. Lucius no murió como aseguraron.

—¡No! —largó Isabella—. La CIA confirmó su muerte.

—Pero no la gente de Gibson —razoné yo—. Y los Vigilantes siempre tuvieron sociedad con la CIA, por eso Jarrel no pudo hacer nada en contra de ellos.

—No puede ser, Elijah —gruñó ella entre dientes.

Habría dado todo de mí por no despertarla del sueño en el que estuvimos metidos durante meses, porque no soportaba verla así.

—Cillian recibió una llamada del mismo Lucius en el momento que hacían explotar todas sus farmacéuticas —explicó Dominik—. Él consiguió salir de su casa a tiempo, pero no su esposa ni sus padres —añadió—. Lucius le dijo que ese sería su castigo por haberle dado la espalda, el mismo que correrían todos los que lo traicionaron.

Nos miramos con Isabella en ese momento, fuimos determinantes. Y, aunque no siempre opinábamos igual, supe por su mirada que estábamos pensando lo mismo en ese instante: volveríamos a Estados Unidos para poder contar con su sede Grigori y la mía, además de las de Perseo Kontos y Bartholome Makris. Asimismo tendríamos a La Orden y el apoyo del gobierno y la fuerza militar.

Todos unidos para proteger a nuestros hijos, porque irían detrás de ellos. No teníamos prueba de eso, pero tampoco dudas, sabiendo la calaña de malnacidos que eran.

—Volveremos a casa, Bonita. Pelearemos esta guerra en tierra conocida —avisé, y ella asintió—. Esta vez quemaremos el mundo de la mano —puntualicé.

L.O.D.S

Es mejor encender una vela que maldecir la oscuridad.

LEE-ANG

L.O.D.S

CALEB

Yo no soy la luz más brillante que has conocido. Soy en realidad la oscuridad más intensa y asfixiante con la que te atreviste a jugar.

DIARIO DE LEAH

5 de agosto de un año lejano.

¿Cómo se le hace entender a una madre que se olvide de sus hijos? ¿Cómo siquiera pueden creer que con una hija se puede olvidar a los otros? ¿Cómo son capaces de pensar que seguiré adelante sabiendo que me falta parte de mi alma?

No he tenido años fáciles y, a veces, he llegado a cuestionarme el haber escapado del dominio de Lucius, porque, aunque me estaba matando poco a poco, al menos me encontraba allí, tratando de hacer algo para que no dañara a mis pequeños.

Sin embargo, cuando recuerdo que en realidad los lastimaba para controlarme a mí, vuelvo a reafirmar que huir fue lo mejor. No para mí. Sí para mis hijos, quienes eran el medio de ese malnacido para torturarme y matarme lentamente, porque él sabía que a mí ya no me importaba que me violara, me cortara o me golpeara a como se le diera la gana. Lucius entendió que el dolor físico y psicológico, ya no eran medios con los que me obligaría hacer todas las aberraciones que me ordenaba.

Porque ya no quería condenarme más.

Hasta que descubrió que tocar a mis pequeños angelitos, era la única tortura con la que me haría sucumbir a todo lo que él quisiera que yo hiciera.

«No más, Leah. Vete, tienes la oportunidad de escapar de sus garras. No la desaproveches».

Todavía no sacaba de mi cabeza el ruego de Farrel, cuando él me auxilió afuera de la habitación del club Vikings.

Mi amigo me tomó del rostro al ver mi vergüenza y la impotencia que no me abandonaba, porque yo era una guerrera... ¡Maldición!

Yo era una luchadora que siempre se defendió, que jamás permitió que le levantaran una mano, pero ahí estaba, follada por cinco hombres de maneras que me seguían revolviendo el estómago; degradada a menos que un pedazo de carne, que ese malnacido comenzó a utilizar, para cerrar alianzas que le darían el poder que tanto añoraba.

«Si me voy va a dañarlos».

Farrel me miró estupefacto al escuchar mi respuesta. No le mentía. Ya Lucius lo había hecho para probarme de lo que era capaz. Encerró a Darius y a Dahlia en una jaula de perros entrenados para ser asesinos (mis pequeños de dos y un año), llorando porque los acababan de alejar de mí, mientras yo lo hacía de terror, suplicando para que esos animales no se les acercaran y los dañaran.

Por eso, después de esa noche, Farrel me siguió encontrando en ese mismo lugar. A veces solo asqueada, en algunas ocasiones también golpeada porque yo sabía defenderme, pero jamás levantaría una sola mano para hacerlo si eso significaba que mis bebés lo pagarían. Así que me convertí en la moneda de cambio con la que "mi marido" cerraba sus grandes tratos.

"Mi marido". ¡Puf!

El hombre que una vez me amó y adoró, como si de verdad hubiera sido el tesoro más valioso en sus manos. El tipo que me demostró que sería capaz de dar la vida por mí, hasta que fue perdiendo su poder y se dejó cegar por la ambición, y esa sed insaciable de ser el malnacido más temido de todos los tiempos. Y lo irónico de todo, es que conmigo sí lo consiguió.

Me doblegó.

Me hizo temerle con el simple hecho de pensarlo.

Y como lo veía en su rostro, ese era el logro que más extasiado lo ponía: haber conseguido que una mujer como yo le temiera, pues él sabía que nunca me doblegué ante nadie.

Dejé escapar todas y cada una de las oportunidades que se me presentaron para escapar, porque no pensaba hacerlo sola. De ninguna manera dejaría a mis hijos atrás ni permitiría que Lucius los lastimara, hasta que Farrel me hizo entender que era yo la que los dañaba en realidad.

«Lucius se ensaña con ellos porque es de la única manera que consigue doblegarte a ti, Leah, entiéndelo. Si tú no estás él no los lastimará».

Siseé cuando puso una venda limpia en mi abdomen. Me estaba curando las heridas que los tres tipos de esa noche me dejaron.

Los bastardos casi me matan asfixiada y me provocaba arcadas seguir sintiendo sus sabores en mi garganta.

«¿Y si lo hace para hacerme regresar? ¿Si los mata para castigarme?»

Farrel escuchó el terror en mi voz ronca y negó con la cabeza.

«Te ha ganado el valor, cariño. Ha hecho que le temas a tal punto, que has olvidado que él jamás asesinaría a alguien de su sangre, o que lleve su apellido, porque esa mierda es lo único que respeta. Por eso nunca se casó contigo, por esa razón oficialmente jamás te dio el apellido Black, aunque ante el mundo seas su esposa».

Esa verdad se asentó en mí como una puñalada.

Estuve demasiado ciega cuando me enamoré de él, por eso no le di importancia a que jamás me propusiera matrimonio, aunque muchos llegaron a verme como la señora Black. Sin embargo, estaba segura de que incluso si lo hubiéramos hecho, me habría ofrecido como un pedazo de carne para sus nuevos socios, con la única condición de que no me mataran.

Pues Farrel tenía razón: lo único que Lucius respetaba como un pacto sagrado, era que alguien llevara su apellido de manera legal.

Y, aunque no estaba dispuesta a dejar a mis hijos, dos noches después de esa, sus nuevos socios estuvieron a nada de matarme, entonces comprendí que no podía seguir así. No me permitiría morir sin antes hacer algo para rescatar a mis hijos, pero para eso debía huir del lado de ese engendro, ya que no le daría más la oportunidad de que los dañara para obligarme a mí a mantenerme en su infierno.

Por esa razón, al siguiente día, aproveché mi oportunidad de escaparme del hospital al que me llevaron, luego de la golpiza que me dieron sus socios. Lo hice destruyendo mi corazón por las personas que dejaría atrás, rogando para que Farrel tuviera razón, haciendo la promesa de que volvería por mis pequeños, pero para eso primero tenía que recuperarme.

L.O.D.S

Los chicos duros como él se jactan de saber jugar con fuego, hasta que encuentran uno que los quema de verdad.

@Patty_Arty31

RONIN

CAPÍTULO 39

Imperfectos

ISABELLA

Los días estaban siendo una locura, yendo y viniendo de reuniones, trazando planes, creando estrategias, haciendo llamadas, cobrando favores y cerrando nuevas alianzas. Apenas estábamos durmiendo, y ese estrés y preocupación ya comenzaba a pasarnos la factura a Elijah y a mí como pareja, pues habíamos estado discutiendo más de la cuenta, y debido a que nos íbamos a la cama a diferentes horas, o a veces ni llegábamos, no teníamos tiempo para reconciliarnos.

Y emocionalmente, eso me estaba haciendo trizas.

Pero no había tiempo para sentimentalismos, ¿no?

Había llegado el momento de volver a ser una guerrera, una líder que sí o sí, debía mantenerse entera y con la cabeza en alto para que nadie se aprovechara de nuestras debilidades.

Teníamos una semana de haber vuelto a Richmond, a la mansión Pride, pues era el lugar más seguro en el que podíamos tener a nuestros hijos, ya que Myles se encargó de hacer de ella una fortaleza casi impenetrable por nuestros enemigos.

La construyó como eso en realidad, un fuerte en el que protegió siempre a su mujer e hijos, en el que creó un mundo donde el mal no pudiera llegar a ellos, como lo relató mamá en su diario, ese que me había dejado en una caja de seguridad en Tokio. El que obtuve luego de arreglar las cosas con Darius y que juntos fuéramos en busca de él, sabedores de que la fecha que nuestra madre me dejó, en aquella carta que encontré en Newport Beach, significaba algo.

Y no nos equivocamos.

Tuvimos en nuestras manos su vida, narrada por ella misma, en un cuaderno no solo manchado por la tinta, sino también por sus lágrimas. Descubrimos el infierno por el que atravesó, por qué decidió escapar de él, dejando a sus hijos atrás, y todo lo que intentó hacer luego para recuperarlos.

Y nos dolió.

A Darius y a mí nos desgarró sentir su amor, tristeza, frustración, ilusión, esperanza e impotencia. Y a él le afectó más que a mí, pues me confesó que hubo un momento en el que sí llegó a sentir rencor por ella, porque pensó que se había ido sin más, sin darse cuenta de que Leah Miller, en realidad dejó lo que más le importaba porque sabía que era su presencia la que los ponía en peligro.

Y mamá quiso recuperarlos cuando tuvo su propio poder, pero para ese momento, Amelia ya había sido manipulada por Lucius y la odiaba por creer que la abandonó, por esa razón nuestra madre no podía arriesgarse a hacer algo (no contra la voluntad de su hija) y menos si eso pondría en peligro a Darius, porque cabía la posibilidad de que Amelia lo delatara, si se enteraba de que él sí se estaba viendo con mamá por consentimiento propio.

Aun así, la verdadera reina Sigilosa no se dio por vencida y consiguió acercarse poco a poco a su hija, a escondidas, arriesgándose a que algo malo pasara, pero sin perder la esperanza de que si la hacía entender que Lucius la mantuvo en una mentira, Amelia decidiría irse con ella por voluntad.

Y lo consiguió, logró sacarla de la red de manipulaciones de Lucius y la convenció para que huyera con ella, pero cometieron el error de confiar en Charlotte Sellers para eso y entonces cayeron en una trampa en donde mamá murió y Amelia perdió los recuerdos, pues una vez más, su padre la sometió a electrochoques, que era su manera favorita de hacer que su hija olvidara todos los buenos recuerdos que la harían querer buscar un futuro lejos de él.

Mamá sabía a lo que iba a enfrentarse ese día, ya que antes de encontrarse con Amelia en donde habían acordado, envió ese diario directo a su caja de seguridad en Tokio con una nota para mí.

> Si un día esto llega a tus manos, mi hermosa rosa de fuego, será porque ya no estoy contigo y tendrás muchas dudas por todas las decisiones que tomé. Por eso he escrito mi vida para ti. Algunas páginas serán crueles, otras insoportables de leer, pero tengo la esperanza de que cuando llegues al final, comprenderás que te amé de la misma manera en que amé a mi preciosa Dahlia, tanto como amé a Darius, uno de los dos hombres más importantes para mí, junto a tu padre.
> Por ustedes jamás me rendí, por ustedes volví a extender mis alas.

Le creía, la entendía y no la juzgaba más (ni a ella ni a papá) por haberme ocultado todo, puesto que a través de cada página de su diario sentí el miedo que ambos vivieron, las inseguridades, el amor y la fortaleza. Me puse en los zapatos de mamá cuando se enteró de que Amelia era bipolar y que Lucius se negó a tratarla; y viví su dolor por querer estar con su hermosa Dahlia (como la llamaba) y no poder hacerlo, debido a que acercarse a ella, era provocar a Lucius para que la sometiera a electrochoques.

Lloré con el dolor de mi reina porque no podía acercarse a su pequeño ángel, como nombró a Darius en muchas ocasiones, ya que entonces, a él lo castigaban viendo cómo sometían a Amelia a los electrochoques.

«Viviste su dolor como madre, no como hija».

Y también descubrí algo para lo que no estaba preparada.

Todos aseguraban que fue Amelia la que asesinó a nuestra madre, incluso ella me lo restregó en la cara como Fantasma, pero junto a Darius reflexionamos que había algo más detrás de todo eso, ya que su hermana fue sometida a los electrochoques luego de ese día, pero en las pocas ocasiones que Darius tuvo la oportunidad de hablar (con Amelia lúcida), ella le dijo que no recordaba nada de ese día y que lo prefería así, sin embargo, repetía como una grabación todo lo que supuestamente le hizo.

Lo conversamos con Elijah incluso, porque meses después de lo de mamá, Amelia se escapó con él, sin embargo, él nos aseguró que ella nunca habló de su madre, simplemente le había dicho que murió de cáncer. Y, como tampoco se comportó extraño al tocar ese tema, le creyeron sin la curiosidad de indagar más sobre eso.

—¡Tío Ellio! —El grito emocionado de Aiden me hizo mirar hacia donde él lo hacía.

Elliot acababa de salir de la oficina de Myles y sonrió al ver a mis hijos, sobre todo cuando luego de que Aiden lo llamó, tanto él como Daemon salieron corriendo hacia el ojiazul con el cachorrito siguiéndoles los pasos.

Los llevaba al jardín con la intención de jugar un rato con ellos, antes de tener que ocuparme con las reuniones que ya tenía agendadas para ese día.

—Mila a Somba —Daemon señaló a su amigo canino, presentándoselo a Elliot y vi la sorpresa de este.

—Así que lo consiguieron, tener a su propio perro —Rodé los ojos por lo que él les dijo y luego me reí.

No nos habíamos visto en meses, ni siquiera hablamos, pero sabía que con la alerta que teníamos, él estaría en Richmond de nuevo para apoyarnos. Aunque tampoco se había ido del todo, se mantenía viajando entre esta ciudad y Newport Beach para atender tanto las cuestiones de Grigori como las de mis empresas, trabajando en conjunto con Dylan.

Además, supe por Marcus que su hermana volvió a darle una oportunidad al ojiazul y, aunque al moreno no le caía bien, respetaba que Alice quisiera intentar algo serio con Elliot.

—¿Y el tuyo?

—No comiences —advertí cuando llegó hacia mí y sonrió como un cabronazo tras hacerme esa pregunta.

Me sentí feliz al verlo y el brillo en sus ojos me indicó que él también, al verme a mí, pero ya no era nada con malicia, aunque seguía siendo algo inexplicable. Nuestro amor se convirtió en un sentimiento bonito y sano, iba más allá de la amistad o lo fraternal.

—Ven aquí —me animó abriendo los brazos y me metí entre ellos sin poder resistirme, porque necesitaba un gesto de apoyo como ese y, al parecer, él lo notó—. Todo va a estar bien, te lo prometo —aseguró.

Y antes de que yo tuviera tiempo de quebrarme con esas palabras porque quería creerlas, me abrazó más fuerte y con los chicos nos reímos en cuanto me alzó del suelo; tras eso los cogió a ellos para abrazarlos *en combo*, como él les decía, los levantó en el aire y se giró haciéndolos reír, recordándoles ese juego que tenían entre los tres en los días que Elliot nos acompañó en Italia, aunque en ese momento el cachorro también quería ser parte de la diversión.

—¿Qué haces aquí? —Me puse rígida al escuchar la voz gélida de Elijah a espaldas de mí.

No lo había visto desde el día anterior porque no llegó a casa a dormir, y cuando le llamé para saber si todo estaba bien, me pidió que descansara tranquila y que no me preocupara por nada, porque él no permitiría que nos dañaran.

Sin embargo, yo lo quería a mi lado así fuera un momento, puesto que estaba odiando esa distancia entre nosotros, mas no quise ser egoísta, ni mucho menos desconsiderada, al ponerlo en una situación como esa cuando lo que más necesitábamos es que uno de nosotros se mantuviera fuerte, en cuanto el otro se debilitara, así no pudiéramos estar juntos siempre.

Pero, cuando me giré hacia él y le sonreí feliz y aliviada de que volviera a casa sano y salvo, lo encontré con la mandíbula tensa y los puños demasiado apretados.

«Al parecer, la distancia seguiría aumentando».

Gracias por la aclaración.

—Papito, tío Ellio va a jugar a la pelota con nosotos, ¿cielto, tío? —informó Aiden, emocionado e ilusionado.

«¡Ja! Quería ver si esos chicos lograban lo imposible».

Vi que Elijah sonrió para Aiden, pero no fue esa sonrisa paternal que siempre le dedicaba, fue una llena de ironía, aunque no destinada a nuestro hijo, sino que a la situación en la que Aiden pretendía ponerlo.

—Supongo que ha venido a la reunión que tendremos —me animé a explicar yo, tratando de suavizar un poco la situación.

Para ese momento ya había caminado hacia él y me puse en su periferia, con la intención de que se concentrara solo en mí.

—Sí, he venido a eso —confirmó Elliot detrás de nosotros, fingiendo con nuestros hijos que no estaba pasando nada extraño.

—¿Una hora antes? —indagó Elijah con tono gélido, mirándome con molestia.

—Sí, sabes la situación que se ha presentado con los Wallace, así que vine a hablarlo con tío antes de que nos reunamos.

Con los Wallace se refería a Marcus y Alice.

Yo no sabía a ciencia cierta lo que sucedía, ya que Marcus únicamente le llamó a Elijah el día anterior y le pidió que se reunieran en el cuartel. Y si no lo acompañé (ya que me lo propuso) fue porque no me sentía segura de dejar los terrenos de la casa, con mis hijos ahí, a pesar de que tenía a toda mi élite de La Orden a cargo de la seguridad.

En ese momento solo las tierras de la mansión eran cien por ciento seguras para nosotros, y por la misma razón, la reunión que teníamos dentro de una hora, se llevaría a cabo en un búnker que Myles ya tenía destinado para eso, dentro del mismo territorio.

—Chicos, vamos afuera —Lee-Ang llegó en ese instante al recibidor en el que nos encontrábamos y agradecí que se llevara a los clones, al darse cuenta de la situación.

—Elijah —lo llamé al darme cuenta de que su enojo iba en aumento con la presencia de Elliot y por haberlo encontrado jugando con nuestros hijos.

Algo que, aunque no pensaba tolerar, tampoco se lo juzgaría.

—Te quiero lejos de mis hijos, pero sobre todo, de Isabella —bramó cuando los niños se fueron con Lee y me esquivó para caminar hacia Elliot.

—Elijah, por favor —pedí.

—Vuelve a abrazarla, vuelve a tocar a mis hijos y te cortaré las manos, hijo de puta —gruñó en cuanto estuvo con el pecho al ras de el de Elliot.

«Santa mierda. El Tinieblo vio más de lo que debía, Colega».

¡No hice nada malo!

Elliot no se inmutó ante la amenaza de Elijah por lo mismo, porque no estábamos haciendo nada indebido. E imaginé que por la misma razón, no tomó una postura invasiva con él.

—Isabella es mi amiga y tus hijos mis sobrinos. No he hecho nada para faltarte el respeto.

—Que respires me falta el respeto, maldita mierda —largó Elijah con los dientes apretados y noté cuánto se estaba conteniendo.

Dios.

Me dolió verlo así, me decepcionó una vez más haber despertado del sueño tan hermoso que estuvimos viviendo durante meses en Italia. Me hería haber regresado a Richmond por la razón que lo hicimos y reconfirmar, en ese instante, que la tensión que estábamos viviendo por la reactivación de los Vigilantes y que Lucius estuviera vivo, pusiera esa distancia entre nosotros.

Eso era lo que más me atemorizaba.

—Estoy con Alice ahora, tenemos algo serio que respeto y no voy a joderlo con nada, LuzBel. Además, Isabella te ama a ti, te eligió a ti desde hace años por encima de todo. Mató por ti y volvería a hacerlo. Te elegiría una y mil veces por encima de quien sea, así que ¿qué más pruebas necesitas para que estés seguro de ella?

¡Dios! Fue triste que Elliot sí viera todo eso, y no el hombre que yo necesitaba que estuviera seguro de mi amor por él.

—Que se deshaga de ti, si no quiere que lo haga yo —le respondió Elijah y fue muy contundente.

No había dudas, no lo dijo solo por decirlo. Él deseaba con todas sus fuerzas que Elliot dejara de existir y me lastimó, pero no más porque quisiera proteger al ojiazul, sino porque con esa declaración, Elijah estaba dando por sentado que jamás confiaría en mí.

Y reflexionar eso me sentó tan mal, que ni siquiera tuve la capacidad de continuar ahí con ellos, observando, o escuchando, si seguían discutiendo o llegaban a los golpes. Opté por darme la vuelta y fui en busca de mis hijos, ya que no quería estar sola, no me apetecía pensar en lo que acababa de descubrir y menos tener tiempo para que los monstruos en mi cabeza me hicieran tener ideas que en ese momento no tenían por qué importar.

Lo que de verdad importaba era esa reunión que tendríamos en el búnker con todos los líderes de Grigori, con el maestro Cho y sensei Yusei (ellos por videollamada), Gibson y el primer teniente de la fuerza armada.

Y mientras la hora para eso llegaba, decidí llamar a Dominik y a Darius para confirmar nuestro encuentro, ya que esa mañana, después de haber leído una página más del diario de mamá, tomé la decisión de hacer algo que ella siempre deseó, tanto como añoró recuperar a Amelia y a Darius, pero que no pudo porque murió antes de conseguirlo.

Que sus tres hijos se reunieran y se reconocieran como lo que éramos: hermanos. Y que le entregara a Amelia ese regalo que dejó para ella.

Y, aunque pasé años odiando a esa chica y todavía no podía perdonarle todo lo que me hizo, ver a Elijah frente a Elliot, sin la intención de dejar el pasado atrás, me hizo darme cuenta de lo que dolía que alguien importante en tu vida, se quedara estancado y no viera más que tus errores, a pesar de que yo seguía pensando que lo que hice con el ojiazul no fue un error como tal, y menos una traición.

Y no deseaba que fuera donde fuera que estuviera mamá, se sintiera tan herida como yo en ese momento, porque no le podían perdonar de corazón lo que ella hizo creyendo que era lo correcto.

«Por fin darías ese paso».

Lo haría por mamá. Y porque no quería vivir toda mi vida en un pie.

De mi élite, únicamente Caleb me acompañó cuando la hora de la reunión llegó, los demás se quedaron cerca de mis hijos porque no los quería en ningún otro lado que no fuera cuidándolos a ellos. Elijah también había dejado a parte de sus Oscuros, como se autonombró el equipo que formó siendo Sombra, ya que la élite Grigori se encargaba de los asuntos que tenían que monitorear en el cuartel, para mantenernos protegidos.

Evan y Connor estaban trabajando con sus drones para proteger los puntos ciegos, a la vista del ojo humano, dentro del territorio de la mansión Pride. Ellos habían integrado a sus filas a Belial y Lewis, quienes resultaron ser bastante buenos con la tecnología.

Dylan y Tess unieron sus habilidades y conocimientos en armas de fuego, con las de Lilith. Y mi hermano estaba encantado con la chica como compañera, ya que era tan desquiciada como él cuando se trataba de dar batalla, conformando entre los tres, un trío al cual debíamos ponerle un alto a cada momento, ya que sus ideas tendían a ser sucias y no en el sentido sexual.

Era más del estilo sádico, con planes en los que la sangre y vísceras, eran el tema y objetivo principal. Y había que recalcar que, desde que Tess volvió al juego y se recuperó por completo, lo hizo siendo una mujer sin miedo a la muerte y con muchas ganas de complementarse a su prometido en cada uno de los sentidos.

Cameron en cambio, se unió (junto a los mellizos), a Ronin e Isamu para proteger el primer anillo de seguridad en la mansión, mientras que Serena estaba apoyando a Maokko y a Lee-Ang con el cuidado de los clones.

Por eso, cuando se trataba de la seguridad personal de nosotros, Caleb siempre se mantenía a mi lado junto a Dom y Max, mientras que Elijah era escoltado por Marcus, Roman e Isaac, este último había sido el escolta de Tess por un buen tiempo.

—¿Dónde está Elijah? —preguntó Myles al verme entrar al búnker solo con Caleb.

No volví a verlo desde que pasó lo de Elliot, tampoco lo busqué, ni él a mí, porque al menos eso era algo que estábamos aprendiendo mejor que todo lo demás: darnos espacio antes que ofendernos por lo molestos que nos sentíamos.

—Estoy aquí, padre —avisó él y miré sobre mi hombro cuando entró al búnker junto a Marcus.

Me sentí un poco nerviosa, pero sin dejar de estar decepcionada, cuando llegó cerca de mí.

—¿Todo bien? —cuestionó Myles al notar la tensión entre su hijo y yo.

—Sí.

—No —respondió él, al unísono conmigo y sentí un poco de vergüenza cuando Myles nos miró con una ceja alzada.

Dios.

—¿Los demás ya están acá? —inquirí para Myles con la intención de que no se concentrara más en lo que pasaba entre su hijo y yo.

—Sí, síganme por favor —nos alentó y obedecimos.

Caminé delante de Elijah y me di cuenta de mi error al sentir su mirada en mí. Esa con la que tenía la capacidad de enfriarme la piel cuando estábamos molestos, o hacer arder mis entrañas en los días que todo marchaba de maravilla.

Solo cuando entramos a la sala de juntas me distraje de su presencia, al saludar a los hombres que ya nos esperaban, aunque cuando vi que Elliot también estaba ahí, me tensé un poco y rogué para que Elijah no siguiera más con sus dramas.

Menos mal fui escuchada, ya que conseguimos darle importancia a lo importante y cuando el maestro y sensei Yusei se conectaron en videollamada, comenzamos a deliberar sobre cómo procederíamos para enfrentarnos en conjunto a los Vigilantes. Gibson también nos explicó que ellos ya estaban investigando qué había sucedido con respecto a la supuesta muerte de Lucius, ya que él confirmó el deceso por medio de su gente, sin embargo, Elijah se encargó de aclarar ese punto.

—Sé de buena fuente que la CIA logró chantajear al forense de tu nómina, por eso él confirmó la muerte.

Todos miraron a Elijah, esperando a que aportara quién era esa fuente, pero yo sabía que no lo haría, aunque era consciente de que se trataba de esos griegos con los que tenía una especie de alianza como Sombra.

«Al Tinieblo le encantaba seguir jugando sucio».

—Al parecer, la daga que le lanzaste no cortó su yugular —explicó para mí y luego siguió haciéndolo para los demás—, pero él fue astuto al quedarse en el suelo y fingir que sí, dándole tiempo a dos de sus hombres para que se intercambiaran los uniformes con el de unos militares caídos en la batalla.

De esa manera el malnacido consiguió llegar a la morgue, dejando que la CIA se encargara de montar todo el espectáculo, para escapar de las autoridades. Aunque sí le ocasioné un buen daño, por eso se tardó en aparecer, pues se había mantenido en recuperación.

Con todo lo que discutimos en esa reunión, nos dimos cuenta de que David Black siempre fue la pieza clave en ese dúo, ya que como dijo Elijah, él era como un agua mansa que se mantuvo dañando con lentitud. Siempre a la sombra de su hermano, simplemente para salir bien librado y ser el salvador cuando fuera el momento.

No obstante, gracias a esa alianza que Elijah consiguió hacer con los griegos, tuvimos la oportunidad de salir de Italia antes de que perpetraran un ataque hacia nosotros, que llevaban planeando desde hace meses, pero que se les dificultó ejecutar porque la ubicación de mi casa no era algo con lo que darían con facilidad, puesto que Caleb se encargó de cuidar todos esos detalles.

Y en Estados Unidos se les dificultaría un poco más, porque como aseguró el Tiniebло, pelearíamos en terreno conocido.

—Estamos juntos en esto, así que no duden en disponer de nuestros ejércitos —reiteró el primer teniente de las fuerzas armadas, cuando se despidió de nosotros.

—Gracias —Elijah le ofreció la mano al decir eso.

Tras eso vimos que todos se marchaban bajo un régimen de seguridad en el que Caleb estuvo trabajando junto a la élite de Myles. Por eso, para los ajenos a nuestra sede, nos encontrábamos en un lugar alejado de la ciudad.

—Mientras logramos controlar la situación, tú y Alice pueden quedarse en casa o en el cuartel —Escuché a Elijah decirle a Marcus.

Cuando Perseo y Bartholome se fueron, junto a Gibson y el primer teniente. El moreno y Elliot nos informaron la situación que estaban atravesando.

Los señores Wallace, padres de Alice y Marcus, permitirían que los Vigilantes les dieran caza a sus hijos para que fueran castigados por su traición, todo con tal de que no les hicieran nada ellos. Y noté en el rostro del moreno cuánto le afectaba la situación, sobre todo porque tenía un hijo con su ex novia y al parecer, sus padres sabían de la existencia del pequeño y temía que irían detrás de ellos.

Esa fue la razón de que Elijah se mantuviera fuera de casa toda la noche: le ayudó a Marcus a sacar a la chica y a su hijo del país, antes de que los Vigilantes intentaran ir por ambos.

—Alice se quedará conmigo —zanjó Elliot—. Ya hemos tomado la decisión con ella.

Noté que a Elijah no le agradó escuchar eso, no porque no quisiera que Alice se quedara con Elliot, sino porque odiaba la presencia del ojiazul. Al menos esa vez, Marcus estaba del lado de su cuñado porque él ya tenía suficiente con lo de su hijo y encima, nos ayudaba a nosotros con todo lo demás.

—Sé que cuentas con el apoyo de Elijah para lo que sea, pero si puedo ayudarte en algo, solo pídelo —le ofrecí a Marcus y él asintió agradecido.

—Ya sabes, muchacho. No estás solo, ni tú ni tu familia —reiteró Myles.

Dicho eso, me puse de pie para marcharme, ya que todavía debía reunirme con Darius para ir al lugar en el que tenían a Amelia.

—Dispón de todo lo que sea necesario para que protejas a tu novia, tú también cuentas conmigo —le recordé a Elliot y él me sonrió.

—Lo sé, Isa, gracias. —respondió y sentí que Elijah me miraba con ganas de arrancarme la cabeza, sintiendo que lo que le dije a Elliot fue un ataque, pero qué equivocado estaba.

—Me reuniré con Darius —avisé, buscando su mirada—. Te veo luego.

—Gracias por informarme. —No sé si los demás lo notaron, pero yo sí escuché la ironía en su respuesta, lo que me hizo exhalar fuerte y con mucho cansancio.

Salí de la sala de juntas acompañada por Caleb y agradecí que mi amigo no hiciera ningún comentario, con respecto a lo que estaba viendo entre el Tinieblo y yo. Simplemente me acompañó hasta que llegamos a la casa y le pedí que esperara por mí, mientras yo subía a mi habitación por algo que necesitaba.

Era hora del entrenamiento de mis hijos, ya debían encontrarse en el gimnasio de la casa que se adecuó para ellos y sus clases de artes marciales, por lo que no quise ir a interrumpirlos, ya que la hora de verme con Darius llegaría pronto.

Sin embargo, cuando me dispuse a regresar con Caleb para marcharnos y abrí la puerta, me encontré con Elijah a punto de entrar a la habitación. El corazón se me aceleró, él siempre me provocaba ese estado cuando discutíamos por algo, sin embargo, en ese momento yo sabía que no sería como las otras veces en las que nos reconciliaríamos haciendo el amor, porque esa vez, la razón por la que nos molestamos nos dolía demasiado a ambos.

—¿Tienes idea de lo celoso que estoy? —preguntó, pero no me dejó responder—. Odié ver a mis hijos cerca de él —señaló, haciéndome retroceder al interior de la habitación—, odié ver cómo te abrazó y que tú lo disfrutaras. —Dio un paso hacia mí, tras cerrar la puerta, y lo miré a los ojos—. Odio que quiera estar cerca de ti y que tú no te niegues.

—Y yo odio que Elliot tenga más claro que tú, lo que siento por ti —lo encaré—. Odio que no entiendas que él es solo mi amigo.

—Un amigo que te folló —espetó con los dientes muy apretados—. Y que estoy seguro que volvería a hacerlo si tú le dieras la oportunidad.

Cerré los ojos solo un momento y negué con la cabeza, respirando hondo para no permitir que sus palabras llegaran a herirme de una manera que me haría decir cosas que no quería, pues, aunque estaba teniendo una reacción que me destrozaba, me puse en sus zapatos porque sabía que si algo pasaba entre él y Hanna, yo iba a enloquecer.

—Que duro es despertar de un sueño tan hermoso, ¿no? —Vi en sus ojos que le afectó lo que dije—. Y decepcionante, darse cuenta de que solo fuiste feliz conmigo porque estábamos en otro país, que únicamente fingiste confiar en mí porque sabías que Elliot no se hallaba cerca, pero ahora la realidad nos está golpeando peor de lo que imaginé.

—No es fácil verlos juntos, Isabella. No creas que me siento así porque me hace feliz. Simplemente no puedo evitar odiarlo por haberte tocado, por haber estado contigo y mis hijos, ocupando mi lugar incluso en eso.

—No puedes evitar odiarme a mí por haber permitido que me tocara, ¿no? —añadí por él y reí con amargura cuando no lo negó—. Que decepcionante es ver que no confías en mí ni en el amor que siento por ti, Elijah.

—No, no confío en él —espetó.

—A mí no me des esa excusa. No te ciegues por los celos y no pretendas verme la cara de estúpida porque sí has podido confiar en mí cuando se trata de Fabio —le recordé, sabiendo que, aunque no confiaba en él, no actuaba de esa manera conmigo—. Así que no, Elijah, ahora mismo no estás confiando en mí.

—Porque con él no… ¡Joder! —gritó al darse cuenta de lo que iba a decir y yo me reí cuando me dio la espalda.

«Con Fabio no follaste».

Exacto.

—Creo que lo mejor es que dejemos esta discusión para después —avisé—, pero antes voy a aclararte algo por última vez, Elijah. —No me miró, siguió dándome la espalda y negando con la cabeza—. Jamás voy a poner a Elliot por encima de ti. Él es solo mi amigo, una persona que me ha apoyado en las buenas y en las malas, incluso cuando yo le fallé, porque sabes perfectamente que a él sí lo traicioné contigo —aclaré—. E incluso así, él estuvo para mí. —Tragué antes de seguir porque lo que diría a continuación no era fácil—. Puedo asegurarte que si ahora mismo tú te atrevieras a pedirme que deje de hablarle, que termine mi amistad con él, lo haría porque no pretendo dañarte, pero créeme que tú sí me dañarías con ese ultimátum por hacerme perderme a mí misma al actuar así, ya que con eso aceptaría que no confíes en mí jamás. Y no quiero estar en una relación llena de inseguridades —expresé más tranquila.

Él me miró en ese instante con los ojos entrecerrados.

—Yo puedo ser ególatra, posesivo, celoso y todo lo que quieras, Isabella, pero nunca te impondría nada. —soltó indignado.

—¿Y qué crees que haces con esa actitud? —indagué y alzó las cejas—. Que no lo vocalices no significa que no lo estás haciendo. —Caminó hacia mí cuando dije eso, pero todavía dejó una distancia prudente—. No quiero estar con alguien que me haga sentir que voy a perderme a mí misma y tú no mereces estar con una mujer en la que no confíes.

—¿Qué estás tratando de decirme, White? —resolló.

—Está claro, no vamos a seguir así. Estamos en un momento en el que debemos estar más atentos a nuestros enemigos, concentrados en eso. Y tener este tipo de problemas entre nosotros nos distrae de lo primordial que es cuidar de nuestros hijos. Así que tomémonos un tiempo, sobre todo para que tú analices si de verdad puedes dejar el pasado atrás, porque yo solo podré seguir adelante contigo si estás dispuesto a confiar en mí, en la Isabella White que yo quiero ser, la que te respeta y te ama con su vida.

Noté que lo que dije lo sobresaltó, pero no replicó nada, así que supuse que él sabía que yo tenía razón, y entendió que no merecía estar en una relación donde no pudiera confiar en la mujer que tenía a su lado.

—Nos vemos más tarde —me despedí y pasé por su lado.

Sin embargo, cuando llegué a la puerta, puso la mano en ella, justo a la altura de mi cabeza y la otra la colocó en mi cintura, haciendo que el corazón se me desbocara.

—Soy posesivo y celoso porque lo que me haces sentir me supera —susurró y dejé de respirar—. Y un egoísta porque no soporto que nadie te vea como yo te veo.

No quiero que sientas por alguien más ni siquiera una milésima de lo que sientes por mí. —gruñó con frustración, pero más por lo que él estaba sintiendo que por lo que yo hice—. Y sé que no es justo para ti, que no es lo que mereces, pero compréndeme un poco, Bonita. —El ruego fue tan claro en su voz, que mi corazón enloqueció.

Y, aunque me sentía congelada, tuve la capacidad de girarme para que quedáramos frente a frente, y al alinear nuestras miradas encontré la súplica en sus ojos. Ese deseo de querer decirme mucho, pero no encontrar la manera de que su lengua obedeciera.

—Nunca quise darle explicaciones a nadie, tampoco quería que me las dieran porque pensaba que eran complicaciones que no necesitaba en mi vida y…, me acostumbré a ser ese tipo con el que solo te vas una vez a la cama, White. Por eso ahora, me cuesta creer que tú ya no quieras irte de la mía, para buscar a un hombre como Elliot que te dé lo que mereces.

«¡Jesucristo! Eso no me lo esperaba de un hombre tan seguro de sí mismo».

Lo que yo no me esperaba, es que con todo el esfuerzo que él había estado haciendo en esos meses para darme mi propio cuento de hadas, siguiera creyendo que no era suficiente para que yo quisiera estar a su lado, cuando primero, lo amé siendo un hombre con desapego emocional.

—Y…, no está siendo fácil —rio al seguir, a mí se me llenaron los ojos de lágrimas—, pero estoy tratando de ser el hombre que quieres, sin que tú pierdas esa esencia de la que yo… —Calló y vi el tormento en sus ojos.

En ese instante pensé en la canción por la que puso esas iniciales en mi tatuaje y comprendí que no la escogió solo porque era capaz de morir por mí, sino también porque en ella se decía lo que él no podía vocalizar aún, a pesar de sentirlo y pensarlo.

Elijah no encontraba la manera de darle voz a sus pensamientos y, a pesar de lo que estábamos atravesando, me causó ternura.

—No quieres esta sensación —musité y puse una mano en su corazón—. No querías ni podías enamorarte de mí y por eso buscaste razones para que yo tampoco sintiera más por ti, aunque…, nada funcionó, ¿cierto? —Sus latidos acelerados comenzaron a golpear mi palma de una manera que me hizo sonreír—. Ahora comprendo mejor por qué afuera de aquel ascensor, me dijiste que yo no valía la pena, pero sí tu vida. Y es por la misma razón que no puedes alejarte de mí, porque, así no puedas decir que me amas, lo haces.

Sus ojos se abrieron de más al escucharme y por unos largos segundos, únicamente me sostuvo la mirada.

—No, White, no la quiero —aceptó al fin con la voz ronca—, pero eres tan perfecta, que me haces imposible evitarlo —Presionó su frente a la mía y dejé salir un par de lágrimas—. No sé lo que siento, solo estoy seguro de que moriría por ti —puntualizó.

Y de pronto, sus labios estaban sobre los míos.

En un momento me estaba ahogando por lo que nos pasaba, y al siguiente, no podía respirar porque él bebía de mi boca todas las dudas e incertidumbres, los miedos y las inseguridades. Me estaba inyectando con sus labios la certeza de que así no fuera el hombre perfecto, sí era único para mí, el que quería en mi presente y en mi futuro.

Elijah Pride era ese hombre con corazón de hielo, capaz de hacerme sentir calor con su frío. Y si él estaba dispuesto a ser el hombre que yo merecía, yo quería ser la mujer que lo mereciera, imperfectos y sin embargo, perfectos.

Caminé durante mucho tiempo a través de la oscuridad, sola y vacía, hasta que llegaste tú y me tomaste de la mano.

CAPÍTULO 40

Tan fuerte y frágil

ISABELLA

Julio 18, años de redención.

Hoy mi Dahlia cumple dieciocho años. Se ha convertido en una mujer hermosa, aunque también en una guerrera despiadada en las filas de su padre, sin embargo, cuando vuelve a mis brazos, es una princesa que se convierte en una niña dulce. Mi chica perfectamente imperfecta, una Dahlia negra y delicada que sabe dar suaves caricias en las manos correctas, pero que atraviesa con sus espinas a las equivocadas.

Esas espinas que solo su tallo posee, porque la obligaron, porque tuvo que crear su propia autodefensa.

«¿Por qué una Dahlia?»

Esa había sido la pregunta de John, cuando vio el emblema de la Dahlia negra, en el tahalí que Baek me hizo llegar esa semana. El logo de La Orden era una flor de cerezo, por eso le extrañó que ese fuera distinto.

Como respuesta, saqué otro tahalí, este tenía el cerezo. Lo puse al lado del que él ya había visto y sobre cada uno de ellos coloqué una cajita de gamuza, ambas abiertas. Me alzó una ceja y sonrió de lado.

«¿Crees que solo tú tendrías dos herederos?», dije con malicia y su sonrisa creció.

Yo tenía tres a diferencia de John, pero Darius nunca quiso ser parte de las organizaciones. Mi chico prefería manejar su poder como la cara buena, un pequeño lobo vestido de oveja, como me gustaba llamarlo siempre que me aseguraba que un día, él me defendería en los lugares donde yo no pudiera mostrarme.

«Me vuelve loco verte así».

Dicho eso, John llegó a mí y me demostró cuán loco y feliz se sentía por mí. Ese hombre era un regalo que no esperaba que la vida me diera, luego de que encontré la luz por mi cuenta.

En aquella mesa tenía los tahalíes y dijes que un día mis guerreras portarían. Una Dahlia negra para mi primogénita y una rosa de fuego, combinada con un cerezo, para la niña que terminó de restaurar mis alas cuando nació: Isabella.

Mi sueño más grande, la promesa que añoraba cumplirme a mí misma era esa, que mis amadas guerreras un día lideraran La Orden del Silencio, esa organización con la que me redimí durante todos esos años, la misma con la que añoraba que Dahlia se redimiera y con la que Isabella terminaría de poner el mundo a sus pies, pues no solo sería una líder Grigori sino también una reina Sigilosa como su hermana.

Y mi sueño estaba cada vez más cerca de ser cumplido, porque conseguí recuperar a mi primogénita, logré sacarla de las garras de Lucius, pude, con mi amor por ella, restaurar lo que ese engendro corrompió.

Huiría conmigo, me había llamado esa mañana para decírmelo. Era su cumpleaños, pero ella me dio el regalo a mí, al asegurar que me elegía, tal cual lo hizo su hermano. Lo haría por voluntad, porque me amaba, porque me perdonó, porque entendió que nunca quise abandonarla.

Al fin la vida me premiaría, después de años en penitencia, yo tendría a mi lado a mis tres hijos, mis ángeles, mi razón de vivir.

Carraspeé al volver a leer esa página del diario de mamá, el nudo en mi garganta dolía porque era capaz de sentir la ilusión y la esperanza con la que plasmó esas palabras. Su añoranza y el amor que sentía hacia sus hijos y marido, porque mi padre sí le dio el lugar que ella merecía y la convirtió en su esposa oficial, aunque ella utilizó su apellido de soltera porque eso le recordaba que fue ella la que salió de aquel infierno: Leah Miller.

A mis pies llevaba el bolso, y desde mi lugar, vislumbré aquella cajita de gamuza que mencionó en su diario (la tenía en su caja de seguridad junto a la mía). Los dijes emblemas que jamás llegó a darnos. También encontré el tahalí de Amelia, así que lo llevé junto a la Dahlia para entregarlos si la oportunidad se daba.

—Tal cual como peinarte deshace los nudos de tu cabello, llorar deshace los de tu garganta —dijo Darius a mi lado y lo miré.

Eso era lo mismo que mamá me aseguró muchas veces.

—¿También te lo decía a ti? —Asintió con una sonrisa triste.

—Pero le sacaba la vuelta, porque mi cabello corto no me dejaba tener nudos —aseguró y solté una risa gangosa.

Él me había confesado que fue quien encontró a mamá aquel día, que ella murió en sus brazos porque no descubrió a tiempo lo que estaba pasando, y cuando lo hizo y le avisó a papá, ya era muy tarde.

Su pequeño ángel la había sostenido en brazos en sus últimos minutos.

—Ahora entiendo por qué te mantenías alejado de todo lo que tenía que ver con los Vigilantes —comenté.

—Muchos pueden defenderse en el campo de batalla, Pequeña dinamita, pero pocos sabemos hacerlo en mesas ejecutivas rodeados de tiburones —explicó.

—¡Dios! Tienes tanta razón. Por eso Dylan odia representarme —recordé y él rio.

Íbamos rumbo a la clínica St. James, aquella *casa de reposo* que un tiempo me acogió a mí y que ahora lo hacía con Amelia. Myles y Darius se encargaron de que fuera un lugar seguro tanto para el personal de trabajo y para los otros pacientes, así como para ella.

Me había retrasado un poco porque Elijah no se conformó únicamente con besarme, también me hizo el amor. Nos reconciliamos como tantas veces lo hicimos en Italia, cuando discutíamos por cosas vanas, y mientras me hacía suya, me prometió entre sus embistes que trabajaría para vencer a sus demonios internos y que estos no dañaran lo que teníamos.

Y le creí.

«Por supuesto que lo hiciste».

No entendí si mi conciencia se estaba burlando de mí o constatando ese hecho, tampoco le di importancia. A lo que sí se lo di fue a que, era consciente de que no solo Elijah tenía que trabajar duro para ser mejor, yo también debía ayudarle, sin perder mi esencia, esa de la que él se enamoró.

«Maldito Tinieblo. Lo que no podía decir, lo hacía sentir de una manera formidable».

Concordaba con eso.

—¿Por qué estás sonriendo como si vas pensando en cosas sucias? —preguntó Darius de pronto y me reí.

—Si fuesen sucias, pondría cara de asco, no sonreiría —repliqué.

—Si es como lo que vi cuando LuzBel fue a dejarte conmigo, sí es sucio —debatió él, fingiendo cara de asco—. ¡Jesucristo! Parecían dos adolescentes hormonados que no pueden evitar meterse mano en cualquier lugar.

Elijah me había ido a dejar al punto en donde me reuniría con Darius, por eso fue testigo de nuestra despedida, esa en la que el Tinieblo me prometió que esa noche no faltaría a dormir a casa, porque quería que nos siguiéramos reconciliando.

Y, aunque iba con Darius en su coche, Caleb se conducía en otro junto Max y Dom.

—Así te ves tú con Laurel, Darius. Aunque al parecer, te toca meterte mano solo, porque ella no te da ni la hora —lo chinché y rodó los ojos—. Y luego te bajas el desprecio con alcohol.

—O con el jugo de manzana de Aiden —añadió y me reí.

Lo estaba chinchando con Laurel porque me di cuenta de que la chica trataba de poner distancia entre ellos, a pesar de que supe que ya se habían acostado antes. Elijah incluso lo jodía con eso de que no la folló bien, por eso su amiga le rehuía. Darius, sin embargo, se regodeaba con que le hizo cosas que mantendrían a la pelinegra en el cielo siempre que lo recordara. Y, aunque yo sospechaba que el Tinieblo sí sabía la verdadera razón de que Laurel rechazara a Darius, no se la decía porque era consciente de que eso no le correspondía a él.

«Aunque tú sí te morías de curiosidad por saber, por qué esa chica desaprovechaba la oportunidad de masajearse la pelvis con tu hermano».

Me reí por el señalamiento, pero porque mi conciencia solo repitió las palabras de Laurel con las que indicaba cuánto le encantaba el aparato reproductor de los hombres, dentro de ella.

—Te gusta mucho, ¿cierto? —quise confirmar.

Cuando estuvimos en Italia, noté que a él le brillaban los ojos siempre que la veía. Escuché incluso cuando se le insinuó y Laurel lo rechazó sin tapujos, y como para ese momento Darius ya había ingerido algunos tragos con los demás, intentó seguirse emborrachando, pero al no encontrar más alcohol, se bebió todo el jugo de manzana de Aiden.

Cometió ese error justo cuando mi pequeño buscó un poco de su bebida favorita y no encontró nada. Laurel le dijo que había sido su tío Darius quien se lo bebió todo, así que Aiden se metió en una pelea con él, que nos hizo reír a todos, porque mi hermano adoptivo volvió a ser un niño en ese instante.

Aunque al siguiente día recompensó a sus sobrino con tres cajas del jugo de manzana, ignorando que el que Aiden bebía era natural y no artificial.

—Solo a mí se me ocurrió poner los ojos en una cabrona —satirizó y reí.

Darius no era como Elijah, o Dylan, quienes se negaban siempre a los sentimientos. Como mamá lo describió en su diario: él era un chico dulce con fachada de malo. Y sí, tuvo la brillante idea de poner los ojos en la chica mala. Porque ellos claramente, eran lo inverso a las historias entre el *bad boy* y la chica dulce que a Maokko le encantaba leer.

—Y LuzBel disfruta burlándose de mí con eso, olvidando que él también tiene a una cabrona en sus manos.

—No me tiene en sus manos —chillé y me miró con ironía.

—Déjame dudarlo un momento —ironizó y rodé los ojos.

—Y si crees que él me tiene en sus manos, ¿qué te detiene a ti para tenerla a ella? —inquirí y me miró con sorpresa—. Eres capaz de enamorar a la mujer que quieras, no veo por qué Laurel sería la excepción.

—¿Crees que vale la pena? —cuestionó inseguro y me encogí de hombros.

—Solo si lo intentas lo sabrás. No temas dar ese paso, no seas de los que se arrepiente por lo que no hizo —aconsejé segura.

Con dulzura y para mi sorpresa, me cogió la mano y besó el dorso de ella.

—Gracias, Pequeña dinamita. Al final, sirves más como hermana que como abusadora. —Mis mejillas se pusieron rojas cuando recordó aquello.

—No empieces —advertí.

—Besas rico —siguió y me solté de su mano.

—¡Ya para, tonto! —me quejé y comenzó a reírse.

—Casi me violas y ahora te quejas... ¡Auch! —chilló cuando golpeé su brazo. Sus carcajadas inundaron todo el coche y al final me contagió y terminé riéndome con él.

Dios.

No volvería a esa etapa de mi vida jamás. Prefería drogarme con los momentos felices que estaba teniendo.

«Y ojalá esos no fueran pasajeros».

Los nervios que intenté controlar volvieron a encontrarme cuando Darius estacionó en un lugar libre de la clínica St. James, veinte minutos más tarde. Y no era únicamente porque por primera vez estaría frente a Amelia sin querer matarla, sino también porque reviví mis días en ese lugar.

Cuando salí del coche incluso observé el edificio donde recordaba que me habían tenido, y clavé mi mirada en la ventana que me mantenía, observando el bosque, viviendo en mi propio mundo gracias a la mujer que ahora ocupaba mi lugar de una peor manera.

Pero no me regocijé con ese hecho, porque mamá me estaba enseñando a ver las cosas desde diferente perspectiva.

—¿Estás lista? —preguntó Darius al llegar a mi lado y respiré hondo.

—Te doy el derecho a noquearme si intento matarla —traté de bromear.

—Sé que no lo harás.

—No tengas tanta fe en mí —aconsejé y lo escuché reír.

Caleb, Max y Dom ya se habían bajado del coche, pues no me dejarían sola, a pesar de que noté el lugar rodeado por Grigoris, quienes resguardaban la zona por si Lucius descubría que Amelia estaba en la clínica e intentaba raptarla.

Dominik nos estaría esperando adentro. Darius me había informado que Fabio estaba tramitando su incorporación al equipo médico, a cargo de Amelia. Y, al parecer, Elijah le ayudaba con eso para agilizarlo, pues preferían que todo lo que se trataba de ella, se manejara con la mayor discreción posible y que estuviera en manos de personas en las cuales confiábamos.

—Lo siento, es algo que debemos hacer con todos los visitantes —explicó uno de los Grigoris que me sometió a una revisión muy estricta.

«Y con las ganas que habías profesado de matarla, era obvio que debían revisarte bien».

Maldita entrometida.

—La cuidan de mí, pero…

—Isa, por favor —pidió Dominik cuando nos recibió al otro lado de donde nos revisaron.

Él tenía razón, no podía seguir pensando en lo que pasó. Pero no pude evitarlo y hasta me sentí incapaz de llegar al final de ese camino, luego de terminar de entender que daría ese paso, la vería.

A una paciente considerada peligrosa, pero a la cual protegían de mí.

—¿Quieres verla antes? —preguntó Dominik sacándome de mi enojo.

Él vestía todo de negro e imaginé la razón: todavía fingía que era Sombra con ella.

—Yo sí quiero verla —aseguró Darius, respondiendo por mí, al ver mi inseguridad cuando me di cuenta de que Dominik me ofrecía conocer a esa niña que también llevaba mi sangre.

—Es hermosa —aseguró Dominik y sus ojos brillaron al pensar en su pequeña.

Nos desvió por otro camino, llevándonos al área de neonato, ya que Amelia no era la única paciente que daba a luz en su estado. El corazón se me aceleró cuando me acerqué a una cuna transparente (tras ponerme una bata esterilizada) y vi dentro de ella a una recién nacida, envuelta en sábanas blancas.

—Oh, Dios —musité sin poder apartar mis ojos de esa pequeña, tenía abundante cabello oscuro, los cachetitos eran rechonchos y tiernos, la boca demasiado diminuta, roja y hermosa.

Era la cosita más linda que vi después de mis clones.

«Y dormía plácidamente, algo que por supuesto, tus clones nunca hicieron».

Me reí de esa verdad.

—Es hermosa, ¿cierto? —La voz de Dominik estaba cargada de amor puro y sus ojos lucían con ternura y orgullo.

—No tengo palabras —acepté sinceramente, estaba deslumbrada por lo que la pequeña me estaba haciendo sentir.

—Esa preciosura será la causa de nuestras muertes —previó Darius, embobado con nuestra sobrina.

Porque eso era: mi sobrina.

Los tres nos reímos al pensar tan pronto en el futuro, y en lo que esa pequeña causaría a su padre y sus tíos. Dom nos ofreció cargarla luego de que él lo hiciera y en cuanto la sostuve, la calidez y el amor que sentí fue inexplicable, algo que únicamente consiguieron mis clones años atrás.

Pensé en lo feliz que habría sido mamá con sus nietos y podía asegurar que si papá no hubiese tenido que protegerme a mí, hubiera aceptado a Amelia como su hija y a la bebé como nieta, si su esposa hubiese logrado cumplir su sueño.

«La vida era injusta a veces».

Lo era.

—¿Cómo se llama? —le pregunté a Dominik, con la nena todavía en mis brazos, luego de acariciar su mejilla con la punta de mi nariz, e inhalar hondo su aroma.

—Aún no la bautizamos con un nombre, Amelia no está en condiciones y quiero dejarle eso a ella cuando esté mejor —La tristeza surcó sus ojos grises y me dolió—. Ni siquiera la ha amamantado —Miré a la nena cuando hizo un sonido parecido a un gemido y lamenté la situación.

A pesar de que para mí fue un poco difícil, sí amamanté a aquellos clones succionadores y les di las vitaminas necesarias para que crecieran fuertes. La pequeña D'angelo no tendría la misma suerte, pero contaba con un padre que la procuraría y le daría lo necesario para que creciera sana, eso era seguro.

—Cuando Lía esté lúcida, hará todo por su hija —aseguró Darius con mucha confianza en su hermana.

—Creo que estoy lista para verla —anuncié y ambos me miraron.

Yo sabía que Dominik me ofreció conocerla para apaciguar el odio que volvió a despertar en mí, y fue una buena estrategia de su parte.

Besé por última vez a la nena en mis brazos y la volví a poner en su cuna, y luego de que Dominik se cerciorara de que quedara segura y al cuidado de las enfermeras, nos fuimos hacia la habitación de Amelia, la cual era custodiada por más Grigoris.

—Aquí vamos —susurró antes de abrir y se colocó la máscara de Sombra, activando a la vez el cambiador de voz.

Sentí celos al recordar que ella seguía creyendo suyo a mi Sombra, pero sacudí la cabeza porque no me fijaría en eso a estas alturas del partido.

Respiré profundo antes de que la puerta fuese abierta y cuando vi el interior de la habitación, dudé en dar el siguiente paso, pero Darius puso su mano en mi espalda y me animó a seguir; tenía el corazón acelerado y cuando sentí que de nuevo mi ira amenazaba con ganarle a mi cordura y madurez, pensé en mamá, en su sueño, en cuanto amó a su Dahlia.

«Era tu hermana, no la asesina».

Tragué al verla.

Amelia estaba sentada en una cama pegada a la ventana, lo que le permitía ver el paisaje exterior, tenía el cabello suelto y vestía el atuendo de los pacientes. Y podía asegurar que escuchó la puerta abrirse, pero no se giró para vernos.

Era tan fácil deshacerme de ella en ese momento.

«Al fin la vida me premiaría, después de años en penitencia, yo tendría a mi lado a mis tres hijos, mis ángeles, mi razón de vivir».

Llené mis pulmones de todo el aire que me fue posible, cuando las palabras de mamá me encontraron como un cántico durmiendo a mis demonios.

—Vaya, hermanita. Luces en toda tu gloria.

La voz de Darius me devolvió a la realidad y vi a Amelia tensarse.

—No la provoques —advirtió Dominik con aquella voz robotizada.

En ese momento, Amelia por fin se giró hacia nosotros.

—Darius, ya te extrañaba —murmuró con la voz apagada. Se veía perdida, demacrada y pálida.

La ira que experimenté antes desapareció, dándole paso a la lástima, en el momento que su mirada se conectó a la mía al percatarse de mi presencia, y sus ojos se agrandaron.

—¡Mamá! —El corazón casi se me detuvo al escucharla.

«Joder».

Ya me habían dicho que me parecía a mi madre, sobre todo cuando nos vieron juntas en el pasado, pero jamás noté ese parecido, aunque en ese momento, al ver la confusión de Amelia, confirmé que los demás tuvieron razón.

—¡Mamita!

Me preparé para defenderme cuando la vi correr hacia mí tras su siguiente grito, pero en el instante que se arrodilló, llorando como una pecadora ante su santo, me petrifiqué y perdí la capacidad de respirar.

«¿Pero qué carajos?»

Estaba totalmente perdida.

Escuché a Darius maldecir y apenas me di cuenta de la tensión de Dominik, al ver esa escena desarrollándose ante ellos.

—Corrí como me lo pediste, mamá, pero me atormenta saber lo que pasaste —siguió Amelia y se me formó un nudo en la garganta cuando me rodeó la cintura con sus brazos—. Perdóname, mamita, por favor. Te juro que yo no sabía que me seguían.

Jadeé cuando el aire me faltó. El dolor en su llanto era palpable hasta para nosotros, lo supe al ver a Darius, en su rostro desencajado por el tormento de aquellos recuerdos y podía asegurar que detrás de esa máscara, Dominik estaba igual.

—Dime que no sufriste, mamá. Dime que mi toque funcionó para que no sintieras el daño de esos bastardos, para que no volvieran a romperte. —El desconsuelo en sus ruegos me estaba rompiendo a mí.

Esa agonía que transmitía comenzaba a asfixiarme.

—Isabella —rogó Darius entre lágrimas.

Lo miré y con sus gestos me suplicó que le diera un poco de alivio a su hermana. Dominik lo estaba conteniendo y admiré su fortaleza, porque, aunque sabía que él también se estaba rompiendo, no se atrevió a robarle ese momento a su chica.

—Iba a huir contigo, mamita. Yo no quería que te dañaran, tú sabes que no —Levantó la mirada hacia la mía, sus ojos estaban más oscuros y la imagen de Daemon en sus episodios depresivos me golpeó—. Por eso peleé a tu lado hasta

257

que casi nos matan, porque yo te necesitaba a ti, mamá, porque te amo, no mentí cuando te lo dije por primera vez.

—Isabella, por favor —volvió a suplicar Darius.

Fueron años permitiendo que ese odio me pudriera el alma, días y noches llenos de agonía por lo que ella me arrebató, consciente o inconscientemente. A mí también me enseñaron a odiarla y ahora, yo tendría que aprender a perdonarla por mi cuenta.

—Perdóname —musitó y su labio tembló, el llanto salía como cascadas de sus ojos, que parecían que cada vez se volvían más oscuros.

A mí me tembló la mano cuando la alcé y rocé su mejilla.

—*Hija del corazón, deja ya de llorar* —comencé a cantar, o al menos eso intenté—. *Junto a ti yo voy a estar y nunca más te han de hacer mal.*

Vi en sus ojos el reconocimiento. Era la canción que mamá siempre me cantó, incluso cuando ya era adolescente y me enfermaba de gripe o fiebre. E intuí que si la usó conmigo, también lo hizo con ellos.

—Mamita —lloró y se aferró más a mí.

—*Tus ojitos de luz, el llanto no han de nublar. Ven aquí, mi dulce amor, nadie nos va a separar.*

Para ese momento mi voz era gangosa porque yo también estaba llorando. No por Amelia, pero sí por mi madre, porque la separaron de sus hijos, porque ese malnacido de mierda los arrancó de su lado luego de que la degradó a una piltrafa.

¡Joder!

Mi madre no merecía pasar por lo que pasó. Ella debió haber cumplido sus sueños, tenía que estar ahí en mi lugar, cantándole esa canción a su primogénita, su Dahlia, su guerrera. No yo, maldición.

No, después de que por mucho tiempo, quise matarla.

—*Hija mía, mi amor, no me importa el sufrir. Como un sol tú me das luz y das calor a mi vivir... ven mi amor, ven...*

No pude más.

Cerré los ojos y apreté los dientes, llorando junto a Amelia, ambas por nuestra madre, porque nos la arrebataron con crueldad cuando ya antes la habían tenido en un infierno. Y Darius tampoco soportó la escena, llegó a nosotras y nos abrazó, aunque Amelia no quiso dejar mi cintura ni ponerse de pie.

—Gracias —susurró Darius en mi oído, con la voz ronca por su llanto.

No pude decirle nada.

—Papá me hizo olvidar, pero ¿sabes lo que no olvidó mi corazón, a pesar de que mi cabeza sí lo hizo? —habló Amelia de nuevo—. La promesa que te hice, mamá.

Esperé a que siguiera hablando, pero no lo hizo, así que carraspeé antes de animarla a seguir.

—¿Qué promesa?

Volvió a mirarme desde su posición y sonrió, lo hizo con amor en ese momento.

—Cuando me hiciste huir, antes de que me atraparan, juré que cuidaría a tu hija por ti —Los ojos se me ensancharon al escucharla y Darius a mi lado tensó el brazo con el que todavía me abrazaba—. Mi cabeza lo olvidó, pero no mi corazón, porque las promesas no se rompen, ¿cierto? —No me dejó responder—. Cubrí su ubicación siempre, desde que la encontré en Tokio y la vi embarazada.

«Oh. Santa. Mierda».

Volví a quedarme sin poder respirar.

—¿Lía! ¿De qué hablas? —preguntó Darius por mí, sonando igual de estupefacto como yo me sentía.

—¿Sabes por qué quise castigarte cuando la ayudaste a entrar a Karma? —le cuestionó a él y de soslayo vi que Darius se sobresaltó.

—Porque te traicioné —respondió él y ella negó.

—Porque no fue LuzBel quien protegía su ubicación, fui yo, Darius. Yo evitaba que papá supiera de ella y arruinaste todo mi esfuerzo cuando la llevaste al club para que ellos supieran que había vuelto.

«Me cago. En la puta... Madre».

Casi me ahogo al oír tal cosa, eso no podía ser posible. Miré a Dominik queriendo comprobar si lo que ella decía era porque él pudo decir algo, pero negó con la cabeza.

—Lía —susurró Darius.

—Le puse el dispositivo a LuzBel para que papá no bloqueara el inhibidor de ella, porque mi corazón me rogaba que la cuidara, cuando mi cabeza me ordenaba matarla.

—¡Dios! —jadeé.

Dominik se acercó para que ella se apartara de mí, cuando notó que yo estaba a punto de colapsar, pues no esperaba escuchar esas verdades, porque sabía que no mentía. Su mente desfragmentada la estaba haciendo ir al pasado, a recuperar aquellos recuerdos que Lucius trató de borrar, pero que no consiguió del todo.

Y continuó hablándome como si yo fuera mamá, diciéndome cada una de las cosas que hizo para protegerme, expresando cuanto odió que Elijah me prefiriera antes que a ella, porque le hicieron creer que todos siempre me eligen, comenzando por nuestra madre. Esa era la manera en la que la manipulaban, sembrándole envidia hacia mí.

Incluso nos confesó que sabía que era Dominik quien estaba detrás de la máscara, algo que por supuesto a él le tomó por sorpresa, pero no porque no lo supiera ya sino porque supuso que cuando ella volvió a perderse en su mente, creyó que de nuevo era LuzBel como Sombra.

Las miles de preguntas que me embargaron hicieron que la cabeza me doliera, aunque no la detuve para hacerlas, ya que ella fue encargándose de resolverlas sin que yo las formulara. Incluso me pidió perdón (a mamá en realidad) por haber asesinado a mi padre, asegurando que se dejó ganar por el odio y resentimiento que le nació por él, luego de que la entregara con Lucius cuando papá sabía al infierno que la regresaría.

—Enoc sabía lo que tú viviste con papá, le confesaste todo lo que me estaba haciendo a mí y prometió que te ayudaría, juró que me protegería y no lo hizo. ¡No lo hizo, mamá! —desdeñó y yo jadeé, haciendo que ella volviera a arrodillarse frente a mí—. Perdóname por favor, yo sé que lo amas porque te devolvió la felicidad que Lucius te arrebató, pero no cumplió, mamita y..., por su culpa yo viví en un infierno peor.

«Joder, Colega».

Ya había entendido a papá, pero en ese momento me puse en los zapatos de ella, porque me había hablado de todo lo que vivió, siendo el conejillo de indias de aquellos malnacidos, entrando y saliendo de las drogas, de los electrochoques para que superara la abstinencia… ¡Dios mío!

Entendía su agonía y el dolor que nublaba sus ojos, los celos que sentía por mí, porque yo sí tuve la mejor versión de nuestra madre y, aun así, también vi su lucha porque quería ser una buena chica para enorgullecer a mamá y a Darius, aunque Lucius haya conseguido manipularla.

—Mi hermosa Dahlia, mi guerrera —musité, repitiendo las palabras de mamá en su diario, y Amelia me miró—. Tan fuerte y frágil. Tan llena de bondad, escondida dentro de la maldad. Ocultando su astucia debajo de la ingenuidad. Siempre tan llena de luz, a pesar de estar rodeada de oscuridad, Mi ángel de alas rotas, creyéndose un demonio, Mi hija, mi primogénita, mi primer amor.

Tomó la cajita de gamuza que coloqué en sus manos, junto a esa página del diario que antes había arrancado para ella. Sonrió entre las lágrimas que derramaba y por primera vez desde que llegué, noté que el tormento en sus ojos comenzó a calmarse.

Y yo, en ese instante, tomé el lugar de mamá porque quería hablarle a través de ella. Y nada de lo que repetí era mentira. Amelia creció creyéndose nada cuando en realidad era una luchadora, una guerrera en todo el sentido de la palabra. Era una villana en mi cuento de hadas, hasta que la vi desde los ojos de nuestra madre.

—Una Dahlia negra capaz de dar suaves caricias en las manos correctas, pero que atraviesa con *sus*[7] espinas las incorrectas.

Me alejé de ella luego de eso y fui testigo de cómo comenzó a perderse de una manera diferente, era como si estuviera inmersa en un viaje astral, su cuerpo estaba con nosotros, pero no su espíritu ni su mente. Entonces decidí marcharme porque ese día, la chica me dio más de lo que esperaba, sin embargo, las palabras que susurró antes de que saliera de la habitación, me marcaron.

—Dile a tu rosa de fuego que no se deje tocar, que no se pierda, mami, porque entonces harán de ella lo que él quiera.

Nos dio la espalda enseguida de eso y comenzó a tararear la canción que yo le canté antes. Mi piel se erizó al escucharla y sentí una sensación de miedo en el pecho, a pesar de la tranquilidad que me había embargado antes.

No pudimos hablar nada con Darius, cuando salimos de aquella habitación, porque ambos estábamos absortos por lo que presenciamos, demasiado afectados por ver a Amelia perdida de esa manera y sobre todo, sin saber cómo procesar lo que nos confesó.

—Linda, ha sucedido algo que debes saber —me avisó Caleb cuando salimos al estacionamiento, y el terror por pensar que dañaron a mis hijos, o a Elijah, acabó con el ensimismamiento que me tenía en jaque—. Todavía no tengo la información completa, pero al parecer, todo indica que sucedió algo entre Myles y Hanna.

—¿Hanna? —dijimos al unísono con Darius.

---

[7] El tallo de la flor de Dahlia no posee espinas en la realidad, aquí se una la metáfora por la vida que ha tenido Amelia.

—Sí, pero ninguno de los de las élites en el cuartel me responde, así que no sé a ciencia cierta lo que pasó. Me comuniqué con Maokko, pero ella solo sabe que Eleanor se ha encerrado en su habitación a llorar desconsolada y cuando le preguntaron qué sucedía, pidió que la dejaran sola.

—¡Jesús, Caleb! —exclamé preocupada por Myles.

Comencé a marcarle a Elijah y me desesperó que no me respondiera. Vi que Darius sacó también su móvil y empezó a hacer algunas llamadas.

—Dime por favor que no ha sido un ataque de los Vigilantes —le supliqué al rubio.

—No, aunque hay policías en el cuartel.

—¡¿Policías?! ¡Mierda! —espeté con el móvil en mi oreja, pues volví a marcarle a Elijah.

Los policías no llegaban al cuartel, así que eso me resultó más confuso.

—LuzBel iba camino al cuartel cuando me avisaron que algo pasaba, así que supongo que por eso no responde —añadió el rubio y maldije.

Vi que Darius tampoco estaba teniendo suerte con las llamadas y mientras yo optaba por marcarle a Tess, le avisé que me iría con Caleb y mis escoltas, él asintió asegurando que nos seguiría al cuartel intuyendo que era nuestro destino.

—¿Los niños están bien?

—Sí, linda. Sea lo que sea que está pasando, es en el cuartel.

—¡Tess! Por Dios, ¿qué ha sucedido? —entoné cuando la pelirroja cogió mi llamada.

—*Eso mismo me pregunto yo, Isa* —se quejó ella con la voz gangosa y la imaginé llorando con frustración.

—*¡No encontramos a Myles!* —Escuché a Dylan gritar al fondo.

—¡Que alguien me diga de una vez qué pasa! —grité desesperada—. ¿Sabes dónde está Elijah? —añadí asustada por él.

—*Se fue hace unos minutos con Hanna* —informó Tess y sentí que perdí el color del rostro—. *Pasó algo con ella y Myles, Isa* —siguió—. *Mi padre trató...* —en ese momento ella sollozó y el alma me abandonó—, *de abusar de ella.* —finalizó.

—¡¿Qué?! —exclamé con los ojos desorbitados.

Caleb me tomó del brazo cuando me notó afectada y me ayudó a subir al coche.

«¡Eso no podía ser cierto!»

¡No, por Dios! Me rehusaba a creerlo.

—¿Dime que esto es una broma de mal gusto de tu parte? —inquirí y Tess rio sin gracia.

—*¿Crees que precisamente yo, que he atravesado por eso, voy a jugar con algo así?* —Sonó tan indignada como dolida—. *Y lo peor es que mi padre huyó, Isa. Lo que confirma que esto es cierto.*

Yo también había atravesado por eso, pero me negaba a creer que Myles hubiese hecho tal cosa. No podía ser cierto, ¡por Dios!

Puse la llamada en altavoz y le pedí a Max que condujera mientras Tess seguía narrándome lo que pasó. Según ella, Hanna había obtenido autorización de Myles para quedarse en el cuartel, luego de darse a conocer la noticia de que Lucius estaba vivo; y debido a lo que la rubia pasó en manos de ese engendro, pues era obvio que tuviera miedo de lo que podían hacerle.

No me hizo gracia enterarme por Tess de esa decisión, hasta en ese instante, pero lo dejé de lado porque no era lo que importaba, lo que sí lo hizo fue lo que la pelirroja añadió a continuación: esa mañana hubo un fallo eléctrico en el cuartel y todos estaban concentrados en solucionarlo. Evan le pidió a Hanna que se lo comunicara a Myles cuando él llegó al lugar, luego de la reunión que tuvimos en el búnker, debido a que la chica insistió en colaborar en algo para no sentirse inútil allí.

Y después de eso, lo único que supieron fue el escándalo que Elijah estaba haciendo porque llegó al cuartel para hablar con su padre, referente a un movimiento de los Vigilantes que Cameron le informó. Un Grigori le había dicho a Tess que su hermano entró por la fuerza a la oficina de Myles, al escuchar los gritos aterradores de Hanna pidiendo ayuda, justo en el momento que él se acercó al lugar.

Al abrir encontró a la chica hecha un ovillo en un rincón de la oficina, con la ropa desgarrada, Myles estaba retirado de ella, pero lucía estupefacto y asustado; y todo indicaba que Hanna también logró llamar a la policía y estúpidamente Myles huyó del lugar, algo que solo lo catapultó como el culpable de los hechos.

Y sí, parecía lógico, pero... me cegué, me negué a creer que él hubiera sido capaz de algo así.

—¿Tienes idea de dónde pueda estar Elijah con ella? —le pregunté cuando terminó de informarme todo lo que sabía.

—Evan escuchó que Elijah la llevaría a su apartamento, cuando ella aseguró que papá no alcanzó a dañarla —Carraspeó antes de seguir—. *Ya sabes en qué sentido.*

—Sí, lo sé —afirmé con la voz un poco temblorosa.

Le agradecí a Tess por haberme respondido y a continuación le pedí a Max que nos llevara al apartamento. Llamé a Elijah una última vez para confirmar si estaban allí, pero no me respondió y eso me frustró en sobremanera.

—¡Demonios! —bufé, soltando el aire por la boca con mucha pesadez.

Ese día estaba resultando peor de lo que imaginé, cuando añoré que mejorara, luego de haberme reconciliado con Elijah antes de ir a la clínica St. James.

—Tengo en este coche la llave de repuesto por si no quieres tocar la puerta —avisó Caleb y asentí, mirando por la ventana.

—Estoy harta de todo esto —admití para mi amigo y él me tomó de la mano.

—Todo apunta a Myles y no hay suficientes pruebas a su favor para defenderlo, pero te prometo que me encargaré de llegar al fondo de esto. —Exhalé un largo suspiro al escucharlo.

—Sé que lo harás, confío en ti —dejé por sentado—. Pídele a Isamu que se encargue de buscar a Myles —solicité.

—Ya está hecho —confirmó y asentí.

Me recosté en su hombro tras eso.

No me apetecía hablar de nada, pero sí quería su cercanía, demostrarle de esa manera que valoraba que me apoyara, que me facilitara la vida en momentos tan miserables porque Caleb tenía un don para eso. En días normales me dejaba ordenar y manejar las cosas por mi cuenta, sin embargo, cuando aparecían los problemas, se convertía casi como en mi segundo cerebro.

Me sentí nerviosa cuando llegamos al apartamento y encontré afuera a Roman e Isaac. El primero me informó que Marcus estaba adentro junto a Elijah y Hanna y no tuve necesidad de utilizar la llave de repuesto, porque la puerta estaba sin seguro.

Caleb entró conmigo, el moreno estaba en la sala, revisando algo en una laptop y en cuanto me vio, con la barbilla me señaló hacia la habitación de invitados.

—Espérame aquí —le pedí a Caleb y este asintió.

Escuché los sollozos de Hanna y la voz de Elijah al llegar al pasillo, la puerta estaba abierta, lo que me permitió verla con el cabello húmedo, vestida únicamente con una bata de baño. Elijah la consolaba, abrazándola mientras la chica lloraba sobre su pecho.

«Increíble como la vida trataba de darte una cucharada de tu propia medicina».

Odié el señalamiento de mi conciencia, pero también le di la razón. Esa mañana Elijah había visto cómo me abrazaba con Elliot y en ese momento él lo hacía con Hanna, como si de nuevo estuviera devolviéndome la estocada.

Sacudí la cabeza cuando comencé a pensar a través de los celos y tuve que hacer acopio de mi madurez, pensando en que él solo actuaba así por lo que la chica acababa de pasar.

—White —me llamó Elijah al darse cuenta de mi presencia.

Hanna se separó de él en un santiamén, asustada al verme, actuando como si acabara de encontrarla en una situación infraganti. Tenía los ojos rojos, la nariz hinchada y golpes visibles en el rostro y cuello, además del labio inferior partido.

Tragué con dificultad y sentí una presión horrible en el pecho, porque yo también estaba viendo el estado en el que, supuestamente, Myles la dejó.

—Así esto me haga quedar como una perra ante ti, debo decirlo —comencé a decir y Elijah se puso de pie, pero no me estaba dirigiendo a él—. Quiero creerte, pero me cuesta porque conozco demasiado al hombre que acusas y me niego a aceptar que te haya hecho esto.

—Estás jodidamente bromeando, ¿cierto? —gruñó Elijah por ella y alcé la barbilla, mirándolos a los dos—. Puedo entender que estés celosa, White, pero ¿llegar a este punto?

Reí sin gracia por hacer esa declaración ante ella, sin embargo, entendía su punto.

«Todo apuntaba a Myles».

Y comencé a temer que yo fuera la única ciega.

—No dañes a un buen hombre por obtener su atención —le pedí a Hanna, refiriéndome a Elijah.

—Isabella…

—Me sorprende que precisamente tú, me estés diciendo esto. ¡Tú, que deberías comprenderme más que los demás! —El valor que Hanna tomó en segundos, al cortar lo que sea que Elijah iba a decirme, me sorprendió, pero más lo hizo su señalamiento.

Y lo miré a él con decepción, al intuir por qué ella habló como si conociera esa parte de mi pasado.

—Vamos afuera —me pidió y caminó hacia mí e intentó tomarme del brazo, pero no se lo permití.

Aun así, salí de ahí con él siguiéndome los pasos y me encaminé a la que fue nuestra habitación.

—Dime que no le hablaste de mi vida —exigí en cuanto entramos y él cerró la puerta.

—Por supuesto que no, Isabella. Simplemente le dije que tú la comprenderías porque te has dedicado a salvar a mujeres que sufren ese tipo de abusos —explicó, refiriéndose a nuestra mayor labor en La Orden—. Se lo dije porque ella tenía miedo de tu reacción.

—Claro, porque soy el monstruo, ¿no? —satiricé y negué con la cabeza.

—No, Isabella. Eres una víctima como ella, por eso me sorprende que estés actuando así cuando estás viendo lo que ha pasado en manos de mi maldito padre —espetó entre dientes.

—¡No, Elijah! No soy ninguna víctima, no quiero que me sigas viendo así —largué—. Y porque Myles es tu padre es que actúo de esta manera, porque también es como un padre para mí, porque lo conocemos… ¡Joder! Tú y yo sabemos que él no haría esto y me enerva que tengas tan poca fe, que ni siquiera le des el beneficio de la duda.

Bufó exasperado, decepcionado y muy furioso.

—Porque fui quien lo encontró en esa oficina es que dejé de darle el beneficio de la duda, Isabella —gruñó con dolor—. Vi a mi maldito orgullo, mi ejemplo a seguir, tratando de abusar de alguien y cuando se vio expuesto, huyó como un vil cobarde.

—¿Lo viste? —inquirí y me miró incrédulo—. ¿Entraste justo cuando la tenía entre sus brazos a punto de dañarla?

—¿Pero quién putas eres tú? —Me alzó la voz, incrédulo porque le hiciera esas preguntas y cerré las manos, clavándome las uñas en las palmas—. ¿En serio te atreves a dudar de lo que pasó cuando estás escuchando que Myles huyó? ¿Crees que si él fuera el hombre honorable que ha demostrado ser, se habría ido antes de dar la cara para aclarar que esto ha sido un malentendido? ¡Mierda! ¿Por qué demonios te estás poniendo del lado del victimario antes que de la víctima?

Me limpié una lágrima con brusquedad para después responderle.

—Porque contigo y con Amelia he aprendido que el villano de la historia no siempre lo es —espeté—. He aprendido de mis errores, la juzgué a ella durante años, la he odiado por todo lo que me hizo, porque todas las pruebas la apuntaban como la victimaria. Creí a Sombra la peor mierda en su momento y mira cómo resultó todo, Elijah.

Negó con la cabeza y me dio la espalda, tratando de controlarse.

—No te ciegues por eso, White —recomendó sin mirarme—. Porque te dolerá darte cuenta de que esta vez, estás defendiendo a la persona equivocada.

—Lamento si yo tengo más fe en tu padre que en una recién aparecida en la cual no confío —zanjé y entonces se giró para enfrentarme una vez más.

—Te estás dejando cegar por tus celos hacia ella… ¡Escúchame! —exigió cuando vio que iba a replicar—. Para ti es una recién aparecida, pero no para mí. La conozco desde hace un par de años, ya se ensañaron con ella antes por mi culpa, sé lo que vi hace unas horas en aquella oficina, así que no me salgas con que estoy defendiendo a la persona equivocada, porque a diferencia de ti, no voy a creer más en Myles por ser mi padre.

Tragué y apreté los dientes, llena de miedo, frustración e inseguridad. Y no por lo que la chica podía representar en mi relación con él, sino porque de verdad estaba teniendo más fe en Myles y no quería equivocarme.

—A ella la conoces desde hace un par de años, a tu padre de toda la vida —le recordé—. Y sí, todo apunta a Myles y siento celos de ella porque la tratas con una delicadeza que no tuviste conmigo cuando recién me conociste. —Alcé la mano en ese momento cuando fue él quien quiso replicar—. Pero no me estoy dejando llevar por ellos sino por mi intuición, y algo en mi interior me grita que le dé el beneficio de la duda a tu padre, ya que no solo por ser un hombre y Hanna una chica indefensa, significa que no puede ser *tu amiga* la loba vestida de oveja.

—No estoy confiando en Hanna por ser mi amiga. Confío en lo que vi —desdeñó, mirándome desafiante.

—Y yo confío en que conozco a tu padre.

—¡Joder, Isabella! Me cuesta creer que tú, después de lo que pasaste, te pongas en este plan. —Bufó frustrado—. ¿Te habría gustado que yo pusiera en dudas lo que…?

—No, Elijah, no uses mi experiencia para que acepte lo que tú quieres que acepte —lo corté—. Eso es un golpe muy bajo de tu parte.

Él se dio cuenta de su error e intentó acercarse a mí, pero me alejé porque eso no lo íbamos a resolver de esa manera y menos en ese momento.

—Está bien, White. Tienes razón, la he cagado con eso —admitió—. Y no quiero que tú y yo nos peleemos de nuevo cuando debemos estar más unidos.

Lo miré cansada, cerré los párpados durante un instante y lo sentí tomarme de las manos. Negué con la cabeza porque el nudo en mi garganta creció y los ojos me ardieron, pero no estaba dispuesta a llorar más. Así que solté el aire que retenía y tomé por él la mejor decisión para ambos.

—Apóyala si eso te hará sentir mejor contigo mismo —lo animé con la voz gélida—. Solo aléjala de nuestros hijos porque hasta que se demuestre lo contrario con Myles, para mí tu amiga será alguien que únicamente busca tu atención.

—Ya, Bonita. No más —pidió y ambos nos miramos con desafío.

—Respeto tu manera de pensar, respeta tú la mía —recomendé.

Zanjado eso, me fui de la habitación, dejándolo con ella, sintiendo en ese instante que retrocedimos el doble de pasos, que antes dimos al reconciliarnos.

«De corazón esperaba que tu intuición no te estuviera fallando por primera vez, Colega».

Yo también.

Hemos sido guerreras forjadas con fuego y sangre.

CAPÍTULO 41

El maldito soy yo

ELIJAH

Aprender a dar espacio no estaba siendo fácil, pero me obligaba porque de verdad quería hacer todo lo que estuviera en mis manos, para que mi relación con Isabella siguiera adelante. Una relación que se mantenía sin etiquetas, ya que nunca le pedí que fuera mi novia, aunque eso no impidiera que la sintiera mía.

—Owen y Cameron ya vienen hacia acá —me avisó Marcus cuando salí de mi habitación, luego de que Isabella se marchara, y asentí.

No era mi intención quedarme en el apartamento con Hanna, por eso le había pedido a él que llamara a los chicos para que se hicieran cargo de la seguridad de la rubia. Y si dejé marchar a Isabella sin mí, fue porque noté que, aunque no era lo que yo quería, a ella sí le urgía poner distancia entre nosotros.

Mierda.

Seguía sin saber cómo tomar el que ella defendiera a Myles, que no le importara lo que le aseguré que vi, que no le prestara atención a que yo, que había considerado a mi progenitor como el mejor de los hombres, estuviera tan decepcionado de él, pues nadie me dijo lo que pasó y seguía repitiendo en mi cabeza los momentos vividos en aquella oficina.

—¡Joder! ¡¿Pero qué has hecho?! —espeté tras abrir la puerta y encontrarlo hecho una furia, mirando a Hanna con frustración y enojo, porque ella de alguna manera, consiguió defenderse de lo que él pretendió hacerle.

La rubia estaba retirada de él en ese momento, en una esquina, hecha un ovillo, temblando de terror, con la ropa destrozada, golpeada, despeinada y el maquillaje corrido.

El semblante de padre cambió al darse cuenta de mi presencia, al verse pillado cometiendo la peor canallada.

—Ni yo sé lo que he hecho, pero… creo que no ha sido solo por gusto.

—¡¿Qué mierdas te pasa?! —espeté y lo cogí de la camisa por su respuesta tan cínica.

Sus ojos se volvieron brillosos y la respiración se le aceleró. Y lo solté únicamente porque escuché sollozar a Hanna, así que me fui hacia ella de inmediato para asegurarme de que él no la dañó más de lo que podía ver.

—Hanna, tú… yo…

—¡No más, por favor! —gritó ella en el momento que padre también intentó volver a acercársele.

—¡Aléjate! —le exigí yo.

Detuvo sus pasos, luciendo más furioso, pero no seguí poniéndole atención porque Hanna corrió a mis brazos y la sentí temblando y sudando helado.

—Quiso abusar de mí —sollozó ella—. Conseguí golpearlo y llamé a la policía desde su teléfono mientras estaba aturdido, ya que cerró la puerta con seguro y nadie escuchaba mis gritos de auxilio.

La puerta de esa oficina únicamente se desbloqueaba con la llave (una que yo también poseía), así que comprendí que ella no hubiera podido salir, además de que tenía un nivel intermedio de insonorización, para que nadie escuchara las conversaciones que padre llevaba a cabo dentro.

Por esa razón yo solo la escuché hasta que estuve cerca y porque de verdad gritó con terror.

—Zorra mentirosa, ahora es mi culpa —gruñó padre.

—¡Aléjate, joder! —espeté cuando Hanna gritó porque él trató de arrebatarla de mis brazos. Estaba desconociendo a ese hombre que distaba mucho de ser mi progenitor—. ¡Demonios, padre! ¡¿Por qué tú?! —indagué, queriendo que eso fuera una mentira.

Pero al ver que su enojo solo iba en aumento, me di cuenta que estaba haciendo preguntas estúpidas.

—Aléjate de ella, Elijah. Y no… —sacudió la cabeza antes de seguir hablando y yo me quedé sin palabras—, no vuelvas a meterte en mi camino otra vez.

—¿Otra vez? —preguntó Tess sorprendiéndonos.

Estaba llorando, mirando a nuestro padre dolida, traicionada, aterrorizada y decepcionada porque su héroe, de un momento a otro, se convirtió en uno de sus peores monstruos.

—Cariño, yo solo…

—¡No! No me toques, aléjate de mí —exigió Tess con aversión y por primera vez padre se mostró asustado—. ¿Cómo pudiste, papá? —lloró ella.

—Solo hice lo que ella quería que hiciera —se defendió sin darse cuenta de que lo único que conseguía era hundirse más.

—¡Oh, Dios! Sácame de aquí —rogó Hanna, comenzando a temblar más.

Puta madre.

Seguía sin poder creer lo que viví en esa oficina con él, pero no podía cegarme como lo estaba haciendo Isabella, porque ella no se hallaba conmigo cuando lo encontré con Hanna. Y temía que si yo no hubiera llegado a tiempo a esa oficina, ahora mismo estaría lamentándome de que de nuevo dañaran a una persona por mi culpa.

Y habría dolido más, porque esa vez, el violador era mi jodido padre.

Pensé en la reacción y dolor de Tess al revivir lo que pasó en manos de aquellas escorias. Por ella es que no concebía que Isabella defendiera a padre; me parecía estúpido que los celos que le provocaba Hanna, la hicieran estar de parte del culpable y no de la víctima. Aunque, aun así, yo sabía que fui un imbécil por decir lo que le dije, en mi desesperación porque entendiera que no estaba dándole la espalda a Myles por ser un mal hijo.

Demonios.

Ella tuvo razón de acusarme de haberle dado un golpe bajo, pues eso hice. Y me frustraba, ya que nunca se trató de eso, simplemente busqué su apoyo y comprensión, que estuviera de mi lado y no que me hiciera sentir más mierda de lo que ya me sentía.

—Owen y Cameron estarán a tu disposición en lo que sea que necesites. Marcus se quedará aquí mientras ellos llegan —le avisé a Hanna en cuanto regresé a la habitación de invitados.

La encontré sentada en la cama, abrazándose las piernas, con la frente presionada en sus rodillas mientras seguía llorando.

—No, Ángel. No me dejes sola por favor, no puedo confiar en nadie más que no seas tú —rogó saliendo de la cama y negué en cuanto me abrazó.

«Siento celos de ella porque la tratas con una delicadeza que no tuviste conmigo, cuando recién me conociste».

Las palabras de Isabella me asestaron de golpe, y apreté los puños, a los lados de mi cuerpo, sin corresponderle a Hanna. No era delicado con ella, simplemente me sentí culpable porque ya había sufrido una violación por mi culpa, y de nuevo estuvo a punto de sufrir otra a manos de mi jodido progenitor.

Y si la consolé cuando White llegó al apartamento, y nos encontró, fue solo porque Hanna buscó en mí, lo que hubiera deseado que mi reina buscara conmigo cuando atravesó lo de Derek.

Por un momento quise resarcir con la rubia, un poco de todo aquello que le hubiese dado a Isabella, si en lugar de creer que sentiría asco por ella, hubiera buscado mi consuelo para superarlo. Sin embargo, al darme cuenta de que la Castaña en lugar de comprender eso, le dolió lo que vio, me hizo ser recio al toque de Hanna en ese instante.

—Owen es tu amigo, no va a dañarte —aclaré para ella y la separé de mí.

—Tu padre también lo era —me recordó y sentí una punzada en el pecho—. Y no solo eso, Ángel, él me demostró que quería ayudarme cuando tu madre le habló de mi terror, por la noticia del regreso de Lucius. Me hizo sentir protegida, al ofrecerme que me quedara en el cuartel con los demás chicos, y mira lo que trató de hacerme hoy.

Maldije en mi interior.

Antes de que Isabella llegara al apartamento, Hanna tuvo el valor de hablarme de lo que sucedió en realidad, la razón por la cual mi padre la trató de zorra mentirosa y aseguró que solo hizo lo que ella quería.

La rubia se había seguido viendo con mamá, entablaron una amistad debido a las fundaciones y eso la llevó a tener más contacto con padre, por eso él se atrevió a ofrecerle protección sin consultármelo antes. Lo único que respetó, fue no llevarla a casa porque no iba a incomodar a Isabella, además de que Hanna desconocía la existencia de los clones, pues ni Alice ni Owen se lo mencionaron, por lo que no la pondrían al tanto sin que nosotros lo autorizáramos.

Mi padre, al parecer, confundió el trato amable de Hanna con provocación, por esa razón quiso sobrepasarse con ella, aprovechando el maldito fallo eléctrico del cual la rubia le informó por orden de Evan.

Y juro que si yo no hubiera visto a Myles como lo vi en la oficina, habría dudado de eso, o buscado otra explicación, pero todo concordaba con la historia de Hanna y los demás, para que él quedara como el malnacido de la situación.

Él ya había planeado todo, simplemente esperó su mejor oportunidad, por lo mismo no le importó tenerla en el cuartel siendo alguien ajena a la organización. Por su deseo de mantenerla cerca se excusó con que Hanna era alguien de confianza y que si madre confiaba en ella, pues nosotros debíamos hacer lo mismo.

—Quiero ayudarte, Hanna. Me siento en deuda contigo por lo que has tenido que pasar, pero entiéndeme. Estamos pasando por una situación demasiado delicada y necesito a Isabella conmigo, no contra mí.

Fui sincero porque así deseara ayudarle para resarcir lo que antes no pude (con la mujer que me importaba), eso no significaba que en el proceso, la cagaría más con Isabella. Además, Hanna tenía conocimiento de la alerta en la que estábamos y lo sucedido con padre acababa de complicarnos más las cosas, por lo que debía lidiar con eso sin descuidarme de la protección de mis hijos.

—Lo siento —susurró abrazándose a sí misma—, no pretendo ser una carga más para ti, por eso cometí el error de aceptar la ayuda de tu padre, porque no quería buscarte sabiendo que estás de nuevo con ella.

Negué con la cabeza.

Ella no había vuelto con su familia creyendo que podría seguir con una vida normal, en la ciudad en la cual creció. Y ahora, con el regreso de Lucius menos los buscaría, pues le aterraba la idea de que la siguieran y los dañaran a ellos para hacerle pagar por huir. Esa fue la razón por la que no discutí con padre, por haberla acogido en el cuartel, pues él hizo lo que yo no podría.

Y no porque no podía, nadie me lo habría impedido de haber querido tomar su protección por mi cuenta, pero, de nuevo, no le hice una promesa vana a Isabella de intentar ser mejor; aunque, cuando yo la encontré en casa, abrazándose con Elliot, llevándome una vez más al borde de la locura, estuve a punto de enviar todo a la mierda, ya que así ella no lo supiera aún, estaba tratando de alejar de nosotros a las personas que dañaban, o influían para mal, en nuestra relación.

Y antes de irse, la Castaña me confirmó cuánto le afectaba la presencia de Hanna en nuestras vidas. Y yo sabía lo mierda que se sentía, aunque a diferencia de lo que yo hice con Elliot, ella me estaba demostrando que confiaba en mí, aunque no lo hiciera en la rubia.

—Gracias por entenderlo —le dije a Hanna, decidiendo que no le daría largas al asunto—. Y estaré pendiente de ti, aunque no nos veamos. Te prometo que nadie más volverá a dañarte —aseguré y me di la vuelta para marcharme.

Ella no me detuvo ni insistió, supo respetar mi punto de vista y me ayudó no complicándome más las cosas.

Necesitaba ir a casa y hablar con Isabella, pero presentía que no era el momento, por lo que le pedí a Roman que me llevara al cuartel. Tess y Dylan ya no se encontraban ahí, los demás de mis élites sí, y se encargaron de ponerme al tanto sobre lo que aconteció luego de que me marché con Hanna.

El departamento policial iba a dejar que nosotros nos encargáramos de padre, aunque ninguno de los chicos tenía idea de adónde se había metido, luego de huir como un cobarde, pues desactivó su rastreador, consciente de que lo buscaríamos.

Y cuando por fin volví a casa, las cosas no estaban mejores, puesto que encontré a madre devastada con lo que su marido hizo (Tess se lo informó) y cuando hablé con ella queriendo consolarla, me sorprendió al confesarme que se sentía culpable con Hanna, ya que aseguró que pudo haber evitado ese desenlace, pero confió demasiado en Myles.

—¿De qué estás hablando, mamá? ¿Cómo podías evitarlo? —le preguntó Tess, quien se encontraba ahí con nosotros.

Madre le había pedido que hablaran, aterrada de que Myles le hubiera hecho algo a ella también en algún momento. Mi hermana lloró al ver hasta el punto que llegamos y aseguró que nuestro padre jamás la abusó de ninguna manera. Y yo lo maldije en esos instantes porque jodió más nuestras vidas, lo hizo en un momento crítico, donde debíamos estar unidos.

—Vi el trato que Myles le estaba dando a Hanna, pero lo dejé pasar porque era el mismo que le da a Isabella —admitió entre lágrimas y yo me tensé con la mención de la Castaña. Tess lo notó y me miró con los ojos muy abiertos.

—Papá trata a Isa como si fuera su hija —señaló la pelirroja y madre rio con amargura.

—Sí, tal cual lo estaba haciendo con Hanna, y mira cómo terminaron las cosas —largó satírica.

—¿Viste algo fuera de lugar entre él e Isabella? —inquirí, temiendo un poco por su respuesta, pero madre negó con la cabeza.

—No, sin embargo, ahora mismo no sé si se debe a que Isabella siempre le ha correspondido porque lo ve como un segundo padre —explicó.

«Aléjate de ella, Elijah. Y no…, no vuelvas a meterte en mi camino otra vez».

Respiré hondo, queriendo alejar los monstruos en mi cabeza, pensando lo peor de padre en ese momento, tras recordar su advertencia. Lo odié por haberme fallado como ejemplo y, aunque quería llegar al fondo de todo, mi desconfianza por ese hombre ya no tenía retorno.

Y no sé ni cómo aguanté hasta terminar la conversación con madre, para buscar a Isabella. Iba desesperado al salir de la habitación de Eleanor, directo a la oficina de casa luego de que uno de los Sigilosos, que encontré en el camino, me avisara que ella estaba allí con algunos de su élite.

Entré sin llamar a la puerta, encontrándome con Caleb, Maokko, Ronin e Isamu acompañándola, y todos me miraron serios por la interrupción.

—¿Podemos hablar? —inquirí mirándola solo a ella, la vi asentir, seguía seria, incluso atormentada.

Me restregué el rostro, esperando a que los demás abandonaran la oficina, sintiéndome demasiado exhausto.

—Te advierto que no pienso discutir más contigo —habló cuando estuvimos solos. Caminé hacia ella sin decir nada, estaba de pie detrás del escritorio, con las palmas apoyadas en este, como si buscara un alivio para todo el peso que ya tenía acumulado en los hombros—. Elijah —advirtió con la voz entrecortada.

Me llamaba todavía por mi nombre. Eso fue todo lo que necesité para cogerla del rostro y antes de que soltara otra advertencia, tomé sus labios entre los míos, besándola profundo y duro. A duras penas cogió aire por mi arrebato, pero incluso con la sorpresa que eso le provocó, su lengua rozó la mía, enviando una sacudida directo a mi corazón, como si se tratara de un desfibrilador, dándome el choque eléctrico que necesitaba para que mi ritmo cardiaco volviera a ser normal.

O lo que yo consideraba normal con ella en mi órbita.

Gruñí y arrastré las manos a su cuello y me aferré a ahí sin dañarla, simplemente sosteniéndola, consiguiendo que echara la cabeza hacia atrás para que me diera más acceso a su boca. Me moví sobre sus labios haciéndola mía con mi lengua, deleitándome con sus gemidos; luego hundí mis dientes en su labio inferior y tiré de él, zambulléndome una vez más, repitiendo el proceso anterior, jugando con su lengua hasta que ella se rindió y se aferró a mi cintura.

—Dime que no intentó nada contigo —supliqué tras cogerla de los muslos, para sentarla sobre el escritorio y meterme en medio de ellos.

—¿De qué hablas? —quiso saber, rozando sus labios sobre los míos y volví a besarla.

Mierda.

No quería cagarla de nuevo, no podía darle poder a mis demonios de esa manera, pero luego de lo que señaló madre, incluso cuando ella descartó que padre tuviera otras intenciones con Isabella, no podía sacármelo de la cabeza.

—Nunca se propasó contigo, ¿cierto? —volví a decir y la tomé del rostro para que me mirara a los ojos. Ambos teníamos las respiraciones aceleradas por el beso que seguimos dándonos—. Myles, Bonita… ¿nunca intentó nada contigo?

Sus ojos casi se desorbitaron al comprender mi pregunta.

—¡Por Dios, Elijah! ¡¿Cómo se te ocurre?! —inquirió indignada y el alivio que sentí por poco hace que mis piernas flaquearan.

—Puta madre —jadeé.

La abracé luego de eso, diciéndole con ese gesto que no quería discutir más, simplemente necesitaba verla a los ojos y que sus labios me sacaran esa maldita desconfianza de la cabeza, porque no podía fiarme más de Myles luego de lo que hizo.

—Voy a llegar al fondo de esto, me dedicaré a resolver esta situación, pero no te quiero cerca de él —dije y se separó de mí.

Le estaba pidiendo eso porque ya sabía que ella estaba movilizando a su gente para encontrar a Myles, y podían hacerlo antes que nosotros.

—Deja de hablar de él como si fuera el peor de los canallas.

—Por favor, Isabella. No te quiero cerca de él, al menos hasta que todo esto se resuelva —Mi voz fue dura, pero ella vio la súplica en mis ojos—. No te expongas.

—No puedes hablar así de tu padre —se quejó con la voz lastimera.

Detestaba que lo defendiera tan ciegamente, pero no podía solo molestarme cuando ella no vio cómo lo encontré.

—No hablo mal de él, lo estoy haciendo del bastardo que encontré en esa oficina, furioso porque Hanna se defendió —Quiso apartarse de mí, pero no se lo permití—. ¿Quieres saber lo que vi? ¿Por qué estoy así? Escúchame —demandé y se mordió el labio con enojo. Pero calló y no intentó apartarse más.

Lo tomé como una señal y comencé a narrarle todo desde que llegué al cuartel. Le expliqué incluso por qué Hanna estaba allí, la razón de que no se lo dijéramos antes, que se debió únicamente a que estábamos ensimismados en lo que sucedía con los Vigilantes, y nos ocupamos tanto con eso, que no habíamos hablado como se debía.

Joder.

Ni siquiera nos habíamos visto como queríamos, llevaba días sin jugar con mis hijos. A ella la follé hasta ese día y me enervaba que tuvo que pasar lo de Elliot para darme cuenta de que la estaba descuidando. Y como si no tuviéramos suficiente, Myles terminó de cagarse en todo y nos añadió otro problema a la lista.

—¡Jesús! —exclamó ella cuando finalicé.

—¿Entiendes ahora porqué te quiero lejos de él? —pregunté.

La tenía sobre mi regazo, ella a horcajadas de mí, mientras yo me encontraba sentado en la silla detrás del escritorio. Terminamos en esa posición en un momento dado de mi relato y bajó la mirada en cuanto me escuchó.

—Sí —respondió cuando la tomé de la barbilla y la hice mirarme—. Entiendo que todo apunta a que él es el culpable, pero no quiero que desconfíes del trato que siempre ha tenido conmigo, porque Myles ha sido como mi padre, Elijah.

—Yo sé eso, Bonita —aseguré y le planté un beso casto—. ¿Qué más piensas? —indagué al ver su mirada atormentada.

Se restregó el rostro y soltó el aire por la boca con pesadez, quedándose en silencio por unos segundos, y tras eso, envolvió los brazos en mi cuello y me abrazó, escondiendo el rostro de mí.

—¿Podemos ponerle un paro a todo, así sea solo por hoy, y fingir que nada malo está pasando? —suplicó con la voz ahogada.

Le rodeé la cintura, dejándome consumir por su calidez, y la apreté a mi cuerpo, necesitando fusionarla conmigo de alguna manera, queriendo que nos convirtiéramos en uno solo para que ninguno tirara en dirección contraria.

—Hagámoslo —susurré en su oído y la escuché suspirar aliviada y agradecida.

Las pocas horas que quedaban de ese día se las dedicamos a nuestros hijos, jugamos con ellos, cenamos juntos, siendo solo los cuatro. Y, a pesar de que creí que no iba a conseguirlo, porque las aguas a nuestro alrededor eran turbulentas, esas copias lograron meterme en su burbuja con todas sus ocurrencias.

Por la noche me dediqué únicamente a Isabella, incluso apagamos los móviles, confiando en que dejaríamos la realidad en manos de personas en quienes confiábamos. Y cuando terminamos desnudos, sudorosos y exhaustos, pensé en que después de todo, ese día no había sido tan mierda.

—Tenías razón —musitó ella metida en mi costado—. Nada será tan perfecto como tú y yo juntos.

—Nada —confirmé besando sus labios y sonreí por su costumbre de quedarse dormida tan pronto, después de nuestras sesiones de sexo.

Una semana transcurrió después de esa noche con ella, y para mi jodida suerte las cosas no habían mejorado, aunque los Vigilantes todavía no se atrevían a hacer nada en nuestra contra. Todo indicaba que nuestro peor enemigo siempre estuvo en casa y se encargó de jodernos de una peor manera.

Aún no habíamos conseguido dar con Myles. Madre se negaba a salir de su habitación y según Owen, le llamaba a Hanna para estar pendiente de ella, aunque él escuchaba que ambas siempre terminaban llorando.

La Castaña me habló de lo que sucedió con su visita a Amelia y todavía me parecía inaudito lo que escuché de su boca. Aunque también entendí que incluso con la justificación que tenía la chica para haber sido un monstruo, Isabella siguiera reacia a verla como hermana, tratarla como tal, a pesar de que hacía lo que podía para no odiarla más.

Fabio había llegado al país luego de que consiguiéramos los permisos para su integración a la clínica St. James, y ya se estaba encargando personalmente de todo lo que tenía que ver con su cuñada, pues al parecer, Amelia siempre supo que era Dominik quien estuvo detrás de la máscara y lo convirtió en su nueva obsesión.

Este último decidió retomar las sesiones semanales con las copias, ya que no quería que Daemon retrocediera por tener que cambiar de psicólogo, y le agradecimos que incluso con la situación de Amelia y con su hija recién nacida, se preocupara por el bienestar de mis hijos.

Fabio también se estaba encargando de monitorear a Daemon en lo que fuera necesario, porque todavía no estábamos preparados para sacarlos de la mansión y mucho menos, de meter a médicos extraños que delataran la existencia de ellos.

—Mami, pol favol —Escuché a Aiden decir cuando me acerqué a mi habitación.

Abrí la puerta y los encontré en la cama, rogando a su madre por algo.

—¿Por qué ruegan a mamá, pequeños invasores? —inquirí observándolos a los tres en la cama.

Les sonreí, aunque no conseguí respuesta de ninguno y fruncí el ceño.

—Papito, quelemos una hemanita, así como la de Domilik —explicó Daemon con emoción y vi a Isabella blanquear los ojos.

Dominik les había presentado a su hija por medio de un vídeo.

—Pelo mami no quiele —se quejó Aiden haciendo un puchero.

Apreté los labios para no reír, porque noté que en serio estaba a punto de llorar.

—Si me dejan a solas con ella, yo podría convencerla de que les dé una hermana —propuse.

—¡Para ahí! —advirtió la Castaña y sonreí—. La hija de Dominik es su primita, como una hermanita para ustedes. Así que no hay necesidad de otra —les explicó e intuí que no era la primera vez que lo estaba haciendo.

—Quelemos una he-ma-na —fraseó Aiden molesto—. No pima —zanjó cruzando los brazos a la altura de su pecho, haciendo un gesto gracioso con los labios, enfurruñado.

Alcé una ceja.

—Hazme los pucheros que quieras, pero igual tendrás que conformarte con tu prima —replicó Isabella, comportándose como una niña al igual que ellos.

—¡Papito! ¡Pol favol! —chilló Daemon, sus ojos ya estaban rojos y reteniendo las lágrimas.

¡Diablos! Estaban hablando en serio.

—A ver, paren ya, chiquillos —pedí para los tres—. Y no lloren por eso, porque, aunque mamá les diga que sí, para hacer una hermanita se necesita mucho trabajo —expliqué con malicia y noté que Isabella escondió una sonrisa.

No estábamos en nuestro mejor momento aún, ya que el estrés por lo de Myles, lo sucedido con Hanna, la situación de Amelia y encima el silencio de Lucius, nos mantenía con los nervios de punta y, aunque tratábamos de apoyarnos, no siempre lo conseguíamos del todo. Y eso no nos permitía cerrar esa brecha que se creó entre nosotros, al regresar a la ciudad.

—Papá tiene razón, es muchooo tiempo —acotó ella alargando la frase—, pero prometo que pensaremos en lo de la hermanita. Aunque, no olviden que la bebé de Dominik es una hermana para ustedes. —El rostro de esas copias se iluminó cuando la escucharon decir eso.

Y bueno, tenía que admitir que a mí no me disgustaba la idea de hacerles realidad ese sueño a mis hijos.

—Yo prometo que a partir de ahora comenzaré a hacerles una pequeña y hermosa castaña —dije subiéndome a la cama con ellos.

De nuevo Isabella quiso evitar la sonrisa, fallando en el intento.

—¿Cómo halás a mi hemanita? —preguntó Daemon con emoción al llegar a mí y me quedé pasmado.

¿Cómo mierdas le iba explicar eso?

—La va dibujal, tonto —respondió Aiden, haciendo un gracioso gesto sabiondo.

Ni la Castaña ni yo pudimos evitar reírnos. Nuestras copias eran muy inocentes y listos a la vez, también tenían el poder de hacernos olvidar, en un instante, el mal que vivíamos, consiguiendo (con solo un segundo) lo que yo no pude en una jodida semana.

Ver sonreír de verdad a mi Bonita. No de manera forzada, como cuando intentaba meterse en la cabeza (por la fuerza) que todo iba a estar bien, que la tormenta que vivíamos pronto iba a cesar.

Con nuestros hijos vi la esperanza brillando en sus ojos y la certeza de que no se daría por vencida porque igual que yo, ella buscaba un mundo seguro para ellos y juntos lo conseguiríamos.

—Bien, pequeños sabiondos, es hora de ir a la cama, así que deséenle buena noche a papá —los animó Isabella.

—Deseen que mamá me dé una buena noche —pedí yo y ella negó con la cabeza, haciéndose la seria.

Las copias por supuesto que no entendieron a qué me refería, así que se limitaron a darme un beso, repitieron el *buenas noches, papito*, añadiendo que me amaban. Ellos siempre se reían cuando les susurraba al oído y les devolvía sus besos.

Tras verlos irse me fui hacia la oficina un momento para hacer algunas llamadas, mientras Isabella regresaba y tomaba una ducha, como era su costumbre.

Debía comunicarme con Cameron para que me informara cómo estaba Hanna, ya que mantuve mi promesa de estar pendiente de ella; él me mencionó que esa tarde la rubia había estado un poco inquieta, pero que Owen se encargó de animarla, siendo la primera vez que lo dejaba acercarse, ya que tras lo que sucedió, se mantuvo reacia a interactuar con otras personas y era raro que saliera de la habitación.

Luego le pedí a Tess y a Dylan que charláramos, porque ellos se estaban haciendo cargo (por parte de mi élite) de la búsqueda de padre, algo que estaba resultando complicado; y si no recurríamos a Kontos y Makris, era únicamente porque queríamos mantener eso con la mayor discreción que nos fuera posible.

Antes de volver a mi habitación pasé a saludar a madre, a cerciorarme de que estuviera bien y como todas las otras noches, seguía dolida y decepcionada, aunque me confesó que esa tarde padre le llamó, siendo el primer contacto que tenían desde que sucedió lo de Hanna y le prometió que arreglaría todo, que volvería pronto y le daría la cara para que solucionaran las cosas de frente.

Y no me agradó que madre no nos avisara nada, sabiendo la búsqueda que habíamos montado, pero me pidió comprensión, ya que ese momento era algo que solo quería para ella.

—¿Te dijo que no hizo nada? —cuestioné y ella respiró hondo.

—Simplemente aseguró que le dejaría todo al tiempo —respondió ella y resoplé.

Era increíble que con esa situación, pensara en dejar las malditas cosas al tiempo.

Pero no le di más largas y me despedí de ella minutos después de eso, yéndome por fin a mi habitación, encontrándome todo a oscuras cuando entré. Isabella estaba metida entre las sábanas y maldije, ya que esperaba encontrarla despierta, pero tampoco podía quejarme, pues me tardé más de lo que pretendía.

Decidí tomar una ducha para bajarme un poco el deseo que sentía y tras vestirme solo con un bóxer al salir, me metí debajo de las sábanas con la idea de descansar y dejarla descansar a ella, aunque no soporté quedarme sin tocarla, fui egoísta con su sueño y con cuidado le acaricié el hombro desnudo con el dorso de mi índice, descubriendo que no estaba dormida como pensaba, ya que la luz que se filtraba por la ventana me permitió ver cuando su piel se erizó.

Me hirió un poco el orgullo que se hiciera la dormida para evitarme.

—¿Por qué me evitas? —le susurré en el oído y sentí que se tensó. La cogí de la cintura y pegué su espalda a mi pecho, estaba cálida y el contraste con mi piel fresca, por la ducha reciente, nos estremeció a ambos.

—Todo se ha sentido demasiado en estos días —habló justo cuando besé el espacio entre su cuello y hombro—. Odio esta distancia entre nosotros y tengo miedo —confesó, poniendo la mano en mi brazo rodeando su cintura.

—¿Miedo de qué, Bonita? Si estamos juntos —le aseguré y la sentí hacer un movimiento que me indicaba que estaba llorando.

La giré haciéndola quedar sobre su espalda y me coloqué sobre ella.

—¿Lo estamos? —inquirió.

La luz exterior me permitió ver sus rasgos y noté el brillo de las lágrimas en los rabillos de sus ojos.

—¿En serio lo dudas? —devolví y ella se mordió el labio—. ¡Háblame! Dime qué piensas —supliqué.

Yo también odiaba esa distancia. No estar bien ni tampoco mal, porque ese nivel intermedio en el que nos manteníamos, se sentía demasiado peligroso, pues nos volvíamos más frágiles e ir al extremo malo era más fácil y constante.

—Odio sentir que, aunque estemos trabajando para proteger a nuestros hijos, vayamos por caminos distintos —admitió y entendí a qué se refería.

El día anterior tuvimos una pequeña discusión porque ella, a pesar de saber lo que sucedió con padre, seguía reacia a creerlo culpable y me recriminó que yo no lo estaba buscando para aclarar lo sucedido, sino para acusarlo, y aseguró que por esa razón Myles se escondía.

No quise alimentar esa discusión entre nosotros y le pedí que no se metiera en el asunto de padre, que lo dejara en mis manos, pues no permitiría que aparte de lo que le hizo a Hanna, también jodiera mi relación con ella y, aunque la Castaña calló y se marchó de la oficina, donde habíamos estado, supuse que tarde o temprano volvería al asunto y no me equivoqué.

Ahí estábamos, pero yo no quería que padre volviese a ser nuestro tema de conversación. No con la desconfianza y los celos que me embargaron, luego de aquel comentario de madre, con respecto a haber evitado que Myles agrediera a Hanna.

—Yo no quiero proteger únicamente a las copias, Bonita. Te protejo también a ti sin importar que seas una guerrera que sabe cuidarse sola —susurré y le di un beso casto en los labios—. Por eso sientes que a veces puedo desviarme, pero no tomo otro camino distinto al tuyo —aseguré.

La escuché respirar profundo y me apoyé en un solo brazo para acariciarle el rostro.

—Júrame que es así —suplicó acariciándome el torso y sonreí, sintiéndome un poco más liviano de pronto.

—Te lo prometo, *meree raanee* —puntualicé.

En un momento la sentí lejos de mí y en un segundo ella hizo desaparecer todo tipo de distancia entre nosotros.

Estampó su boca a la mía, tomando de mí lo que ella sabía que era solo suyo. Me volvió loco con su lengua, con sus mordiscos y esos gemidos que se le escaparon cuando me acomodé mejor entre sus piernas y la hice sentir mi erección.

Tomé el control de ese momento porque necesitaba demostrarle de todas las maneras que fueran posible, que seguíamos en la misma sintonía. Besé cada centímetro de su piel, la desnudé con paciencia porque no quería que nada fuera rápido entre nosotros, por desearnos como deseábamos. Me deleité con sus pechos y estuve a punto de perder el control cuando llegué a su vientre tibio y terso, y luego saboreé su intimidad.

Ese lugar que poseía el elíxir que me mantenía adicto.

Isabella se estremeció de pies a cabeza con mi lengua torturándola de esa manera, se volvió salvaje en mis manos, tomando un poco de control al enredar los dedos en mi cabello para sostener mi cabeza y marcar su propio ritmo, pero ni aun así consiguió retrasar su clímax. Explotó de placer en mi boca, dándome más de esa droga hasta que me bebí la última gota.

Pronto ella se hizo del control total, volviéndose insaciable luego de su primer orgasmo. Se adueñó de mi erección como tantas veces lo había hecho, e hizo estragos con su boca, llevándome a su paraíso cuando me hizo correrme y se bebió mi simiente, demostrándome con eso que yo también era su droga, una adicción que no quería dejar.

Me lo confirmó cuando minutos después de haberme hecho correr, se montó en mi regazo, penetrándose sola, afirmando lo salvaje que era conmigo, usándome para su placer, llevándome a otro tipo de éxtasis por verla haciéndose de todo el control.

Mis manos recorrieron su cintura, asentándose en sus nalgas para instarla a moverse a mi ritmo. Sus pezones endurecidos se rozaban a mi pecho, suplicando por mi atención y, mientras marcaba mi propio vaivén, besé y chupé esos montículos de tamaño perfecto, jugué con mi lengua en sus capullos y gocé de sus jadeos y gemidos de placer.

—Eres hermosa cuando intentas dominarme en la cama —declaré sobre sus labios.

Su rostro se desformó en sexis gestos de placer. Nuestras bocas se tentaron al acercarnos sin hacer contacto, simplemente tragándonos nuestros gemidos. Me apoyé con un codo en la cama para medio inclinarme y la tomé de la parte de atrás del cabello con la otra mano, mordisqueando su barbilla en cuanto echó la cabeza hacia atrás. Isabella se mordió el labio para no gritar y yo sonreí como el cabrón que era, porque a pesar de que ella me montaba a mí, era yo quien marcaba el ritmo y la llevé hasta la cima de un nuevo orgasmo.

—¡Mierda! —gimió cuando bajé la mano a su cadera y la hice moverse de adelante hacia atrás, tocando ese punto que fácilmente la mantenía en un éxtasis constante.

Yo también maldije al sentir su interior más apretado y la manera en que sus movimientos cambiaron, haciéndome saber que no soportaría más, pero en esa ocasión me llevaría con ella, ya que también sentí el placer concentrándose en mi estómago, bajando enseguida a mis testículos, por lo que terminé por sentarme en la cama y la cogí de las nalgas, llegando cerca de esa parte suya que también haría mía.

—Me vuelves loco, Pequeña —susurré en su oído, con la voz ronca y plagada de éxtasis.

—Tú a mí… más —consiguió decir y antes de que su grito resonara más allá de la habitación, la besé.

Ambos nos corrimos al mismo tiempo, me vacié en su interior y me bebí cada uno de sus gemidos, gruñendo a la vez por mi propio placer, disfrutando de los espasmos de su orgasmo con cada sacudida de mi polla dentro de ella.

—Te amo —susurró con la voz débil, demostrándome que no solo acababa de liberarse sexualmente sino también que dejó ir un poco de sus cargas.

La tomé del rostro y la hice mirarme, nuestros ojos ya estaban adaptados al entorno que, aunque oscuro, era iluminado tenuemente por la suave luz del exterior.

—Seguiré quemando el mundo por ti, Bonita —reiteré y en respuesta recibí una sonrisa tímida de su parte, seguida de un beso tierno.

Nuestros hijos podían hacernos olvidar lo mierda que era el mundo afuera de esa casa, pero solo ella conseguía darme la seguridad de que seguía siendo poderoso, siempre que se mantuviera a mi lado.

—Deberías vender ese apartamento, creo que está maldito —recomendó Elliot sentándose a mi lado.

Al hijo de puta le gustaba jugar a tentarme, sin tomar en cuenta que, llegaría un día en el que enviaría todo a la mierda y lo mataría de una buena vez.

—O el maldito soy yo —solté sin pensarlo y él rio.

Estábamos en el hospital, todavía no amanecía y tuve que salir de casa dejándole una nota a Isabella, luego de que Owen me llamara a las tres de la madrugada, para avisarme que acababan de encontrar a Hanna inconsciente. La rubia había ingerido casi un bote entero de unos medicamentos que estuvieron a nada de llevarla a la muerte, si él no se hubiera dado cuenta de lo que sucedía.

Elliot había llegado para acompañar a Alice, luego de que Cameron la llamó a ella para informarle lo que pasaba, previendo que Hanna necesitaría algún tipo de apoyo si llegaba a sobrevivir. Que por fortuna sí lo haría, el médico ya había informado que le practicaron un lavado estomacal para deshacerse de todo el medicamento que ingirió.

Por eso había sido el comentario de mi primo, porque una vez más, mi apartamento era el epicentro de una tragedia. Primero con Isabella y ahora con Hanna.

—Buen punto —aceptó y lo ignoré—, pero igual, prueba con deshacerte de ese lugar. —No dije nada, pues no estaba para perder mi tiempo en una *conversación* con él. Y menos con mi cabeza llena de pensamientos acerca de Isabella intentando quitarse la vida, que me estremecieron.

Luego imaginé a Hanna en el estado que Owen me la describió y me sentí hecho mierda, ya que había sabido que la chica no estaba bien tras lo que le pasó con padre. Madre incluso me pidió que fuera a verla porque presentía que me necesitaba, y cuando le sugerí que fuera ella, con la intención de que saliera de casa y espabilara un poco, me amonestó, diciéndome que no era justo que yo dejara de lado a una amiga de esa manera.

Y no la dejé de lado, traté de estar pendiente de Hanna lo mejor que pude, pero yo no era una máquina que podía hacer todo en automático. Me cansaba mentalmente al tener que ocuparme de tantas cosas y al final del día, cuando de verdad tenía un final, lo único que me apetecía era pasar un rato con mis hijos y luego ir a la cama con Isabella, para dormir o follar, aunque demostrándole con ambas cosas, que a su lado era donde recargaba mis energías.

—¿Has sabido algo de Myles? —le pregunté a Elliot minutos después, sabiendo que él también estaba en eso.

Era la primera ocasión que hablábamos de una manera medio educada, después de que dejé de ser Sombra.

Y el otro día, luego de que Isabella se marchara sin importarle si nos matábamos o no, fue la primera ocasión en la que él no cayó en mis provocaciones, y se atrevió a prometerme que la Castaña era una mujer a la cual no volvería a tocar, porque ella me amaba a mí y porque juró que no estaba dispuesto a joder esa amistad entre ellos, que valoraba igual que su propia vida.

Y siendo sincero, no le creí porque estaba cegado por los celos. Sin embargo, luego me enfrenté con White y me quedó claro que no podía seguir por ese camino.

—Estuvimos cerca de encontrarlo en un hotel cerca de Tennessee, pero tío sabe cuidarse y es experto en escabullirse, así que nos descubrió antes de que llegáramos —explicó y negué con la cabeza—. Estoy trabajando en su búsqueda con Isamu, Lewis, Serena y Evan, y siendo sincero contigo, comenzamos a sospechar que no está huyendo en realidad.

—¿Ah no? ¿Y qué hace? ¿Aclararse la mente? —saniricé—. ¿O todavía está buscándose las bolas para aceptar la mierda que quiso hacer?

—Es tu padre, el hermano de mi madre, mi sangre y creo en él, LuzBel —zanjó—. Deberías hacerlo también.

—Creo en lo que veo, Elliot —largué y me puse de pie al ver que Alice salió de la habitación en la que tenían a Hanna—. Y lo que vi en esa oficina me está haciendo odiar a padre.

—Hay algo que se llama intuición, no sé si la conozcas —aseveró él y se puso de pie también—. Isabella la maneja a la perfección, siempre ha confiado en eso porque asegura que nunca le falla.

—¿Qué pretendes conseguir al señalar que conoces tanto a mi chica? —gruñí, haciendo acopio de mi autocontrol para no meterme en una pelea con él.

—Isa no solo está celosa de Hanna, LuzBel. Desconfía de ella en realidad porque intuye algo que nosotros ignoramos. Y que ahora la tipa esté aquí, recuperándose de lo que intentó hacer, me hace pensar que tu chica está acertando una vez más.

—No sé qué demonios tiene que ver eso con intentar suicidarse.

Elliot sonrió irónico al escucharme.

—No te di mi palabra de que no intentaré nada con Isabella porque estoy en algo con Alice, lo hice porque respeto que ella te ame y quiero verla feliz. Y sé que tú le das la felicidad que merece. A Hanna en cambio le está costando aceptar que tú elijas a Isabella, por eso está donde está.

—Sugieres que lo hizo para manipularme —deduje.

—Y confío en que eres lo suficientemente inteligente para darte cuenta también —satirizó y se acercó a mí antes de que Alice llegara, pues se había quedado hablando algo con una enfermera—. No vuelvas a despertar a la diabla que tu Castaña ya ha conseguido dormir, primo. Y si lo haces, que sea para despedazar a nuestros enemigos, no a ti mismo.

Acto seguido, pasó por mi lado y se marchó.

Y sus palabras se quedaron resonando en mi cabeza, haciéndome considerar ciertas cosas, logrando que viera la situación desde diferente perspectiva.

CAPÍTULO 42

Un pez en medio de tiburones

ISABELLA

—¿Dime que esto es una broma de tu parte, Eleanor? —exigí y ella negó con la cabeza.

Acababa de llegar del hospital. Se había ido luego de que yo misma le informé lo que Hanna intentó hacer, gracias a la nota que me dejó Elijah, porque aseguró que no quiso despertarme y molestarme con esa noticia, luego de la noche que habíamos tenido.

Le llamé en cuanto la leí y me informó que la chica ya estaba fuera de peligro tras el lavado estomacal que le hicieron. Dejé de lado los celos y desconfianza hacia ella porque quise ser empática, sin juzgarla por la decisión que tomó, ya que yo estuve en su lugar y viví en carne propia lo que rendirte contigo mismo te obligaba a hacer.

Por eso, en lugar de actuar como la novia celosa, posesiva e intensa con Elijah, quise ser un apoyo para él y demostrarle que podía contar conmigo y quedarse con ella el tiempo que fuera necesario, si así lo consideraba prudente. Se lo dejé claro el día que la llevó a ese apartamento tras lo de Myles y luego con nuestra llamada, pues no quería que retrocediéramos de nuevo con lo que ya habíamos avanzado.

No obstante, jamás esperé que con mi buena voluntad de avisarle a Eleanor lo que pasó, sabiendo que ella y Hanna se habían vuelto cercanas, consiguiera como premio, el que la mujer que veía como una madre más, no solo le hiciera saber *inconscientemente* a la chica sobre mis hijos, sino que además, pretendiera meterla en esa casa, en una fortaleza que Myles puso a mi disposición para que protegiera a sus nietos.

Eleanor pretendía hacer lo que le pedí a su hijo que evitara.

—Broma sería que yo le diera la espalda a Hanna, así como tú hiciste que Elijah se la diera.

—¡¿Qué?! —espeté incrédula.

«¡Diablos, Colega! Esa mujer necesitaba ir a hacerle compañía a tu hermana a la clínica St. James».

Ignoré ese susurro interior cuando Eleanor se puso de pie, ya que se había mantenido sentada en una *chaise lounge* de su habitación, y miró por la ventana.

Podía comprender que lo de Myles la tuviera mal y, además, la hiciera sentir culpable por lo que pasó entre él y Hanna, pero de ahí a que desvariara de esa manera, me era inconcebible, porque yo no hice que Elijah le diera la espalda a nadie, todo lo contrario, me tragué mis celos esa semana y lo dejé que hiciera todo lo que creyó que debía, para apoyar a la chica de alguna manera.

—Yo comprendo que hayas sentido celos por lo que pasó entre ella y mi hijo, Isabella, pero me parece inaudito que luego de que tú te has empeñado en proteger y apoyar a Elliot, sabiendo lo que Elijah siente por tu cercanía con él, no puedas soportar que mi hijo esté cerca de Hanna, para apoyarla en un mal momento que atraviesa por culpa de Myles, de mi marido —soltó con la voz entrecortada.

—Por Dios, Eleanor, juro que te desconozco —resollé y ella se giró para mirarme de nuevo.

Ya estaba llorando.

—Así como yo te desconocí a ti el día que apuñalaste *a mi hijo* —entonó, haciendo énfasis en las últimas palabras, golpeándose el pecho con la yema del dedo índice para recalcar su resentimiento contra mí—. Y como volví a desconocerte cuando me amenazaste con no permitir que saliera de Florencia, para venir a verlo, si no hacíamos lo que tú querías.

Tragué sin dejar de mirarla, porque no podía rebatir sus reclamos, a pesar de sentirme indignada por sus acusaciones.

—¿Entonces haces esto para darme una lección? —inquirí y ella se limpió las lágrimas.

—No, cariño, porque yo sí traté de ponerme en tu lugar y te entendí, te he comprendido en cada decisión que tomas por mucho que a mí me duela. —Bufé una risa—. Si te lo he hecho ver es solo para que ahora seas tú la que se ponga en mi lugar, ya que yo sí me siento culpable de lo que Myles le hizo a esa niña.

Me mordí la lengua para no decirle que yo no creía que Myles le hubiera hecho nada, pues preferí guardarme mi opinión luego de que Elijah me hablara, con tanto dolor y enojo, de lo que vio en aquella oficina, pues admitía que en efecto, su padre parecía ser el culpable.

«Pero la clave estaba en eso: parecía».

Exacto.

Por eso yo había decidido trabajar por mi cuenta en su búsqueda. Necesitaba encontrarlo y verlo a los ojos para comprobar que no me equivocaba con mi fe en él. Pero si resultaba ser culpable, me hice la promesa de no encubrirlo y dejar que fuera juzgado por sus actos, sin embargo, hasta que eso pasara, seguía dándole el beneficio de la duda porque no cometería el mismo error que cometí con Amelia.

A quien no podía perdonar porque no era fácil, pues me arrebató a mi padre, no obstante, ahora comprendía las razones que tuvo para hacerlo.

—Está bien, Eleanor. Tu casa, tus reglas —cedí al darme cuenta de que no llegaríamos a nada—. Sin embargo, no voy a perdonarte que la hayas puesto al tanto de mis hijos —aclaré y me miró con sorpresa.

—Ya te expliqué que fue un accidente. Discutía con Elijah porque no quería permitirme que la trajera aquí y nos escuchó hablar sobre los niños.

—Pero se lo confirmaste cuando Hana te preguntó si teníamos hijos —recalqué, guiándome por lo que ella misma me explicó.

Elijah se negó a que su madre llevara a cabo esa locura de traer a Hanna a la mansión, alegando que no solo pondría en riesgo a los clones sino también nuestra relación, por eso ella me acusó de que él le diera la espalda a su amiga, sin darse cuenta de que no era por mí que no quería cerca a esa chica, sino por mis hijos.

—¡Porque no tenía caso negárselo más! ¡Por el amor de Dios, Isabella! —insistió.

—Podrías haberle dicho que eso era algo que no te correspondía a ti decírselo, porque me importa un carajo que tú confíes en ella, Eleanor. Yo no —zanjé perdiendo los estribos—. E hiciste la única cosa que te pedí que no hicieras.

—Tarde o temprano se daría cuenta al venir aquí.

—¡Pero no por ti! —grité haciendo que diera un respingo. Me miró con dolor porque era la primera vez que le levantaba la voz, y yo supe que ese momento fue un quiebre inevitable en nuestra relación—. Haz lo que quieras y ruega para que no estés cometiendo un error, Eleanor Pride, ni con Hanna ni con tu marido —advertí y rompió en llanto—. Y te equivocas con respecto a que yo alejé a Elijah de su amiga. No lo hice, todo lo contrario, me mantuve al margen para que hiciera lo que quisiera con ella, porque yo confío en él.

Dicho esto me di la vuelta y la dejé ahí, en medio de su habitación. Y escuché cuando sollozó con más intensidad, pero no sentí remordimiento de lo que hice porque me estaba dejando llevar por mi intuición y algo en mi interior me gritaba que siguiera así.

Sin embargo, al alejarme también dejé escapar mis lágrimas porque nunca pretendí terminar así con ella, cuando ya habíamos conseguido superar nuestras diferencias. Elijah me llamó en ese instante y decliné su llamada, enviándole un mensaje de texto para pedirle que habláramos después, pues me sentía demasiado molesta y no quería explotar con él lo que no pude terminar de detonar con su madre.

«Y después de todo, él hizo lo que estuvo en sus manos para respetar lo que tú querías».

Al menos con Hanna lo intentó.

Cuando llegué a la planta baja de la casa le pedí a mi élite que nos reuniéramos en la oficina, ya que no iba a tirarme a llorar por lo que sucedía. Era una suerte que estuvieran todos en casa, y de paso también Serena (la chica había resultado alguien de fiar y le confiaba el cuidado de mis hijos), así que le pedí que se quedara con Lewis cuidando de los clones mientras yo hablaba con los Sigilosos.

—Si quieres una casa segura, sabes que puedo encargarme de ello, pero por muy cabrón que me crea en lo que hago, ahora mismo ni yo te recomendaría salir de aquí con tus hijos —dijo Caleb luego de explicarles lo que pasó y mis intenciones de irme.

—Lo apoyo en eso. Hemos montado guardias y recorrido todo el territorio de la casa, descubriendo que no le llaman fortaleza solo por mote —acotó Ronin—. Está protegida encima de sus tierras por Grigoris y por nosotros, en el cielo por medio de los drones que operan Evan, Connor y todo su equipo técnico; y por debajo de la tierra, en sus túneles, por más miembros de las organizaciones, además de las bombas.

—Myles se tardó cinco años en construir esta mansión y todo lo que hay a sus alrededores, porque la equipó como un búnker de seguridad que podría protegerte incluso en una guerra nuclear, jefa —añadió Isamu—. Así que por muchos esfuerzos que hagamos para recrear algo similar para ti y los niños, nos tardaríamos el mismo tiempo y no cuentas con eso.

Chasqueé con la lengua, maldiciendo.

—No pienses con la cabeza nublada por el enojo, Chica americana, porque ahora mismo tus decisiones serán los errores de mañana —aconsejó Lee-Ang acercándose a mí.

—Además de todo esto que te han dicho nuestros hermanos, piensa en que si esa rubia ya sabe de los clones, la mejor manera de controlar que no se lo diga a nadie más, es teniéndola aquí —aportó Maokko.

Suspiré entrecortado cuando me fue inevitable no pensar en Salike, pues era la primera vez en una reunión de ese tipo, que solo tenía cinco consejos y no seis, como cuando ella estaba viva.

—Elijah me dijo que le darán el alta médica a Hanna hoy mismo —informé, sabedora de que ellos a diferencia de mí, estaban siendo objetivos—. Ve tú con Ronin por ella al hospital —solicité para Maokko y ambos asintieron—. Tú encárgate de estar pendiente de todo lo que Eleanor ordene para que reciban a su invitada —pedí a Lee-Ang, pues de nuestro equipo era la más sigilosa—. Y ustedes sigan en lo de Myles, me urge dar con él —avisé para Isamu y Caleb.

Este último se encargaría además de la seguridad sin que tuviera que pedírselo.

—Los hermanos D'angelo vendrán en una hora, para el control médico de Daemon —me avisó Lee y asentí.

Acto seguido todos salieron de la oficina, para darme privacidad y tiempo de calmarme, y revisé mi móvil al darme cuenta de la notificación del mensaje de Elijah, la respuesta al que yo le envié antes.

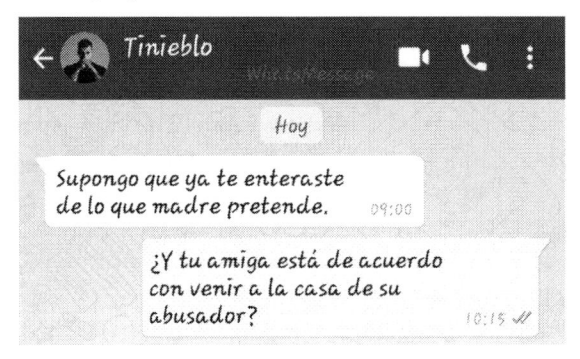

> **Tinieblo**
>
> *Hoy*
>
> Supongo que ya te enteraste de lo que madre pretende. 09:00
>
> ¿Y tu amiga está de acuerdo con venir a la casa de su abusador? 10:15

Había sonreído sin gracia al leer su mensaje y cuando digité el mío, sentí que presionaba la pantalla con más fuerza de la que era necesaria.

Pensé en eso cuando Eleanor me informó lo que haría y, aunque no me dijo si Hanna aceptó la propuesta, las órdenes que giró con su personal de servicio para que tuvieran lista una recámara de huéspedes, me hizo saber que ya estaba decidido que ella llegaría, algo que me llevó a pensar, de nuevo, que esa tipa hacía cosas para llamar la atención de Elijah.

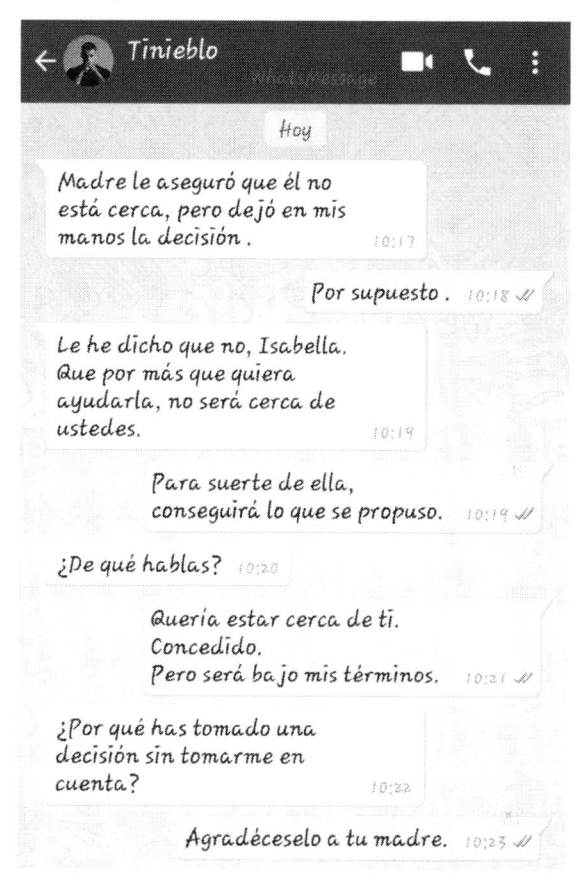

> **Tinieblo**
>
> Hoy
>
> Madre le aseguró que él no está cerca, pero dejó en mis manos la decisión. 10:17
>
> Por supuesto. 10:18
>
> Le he dicho que no, Isabella. Que por más que quiera ayudarla, no será cerca de ustedes. 10:19
>
> Para suerte de ella, conseguirá lo que se propuso. 10:19
>
> ¿De qué hablas? 10:20
>
> Quería estar cerca de ti. Concedido. Pero será bajo mis términos. 10:21
>
> ¿Por qué has tomado una decisión sin tomarme en cuenta? 10:22
>
> Agradéceselo a tu madre. 10:23

Mi móvil se iluminó con una llamada suya que no quise responder, porque mientras nos escribíamos, volví a sentir la furia que me provocó Eleanor y Elijah no merecía que me desquitara con él, pues estaba consciente de su esfuerzo por respetar lo que yo quise.

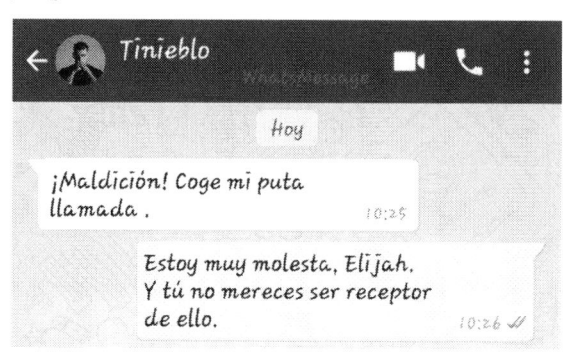

> **Tinieblo**
>
> Hoy
>
> ¡Maldición! Coge mi puta llamada. 10:25
>
> Estoy muy molesta, Elijah. Y tú no mereces ser receptor de ello. 10:26

Volvió a insistir con la llamada y de nuevo pasé de ella, ya que si hablábamos, con él molesto en ese momento, nos diríamos cosas hirientes y no me permitiría añadir más a nuestra lista.

No quería volver a retroceder con él a pesar de que ya lo estábamos haciendo.

Me había integrado a la sesión semanal con mis hijos y Dominik porque no me descuidaría de eso por más estresada que estuviera, aunque admito que durante toda la hora estuve pensando en mi discusión con Eleanor, y de paso, en la que tuve con Elijah por medio de mensajes de textos.

Ronin y Maokko ya habían partido hacia el hospital y les pedí que le informaran al Tinieblo por qué llegamos a esa decisión, esperando que eso sirviera para apaciguar las cosas entre nosotros, pues tuve esperanzas de que si lo escuchaba de alguien más, entendería que no decidí por mi cuenta porque no me importaba lo que él opinara, sino porque debíamos actuar rápido.

Fabio también había llegado a casa, media hora después de su hermano, para tomar el control semanal de Daemon. Él se encargaba de eso porque todavía no buscábamos a un neuropediatra y debido al monitoreo hacia mi pequeño, para ver cómo se estaba adaptando al cambio de ambiente que, aunque tratábamos de que fuera familiar, no dejaba de ser tenso gracias a la situación.

Ambos D'angelo habían notado que no me encontraba en mi mejor momento anímicamente, por lo que Dominik se ofreció a escucharme como mi psicólogo y Fabio me propuso una lucha más intensa que la que tuvimos en el estacionamiento del hospital meses atrás. Su hermano nos había observado con sorpresa por ese recordatorio, pero no preguntó nada.

Y al final, terminé por aceptar el ofrecimiento de Fabio, ya que solía sacar mejor mi frustración luchando que hablando.

Maokko se había encargado de conseguirle algo de ropa de entreno (que pertenecía a Isamu), ya que ella todavía estaba en casa cuando Fabio me hizo el ofrecimiento de la lucha, añadiendo además que con un hombre como él, ni ella se negaría a su propuesta.

Todo porque el tipo pidió que me preparara, pues me haría sudar.

«De nuevo».

No olvidé eso, simplemente no era necesario recalcarlo.

«¿Tampoco olvidabas la mirada intensa del doctor adonis cuando te dijo eso? ¿O la manera en la que se acercó a ti? ¿O que sus palabras fueron crudas y atrevidas? Y por eso Maokko entendió la propuesta como algo sexual».

No, maldición. Tampoco olvidaba que lucía más emocionado con todo y demasiado positivo.

«Bien, solo quería comprobar».

Rodé los ojos.

Estaba en el gimnasio de la casa, los clones y Lee-Ang también se encontraban ahí (porque pronto iniciarían su entreno), junto a Dominik, quien hacía sonreír a mi amiga con un vídeo de su nena, pues él no se cansaba de mostrar las nuevas cosas que descubría en ella.

—¿Qué? —le preguntó Dominik a ella cuando mi amiga le dijo que su pequeña sería el *kintsukuroi* en la vida de Amelia.

Yo lo comprendí a la perfección, y me estremecí, ya que Lee no pudo utilizar algo más magnífico y esperanzador, para referirse a mi sobrina.

—*Kintsukuroi*, en nuestra cultura, es el arte de la reparación —le explicó Lee y Dominik la siguió viendo sin comprender—. Cuando algo ha sufrido algún daño y tiene una historia, o es invaluable, se vuelve más hermoso ante nuestros ojos. Por eso, si esto se rompe, lo reparamos con oro o plata en lugar de tratar de ocultar sus defectos o grietas. Preferimos acentuar y celebrar las imperfecciones y la fragilidad, porque también son una prueba de la resiliencia y la capacidad de recuperarse y hacerse más fuerte.

Sonreí al recordar cuando llegué a Tokio después de lo que intenté, y quise esconder mis cicatrices de ella. Me había dicho lo mismo que a Dominik, y luego me abrazó, asegurando que mis hijos me harían más hermosa por haber sido rota, pues ellos serían el oro que uniría mis pedazos.

—Tu hija es eso, el arte de reparar cada pedazo y grieta de tu chica, y resaltará que Amelia es más hermosa por haber sido rota —puntualizó y se quedó de piedra cuando Dominik la abrazó.

Sonreí igual que los clones al ver esa escena. Lee-Ang con los brazos rígidos porque no iba a corresponder ese abrazo, ya que rara vez demostraba su afecto con gestos físicos, pues ella prefería hacerlo con palabras. Dominik en cambio, prefirió meterla entre sus brazos, porque no podría formular una frase sin que la voz le sonara entrecortada.

—¿Es la hora de los abrazos? Si es así, exijo el mío —demandó Fabio y, aunque me reí, me extrañó que dijera eso, porque de nuevo, él no era de actuar así.

«¿Y si estaba en sus días de manía?»

Sospeché que sí.

Lee-Ang carraspeó cuando Dominik la soltó al fin. Él le susurró un *lo siento* por el arrebato y detuvo a Fabio cuando este iba con los brazos abiertos para abrazar a mi amiga, así que lo terminó abrazando a él.

Noté que Dominik le susurró algo y Fabio sonrió restándole importancia.

—¿Quieren ver cómo pateo el trasero de mamá? —les preguntó a los clones, emocionado por lo que pasaría.

—¡Sí! —respondieron mis chicos al unísono y eso me hizo reír.

«A su papito no le gustaría eso».

Nos fuimos hacia la lona, tras tomar unas armas de madera, y mis pequeños espectadores esperaron con ansias para verme en acción. No sería la primera vez que presenciarían mis entrenos, ya que en Italia siempre estuvieron en primera fila cuando luchaba con alguno de mis hermanos de élite. Y Lee, o Maokko, se encargaban de explicarles cada movimiento que nos veían hacer.

—¿Estás bien? —le pregunté a Fabio, cuando estuvimos frente a frente, y sonrió de lado.

—No lo sé, dímelo tú —me provocó—. ¿Me ves bien?

«Bien bueno, doctor adonis».

Negué con la cabeza por los susurros de mi conciencia.

La ropa de Isamu le ajustaba bien, a pesar de que era más alto que mi compañero. Incluso los zapatos de deporte le calzaban a la perfección. Usaba un *jogger* negro y una playera de algodón lisa y blanca, las mangas cortas de esta se aferraban a los músculos de sus bíceps como si fueran de lycra, dejándome ver los tatuajes esparcidos que tenía a lo largo de su brazo izquierdo.

Llevaba el cabello un poco desordenado y giró su cuello de un lado a otro, preparándose para dar batalla, mostrándose como un tipo extrovertido, un cabronazo que sabía de la belleza que era dueño, y también de su capacidad como luchador.

Y ahora ya entendía la razón de sus habilidades. Fabio fue entrenado por Aki Cho, el hermano de mi maestro. Lo supe por Elijah, aunque me aseguró que no fue parte de los Vigilantes, solo un alumno de aquel hombre que le enseñó casi todo (en cuestión de las artes marciales) a su hermano Baek.

Por esa razón la técnica de pelea de Fabio era diferente a la mía, aunque similar en algunas cosas.

—Te veo bastante activo, así que vamos a hacerte quemar un poco de esa energía extra —lo animé y tomé posición de ataque.

—Te necesitaría a ti y dos más, para conseguir un poco de eso —declaró y alcé una ceja.

«¡Mmmm! Eso sonaba atrevido».

Volvió a sonreír al darse cuenta de que me sonrojé un poco, pero no me dio chance a pensar demás en lo que dijo y me imitó en la posición de ataque, incitándome a dar el primer golpe. Tomé su *caballerosidad* y me lancé sobre él, aunque me esquivó con facilidad, regresándome algunos asaltos que logré quitarme por muy poco, confirmando que no solo su técnica era distinta sino también que era más letal.

Tres veces me tiró a la lona, haciendo que golpeara mi espalda y que el aire se escapara de mis pulmones. Y por primera vez estaba comenzando a sentirme desesperada al no lograr golpearlo como yo quería.

—¡Mami, el dotor etá ganando! —se quejó Aiden y Fabio rio, también se descuidó y aproveché para golpearlo y hacerlo caer a la lona.

No me fue difícil, por lo tanto, deduje que lo hizo a propósito.

—No te dejes —exigí y él se encogió de hombros.

«¡Hmm! Relajado, divertido, inquieto y atrevido. Confirmado, estaba maniaco».

Pues todo se magnificaba en él en ese estado, porque también era más rudo en la lucha y comencé a frustrarme, ya que, o Fabio era demasiado bueno, o yo muy mala, sobre todo ese día.

—¡Jesús! Ahora entiendo por qué yo y dos más —exclamé cuando paramos para tomar aire y un sorbo de agua.

Los niños se habían aburrido y creo que hasta decepcionado de mí, así que se fueron del gimnasio minutos antes de que cogiéramos ese descanso.

—No te desanimes, igual eres buena.

—¡Joder! No sé si me estás halagando o consolando —satiricé y rio.

—Supongo que ya sabes que fui alumno de Aki —Asentí en respuesta—. Sus métodos eran más duros que los de Baek, algunos de mis compañeros los consideraban hasta crueles, pero cuando llegué a su academia, yo estaba en un punto de mi vida en el que me nutría de la crueldad, por lo que me acoplé fácilmente —explicó.

—¿Qué edad tenías?

—Quince —respondió—. Fui su alumno perfecto, ya que me moldeó a su antojo. Sin embargo, me veía como un hijo, por eso jamás me involucró en nada que tuviera que ver con los Vigilantes, aunque me hablaba sobre ellos. Incluso lo acompañé a algunos de sus viajes cuando sabía que no me expondría.

Me quedé en silencio porque respetaba su opinión y que él le tuviera aprecio a ese tipo, aunque yo solo quisiera revivirlo para volverlo a matar, pues no olvidaba que Aki Cho le dio el primer golpe mortal a mi padre.

—Comprendo que lo odies —aseguró.

—Así como yo, que lo respetes y aprecies —repliqué.

Tuvo la amabilidad de cambiar de tema y me enseñó nuevas técnicas de combate, también me señaló mis errores y la razón por la cual fallé en mis ataques hacia él, demostrándome con eso que si hubiera nacido, o elegido, el lado equivocado de la vida, habría sido un excelente asesino, una máquina ejecutora imparable en las filas de los Vigilantes.

Al final de su clase volvimos a luchar para que pusiera en práctica lo aprendido, y yo misma me sorprendí de lo mucho que mejoré. Incluso lo llevé varias veces a la lona sin que él se dejara o me lo hiciera fácil. Y en la última ronda cumplió su palabra una vez más, pues terminé exhausta, relajada e incluso nos gastamos algunas bromas entre nuestros ataques.

—Estás muerto —jadeé con una enorme sonrisa de victoria en el rostro, cuando quedé a horcajadas sobre él y puse una daga de madera en su garganta.

Fabio me sonrió con orgullo porque lo vencí en juego limpio.

—Contigo así, moriré feliz —declaró y puso las manos en mis caderas.

—Fabio, no hagas...

—Y yo con gusto te mataré, hijo de puta —La frialdad en la voz de Elijah me congeló hasta la médula.

«¡Mierda!»

Como una chiquilla descubierta en alguna travesura, me quité de encima de Fabio y con horror y vergüenza miré al dueño de aquella voz cargada de ira.

Puta madre.

¿Por qué no apareció luego de que yo le pidiera a Fabio que no me tomara así? Porque estuve a punto de hacer eso, de apartarme incluso, pero Elijah entró en el momento menos oportuno.

«Y por supuesto que el Tinieblo iba a malinterpretar todo».

¡Carajo!

—Porque con eso también me haré muy feliz —aseguró Elijah y tragué al ver lo aterrador que lucía en ese instante.

Era como Sombra en la casa de Caron, pero sin la máscara.

«Me cago en la puta, Compañera».

—Elijah —lo llamé y me ignoró.

—Adelante —lo animó Fabio tras ponerse de pie.

Joder.

Vi con incredulidad cuando el Tinieblo se fue sobre Fabio y lo golpeó en el rostro, haciéndole un corte inmediato en el labio. Y me embargó el terror al presenciar el momento justo en que Fabio terminó de descontrolarse y atacó a Elijah como un verdadero enemigo.

¡Dios mío! Mi Tinieblo era un maldito destructor y no me equivoqué al decir que era Sombra desquiciado sin la máscara, sin embargo, a diferencia de aquella vez en el hospital, Fabio en ese instante se convirtió en el rey del cuadrilátero de la MMA.

—¡Oh, Dios! ¡Paren! —grité cuando Elijah golpeó con el codo a Fabio, la ceja de este se abrió manchando su rostro de sangre.

Pero entonces, como un psicópata sádico, Fabio le dio un cabezazo a Elijah, utilizando el mismo lado de su ceja sangrante e impactó en la nariz del Tinieblo.

—¡Mierda! —gritó Marcus, llegando al gimnasio seguido de Ronin y Lewis.

Dominik también apareció detrás de ellos, vociferando maldiciones por la escena frente a él.

—¡Hagan algo! —rogué, ya que por mucho que yo supiera defenderme, debía estar loca para meterme entre esos dos demonios, dispuestos a parar solo hasta que uno de ellos muriera.

—¡*Ponte a rezar, cuñado!* —le recomendó Ronin a Lewis, subiéndose las mangas de la camisa, como si con eso estaba cogiendo valor.

Elijah se hallaba en esos momentos sobre Fabio, asestándole puñetazos en el rostro y me quedé estupefacta porque este último únicamente sonreía, no se defendía de ninguna manera, pero cuando al fin lo hizo y lanzó al Tinieblo por debajo de su cuerpo, mi demonio tuvo dificultad para esquivar los golpes que ese hombre le asestó.

—¡No, Isabella! —me gritó Dominik al ver que corrí hacia su hermano cuando Marcus intentó contenerlo, luego de que Ronin consiguiera apartar a Elijah, ayudado por Lewis e Isamu, este último debió entrar en algún momento de la pelea, pero no lo noté hasta en ese instante.

Y no me detuve, seguí mi camino junto a él, porque Dominik también iba sobre su hermano para contenerlo.

«Estabas estúpida, Colega».

A situaciones desesperadas, medidas suicidas.

Llegué a Fabio antes de que Dominik lo hiciera y Marcus alcanzara a contenerlo de nuevo. Y, poniendo en práctica lo que él acababa de enseñarme, logré coger con las manos uno de los puñetazos que iba a conectar en el rostro de Elijah, utilizándolo de palanca para saltar y darle un rodillazo en la mandíbula, golpeando su pecho con mi otro pie, obligándolo a retroceder y desestabilizarse.

Marcus aprovechó el aturdimiento que le provoqué a Fabio y volvió a cogerlo con la ayuda de Dominik, pero los tres cayeron al suelo y me anonadé, aunque no me congelé, al ver que ese demonio bendecido, como dijo Laurel, no estaba dispuesto a parar, por lo que me subí sobre él y lo tomé del rostro con brusquedad.

—¡No más! —grité y él gruñó, estaba fuera de sí—. ¡Para, Fabio! —demandé y entré en pánico al ver que sus ojos estaban perdidos.

Había estado maniaco, pero en ese momento parecía más desquiciado por la ira.

—¡Es Isabella, hermano! ¡Para ya! —espetó Dominik.

Marcus gruñó cuando Fabio lanzó la cabeza hacia atrás, golpeándolo, pues era el más cercano a él.

—¡Fabio! —grité de nuevo y sentí que enterré mis uñas en su piel, sin querer, por cogerlo del rostro con más fuerza—. ¡Reacciona, por Dios! —rogué.

—Isa-bella —me llamó con los dientes muy apretados.

—¡Apártate de él, Isabella! —exigió Elijah.

Lo hice justo cuando Fabio se sacudió, en el instante que Dominik sacó, de quién sabía dónde, una inyección y se la aplicó a su hermano en el cuello, con una habilidad que me dijo que no era la primera vez que hacía eso.

Las respiraciones de todos eran rápidas, la de Fabio todavía más, pero comenzó a calmarse con lo que sea que Dominik le inyectó y me fue inevitable no dejar salir un par de lágrimas, por la adrenalina que comenzaba a abandonar mi cuerpo y porque sentí que ese era un reflejo de lo que posiblemente me esperaba en el futuro. Y no es que estuviera siendo pesimista sino más bien realista.

Mi corazón se aceleró un poco más al pensar en mi Daemon, al ser consciente de que él también se enfrentaría a esos episodios, por una razón u otra, sin importar cuánto yo hiciera para retrasar lo inevitable.

Elijah gruñó regresándome a la realidad y vi de soslayo que intentaba zafarse del agarre de Ronin e Isamu, puteando a Lewis porque en lugar de apoyarlo, lo retenía junto a mis hombros. Yo comencé a sentirme más asfixiada, con la necesidad de correr hacia Daemon y prometerle que pasara lo que pasara, estaría ahí con él. Por lo que sin decir, o analizar nada, me marché del gimnasio.

«No era prudente que fueras con tus hijos en ese estado».

Lo sabía, pero quería, así fuera solo verlos.

Se sintió demasiado duro presenciar un ataque como el de Fabio. Ese golpe de realidad fue como si el mundo se me hubiera caído encima, no a la mujer, menos a la guerrera, se trataba de la madre en mí, esa que no quería que nada malo tocara a mis bebés, a pesar de que sabía que debía prepararlos para la vida, incluso para lo más duro y difícil.

Y cuando comencé a subir los escalones, dispuesta a ver a mis hijos de lejos para no asustarlos con mi estado, sentí que me tomaron con brusquedad del brazo, haciéndome girar en mi eje y que mi pecho impactara con uno más duro.

—¡Se te olvida que es de cobardes abandonar la partida! —espetó Elijah y gemí de dolor, pero no era físico.

—No he estado jugando ningún juego —rebatí.

—¡LuzBel, suéltala! —exigió Isamu, Ronin estaba a su lado, ambos listos para la batalla, para defenderme, y comprendí que Elijah en realidad consiguió deshacerse de ellos y de Lewis, no lo dejaron ir.

—¡¿Qué está sucediendo?! —gritó Eleanor desde la segunda planta y vislumbré a Hanna a su lado.

—Vamos a nuestra habitación —pedí tomando a Elijah del brazo, porque no permitiría que nadie ajeno a nosotros nos viese en ese estado.

Odiando a la vez que esa casa ya no se sintiera ni íntima ni segura, sin importar lo equipada que estuviera para una guerra nuclear.

—¿Ahora sí estás dispuesta a que hablemos? —preguntó Elijah con furia y sarcasmo.

El maldito notó que quería irme por Hanna y lo usó contra mí.

—No —espeté entre dientes y me zafé de su agarre.

Me lo permitió en ese momento, aunque me miró con la burla y la decepción mezcladas. Negué con la cabeza, demostrándole que yo también me sentía decepcionada y luego seguí con mi camino.

—¡Isabella! —me llamó Eleanor, en cuanto subí y llegué a la planta en la que ella y Hanna se encontraban.

—Estaré bien, como siempre —aseveré y seguí mi camino hacia la tercera planta, en donde estaba mi habitación con Elijah, la de Tess y ahora la de mis hijos, esa que antes ocupó Elliot.

Sentía el corazón desbocado por todo lo sucedido, necesitaba salir de esa casa lo antes posible porque dejó de sentirse segura para mi estabilidad emocional, y no quería que eso llegara a afectar a mis hijos.

Y, aunque había decidido únicamente ver a los clones de lejos, en ese momento al percibir que después de todo, Elijah me siguió, me adentré a la habitación de ellos para intentar calmarme un poco con la presencia de ambos, antes de volver a meterme en una pelea con su padre de la cual no saldríamos bien parados.

Y por supuesto que Elijah no me siguió ahí, debido a su estado físico luego de la pelea.

—¡Mamita! —gritó Aiden al verme, emocionado igual que Daemon.

Lee-Ang los mantuvo en su burbuja perfecta, por eso ellos se mostraron felices, como si unos pisos abajo no se hubiera desatado el infierno.

—¿Tén ganó? —quiso saber D y les sonreí con tristeza, aunque ellos no lo notaron.

«La desconfianza, los celos y las confusiones».

Respondió mi conciencia lo que yo no vocalizaría.

—No hubo ganador, solo enseñanza —musité. Lee-Ang me observó con comprensión y me sonrió queriendo asegurarme que todo estaría bien. Sin embargo, no lo creí esa vez.

Abracé a mis pequeños para reconfortarme con sus presencias y respiré hondo sus aromas, sintiendo que los ojos me ardieron y el nudo en mi garganta me hizo más difícil tragar. Pero no me quebré, porque los clones no lo merecían.

Y únicamente cuando me hube calmado, decidí ir a mi habitación, respirando y exhalando con cada paso que me acercaba a ella. Al entrar lo primero que vi fue la ropa de Elijah tirada en el piso, sentí el frío erizándome la piel y noté que la puerta de la terraza estaba abierta. Él se encontraba ahí, con tan solo una toalla envuelta en su delgada cintura y un vaso de whisky en la mano, observando el horizonte, o perdido en sus pensamientos.

Me estremecí porque el clima del invierno distaba mucho de ser cálido, pero ese Tiniebla lucía tan entero afuera, que hasta parecía que hubiese tenido calor y por lo mismo disfrutaba de los vientos congelantes refrescándole la piel.

«O todavía seguía furioso e intentaba que el frío lo apaciguara».

¡Jesús!

Mis nervios se acrecentaron en cuanto estuve más cerca de su órbita, sintiendo que en ese momento me asfixiaba porque la tensión de su enojo era espesa, por lo que decidí retrasar un tanto más lo inevitable y meterme al cuarto de baño, para tomar una ducha con agua caliente que me relajara así fuera un poco.

Y cuando salí de ella, noté los medicamentos desperdigados por el lavabo y las bolitas de algodón manchadas de su sangre, en el basurero. El recordatorio de la pelea en la que se metió con Fabio porque la necesitaba o porque según él, yo la provoqué. Ya no lo entendía, lo único que sí tenía claro es que no hice nada para desafiarlo, simplemente no estuvo en mis manos evitar la última acción de ese hombre, así como no estaba en las de Elijah impedir cuando Hanna lo abrazaba sin que se lo esperara.

Respiré hondo al salir del cuarto de baño y me di cuenta de que él seguía en la terraza, así que me vestí ansiosa, queriendo dejar de alargar más el momento de nuestro enfrentamiento, porque sería eso, no una conversación entre dos personas civilizadas.

—¡Dios! —musité al salir a la terraza y que el frío impactara más mi cuerpo.

Pero también me impactó su aspecto. Tenía el labio partido y la nariz roja e hinchada igual que el pómulo derecho. Noté otro corte cerca de su barbilla y algunos magullones en su torso.

—Ignoras mis llamadas, tomas decisiones sin mí y luego me las comunicas a medias por mensajes de texto. Me envías recados con tu gente como si yo debería conformarme con eso y al llegar a casa, te encuentro sobre ese imbécil; y en lugar de enfrentarme, huyes como una cobarde. Y ahora te sorprende verme así —espetó y me miró con dureza.

Estaba apretando demasiado el vaso en su mano, que al parecer había vuelto a rellenar porque lucía con un poco más de licor, que el que vislumbré al llegar.

—Tuve una discusión con tu madre y no quería desquitarme contigo la rabia que me provocó ella. Y no decidí sin ti, simplemente no hubo tiempo y debíamos actuar con rapidez, ya que créeme, mi primera opción fue irme de esta casa con mis hijos porque sucedió lo que te pedí a ti que evitaras. No te estoy culpando —aclaré al ver que quiso defenderse—. Y no le pedí a mi gente que te informara las cosas porque debas conformarte con eso, sino porque tuve la esperanza de que así como yo, tú también entendieras las razones viniendo de personas que piensan con más objetividad que nosotros ahora mismo.

—¿Y qué razón tienes para haber estado con Fabio? ¿Pretendías sacarte con él la rabia que sientes hacia madre? —satirizó con la voz rasposa.

—¿Por qué lo haces ver como si nos hubieras encontrado en la cama? —desdeñé—. Estábamos luchando, Elijah. Yo lo hacía tal cual entreno con Caleb, Isamu o Ronin.

Soltó una risa llena de amargura y se lamió los labios, mordiéndose parte del inferior, del lado que no tenía cortado.

—¿Eres tonta o de verdad me crees a mí tan estúpido? —gruñó entre dientes.

—Pues tal parece que la estúpida soy yo, por confiar en alguien que jamás confiará en mí —respondí y escuché mi voz ahogada por ese maldito nudo en mi garganta.

—¡Le gustas, Isabella! —declaró alzando la voz—. Fabio ha querido llevarte a la cama desde hace mucho, me lo dijo a mí —Apretó tanto los dientes al decir eso, que ni siquiera noté que sus labios se movieran.

—¿Y por qué no lo ha conseguido? —pregunté—. ¿Por respeto a ti? —lo provoqué, sintiéndome molesta y decepcionada también, aunque sonreí cuando él entendió a lo que me estaba refiriendo—. Esto no va a funcionar, Elijah. No quiero a mi lado a alguien que no confíe en mí, que piense que porque le gusto a alguien más, me voy a abrir de piernas, olvidándome fácilmente del amor que siento por él.

Di un paso hacia atrás, demostrándole que me retiraba de esa guerra porque ya no quería ganarla.

—¡Mierda! —gritó él y pegué un respingo cuando estrelló el vaso contra el suelo, los trozos de cristal se esparcieron por toda la terraza y con más fuerza de la necesaria, me cogió del brazo y me hizo caminar hacia adentro de la habitación, al percatarse de que me encontraba descalza.

—¡Suéltame! —exigí.

—¡Esto no te está superando solo a ti, Isabella! —rugió en cuanto estuvimos dentro y me soltó—. ¡¿Crees que no siento que me ahogo con todo lo que está pasando?! ¡¿Piensas que porque me obligo a ser fuerte no me afecta saber que nuestros enemigos están afuera esperando a que demos un paso en falso?! ¡¿Que encima de todo esto debo buscar a Myles para resolver lo que hizo?! Sin contar con que quiero mantener a salvo a nuestros hijos y a ti. Y que, como si eso no fuera nada, hago todo lo que está en mis manos, pongo mi esfuerzo máximo para que mi chica no se aleje de mí, para que no sienta que estamos en direcciones contrarias, pero que no sea suficiente para ella.

Había notado todo lo que recalcó, pero él dejó pasar lo más importante.

—¿Sabes qué pasa? —No lo dejé responder—. Que te preocupas por todo eso cuando solo debiste hacer una única cosa, Elijah —Odié soltar las lágrimas, pero no pude contenerme más—. Confiar en mí.

Recalqué eso porque fue lo que lo llevó a esa pelea con Fabio. Y estuvo a punto de replicar algo, pero justo en ese momento mi móvil, que dejé en la cama desde antes de irme a entrenar con Fabio, comenzó a vibrar e iluminarse con el nombre de Myles. Lo tomé enseguida y respondí en altavoz, viendo la sorpresa de Elijah grabada en sus gestos porque después de días, sabríamos de su padre.

—¿Myles?

—*Isa, cariño. Creí que no me responderías.* —Su voz sonó aliviada al decir eso, yo también me sentí así.

—¿Dónde estás? ¿Te encuentras bien? —pregunté y lo escuchamos soltar el aire.

—*¿Estás sola?* —quiso saber y estuve a punto de decirle que Elijah se encontraba conmigo, pero este negó con la cabeza, animándome a que lo negara.

—Sí, Myles. Estoy sola en mi habitación —mentí.

—*Confías en mí, ¿cierto?* —Tragué con dificultad al escucharlo desesperanzado—. *Dime por favor que no crees que te fallé, que no me ves como un monstruo.*

Elijah tenía el ceño fruncido al escucharlo y yo comencé a sufrir una taquicardia.

—Creo en ti —aseguré y sé que el hombre frente a mí notó que no mentía, porque no lo hacía.

Callé por respeto al dolor y decepción de Elijah, pero yo confiaba en Myles a pesar de que todo apuntaba a que era culpable.

—*¿Recuerdas cuando te visité en Tokio? ¿La ocasión en la que Eleanor se molestó con nosotros porque no la incluí?* —Los ojos de Elijah se agrandaron y su respiración se volvió errática al escuchar las preguntas de su padre—. *¿Recuerdas todo lo que hicimos? ¿Cada promesa que te hice?*

—Sí, Myles. Recuerdo todo, pero ¿a qué viene eso? ¿Por qué hablas de esa visita justo en este momento? ¿Por qué no me dices dónde estás? Yo te prometo que voy a ayudarte a solucionar todo, a que digas tu verdad —juré, nerviosa porque lo estaba escuchando como si se estuviera rindiendo.

—*Isa, confía en el hombre que te mostré en ese viaje, no en el que soy en este momento.*

—¡¿Myles?!— lo llamé cuando solo quedó el silencio al otro lado del móvil.

Me aterró la idea de que cometiera una locura, pero más la manera en la que me estaba viendo Elijah.

—¿Qué pasó entre ustedes en ese viaje? —masculló y lo miré incrédula por la acusación implícita.

—¿Es en serio? ¿Vas a seguir por este camino? —refuté yo.

—¡¿Qué mierdas pasó en ese viaje?! —gritó perdiendo el control y alcé la barbilla, herida pero también orgullosa.

—Era la primera vez que nos veíamos después de que yo me marchara —empecé a narrarle porque así me doliera ver lo que veía en sus ojos, no lo dejaría pensar mal—. Tenía seis meses de embarazo y él viajó a Corea del sur por algo de Grigori, por eso no llevó a Eleanor. Y, ya que estaba cerca de Japón, decidió visitarme, quedándose en mi casa dos días, mismos en los que aprovechó para quebrarse conmigo, pues admitió que estaba cansado de ser fuerte frente a su mujer y a Tess.

»Se había desesperado de no poder llorar tu muerte como un padre que amaba a su hijo y cuando me vio llevando a los tuyos en mi vientre, se rompió, lo hizo porque recordó todo lo que él vivió cuando Eleanor te llevaba a ti en el suyo.

Carraspeé en el momento que las lágrimas me cerraron la garganta al recordar ese día.

—Me confesó que nunca se había sentido tan vulnerable como en ese momento y me pidió disculpas por eso. Le dije que no tenía por qué sentirse mal conmigo y le agradecí por la confianza de mostrarme a mí, esa parte tan humana suya. Entonces me prometió que sería el padre que yo necesitaba, sin usurpar el lugar de papá; me juró por su vida que nos protegería a mí y a mis hijos tal cual lo hubieses hecho tú. Y sobre todo, recalcó que si en algún momento él se convertía en una debilidad o peligro para nosotros, se alejaría. Porque prefería morir antes de ponernos en riesgo. A nosotros, a tu madre y a Tess.

—¿Y por qué te dijo sobre las cosas que hicieron? Si me estás mencionando solo lo que él hizo —recalcó.

Respiré tan profundamente, que cuando solté el aire, deseé dejar ir mi dolor y amor por él, ya que, aunque me ponía en sus zapatos, ver esa desconfianza en sus ojos me mató.

—El maestro Cho, sensei Yusei, él y yo, Elijah. No solo Myles y yo —aclaré—. Sensei Yusei es experta en rituales de su cultura, y ya antes había hecho uno conmigo para que encontrara un poco de paz mental, en medio de mi tormento. Así que, cuando vi a tu padre tan mal, le propuse que hiciéramos uno juntos, y me refiero a los cuatro —puntualicé—, para que pudiera liberarse de todo eso que lo había hecho quebrarse, pues quería que volviera a casa, con su esposa y su hija, esas mujeres a las que tanto adora, renovado. Eleanor se enteró de todo porque nosotros mismos se lo comentamos y se molestó únicamente porque aseguró que ella también necesitaba un ritual de esos. No porque Myles haya estado conmigo.

—Puta madre —susurró Elijah, restregándose el rostro, gruñendo de dolor por lastimarse los golpes, y sentándose en la cama, luciendo agobiado.

Yo lo miré con tristeza por unos segundos.

—Comprendo tu punto por lo que viste, pero yo sigo creyendo en ese hombre que estuvo conmigo en las buenas, en las malas y en las peores —declaré y me miró desde su posición. Tenía el cabello revuelto y los ojos rojos y acuosos—. Me niego a creer más en una mujer que para mí es una recién aparecida, Elijah. Y me niego a seguir al lado de alguien que con la primera malinterpretación, ponga en duda lo que yo siento y le he dado.

—Isabella... —Le alcé la mano cuando se puso de pie e intentó acercarse a mí.

—Tú y yo somos como el sol y la luna, amor —musité—. Separados funcionamos mejor.

Dicho esto me di la vuelta para ir al cuarto de baño, sintiéndome una mierda porque necesitaba estar sola, pero no tenía a donde ir, ya que esa casa dejó de ser una zona segura para mí.

Me estaba sintiendo una intrusa donde antes fui parte de la familia.

Un pez en medio de tiburones.

CAPÍTULO 43

Tomando lo que me pertenece

ELIJAH

«Tú y yo somos como el sol y la luna, amor. Separados funcionamos mejor».

No sacaba esas malditas palabras de mi cabeza, no podía. Así como tampoco lo aceptaba, pero…, mierda. Yo sabía muy dentro de mí que no podíamos seguir juntos si no era capaz de confiar en ella. Isabella no se lo merecía. Y tampoco me era fácil cambiar de la noche a la mañana por mucho que me importara, y menos cuando las situaciones a nuestro alrededor se prestaban para aumentar mis inseguridades.

Eso había dicho Serena que eran, inseguridades, no celos o posesividad. Desconfiaba de Isabella porque no era capaz de confiar en mí mismo. Pero con padre era distinto, pues ya no se trataba solo de lo que vi con Hanna sino también de su manera de hablarle a mi chica, de la forma en la que le recordó las promesas que le hizo, o cómo entonó *eso* que hicieron.

No deseaba ser un enfermo inseguro porque se sentía una mierda. Y quería que otro estuviera en mi lugar, escuchando a su propio padre decirle todas esas cosas a su novia, luego de haber intentado abusar de otra chica, para comprobar si no actuaría igual que yo por mucho que confiara en la mujer que tenía al lado.

Podía jurar que no sería el único con inseguridades, ya que una situación como esa se las despertaba a cualquiera.

—¡Mierda! Isa cada vez golpea más fuerte —se burló Elliot al entrar a la sala de planeación del cuartel y verme. Le saqué el dedo medio como respuesta.

Perfecto. Inseguro e inmaduro.

Lo escuché reírse de mi reacción y noté a Evan y Connor con ganas de hacerlo también, pero se contuvieron, porque ellos llegaron antes y notaron que mi humor no era para soportar bromas de ningún tipo. Apreté el puño que tenía cerca de mi rostro, para sentir el escozor de mis nudillos partidos y que eso me distrajera.

Necesitaba del ardor, incluso cuando cada vez que respiraba, el costado derecho me punzaba, haciéndome pensar que tenía alguna costilla fracturada, regalo de Fabio. El rostro se me veía más hecho mierda porque los golpes se me inflamaron y no me soportaba ni yo mismo en ese instante.

—Fabio tiene por excusa su condición, pero tú… ¡Demonios! Acentúas que tu psicopatía es innata.

—Y aun así, eres tan imbécil como para provocarme —desdeñé para Elliot cuando siguió jodiendo—. ¿Crees que porque me ves así, Fabio quedó mejor?

El italiano hijo de puta podía ser un psicópata cuando estaba maniaco, pero yo lo era la mayor parte del tiempo, sobre todo en cuanto veía que tocaban a mi chica. Porque eso fue lo que me enloqueció, presenciar su manera de poner las manos en las caderas de Isabella, casi como si anhelaba haberla tenido desnuda sobre él. Y las imágenes que se formaron en mi cabeza con esa acción suya, fueron suficientes para ver el mundo en color rojo.

—Ya, hombres. Este no es momento para esto —intervino Dylan, entrando a la sala con Tess.

Ya todos sabían lo que había sucedido en casa, porque según descubrí, mis élites eran leales, pero no por eso dejaban de ser chismosos. Y Lewis era el abanderado, pues fue el encargado de comunicarle a Belial lo que pasó y este, a su vez, se los hizo saber a los demás en el cuartel.

—Comencemos ya —animó Tess a Connor y Evan.

Mi hermana había estado concentrándose más en la búsqueda de padre, incluso con el dolor que eso le provocaba. Y yo terminé en el cuartel luego de que Isabella se encerrara en el cuarto de baño, para comentarles sobre la llamada que ella recibió de Myles y la que antes él le hizo a madre.

Escuché que Evan comenzó a explicar lo que estaban haciendo en conjunto con Isamu, Lewis y Serena, pero por más que intentaba concentrarme en ellos, mi cabeza abandonaba ese entorno para recordar mi enfrentamiento con White. El dolor que vi en sus ojos antes de encerrarse en el baño volvía hacer que me costara respirar, y por momentos quería regresar a la casa y buscarla, sin embargo, yo no merecía reconciliarme con esa mujer hasta que consiguiera comprobarle que no volvería a actuar como lo hice, y menos, a dudar de lo que ella sentía por mí.

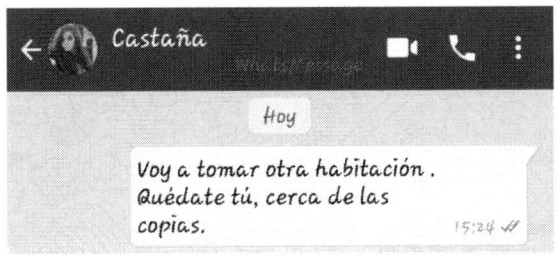

> **Castaña**
>
> Hoy
>
> Voy a tomar otra habitación. Quédate tú, cerca de las copias. 15:24

Miré como imbécil el móvil tras escribirle, esperando a que me respondiera. Tomé esa decisión no solo para buscar algo con qué iniciar una conversación con ella, sino porque noté su desesperación por no tener a donde más irse, luego de nuestra pelea, pues dejó de sentir comodidad, tranquilidad y privacidad, en un lugar que antes hizo suyo.

—¿Elijah? —Miré a Tess cuando me llamó—. Hemos cuadrado la llamada que recibió mamá, pero papá se mantiene en movimiento, así que ya no nos funciona. Ahora necesitamos acceder al móvil de Isa para cuadrar la que ella recibió, ya que es reciente, pero nos negó el acceso, asegurando que hará el seguimiento con su gente.

—Es porque presiente que ustedes, sus hijos, no piensan darle el beneficio de la duda a tío. Y que en lugar de ayudarlo a esclarecer todo, van a juzgarlo —explicó Elliot, antes de que yo comenzara con mis jodidas suposiciones por la negatividad de la Castaña, y Tess negó con fastidio.

—Me duele haber visto lo que vi y lo que escuché, pero estoy tratando de confiar en mi padre, no en ese hombre que vi días atrás en la oficina —se defendió Tess por la acusación de Elliot.

—Seré sincero, Tess. Que apoyes a tu madre con esa decisión absurda de haber metido a Hanna en su casa, dista mucho de que trates de confiar en tu padre.

—Madre tuvo la idea absurda, pero yo me negué rotundamente, Elliot —me entrometí—. Fue Isabella quien tomó la última decisión y la llevó a casa.

—¿Pero luego de qué, LuzBel? —ironizó— ¿Acaso crees que no manipularon la situación al hacerle saber a esa rubia sobre los clones?

—Fue inconscientemente, Elliot —zanjó Tess—. Mamá y Elijah discutían y salió el tema de los niños, Hanna alcanzó a escucharlos y se enteró de ellos de esa manera, no porque se lo hayan dicho, fue indirecto.

—Exacto, prima. Fue indirecto.

—¡Arg! —gritó Tess perdiendo la paciencia.

—Fue muy conveniente que discutieran, sacaran a colación a mis sobrinos, y ella escuchara. Todo se prestó muy bien para que los Sigilosos le recomendaran a Isa llevarla a la mansión Pride —puntualizó y noté que tanto Dylan, Evan y Connor lo miraron con sus ceños fruncidos, un indicador de que les resonó lo que él dijo.

—Bella siempre ha sido muy intuitiva —comentó Evan segundos después—. Por eso descubrió que tú estabas detrás de Sombra, sin importar todo lo que hiciste para cubrir tus rasgos. —Se dirigió a mí al decir eso.

—Le pidió a Caleb un informe completo sobre Hanna, desde que la conoció en el hospital, yo le ayudé a él con eso —aportó Connor—. Pero no encontramos nada extraño y tampoco impecable. Ha tenido algunos problemas leves con la ley, infracciones de tránsito, multas sin pagar, cortes en el juzgado por conducir sin licencia, todo dentro de lo normal. Por eso la descartaron como un peligro.

No me sorprendió que Isabella hiciera eso, estaba en nuestra naturaleza ser desconfiados; lo que sí lo hizo fue que nunca me lo haya mencionado, pero bueno, Hanna no era tema de conversación entre nosotros como para llegar a eso.

—Porque no lo es —aseveró Tess—. La chica solo ha sido una víctima de los Vigilantes y que se enterara de nuestros sobrinos, un lamentable descuido. Y que Isabella desconfíe así de ella es tu culpa, Elijah —Alcé una ceja por la acusación—. Está celosa por lo que sabe que pasó entre tu amiga y tú.

—Difiero en eso —Todos miramos a Dylan cuando habló—. Vi a mi hermana celosa de Elsa años atrás, pero jamás actuó así con ella. Y antes de que digan que en ese momento Isa no era la mujer que es hoy, y tampoco tenía que proteger a sus hijos, hay cosas innatas en uno como la lealtad, la confianza y el respeto. Y así ellas se demostraran aversión y discutieran cada dos por tres, en las misiones se cubrieron las espaldas en lugar de apuñalarse.

Mi mente voló a la noche en que las secuestraron. Elsa no se negó a ir con nosotros cuando Cameron me avisó de la emboscada que le hicieron a Dylan con Isabella. Y estaba seguro que no fue solo por nuestro amigo, ya que antes, ella y yo habíamos tenido esa charla en la que me demostró que así no fuera amiga con la Castaña, la respetaba.

—Bien, me alegra saber que no todos en esta sala ignoran que Isa además de ser intuitiva, está siendo precavida, incluso cuando la han obligado a actuar en contra de lo que quería —celebró Elliot con sarcasmo, mirando a Tess y luego a mí.

—Habla con Owen y vuelve a hacer otra investigación sobre Hanna —le exhorté a Connor—. Él ha estado más cerca de ella y puede conocer nuevos detalles —Asintió de acuerdo y luego me puse de pie, haciendo una mueca de dolor—. No cuenten conmigo para nada más en este momento.

No esperé a que me dijeran algo, me marché de esa sala queriendo huir a algún lugar en el que pudiera olvidarme de todo, con ganas de ir a casa, coger a mis hijos e Isabella y llevármelos a un país lejano donde volviéramos a ser solo los cuatro, donde nadie amenazara nuestra seguridad y menos nuestra estabilidad emocional. Pero ver mi móvil y no encontrar respuesta de su parte, aunque leyó mi mensaje, me hizo poner los pies sobre la tierra.

El cuento entre nosotros ya había terminado y era momento de solucionar el mierdero a nuestro alrededor. Y, aunque no creía que Hanna fuera un peligro porque sabía cómo y dónde la conocí, además de todo lo que atravesó por su cercanía conmigo, no me cegaría. Pues no solo Elliot insinuó que podía querer manipularme, sino que los demás estaban creyendo en la intuición de Isabella.

Por lo que yo no sería la excepción.

—Unos tragos te caerían bien —señaló Belial al verme, cuando él salió de la cafetería y yo iba hacia afuera del cuartel.

—Mejor una botella —debatí.

—Ven, hemos descubierto un lugar más privado aquí —me animó y lo seguí.

Reconocí que me llevó por los pasillos cercanos a las bartolinas que poseía el cuartel, y sonreí al descubrir que habían convertido la pequeña sala, en donde los Grigoris custodiaban a los reos (cuando teníamos), en un lugar de ocio bastante ameno.

En cuanto sacó la botella de licor, le pedí que no fuera a preguntarme nada, ya que solo me apetecía beber hasta emborracharme. Y me lo concedió. Lilith se unió a nosotros rato después y así como ella, cada uno de los chicos de mis élites fueron llegando poco a poco, los Oscuros y los Grigoris que se encontraban en el cuartel, incluso Tess lo hizo.

Y lo que creí que sería una noche de mierda bebiendo como un borracho, se convirtió en un rato con mis amigos, porque… joder. Eso eran todos ellos, no súbditos como antes los llamé.

—Cuando estábamos del otro lado y escuchábamos hablar de ti, siempre te imaginamos como un hijo de puta desgraciado que por ser el hijo de papi, se comportaba como un cabrón con su gente —admitió Owen y me reí por lo que dijo y por referirse a los Vigilantes como *el otro lado*.

Él, Lewis y Serena habían llegado también, teniendo completas a mis élites en ese instante.

—¿Ahora es el momento en que dices que te equivocaste y me amas? —lo chinché y bufó.

—En que es un egocéntrico sí acertaste —le dijo a Lewis y este rio.

—Y vaya que lo es —coincidió Connor.

Todos rieron y miré a cada uno. Noté que Tess y Dylan se llevaban muy bien con Belial y Lilith. Owen, Connor y Lewis se gastaban bromas entre ellos; y Evan, Cameron y Marcus parecían tener temas importantes y entretenidos de comunicación. Medio sonreí al percatarme de mi entorno, sintiéndome un poco nostálgico de pronto al darme cuenta de las cosas que hacía el tiempo, pues me quitó a Elsa y a Jacob, pero luego me dio a cinco amigos más con los que estaba dejando mi mierda, así fuera por un momento, de lado.

Me quitó un hijo, pero con Isabella me dio dos.

Y siendo totalmente sincero conmigo mismo en ese instante, no quería que me quitara a esa Castaña, porque con nadie que pretendiera darme luego de ella, sería suficiente. No lo aceptaría, sin importar que en ese instante fuéramos como el sol y la luna.

Tres días pasaron luego de esa noche con mis élites y, aunque seguí sin recibir respuesta de parte de la Castaña, al mensaje que le envié, igual le cumplí y tomé una habitación del segundo piso, era en la que ella estuvo en el pasado, tras la muerte de su padre.

No la había visto, tampoco a mis hijos, pues no pretendía que ellos notaran mi rostro golpeado. Así que siempre trataba la manera de salir muy temprano de casa y regresar ya bien entrada la noche, aunque me mantenía pendientes de ellos por medio de Lewis o Serena. Owen seguía encargándose de Hanna, Belial y Lilith trabajaban de la mano con Connor, Evan y Dylan, mientras que Marcus y Cameron me acompañaban a mí.

—Hola, extraño —me saludó Hanna cuando salí de mi habitación y ella lo hizo de la suya, la cual estaba al lado.

—Hanna —la nombré a manera de saludo—. ¿Cómo te sientes?

—Todavía un poco extraña aquí, pero ya mejor —Asentí en respuesta.

Cuando entré a su habitación en el hospital, luego de que despertara tras lo que intentó, me pidió perdón por dejarse ganar por la depresión en la que cayó luego de lo de padre, y por no ser fuerte como Isabella, algo que me sacó de mis casillas. Y le dejé muy claro que eso no era ninguna competencia, pues yo no buscaba quién de ellas era mejor, simplemente porque no la escogería jamás por encima de la Castaña. Y, aunque tal vez no fue el mejor momento para decírselo, preferí que sucediera en el hospital solo por si acaso intentaba otra locura.

Como dije antes, las palabras de Elliot esa madrugada resonaron en mi cabeza de una manera molesta y, por si acaso tenía razón, decidí cortar de raíz cualquier manipulación que Hanna pretendiera conmigo, dejándole claro que el hecho de que la ayudara, o estuviera pendiente de ella, no era sinónimo de que le correspondía en su enamoramiento absurdo hacia mí.

Y me demostró que lo tenía claro, incluso aseguró que jamás haría nada para dañar mi relación con Isabella. Hasta que madre llegó con su idea absurda (y no dejó que Hanna se negara), pues juró que no volvería a cometer el error de dejarla sola. Sin embargo, yo no estaba dispuesto a dar mi brazo a torcer en eso y noté que a la rubia le dolió mi negativa, sintiéndolo como un desprecio que aceptó, e incluso quiso poner resistencia cuando Maokko y Ronin llegaron a recogerla al hospital, más que nada por indignación.

Desde ese día no habíamos vuelto a hablar ni vernos, a pesar de que dormía al lado de mi habitación.

—¡Hijo! Qué bueno es verte.

—Madre —la saludé y le di un beso en la mejilla cuando llegó con nosotros.

Su habitación estaba a tres de la mía y la de Hanna. Y debía admitir que lucía un poco más animada desde que la rubia se hallaba en casa haciéndole compañía, ya que por primera vez, había una chica en su entorno que no estaba inmiscuida en nada de la organización, pero sí en las fundaciones junto a ella.

—Desayuna con nosotros —pidió y enganchó su brazo con el mío.

—Debo ocuparme de algunas cosas, Eleanor —decliné su petición con un poco de sutileza.

—Desayuna antes, cariño. Además, aunque me encanta la compañía de Hanna, extraño tenerte a ti o a Tess en la mesa, ya que ni Isa ni los niños nos han estado acompañando.

No quería discutir, así que evité decirle que cómo demonios esperaba que la Castaña se uniera a ellas, luego de la discusión que ambas tuvieron, y con la aversión de Isabella declarada hacia la rubia.

—Ya voy tarde, madre. Desayunen ustedes.

—Por favor, hijo. Tómate, así sea, un café con nosotras, no me desprecies ahora que empiezo a sentirme yo misma de nuevo —La miré con los ojos entrecerrados.

—¿Es así? —inquirí y me sonrió, aunque vislumbré la tristeza en sus ojos.

—Paso a paso, hijo —me recordó.

Exhalé un suspiro.

—Solo un café, andando —la animé.

Sonrió más enardecida esa vez y con el otro brazo cogió el de Hanna, caminando con ambos a cada uno de sus lados. Comenzó a platicarme que había retomado su voluntariado con las fundaciones, aunque lo estaban haciendo en línea junto a la rubia, debido a que no tenían permitido salir de territorio Pride. Y escondí una sonrisa porque madre sí podía ir a donde quisiera, pero supuse que Hanna no, y en lugar de incomodarla con eso, Eleanor decidió decir que tampoco a ella se le permitía.

—¡Por Dios! Mis amores, al fin los veo —exclamó madre cuando llegamos cerca del comedor y encontramos a Isabella saliendo de ahí junto a las copias, Lee-Ang y Serena.

—¡Abolita! —gritó Aiden y corrió a abrazar a madre.

Daemon se quedó al lado de la Castaña, agarrado de su mano y, aunque extrañé a mis hijos, mis ojos se conectaron con los de su madre.

¡Maldición!

Su mirada orgullosa pero también llena de anhelo, hizo cosas en mi interior de las que antes me quejé.

Estaba vestida con un vaquero azul, desgastado y roto de algunas partes de sus piernas, que se pegaba a sus caderas y muslos de una manera que los moldeaba a la perfección. La playera negra que usaba era mía (lo que hizo crecer mi ego) y la anudó justo arriba de su abdomen, luciendo esa piel tersa y tonificada de la que era dueña. Y, aunque la prenda le quedaba floja de los pechos, noté cómo sus pezones se endurecieron y marcaron, haciéndome salivar como un jodido perro.

Tenía el cabello en una coleta alta y calzaba sus botas de combate, dejando claro que podía ser madre, pero eso no le impedía ser sexi y a la vez una amazona.

—¡Papito! —gritó Daemon, soltando a su madre para llegar a mí. Lo cogí en brazos y reí cuando me dio un beso atronador en la mejilla.

—Me has extrañado, eh —señalé y él rio, asintiendo con la cabeza.

—Yo tabén, papito —aseguró Aiden, corriendo hacia mí y dando saltitos para que quedara más claro que no mentía.

—Y yo a ustedes, pequeños revoltosos. A los tres —aclaré, observando a la Castaña y desde la distancia noté que tragó con dificultad.

Le sonreí de lado, aunque ella apenas hizo un amago del gesto en respuesta.

—Tienen unos ositos hermosos —halagó Hanna, recordándome que seguía a mi lado.

Con lo de ositos se refirió a las copias, pues todavía iban con sus pijamas peludas que los hacían parecer osos de felpa. Yo mismo se las conseguí luego de que me hicieron ver con ellos esa película que tanto les fascinaba, «Valiente».

Incluso le habían pedido pie a su madre, con la esperanza de convertirse en osos por unos momentos, para hacer más travesuras.

—Y revoltosos —le respondí a Hanna, desordenando el cabello de Aiden.

—¿Tén eles tú? —le preguntó él a la rubia.

—Ella es Hanna, una amiga de papá y mía, chicos —la presentó madre, sonriendo con más felicidad al ver a nuestros hijos después de días.

—No abaces a papito —le advirtió Daemon y la pobre chica abrió los ojos demás.

Me reí porque supuse que la advertencia se debió a que Laurel me había abrazado cuando la conocieron en Italia. Busqué a Isabella con la mirada tras eso y le alcé una ceja, retándola a que ella también defendiera lo suyo, pero su mirada asesina me indicó que no estaba para bromas.

—Daemon —Madre lo amonestó por lo que dijo.

—No, abolita. Ella no me usta —Todos se sorprendieron por la sinceridad del pequeño gruñón en mis brazos.

Noté a Lee-Ang un poco desconcertada porque su alumno no tenía filtros, Serena en cambio frunció el ceño e imaginé que estaba estudiando las actitudes de mis hijos. En ese momento Isabella sí que alzó una ceja para mí y, aunque no sonrió, el gesto orgulloso en su rostro me indicó que por dentro sí lo hacía.

Me cago en la puta.

No era correcto, pero ese gesto suyo me hizo pensarla en la cama, cuando sabía que me haría correr a pesar de que yo pretendiera hacerme el duro.

—A mí sí me ustas, Hanna —la animó Aiden sacándome de esa cavilación, llegando frente a la rubia para tocarla y que ella le pusiera atención—, pelo no abaces a papito —advirtió con una sonrisa enorme en cuanto ella lo miró.

Mierda.

Uno era directo y el otro muy sutil y labioso a la hora de hacer sus advertencias.

—¡Jesucristo! —murmuró madre, avergonzada con Hanna.

—Hanna no me abrazará, osos revoltosos —interferí para que dejaran de intimidarla—. Eso únicamente lo hace mamá y ustedes —Ambos asintieron satisfechos por mi aclaración—. Ella solo es una amiga y estará aquí por unos días. Así que sean amables —recomendé y Daemon recostó su cabeza en mi hombro mientras que Aiden sonrió de acuerdo.

—Gracias —musitó Hanna y noté que estaba un poco tensa.

—¿Po qué no duelmes con mami? —preguntó Daemon de pronto.

—Ven, vamos a comer algo —ofreció madre a Hanna cuando escuchó a mi hijo y agradecí que nos diera esa privacidad.

—Amor, ya te he explicado que papá se sentía un poco enfermo, por eso tuvo que utilizar otra habitación —dijo Isabella llegando a nosotros.

Lee-Ang y Serena también se retiraron para darnos espacio. Daemon en ese momento volvió a erguirse y me miró, como si deseaba que yo también le confirmara eso.

—En cuanto me sienta mejor, voy a regresar a la habitación con mamá, te lo prometo. —Él asintió más satisfecho.

—¿Polemos visitalte donde duelmes? —inquirió Aiden e Isabella lo cargó, cuando este se lo pidió alzando los brazos—. ¿Polemos, mamita?

—Claro, amor. Cuando averigüemos dónde está la nueva habitación de papá.

—En la que fue tuya —aclaré y me observó un tanto sorprendida.

—Al lado de la de tu amiga. Qué sorpresa —satirizó y maldije.

No pensé en eso cuando me fui hacia allí, simplemente opté por un lugar que antes fue suyo, dándome cuenta de mi error en ese momento.

—Isabella —dije queriendo que entendiera que nada, de lo que sea que fuera que estaba pensando, era así.

—¡Bonita! —exclamó Daemon, llamando a su madre igual que yo lo hacía.

—¡Tastaña telca! —gritó Aiden y me restregué el rostro con una mano, negando con la cabeza.

Pero la intromisión de nuestros hijos liberó un poco la tensión que se creó entre nosotros, ya que Isabella no aguantó las ganas de reírse por lo que ellos dijeron.

Tras eso los acompañé a su habitación porque las copias me invitaron. Y le ayudé a Isabella a ducharlos y prepararlos porque pronto sería la hora de su entrenamiento con Lee-Ang. Y me reconfortó de una manera increíble hacer algo tan cotidiano con ella, así no habláramos de nada y nos limitáramos a interactuar con nuestros hijos. Sufriendo además la maldita tensión sexual que me despertaba esa mujer cuando se inclinaba para alcanzar algo, o se rozaba accidentalmente conmigo.

Y fue tan insoportable, que cuando Lee-Ang llegó por los clones y salimos de la recámara, arrastré a Isabella a la nuestra, aprovechando que ella no protestaría, pues no lo hacía con nuestros hijos alrededor.

—¿Qué crees que estás haciendo, Elijah? —espetó en cuanto estuvimos dentro.

—Tomando lo que me pertenece —aseveré y tras eso fundí mi boca en la suya.

Ella gimió y yo gruñí porque estar de nuevo de esa manera, era como explotar en miles de sensaciones que, aunque me abrumaban, no quería dejar de sentirlas. Y sí, podía estar molesta y decepcionada de mí, pero Isabella tampoco pudo resistirse a mi lengua invadiendo su boca, dejando salir la suya para darme batalla.

Nos movimos juntos, reclamándonos, mordiendo nuestros labios y chupándolos para aliviar el dolor provocado. Era demasiado fácil olvidar toda la mierda cuando me encontraba en su dimensión, embriagarme de ella y dejar que lo demás se fuera al carajo. Sus gemidos me hipnotizaban, despertando a la vez en mí, a esa bestia que la añoraba a cada momento.

Y antes de que los dos supiéramos en realidad lo que estábamos haciendo, la llevé hasta la cama, dejando ir su boca únicamente para tomarla de los muslos y tirar de sus caderas hasta el borde de esta. La escuché gimotear y sentí que quiso apartarse al verme caer de rodillas en el suelo, pero antes de darle oportunidad de erguirse del todo, me incliné bajando los labios a la piel de su abdomen expuesto mientras ella se sostenía con las palmas apoyadas en el colchón.

—Ah —gimió y ese sonido envió una sacudida a mi polla.

Su pecho se levantó y cayó con rapidez por su respiración errática, mientras yo la besaba con mis labios y lengua, mordisqueando a la vez, trabajando su cuerpo, provocándola hasta que me pidiera que la desnudara y la hiciera mía.

Sonreí cuando se rindió por un instante y cayó en la cama, incapaz de detenerme. La escuché susurrar muy bajo un «oh, Dios mío» en cuanto tiré de su piel con mis dientes y luego chupé. Me agarró de la parte de atrás de mi cabello, arqueando su cuerpo hacia mí en el instante que arrastré la lengua cerca de la cinturilla de su vaquero.

—No, Elijah. Apártate —se quejó y no le obedecí—, por favor.

De nuevo estaba en ese momento contradictorio con ella misma, pues, aunque rogó, no dejó de retenerme justo donde hundí mis dientes, en esa parte sensible de su piel cerca de la cadera.

—¡Ya, Elijah! —gritó y sentí la excitación goteando de mi polla porque no me quería, pero tampoco me dejaba ir.

—Maldición —gruñí dejando su piel al notar que en el arrebato, uno de sus pechos quedó expuesto.

Juro que solo iba a tentarla hasta que ella misma me rogara por tomarla, pero su pezón endurecido mostrándose ante mí y no solo a través de la tela de mi playera, mandó a la mierda mis planes.

—No, Elijah —amenazó ella, irguiéndose un poco y sacudiendo la cabeza para darle énfasis a la demanda cuando me elevé hasta su pecho.

Dejé salir una respiración baja y le sonreí un segundo antes de cubrir toda la piel de su montículo, tomando su pezón en mi boca.

Soltamos un gemido al unísono.

Arremoliné la lengua en torno a su capullo endurecido, cogiendo el pezón entre mis dientes y succionándolo, jugando con él como sabía que a ella le volvía loca. No fui arrebatado, lo hice lento, hundiéndome ahí y chupando dolorosamente fuerte, haciéndole recordar que solía hacer lo mismo con su clítoris.

—Dime que valen la pena los eclipses entre nosotros —la incité, viendo que tenía los ojos cerrados y se mordía el labio inferior—. Tengo más defectos que virtudes, Pequeña, pero si me lo permites, te adoraré con cada uno de ellos.

Tragó con dificultad y cuando abrió los ojos, noté su mirada acuosa. Apretó su agarre en la parte de atrás de mi cabello y presencié el momento en que su placer se convirtió en tormento duro y frío. Y negué con la cabeza cuando acarició mi rostro con su pulgar.

—Así te ame con locura, esta vez me elijo —aseguró con una respiración temblorosa—. No merezco menos que un hombre que confíe en mí.

En ese instante sí se apartó, dejándome congelado en mi lugar. Y cuando las palabras que me dedicó se asentaron en mi interior, me di cuenta de que esa vez, nada de lo que hiciera la haría cambiar de opinión.

—Isabella —la llamé, pero no se detuvo.

Siguió su camino, acomodándose la ropa antes de salir, sin siquiera mirar atrás.

CAPÍTULO 44

LuzBel para ti

ISABELLA

Había estado a punto de caer de nuevo en ese círculo vicioso y tóxico que me succionaba como un caleidoscopio, cuando me encontraba en la órbita de Elijah, porque me gustaba lo que éramos en el momento que nos hallábamos solos. Amaba los instantes en que todo a nuestro alrededor se esfumaba, siempre que nuestras bocas se encontraban y la ropa desaparecía.

Pero esa vez, por mucho que ese bucle de placer me hubiera consumido, conseguí que mi raciocinio se hiciera cargo. Logré que la realidad estuviera presente y no me dejé embaucar, recordando que al salir de esa habitación, de nuevo nos recibiría la desconfianza, los celos y las inseguridades, abriendo incluso más, esa brecha entre nosotros.

Y una semana después de ese momento, seguíamos cada quien por nuestro lado, viéndonos solo cuando la situación lo ameritaba, en reuniones con las élites o incluso en algunas comidas o actividades con nuestros hijos, en las que tratábamos de ser lo más maduros que nos fuera posible.

Aunque el día anterior tuvimos una discusión muy fuerte frente a nuestras élites, pues me había exigido que le diera los avances sobre la búsqueda de Myles, las que mi equipo ya había conseguido, porque obtuvimos un vídeo de una estación de gas en la que se veía a su padre tratando de agredir a otra chica. Y acepto que si alguien me lo hubiera dicho, no lo habría creído, pero lo presencié yo misma.

«Confía en el hombre que te mostré en ese viaje, no en el que soy en este momento».

El recuerdo de las palabras de Myles fue lo que me detuvo de darle a Elijah esos avances. Y me dolió verlo devastado a él y a Tess por lo que vimos, pero seguí aferrándome a eso en mi interior que me pedía que no me diera por vencida, e incluso les rogué a ambos que no desistieran, sin embargo, lo único que conseguí fue que me trataran de ingenua.

«Yo también comenzaba a creer que lo eras, Compañera. Porque las pruebas cada vez eran más en su contra».

—¡Hey! Respira.

—¿Cómo demonios se hace eso, Hanna? —Me detuve al escuchar a Elijah y su amiga hablando.

Iba bajando de mi habitación y vislumbré que ellos estaban afuera de las suyas, Elijah apoyaba los codos y antebrazos en el barandal que protegía el segundo piso del vacío, yo me quedé escondida en el pasillo de los escalones.

—Te prometo que quiero ayudarte, decirte algo que te anime, pero no sé cómo hacerlo porque… tú sabes lo que viví con él —aclaró ella.

Sentí la garganta reseca y el corazón acelerado al entender que hablaban de Myles. Y no dejé que mi cabeza me jugara una mala pasada al suponer que él corrió a contarle a la tipa lo que vimos de su padre, ya que ella pudo haberlo sabido por medio de Eleanor, puesto que era obvio que Tess, o incluso Elijah, le habían informado a su madre lo acontecido.

—No la entiendo, ¿sabes? —soltó de pronto el Tinieblo con cansancio y frustración—. Lo está comprobando con sus propios ojos y aun así me sigue viendo a mí como el ingrato, como el mal hijo que no valora a su sangre y mucho menos lo apoya.

«¡Hmm! Me parecía que estaba hablando de ti».

La sangre se me heló como si fuera agua nieve, aunque mi piel ardía como si estuviera frente a un horno caliente, quemándome.

—Supongo que a ella le ha mostrado otra versión de él, por eso está cegada —comentó Hanna y apreté los puños—, pero no me hagas decir nada que luego pueda ser tomado en mi contra, por favor —suplicó y negué con la cabeza, sonriendo de lado.

«Bien, Colega, debía decirlo: o tú estabas siendo una ciega ingenua, o Hanna era demasiado astuta».

Me gustaba más creer lo último.

—Está bien, mejor cambiemos de tema —concedió él.

—Tu madre me comentó que a Aiden le encanta escuchar que le lean, ¿quieres que vayamos con él y D para que le leamos esa historia de la que te hablé?

De ninguna manera.

—Sinceramente, te meterías en más problemas tratando de hacer eso, que opinando sobre White —declaró él y fue lo único que me contuvo de salir del pasillo.

—¡Dios! ¿Pero por qué esa mujer se ha ensañado así conmigo? —chilló.

«Porque has puesto en entredicho a alguien importante para mí», pensé.

—Está en nuestra naturaleza desconfiar de las personas ajenas a nosotros —le explicó él.

—No soy ajena para ti, Ángel.

—Deja de llamarme así —solicitó él y tensé la mandíbula.

Hanna carraspeó y se quedaron en silencio unos segundos.

—¿Lo soy? —cuestionó la tipa de pronto y no obtuvo una respuesta inmediata—. ¿Soy una persona ajena a ti?

—No empieces —advirtió LuzBel y sentí que las manos me sudaban.

—No empiezo, únicamente busco tener las cosas claras —puntualizó ella y escuché el enojo en su voz—. Responde, LuzBel. ¿Fui ajena para ti todas esas noches que pasamos en aquella habitación? ¿Todas las ocasiones en las que hablamos durante horas por teléfono, luego de que me rescataras? ¿Fui ajena para ti cuando me llevaste a tu apartamento y me narraste tu propia historia, provocándome hasta que terminé con tu pene en mi boca?

«Me cago en todo».

Apreté los párpados cuando sentí que me ardieron igual que mi garganta, el corazón lo tenía desbocado y me sorprendió que no me hubieran descubierto con lo estrepitosa que estaba siendo mi respiración.

Carajo.

¿Qué necesidad tenía de escucharlos? ¿Que acaso quería que doliera para que fuera más fácil la decisión que había tomado? ¿De verdad deseaba que él respondiera de una manera satisfactoria para ella, con la que me traicionaría a mí?

Dios mío.

Las lágrimas se asomaron con violencia a mis ojos al darme cuenta de que sí. Quería que le dijera que no era ajena para él, necesitaba que la metiera a su habitación y la tocara, que la follara así fuera por despecho para que su traición fuera imperdonable, para que me doliera a tal extremo que obligaría a mi corazón a endurecerse, porque de esa manera yo volvería a ser de acero.

Regresaría de nuevo la reina Sigilosa, la ejecutora letal de La Orden, la mujer implacable que haría que todos sus enemigos temblaran. Volvería a sentirme poderosa y me enfocaría únicamente en lo que importaba, ya que durante todos esos días lejos de él, me sentí tan vulnerable, que llegué a pensar que todo lo que nos estaba sucediendo era mi culpa, pues bajé la guardia al vivir en aquel cuento de hadas durante meses en Italia, por eso no me di cuenta a tiempo de lo que harían los Vigilantes.

Yo los dejé regresar porque igual que con la droga, me hice adicta a algo que solo me dio una felicidad momentánea.

«¡Por Dios, Colega!».

Estaba mal, era consciente de ello, por eso, antes de que LuzBel le respondiera algo a Hanna, respiré hondo y terminé de bajar los escalones, pasando a unos metros de donde ellos se encontraban y ni siquiera me giré para verlos.

Prácticamente corrí los escalones que me llevarían al primer piso, a la salida. Necesitando huir, queriendo escapar de mí misma porque me di cuenta de que en ese instante yo era mi peor enemiga.

—¡¿White?! —lo escuché llamándome cuando el frío del exterior me golpeó—. ¡Detente!

—¡No, LuzBel! —espeté cuando me tomó del brazo.

—¡Ya basta, Isabella! —exigió.

—¡Ya basta tú! ¡Deja de hacer que me sienta más débil! ¡Deja que me duela, por favor! —supliqué, conteniendo las lágrimas todo lo que me fue posible—. ¡Déjame volver a ser fuerte! ¡Déjame odiarte al imaginar las cosas que no le has hecho!

Porque solo así me sentiré tan poderosa como necesito serlo en este momento. Y contigo en mi órbita me debilito.

Nunca había visto que mis palabras le dolieran tanto como en ese instante, y eso me destrozó a mí, pero no retrocedí en lo que le pedí. Entonces me soltó, dándome lo que le estaba rogando.

—Me matas, Isabella —musitó con la voz ronca—. Realmente me matas de una manera que solo tú lo has conseguido.

Seguido a esas palabras que me mataron a mí, se dio la vuelta y se marchó, se alejó sin mirar atrás, concediendo mi deseo. Y sentí que ese instante destruyó todos nuestros mejores momentos.

Caleb e Isamu debatían, señalando varios puntos en el mapa, cuadrando todas las ubicaciones que habían obtenido de Myles a lo largo de esos días. Yo les daba la espalda en ese momento, observando en la vitrina una estatuilla de Atlas sosteniendo el mundo en sus hombros. Suspiré profundamente al identificarme tanto con su expresión de cansancio y sufrimiento, pensando en que el peso sobre mi espalda estaba siendo más del que jamás creí soportar.

«Tú siempre saldrás adelante, cariño. No importa qué, no importa nada, yo creo en ti y sé que, aunque el peso que cargues sobre tus hombros sea demasiado pesado, vas a arrastrarlo si es necesario, porque igual que tu madre, no eres una mujer que se da por vencida».

Solté todo el aire por la boca, ese que retuve al recordar las palabras de papá y esa fe que mostró tener en mí, temiendo fallarle, pues había momentos en los que quería dejar tirado ese peso. Sin embargo, recordaba que tenía a dos personitas que dependían de mí y por ellas no podía rendirme, por más que lo deseara.

Estábamos en el búnker dentro del territorio de la mansión, había llegado ahí horas atrás, después de lo que nos dijimos con Elijah. Y así haya tratado de concentrarme al cien por ciento en lo que mis compañeros decían, no lo conseguía del todo porque seguía repitiendo en mi cabeza lo que viví con el Tinieblo, y lo que escuché entre él y Hanna.

«Te torturabas suponiendo lo que él le hubiese respondido a la chica, si tú no hubieras salido de donde estabas».

Y los monstruos en mi cabeza estaban siendo bien cabrones, pero eso era lo que quería, ¿no?

«Sí, lastimarte tú misma».

—¡Joder! Siempre llegamos cerca de él y luego volvemos a perderlo. —Escuché a Caleb quejarse.

—Hay algo que estamos dejando escapar —dijo Isamu con frustración.

—Tomen un descanso —los animé, girándome hacia ellos.

—¿Estás segura? —preguntó Caleb y sentí la mirada de Isamu en mí.

Asentí para ambos y luego les pedí que me dejaran sola.

Cuando se fueron, me acerqué a la mesa en donde estaba el mapa y recargué las manos en ella, mirando las líneas que habían trazado, uniendo los puntos. Alice le estaba ayudando a Elliot a hacer el seguimiento, utilizando un programa del C3, la institución con la que trabajaba, por eso teníamos más pistas que el equipo de Elijah.

El ojiazul me había explicado que fue el mismo programa con el que su novia le ayudó al Tiniebla a encontrarme y, aunque muy efectivo, nos quedamos en un callejón sin salida luego de que Myles dejara de frecuentar lugares públicos con cámaras.

«El día que yo sea una debilidad para ustedes, o un peligro. Me alejaré, Isabella, porque prefiero morir antes de que los dañen por mi culpa».

Fruncí el ceño cuando recordé esas palabras de Myles, la ocasión en la que estuvo en Tokio, la misma que recalcó en la llamada que me hizo.

«No parece que esté huyendo. Es más como si se estuviera alejando, porque lo conozco y sé que no se quedaría en silencio si lo están culpando de algo tan grave».

«A menos que sea culpable y no tenga cómo defenderse».

«O porque lo están haciendo parecer culpable».

Esa conversación entre Elliot y Caleb también llegó a mi cabeza. El ojiazul defendía a su tío a capa y espada, algo que me hacía sentir menos loca y ciega porque yo también creyera en la inocencia de Myles, a pesar de que todo estuviera en su contra.

«Es el señor Pride, pero no actúa como él. Lo hace más como si estuviera borracho», le había dicho Serena a Elijah cuando vimos el vídeo de la estación de gas.

«Por supuesto que está borracho», reprochó Tess en ese momento.

—¿Por qué no vuelves a comunicarte conmigo, Myles? ¿Por qué no respondes mis llamadas? —musité sin dejar de ver el mapa, pensando en que no volvió a llamarme y cuando yo lo hice, su móvil estaba muerto.

Tomé el relicario entre mi mano, lo había recuperado luego de reconciliarme con Elijah y en ese momento tuve la necesidad de abrirlo, pensando en que todo sería más fácil si Myles no hubiera apagado su rastreador, o si hubiese tenido también un relicario que se conectara a los nuestros.

Miré con tristeza la imagen que tenía con el Tiniebla, pensando en ese baile, en lo mágico que fue. Luego me concentré en la foto de mis hijos, ya estaba digitalizada, Elijah se encargó de eso.

—¿Qué son? Además de brazaletes —le pregunté a Myles cuando le obsequió a mis clones, para su cumpleaños número dos, dos hermosos brazaletes de oro blanco.

—Su conexión conmigo —respondió él y me mostró que tenía uno igual.

—¿No me digas que son de los que presionas para enviarle un "te extraño" a la otra persona? —me burlé y Myles soltó una carcajada.

—Casi, hija. Estos en realidad envían una señal de auxilio y la ubicación de la persona que la solicita, a un programa especial que deberás tener en tu móvil. Y no es un rastreador, por eso no se detecta como tal.

—¡Carajo! —exclamé ante el recuerdo de ese momento con él y mis hijos.

Myles había apagado su rastreador, pero nunca se quitaba ese brazalete. Y la adrenalina que invadió mi cuerpo me hizo olvidar la nostalgia y la tristeza.

Salí del búnker enseguida, no vi ni a Caleb ni a Isamu, así que no les dije nada. Max me había llevado hasta ahí, por lo que se mantuvo esperándome y me regresó a la casa en cuanto se lo pedí. Al llegar rogué para no cruzarme con Elijah, o alguien más, y corrí escaleras arriba, directo a la recámara de mis hijos.

En el trayecto le había enviado un mensaje a Lee-Ang y me aseguró que dejaría el brazalete de Daemon mientras ella se unía con los clones a la lectura diaria de Maokko.

Iba jadeando cuando llegué a la habitación, con el corazón desbocado, pero no le di importancia al cansancio. Tomé el brazalete de D y busqué la ranura en la parte interior de la plaquita con su nombre, al abrirla miré el botón titilando en color verde y los dedos me temblaron cuando presioné con el pulgar.

—Funciona —rogué.

Lo mantuve presionado por cinco segundos, según cómo Myles me explicó en su momento y vi cuando la luz verde titiló con más celeridad. Mientras hacía algún tipo de conexión, abrí la aplicación con la cual funcionaba la ubicación y busqué el nombre de D y el de Myles, esperando que hubiera alguna respuesta.

—¡Demonios! —me quejé cuando pasaron dos minutos.

Tenía el brazalete y el móvil sobre la cama de Aiden, sin dejar de observarlos, ni siquiera parpadeé porque no quería perderme ningún detalle. Y cuando la luz de la joya cambió a color azul y dejó de titilar, sentí que mi corazón también se detuvo, viendo cómo la aplicación comenzó a buscar la ubicación.

—¡Oh, Dios! ¡Sí! —exclamé cuando el nombre *Great Wolf Lodge* apareció.

Era de un hotel a la salida de Richmond, en los límites con Williamsburg. Y teniendo en cuenta que Myles se mantenía en movimiento, tomé la decisión más estúpida de mi vida: ir sin avisarle a mi élite, aunque me llevaría a Max.

—Vamos a esta dirección —le avisé a mi escolta cuando regresé corriendo al coche.

—¿Iremos solos? —cuestionó.

—Sí, en cuanto lleguemos allí y me asegure de que no me he equivocado, vamos a avisarle a los demás —informé y asintió.

«Y ahí ibas como siempre, Colega, pisándole la cola al diablo».

No iba a perder tiempo.

Además, no quería que Myles huyera si nos veía llegar, necesitaba que él confiara en que iba para ayudarle, porque yo creía en su inocencia, o al menos en que tenía un explicación para lo que estaba pasando.

Analizando eso, le pedí a Max que se detuviera en un centro comercial cuando llegamos cerca del hotel, y desde ahí solicitamos un Uber para que nos llevara a nuestro destino, ya que era obvio que Myles reconocería el coche.

—Revisa los alrededores, yo iré adentro —le pedí a Max cuando llegamos al hotel.

—Señorita, no creo que esto sea conveniente —vaciló él.

—Avísale a mi élite dónde estamos si eso te hace sentir más seguro —exhorté—. Y has lo que te ordené antes, revisa los alrededores mientras voy a dentro a preguntar por él.

En el camino le comenté lo que sucedía, por eso lucía más inseguro. Y menos mal no siguió insistiendo e hizo lo que le pedí mientras yo me conduje a recepción.

El hotel no era cinco estrellas, pero lucía muy ejecutivo, adecuado para las personas que viajaban por negocios. La recepcionista que me atendió tenía alrededor de sesenta años, una señora muy amable, aunque demasiado adicta a las fragancias florales.

«Y esa tarde pareció haberse bañado con ellas».

Me reí por el señalamiento, escondiendo el gesto con mi mano cuando me rasqué la nariz porque de verdad parecía que la señora se duchó con la esencia de las rosas.

—Sí, cariño. La persona que buscas está hospedada aquí. Llegó hace media hora de una junta, o eso fue lo que me dijo cuando pasó a saludarme. Es un caballero muy galante —explicó y me pareció un poco extraño que Myles actuara así si se estaba escondiendo.

«O como dijo Elliot: no se escondía en realidad».

Eso comenzó a cobrar más sentido para mí.

—¿Puede indicarme en qué habitación está? —pregunté e hice un gesto con la nariz, arrugándola un poco y rascándome de nuevo porque la fragancia de la señora se me impregnó horrible.

También me quité el abrigo, ya que el lugar parecía un horno a diferencia del frío congelante del exterior.

—Por políticas del hotel debo anunciarte, o si lo prefieres, puedes dejarme tu identificación y firmar este documento de visitas —informó.

—Firmaré —dije y saqué mi identificación.

No quería que me anunciara y que Myles le pidiera no dejarme pasar.

—Ten, cariño. —Puso el documento de visitas en el mostrador y me entregó un bolígrafo.

¡Eeww!

No era asquerosa, pero cuando sentí el bolígrafo un poco húmedo deseé que no fuera la fragancia que de seguro ya exudaba, porque ese olor me estaba mareando.

—Piso seis, habitación 11B —indicó y me limpié en el abrigo—. Puedes tomar los escalones o el ascensor, encontrarás ambos a la par. —Me señaló con la mano a su izquierda y asentí.

Iba a optar por los escalones, aunque los odiara, pero en ese instante dos personas esperaban por el ascensor y este abrió justo cuando me acerqué, así que me metí con ellas en él. Una de las mujeres era más joven que la otra y la mayor reprendía a la menor por algo, así que supuse que eran madre e hija.

—Ya, ma. Era solo una fiesta con mis amigas —se quejó la chica, confirmándome lo que pensé.

—Ten un poco de educación—la amonestó la madre en voz baja, ya que cuando el ascensor se cerró y comenzó a subir, su hija sacó un *vapeador* e inhaló y exhaló sin importarle que yo fuera con ellas—. Lo siento —dijo la mujer mayor y me tocó el brazo para que la mirara.

Asentí restándole importancia, aunque quise darle una lección a su hija, porque la pequeña cabrona volvió a llevarse el cigarrillo electrónico a la boca, e inhaló una buena bocanada de humo, llenando el espacio con el aroma mentolado y afrutado.

«Por lo menos ya no olías las flores».

—Hija de puta —susurré cuando salí del ascensor y me sentí un poco mareada por todo el humo que tuve que inhalar gracias a esa maleducada.

Aunque dejé de darle importancia a eso justo cuando llegué a la habitación 11B. Y sacudí la cabeza, respirando hondo porque la adrenalina me estaba haciendo sentir extraña.

«Había sido demasiado fácil dar con Myles luego de todos los esfuerzos de las élites».

Concordé con mi perra interior, en ese instante incluso pensé en que si Myles se hubiera estado escondiendo, no se habría registrado en ese hotel con su nombre real, por lo que terminé de darle la razón a Elliot. El abuelo de mis hijos nunca estuvo huyendo por lo que supuestamente le hizo a Hanna.

—¡Demonios! —exclamé, presionando la frente en la puerta antes de tocar, porque estaba sintiendo un hormigueo en el cuerpo y la respiración se me aceleró.

Y cuando alcé el brazo para llamar, lo sentí pesado.

—¿Isa? —habló Myles incrédulo cuando abrió la puerta.

—¡Sí! Eres tú —exclamé y lo abracé.

—Cariño, no debiste haber venido —se quejó él, pero devolvió el abrazo, dejando sus manos muy cerca de mis caderas cuando me separé de él.

—Sí debía. Tenía que verte a los ojos y asegurar que no me equivoqué al confiar en ti —refuté y me tomó del rostro.

Tenía la mirada atormentada y me sonrió con tristeza.

—Eres hermosa, Isabella —susurró acercándose más a mí, acariciando mis mejillas.

Mis piernas flaquearon por su toque y cerré los ojos al sentirlos más pesados.

—Myles —jadeé cuando sentí sus labios sobre los míos.

«¡¿Pero qué mierda?!»

—¡Cálmate!

Desperté de golpe al escuchar ese grito y cuando alcé la cabeza de donde la tenía, descubrí que se trataba del brazo de Myles.

«¡Dios mío!»

Salí de la cama al reflexionar que estuve dormida, metida entre su costado, con él abrazándome. Y me giré hacia la puerta al escuchar de nuevo aquellos gritos, encontrando a Elijah siendo retenido por Marcus y Darius.

—¡Isabella, estás desnuda! —gritó este último.

Me cubrí por inercia con los brazos y sentí que los ojos se me desorbitaron al palpar mi piel sin ningún tipo de tela en el medio.

—Oh, Dios —musité y tomé la sábana de la cama, maldiciendo por mi error, ya que al buscar cubrirme dejé expuesto a Myles.

Santa mierda.

Él también estaba desnudo y tan aturdido como yo por aquellos gritos aterradores.

—¿Qué hicimos, Myles? —pregunté con horror, sintiendo que ya estaba llorando por la confusión y el miedo.

Él negó con tristeza, observando nuestro entorno, asustado y mirando entre Elijah y yo, procesando todo.

—Lo siento, cariño. Nunca quise que esto pasara.

—¡Hijo de la gran puta!

Jadeé aterrorizada cuando escuché a Elijah y di un paso atrás, pisando algo resbaladizo. Vislumbré a unos pasos de mí, un condón anudado y usado y supuse que fue lo mismo que toqué con mi pie.

—No, no, no —susurré.

«La habíamos cagado, Colega».

El infierno se desató en esa habitación de un segundo a otro.

Elijah había logrado zafarse del agarre de Marcus y Darius, y se lanzó a su padre, golpeándolo como si nunca hubiera sido ese hijo que siempre lo respetó. Y Myles ni siquiera se defendió, se limitó a aceptar el castigo que él quisiera darle, rindiéndose, asustado, dolido y decepcionado consigo mismo.

Comencé a temblar viendo que nadie podía hacer nada y apreté la sábana a mi cuerpo, llorando, petrificada, con los ojos cerrados y recibiendo las imágenes que comenzaron a llegar a mi cabeza, de cuando llegué al hotel.

—¡Ya! ¡Para! —gritó Tess, entrando a la habitación con Dylan.

Vi a Isamu y a Caleb llegando con ellos, Elliot también irrumpió corriendo hacia mí.

—¡Mierda, nena! ¿Qué hiciste? —Su pregunta únicamente me hizo negar y llorar más.

Se sacó la playera, quedándose solo con su chaleco antibalas, y me la colocó por encima de mi cabeza, pero aun así no solté la sábana.

Caleb e Isamu se habían quedado en posición de ataque frente a mí, mientras Elliot me auxiliaba. Tess, Dylan, Marcus y Darius trataban de contener a Elijah hasta que este último desenfundó un arma y su hermana interfirió colocándose frente a su padre.

—¡No! —rogó ella—. No logro entender lo que sientes en este momento, pero no lo hagas.

A Elijah ya no le quedaba una pizca de cordura, pero incluso así se giró hacia mí y sentí a Elliot meterme entre sus brazos para protegerme, aunque no consiguió cubrirme de la mirada tormentosa de su primo, esa con la que me estaba congelando, quemando, hiriendo y matando a la vez.

—Quítate —exigió y mi cuerpo se sacudió con espasmos más intensos.

«¡Oh, mi Dios! Esa voz».

Nadie podía salvarme del remolino de sentimientos que sentí al escucharlo.

—Retrocede, LuzBel —advirtió Caleb.

Todo pasó realmente rápido, Elijah alzó el arma para apuntarme a mí o a Elliot, no lo sé. Grité al escuchar la detonación, el proyectil impactó en el techo porque Isamu lo desvió, sacando a la vez una de sus dagas con veneno y poniéndola en la garganta del Tinieblo.

—Vuelve a atentar contra su vida y no te concederé ni cinco minutos, hijo de puta —gruñó mi compañero.

—¿Qué? ¿A ti también te premia follándote? ¿Por eso la proteges tanto?

Jadeé al escuchar sus preguntas que, aunque fueron dichas con ironía y asco, también con dolor.

—¡Saquen a tío de aquí! —demandó Elliot para los demás.

Elijah se giró queriendo impedirlo, pero de nuevo, Isamu con agilidad lo desarmó, empotrándolo a la vez a una pared cercana, los dos se metieron a una pelea, aunque mi compañero (actuando con la cabeza más fría) solo atacó con técnicas de *Taijutsu,* protegiéndose e intentando cansar a ese demonio.

Dylan, Tess y Darius aprovecharon para sacar a Myles de la habitación. Elliot intentó llevarme a mí también, pero negué con la cabeza, porque no tenía el valor suficiente para dar esos pasos de la vergüenza, en los que permitiría que las organizaciones me vieran desfilando luego de haber estado en la cama con el padre de mi chico.

—¡Ya, LuzBel! —gritó Caleb, apuntándolo con su arma.

Isamu había terminado de desarmarlo, pero en ese momento creí que el Tinieblo se lo permitió, porque él sabía que era de la única manera que mis hombres le permitirían estar en mi espacio.

—¡Salgan de aquí! ¡Quiero hablar con ella a solas! —les exigió caminando de un lado a otro cuando se apartó de Isamu.

Parecía desquiciado, negando y riéndose. Y ninguno de mis chicos hizo ademán de obedecerle, pues en ese momento ni siquiera me obedecerían a mí si les pedía que se fueran.

—¡Vete de aquí! —espetó para Marcus, el único de su élite que no lo dejó solo.

Caleb le asintió al moreno, asegurándole que no dañarían a Elijah, pero eso solo pasaría si él no me lastimaba físicamente a mí.

—Déjame con ellos, por favor —le supliqué a Elliot y él me miró inseguro.

—Va a herirte, nena.

—Lo sé —admití, sabiendo a lo que se refería.

Elliot al verme dispuesta a enfrentarme a eso, negó con la cabeza, pero me dejó con Caleb e Isamu.

—¡Salgan! —les gritó desesperado a mis compañeros.

—No lo harán —musité yo—. No insistas, porque en este momento ni siquiera van a obedecerme a mí.

El temblor en mi cuerpo en lugar de cesar, iba en aumento y, con su mirada empeoró a tal punto, que tuve que abrazarme a mí misma para sentir un poco de alivio ante ese frío interior que me estaba destruyendo más.

—Supongo que están acostumbrados a verte revolcándote con Myles.

—Eli… por favor —supliqué, evitando llamarlo de ninguna manera.

Caleb e Isamu retrocedieron para no estar frente a nosotros, uno se fue al extremo derecho y el otro hacia el izquierdo, dándonos toda la privacidad que se podría en ese momento, sin descuidarse de mí

—Dime que esto es una maldita ilusión, White —suplicó Elijah de pronto—. Dame una razón para haberte encontrado en esa cama con Myles, desnudos y abrazados, que no sea solo porque han estado follando. Con mi padre, Isabella. ¡Mi maldito padre! —recalcó y mi corazón se destruyó al verlo caminar hacia mí con las lágrimas mojándole las mejillas.

Negué con la cabeza cuando me tomó del rostro y cerré los ojos, viéndome de nuevo cuando llegué al hotel, recordando a Myles besándome y a esa voz en mi cabeza pidiéndome que le respondiera. Me vi cooperando en el instante que el padre de ese hombre frente a mí, comenzó a sacarme la ropa.

Me volví sumisa en las manos del mayor de los Pride hasta que terminamos en esa cama y…

—¡Habla de una puta vez! —gritó sacándome de mis pensamientos y negué, dando un paso atrás para alejarme de él—. Mátame con la verdad y dime que fuiste una hija de puta ambiciosa que cuando perdió al líder en ciernes de los Grigoris, decidió tirarse al padre de este, pensando en que un Pride es un Pride y era lo único que te importaba. El poder que obtendrías al revolcarte con uno de nosotros.

El labio me tembló al llorar con más intensidad y no pude verlo a los ojos, porque me sentía aturdida y confundida. No sabía cómo justificarme.

—Por eso lo defendiste como una perra fiel, ¿cierto? Porque te lo has estado tirando desde que llevabas a mis hijos en tu vientre.

—No —susurré, ahogándome con mi propio llanto.

—Te importó una mierda que dañara a Hanna. Te sentías celosa de ella, pero no por lo que pasó conmigo sino porque se estaba metiendo entre tú y Myles —Sentí ganas de vomitar y me senté en la cama cuando un mareo me atacó por sus acusaciones—. Por eso evitaste estar conmigo el otro día, ahora lo entiendo, querías guardar todas tus ganas de follar para desfogarlas con él.

—No, nada de eso pasó por esto.

—¿Y pretendes que te crea? —desdeñó, limpiándose las lágrimas con brusquedad—. Te la diste de digna, acusándome de no confiar en ti, cuando no eras más que una zorra jugando bien su papel de víctima.

—Retrocede —advirtió Isamu cuando Elijah dio un paso hacia mí.

Alcé la mirada para Elijah y lo encontré observándome con repulsión, apretando los puños, con la mandíbula tensa, sin detener sus siguientes lágrimas.

—Por eso ansiaste que cayera con Hanna esta mañana, ¿no? —Negué con la cabeza—. Para tener una excusa perfecta con la cual defenderte si yo llegaba a enterarme de esta mierda. Por eso dejaste de ser unida con madre. ¿Fue por remordimiento o por celos? Porque así seas la reina Sigilosa, una líder Grigori, Myles no te daba el lugar que querías como su mujer, pero sí te mantuvo como su amante.

—Suficiente, hijo de puta —largó Caleb—. Has tenido tu momento de desahogo, así que ahora vete de aquí.

Elijah rio con amargura, disfrutando que por primera vez debían defenderme de sus acusaciones porque yo no podía hacerlo.

—Jamás en la vida conocí a alguien como tú —masculló con veneno. Su rostro cada vez se deformaba más por el dolor—. Y mira que he estado con todo tipo de mierdas.

Grité cuando escuché una detonación, Elijah no se inmutó a pesar de que aquel proyectil cayó por sus pies, simplemente sonrió con alevosía y odio puro para mí y para Isamu, quien fue el que disparó su arma.

—Sigue por ese camino y la siguiente irá a tu sien —le advirtió—. Solo aviso una vez, LuzBel.

—No se te ocurra poner un pie en la mansión, porque de ahora en adelante, a mis hijos los protejo solo yo. —amenazó y me mordí el labio para controlar mi llanto por la oscuridad de su voz—. Vete a donde sea que yo no te encuentre, porque te juro por mi sangre que si vuelvo a tenerte frente a mí, te mato —Mis ojos se desorbitaron al verlo sacar una navaja (que ni Isamu encontró antes) y cortarse la palma de la mano, presionando la herida con el mismo metal para que el líquido

317

carmesí cayera al suelo, cerca de mis pies descalzos—. Juro que te mato —desdeñó sellando su juramento.

Negué frenética al oírlo y ver que comenzó a caminar hacia la puerta, con Caleb e Isamu siguiéndolo para que no se le ocurriera hacer alguna locura con la navaja que llevaba en la mano.

—Elijah —susurré y se detuvo de golpe, observándome sobre su hombro con odio y asco.

—LuzBel para ti, zorra de... —Me paralicé al ver que Caleb e Isamu lo encañonaron con sus armas.

Uno la colocó en el cuello de LuzBel y el otro en su sien, antes de que él terminara esa ofensa. Pero yo la escuché en mi cabeza y terminé de morirme.

«Acabábamos de perderlo, Colega».

Y ni cuando lo creí muerto lo sentí tan perdido como en esos instantes.

Mi Demonio.

Mi Tinieblo.

Mi Chico oscuro.

Mi Sombra.

El amor de mi vida.

«Se había ido».

CAPÍTULO 45

Déjame ir

ISABELLA

Al momento en que me quedé solo con Caleb e Isamu en la habitación, dejé salir todos los sollozos que tenía acumulados, sintiendo que se me atoraron en el estómago y se me anudaban con más violencia en la garganta, a tal punto, que las náuseas me provocaban arcadas entre el llanto.

—Joder, linda —espetó Caleb llegando y sentándose a mi lado, abrazándome con fuerza para que no siguiera cayéndome en pedazos, queriendo sostener entre sus manos lo que todavía quedaba de mí.

—Yo..., yo —No pude seguir hablando, me ahogaba con mis lágrimas, con el dolor y la vergüenza de que me hubieran encontrado en una situación como esa.

—Evan y Connor se están encargando de conseguir los vídeos de vigilancia —avisó Isamu.

No podía verlos a la cara, no después de lo que escucharon, de lo que presenciaron con Elijah ahí.

—Dile que nosotros vamos a revisar todo, nadie de las élites de LuzBel va a inmiscuirse más en esto. —No supe si Isamu hizo algún gesto en respuesta, únicamente escuché sus pasos alejándose por encima de mi llanto—. Vinimos en cuanto Max nos avisó que estaban aquí, él nos explicó lo que sucedía, pero te juro que si yo hubiera sabido que pasaría esto, jamás le habría dado el aviso a LuzBel y a su gente.

—Es que yo no venía con la intención de que pasara esto, Caleb —conseguí decir y me puse de pie, sin soltar la sábana a pesar de que la playera de Elliot me cubría.

Me llevé una mano a la cabeza, confundida, queriendo hilar todo, pero la niebla en la que todavía estaba consumida no me dejó obtener nada. Lo único que sí tenía presente era la mirada oscura de LuzBel, la manera en la que el odio le dilató las pupilas; cómo su pecho bajó y subió con celeridad ante su respiración brusca; las ganas de matarme que me demostró y su frustración por no poder hacerlo.

Recordar sus lágrimas volvió a matarme.

—Linda. —Caleb llegó a mí cuando presioné mi frente en la pared más cercana.

Comencé a negar varias veces, odiando que mi cabeza volviese a reconectarse con los recuerdos que parecían un sueño, o pesadilla en realidad, de las manos de Myles sobre mi cuerpo, de sus gruñidos.

—Dios mío —lloré al caer en ese bucle.

Me di la vuelta, pegando la espalda a la pared, con los ojos muy abiertos. Caleb me estaba hablando, pero yo no podía escucharlo gracias a la secuencia de los sonidos en mi cabeza, sobre esos recuerdos borrosos.

—¡Isabella! —gritó tomándome del rostro.

—Sácame de aquí —rogué entre jadeos, sintiéndome como si acabaran de extraerme del fondo del agua.

Él me tomó entre sus brazos, yo envolví los míos en su cuello y escondí el rostro en el hueco de este porque no quería ver a nadie. No tenía el valor para hacerlo con esa humillación pública que viví. No quería que mi gente me viese con decepción por haber caído tan bajo.

¡Dios! ¿Cómo les iba a explicar a mis hijos que no iban a verme por un tiempo? ¿Cómo les mentiría en la cara? ¿Cómo fingiría que todo estaba bien?

Si no pude responderle nada a su padre, mucho menos a ellos.

«¿Cómo cubríamos semejante mierda, Colega? Imposible».

El temblor de mi cuerpo volvió a encontrarme al entrar en un ataque de pánico. Y sé que me auxiliaron, pero ni siquiera supe si fue solo Caleb o alguien más, no me di cuenta de lo que sucedió después, ya que me desconecté por completo de mi entorno y cuando volví a reaccionar, me encontré en el apartamento de Elliot, con Alice ayudándome a tomar una ducha y luego vistiéndome con su ropa.

No supe qué había sucedido con Myles, me concentré en seguir reviviendo todo lo que viví desde que me desperté desnuda entre sus brazos. La manera en la que Elijah lo golpeó sin importarle que fuera su padre, todavía me seguía torturando, aunque no cómo lo hacía el recordar esas palabras tan crudas que me dedicó a mí.

«Jamás en la vida conocí a alguien como tú. Y mira que he estado con todo tipo de mierdas».

Corrí de nuevo al baño para vomitar, aferrándome al váter como si se tratara de mi vida.

—Bebe un poco de esto —pidió Alice, acercando a mi boca una taza con líquido caliente, minutos después de que regresé a la cama.

Me temblaron las manos al tomarla. La porcelana estaba muy caliente, pero la frialdad de mi piel lo agradeció.

—Lo siento —susurré para ella y me miró sin entender—. Sé que me odias por lo que pasó con Elliot, pero te juro que yo no haré nada para separarlo de ti.

—Isa, no...

—Sé que lo que pasó con Myles no habla bien de mí, pero te prometo que yo no soy así, Alice. Nunca he querido ser la amante de nadie, jamás he pretendido hacer pasar a alguien por el dolor de la traición, yo...

Volví a romperme, odiándome a mí misma por no entender por qué hice eso.

¿Cómo caí con un hombre al que siempre vi como mi padre?

«Yo también quería entender eso».

—Ya, Isa. Tú sabes que yo te comprendo —me consoló, poniendo sus manos en mis muñecas para que dejara de temblar y la taza se estabilizara—. Soy la menos indicada para juzgarte después de lo que pasó con mi ex, pero incluso si no hubiera hecho nada de eso, no soy nadie para señalarte.

Ella se quedó conmigo hasta que me terminé el té que me había llevado, luego me pidió que descansara un poco y, aunque no lo haría, asentí para que me dejara sola, pues no soportaba tener a nadie a mi alrededor y sentir que me miraban con repulsión o crítica.

—Sé que no quieres hablar con nadie, pero odio verte así —me dijo Elliot, entrando a la habitación horas más tarde.

Había escuchado a Caleb y a Isamu en la sala, girando órdenes por el teléfono. El rubio incluso habló con Lee y Maokko para ponerlas al tanto de la situación y pedirles que estuvieran más pendientes de mis hijos, y que por ningún motivo se alejaran de ellos. Eso también se lo solicitaron a Ronin y agradecí que ambos se ocuparan de todo sabiendo que yo no estaba en condiciones de pedir nada.

—Necesito saber qué pasó.

—Sabes lo que pasó, lo viste —solté con la voz gangosa y con odio hacia mí misma, en respuesta a Elliot cuando irrumpió en la habitación.

—Solo te vi desnuda, compartiendo la cama con mi tío —aseveró él, como si eso no hubiese sido nada, y me reí con ironía, tratando de ocultar la vergüenza que me ocasionó escucharlo.

—¿Quieres que te dé detalles de cómo follé con el padre de mi chico? —pregunté sarcástica.

—Sí, eso quiero —habló fuerte y me tomó del rostro en cuanto llegó a la cama. Yo estaba sentada al borde de ella—. Quiero que me mires a los ojos y me digas paso a paso todo lo que hiciste con él —reafirmó con determinación y me zafé de su agarre.

«¿Qué pretendía con hacerte revivir eso de nuevo?»

Esperaba que no fuese humillarme más.

—No es necesario que tú también me hagas pasar por esto, Elliot —largué.

—¡Habla, Isabella! Dime cómo lo hiciste, cómo te quitó la ropa, quiero hasta el más mínimo detalle.

—¡Ya para! —exigí—. Este no es un buen momento para esto y si me trajiste aquí para humillarme más, pues mejor me voy. —Negó frustrado y maldijo.

—Elliot, no lo compliques más —advirtió Isamu al entrar a la habitación.

—No quiero humillarte, Isa —aseguró el ojiazul—. Simplemente me estoy aferrando a la mujer que yo conozco, porque así haya cometido errores años atrás, sé quién es ahora, y ella jamás haría algo como lo que se supone que hizo en ese hotel.

Apreté los labios para no volver a llorar, entendiendo que para él era fácil verlo de esa manera porque ya no me amaba, no como pareja. Así que lo que hice con Myles no le afectaba como a su primo.

—Yo también, jefa —lo apoyó Isamu—. Sigo y seguiré creyendo en la reina Sigilosa a la cual le he entregado mi honor y lealtad. Y así como yo, lo cree toda La Orden. Lo que hace Isabella es algo que ni a mí ni a nadie le importa.

Elliot se acercó para abrazarme antes de que volviese a romperme, por escucharlo a él y a Isamu, y me aferré a su cintura, sintiendo que de nuevo era mi cable a tierra.

—Haya sido como haya sido, no te dejes vencer por esto, nena. Porque ahora mismo nuestros enemigos pueden aprovechar para atacarnos. Ahora es cuando más necesitas demostrar de lo que estás hecha.

Dicho eso los dos se marcharon, aunque antes de que Isamu lo hiciera, me aseguró que habían tomado bajo custodia el hotel porque querían descartar cualquier tipo de cosa que se les haya podido escapar antes.

No tenía idea qué pretendían descartar, pero tampoco dije nada porque en ese momento mi cabeza no estaba funcionando como debía.

En cuanto estuve sola miré mi móvil, alguien lo había dejado en la mesita de noche. Mi intención era llamar a las chicas para que me informaran sobre mis hijos, pero mi masoquismo me llevó a abrir los mensajes, yéndome directamente al *chat* con LuzBel.

Su último mensaje fue de cuando me avisó que tomaría otra habitación y me dolió tanto recordar lo mal que ya estábamos entonces, y lo muy en contra que me jugó haber querido darle valor a mi dignidad, pues horas atrás él lo utilizó en mi contra, asegurando que todo lo que hice fue para poder excusarme.

—Solo quería ser más fuerte y terminé convirtiéndome en la peor de las mujeres. —susurré.

El corazón se me aceleró al verlo en línea de pronto y pensé en escribirle, en pedirle perdón. No obstante, el valor me abandonó por completo, ya que me petrifiqué y no dejé de mirar su ícono activo hasta que se desconectó minutos más tarde.

Joder.

Cómo dolía tener la seguridad de que lo había perdido. Me ardía el alma porque por primera vez dejé de sentirlo mío. Y era consciente de que este solo era el principio de mi calvario, porque lo conocía y sabía que desde ese día me haría la vida imposible. Debía prepararme, ya que era un hombre vengativo y de una u otra manera me querría hacer pagar, e hiciera lo que hiciera para tratar de evitarlo, nada sería suficiente.

Esta vez sí me daría a LuzBel, el demonio al que siempre debí temer.

Una semana después...

Mis amigas no me habían hecho preguntas sobre lo que pasó con Myles en aquel hotel (en cuanto hablé con ellas), ya que no era un tema que yo quisiera volver a tocar, aunque por las noches en lugar de dormir, optaba por revivir todo lo que hice ese día, desde el momento en que decidí espiar la conversación entre LuzBel y Hanna, hasta que terminé entre los brazos de su padre.

Y seguí sin comprender lo que hice.

Hablaba todos los días con mis clones, a veces hasta tres veces al día. Al final opté por decirles que tuve que ir a un viaje de trabajo y les pedí perdón por no haberme despedido como siempre lo hacía. Por ese lado no me compliqué, ya que no era la primera vez que me ausentaba, sin embargo, LuzBel se estaba descuidando de ellos incluso teniéndolos cerca y odié que por mi culpa, mis niños estuvieran comenzando a sentirse inquietos y muy tristes porque él ya no los llevaba a la cama como yo les prometí que lo haría.

Lee-Ang trataba de mantenerlos distraídos, aunque a mí me comentó que le preocupaba que eso fuera afectarles más de lo que imaginábamos, sobre todo a D, puesto que en las pocas veces que habían visto a su padre esa semana (porque se la pasaba afuera de la mansión todo el día), LuzBel llegaba oliendo a alcohol y, a pesar de que no iba borracho, ese hedor le molestaba a Daemon.

—*Cuando papito ole así, no juga con nosotos, mamita.* —*me dijo Daemon en una de nuestras llamadas.*

—*Y tabén se enoja si le peguntamos pol ti y el abolito. Y mi hemano llola mucho* —*acotó Aiden.*

Mi corazón volvió a romperse.

Odiaba que mis hijos pasaran por esa situación y detestaba que LuzBel se comportara tan irresponsable, pero no podía juzgarlo solo a él, porque todo era mi maldita culpa en realidad. Así que lo único que pude hacer, fue pedirle a las chicas que cuidaran mejor de mis hijos y que trataran de llevarlos a la cama antes de que su padre llegara, para que no estuvieran pasando por eso.

Y únicamente me detenía a ir por ellos porque ningún otro lugar era tan seguro como la mansión Pride, y por orgullo no expondría a mis hijos de ninguna manera, a pesar de que las ganas de sacarlos de allí me sobraban. Y más, después de que Maokko me asegurara que el Tiniebloo volvió a ser un completo hijo de puta, pues a ellas no les dirigía la palabra a menos que fuera necesario por los niños.

Y ambas juraban que si él no las sacó de la casa junto a Ronin, fue debido a que todavía era consciente de que nadie cuidaría a nuestros hijos de la manera en que ellos lo hacían, ya que no se trataba de ser niñeros sino protectores de los clones. Y ese papel, ningún otro lo desempeñaría como mi élite.

Maokko también había añadido que Eleanor se limitaba a saludarlas, pues ella las creía mis cómplices en lo que Myles y yo le hicimos, y me sentí pésimo que la mujer que una vez creí como mi segunda madre, se sintiera traicionada de esa manera por mí.

—*Hanna es inteligente, porque se mantiene alejada de los niños, pero no puedo asegurar si también del padre. Aunque nunca los he visto juntos en una situación que se pueda malinterpretar* —*me dijo y sonreí con amargura.*

—Es un hombre libre, puede acostarse con la que quiera —musité.

—Bueno, al menos tiene la decencia de no hacerlo en una casa donde también viven sus hijos.

Le cambié de tema luego de eso, porque no era sano para mí. Aunque cortamos la llamada enseguida debido a que Dylan llegó a visitarme, para asegurarse por su cuenta de que estaba bien. Y como el hermano que era, reiteró que quería apoyarme en todo lo que necesitara y que por ningún motivo quería que yo creyera que él me juzgaba. Incluso propuso que me fuera a su apartamento por si no me sentía cómoda en el de Elliot, pero le pedí que no se preocupara por eso, puesto que ya Caleb se estaba encargando de buscarme un lugar propio y adecuado con respecto a la seguridad.

Antes de irse sí que me advirtió que evitara cruzarme con Tess, porque a diferencia de él, ella era como su hermano y no entendía razones. Incluso me confesó que estaban separados en ese momento porque no aceptó que la pelirroja me culpara de la desintegración de su familia. Y me odié por haber ocasionado ese daño colateral.

—Han entregado a tío con la policía esta mañana. —Alice jadeó con la noticia que Elliot nos dio en ese momento después de recibir una llamada, yo me quedé congelada en mi lugar—. Él se negó a dar explicación de lo que hizo con Hanna y con la otra chica del estacionamiento. Y debido a lo que pasó en el hotel, ni Tess ni LuzBel están dispuestos a hacer nada por él.

Me puse de pie, porque había estado sentada al lado de Alice, y caminé de un lado a otro sobándome la nuca con una mano, sintiéndome una cobarde porque no había sido capaz de preguntar por él, ya que hacerlo me hacía recordar mi ruina.

Aunque Darius me había llamado esa mañana para comunicarme que esperaban la resolución del destino de Myles ese día. Además de avisar que estuvo en la clínica St. James, con la esperanza de que Amelia estuviera mejor, y pudiera decirle si sabía en dónde podía estar escondido Lucius (ya que Alice no había conseguido rastrearlo, incluso uniendo sus conocimientos con Connor y Evan), pero la chica seguía perdida en algún lugar de su mente, así que por ese lado perdimos las esperanzas; y el silencio de los Vigilantes ya nos comenzaba a desesperar.

Y con lo que Elliot acababa de decirnos, me sentí desesperanzada también con respecto a Myles.

—Estaré en mi habitación —les avisé a ambos.

No esperé a que me dijeran nada, me fui hacia la habitación que me habían dado y me encerré a llorar durante horas. Caleb e Isamu no estaban ese día conmigo en el apartamento, únicamente Max y Dom, quienes custodiaban afuera. Mis compañeros fueron a la mansión para asegurarse por su cuenta de que todo estuviera bien, además de que querían darle la oportunidad a Ronin y a Maokko de acompañarme porque ellos así lo solicitaron.

Entre mi rato *comemierda* recibí una llamada del maestro Cho y sensei Yusei, ambos me habían dado espacio luego de lo que pasó con Myles, pero sabía que tarde o temprano ese momento llegaría y no lo seguiría retrasando más, por lo que les respondí y les hablé de todo lo sucedido, de cómo me estaba sintiendo, lo poco que pensaba y mi resignación a no ver a mis hijos hasta que las cosas se calmaran un poco, ya que no iba desestabilizar más a LuzBel al presentarme a su casa tras lo que hice.

«Y menos debías hacerlo con la promesa que te hizo».

Se me erizaba la piel al recordarlo cortándose la mano para sellar el juramento.

—*Los errores no se lloran, Isabella, se asumen y se enfrentan con la cara en alto* —me dijo sensei Yusei con su voz dura—. *Así que deja de pensar lo peor de ti porque estás debilitando a tu guerrera interior. Mejor demuéstrale que aprenderá más de esta derrota que de la victoria.*

Respiré hondo al darme cuenta de que ella tenía razón, no podía ni debía echarme a llorar a diario por lo que pasó, ya que de esa manera no resolvería nada y únicamente estaba consiguiendo que la guerrera en mi interior también se sintiera una mierda. Y donde la dejara debilitarse de esa manera, entonces estaría perdida y me convertiría en el blanco perfecto para mis enemigos.

—*La lluvia solo es un problema para aquel que no quiere mojarse, Chica americana. Y a ti siempre te ha gustado bailar debajo de ella, ¿no?* —acotó el maestro Cho y les sonreí.

—*Gracias por sostener mi mano cuando me siento perdida* —les dije a ambos en japonés y me regalaron una leve inclinación de sus cuerpos como respuesta.

Dicho eso finalicé mi llamada con ellos y tomé una ducha. Y justo cuando había terminado y ya me encontraba vestida y peinada, sintiéndome más liviana, recibí a Maokko y a Ronin en la sala. Me dieron una reverencia *saikeirei* en cuanto me vieron, mostrándome con ello el gran respeto que seguían sintiendo hacia mí.

Este acto, en su cultura, no se le otorgaba a cualquiera, ni siquiera para hacer sentir bien a alguien más, porque entonces le estarían irrespetando al mentir. Razón que consiguió que aquel peso en mis hombros se sintiera un poco ligero, aunque fuera solo por unos minutos, pues mis amigos, mi familia, sin palabras me estaban diciendo que no me miraban ni me medían por mis errores.

—Ahora necesito un saludo occidental —musité cuando volvieron a erguirse.

Ambos rieron, y Maokko fue la primera en llegar para abrazarme, añadiendo a la vez que se sentía orgullosa de mí, pues notaba en mi rostro las ganas que tenía de volver a levantarme y esa era la líder a la cual respetaría siempre.

Ronin también me dio ese abrazo que les pedí, él incluso me alzó del suelo, diciendo lo feliz que se sentía de verme de nuevo y encontrarme entera, ya que por un momento temió que llegaría al apartamento a recoger mis pedazos.

Tras ese saludo nos pusimos al día con respecto a mis hijos y a las organizaciones; y cuando la noche entró, Alice y Elliot se unieron a nosotros, esta última con la noticia de que había conseguido información por parte del C3, sobre ciertos movimientos del jefe de una banda delictiva, que ya antes había estado coludido con los Vigilantes.

—Esta es la tercera ocasión en la que se le ve con este personaje, al cual no logramos identificarle el rostro porque siempre consigue la manera de cubrirse frente a las cámaras —explicó Alice, señalando las imágenes en su laptop.

—Trata de enfocarle el cuello, justo del lado derecho —pedí y ella obedeció.

Estuvo varios minutos tratando de conseguir una imagen clara, ya que el hombre utilizaba camisas formales con el cuello abotonado hasta arriba.

—Enfócate en esta, que es la más antigua —recomendó Elliot.

En efecto, era de varios meses atrás.

—¿Es lo que creo que es? —preguntó Alice al conseguir enfocar el cuello y notar una parte en color blanco que sobresalía de la camisa.

—*Sí es* —aseguró Ronin por nosotros.

—La fecha de la imagen es tres meses después de la batalla y se ve que el tipo está más delgado. Y, si tuvo que pasar por algún proceso para poder recuperarse del daño recibido, entonces es lógico que en ese momento todavía usara vendaje sobre la herida de tu daga —reflexionó Maokko y sentí la adrenalina invadiendo mi cuerpo.

—Hazle un seguimiento a su socio y a las personas más cercanas a él, porque si los encontramos a ellos, daremos con Lucius con más facilidad —solicité a Alice y ella asintió.

Al fin habíamos dado con una pista más certera para encontrar a esa rata y sonreí ante la expectativa. Y porque se sintió bien regresar al juego.

—¡Dios mío! Los cinco hombres de más confianza de él están cerca —avisó Alice de pronto y miramos la laptop, viendo las últimas imágenes captadas en diferentes puntos de la ciudad.

—Cuadra las direcciones —pedí.

La miré mover los dedos sobre las teclas y sentí a todos nuestros acompañantes tensarse, yo incluida. Y cuando reconocí varias de esas direcciones, supe que lo que se avecinaba era una batalla dividida.

—La empresa de Connor y Evan, el departamento policial, Grig y Rouge —señalé, mencionando este último club que LuzBel había tomado, arrebatándoselo a los Vigilantes luego de hacerlos perder varios de sus inmuebles.

—Van a atacar —sentenció Elliot lo que ya suponíamos.

—Averigua quiénes de los equipos se encuentran en esos lugares y alértalos —demandé para Maokko.

Vi a Elliot sacar su móvil para averiguar por su lado y yo decidí llamar a Caleb.

—*¿Está todo bien?*

—Mueve a toda La Orden y alértalos de una posible amenaza —ordené—. Hemos descubierto movimientos cercanos de los Vigilantes y sus aliados y creemos que van a atacarnos en simultáneo. Y, aunque parece que no son tan suicidas como para acercarse a la mansión, prefiero prevenir.

—*Está hecho* —aseguró él y lo escuché girando órdenes.

—Pase lo que pase, ni tú ni Lee, o Isamu, se alejan de mis hijos —sentencié, aunque sabía que no lo harían.

—Evan y Connor están en su empresa con Lewis y Jane. —comenzó a avisar Elliot—. Dylan y Cameron han ido al departamento policial con Serena porque es donde tienen a tío. Tess se encuentra en Grig con Belial y Lilith.

—¿Qué pasa con Rouge? —inquirí, manteniendo en la línea a Caleb.

—LuzBel, Marcus y Owen están allí —informó Maokko.

—Joder —espeté al ser consciente de la situación—. ¿Cuentan con más Grigoris?

—Únicamente con los escoltas —Maokko asintió a lo que dijo Elliot para afirmar que con LuzBel sucedía lo mismo.

—Llámale a Darius y pídele que nos apoye con Connor, Evan y los demás —ordené—. Tú moviliza a nuestros Grigoris californianos para que vayan al departamento policial por si el ataque de allí es el más grande, ya que supongo que quieren secuestrar a Myles.

—*Estoy enviando a un grupo de Sigilosos hacia Grig, tengo cubierta esa parte* —avisó Caleb.

—Chicos, la concentración más grande de esos hombres es en Rouge —corrigió Alice para mí.

Elliot y los demás me miraron, sabiendo que la zona todavía era vulnerable porque se seguía arrebatando de las manos de los Vigilantes, Y si pensaban atacar con más rotundidad era porque los hijos de puta sabían que LuzBel se encontraba en el lugar e iban detrás de él.

—Yo voy hacia allí —zanjé, sabiendo que conmigo también irían Ronin y Maokko.

—*No, Isabella, Recuerda la promesa que LuzBel te hizo* —espetó Caleb y escuché su impotencia porque no era él ni Isamu quienes estaban conmigo.

—Que me mate luego si quiere, pero por esa promesa no voy a dejar que lo dañen a él.

—*Mierda, Isa* —gritó.

—Concéntrate en proteger a mis hijos, esa es tu misión más importante ahora mismo.

Corté la llamada tras decir eso y miré a las personas ahí conmigo.

—Iré contigo —avisó Elliot.

—Encárgate de tu chica, yo me encargaré del mío —zanjé sin darle oportunidad a que rebatiera.

Además, él sabía que no lo estaba haciendo por capricho, ya que si esos malnacidos planearon moverse así, fue porque nos estudiaron. Lo que significaba que bien podrían saber que yo estaba en el apartamento con ellos y era probable un ataque también ahí.

Y decidido cómo nos distribuiríamos, fui a la habitación por mi tahalí y cinturones con armas, agradecida de haberme vestido y calzado con lo necesario para estar preparada ante algo como esto. Al salir le ordené a Dom y Max que se quedaran con Elliot por si llegaba a necesitarlos, mientras que yo me marché con Ronin y Maokko, siendo seguidos por otro grupo de cinco Sigilosos que se mantenían en la zona para mi protección.

Rouge quedaba a veinte minutos de donde nos hallábamos y mientras llegábamos allí, la noche se hizo más oscura y Elliot se mantuvo informándome de cualquier cosa que sucediera. Y cuando estábamos a nada de llegar a nuestro destino, recibí la alerta de que Connor y Evan, junto a los demás que los acompañaban, ya habían sido atacados, en simultáneo con Tess, Lilith y Belial.

—El departamento policial está bajo ataque —avisó Maokko y no tuvo que decirme lo que posiblemente ya estaba sucediendo en Rouge.

—Para aquí —le ordené a Ronin justo cuando llegamos detrás del pequeño bosque que rodeaba el club.

Él ya había apagado las luces a dos millas de la zona para no delatarnos, descubriendo que la carretera era poco transitada a esa hora de la noche.

—*Los hijos de puta ya están aquí* —largó mi compañero al ver tres camionetas que escondieron entre los árboles.

—Entonces disfruta de la matanza, cielo —recomendé y salí del coche luego de asegurarme de no ser sorprendida por mis enemigos en lugar de sorprender.

Nos metimos en el bosque tras eso, siendo esos Sigilosos a los que tanto temían en Japón, matando en silencio a los enemigos que encontramos inmersos entre la arboleda, descubriendo más camionetas escondidas dentro de la zona protegida de la luz de la luna, gracias a las ramas frondosas.

—¡Carajo! Como me alimenta esto —celebró Maokko mientras clavaba sus dos *tantos* en el cuello de un Vigilante.

—*Siento asco de mí mismo al excitarme por verte siendo una sádica* —Me reí al escuchar a Ronin por mi intercomunicador, diciéndole tal cosa a Maokko.

Él se había alejado de nosotras, pero todavía se mantenía en nuestra periferia.

Salté sobre la espalda de un tipo al cual sorprendí mientras escuchaba la interacción de mis compañeros, y segué su cuello, amortiguando el golpe de su cuerpo inerte con mis pies para no alertar a los demás. Seguimos avanzando de esa manera, dejando un rastro mortal hasta que llegamos al claro del estacionamiento, observando cómo LuzBel, Owen, Marcus, Roman, Isaac y otros Grigoris libraban su propia batalla.

—Parece que llegamos cuando la fiesta está en su máximo apogeo —comenté.

—*Por si acaso, defiende al Tinieblo desde las sombras, jefa* —recomendó Ronin. Ya no lo veía, pero sí lo escuchaba por mi intercomunicador.

—*Ayudemos a neutralizar a estos bastardos y luego marchémonos de aquí, Isa. Será lo mejor* —lo apoyó Maokko.

Yo también lo sabía, pues no era tan estúpida como para subestimar la promesa que me hizo LuzBel, puesto que esa vez era consciente de que lo cumpliría. Él no prometía en vano y me selló el juramento con su sangre, lo que significaba que si se contuvo de matarme en aquel hotel fue solo porque mis hombres no se lo permitieron.

—Bien, hagámoslo así —acepté.

«Por fin estabas siendo la mujer inteligente, Colega».

Ignoré a mi conciencia y por unos minutos me embobé viendo a aquel demonio de ojos color tormenta, que repartía la muerte como si se tratara de un Santa Claus sádico. Alimentándose de ella tal cual lo hacía Maokko, gozando de cada vida que le arrancaba a nuestros enemigos. Era enfermo de mi parte, pero después de días sin verlo, su rostro manchado de sangre y su sonrisa *comemierda* me parecieron lo más sexi que mi mirada adoró.

—Mierda —bufé cuando esquivé a un tipo que me sorprendió admirando como idiota a mi *crush*.

Me metí en una pelea con él y luego con dos más, hasta que la cuenta aumentó. Siempre tratando de mantenerme en las sombras como Ronin recomendó, ya que el *crush* que yo adoraba también iba a matarme donde me viera cerca de su espacio.

Y, cuando los Vigilantes fueron disminuyendo y los Grigoris nos convertimos en mayoría, supe que era el momento perfecto para retirarme con mis Sigilosos, o al menos con Ronin y Maokko. Sin embargo, me asusté al no ver por ningún lado a LuzBel, pues lo perdí de vista mientras libraba mi propia batalla.

—*Están neutralizados, jefa. Hora de retirarnos* —avisó Ronin.

—No veo a LuzBel por ningún lado —dije preocupada.

—*Lo vi correr al otro lado del estacionamiento con Owen y Marcus. Supongo que van a retirarse porque Roman e Isaac los cubrían* —me tranquilizó Maokko.

Comencé a caminar hacia atrás, sumergiéndome de nuevo entre los árboles, un poco más tranquila de que él escapara.

—Los espero en el coche. Llama a Marcus y asegúrate de que LuzBel esté bien —avisé y pedí.

Y justo cuando la escuché responder con un *de acuerdo,* oí que pisaron las hojas detrás de mí, pero no me dieron tiempo de girarme y defenderme.

—Sí, White, estoy bien —susurró él con voz mortal.

«¡Santa mierda!»

Abrí la boca, no sé si para gritar de la impresión o nombrarlo, pero igual no tuve tiempo de hacer ninguna de las dos cosas, porque él me tomó del cuello con brusquedad y me estampó contra el árbol más cercano, acercando su rostro al mío, viendo la sangre que lo salpicó gracias a la luz de la luna que lo bañaba.

—Sigues cometiendo el error de subestimarme —desdeñó alzando las comisuras de su boca con vileza.

—Solo… solo —gemí por la falta de aire y arañé sus brazos con la intención de que me liberara. Por supuesto que él no me lo permitió, en cambio, apoyó la otra mano en el tronco del árbol para inmovilizarme mejor—. Déjame ir.

Negó con una pequeña sonrisa cruel que indicaba toda la maldad que contenía en su rostro iracundo.

—Si quisieras eso, tú misma te habrías liberado ya. Pero de nuevo, estás siendo una estúpida que me subestima —largó con la voz más oscura—. Y ahora que también he conseguido neutralizar a tus perros, voy a demostrarte por qué en Mónaco te aseguré que yo no juro, yo actúo.

Supe en ese instante que también Ronin y Maokko estaban siendo contenidos por sus hombres, pero no pude exigirle que no los dañaran porque antes de que yo hiciera mi movimiento para zafarme de su agarre, él hizo el suyo, apretando más fuerte mi cuello hasta que la inconsciencia oscureció mis ojos y las piernas se me aflojaron.

Mi cuerpo chocando con el suyo se convirtió en mi último recuerdo.

Tan fuerte y frágil. Tan llena de bondad, escondida dentro de la maldad. Ocultando su astucia debajo de la ingenuidad. Siempre tan llena de luz, a pesar de estar rodeada de oscuridad. Mi ángel de alas rotas, creyéndose un demonio.

CAPÍTULO 46

Paz

ISABELLA

«*Cabalgo por el borde. Mi velocidad está en rojo*».
«*Sangre caliente. Mis venas. Su placer es mi dolor*».
«*Me encanta ver los castillos arder. Estas cenizas doradas se convierten en tierra*».
«*Siempre me ha gustado jugar con fuego*».

Me moví incómoda cuando un latigazo de dolor atravesó mis brazos, mientras mis oídos reconocían la canción que sonaba de fondo. Intenté removerme, queriendo encontrar una mejor posición porque mis extremidades estaban entumecidas, pero entonces, la música cesó de golpe y yo abrí los ojos, asustada, con el corazón acelerado y la garganta seca, encontrándome todo a oscuras, a excepción de la puerta abierta que me dejó ver la luz del lugar, más allá de la habitación en la que me hallaba.

«Me cago en la puta, Compañera».

Me estremecí al reconocer la sala de aquella cabaña en la que estuve meses atrás con Sombra, y de paso, mi respiración se descontroló cuando encontré la causa de mi incomodidad anterior: mis brazos eran aprisionados con esposas de cuero en cada una de mis muñecas. Las largas y gruesas cuerdas (que palpé con las manos) que dependían de estas iban hacia al techo, lo supuse por la posición de mis extremidades superiores. Sentí que mis tobillos también fueron inmovilizados de la misma manera, aunque con la posibilidad de moverlos lo suficiente como para flexionar las rodillas.

Lo supe porque lo probé.

—Mierda —me quejé cuando encendieron las luces de la habitación, lastimando mis retinas por el cambio brusco.

Y volví a vociferar otra maldición al verme únicamente con la ropa interior cubriéndome el cuerpo, cuando incliné la cabeza para proteger un poco mis ojos de la luz de la habitación en la que me tenía. La misma en la que follamos.

—Espero que estés cómoda —se burló mi castigador y todos los vellos de mi cuerpo se pusieron en punta al escuchar su voz robotizada.

Dios.

Estaba dándome una parte de Sombra mezclada con LuzBel, pero temí que ambas serían las versiones más malas que poseía. Aun así, alcé la cabeza y lo busqué con la mirada, encontrándolo de brazos cruzados, apoyado con el hombro en el umbral de la puerta; observándome con el rostro imperturbable y la mirada calculadora, midiendo mi reacción.

—¿Esta es tu manera de cumplir tu promesa? —espeté con la voz pastosa, entrecerrando los ojos por la luz tan brillante.

Me había inmutado su actitud, lo hizo todavía más en ese momento, al verlo torcer la boca en una sonrisa despiadada, pero no estaba dispuesta a demostrárselo. Sin embargo, me lo puso difícil en cuanto descruzó los brazos y comenzó a caminar hacia mí, dejándome vislumbrar la daga que llevaba en una mano.

—Siempre me ha fascinado tenerte desnuda en mi entorno, así que, ¿por qué no matarte mientras veo esas curvas con las cuales me volviste loco en su momento?

La avalancha de sentimientos guardados en mi interior, hicieron su aparición con cada paso que dio hacia mí. Y fue tan impactante, que me obligué a dar un paso atrás aun sabiendo que no llegaría lejos porque me tenía aprisionada.

—La reconoces, ¿no? —dedujo al alzar la daga en su mano y ponerla frente a mi rostro.

Sentí una pared detrás de mí en cuanto quise retroceder un paso más y me relamí los labios secos, sin poder sostener su mirada oscura.

«El maldito Tinieblo guardó la daga con la que lo apuñalaste».

Lo hizo.

—Ojo por ojo, puñalada por puñalada —musité con un poco de ironía.

Asintió mordiéndose el labio inferior y recorrió mi rostro con su mirada.

—Me gusta que ahora sí tengas la capacidad de procesar lo que pasa a tu alrededor —halagó e incliné la cabeza a un lado, dejando un poco más expuesto mi cuello para que la piel de ahí se tensara, pues comenzó a arrastrar la daga por toda esa longitud, arañándome en el proceso—. Es justo que quien me infligió daño, sufra lo mismo.

—LuzBel —susurré cuando llevó la daga por encima de mi corazón.

—Pero no será puñalada por puñalada, White —Contuve la respiración cuando presionó la punta filosa—. Contigo es justo que sea corazón por corazón. —Hice una mueca de dolor cuando comenzó a cortarme la piel al hundir un poco la daga—. Es así como yo castigo a los que me traicionan. Fue así como hice pagar a Jacob.

Lo miré con los ojos muy abiertos, sin tener idea de a qué se refería.

—Pero yo...

—Pero tú flaqueaste, reina Sigilosa —me silenció y respiré profundo porque no me llamó así por admiración o respeto, lo hizo con burla—. Y a mí, tu perro fiel me concedió cinco minutos para que diera la puñalada final.

Jadeé al entender de lo que hablaba, las dagas de Isamu poseían un veneno letal, aunque él siempre mantenía un antídoto que únicamente concedía cinco minutos para traer a su víctima de la muerte. Y tenía leves recuerdos de mi compañero amenazando a LuzBel en el hotel con eso.

—Tú lo mataste —dije con la voz ahogada.

—Di el golpe final que tú no pudiste dar. Se lo di a un traidor y estoy a nada de asestarle otro a la peor de todas las traidoras. —Sentí las lágrimas corriendo por mis mejillas debido al matiz más oscuro en su voz robotizada, por el odio que dilataba sus pupilas grises, por el desprecio con el que me miraba—. Finges muy bien, tengo que aplaudírtelo.

—LuzBel, no. —No quería suplicar, pero lo hice cuando hundió más la daga y sentí el hormigueo en mi piel por el hilo de sangre corriendo por mi pecho.

—Por eso tú no pudiste con Jacob, porque eras una Judas peor que él. —Gemí de dolor y sentí terror porque no lo vi con intenciones de detenerse. Confirmé que su promesa no fue vana y, a pesar de saber que moriría en sus manos, no tuve la fuerza para defenderme—. Por eso te tembló la mano, tu conciencia no te dejó ser tan hipócrita como para querer cobrarle a alguien que fuera una rata desleal como tú.

—Por favor, no lo hagas.

Grité en cuanto me tomó del mentón con una mano y presionó mi cabeza en la pared, sin dejar de sostener el puñal de la daga y sintiendo, con el movimiento brusco, que llegó un poco más profundo en mi carne.

—Convénceme de no matarte —exigió con los dientes apretados y los ojos brillosos.

—¿Cómo? —titubeé y los labios me temblaron por el llanto que me negaba a soltar, a pesar de las lágrimas necias que ya me habían abandonado.

—Dime por qué, White —Parpadeé al saber a lo que se refería—. ¿Por qué con mi padre? ¿Desde cuándo me han visto la cara de estúpido? —Negué con la cabeza, haciendo un sonido estrangulado con la garganta por el llanto, queriendo abrirse camino—. ¡¿Por qué, Isabella?! —gritó—. ¿Por qué destruirme así? ¿Por qué tú, joder? ¡¿Por qué?!

—¡No lo sé, LuzBel! —grité yo, desesperada, rompiéndome una vez más al verlo destruido—. ¡Te juro por mi vida que no lo sé! ¡No sé por qué lo hice! ¡No sé cómo…!

—¡Ah! —gritó él y con horror sentí cómo sacó la daga de mi pecho y volvió a impulsarla con todo el odio que me profesaba.

Pero en lugar de volver a clavarla en mi cuerpo, lo hizo en la pared, a un lado de mi cabeza, apuñalando el yeso con toda la furia y el resentimiento que tenía hacia mí.

El polvo blanco comenzó a flotar a nuestro alrededor y dejé salir mi llanto al darme cuenta de que sostenía el filo de la daga con su mano desnuda, acribillando algo inanimado e hiriéndose a la vez, como si necesitara dañarse a sí mismo para no perder el control.

—Te odio, Isabella White —gruñó y no me quedó ni un poco de duda—. Te repudio de una manera que me destruye a mí mismo —aceptó, dejando la daga clavada en el yeso, tomándome el rostro con ambas manos, untándome de su sangre—. Condeno la hora en la que te conocí —Jadeé con desconsuelo mientras él me cogía del cuello—. Aborrezco todo lo que fui capaz de hacer por ti. —Sus pupilas terminaron de tragarse el poco gris que aún le quedaba—. Maldigo querer matarte con todo mi ser y no poder hacerlo.

Me sacudí en espasmos cuando presionó su frente a la mía y lo escuché sollozar, sus hombros también temblaron en el momento que se rompió y sentí por mí misma todo lo que él me había declarado.

—Me mataste —sentenció con la voz ahogada—. Y lo sigues haciendo cada noche cuando te recuerdo en esa cama con él, abrazados, desnudos.

—No sigas —imploré.

—¿Era suave contigo? —preguntó de pronto, su voz robotizada volvió a cobrar dureza—. ¿Te tomó con la tranquilidad de un viejo o con el vigor de un hombre de verdad? —Me congelé al entender lo que preguntaba—. ¿Te tocó así?

No pude reaccionar cuando apretó mi pecho herido con su mano sangrante, a la vez que llevaba la otra a mi coño, cubierto por las bragas.

—No, LuzBel. No hagas esto.

No me escuchó, al contrario, hizo la tela a un lado y deslizó un dedo entre mi raja.

—¿Por qué, reina Sigilosa? ¿No quieres que sienta que te humedeces al pensar en Myles? —Siseé por la intromisión—. ¿Él sabe que te vuelve loca esto? —Metió un segundo dedo, llevando las yemas a la entrada de mi vagina y luego esparciendo la humedad natural que mantenía ahí, hacia mi clítoris.

Un gemido traicionó mi subconsciente en el instante que deslizó ambos dedos, dejando ese manojo de nervios entre las uniones de ellos, para presionar lo justo y friccionar hasta el punto exacto.

—Imbécil —gruñí, mordiéndome el labio para no demostrarle que fuera la situación que fuera, mi cuerpo reaccionaba a su toque porque lo reconocía como mi dueño.

—¿Lo has hecho usar una máscara para imaginarte con Sombra? —Chillé cuando torció mi pezón entre sus dedos húmedos por su sangre y la mía.

Mi piel comenzó a sentirse febril, e intenté cerrar las piernas para impedir que me tocara, pero los amarres en mis tobillos me imposibilitaron, dejándome a su merced.

—Responde, hija de puta. ¿Él te toca así?

Me mordí el labio, hasta que me hice sangrar, cuando hundió ambos dedos en mi vagina, sintiendo como si hubiera tenido un globo en mi interior que él explotó, consiguiendo que la humedad me bañara los muslos.

—Mierda —gruñó—. Chorreas por él, ¿no?

—¡No! —grité y tomé una bocanada de aire, odiando sentir tanto placer, con él tomándome como un completo cabrón.

Las lágrimas corrieron por mis mejillas sin parar, consciente de que conmigo no era el hijo de puta que le entregó a las otras mujeres, pues a mí me estaba dando placer y odio en partes iguales. Tomándome como la mierda que aseguró que era.

—Maldita mentirosa, tu cuerpo no canta la misma canción que tu boca —aseveró y me estacó con los dedos de nuevo, haciéndome gritar al curvarlos y acariciar ese punto que logró que me convulsionara con la sensación de estarme corriendo, sin llegar al orgasmo aún, mientras que con la palma le dio fricción a ese capullo endurecido entre mis piernas—. ¿Tanto te excita pensar en el padre mientras montas los dedos del hijo?

Reprimí un gemido de placer, soportando su intromisión, sus bombeos faltos de delicadeza y su agarre cruel en mi cadera, con el que impedía que me apartara de él.

—¡Joder, LuzBel! ¡Para! —pedí en cuanto me tuvo al borde del orgasmo.

Lo hizo, se detuvo justo cuando mis caderas buscaron sus embistes, dejándome vacía, no solo por sus dedos sino también por sus palabras. Él se quedó rígido, como un animal planeando de qué otra manera se comería a su presa.

—¿Te ha comido el coño con la misma voracidad que lo he hecho yo?

—No más, LuzBel —demandé sintiendo las piernas temblorosas y el vientre doloroso.

Me cogió de la parte de atrás del cabello con más fuerza de la necesaria y metió en mi boca los dedos que antes tuvo en mi interior, haciéndome saborear mi propia excitación.

—¿Él también ha tenido tu paraíso y tu infierno? —continuó con sus preguntas retóricas.

Y antes de que supiera lo que iba a suceder, me soltó con brusquedad y se puso de rodillas, enganchando mi pierna en su hombro, tomando mi coño con su boca en un asalto rápido y fuerte, utilizando la lengua y los dientes.

Grité.

LuzBel podía estarme humillando, su intención era lastimarme con todo lo que ya me había dicho y hecho. Deseó matarme de una manera distinta al no poder hacerlo físicamente y con esa acción me dio la oportunidad de atacarlo, de dejarlo inconsciente o asesinarlo si yo quería, pero no le mentí cuando aseguré que era débil con él en mi órbita.

Y en ese instante, sin importarme lo que pensara, me rendí al placer que únicamente ese hijo de puta me daba y me ahogué con mis lágrimas y gemidos.

—¡Maldición! —chillé cuando succionó mi clítoris y luego lo soltó, frotando la lengua a lo largo de este una y otra vez.

Eché la cabeza hacia atrás por su manera de sumergirse entre mis piernas, dejando claro que era aquel depredador hambriento, mordisqueando, yendo alrededor de mi manojo de nervios, haciendo círculos y luego hundiéndose de nuevo para reclamarme con fuerzas.

—Sí, odio que él haya tenido esto —gruñó contra mi piel, rompiendo el encanto, alzando la mirada hacia arriba, aferrándose con la mano ensangrentada a mi muslo cuando intenté quitarlo de su hombro, embadurnándome del líquido carmesí mientras volvía a lamer mi clítoris con la lengua, dejándome ver el *piercing* en ella.

Negué con la cabeza, suplicándole así que no siguiera por ese camino, presionándome a su boca, mirando que a pesar de su odio, lamía mi raja con adoración, sin dejar de verme a los ojos. Luego volvió a zambullirse, deslizando ese músculo dentro de mí, provocándome un gemido lleno de lamento.

—¿Quieres mi polla en este momento? —preguntó, regresando a aquel juego que llevó a cabo en la casa de Caron.

Me mordí la lengua para no responder ni suplicar en cuanto arrastró mi clítoris entre sus dientes, haciendo que me doliera con la misma profundidad que me dio placer.

—¿Mi polla o la de Myles?

—¡Por Dios, LuzBel! —mi lamento fue acompañado de un gemido porque frotó mi capullo con su lengua a la vez que embistió con los dedos, consiguiendo que mi orgasmo se anudara en lo más bajo de mi vientre.

—Te conformarás con mi polla esta vez —amenazó.

Ni siquiera me di cuenta de que ya se había desabrochado el pantalón, lo supe hasta que me tomó de los muslos y posicionó sus caderas perfectamente con las mías, empujándose en mi interior sin delicadeza alguna, haciéndome gritar en el instante que su gruesa polla se enterró en mi coño empapado.

—¡Mierda! —jadeé en cuanto estiró más mi vagina, haciendo que doliera un poco, aunque sin dejar de ser la sensación más malditamente buena del mundo.

La corona de su polla llegó tan dentro de mí, que incluso sentí la punta golpeando mi estómago; las líneas de perlas me frotaron por arriba y por abajo, sus manos iban a magullar mis nalgas por la brutalidad con la que me sostenía, pero no le pedí que parara. En lugar de eso, hundí mis talones en su espalda y me apreté más a su cuerpo, sosteniéndolo mientras yo también comenzaba a montarlo, encontrando sus embistes una y otra vez.

—¿Esto le hacías también a él?

Escuché su respiración pesada y por un momento creí que iba a detenerse, pero lo que hizo fue empotrarme más a la pared y yo aflojé las muñecas para agarrarme de las gruesas cuerdas y hacerme de un mejor apoyo.

—Deja de dañarte así —demandé, presionando mi frente a la suya, bebiendo de nuestros jadeos sin atreverme a besarlo por más que lo deseaba en ese momento—. Porque para mí solo eres tú.

—No te creo más, pequeña zorra —gruñó, cogiéndome del rostro con una mano, empujando sus caderas, forzando mi espalda en la pared una y otra vez.

Me aferré a mis agarres en las cuerdas y lloriqueé cuando mis músculos comenzaron a arder y el fuego se reunió en mi vientre. Mi orgasmo llegó al extremo y lo miré a los ojos. Él se mordía el labio, odiándome y adorándome con la misma intensidad. Y, a pesar del placer, también me dolió que me estuviera haciendo suya mientras me imaginaba con otro.

—No más, amor —rogué—, perdóname por favor.

El valor que antes no encontré para decirle esas palabras, regresó a mí en ese instante, pero en lugar de responderme, siguió bombeando en mi interior, soltando mi rostro, rodeando el puñal de la daga en su lugar, apretando su mano en mi cadera justo cuando sentí que se derramó en mi interior, gruñendo y maldiciendo, moviéndose lento pero fuerte.

Y cuando sacó hasta la última gota, se detuvo, apartándose de mí y arrancando la daga de la pared.

—Que te perdone tu Dios, reina Sigilosa —sentenció y puso el filo de la daga en mi boca, sin lastimarme, solo haciendo que la apretara entre mis labios—. Y de paso, que te ayude encontrar tu propia liberación.

Acto seguido se metió la polla dentro del pantalón y comenzó a caminar hacia atrás, sonriendo como un completo hijo de puta, dejando claro que a la hora de matar, él sabía hacerlo de muchas maneras. Y en algunas, sin necesidad de arrebatar la vida.

—LuzBel, no te atrevas —pedí al entender lo que pretendía hacer, apretando la daga entre mis dientes, mirándolo con odio por lo que me estaba haciendo—. No lo hagas, hijo de puta, o te prometo por mi vida que haré que llores a mis pies —solté con furia y su maldita carcajada resonó en toda la habitación.

—Aférrate a ese odio porque así no haya podido matarte, voy a destruirte de maneras que no te imaginas —recomendó y sacudí mis brazos, deseando llegar a él—. Te lo dije, Pequeña, yo no juro, yo actúo—repitió, soltando una nueva risa cruel y tras eso se marchó.

«Hijo de la gran puta».

No viví la humillación de LuzBel mientras él estuvo conmigo, lo hice cuando dos horas después, Maokko llegó a la cabaña echa una furia y me encontró todavía amarrada de pies y manos, con las piernas chorreadas con el semen de ese hijo de puta y el cuerpo manchado con su sangre y la mía.

Y traté de liberarme yo misma, pero por mucha agilidad que tuviera, había situaciones de las que solo se conseguía salir bien librado, por cuenta propia, en las películas.

Maokko se asustó. Y esa escena conmigo como protagonista tuvo que haber sido la más aterradora que la asiática presenció en su vida, ya que nada conseguía que palideciera, hasta que entró a la habitación y me liberó.

Y gracias a la poca buena suerte que tenía, Ronin se quedó esperando afuera mientras ella me ayudaba, lo que me hizo saber que el maldito Tinieblo debió advertirle lo que encontraría, para que tuvieran esa precaución.

—Dime que no te forzó —suplicó ella tras ayudarme a vestirme, luego de que yo me limpiara lo mejor que pude y desinfectara la herida en mi pecho.

Necesitaría puntos de sutura para que la piel cerrara como se debía.

—Nunca ha tenido necesidad de forzarme, Maokko —desdeñé con amargura—. Pero sí abusó de mi voluntad, del amor que siento por él —gruñí—. Le dejé ver mi debilidad y ahora el hijo de puta me golpea ahí. Lo convirtió en su lugar favorito para dañarme.

Solté una risa amarga, dándome cuenta de que como Sombra lo hice comer mierda en su momento, pero en esa fusión de LuzBel y Sombra a la vez que me estaba dando, él me la estaba haciendo tragar a mí.

—Isa —susurró ella y noté la decepción de sí misma por no haber podido defenderme, o evitar lo que viví.

Negué con la cabeza, ya que ella no llegó en buen estado y supuse que también la doblegaron como a mí. Marcus se había encargado de ella y Owen de Ronin según lo que me explicó mientras me auxiliaba.

—No, Maokko. No te sientas mal por mí, ya que sensei Yusei tuvo razón al decirme que la derrota me enseñaría más que la victoria. Y te juro por mi vida que en este momento, me siento como la tierra que se endurece después de la lluvia.

Acto seguido a eso salí a la sala de la cabaña, Ronin estaba esperando ahí por nosotras y me sorprendió cuando se postró en el suelo, poniéndose de rodillas y luego inclinándose hasta que su frente tocó el piso en una reverencia *dogeza*. Ellos la utilizaban únicamente cuando la situación era tan difícil de solucionar, y no había palabras ni hechos para redimirse.

Una circunstancia que cuyo desenlace pudo haberse evitado o minimizado.

Maokko lo imitó enseguida y negué con la cabeza, porque no me debían nada. No cuando yo sola me hubiese podido ahorrar esa situación, si en lugar de caer como lo hice, hubiera dejado inconsciente a LuzBel cuando me dio la oportunidad.

«Pero bien decían que el hubiera no existía, Colega».

Exacto. Y lamentarme no me llevaría a nada.

—Levántense los dos y dejen de sentirse culpables, porque estas son las consecuencias de mis debilidades, no de la suyas —ordené con la voz dura y ambos me obedecieron.

Noté que Ronin tenía el labio inferior partido y las muñecas magulladas igual que las mías, cuando se irguió en toda su estatura. Y al percatarse de mi mirada, las llevó hacia atrás, parándose en posición de descanso.

—Vamos al apartamento de Elliot para informarnos de todo lo que pasó. Es momento de hacernos cargo de lo único que tiene que importar, así que no digan ni una sola palabra de lo que sucedió luego de ayudar a esos bastardos.

—*Entendido* —respondieron al unísono en japonés.

Salimos de la cabaña tras eso. Varios de nuestros hermanos Sigilosos nos esperaban, así que les pedí que la hicieran explotar para que a LuzBel le quedara claro el mensaje que le envié cuando me subí al coche.

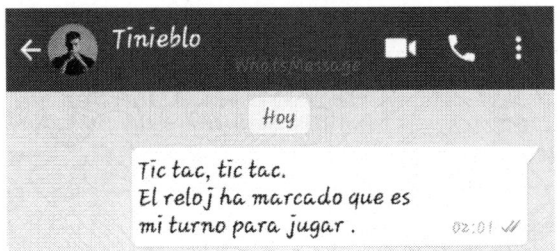

> **Tiniéblo**
>
> *Hoy*
>
> Tic tac, tic tac.
> El reloj ha marcado que es
> mi turno para jugar.   02:01

«¡Jesucristo! Definitivamente te prefería como una cabrona».

Nunca debí dejar de serlo.

Al llegar al apartamento de Elliot, él se asustó al notar algunas manchas de sangre seca que no había visto antes y por lo tanto no limpié, pero le aseguré que estaba bien, que no se preocupara. En su botiquín tenía bandas de sutura, por lo que me evitó ir al hospital para que atendieran el corte en mi pecho. Maokko se encargó de colocármelas luego de que yo tomara una ducha para deshacerme de los restos del amor (de mi parte) y la humillación, ya que no los quería más en mi cuerpo.

Y cuando estuve presentable de nuevo, hablamos para informarnos de todo lo que pasó (dejando de lado la emboscada que nos hicieron). Darius, Isamu, Caleb y Lee-Ang se unieron por videollamada, estos últimos aseguraron que en los terrenos de la mansión no hubo ninguna amenaza. Connor y los demás salieron bien librados de su ataque. Tess y sus acompañantes consiguieron algunos golpes, pero nada grave. Dylan, Cameron y Serena tuvieron el apoyo de todos los agentes policiales y luego de neutralizar la situación, trasladaron a Myles a una prisión para tratar de protegerlo de otro ataque.

De LuzBel me limité a decir que salió victorioso y con eso dejé zanjado el tema para todos.

—Necesito al mejor bufete de abogados que pueda existir —avisé a todos y tanto los presentes como los que estaban en línea, me miraron esperando más explicación—. Si tengo que pactar con el abogado del diablo para que Myles salga libre, lo haré, pero de ninguna manera permitiré que esté en un lugar rodeado de enemigos.

Vi a Elliot celebrar mi decisión y esa vez, evité dar explicaciones innecesarias, importándome un carajo si Alice, o alguien más, pensaba que haría tal cosa por haberme acostado con Myles. Yo sabía que no era así.

Cometí un error al acostarme con él, pero no cometería uno mayor dándole la espalda.

—*No será fácil con todas las pruebas que tiene encima* —advirtió Darius.

—Entonces, además de conseguirme a los mejores abogados, asegúrense de que sean de moral gris para que compren a quien tengan que comprar, pero quiero fuera de esa cárcel a Myles sí o sí —demandé y noté a Isamu sonreír de lado.

Mi hermano adoptivo me miró con sorpresa, aunque no dijo nada más.

—Debo decirte algo —habló Alice dirigiéndose a mí y la animé a que lo hiciera, pues las personas con las que estábamos eran de mi entera confianza—. Esta mañana LuzBel también inició la búsqueda de los mejores abogados, para quedarse con la custodia total de los niños.

La ira se me acumuló en la boca del estómago y me hizo temblar, cuando recordé al maldito prometiendo que me destruiría de maneras que no imaginaba, comprendiendo a lo que se refirió. Pero en ese instante no me dejaría vencer por la furia, así que apreté los puños para controlarme.

—Te hubiera agradecido que me lo dijeras antes de ir a apoyarlo en el ataque —satiricé y todos sonrieron, menos ella—. Perfecto, entonces ya saben qué más van a añadir a mi lista de peticiones.

—*¿Un abogado de familia?* —inquirió Darius.

—No, hermanito. De verdad quiero al abogado del diablo, para dejarle claro a ese simple mortal con ínfulas de Dios, que no soy la reina a la que manejan a su antojo. Soy la jugadora que ya aprendió cómo mover las piezas a su favor.

Acto seguido a eso, di por finalizada la reunión, quedándome en conversación virtual solo con mi élite (Elliot y Alice me otorgaron la privacidad que necesitábamos), avisándoles que al siguiente día iría a la mansión para ver a mis hijos y sacar algunas de mis cosas, escuchando sus consejos porque no quería ocasionar ningún altercado innecesario.

Isamu avisó que LuzBel llevaría a su madre a la prisión en la que tenían a Myles, así que aprovecharía a llegar cuando ellos no estuvieran, y no porque les temiera. De hecho, enfrentarme a ese maldito era lo que más deseaba, pero no expondría a mis hijos a una situación que los traumara, ya que al menos en eso, él y yo estábamos siendo maduros, manteniendo a nuestros clones al margen de lo que sucedía entre nosotros.

—Comienza la preparación de una casa en la que mis hijos puedan estar tan seguros como en la mansión, ya que en cuanto pase este peligro y sepulte a los Vigilantes de una buena vez, voy a llevármelos conmigo —solicité a Caleb y él asintió.

De momento le dejaría a LuzBel disfrutar de su ventaja y trabajaría en mi tiempo, lento pero seguro.

—*Me alegra que estés de regreso, linda* —comentó el rubio y noté que todos los demás pensaban lo mismo.

—He entendido que para vencer a los monstruos, debo convertirme en uno, hermanos. Y es lo que estoy haciendo.

—*Por siempre y para siempre, la reina Sigilosa* —declaró Ronin feliz y satisfecho de mi declaración, dándose dos golpes en el corazón y sonreí en cuanto los demás lo imitaron.

«Ellos sí te nombraban con respeto y orgullo».

No me importaba más que otras personas me llamaran así con burla, porque las palabras dañaban, únicamente si uno mismo les daba el poder de dañar.

Y desde que salí de aquella cabaña, arrebaté el poder que antes entregué para que me lastimaran.

Cuando llegué a la mansión al siguiente día, los niños me recibieron felices y hasta prepararon una *noche loca*, así le llamaban a las noches en las que nos quedábamos en la sala de entretenimiento, viendo caricaturas, comiendo golosinas y durmiéndonos hasta altas horas de la noche.

Y casi me echo a llorar al verlos tan emocionados, pues nos habían incluido a su padre y a mí, y no tuve el valor para decirles que esas noches habían llegado a su fin.

—Olvidaste que donde hay mucho amor, también hay mucho odio. Y no te cuidaste de eso —musitó Lee, luego de comentarle lo que viví la noche anterior en la cabaña.

No se lo dije porque quisiera seguir recordando lo sucedido, sino porque Maokko le había contado lo que ella vivió y lo frustrada que se sentía al no haber podido evitar lo mío, a pesar de que yo le pedí que dejara de sentirse culpable.

Y en el camino hacia la mansión, tanto Maokko como Ronin decidieron contarme lo que vivieron, pues al parecer, Marcus y Owen los llevaron a ellos a otra cabaña cercana a la que yo estuve con LuzBel. Y a ambos los torturaron sin infligirles daño físico, lo que les hicieron fue mental, aunque no estaban preparados para profundizar el tema y se los respeté.

—No quielo que te vayas —admitió D con su vocecita triste y sentí que me estrujaron el corazón.

Había tenido que mentirles al explicarles que el maestro Cho me necesitaba, por lo que estaría fuera del país por un tiempo. Lo hice para que ellos no me pidieran llegar a verlos, ya que era consciente de que no me lo permitirían y tampoco me gustaba estar ahí a escondidas, puesto que después de quedar frente a los dueños de la casa como una destruye hogares, no era mi intención que también creyeran que quería faltarles el respeto.

—Les prometo que voy a volver pronto, amores. Mientras, quiero que se porten bien, que entrenen mucho y obedezcan a Lee, a Maokko y sobre todo a papá y a la abuela —pedí abrazándolos a ambos.

—Te voy a estañal mucho, Tastaña telca —Los abracé con fuerza antes de ponerme a llorar cuando Aiden me llamó así.

Ambos habían adquirido la costumbre de llamarme por los motes que escucharon a su padre utilizar conmigo. Y no estaba siendo fácil en ese momento, pues sentía esa despedida como si de verdad fuese a dejarlos por demasiado tiempo.

—Siempre tengan presente que los amo con mi vida entera, mis amores chiquitos —les recordé y los dos me dieron un beso.

Aiden en mi mejilla derecha y Daemon en la izquierda.

—¡Hasta el infinito!

—¡Y másh allá! —terminó Daemon la frase de Aiden y solté una risa gangosa.

Tras eso los dejé a ambos en sus respectivas camas (porque ya era noche) con Lee-Ang y acaricié al cachorro, que seguía durmiendo con ellos, ya que no aceptaban que no me despidiera de él.

Les di un último beso y respiré hondo antes de dejarlos. Era momento de irme, pues mi tiempo de gracia (regalo de la tardanza de LuzBel y su madre porque luego de ver a Myles, fueron al doctor según me avisó Caleb), había terminado.

Salí limpiándome las lágrimas y tomé la maleta que ya había encontrado preparada por órdenes de LuzBel. Lee-Ang se encargó de eso luego de que él le exigiera que sacara todo lo mío de la que antes fue nuestra habitación, pues regresó a ella un día después de lo que pasó en el hotel.

—¡Isabella!

Miré a Hanna cuando bajé al segundo piso y la vi saliendo de su habitación.

Maokko y Ronin me esperaban afuera, pues se mantendrían conmigo un tiempo, ya que ninguno quería estar en la mansión, pues lo vivido en las cabañas estaba muy reciente y ellos también querían evitar un altercado que únicamente me perjudicaría a mí, si LuzBel ordenaba echarlos.

—Creí que tenías prohibido venir aquí —comentó y apreté entre mi mano el mango sujetador de la maleta.

«Lo que nos faltaba».

—Creíste mal —mentí con la voz fría.

—LuzBel me lo mencionó anoche —rebatió.

«Hija de puta».

Iba a matarla.

—¡¿Qué demonios haces aquí?!

Miré a Tess en cuanto gritó eso, salió de la habitación de su madre y maldije en mi interior porque creí que iba a alcanzar a irme antes de encontrármela a ella, a su hermano o a su madre, pero me tomé más tiempo con los niños y eso me saldría caro, según sospeché.

—No es necesario que armes un escándalo, Tess. Me voy ahora mismo —avisé.

No iba a darle tiempo a discutir, así que caminé hacia los escalones sabiendo que debía pasar por su lado, cosa que ella aprovechó.

—¡Eras como mi hermana, maldita traidora! —espetó y me hizo retroceder tomándome del brazo.

Su agilidad había mejorado, ya que antes de darme tiempo a reaccionar, me estampó tremenda bofetada con la que me hizo saborear mi propia sangre. Y, a pesar del aturdimiento, logré detener su mano en cuanto quiso darme otra.

—No más, pequeña mierda —siseé.

—Mierda tú, que no te bastó solo con dañar a mi madre sino que también jodiste a mi hermano —vociferó y se zafó de mi agarre—. ¡Destruiste esta familia, zorra malnacida!

Se fue contra mí, pero ya me encontraba preparada para esquivar sus golpes. Sin embargo, ella estaba dispuesta a acabar conmigo, por lo que siguió insistiendo.

—¡Tess! ¡Déjala! —le gritó Hanna.

—¡No! ¡Esta puta es una traidora! ¡Y ella misma dio el ejemplo de cómo se castiga a los de su calaña! —rugió con tanto odio, que llegó a calarme.

—¡Joder, no me compliques más las cosas! —pedí.

Y claro que no entendió, me asestó otro golpe que esquivé, sin la intención de dañarla. Simplemente pretendía que ella se desahogara sin llegar a nada más grave.

—¡Te vas a arrepentir de haber dañado a mi familia! ¡Puta de mierda!

Bien. Escuchar eso me dolió, pero seguí defendiéndome y también opté por devolverle los golpes, ya que no estaba dispuesta a que esa familia pretendiera hacerme pagar mi error a como se les diera la gana.

Y el escándalo de nuestra pelea se hizo tan fuerte, que incluso escuché a Maokko vociferando maldiciones. Aunque nada de eso nos detuvo, esquivé y golpeé y en uno de nuestros movimientos violentos, alcancé a ver a Eleanor y a LuzBel entrando a la casa, seguidos de Ronin, Caleb e Isamu.

Le lancé un cabezazo a Tess en el instante que consiguió empotrarme en la pared y siseó de dolor, la sangre de su ceja manchándole el rostro y aturdiéndola. Supe que era mi momento para dar mi golpe final y terminar de una buena vez con nuestro espectáculo, pero entonces vi Aiden bajando de los escalones de la tercera planta y me aterré de que fuera a caerse.

—¡Aiden, no! —grité.

Me rompió el alma al notar que lloraba, asustado de lo que veía. Lee-Ang alcanzó a contenerlo antes de que algo pasara y lo aferró a sus brazos, sosteniendo su cabecita entre su cuello para que no viera más lo que sucedía.

No obstante, mi error me costó muy caro, ya que me descuidé de Tess y no vi a tiempo cuando sacó su arma y sin titubear la disparó. Inhalé una respiración corta al escuchar la detonación, justo en el mismo segundo que sentí el impacto del proyectil en mi pecho.

Fue extraño no sentir dolor, simplemente experimenté cierta resignación y sonreí consciente de lo que acababa de pasar. La debilidad en mi cuerpo fue inmediata, seguido de un frío que se impregnó hasta en la médula de mis huesos. Miré hacia donde mi blusa blanca comenzó a mancharse de carmesí y el olor a óxido me inundó las fosas nasales.

—Mierda, Tess. Mis clones —me escuché decir.

En ese instante el frío se convirtió en miedo y lágrimas, las piernas me flaquearon y no conseguí tomar otra bocanada de aire. Busqué algo de donde apoyarme y únicamente encontré aire.

«Mi Aiden», pensé siendo presa del terror por no volver a verlo y escucharlo hablando de sus lecturas.

Luego llegó Daemon a mi cabeza y me preocupé porque no estaría con él, cuando otro de sus episodios lo encontrara. Ellos no me tendrían para que no tuvieran miedo, no los vería crecer. No les cumpliría mi promesa de volver pronto.

—No… no los dejes solos, Elijah —rogué.

Pero dejé de percibir mi entorno y lo último que logré ver antes de perderme por completo, fue a Maokko llegando a Tess y golpeándola. Sin embargo, yo quería regresar con mis hijos, así que di un paso hacia los escalones que me llevarían a su habitación, aunque mis extremidades ya no me obedecían y en lugar de ir al frente, lo hice hacia atrás y encontré la escalinata equivocada. El aire volvió a recibirme y segundos después me sentí rodar.

Mi oído volvió a aclararse en el último segundo consciente y escuché los gritos de horror. El llanto de mi pequeño. Palabras ininteligibles. Y luego...

Dolor.

Frío.

Calor.

Oscuridad.

Paz.

¿Eso había sido todo? ¿De esa manera acabaría mi vida?

«Así parecía, Colega».

Tengo más defectos que virtudes, Pequeña, pero si me lo permites, te adoraré con cada uno de ellos.

CAPÍTULO 47

Código azul

ELIJAH

Luego de que aquella tarde Isabella me dijera que era débil conmigo, terminé en una conversación telefónica con Laurel, porque era con la única persona que me sentía capaz de hablar abiertamente sobre lo que me sucedía.

Admití con la pelinegra lo mal que me sentó el desprecio de White cuando la tuve en la que se había convertido nuestra habitación, porque ella jamás se negó a mí. No lo hizo ni en nuestros peores momentos, hasta que, al parecer, llegaron situaciones que lo superaron todo.

«¿Cómo puede decir que me ama, pero que es débil conmigo a su lado?»

Le hice esa pregunta a Laurel, ya que me parecía inaudito que mientras yo me sentía poderoso teniendo a Isabella en mi dimensión, ella se debilitara. Eso no era amor, razón por la cual yo jamás creí en ello.

Para mí no tenía lógica que un sentimiento que se suponía que era poderoso, debilitara a las personas.

Laurel a su manera quiso hacerme entender que cada persona vivía el amor de forma distinta, incluso me pidió que no perdiera la paciencia y dejara que Isabella reflexionara y viviera su dolor sola. Sin embargo, ni mi amiga ni nadie me preparó para lo que viviría horas más tarde.

Puta madre.

Si la traición de Jacob acabó con mi corazón, no podía explicar lo que me hizo encontrar a la mujer por la cual era capaz de dar mi jodida vida, desnuda y entre los brazos de mi propio padre.

—¿Qué pasó conmigo, hermano? —le pregunté a Evan con la voz ahogada, cuando él y Lewis me sacaron de la sala de interrogación, tras dejar inconsciente a Myles—. ¿En qué momento me volví tan ciego? ¿En qué puto momento me convertí en un estúpido que no pudo ver más allá de su nariz?

Me sentía borracho de la rabia, de la incredulidad, de los celos, del dolor de la traición.

Pegué la espalda a la pared y me deslicé hasta sentarme en el suelo, negando con la cabeza, con los ojos muy abiertos, pero sin ver mi entorno porque lo único que mi cabeza reproducía, era la imagen de mi chica recién follada por el hijo de la gran puta que me engendró.

—Te juro que quisiera tener las respuestas que quieres escuchar, pero en este momento nadie entiende lo que ha sucedido —admitió él.

Respiré hondo cuando sentí que el cuerpo se me comenzó a sacudir y encogí las piernas, apoyando los codos en mis rodillas, viendo mis nudillos ensangrentados y el vendaje en mi mano más empapado de rojo por el corte en mi palma.

Nadie había esperado que llegara al cuartel para buscar a Myles, por eso cuando me detuvieron fue tarde, ya que tras pedirle una explicación que no consiguió darme, quise matarlo como no pude con Isabella. Y él ni siquiera se protegió.

El hijo de la gran puta no pudo defenderse de lo indefendible.

—¡Elijah! —No miré a Tess cuando me llamó, solo me fijé en sus botas al momento en que llegó frente a mí y se puso en cuclillas—. Joder, hermanito.

Estaba tan perdido por toda la mierda que me pasaba, que simplemente sonreí y tragué con dificultad ese nudo en mi garganta.

—No sé cómo me siento, Tess —comencé a decirle sin que me lo preguntara—. Me encuentro en un punto en el que no entiendo si me rompe la tristeza, el enojo o la decepción. —Mi voz sonaba estrangulada y comencé a ahogarme con cada palabra—. De lo único que tengo certeza es de que estoy mal, que me han arrancado algo que no voy a volver a recuperar, que me estoy muriendo por dentro.

Perdí la voz al decir lo último y ella me abrazó, sollozando junto a mí, quedándonos de esa manera por un buen rato. Y no me enteré si estuvimos solos o si Evan seguía ahí, de lo que sí me di cuenta fue de que después de ese momento sintiéndome en un infierno diferente y más doloroso, resurgiría para destruir a los que me enviaron ahí.

Y no me equivoqué, pues días después me desconocí a mí mismo cuando vi a la culpable de que me convirtiera en el peor de los monstruos, luchando contra aquellos malnacidos que pretendieron emboscarnos. Me enloqueció la ira, me desquició volver a tenerla en mi espacio, me dejé consumir totalmente por mis deseos de venganza y en lo único que pensé fue en matarla ahí mismo, pero merecía algo peor que una muerte fácil.

Por eso la llevé a la cabaña y le pedí a Owen y a Marcus que contuvieran a sus perros asiáticos, no me importaba cómo, lo dejé a la imaginación de ambos. Lo único que necesitaba es que me dieran el tiempo suficiente para destrozarla con mis propias manos, para devolverle cada puñalada que antes me dio.

Y estuve a punto de hacerlo, por unos minutos me regocijé al sentir su miedo porque ella sabía que no estaba jugando, era consciente de que la asesinaría, que le cumpliría mi promesa. Pero… cometí el error de mirarla a los ojos por demasiado tiempo, la cagué cuando me embobé una vez más con su mirada color miel.

Y flaqueé exactamente igual que como ella vaciló con Jacob. Así que decidí destruirnos de otra manera.

Sí, destruirnos. Porque mientras ambos nos quemábamos con el fuego que creábamos juntos, yo me hacía mierda al imaginarla con Myles, y la rompí a ella con mis humillaciones. La hice pedazos tal cual Isabella a mí, el día que me dejó encontrarla en aquel hotel, frente a nuestras élites.

Mi hermosa Castaña, mi Bonita, la mujer por la cual iba a quemar el mundo, me humilló públicamente como si yo solo hubiera sido ese eslabón que pisaba a su antojo, las veces que quería. Y pensé en devolverle el golpe con la misma magnitud, pero yo era más imbécil que ella, ya que incluso sabiendo que le pertenecía a otro, la seguía creyendo mía. Y por ningún motivo permitiría que nadie más la viera gozando de mis toques, de mi polla, mientras pensaba en mi padre.

—¿Por qué sonríes como un maldito idiota, si está claro que te acaba de declarar la guerra? Y sin tregua esta vez —inquirió Marcus.

La sonrisa se hizo más grande en mi rostro tras leer el mensaje que Isabella me envió, mientras observábamos desde la distancia aquella cabaña incendiándose.

—Porque no esperaba menos de ella —admití.

En mi cabeza continuaba grabada la mirada llena de odio que me dedicó, y su imagen gloriosa, recién follada por mí, atada de pies y manos.

Me cago en la puta.

Seguía deseando a esa diabla traidora con la misma intensidad que la repudiaba en ese momento.

—¿No esperabas nada menos que el que te haga comer mierda? —sondeó Owen incrédulo.

—Y prepárense, hijos de puta, porque ustedes comerán también conmigo —les advertí.

Noté de soslayo que los dos sonrieron, satisfechos y conscientes de que aquellos asiáticos también se vengarían de ellos, puesto que no creí posible que Maokko se conformara con enviar a Marcus con el labio mordido. Y por lo poco que había visto en Ronin, dudaba que fuera un hombre al que le encantara ser sometido sin someter.

Así que sí, tendríamos una guerra más que librar.

Y por más que odiara admitirlo, esa noche volví a sentirme poderoso, pero no por lo que le hice a Isabella sino por haberla tenido de nuevo para mí. Después de todo, seguía siendo un imbécil con ella.

Uno que la quería muerta, pero que no tenía el valor de arrebatarle la vida cuando se encontraba en mi espacio, nublándome la cabeza, haciéndome perder el raciocinio.

Cuando llegué esa madrugada a la mansión, y me dirigí a la habitación del segundo piso que todavía ocupaba (porque intenté regresar a la que utilicé con Isabella, pero no me sentí capaz de estar en un espacio donde todo me recordaba a ella), me encontré a Hanna saliendo de la suya, vistiendo únicamente con una bata de seda en color rosa palo que la cubría hasta la mitad de los muslos. Calzaba unas pantuflas a juego y tenía el cabello rubio en un moño flojo.

—¡Dios, LuzBel! ¿Estás bien? —Me reí cuando hizo esa exclamación.

Llevaba la ropa manchada con mi sangre y la de Isabella, pues me cambié y me lavé antes de que ella despertara en la cabaña, para no tocarla con la mierda de los Vigilantes y sus aliados, pero terminé ensuciándome una vez más; también me había tenido que vendar la mano, luego de cortarme a mí mismo para no perderme por completo, en la oscuridad que me embargó con esa traidora en mi territorio.

—No es solo mi sangre, pero dentro de todo, estoy bien físicamente —Vi el alivio en sus ojos ante mi explicación.

Me fui a mi habitación enseguida y ella me siguió.

—¿Está todo bien ya? Escuché a la gente de Isabella hablando sobre una alerta y movilizando a los demás.

—Sufrimos un ataque, pero ya está todo controlado —dije a la vez que me sacaba la camisa y luego la lancé al suelo.

Me habían informado que fue Isabella, junto a Elliot y Alice, los que descubrieron los movimientos de los Vigilantes a tiempo, por eso pudimos prepararnos antes de que fuera muy tarde.

Por ellos salimos bien librados.

Los ataques fueron simultáneos, quisieron cogernos con la guardia baja sin darnos oportunidad para que nos defendiéramos, pero la reina Sigilosa actuó como la mujer implacable que era y movilizó a nuestra gente, consiguiendo advertirnos sin descuidar la seguridad de la mansión, por si acaso esos hijos de puta eran tan imbéciles como para atreverse a morir dentro de la fortaleza.

—Es bueno saber eso —musitó y miré sobre mi hombro que estaba observando mi torso desnudo, lo que me hizo sonreír con vileza—. Voy a meterme en algo que no debería importarme porque es tu vida personal, pero como tu amiga considero que es necesario —Alcé una ceja, aunque no la detuve—. He visto a tus hijos muy tristes porque desde que pasó lo de Isabella, tú ya no estás para ellos como antes.

—Tienes razón, no te metas en lo que no te importa —aconsejé haciendo una mueca de fastidio y la enfrenté.

Me enervó que quisiera recalcar algo de lo que era consciente, pero tampoco me gustaba estar cerca de mis hijos sabiendo que me preguntarían por su madre o por su abuelo. Y antes de responderles mal de nuevo, prefería evitarlos hasta que consiguiera calmarme y dejar de odiar un poco la situación.

—Los gemelos no tienen la culpa de nada. Y como se lo dije a tu madre, si ni tú ni ella van a estar para ellos, deberían permitir que Isabella venga a verlos.

Chilló cuando cerré la puerta de la habitación y la empotré en la pared.

—¿Crees que después de lo que esa ramera me hizo merece pisar esta casa? —susurré en su oído con la necesidad de hacer con ella lo que no pude con White.

—Son sus hijos, LuzBel —me recordó, como si fuera fácil de olvidarlo.

Se removió para alejarse de mí, pero la cogí de ambas manos, con una sola de las mías, y se las retuve por encima de su cabeza.

—Isabella tiene prohibido poner un pie en esta casa. Y si no quieres que te lo prohíba también a ti, deja de interceder por ella.

—No intercedo por ella, tonto. Estoy viendo por el bienestar de tus hijos.

—Pues no pierdas el tiempo, porque nadie te lo agradecerá —aseveré.

—Realmente eres un idiota cuando estás dolido —desdeñó y sonreí de lado.

—Un idiota dolido por otra, aunque igual me deseas tú, ¿no? —me burlé, dándole razones para que me siguiera viendo de esa manera.

Hanna no merecía mi trato, pero yo no estaba para razonar en ese instante.

—No te aproveches de lo que siento por ti —pidió.

—¿Qué sientes por mí, Hanna? —la provoqué, acariciando su mejilla con mi nariz.

Jadeó como un pez fuera del agua ante mi pregunta y mi acción. Me aparté un poco para mirar su rostro y la encontré con las mejillas sonrojadas. No había pensado en seducirla, pero al tenerla así, se sintió bien dejar de pensar en lo que le hice a Isabella.

Me gustó ver a Hanna y no imaginarla con otro.

—¿Qué pensarías de mí si te digo que con estas manos que te estoy tocando ahora mismo, he tocado a otra hace unas horas? —inquirí.

Acaricié su nariz con la mía esa vez, y de paso llevé la mano libre a su muslo y comencé a arrastrarla hacia arriba, metiéndome por debajo de la bata. Se mordió el labio para no gemir y yo me lamí el mío.

Joder.

Ni siquiera estaba sintiendo placer, simplemente quería demostrarme a mí mismo que nada me importaba ya, que podía volver a ser el hijo de puta que se quitaba los sentimientos junto con la ropa, sin ningún remordimiento o culpa.

—Que…, que eres un imbécil —titubeó y también dejó escapar un leve gemido en cuanto llegué a su entrepierna. La braga que cubría su coño también se sentía de seda, y la acaricié por encima de ella.

—Soy el peor de todos, Hanna —aseguré—. Porque he tocado a otra y en este instante te estoy haciendo gemir a ti.

Volvió a soltar un quejido de placer cuando moví el dedo medio en su sexo y vi cómo sus pezones se endurecieron, mostrándose a través de la tela de la bata.

—Idiota —gimió y reí como un cabrón—. Idiota, idiota, idiota —repitió cuando intensifiqué la fricción.

—¿Qué buscas? ¿Que te bese para callarte o que te folle para hacerte gritar? —Sus ojos se abrieron incrédulos al escucharme—. Responde bien —exigí sin dejar de tocarla.

Su respiración se aceleró, su pecho rozaba el mío ante el movimiento brusco. Era tan fácil hacer su braga a un lado y hundirme en ella si hubiera estado duro, pero no era el caso.

«¿Cómo fue tan fácil para ti, White?»

«¿Por qué demonios ya no era fácil para mí?»

—Bésame —jadeó Hanna de pronto, sacándome de mis pensamientos.

—Joder, acabas de cagarla —informé y liberé sus manos, alejándome a la vez de ella porque no tenía ningún caso seguir por ese camino—. Si me conocieras de verdad, sabrías que yo no beso en la boca a quien solo quiero follar.

Jadeó incrédula por lo que acababa de hacerle y me miró con dolor, pero no me importó.

—Es injusto que me hagas pagar a mí lo que ella te hizo, maldito idiota —masculló con el enojo y la vergüenza bañando su bonito rostro.

Y sí, tenía claro eso. Que estaba haciéndole pagar a Hanna lo que solo debía cobrarle a una cabrona de ojos miel, que no salía de mi cabeza por más que quisiera olvidarla entre las piernas de otra.

Maldición.

—Cierra la puerta cuando te vayas —pedí dándome la vuelta para meterme al cuarto de baño.

—Espero que no te arrepientas luego de lo que me has hecho —sentenció Hanna antes de marcharse.

Segundos después escuché el portazo que dio.

Y no, no tuve tiempo de arrepentirme por lo que le hice a ella, sin embargo, sí me arrepentí de haber querido con todo mi ser matar a Isabella.

Me arrepentí de haberle deseado la muerte cuando llegué a la mansión al siguiente día, luego de llevar a madre a que se enfrentara con Myles (y tras eso tener que pasar con un médico por lo mal que salió de ese encuentro con él), y encontrarnos con Tess y la Castaña peleándose a muerte.

Me arrepentí (y lo haría por el resto de mis días) haber deseado que desapareciera para siempre de mi vida, cuando en el instante de verla rodar por los escalones con un disparo en el pecho, mi jodido mundo se paralizó.

—¡Isabella! —Escuché a Caleb llamarla.

Mi corazón dejó de latir, los gritos se volvieron ininteligibles. Madre se congeló a mi lado. Hanna bajó los escalones queriendo llegar a Caleb e Isabella, pidiendo ayuda, pero Ronin la hizo retroceder sacando sus armas. Maokko estaba moliendo a golpes a Tess y cuando yo conseguí respirar y quise correr hacia la Castaña, me vi siendo encañonado por varios Sigilosos.

—Maten a esa hija de puta —ordenó Isamu, refiriéndose a mi hermana.

No sé en qué momento el infierno se desató dentro de la casa, únicamente fui consciente de la élite de los Oscuros enfrentándose a los Sigilosos. Hanna había tenido que buscar donde protegerse, mientras Ronin hacía mierda a Owen cuando este quiso correr junto a Dylan (él y Cameron eran los únicos de mi equipo Grigori) para auxiliar a Tess. Marcus acababa de conseguir llegar a Maokko. Serena con Lewis intentaban contener a Isamu.

Y a mí, en ese instante me retenían entre varios Sigilosos, mientras trataba de llegar a Isabella y Caleb.

—¡Isabella! —la llamé, pero no hubo respuesta—. ¡Mierda, White! ¡Déjenme pasar! —exigí y ninguno cedió.

Cameron, Belial, Lilith, Roman e Isaac estaban queriéndome ayudar sin éxito alguno, porque toda La Orden presente tomó el control como si ellos hubieran sido siempre los dueños del lugar.

—¡No dejen que los niños vean esto! —gritó Caleb, pero yo estaba seguro de que Lee-Ang no lo permitiría—. Traigan a los malditos médicos y la jodida ambulancia —ordenó enseguida, desesperado por lo que sea que estaba viendo.

Mi élite consiguió abrirme espacio en ese momento y corrí hacia ellos, observando con pavor a Isabella en el regazo de su compañero, inerte, pálida, con un charco de sangre a su alrededor.

—¡No, maldita mierda! —amenazó Maokko, sorprendiéndome al llegar a mí, cogiéndome del cuello.

Tenía los ojos llenos de lágrimas por la furia y el terror que la embargaba.

—No quiero dañarte, Maokko. Así que déjame pasar —exigí.

—¿Más de lo que me has dañado ya, bastardo hijo de puta? —inquirió entre dientes y me clavó uno de sus tantos en el cuello sin llegar a cortarme—. ¡Es tu culpa! ¡Todo esto es tu maldita culpa! ¡Me estás arrebatando a mi amiga! ¡A mi líder! ¡A mi hermana!

Lloró al decir eso y me afectó tanto, que flaqueé y ella me obligó a retroceder con un golpe de rodilla en mi estómago. Me lanzó dos escalones abajo aprovechándose de mi pánico y desesperación; y desde esa posición vi a Isamu a punto de asesinar a Tess y a madre alcanzando a cubrirla con su propio cuerpo, suplicándole por la vida de su hija.

Fuimos totalmente sometidos por unos guerreros sufriendo la angustia de perder a su líder. Y no porque éramos débiles, sino porque tanto mi gente como yo, también temíamos por lo que estaba pasando.

De pronto vi pasar a mi lado al grupo de paramédicos que teníamos en la mansión. Solo así los Sigilosos dejaron la pelea, pero para cuidar cada franco alrededor de Isabella, con sus armas alzadas en advertencia de que no dudarían en atacar si alguien se acercaba.

—¡No te puedes ir todavía, Isabella! —grité, viendo cómo los paramédicos le rompieron la blusa, desnudándola del torso para saber qué tan grave había sido herida.

Vi con horror cómo la sangre burbujeó de su pecho.

—Su pulso es débil —avisó uno de los paramédicos.

Me puse de pie con la intención de volver a avanzar, pero fue en vano.

—¡Tienen todo el derecho de protegerla, pero no me impidas esto! —le grité a Caleb, quien estaba manchado de la sangre de su líder y amiga.

Nunca pensé que estaría en esa posición, pero en ese momento no me importó.

—¡No! ¡Él no merece respirar el mismo aire que ahora nuestra líder está perdiendo por culpa suya y de su maldita hermana! —rugió Maokko.

Nunca me llevé bien con Caleb, pero de todos, yo sabía que por mucho que no me tolerara, era el más coherente de ellos.

—¡Tenemos que llevarla a un hospital antes de perderla! —gritó el paramédico.

En ese momento ya estaban montando a Isabella en una camilla para llevársela.

Miré a Caleb, rogándole con la mirada que contuviera a su gente, porque si yo mismo me estaba controlando, era solo porque razoné que en ese momento no valía la pena demostrar el poder del que siempre me regodeé.

Yo, el imbécil más vengativo y orgulloso, solo quería estar cerca de la única mujer que me destruía en todos los sentidos.

—Le daremos una tregua por hoy, pero tomen a Tess en nuestra custodia —cedió y asentí en agradecimiento.

—¡No, Elijah! ¡No puedes permitir eso! —rogó madre desde donde estaba aún, protegiendo a mi hermana.

—Ha atentado contra una líder Grigori, madre. Reglas son reglas —le recordé, sin una pizca de remordimiento.

Había protegido a Tess cuando estuve con los Vigilantes, pero no movería ni un dedo por ella luego de lo que me hizo.

—¡Es tu hermana, Elijah! —gritó Eleanor cuando Maokko volvió a llegar a ellas y cogió a Tess del cabello, haciéndola gritar.

—Retroceda, señora Pride, porque no la perdonaré dos veces —le advirtió Isamu a madre.

Miré a Dylan con los puños apretados observando el trato que le daban a su chica, e imaginé lo difícil que estaba siendo para él permitir que la trataran como una traidora, querer defenderla y a la vez matarla con sus propias manos, porque ella acababa de atentar contra la vida de su hermana.

—¡Elijah! —suplicó Eleanor de nuevo—. ¡No lo permitas! ¡Tess es tu hermana!

—Isabella es la madre de mis hijos. Tess jamás debió ponerle un dedo encima —desdeñé yo.

Me fui detrás de los paramédicos luego de decir eso. Y no mentí ni declaré nada por quedar bien con nadie. Era mi puta verdad. Isabella y yo podíamos hacernos mierda entre nosotros mismos, intentar matarnos a puñaladas, con palabras o como quisiéramos.

Me había traicionado de la peor manera. La humillé como jamás debí hacerlo. Pero incluso con todo eso, no perdonaría a nadie que la dañara y juraba que ella tampoco perdonaría a alguien que me pusiera un dedo encima.

Así de jodidos y tóxicos éramos.

En cuanto me subí a la ambulancia y se pusieron en movimiento, vi a los paramédicos inyectarle cosas a la Castaña. Tragué con dificultad al ver que también le estaba saliendo sangre de la cabeza, empapándole el cabello. Una mano le colgaba inerte de la camilla y sus uñas estaban llenas de líquido carmesí.

Nunca experimenté tanto miedo como en ese momento, al darme cuenta de lo que podía significar su estado. Ni siquiera podía respirar o parpadear, tampoco pensar en nada más que no fueran nuestros hijos, en lo que iba a decirles si ella no salía de eso.

Comencé a temblar y a duras penas noté que uno de los paramédicos movía los labios diciendo algo, pero no lo escuché. Me concentré en Isabella, en el lento movimiento de su pecho y me obligué a creer en que ella no se daría por vencida. Superaría esa prueba cómo superó muchas otras.

—Esto no es nada para ti, White —le dije, aunque no me escuchara—. No puedes morir, reina Sigilosa. Este no debe ser el último jaque mate que me darás. Me niego.

—¡Código azul! —gritó el paramédico. Y miré perplejo el momento en que comenzó a hacerle una reanimación cardiovascular—. ¡No tiene pulso! ¡La estamos perdiendo! —avisó y mi mundo volvió a congelarse porque por primera vez me tocó ser solo espectador.

Y nadie me preparó para sentirme tan malditamente impotente. Sin poder exigirles que la salvaran, porque yo era testigo de todo lo que estaban haciendo para mantenerla con vida.

De pronto la ambulancia se detuvo y abrieron las puertas de golpe.

Algunos de los Sigilosos, y de mi élite, nos habían seguido y se esparcieron afuera para asegurarse de que no existiera otro tipo de peligro. Yo bajé junto a los paramédicos y desenfundé mi arma preparado para defender si era necesario.

Me obligué a ser fuerte mientras corría al lado de la camilla de White, escuchando a los paramédicos informarles a los médicos y enfermeras el estado de ella. Y supe que todo era peor de lo que imaginaba porque ni siquiera me sacaron de la sala en la que la metieron. Por lo que vi cuando terminaron de cortarle la ropa, notando en ese momento que el medio de su pantalón también iba manchado de sangre.

De un momento a otro todo se volvió más lento. Yo estaba ahí, pero era como si estuviera siendo el espectador al que nadie notaba. Las enfermeras corrían de un lado a otro, conectando máquinas al cuerpo de Isabella, limpiando su cuerpo con un líquido amarillo, entubándola de la boca.

El miedo me impregnó los huesos y el frío abrasador se apoderó de mi piel, cuando uno de los médicos le inyectó algo a Isabella en el pecho. Tras eso gritaron códigos que no comprendí, mientras el monitor cardiaco comenzaba a soltar un bip demasiado acelerado.

—¡Preparen el desfibrilador! —gritó el doctor.

—No, Isabella. —Me escuché decir y di un paso hacia ellos.

Dos enfermeras y uno de los médicos auxiliares llegaron a mí y rugí con impotencia al ver que el que se quedó con Isabella pidió un nivel de voltaje. Segundos después impactó las planchas en el pecho de ella y yo volví a gritar su nombre.

—¡No, Bonita! —supliqué.

La línea cardiaca en la máquina comenzó a ponerse recta en lugar de zigzaguear. Caí al suelo sin darme cuenta porque el médico consiguió derribarme, en el instante que intenté llegar otra vez a la Castaña para ponerle esas planchas yo mismo y ordenarle que reaccionara.

—¡No puedes dejarte vencer por la muerte, Isabella! —demandé cuando volvieron a darle un choque de electricidad en el pecho, con más intensidad, pues hicieron que el torso se le despegara de la camilla—. ¡Joder, Pequeña! —supliqué, viendo sus brazos salir de lado a lado y la línea cardiaca volverse cada vez más recta.

El médico negó y pidió más potencia, frotando las planchas entre sí para luego golpearlas contra el pecho de la chica que, de nuevo, me estaba destruyendo.

—Es para que estés tranquilo —dijo una de las enfermeras que aprovechó mi distracción y me inyectó algo en el cuello.

Negué con la cabeza, mi cuerpo comenzando a sentirse pesado en segundos. Y no hubo tranquilidad, solo un dolor profundo cuando un último choque de electricidad levantó el pecho de Isabella, pero la línea cardiaca no volvió a zigzaguear y el sonido del bip dejó de ser pausado para convertirse en continuo.

—Tienes que dar el jaque mate, Isabella, por favor —susurré, el médico me miró con impotencia.

La línea siguió recta y mis ojos se cerraron sin que lo pudiera evitar. Y deseé no volverlos a abrir nunca si ella ya no estaría en mi órbita.

Mi chica perfectamente imperfecta, una Dahlia negra y delicada que sabe dar suaves caricias en las manos correctas, pero que atraviesa con sus espinas a las equivocadas.

CAPÍTULO 48

Hazme olvidar

ELIJAH

Merecía que ella me castigara así, de eso ni yo ni nadie tenía duda. Lo que estaba viviendo era poco para todo lo que me había ganado, pero no lo aceptaba. No quería una vida en la que Isabella no estuviera. No me importaba saber lo que era el otro lado del mundo si esa Castaña de ojos miel no estaría allí conmigo.

No quería saber quién sería sin la mujer que me hizo creer en lo increíble.

No quería perder esa parte de mí que solo le pertenecía a ella, y que pensé que había destruido con su traición.

Maldición.

Estábamos hasta el fondo de la mierda, pero…, joder, incluso odiándola la prefería viva. Me negaba a que se fuera de esa manera, a que no cumpliera su promesa conmigo. Esa de tomar mi vida entre sus manos.

—Tic tac, tic tac, es tu hora de jugar, Isabella White, ¿lo recuerdas? —susurré con la voz débil, pues el tranquilizante no había conseguido doblegar mi miedo—. ¡Despierta, maldita Castaña provocadora! ¡Demuestra lo terca que eres!

—¡Carguen al máximo!

—¡Doctor, ya no reacciona!

—¡Carga máxima! —exigió el médico.

—¡Carga a 360 lista!

—¡Despejen!

Me aferré por primera vez a la esperanza. A la de ese doctor y a la mía. Y mientras aquel auxiliar me arrastraba fuera de la sala, vi cómo el médico impactó el desfibrilador en el pecho de Isabella y al terminar de darle la descarga, se quedó esperando igual que los que estaban a su alrededor.

—¡Hay pulso!

Jadeé, mi corazón volviendo a latir justo como el de ella. Regresé a la vida cuando Isabella lo hizo y al cerrar aquellas puertas e impedir que siguiera viéndola, comencé a reír entre los sollozos que solté sin poder contenerlos más. Solo entonces la adrenalina me abandonó y el tranquilizante hizo su efecto.

Únicamente en ese instante volví a cerrar los ojos y dejé que la oscuridad me consumiera, sabiendo que volvería del otro lado, con la esperanza de que ella me estaría esperando para hacerme comer mierda como Owen aseguró.

Y no erré.

Cuando desperté en una camilla horas, o minutos más tarde, confirmé por mi cuenta que nada sería tan fácil, y nunca lo había sido en realidad. No obstante, al llegar a la sala de espera, donde Caleb, Ronin, Maokko e Isamu estaban esperando por noticias, vi al médico hablando con el rubio.

—¿Qué ha sucedido? —pregunté.

El doctor me reconoció, pues era el mismo que atendió la emergencia de la Castaña.

—Ya la hemos estabilizado, pero no pudimos hacer nada con el feto.

—¡¿Qué?! —exclamé.

Vislumbré a Ronin conteniendo a Maokko. Caleb se llevó las manos a la cabeza e Isamu apretó los puños.

—Estaba embarazada, tenía aproximadamente ocho semanas. Pero el impacto de bala rozó su pulmón derecho y tuvo una fractura en el cráneo. Debíamos operarla luego de estabilizarla, sin embargo, ya venía perdiendo el embrión cuando la trajeron.

Di un paso hacia atrás, recordando haber visto la sangre entre sus piernas. El doctor siguió explicando el estado de la Castaña, yo únicamente pude pensar en que ese bebé era mío. Ni siquiera cruzó por mi cabeza que pudo haber sido de Myles porque mi interior gritaba que ese hijo lo puse yo en su vientre.

El deseo más grande de nuestras copias y secretamente también el mío. Y lo habíamos perdido, de nuevo me estaban arrebatando un hijo y esa vez no podía culpar solo a Tess.

No.

—¿Te das cuenta por qué ella quería alejarse de ti? —Maokko golpeó sus palmas en mi pecho haciéndome retroceder—. Esa malnacida de tu hermana no le arrebató la vida, pero sí un hijo, maldita mierda —Dio otro golpe en mi pecho y me limité a mirarla—. Pero no es culpa de ella sino tuya.

—¡Maokko! —la amonestó Caleb, queriendo tomarla del brazo.

—*¡No, Caleb! Tú no la encontraste como lo hice yo en esa cabaña* —logré entender que le dijo en japonés, y tanto el rubio como Isamu la miraron, queriendo comprender lo que decía—. Si no la hubieras atacado de esa manera ella no se habría debilitado —Volvió a utilizar el inglés para mí y noté de soslayo a Ronin intentando sacar un arma, para hacer lo que Maokko no hacía aún.

Estaba seguro de que él no la vio, porque cuando les dije en donde estaba Isabella, les advertí que solo Maokko podría auxiliarla, ya que no permitiría que el asiático la viera semidesnuda, atada y marcada por mí.

—No mereces estar aquí, hijo de tu puta madre. No mereces ser el padre de los clones ni de ese bebé que ha perdido Isabella. Y si no te he matado ya es porque no voy a arrebatarle esa dicha a mi líder. A la reina Sigilosa que yo sí honro y respeto —Me propinó una bofetada tras decir eso y me limité a cerrar los ojos, sintiendo aquellas lágrimas recorrer mis mejillas.

Y no por el dolor del golpe sino por el de sus verdades.

—¿En dónde tienen a Tess? —le pregunté a Caleb con la voz ronca.

—Ella ya no es tu problema. Nosotros vamos a cobrar su traición —aseveró él.

—No voy a matarla.

—Tampoco vamos a concederte el desahogo —declaró Isamu al intuir que quería ver a mi maldita hermana, para hacerle pagar a mi manera por lo que hizo.

—*Ahógate con tu propia mierda, LuzBel. Porque eso es lo único que mereces* —aseveró Ronin.

Miré a cada uno, asintiendo y a la vez sonriendo, entendiendo por qué Isabella se refirió a ellos como los ángeles que su madre le dejó. Me había dicho que Leah los nombró así en el diario donde le narró su vida. Y en ese instante yo también le di la razón.

Eso eran los Sigilosos, esa élite en especial.

—¿Tuándo vene mami? —me preguntó Aiden cuando los llevaba a su habitación.

Había pasado una semana, y me hacían esa pregunta cada noche.

Volví a la habitación que ocupé con Isabella porque quería estar cerca de ellos, sobre todo luego de descubrir que Aiden había estado teniendo pesadillas, después de haber presenciado la pelea entre su madre y su tía. Y estaba muy agradecido con Lee-Ang, por haber actuado con rapidez y evitar que mi hijo viese el desenlace fatal de esa noche.

—La estaño mucho —acotó Daemon al entrar a la habitación.

—¿Quieren ir a la cama conmigo un momento? —ofrecí para distraerlos.

Ambos gritaron un *sí* y supe que no se quedarían solo un momento en mi cama cuando corrieron por sus osos. Sonreí por eso, por lo listos que eran para hacer cumplir sus deseos con sutileza.

Dominik me recomendó seguir manejando lo que Isabella les dijo esa noche que llegó para despedirse de ellos: que iría a Japón para ayudarle a Baek con algo. También se encargó de explicarle a Aiden lo que pasó entre la Castaña y la pelirroja, pues a mí no se me daba bien mentirles y en muchas ocasiones, cuando mi pequeño preguntó por esa pelea, opté por quedarme callado.

—¿Hoy sí merezco un abrazo? —inquirí con tono de broma cuando Daemon se subió a la cama junto a su hermano y a mí, y buscó meterse en mi costado.

Me recosté en el respaldo de la cama y ellos se colocaron uno a cada lado de mi cuerpo. La última vez que estuve con ambos así, antes de que pasara lo de Isabella y Tess, Daemon me había demostrado que era tan orgulloso como yo al negarse a darme un abrazo porque olía a licor, luego de haberme bebido solo tres tragos, una hora antes.

—Ahola no oles feo, papito —explicó Aiden y, aunque me reí, también sentí vergüenza.

—Y tapoco etás enojalo y no glitas —acotó Daemon y me encogí en mi lugar, tragando fuerte y sintiendo cómo me doblegaron en segundos—. Pol eso no tendo ganas de llolal.

Mierda.

Nunca les grité, pero sí les hablé fuerte en una ocasión que me preguntaron, en su inocencia, si el abuelo estaba con su madre. Algo que en ese momento aumentó mi locura porque solo habían pasado tres días desde que encontré a Isabella con Myles en aquel hotel, por lo que no estaba en mi mejor momento y exploté con las personas que menos merecían que fuera un imbécil con ellos.

Con recuerdos como ese, aceptaba más el odio, y las ganas de asesinarme, que Maokko me demostraba cada vez que me tenía cerca.

—Lo siento mucho, pequeños —pedí y Aiden se puso de rodillas para mirarme a los ojos. No entendí la razón de su acción, lo que sí sentí fue que me intimidó con esa mirada gris que, aunque fuera idéntica a la mía, brillaba más en ese instante—. Perdónenme por haberles hablado así, no lo merecen. Y si olía feo, era porque necesitaba ponerme alcohol en una herida que me está costando sanar.

—¿Dónde etá tu helida? —quiso saber cómo el curioso que era.

Sonreí antes de responder.

—No podrás verla, está aquí, adentro de mi piel —expliqué y puse una mano en mi corazón.

Me quedé de piedra cuando Daemon se acercó a darme un beso justo donde dije que estaba herido.

—Sana, sana, tulito de lana —cantó Aiden—. Toma un beshito pala que etés muy bien mañana.

Él también imitó a su hermano al darme un beso sobre el corazón y seguí sin reaccionar.

«*No mereces ser el padre de los clones ni de ese bebé que ha perdido Isabella*».

Maokko no erró, no merecía a esas copias. Nunca lo hice de hecho, siempre fui consciente de ello y ahora más, pero no solo por lo que hice antes, sino también por lo que estaba haciendo en ese momento.

«*Los niños no juzgan ni señalan*».

Lee-Ang seguía confirmándome lo sabia que era, pues esos niños a los que ella cuidaba incluso con su propia vida, no me estaban señalando ni buscando mis errores, todo lo contrario, inconscientemente aliviaban mi alma podrida así fuera un poco.

—… Y D se peleó con la niña —explicó Aiden.

Teníamos un rato conversando luego de que reaccioné y los animé a cambiar de tema. Esa mañana habían ido a conocer la clínica que Dominik nos recomendó para que pudieran seguir con sus sesiones y aprendieran, a la vez, a socializar con otros niños de sus edades. Aiden ya no acompañaba a su hermano solo como apoyo sino también para que superara sus pesadillas, e intentara olvidar lo que vio entre su tía y su madre.

Yo no pude acompañarlos, pues me la vivía todo el día en el hospital con Isabella y por las noches únicamente llegaba a la mansión para llevarlos a ellos a la cama, tomar una ducha y luego volver al lado de la Castaña sin importar que Maokko y Ronin odiaran mi presencia, pues eran los Sigilosos que juraron que no se despegarían de ella por ningún motivo.

Caleb e Isamu se encargaban de la seguridad de la mansión y, además, se ocupaban de las cosas que Isabella les ordenó hacer antes de la tragedia. Entre ellas, sacar a Myles de la cárcel a como diera lugar. Y no negaré lo que odié saber eso, pero no le di importancia, no seguiría cometiendo los mismos errores.

Eleanor seguía en la mansión y no tenía que decir lo indignada que estaba conmigo por lo que permití, pero no se atrevió a recriminarme nada porque no echó en saco roto lo que le dije antes de meterme en aquella ambulancia: Tess jamás debió tocar a la madre de mis hijos. Y, a pesar del dolor por su hija, se puso en mis zapatos, ya que ella incluso traicionada (como yo por su marido) lo defendía e intercedía por él, para que recibiera un trato diferente en la prisión que lo tenían.

—¿Qué te hizo esa niña para que te pelearas con ella? —le pregunté a Daemon.

—Me dijió tonto.

Solté una risa, por sus palabras y por el orgullo herido que mostró al decir eso.

—¿Y te dijo tonto solo porque tenía ganas de llamarte así?

—No, papito. Ella le dijió que le ustan las maliposas —explicó Aiden, quien sabía expresarse más que su hermano, aunque con palabras mal dichas aún.

—Y vimos una pupa, tonces le dije que ela ella, pelo no le ustó.

Apreté los labios para no reírme, porque parecía que para él era algo serio. Una confusión tan inocente que me hizo darme cuenta de la manera en la que escalaban, a medida que uno crecía, pues las que yo había tenido con su madre nos llevó incluso a que me apuñalara.

Mierda.

—Creo que esa niña no sabe aún que esa pupa luego será una bonita mariposa —traté de defenderla para que él también comprendiera que solo fue una confusión.

—Ves, D. Ella es la tonta —acotó Aiden y abrí demás los ojos.

—No —me apresuré a decir, pero en ese momento no aguanté la risa—. Ni ella ni tú son tontos. Solo ha sido una confusión, pequeños revoltosos.

—¿Té es eso?

—¿Una confusión? —indagué luego de que D me hiciera esa pregunta y él asintió con la cabeza—. Es cuando alguien cree algo que no es y por eso acusa de tonto a la otra persona —expliqué.

No era el mejor para responder sus preguntas, pues ambos eran muy listos y de una explicación sacaban más cuestionamientos, hasta que conseguían tener todo más claro. Aunque para mi suerte, esa noche ya estaban más cansados, por lo que luego de unos minutos más charlando, se quedaron dormidos, acurrucados en mis brazos. Sanando mis heridas, así fuera poco a poco, con sus presencias.

—¡Hey! Al fin te veo —Encontré a Hanna saliendo de la habitación de madre cuando yo bajé al segundo piso, listo para regresar al hospital.

—¿Está todo bien con ella? —inquirí, señalando con la barbilla hacia la habitación de madre.

—Dentro de lo que puede estarse luego de todo, sí —explicó y me regaló una sonrisa de labios cerrados—. Su doctor le aumentó la dosis de medicamento para que pueda dormir más tiempo —añadió.

Eleanor había caído en depresión con la traición de Myles e Isabella, por lo que la estaban medicando, sobre todo después de enfrentarse al destino incierto de Tess, al haber presenciado el ataque a la Castaña, y tener que aceptar que yo no haría nada ni por mi hermana ni por el tipo que me engendró.

Y Hanna se ofreció a estar más al pendiente de madre para que yo me dedicara únicamente a los niños y a Isabella. Lo hizo incluso después de que yo fui un imbécil con ella, aquella noche.

—¿Me acompañas con un té antes de que te marches? —propuso y, aunque pensé en negarme, terminé por aceptar.

Bajamos juntos hasta la cocina, en el trayecto me preguntó sobre el estado de Isabella y mientras la veía preparando todo para el té, también me habló más de madre y cómo la veía. Me preguntó por Tess y noté su incertidumbre cuando aseguré que no sabía nada de ella y tampoco me importaba.

Hanna se mantenía alejada de mis hijos por respeto a la decisión de Isabella, aunque también porque ni Lee-Ang ni los otros Sigilosos le daban pie para que entablara algún tipo de relación con ambos. Los únicos momentos en los que compartían el mismo espacio, era cuando madre se hallaba en el medio, interactuando con sus nietos.

—Acompáñame un momento —pidió Caleb llegando a la cocina y se marchó sin esperar respuesta.

—Gracias por el té. Te veo luego —me despedí de Hanna y sin esperar respuesta de su parte seguí el camino por el que aquel rubio se marchó.

Evitábamos interactuar a menos que fuera necesario, y yo tuve que evitar estar en compañía de Marcus y Owen siempre que sabía que podría encontrarme con Maokko y Ronin, ya que ellos también le declararon una guerra sin cuartel a mis compañeros. Y me enteré que en más de una ocasión, Lewis tuvo que interferir para que su mellizo no terminara muerto a manos del asiático, que al parecer, perdió el encanto que antes tuvo por mi amigo.

O por lo menos eso aparentaba.

«*Tú, Marcus y Serena son unos jodidos suicidas. Peores o igual que Sombra*».

Le había reclamado Lewis a Owen en una ocasión. El susodicho se encogió de hombros y sonrió con maldad, lo que le confirmó a su hermano que no se había equivocado.

—¿Qué está pasando? —pregunté cuando entré a la sala de vigilancia de la casa, a la cual Caleb me guio.

Dylan, Darius y Connor estaban ahí.

—Alice me permitió su acceso al programa de seguimiento del C3 —explicó este último e hizo algo en su laptop para desplegar una imagen en el monitor grande, al lado del que mostraba las imágenes en tiempo real de las cámaras de seguridad—. He descubierto esto hace unos minutos.

Le dio reproducir a un vídeo y por poco me voy de culo. Lo único que me detuvo fue ver a Caleb de brazos cruzados, de pie a unos pasos de mí, con un gesto imperturbable.

—Esto tiene que ser una maldita broma —largué.

—He hablado con Dominik y dijo exactamente lo mismo —puntualizó Darius—. Amelia no ha salido ni pretende salir de la clínica, ahora que está mostrando avances.

Seguí observando el vídeo, era uno de vigilancia cerca del hospital y mostraba a una persona vestida igual que Fantasma, merodeando por los alrededores, acompañada de un hombre alto y corpulento que utilizaba una de las máscaras de Sombra.

—Estoy descartando que se trate de algunos aficionados queriendo jugar a Sombra y a Fantasma, pero sería demasiada coincidencia que, justo los identifiquemos a muy pocas millas del hospital en el que está Isabella —aportó Connor de nuevo.

—Ya he movilizado a los Grigoris y Sigilosos que tenemos en la zona para que les den caza, aficionados o no, van a lamentar utilizar esos disfraces —habló Caleb—. Ronin y Maokko están protegiendo a Isabella, sin embargo, Isamu ha partido para apoyarlos.

—Hablé con Belial y Lilith para que ellos también movilicen a nuestros equipos —informó Dylan, hablando por primera vez desde que llegué—. Y Evan está en el cuartel, continuando el seguimiento del aliado de Lucius para descubrir en dónde se esconde esa mierda.

—Bien. Partiré al hospital para encargarme por mi cuenta de que todo esté bien con la Castaña —declaré yo.

No me daba miedo dejar a las copias ahí, pues no por nada Myles construyó la casa como una fortaleza, así que sabía que ellos estarían bien resguardados.

—Iré contigo —avisó Dylan.

Supe que él ya había visto a Tess. Caleb y los demás Sigilosos le tenían consideración por ser el hermano de Isabella, así que no le negaron la oportunidad de visitarla, aunque el encuentro no terminó bien, pues ambos discutieron fuerte porque Dylan le reclamó a la pelirroja haber atentado contra su hermana y ella lo acusó de traidor, por apoyar a una mujer que destruyó su familia.

Antes de que Dylan se marchara, consciente de que no tenía caso seguir con mi hermana allí, le terminó confesando que no logró matar a Isabella, pero que tuvo éxito al acabar con la vida de mi hijo, el sobrino de ambos.

Únicamente él conocía ese hecho a parte de la élite de la Castaña y yo, se lo dije porque en su momento también me pidió que hiciera algo para que no le cobraran esa traición a Tess, igual que como se las cobraban a los demás.

—¿Revisaste los vídeos de vigilancia de aquel hotel? —Sentí la mirada de Dylan en mí en cuanto le hice esa pregunta.

Era la primera vez que yo hablaba sobre el tema, pues me cerré a todo lo que tuviera que ver con eso, ya que me parecía absurdo seguirme haciendo mierda. Sin embargo, aceptaría para mí mismo que después de lo que pasó con Isabella, del miedo que viví al creer que la perdería, quise encontrar una excusa para ella.

Necesitaba algo que me ayudara a sacarme de la cabeza su imagen con Myles en la cama.

—Antes de responder a eso, quiero hacerte una pregunta —Asentí para que siguiera, pues yo conducía. Isaac y Roman me seguían en otro coche junto a Cameron y Lewis—. ¿Por qué diste por sentado lo que pasó entre ella y tu padre, pero a Hanna no la juzgaste?

Fruncí el ceño porque me pareció estúpida la comparación.

—¿En serio crees que tiene lógica lo que preguntas?

—Por algo lo pregunto, ¿no?

Bufé una risa irónica y negué con la cabeza.

—A Hanna la encontré aterrorizada, golpeada, tratando de protegerse de la agresión de Myles. A tu hermana en cambio la hallé en una maldita cama, acurrucada al lado de él, desnuda, luciendo recién follada. —Intenté hablar tranquilo, pero en cuanto las imágenes se reprodujeron en mi cabeza me fue imposible—. Al principio creí que también había abusado de ella, Dylan —Apreté el volante entre mi mano con demasiada fuerza, sintiendo la ira, los celos y el dolor embargándome—. Entonces Isabella despertó, asustada porque la descubrí y cuando los enfrenté, ninguno negó lo que hicieron. No pudieron verme a los ojos para decirme que lo que estaba presenciando era una puta confusión, y te juro que deseé que White me mintiera por primera vez, diciéndome que no pasó nada con mi jodido padre.

A pesar de que la radio iba encendida, mi respiración acelerada resonó por encima de la música. Reviví el ataque que perpetré contra Isabella en la cabaña, las preguntas que le hice mientras amenazaba con apuñalarla. Justo en ese instante rogué en mi fuero interno para que me dijera que no hizo nada, deseé que mintiera culpando a Myles de haber abusado de ella, porque era más fácil creerlo a él un malnacido violador, que a White una traidora.

Sin embargo, ni siquiera para impedir que la apuñalara me mintió, prefirió que siguiera adelante con mi cometido antes que culparlo solo a él. Entonces, en lugar de yo matarla, ella volvió a matarme a mí.

Y sí, joder. Experimenté el terror más horrible al creer que la muerte iba a arrebatármela, luego viví el alivio de que la maldita se arrepintiera y la dejara más tiempo con nosotros, no importaba que no hubiera reaccionado aún porque el atentado que sufrió fue grave. Incluso, como el jodido egoísta que era, acepté que a cambio de Isabella, se llevara a ese hijo no nacido.

No obstante, eso no significaba que olvidé lo que me hizo, porque no era fácil ignorar que no solo me traicionó cuando juró que me amaba, sino que además, escogió a mi padre para eso. Al hombre que me engendró y trató de educarme con valores, aquel que siempre me exigió que fuera fiel a mí mismo, pero más a la persona que tendría a mi lado, poniéndose como ejemplo al fingir a la perfección que madre lo era todo para él. Y que moriría antes de hacerla pasar por una infidelidad.

Hasta que conoció a la madre de mis hijos.

Y únicamente por ser eso, la mujer que me dio lo invaluable, lo que no merecía, es que no iba a darle la espalda. Además de que le hice una promesa que pensaba cumplir incluso si ya no estábamos juntos.

—He visto los vídeos —dijo Dylan, omitiendo su opinión referente a lo que le respondí—. Y, aunque todo se ve dentro de lo normal, Caleb ha ordenado conseguir la lista de huéspedes y trabajadores del hotel, de los últimos seis meses. También están investigando quiénes son los dueños o los socios.

—¿Qué pretende?

Dudaba que solo estuviera empecinado en buscar una excusa para su jefa.

—Los Sigilosos aseguran que conocen a Isabella más de lo que se conoce ella misma, más de lo que la puedes conocer tú —declaró—. Por lo que presienten que hay algo detrás de lo que viste, algo que descartamos enseguida solo porque mi hermana no puede negar lo que hizo con Myles.

—Admiro la fe que tienen —satiricé.

—Más vale encender una vela que maldecir la oscuridad —musitó él y lo miré por un par de segundos—. Se están basando en ese proverbio, buscan sus propias respuestas en lugar de aceptar las que otros les imponen. Los apoyo en eso, deberías hacer lo mismo —aconsejó y zanjó el tema.

Cuando llegamos al hospital, Fabio me estaba esperando para informarme sobre los avances de Isabella, con respecto al traumatismo que sufrió en la cabeza tras rodar por los escalones, que era la causa principal por la que ella todavía no había reaccionado, pues a pesar de la sangre que derramó, la fractura en el cráneo le ocasionó un coágulo en el cerebro que podría generar daños graves, si no se desinflamaba con el tratamiento que ya él estaba haciéndole. Y de no conseguirlo, tendrían que someterla a otra cirugía.

Del roce de bala en su pulmón estaba recuperándose mejor, por fortuna.

—Es desesperante verla así —me quejé con él, mientras ambos nos encontrábamos en la habitación con ella.

La expresión de Isabella era tranquila y daba la impresión de que únicamente estaba durmiendo con placidez, pero esa no era la chica que yo… Mierda, ella no era la mujer que me acostumbré a ver. Distaba mucho de ser la guerrera que me daba batalla en todos los sentidos.

Me desesperaba no tener su tempestad.

Maokko había ido a la cafetería para comer algo, pues, a pesar de que dejé de ser el Chico oscuro que le caía bien, y amenazar con asesinarme, volvió a confiar en que protegería a su líder en lugar de intentar matarla. Sin embargo, no soportaba mi presencia.

—Esta no es mi opinión como médico sino como persona —empezó a comentar él.

Las cosas entre nosotros no eran las mejores después de habernos metido en aquella pelea, pero luego de que salió de su estado de hipomanía, como el tipo de huevos que era, me pidió disculpas por lo que hizo y sé que también le ofreció una a Isabella.

Igualmente, yo saqué a relucir la poca madurez que me caracterizaba al ofrecerle una disculpa, pues se suponía que era mentalmente más sano que él, pero aun así me dejé dominar por mis instintos y posesividad al pelearnos. Y, aunque no era mi persona favorita, sí que confiaba en sus conocimientos médicos, por eso sabía que Isabella no podía estar en mejores manos que en las de ese bastardo.

—Mira su gesto tranquilo y en paz —prosiguió—. A veces pienso que por eso se niega a reaccionar, porque solo en este momento tiene la serenidad que se le ha robado.

Respiré hondo al admirar a esa amazona dormida, consciente de que Fabio tenía razón. Pero aun así, deseé que en ese momento ella solo fuera la calma antes de la tempestad.

Minutos después de eso se marchó, asegurándome que volvería al siguiente día temprano, antes de ir a la clínica St. James para la revisión de rutina que hacía en Amelia. Él también me había asegurado que la chica seguía internada, por lo que descarté por completo que ella estuviera intentando hacer sus fechorías como Fantasma, lo que me dejaba la incógnita de quién carajos podía estarla usurpando, y de paso también a mí.

—Se han borrado de su piel, pero no lo harán de sus recuerdos —espetó Maokko en un susurro, cuando regresó a la habitación y me encontró acariciando las muñecas de Isabella.

Las marcas que le dejaron las esposas de cuero que utilicé para apresarla en la cabaña, ya no estaban, pero yo todavía las veía. Y me torturaba a mí mismo al pensar en que convertí, lo que pudo ser nuestro mejor sexo oscuro, en una sesión de castigo placentero físicamente, pero en la que también me aproveché de su manera de reaccionar a mí, para humillarla.

—Jamás voy a pedirte que te pongas en mis zapatos y mucho menos me justificaré, pero te aseguro que si yo hubiera estado en el lugar de ella esa noche, le habrías celebrado que me hiciera lo mismo, jurando que me lo merecía. Así que deja de ser una hipócrita solo porque estás dolida conmigo —demandé.

Sentí su mirada acribillándome, pero no siguió discutiendo, optó por callar y deduje que no fue porque no tuviera cómo defenderse sino porque ya estaba cansada, igual que yo, de pelear y acusarme.

En silencio la apoyé en sus guardias y ella en las mías, cediéndonos ese sofá en el que dormitábamos cuando tomábamos nuestros descansos. Y cuando la mañana llegó, decidí ir a la cafetería por una bebida energizante para espabilar, cruzándome con Elliot en el camino.

Él no faltaba ni un solo día a visitar a la Castaña y por increíble que pareciera, dejé de preocuparme por su cercanía con ella luego de saber que al hijo de puta también lo cambiaron por Myles.

«¿Qué se podía esperar de una niña que primero dejó a tu primo por ti? ¡Dios! Ahora te cambia por Myles, como si su único objetivo siempre hubiera sido llegar a conseguir más poder por estar con otro líder».

Esas habían sido las palabras de madre cuando se enteró de que esa tarde, encontramos a su marido con mi chica en la cama. Y en su dolor, terminó de hacerme mierda, tanto, que mi única escapatoria para no cometer otra locura, fue emborracharme hasta perder el conocimiento.

—Mierda.

Maldije al regresar al piso en donde tenían a Isabella y visualicé a Maokko saliendo de la habitación con una enfermera. La asiática lucía pálida y verla así me hizo presentir que algo no estaba bien.

—¿Qué sucede? —le pregunté.

La enfermera pasó a mi lado, apurada en busca de algo, o alguien.

—Sucede que tienes más suerte de la que mereces, pero espero que esto también sea tu castigo, jodido imbécil —espetó y fruncí el ceño.

—¿Qué demonios está pasando? —exigí saber al verla sacando el móvil.

—*Lee, se acaba de ir todo a la mierda para los Sigilosos* —le dijo a su compañera en japonés, cuando esta le respondió la llamada—. *Tienes que venir ahora mismo, Ronin te explicará lo que pasa.*

—Joder, Maokko. ¿Qué está sucediendo?

Iba a responderme, pero en ese momento Fabio pasó a nuestro lado, corriendo, sin saludar. Entró a la habitación de Isabella seguido de otros médicos y me apresuré para saber qué sucedía, entrando en pánico al imaginarme lo peor.

—Retrocede, LuzBel. Necesitamos espacio —pidió él, cerrando la puerta en mi cara.

La frustración me embargó de pies a cabeza y durante casi veinte minutos, tuve que ver entrar y salir a médicos y enfermeras, hasta que Lee-Ang llegó acompañada de Elliot; y tras anunciarlos, pretendieron dejarlos pasar, pero de ninguna manera permitiría que ese imbécil volviese a tomar un lugar que no le correspondía, así que me adelanté para colarme detrás de la asiática que mejor me caía.

—¡Dios! ¡Lee!

Me congelé en mi lugar al escuchar a Isabella, al verla despierta.

—¿Pero qué putas? —gruñí entre dientes al darme cuenta de que me estaban impidiendo verla.

Hicieron que durante veinte jodidos minutos me imaginara lo peor, preocupándome cuando ella al fin había reaccionado.

Y les habría dicho mierda y media porque me privaron de algo que quise presenciar desde el primer momento, sin embargo, lo que experimenté al ver que Isabella abrazó a Lee-Ang cuando esta se acercó a ella, me hizo olvidarme de todo lo demás.

Joder.

Me sentí vivo de nuevo al ver sus ojos abiertos, bien dentro de lo que cabía. Con la cabeza vendada, un poco pálida y con ojeras por el tiempo inconsciente, pero hermosa.

Demonios. Mi corazón se aceleró cuando fui más consciente de que no estaba viendo una alucinación.

—Chica americana, que susto nos has dado —exclamó Lee-Ang.

Fabio se percató de mi presencia en ese instante y se acercó a mí.

—Escuches lo que escuches, contrólate y luego hablaremos —pidió y lo miré sin comprender.

Isabella no se había percatado de mí todavía.

—Los clones están desesperados por ti, te extrañan mucho. Así que debes recuperarte para salir pronto de aquí —le comentó la asiática dos, con la voz llena de emoción.

—¿Los clones? —preguntó la Castaña y tanto Lee-Ang como yo nos quedamos estupefactos—. ¿Qué clones?

—Isabella, tienes que descansar —pidió Fabio, tratando de evitar que la asiática hiciera preguntas sobre la ignorancia de su amiga.

Solo en ese instante White se fijó en mí y el *déjà vu* que experimenté me secó la garganta, pues incluso desde la distancia y por lo pálida que había estado, noté sus mejillas sonrojarse y que me sonrió más por educación que por otra cosa. Aun así, esa vez sí correspondí su gesto, aunque por dentro estaba aterrado por la razón de que actuara de esa manera en lugar de querer matarme, de cumplirme la promesa que dejó implícita en el último mensaje que me envió.

Me cago en la puta.

Eso no podía estar pasando.

—¿Cómo te sientes, White? —me obligué a preguntar para enfrentarme de una buena vez a la realidad.

Necesitaba comprobar si no me equivocaba con lo que estaba imaginando, deseando que esa fuera una broma de su parte para castigarme.

—Bien, supongo. Gracias por preguntar —ofreció amable, mirándome sin aquel brillo que antes tuvo para mí y extrañada porque utilicé su apellido—. Lo siento, pero ¿te conozco? —preguntó.

Experimenté lo mismo que cuando vi a Tess disparándole y luego rodando por los escalones. Reviví el pavor porque no reaccionara al desfibrilador, pero en ese momento, en lugar de gritarle para que no se diera por vencida, quise hacerlo para reclamarle por haberse atrevido a olvidarme. Sin embargo, mi voz se perdió entre el asombro, la ira y la tristeza.

«Tienes más suerte de la que mereces, pero espero que esto también sea tu castigo, jodido imbécil».

Reí sin gracia al comprender a Maokko.

Habría preferido una bala y no el olvido.

—Dime que esto es una jodida broma —exigí con la voz amortiguada por el enojo y la incredulidad.

—Esto es de lo que quería hablarte —se apresuró a decir Fabio, interrumpiendo la respuesta que aquella extraña frente a mí iba a darme.

Me acerqué a ella con la intención de zarandearla o tomarla del rostro, lo que me saliera primero, para hacerla reaccionar y exigirle que no jugara con eso, pero me contuve porque me miró un poco tímida, recordándome a la Castaña que conocí cinco años atrás.

—Recuerdas a Lee-Ang, pero no a mí —bufé indignado, molesto y frustrado, aunque más que eso, triste y dolido.

—Somos compañeras de academia y su padre es mi maestro. No sé si eso responde a tu pregunta —satirizó y por un momento vislumbré a mi Isabella—. ¿De dónde debería conocerte a ti?

Me reí sardónico, controlándome porque no era su culpa lo que estaba pasando.

—¿Isabella?

La voz asombrada de Elliot nos interrumpió, pues al final, él no entró luego de que yo me adelantara.

—¡Elliot! —exclamó ella, tomándome del brazo para quitarme de su camino porque le impedía que lo viese.

Hizo una mueca de dolor por el movimiento brusco, pero no se detuvo y lo que vislumbré en su mirada fue otro golpe para el que no estaba listo.

Amor.

El brillo en sus ojos que antes fue para mí, se lo estaba dedicando a él. Y si verla con Myles me mató, con eso me remató.

—¡Madre mía! ¡Estás aquí, cariño! —gritó al comprobar que sí era él.

Elliot se quedó estupefacto, aunque reaccionó cuando vio que ella se bajó de la camilla para ir a su encuentro. Tuve que presenciar cómo esa maldita Castaña lo abrazó y él lo permitió, mirándome con cara *de qué mierda pasa*. Y únicamente fui capaz de apretar los puños, negando con la cabeza, diciéndole que no era algo que podía decirle en ese momento.

—No sabes cuánto te he extrañado —siguió White con la voz amortiguada por su cuello—. Pero papá me dijo que no podías hablar conmigo, aunque en cuanto pudieras vendrías a verme.

Se apartó de él para mirarlo a los ojos y noté claramente sus intenciones de besarlo, algo que por mucho que quisiera controlarme no pensaba permitir. No obstante, no tuve que hacer nada porque esa vez fue Elliot quien la detuvo y ella lo miró con sorpresa, aunque también dolida.

—Elliot —dijo con la voz lastimera. Él puso las manos en los hombros de ella y negó con la cabeza—. ¿Qué hice para que no…?

—Él ya no es tu jodido novio —me entrometí yo y no pude contener la ira, así que ella se encogió con miedo.

—¿Por qué? —le cuestionó a él, ignorándome a mí.

—Isa… yo.

El hijo de puta no pudo seguir y presentí que en ese momento deseó que Alice no estuviera en el medio para no negarse a Isabella. Para no perder esa oportunidad que la maldita vida le estaba dando.

—Isabella, hay mucho que tienes que procesar, pero iremos poco a poco como te lo dije antes —La Castaña tragó con dificultad y miró a Fabio con miedo cuando él le dijo eso, sus ojos llenándose de lágrimas.

—Necesito saber ya qué me ha pasado —exigió, tomándose la cabeza y haciendo una mueca de dolor porque alzó la voz—. Siento que… me va a explotar.

Conseguí cogerla antes de que se desvaneciera y junto a Elliot la subimos a la camilla de nuevo. Fabio se apresuró a revisar sus signos vitales y tras eso nos pidió que saliéramos de la habitación, asegurando que, aunque no estaba pasando nada grave, necesitaba hacerle unos estudios junto a otros médicos.

Minutos después él y sus colegas la sacaron de la habitación para llevarla a la sala de tomografía, yo me quedé esperando ahí, con Elliot todavía estupefacto por lo que estaba pasando, Lee-Ang consolando a Maokko y conteniéndola, ya que era oficial que Isabella no solo me había olvidado a mí sino también a ella y a todos los demás Sigilosos, por lo que la asiática bocazas deseaba hacerme pagar.

Rato después Fabio junto a tres auxiliares regresaron, llevando a Isabella todavía inconsciente en la camilla. Tras dejarla acomodada me pidió que habláramos en un consultorio que le habían prestado, y ahí me confirmó que ella había perdido la memoria debido al coágulo en su cerebro, siendo una suerte que no olvidara su vida por completo.

Sin embargo, la suerte solo fue para Lee, Elliot y todos los demás que ella todavía recordaba.

—Es peligroso operarla, la estaríamos exponiendo mucho, así que hemos decidido continuar con el tratamiento que ya llevamos, para bajar el tamaño del coágulo —siguió explicando—. Y tendrá que ser tratada con cuidado, LuzBel, porque si la forzamos todavía podría caer con otras complicaciones debido a su lesión en el pulmón.

—¿Qué me quieres decir? —pregunté exhausto.

—Ella reconoce a Lee-Ang y a Elliot, lo que significa que sus recuerdos llegan hasta cuando estuvo en Tokio —Cerré los ojos con fuerza e impotencia—. Dejaremos que su amiga le hable de lo que ha vivido luego de eso, pero nada que sea grave ni muy difícil de procesar, pues su cerebro está demasiado dañado y si la bala y el traumatismo craneal no la mataron, ese coágulo sí, si sigue creciendo.

—¡Mierda! —me quejé molesto con la vida—. Fabio, los niños están locos por verla y ella ni siquiera sabe que tiene hijos —espeté.

—Cuando despierte le administraremos un medicamento para mantenerla tranquila, eso nos dará la brecha para que Lee le hable de los niños sin que se altere. Estoy consciente de la importancia que tiene para todos que ella sepa esto, así que tomaremos ese riesgo, aunque debo pedirte que no te metas. Deja que Lee-Ang y Elliot vuelvan a introducirla a su nueva realidad, ya que influirá mucho que sean personas de su confianza quienes lo hagan.

—¿Ella recordará en un futuro? —inquirí.

—Todo dependerá de cómo reaccione al tratamiento, pero no te mentiré, el proceso podría tardar días, meses o incluso años.

No pregunté ni reproché nada más, pues tenía mucho que procesar.

Y estaba demás aclarar lo pésimo que nos sentaría a todos el hecho de que Isabella volviese a ser la chica ignorante de su mundo, cuando necesitábamos a la *femme fatale* en la que se convirtió después de todos los golpes recibidos.

Maldición.

Pensar en que tendría que vivir una vez más el dolor de todos esos golpes que ya había conseguido superar, era una mierda, puesto que le dirían que su padre también murió y estaba seguro de que la destrozaría de nuevo y, por muy estúpido que fuera de mi parte, deseé estar con ella cuando eso pasara, pero obedecería las recomendaciones porque no influiría, ni me arriesgaría a que eso le afectara en lugar de ayudarle.

Y siendo consciente de que en ese momento quedarme con ella me afectaba más de lo que me ayudaba, me fui a casa para estar un rato con las copias y tuve que fingir con ellos que todo estaba bien, aunque en mi mente solo maquinaba cómo les diría que su madre los olvidó, sin que eso los dañara.

Menos mal ese día se encontraban exhaustos y se durmieron temprano, aunque en mi cama de nuevo; y como yo no tenía sueño y mucho menos deseaba seguir pensando en lo jodido que se puso todo, opté irme para la habitación que estuve ocupando antes

Estando ahí tomé una ducha y al terminar me sequé y vestí únicamente con un pantalón de chándal. Tras eso encendí mi reproductor para silenciar mi cabeza con la música y dejé sonar *Kill our way to Heaven*.

Respiré hondo y luego me serví un poco de whisky, dándole un buen sorbo al vaso para rellenarlo de nuevo. Caminé hacia la ventana para que mi mirada se perdiera en el exterior, pero en cuanto llegué ahí, escuché unos suaves toques en la puerta.

—Adelante —invité, esperando que no fuera madre con la intención de joderme la noche al pedirme una vez más que hiciera algo por Tess, pues en ese momento por cómo me sentía de frustrado, todo lo que le respondería era que lo único que haría por esa maldita pelirroja, era matarla con mis propias manos, ya que por su culpa Isabella me olvidó a mí y a nuestros hijos.

No obstante, no fue a Eleanor a quien vi entrar a la habitación. Se trataba de Hanna en realidad, vestida con un pijama demasiado corto que me dejaba ver sus largas piernas; su cabello cayendo sobre sus hombros y, a pesar de la poca luz, noté que su piel brillaba.

Sin decir nada cerró la puerta y llegó a mi lado, observándome con cautela y miedo a la vez, algo que me hizo reír.

—¿Y si esta vez escojo ser follada hasta gritar una y otra vez tu nombre? —Me sorprendió escucharla haciendo esa pregunta—. Y tal vez entre gemidos te convenzo de ser callada con un beso, demostrándote que no es malo sentir los labios de alguien que te ama y está dispuesta a todo con tal de hacerte feliz, incluso a olvidar… —Poco a poco se fue acercando a mi boca, puso las manos en mi torso desnudo, aferrándose con nerviosismo a tal punto que me enterró un poco las uñas sin lastimarme, y se inclinó para alcanzarme, sacando la punta de la lengua y lamiendo mis labios para probar el whisky de ellos—. Sabe mejor así —susurró.

La canción todavía seguía sonando y de un momento a otro reflexioné que con ella, la letra tenía más sentido. Respiré hondo al sentir que el licor comenzó a hacer su efecto relajante y agradecí que todo lo que me agobiaba, desapareciera un rato de mi cabeza.

Se sentía demasiado bien ignorar la mierda en la que estaba hundido.

—¿Harías todo por hacerme feliz? —susurré cerca de sus labios y gimió cuando besé la comisura de ellos.

No sé por qué lo hice, ni siquiera lo pensé. Me acerqué y ya.

—Todo por mi Ángel —aseguró.

Ella había sido solo mía, ¿no? Pero incluso si no lo era, no me importaba. Con Hanna no involucraba sentimientos, solo desahogo.

—Entonces saca los malos recuerdos de mi cabeza, hazme olvidar y jamás recordar lo que me daña —le pedí con ironía—. ¿Puedes hacerme feliz con eso?

—Puedo intentarlo —replicó con una sonrisa sensual.

Eso fue todo lo que la escuché decir y tras eso, solo recordaba haber amanecido en mi cama con una rubia desnuda y acurrucada a mi lado, con un terrible dolor de cabeza y sin tener ni puta idea de lo que sucedió una noche antes.

Fuimos hielo y fuego. Y cuando nuestros caminos se cruzaron, ambos tuvimos que atravesar la oscuridad. Te convertiste en tempestad y yo en caos y creamos una catástrofe juntos.

CAPÍTULO 49

¿Y qué pasa con los eclipses?

ELIJAH

S alí de la cama, maldiciéndome por mi jodida manía de cometer cagadas en los peores momentos. Sentía que la cabeza iba explotarme por el estrés acumulado y los tragos de whisky que ingerí, antes de que Hanna llegara, por lo que decidí regresarme a mi habitación de siempre y tomar una ducha con agua fría para espabilar.

No obstante, ese día desde las primeras horas estaba pintando que no sería el mejor, puesto que Maokko volvió a la mansión (imaginé que porque sería el relevo de Lee-Ang tras la pérdida de memoria de Isabella) y me encontró saliendo de esa habitación únicamente vestido con mi bóxer, luciendo recién despierto, y al parecer, también follado.

—¿Isabella está bien? —pregunté con la voz pastosa, cerré un ojo e hice un gesto de dolor al sentir que mis sienes pulsaron al escucharme a mí mismo.

—No mejor que tú —desdeñó y vi cómo la furia deformó sus bonitos rasgos orientales al mirar detrás de mí.

Me giré un poco y vi sobre mi hombro a Hanna saliendo de la habitación. Todavía se iba acomodando la ropa y tenía el cabello revuelto. Parecía como si ella también buscaba huir y esconderse en su recámara, siendo sorprendida al encontrarnos cerca de la entrada a los escalones que me llevarían al tercer piso.

—Eh…, yo —Negué con la cabeza e hice un gesto para que siguiera su camino sin dar explicaciones.

Asintió y luego bajó la mirada al suelo, actuando con vergüenza, como si hubiese sido pillada en algo malo.

—No sé ni por qué me sorprendo —Maokko volvió a llamar mi atención cuando habló con tanta ironía.

Solo le dediqué una mirada de *me importa un carajo lo que opines* y tras eso seguí mi camino, yéndome directo al cuarto del baño de mi habitación, para ducharme antes de que las copias en mi cama despertaran y quisieran saludarme.

Mientras me encontraba debajo de la lluvia artificial pensé en todo lo que había pasado el día anterior, hasta que llegué al momento en que Hanna me buscó, siendo ese hecho algo demasiado confuso, pues recordaba que me acerqué a su rostro y la reté a que me hiciera olvidar, pero sabía con seguridad que nunca quise volver a acostarme con ella.

Mierda.

No recordaba el deseo que se suponía que tuve que sentir, y tampoco el placer que ella debió darme.

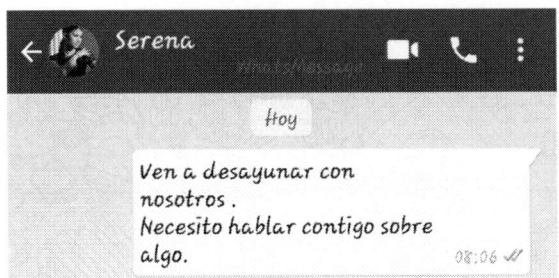

> **Serena**
>
> Hoy
>
> Ven a desayunar con nosotros.
> Necesito hablar contigo sobre algo.   08:06

Le envié ese mensaje a Serena sabiendo que se encontraba en los terrenos de la casa, lo hice al salir del cuarto de baño y luego me vestí, terminando justo cuando Daemon abrió los ojos y me regaló una enorme sonrisa al verme.

—Buenos días —susurré para no despertar a su hermano y le di un beso en la frente.

—*Giorno, papà* —saludó él, y sonreí porque le costaba mucho la pronunciación de las palabras en inglés, pero el italiano lo manejaba mejor que Aiden, incluso cuando crecieron escuchando mi idioma.

Dominik de hecho usaba mucho su lengua natal en las sesiones que tenía con él, porque había descubierto que era más expresivo vocalmente si las conversaciones las llevaban a cabo en italiano.

Una hora más tarde bajé con ellos al comedor para tomar el desayuno. Serena había aceptado mi invitación y se unió a nosotros, riéndose cada dos por tres de las ocurrencias de Aiden.

—A ver, pequeños maleducados, nosotros también queremos saber qué tanto cuchichean —les repliqué a ambos cuando Aiden le dijo algo en el oído a Daemon y luego rieron, mirando a Serena en el proceso.

Ella los observaba con los ojos entrecerrados, aunque divertida a la vez.

—Isamu y Selena se sonlielon —explicó Aiden, riendo tímido y encogiéndose de hombros como siempre hacía cuando quería que le pusieran atención, o estaba nervioso. Lo miré sin comprender, mientras bebía mi agua.

Esa era la tercera botella que ingería en menos de media hora, pues me desperté demasiado sediento.

—El día que yo le sonría a ese… hombre, el cielo va a caérseme encima —bufó ella, escondiendo su desagrado con una sonrisa para mis hijos y, corrigiéndose antes de llamar a Isamu con otros apelativos que nada tenían que ver con hombre.

—Pelo, pelo, yo te vi —refutó Aiden gritando un poco y sentí que mis sienes punzaron con más fuerza, pues el dolor no mermó ni con el analgésico que bebí—. Isamu te tomó de atí y luego te sonlió.

Escupí el sorbo de agua que me metí a la boca, al ver que Aiden se tomó a sí mismo del cuello para dejar claro de dónde Isamu cogió a Serena, entendiendo a la vez que con sonreír se refería a besar.

—¡Oh, Jesucristo! —exclamó Serena con la vergüenza tiñendo sus mejillas morenas—. Si hubiera sabido que me invitaste para que tus diablillos me hicieran pasar por esto, no acepto —sentenció y comencé a reírme.

—¿Por qué carajo dejas que Isamu te *sonría* dentro de la casa? —inquirí yo y ella apretó los labios.

—No, papito, no fue atí —explicó Aiden.

—Gracias por eso, cariño —satirizó Serena y la copia curiosa y entrometida le sonrió, contento porque creyó que de verdad hizo algo superbueno con ella.

Y rogué para que solo hubieran visto una *sonrisa* entre esos dos.

La conversación no se detuvo ahí, ambos chicos dijeron que estaban jugando con su perro, en el jardín, y fue cuando vieron a Isamu y Serena cerca de los árboles de melocotones que teníamos en la mansión, *sonriéndose* sin que ellos notaran a los entrometidos que estaban espiándolos.

Y tras hacerla pasar por esa vergüenza, Serena se mostró muy aliviada cuando Maokko llegó por las copias y se las llevó, dejándonos solos.

—Demuestras tanta repulsión por él, pero aun así dejas que te empotre en el primer lugar donde creen que nadie los verá —señalé.

—Solo sucedió esa vez.

—Que los vieron las copias, querrás decir —ironicé y ella rodó los ojos—. Serena, si el tipo te gusta no tiene nada de malo —comencé a decir.

—No, no me gusta. Y la repulsión que demuestro por él no es fingida —largó a la defensiva.

—¿Debo entender con eso que ese hijo de puta está abusando de ti? —inquirí y ella me miró asustada.

No lo dije por provocarla sino por cómo la veía actuar siempre que él estaba cerca, pues la chica era una guerrera, pero cuando Isamu se encontraba en su espacio, vacilaba en muchas cosas y por mucho tiempo creí que eso era lo que ella más odiaba, la inseguridad que el asiático le despertaba.

—No vine para que hablemos de mí —zanjó.

—Serena, si Isamu te está dañando de alguna manera, dímelo —exigí al pensar en que a lo mejor yo confundí lo que vi y en realidad él sí la estaba lastimando.

—No, Sombra. Me daño yo misma al permitirle a él que se acerque a mí. Y es todo lo que diré —Negué con la cabeza, dispuesto a hacer que ella se explicara, pero me miró suplicante y comprendí que no era un tema fácil—. Mejor dime, ¿qué carajos ingeriste que ahora no paras de beber agua?

Respiré hondo cuando me devolvió al punto y negué con la cabeza.

—Solo unos tragos de whisky.

—Para bajarte algún tipo de droga, querrás decir —me devolvió mis palabras y fruncí el ceño.

—No me he drogado, a menos que el whisky haya tenido algo que yo no supiera —reflexioné y sentí su mirada en mí. Mi cabeza comenzó a doler más por todas las cosas que estaba pensando.

—¿Qué sospechas?

—¿Alguna vez has estudiado a Hanna? Así sea solo por curiosidad. —Mi pregunta la tomó por sorpresa.

No tenía nada en contra de la rubia, pero tal cual mencioné antes, tampoco me haría el imbécil. Elliot había insinuado que quería manipularme, Isabella jamás confió en ella y, aunque a mí nunca me dio motivos para verla como un peligro, prefería descartar cualquier cosa sin buscar excusas para lo que hicimos la noche anterior.

—Lo hice cuando tus hijos la conocieron y Daemon demostró cierta aversión por ella —admitió y la miré para que siguiera—. Es normal que los niños demuestren desagrado, pero lo de él fue diferente, como si tuviera algún tipo de don para leer el aura de las personas y por eso la quiere lejos de ti.

La recordé ese día, yo también noté que ella estudió la interacción entre mis hijos y la rubia, aunque nunca me mencionó nada. Y en ese instante me explicó que fue porque no notó nada extraño, incluso cuando Hanna se mostró nerviosa, o que vaciló en algunas ocasiones luego de eso, todo lo que vio era dentro del rango normal en las actitudes de una persona común y corriente. Así que aludió a que la actitud de Daemon se debió más a su condición, que lo hacía magnificar sus emociones.

—Vuelve a ponerle atención, estudia hasta el más mínimo detalle por muy insignificante que sea —la alenté y asintió.

—¿Puedo saber qué ha pasado con Hanna para que me solicites esto?

—Me acosté con ella anoche —confesé y la vi alzar una ceja—, pero como la primera vez que lo hicimos, no recuerdo nada más que cómo llegamos a eso y luego cuando despierto.

—¿Te sucedió lo mismo cuando la llevaste a tu apartamento? —indagó y negué con la cabeza.

—Esa ha sido la única vez en la que, aunque no pasamos a más, recuerdo incluso el deseo y el placer que ella me provocó.

—Y ese día sí estabas drogado —recalcó y no supe a qué quería llegar—. Voy hacer lo que me pides, pero de momento puedo decirte que a lo mejor las situaciones por las que atraviesas, obligan a tu cerebro a que olvides siempre cuando llegas a más con ella, para no sentirte culpable por ceder.

Me reí porque nunca me vi en la necesidad de buscar excusas u obligar a mi cerebro a que olvidara nada, pero callé cualquier opinión porque tampoco era algo imposible de que sucediera.

—¿Qué haces? —le pregunté al verla escribir algo en su móvil.

—Pedir que estudien el whisky de tu habitación y el de toda la casa para descartar que tenga algo extraño. Además, le solicité a Lewis que me traiga una píldora *del día después* que quiero que hagas que Hanna beba frente a mí.

—Joder, nunca imaginé que me apoyaras en una humillación —señalé.

—No tienes idea de todo lo que uno puede mostrar en un momento tan vulnerable —replicó—. Y lo siento por ella, pero si queremos conseguir algo rápido, tendrá que ser así.

—Adelante entonces —la animé.

Se marchó tras eso para encargarse de hacer que estudiaran el whisky de mi habitación antes que los demás. Yo me quedé todavía en el comedor, sentado en el mismo lugar, con los codos apoyados en la mesa y masajeando mis sienes para aliviar un poco el dolor; aunque no consiguiendo mucho porque no dejaba de analizar lo que haría, sabedor de que me metería (incluso más) en mi papel de hijo de puta, con una chica que a lo mejor no se lo merecía. Pero no había otra opción, ya que aprendí por las malas que aun amenazando de muerte a las personas, no siempre te decían lo que querías escuchar.

Fuesen mentiras o verdades.

—¿Tan mortal es esa chica en la cama, que te ha dejado como un zombi? —inquirió Maokko con desdén.

Tomé la botella de agua frente a mí y terminé de bebérmela antes de mirarla, notando el desafío en sus ojos rasgados y oscuros.

—Eso parece, ¿no? —satiricé y cruzó los brazos a la altura de su pecho, indignada por mi respuesta. Estaba descubriendo que esa asiática bocazas era de las que no perdonaban las cagadas del chico de su mejor amiga, sin importar que ella sí lo hiciera, que no era mi caso—. Si sirve de algo, no tengo ni puta idea de lo que pasó —traté de defenderme para que no iniciara una discusión innecesaria.

—Yo sí, LuzBel Estúpido Pride —largó y exhaló un suspiro de resignación—. Te follaste a tu *amiga* justo cuando Isabella, hasta hace poco tu chica, está convaleciente en un maldito hospital —espetó con furia y bufé una risa burlona que claramente a ella le molestó—. Me alegra que te haya olvidado.

Mierda.

Esa cabrona se estaba pasando de la raya.

—¿Hablas de *mi chica,* la misma que se acostó con mi padre? —inquirí con amargura y ella tensó la mandíbula—. Joder, Maokko, eres excelente para recalcar mis errores, pero por qué demonios no hiciste lo mismo con Isabella, ¿eh? —la provoqué—. Que me haya olvidado tanto como a ti —enfaticé para enfurecerla—, no es solo mi culpa o de Tess, también es tuya porque si fueras tan buena amiga, entonces en lugar de solaparla con su traición, le hubieras aconsejado que tuviera los ovarios para decidirse por uno solo de los Pride. Por lo que White es tan culpable de este maldito desenlace como nosotros —espeté.

Vi que sus ojos brillaban por las lágrimas que intentaba retener, por furia o frustración, no tenía idea. Bufé exasperado por lo difícil que estaba siendo vivir enfrentado con ella y me restregué el rostro con ambas manos, porque los ojos me punzaron cuando el dolor de cabeza aumentó.

—Mira, chica, así creas todo lo contrario, estoy cansado de pelear contigo —admití, intentando conseguir algún tipo de tregua con ella—. Y sé que por mucho que me odies, no ignoras cuánto me afecta que White, después de todo lo que me hizo, también se atreviera a olvidarme.

—¿Por eso te acostaste con esa zorra vestida de oveja? —espetó entre dientes—. ¿Lo hiciste porque estás dolido con Isa? Incluso cuando tienes la oportunidad de comenzar de cero con ella, de resarcir tus errores, de olvidar los suyos para que, aunque no estén juntos, al menos sí unidos, sin darles el gusto a nuestros enemigos de verlos destruidos.

La miré con sorpresa, porque después del odio que me mostró, no esperaba que sugiriera eso de comenzar de cero.

—¿Crees que sería así de fácil? E incluso si yo aceptara esa locura, ¿piensas que Isabella lo hará? Porque estás olvidando lo más importante, Maokko: tu amiga se derrite de amor por ese otro bastardo hijo de puta de mi primo —refuté, lleno de ira y celos.

—Quiero creer que lo que ha pasado es una manera de revertir todo el daño que ella sufrió —confesó, mostrándose vulnerable—. Por eso hice a un lado el odio que siento ahora mismo por ti, LuzBel, para hablar de esto contigo, para que encendamos una jodida vela en lugar de maldecir la oscuridad como tanto nos insiste Lee —repitió las palabras de Dylan a su manera y seguí sin creer que estuviera cediendo con lo orgullosa que era—. Porque me niego rotundamente a que los Vigilantes ganen esta guerra debido a que entre nosotros mismos nos estamos destruyendo.

Tragué al reflexionar sus palabras, pensando a la vez en que si lo que nos estaba sucediendo era obra de los Vigilantes, pues habría sido un plan maestro y perfecto de ellos, ya que consiguieron acabar con los pilares más fuertes de la organización en una sola movida.

Si todo fuera una jugada de ellos, entonces iban directos a ganar la partida, porque le dieron jaque a la reina y el mate se aproximaba.

—Y eres libre para acostarte con quien desees, admito eso, pero me dolió por la Isabella que perdí, que lo hayas hecho con una tipa que ella detestó —declaró y suspiré con cansancio, entendiendo lo unidas que fueron y lo mucho que le estaba doliendo también, el olvido de su líder.

—Entiendo tu punto, Maokko, pero has olvidado algo fundamental —musité, esperando que también me entendiera—. White fue quien olvidó, no yo. Y por mucho que me importe su bienestar y me enerve lo que está pasando, no saco de mi cabeza lo que vi en aquel hotel.

—Por Dios, LuzBel...

—Si te hace sentir más tranquila —la corté—, lo que pasó entre Hanna y yo no volverá a ocurrir. Ni siquiera entiendo cómo cedí y sé que no me crees, tampoco me importa, pero no recuerdo nada de anoche.

Frunció su entrecejo cuando dije eso e iba a decirme algo, pero fuimos interrumpidos.

—Gracias por eso. —Ambos miramos a Hanna, quien entró al comedor luciendo dolida y dándonos a entender que escuchó lo que hablábamos—. Y sí, ya sé que me usas, pero no es necesario que lo ventiles, LuzBel.

Demonios.

Mi cabeza iba a explotar en cualquier momento si seguía por ese camino de reclamos. Y menos mal que Serena llegó detrás de la rubia y me mostró lo que llevaba en la mano: *la píldora del día después.*

—Puta madre —susurré, rascándome la nuca, ya que humillaría a Hanna en el peor momento—. Justo iba a buscarte —le dije tras carraspear y tanto ella como Maokko me observaron.

—¿Para qué? ¿Para volver a usarme y luego venir a decirle a ella que no te acuerdas de nada y que no volverá a pasar? —satirizó y sonreí, respirando hondo.

Extendí el brazo para Serena y ella puso la caja del medicamento en mi mano. Maokko ya había notado su presencia, pero no la rubia.

—No, Hanna. Para asegurarme que mi descuido de anoche no traiga consecuencias —aclaré, poniendo sobre la mesa la caja con la píldora.

Maokko abrió más los ojos ante la sorpresa de verme superar mi cabronería, a Hanna se le llenaron de lágrimas, roja por la vergüenza e incrédula por lo que estaba haciéndole. Serena se mantuvo pendiente de no perderse ningún detalle.

—¿Cómo eres capaz de humillarme así? Cuando anoche me prometiste muchas cosas mientras me besabas y hacías tuya —siseó con indignación.

Puta madre. Si hice todo eso, pues mi cagada fue mayor de lo que supuse.

—Dejaré claro algo por si no lo hice anoche —continué con mi espectáculo—. Me hago responsable de lo que hago consciente y recuerdo luego, no de lo que supuestamente hice. Así que ni te follé ni te besé, pero si tu aseguras que te hice todas esas cosas, vamos a asegurarnos de que la cagada no traiga consecuencias.

Las tres se quedaron estupefactas por mi actitud. Hanna incluso dejó rodar sus lágrimas y noté el leve temblor en su cuerpo por el dolor y la furia que la estaba haciendo vivir. Me levanté de la silla y me acerqué al contenedor del agua por otra botella.

—Adelante —la animé entregándole la píldora y el agua, me arrebató ambas cosas, dispuesta a marcharse, pero la tomé del brazo y negué con la cabeza—. Bébetela aquí.

—¿Qué te hice yo para que me trates así? —preguntó con la voz ahogada por las lágrimas—. ¿Por qué me haces pagar a mí lo que esa zo…?

—Termina esa frase y me aseguraré de que no haya sorpresas futuras de una manera más dolorosa y sangrienta para ti, pero satisfactoria para mí —amenazó Maokko, poniendo uno de esos *tantos* que no dejaba, en el vientre de la rubia.

—Trágate esa píldora frente a mí —la animé, utilizando una voz mortal.

Se la metió a la boca y luego bebió agua, sacando la lengua enseguida para que viera que la había tragado. A continuación, se soltó de mi agarre con brusquedad y presionó la botella en mi pecho, haciendo que el agua se derramara y me mojara.

—Gracias por olvidar que cuando ella no estuvo contigo, yo sí —espetó y tras eso se marchó.

Serena la siguió, aunque en ese momento no supe si para estudiarla o consolarla, ya que yo mismo era consciente de que se me pasó la mano.

—Qué pedazo de hijo de puta eres —puntualizó Maokko, incrédula porque me superé con creces en lo cabronazo.

—¿Todavía te sorprendes? —saniricé, pero no esperé respuesta.

Me fui del comedor en busca de las copias para despedirme de ellos, ya que iría al hospital con la intención de ver a Isabella, aunque también para buscar a Fabio, pues ese maldito dolor de cabeza empeoró con lo que le hice a Hanna. Y lo admitía, sentía cierta incomodidad con ella porque la lastimé sin merecerlo, cuando lo único que había hecho hasta ese momento era estar en el lugar equivocado.

Y esperaba que solo fuera eso.

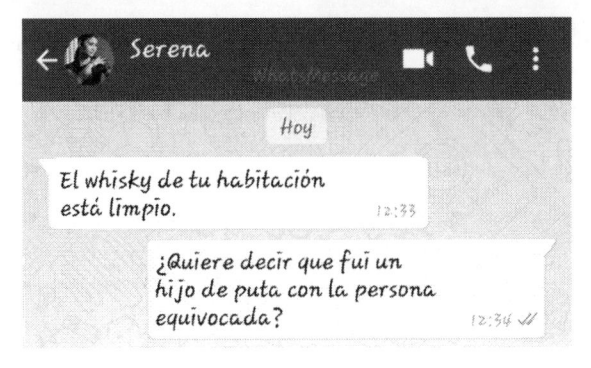

> **Serena**
>
> Hoy
>
> El whisky de tu habitación está limpio.   12:33
>
> ¿Quiere decir que fui un hijo de puta con la persona equivocada?   12:34

Serena me escribió justo cuando entré al hospital y sentí una punzada de culpabilidad por lo que hice, ya que, descartado que el licor tuviera algo que pudo haberme hecho perder la consciencia, mi canallada con Hanna no tenía justificación.

> **Serena**
>
> Hoy
>
> Déjame seguir en lo mío. Exageraste un poco, pero ya no importa.   12:35

—Vaya consuelo —musité tras leer su respuesta.

Fabio estaba charlando con una enfermera cuando llegué al piso en el que tenían a White y le pedí que habláramos en cuanto me vio. Al llegar al consultorio que ocupaba, le expliqué lo de mi dolor de cabeza y me hizo un par de preguntas, tras eso me inyectó un medicamento y tomó algunas muestras de mi sangre.

Y fue un alivio sentir que el dolor mermó casi de inmediato con lo que sea que me administró.

—¿Qué? —sondeé cuando me observó ceñudo y pensativo.

—¿Esto te ha pasado solo con ella, o también con otras mujeres? —cuestionó.

No había estado con nadie más, aunque lo intenté luego de lo de Isabella y Myles, pero decidí concentrarme en otras cosas, por lo que lo fui dejando de lado. Además, en mi furia y decepción no sentí el deseo de follar, ni siquiera por despecho. Hasta que estuve en aquella cabaña con White.

—¿Por qué intuyes que he estado con otras mujeres aparte de ella? —inquirí y se encogió de hombros.

—Únicamente quería asegurarme —explicó.

—Sí, Fabio. Me ha pasado solo con Hanna, aunque no siempre. La segunda vez que casi llegué a algo con ella, la tengo muy presente en mi cabeza.

Y no porque haya sido increíble, sino porque el placer que experimenté en esa ocasión, era algo que no quería volver a repetir.

Cambiamos de tema luego de eso.

Y después de que me aseguró que me avisaría cuando estuvieran listos los resultados de mis análisis, decidí ir a la habitación de la Castaña, puesto que él me informó que Lee-Ang ya estaba con ella para comenzar a decirle sobre los niños y si se daba la oportunidad, también le confesaría sobre la muerte de Enoc antes de tener que mentirle con respecto a eso.

Y yo quería estar presente cuando pasara para apoyarla si llegaba a necesitarlo.

Al llegar cerca me crucé con Elliot y Alice, estaban un tanto alejados de la habitación y discutiendo; él se veía frustrado, la rubia triste y decepcionada, lo que me hizo suponer que no me equivoqué al pensar, el día anterior, que el idiota deseó no tener ningún impedimento con Isabella, tras saber que ella lo seguía creyendo su novio y que lo amaba igual que antes.

«Solo esto me falta», pensé con ironía.

Sin embargo, pasé de largo de la pareja, concentrándome a lo que iba y entrando a la habitación luego de avisar que lo haría, con unos golpes suaves en la puerta. Encontré a Lee consolando a Isabella, esta última lloraba con amargura y eso me hizo mierda porque imaginé la razón de su dolor: ya sabía lo de su padre y de nuevo estaba siendo devastada por su pérdida.

Me quedé en la puerta sin estar seguro de seguir o no, visualizando a una enfermera inyectando algo en su suero para mantenerla tranquila. O eso supuse por lo que Fabio me explicó que harían.

—Por favor, Lee, dime que es mentira —suplicó la Castaña con su voz gangosa, la asiática dos se separó de ella y limpió sus lágrimas. No pudo hablar, solo negó sintiendo el dolor de su amiga.

Isabella no merecía pasar por lo mismo de nuevo, ya había sufrido demasiado, pero la vida no se cansaba de seguirla jodiendo.

—Si nota que se sigue alterando, hágamelo saber de inmediato —pidió la enfermera cuando se dispuso a salir y asentí.

La Castaña me miró en ese momento y se intimidó, esa fue la única reacción que tuvo con mi presencia. Luego se recostó en la cama, que ya estaba reclinada para darle comodidad, cerró los ojos y se cubrió el rostro con ambas manos sin parar de llorar. Me adentré más en la habitación y tuve ganas de abrazarla y consolarla, sin embargo, me contuve sabiendo que no era correcto porque yo era un extraño en su nuevo despertar.

—Le he hablado de los niños, es lo único que le he dicho de ustedes —aclaró Lee cuando se percató de mi presencia y llegó a mí. Le asentí en respuesta y tras eso me dejó a solas con su amiga.

Me acerqué a la camilla, riéndome de mí mismo porque estaba descubriendo que encontrarme de nuevo frente a esa Isabella, me ponía más nervioso de lo que pensaba admitir en voz alta algún día.

—Lo siento —susurré, creyendo que era lo correcto.

Noté que su pecho subía y bajaba con rapidez, luego arrastré la mirada a su vientre y quise acariciarlo. Ahí aún tendría que haber estado nuestro bebé y me dolió pensar que no pudo sobrevivir.

—Hace un día me desperté creyendo que había tenido un accidente en los entrenamientos —comenzó a decir al sentirme tan cerca. Y siguió con las manos en el rostro, escondiendo sus lágrimas—. Hasta ayer creí estar en Tokio, con mi padre en otro país y un novio que me extrañaba tanto, o más que yo a él —Me miró con enojo, haciéndome sentir como si era el culpable de su olvido—. Ahora me entero que no estoy allí, que han pasado cinco años desde esa vida que recuerdo, que mi novio ya no es mi novio y que está con una rubia a la que odio en estos momentos —soltó con los celos más amargos que alguna vez vi en ella, consiguiendo que yo me pusiera peor—, que mi padre ha muerto y que tengo dos hijos con un hombre que para mí es un desconocido y me mata no recordar a esos niños.

Para ese momento mi corazón luchaba por salir de mi pecho y mi respiración competía con los latidos acelerados.

—¿Qué te mata más? ¿No recordar a nuestros hijos? ¿O que los hayas tenido conmigo y no con Elliot? —pregunté con amargura, dejando de lado su dolor porque noté su rabia cuando mencionó que las copias eran de un hombre desconocido.

Ella me miró, siendo por un instante la Isabella que yo recordaba. La gruñona, la que no tenía miedo, la que no callaba nada.

—No recordarlos y que no sean de Elliot, el hombre que amo con todas mis fuerzas —aceptó y apreté mis molares con tanta furia, que fue un milagro que no se me rompieran—. Y lo siento si te lastimo con esto, LuzBel, pero míranos —Abrió los brazos para señalarnos—. No sé qué pasó para que me fijara en ti o tú en mí, ya que es obvio que no eres mi tipo ni yo el tuyo. —La frustración e indignación que me demostró, destruyó mi orgullo.

Me reí con ironía y conseguí controlarme únicamente porque podía ser un imbécil la mayoría del tiempo, pero entendía que para ella estaba siendo un golpe muy duro que de la noche a la mañana, tuviera que adaptarse a una nueva realidad.

—Voy a darte una solución que nos beneficie a ambos —avisé con la voz ronca—. Le diré a mis hijos que estás muerta y así tú puedes arreglar las cosas con Elliot y tener todos los que quieras con él, con el amor de tu vida —mascullé y sus ojos se abrieron con sorpresa.

Entendía su actitud, pero eso no significaba que no me afectaría lo perra que estaba siendo conmigo, cuando esa situación no solo le afectaba a ella.

—¡Oye no! —se quejó y me tomó del brazo cuando se percató de que iba a marcharme. Su tacto me quemó y me enfrió a la vez al darme cuenta de que ella no sintió lo mismo—. ¡Dios! Lo siento, de verdad que sí... Y no te confundas, por favor. Yo deseo conocer a mis hijos, no me importa que tú seas el padre.

¡Demonios! ¿Y pretendía mejorar algo con eso?

Al parecer, ella creía que sí.

—Digo... ¡Madre mía! Ahora mismo no sé ni cómo actuar —prosiguió—. Veo que tú me conoces tanto y yo te desconozco por completo y eso me duele, LuzBel, no pienses que no —Bufé una risa sarcástica—. Me acabo de enterar de que mi padre murió hace cuatro años y me destroza como si acabara de suceder, porque en realidad para mí es así. Tengo dos hijos a los cuales no recuerdo, un novio al cual no recuerdo... Espera, ¿éramos novios o esposos?

Definitivamente esa era la chica que conocí en la universidad, curiosa y parlanchina, ya no más la Isabella White de la cual yo estaba... Mierda, mierda, mierda y más mierda.

¡Todo se había jodido!

—No éramos nada —espeté con furia, frustrado y dolido—, jamás debimos ser nada, yo solo te dañé y tú supiste vengarte, así que supongo que este es tu nuevo comienzo. Recompensa de todo el daño que sufriste —hablé fuerte y volvió a intimidarse.

Era una mierda haber luchado tanto para nada, pero en esos momentos comprendí que ella merecía ser feliz de verdad.

—¿Qué pasó entre nosotros? Porque supongo que sucedió algo, ya que me miras con resentimiento —dedujo, dándome la oportunidad para restregarle en la cara lo que hizo con Myles.

—Pasó que nos dimos cuenta de que solo fuimos dos personas correctas en un momento incorrecto. —Me dio la oportunidad, pero no iba a tomarla—. Pasó que me diste lo mejor de la vida, aunque no lo merezca. Pasó que me equivoqué contigo y te hice sufrir sin pretenderlo —Se acercó un poco más a mí al escucharme, aún no soltaba mi brazo y su agarre me seguía quemando—. Pasó que quise hacerte feliz, te juro que lo intenté, sin embargo, la vida nos demostró, otra vez, que tú no eras para mí ni yo para ti.

Sin poder contenerme, acaricié su rostro, Isabella no se apartó y por primera vez desde el día anterior, vi una reacción en ella al tenerme cerca.

—LuzBel —susurró y noté cómo se le enrojecieron las mejillas.

—Una vez te pregunté si algo entre nosotros podía ser posible y me respondiste que no, porque tú y yo somos como el sol y la luna —proseguí, recordando nuestro encuentro en el apartamento, cuando ella no sabía que yo era Sombra.

—¿Y... —Carraspeó para aclararse la voz— qué pasa con los eclipses? —señaló y el corazón se me aceleró cuando miró mis labios.

«Tienes la oportunidad de comenzar de cero con ella, de resarcir tus errores, de olvidar los suyos para que, aunque no estén juntos, al menos sí unidos, sin darle el gusto a nuestros enemigos de verlos destruidos».

Cuando las palabras de Maokko me encontraron, confirmé que no me equivoqué al decirle que no era fácil. Y no solo porque yo no podía olvidar, sino también porque, aunque Isabella hubiese hecho esa pregunta, dándome a entender que podría existir una oportunidad entre nosotros, sus ojos brillaban por Elliot de nuevo, no por mí.

Y ya estaba harto de que él estuviera en el medio. Así que no repetiría la historia.

—Funcionamos mejor por separado, amor —susurré, entendiendo al fin que al menos en esa declaración, ella tuvo razón, aunque me lo haya dicho como excusa antes de acostarse con Myles—. Y esto que te pasó es la prueba más grande de eso. Ahora estás donde perteneces y te prometo que si quieres estar con Elliot, yo no voy a entrometerme.

Por primera vez estaba siendo totalmente sincero, dejaría de ser egoísta con ella.

Por primera vez tenía clara nuestra realidad y, aunque Isabella me falló, también reconocía que ella merecía algo que yo jamás logré darle.

—Elliot ya no me ama —susurró con dolor y sus ojos se llenaron de lágrimas. Eso era todo lo que le importaba, no lo que le dije.

Puta madre.

Sin duda alguna esa mujer sabía cómo destruirme en cuestión de segundos.

—Y no tienes idea de lo doloroso que es ver que ya no me mira con el mismo amor que antes me miraba. —Sonreí sarcástico, le acuné el rostro y le di un beso casto en los labios.

No se alejó, sencillamente me dejó darle aquel beso, un gesto que me mató.

—Créeme, Bonita, sí sé de lo que hablas —susurré en cuanto nuestras miradas se alinearon.

No dijo nada y tampoco esperé a que lo hiciera, me di la vuelta y salí de esa habitación, pues no tenía nada más que hacer ahí.

Ese ya no era mi lugar. Y al salir, le dije a Elliot que tomara el suyo, porque era lo que deseaba la chica que se moría de amor por él. Y…, joder, jamás me consideré tan perdedor como en ese instante.

Dos días después, Fabio y sus colegas le dieron el alta médica a Isabella, pues ya estaba mejor y preferimos llevarla a un lugar más seguro.

Y, ya que madre había viajado a Tokio (lo que permití porque Baek me aseguró que la cuidaría) cuando se enteró de que los Sigilosos trasladaron a Tess hacia allá (dándole tiempo de gracia porque ellos confiaban en que White se recuperaría, así que dejarían que fuera ella quien decidiera el castigo de mi hermana), decidimos que la mansión era la mejor opción para la Castaña, puesto que en su estado tan vulnerable, era el único lugar en el que podríamos protegerla sin descuidarnos de lo demás.

Y antes de llevarla hacia ahí, acordamos que no se les diría a los niños que no los recordaba, por petición de ella, ya que se sentía culpable por haber olvidado algo tan importante en su vida.

Con Dominik hablamos con las copias y les explicamos que su madre tuvo un accidente y por lo tanto, su mente estaba como nueva y tendría que aprender muchas cosas. Él se los hizo ver como un juego donde ambos serían los maestros de White y los dos se emocionaron con la idea, no solo porque la verían de nuevo, sino porque esa vez, ellos le enseñarían todo lo que un día la Castaña les enseñó.

Al menos eso había salido bien.

Instalamos a Isabella en la habitación que antes compartimos y se la pasaba ahí casi todo el día con Lee-Ang, los niños, aunque también había recibido a cada uno de los chicos de su élite para conocerlos personalmente y volver a crear un vínculo con ellos.

Elliot por su parte, hizo su trabajo al hablarle de Amelia, de Dylan y Darius; de La Orden y de los Grigoris. No le ocultó absolutamente nada para que todo fuese un poco más claro para ella y, por fortuna, lo tomó con calma.

Yo en cambio, traté de no cruzarme en su camino las pocas veces que deambuló por la casa y dejé que Elliot pasara en la mansión el tiempo que quisiera, pues lo que le dije a Isabella fue en serio: si ellos querían estar juntos no me iba a entrometer, la dejaría ser feliz con quien quisiera.

—Caleb consiguió sacar a Myles de la prisión luego de lo que le sucedió. Lo han trasladado al búnker que tenemos aquí —me informó Dylan, entrando a la habitación de control y cámaras que teníamos en la mansión.

Me reí de que Caleb decidiera llevarlo tan cerca de mí, pero guardé mis opiniones porque ya había decidido no darle importancia a nada de lo que tuviera que ver con Myles. Aunque confieso que, así yo quisiera matarlo por lo que me hizo, no me sentó bien saber que unos hijos de putas dentro de la prisión en la que lo tuvieron, consiguieron llegar a su celda y casi lo asesinan ahogado en un retrete.

—¿Cómo va Evan con su investigación? —cuestioné sin darle largas a ese tema.

Dylan se sentó en la silla que estaba a mi lado.

—Descubriendo sorpresas que nos dará pronto.

Evan continuaba con el seguimiento del escondite de Lucius, además de mantenerse trabajando de la mano con Caleb y su élite, con sus propias investigaciones, sin contar con el hecho de que apoyaba a Connor y Alice con la búsqueda de quienes usurpaban a Fantasma y Sombra.

—¿Por qué no ya? —inquirí, pues odiaba la espera.

—Según dijo, esta vez los Vigilantes están mejor preparados porque ya saben nuestra manera de operar, así que tomaron más medidas para no ser descubiertos. Pero no todo es incierto, ya que al fin descubrieron quién está detrás del nuevo Fantasma. —Lo miré expectante—. Se trata de Brianna Less, la tipa está buscando venganza por lo que Isa le hizo a Derek.

—¡Demonios! —me quejé y golpeé el escritorio con furia.

Tuve la oportunidad de matar en dos ocasiones a esa tipa, pero en la primera me lo impidió White y luego Isamu. Así que por obvias razones me molestaba que por culpa de ellos, teníamos un problema más con el que lidiar.

—No se sabe quién es Sombra, pero ahora, conociendo la identidad de Fantasma, sabemos por dónde ir, LuzBel —aseguró Dylan—. Sigilosos y Grigoris estamos unidos, así que eliminaremos ese problema pronto.

—Eso espero —refuté.

Acto seguido, ambos nos quedamos en silencio un rato, pensando en lo mierda que seguían estando algunas cosas, aunque otras se estuvieran resolviendo, o fueran más fáciles de hacerlo.

—¿Cómo estás? —le pregunté cambiando de tema cuando mis pensamientos quisieron volver a ese lugar del que quería escapar.

—Como puede estarse luego de perder a la única persona que me hizo creer en algo que por mucho tiempo pensé que no existía. Al menos no para mí —respondió y exhaló un suspiro—. Tess se aprovechó de eso, viejo, y cometió errores que aún no le puedo perdonar —susurró y lo comprendí—. Me arrebató el vínculo con mi hermana, uno que sabes que no fue fácil de conseguir. Me quitó la oportunidad de ser tío de nuevo, dañó a mis sobrinos en su arranque de furia, así que sé que merece lo que le está pasando, pero a pesar de eso, estoy haciendo todo lo que me sea posible para que no la hagan pagar como Isa…

Tragó con dificultad y entendí lo que quiso decir. No quería que Tess pagara como White le hizo pagar a Jacob.

—Mi única esperanza es que ella regrese para que lo evite —Señaló al monitor frente a nosotros y miré el que nos mostraba a la Castaña y a Elliot, riendo de algo que Aiden dijo.

Puta madre.

—Ojalá que sí regrese —deseé sin apartar mi mirada de ella, pues los celos estaban siendo una mierda.

Cuando la noche llegó, decidí ir a mi habitación en el segundo piso y en el camino me crucé con Hanna. Era la primera vez que nos veíamos desde lo que le hice y noté en su mirada que seguía dolida conmigo.

—¿Podemos hablar? —preguntó y asentí.

Sospechaba que me pediría ayuda para que la dejaran irse de la mansión, ya que sin madre ahí, la rubia comenzaba a sentirse secuestrada. Lo supe porque se lo dijo a Serena, quien se estaba haciendo más cercana a ella para seguir analizándola.

—Vamos a la oficina —propuse, pues ya había sido lo suficientemente mierda con ella como para negarle eso.

—¡Papito! —gritó Aiden de pronto y miré hacia los escalones. Le sonreí al encontrarlo dando saltos sin soltarse de la mano de su madre—. Velemos una pelícala con mami, ¿quieles venil?

Posé mi mirada en Isabella, ella me sonrió, divertida con las palabras mal dichas de su clon curioso, como solía llamarlo.

Usaba ropa deportiva, el cabello lo tenía agarrado en una coleta alta y aquella venda todavía adornaba su cabeza.

—¿LuzBel? —susurró Hanna y me tomó de la mano para llamar mi atención.

—¡No lo agales! —le gritó Daemon e Isabella miró nuestras manos entrelazadas, entendiendo lo que exigía su pequeño gruñón.

—Vale, lo siento, cariño —ofreció la rubia de forma amable y me soltó.

—No sabía que tenías novia.

Cómo me habría gustado que Isabella dijese eso con celos, pero no, fue solo un comentario curioso, sin una pizca de sentimiento de por medio.

—No mamita, tú eles su nova —le aclaró Aiden, sacudiendo sus manos entrelazadas para llamar su atención.

Noté que ella se puso nerviosa al escucharlo y evitó mi mirada.

—Hanna no me usta —agregó Daemon, cruzando los brazos y haciendo un puchero.

Fruncí el entrecejo. No quería que se molestara porque noté un cambio en su conducta en los últimos días, lo que me indicó que otro de sus episodios de hipomanía se acercaba, así que no forzaría la situación.

—A ver, ven con papá y dime qué película quieres ver —lo animé caminando hacia ellos y extendí los brazos hacia Daemon, cuando estuve dos escalones abajo de donde los tres se encontraban.

—Mi favorita —me respondió en cuanto lo tuve en mis brazos y rio por el beso juguetón que le di en el cuello.

—Mmmm. ¿Cuál será? —indagué, fingiendo que no sabía.

—LuzBel —me llamó Hanna, recordándome que estaba aguardando por mí.

—Te busco luego —le dije, esperando que comprendiera la situación.

—Está bien —cedió con una sonrisa forzada y tras eso se marchó hacia algún lugar de la casa.

Imaginaba que esa era la primera vez que se cruzaba con Isabella, porque la Castaña se sorprendió al creer que era mi novia.

—¿Qué me darás si adivino qué película verán? —pregunté, regresando mi atención a Daemon y me regaló una enorme sonrisa.

Su madre lo había olvidado, pero las copias miraban a diario *Valiente,* sobre todo por esos trillizos traviesos igual que ellos.

—¡Yo te digo! —gritó y saltó Aiden, algo que hizo reír a la Castaña. La chica estaba redescubriendo a sus hijos y fue admirable ver el amor con el que ya los miraba.

—Vamos, sorpréndeme —lo animé.

—¡Un beso de mami!

Me cago en la puta. Eso sí que era sorprender.

La sonrisa se nos borró a Isabella y a mí. Ella me miró horrorizada luego de escuchar a su hijo y eso bastó para acabar con mi ego (de nuevo).

—Cars —Fingí emoción, dándoles una respuesta incorrecta porque quería.

—Peldiste, papito —se quejó D y le sonreí—, velemos Valente —confirmó.

—Perfecto, los acompaño a su cine personal —ofrecí.

Lo bajé de mis brazos y los acompañé a la sala de entretenimiento para colocarles la película en la tele. Luego los dejé acomodados y tras darles un beso a ambos en la frente, me despedí y decidí no interrumpir más ese momento con su madre.

Aunque no esperé que ella me siguiera fuera de la sala tras darle las buenas noches.

—Tú sabías qué película verían —aseguró y me encogí de hombros cuando la miré.

—Me la sé de memoria, pero quise salvarte de dar una recompensa obligada —respondí y sus mejillas se pusieron rojas—. Nunca has sabido ocultar tus emociones y tu cara de horror es lo más difícil de disimular para ti —añadí.

Abrió y cerró la boca para decir algo, sin embargo, las palabras no salieron hasta que de nuevo intenté marcharme.

—Siento mucho que hayamos arruinado tu noche. O lo que sea que harías con tu amiga.

Me reí por cómo trató de defenderse al verse descubierta.

—No te preocupes, White, habrá más noches para Hanna —solté.

Lo hice por cabrón, por hijo de puta, porque quería verla celosa.

Pero nada de eso pasó.

¡Jodida mierda!

La lluvia solo es un problema para aquel que no quiere mojarse.

CAPÍTULO 50

No voy a dañarlo

ELIJAH

El día siguiente, las copias me convencieron para que esa vez los acompañara a ver una película con ellos y su madre, en la habitación que compartimos juntos, luego de haber comido los cuatro como en los viejos tiempos.

Así que ahí estábamos, los niños recostados sobre las piernas de la Castaña, disfrutando de las caricias que ella les daba en sus cabecitas; los tres tumbados en la cama, conversando más de lo que ponían atención a la película, ya que tenían la costumbre de narrarnos lo que ya se sabían de memoria.

Yo también había estado en la cama con ellos, conversando y fingiendo que todo estaba bien, aunque llegó un momento en que no fui capaz de soportar esa nueva realidad, en la que ella era una extraña para mí, así que opté por salir a la terraza para que los chicos no se pusieran tristes al creer que me marcharía.

El frío estaba aún es su apogeo y habían pronosticado algunas nevadas para los siguientes días, pero no me importó el clima, ni no haberme protegido los suficiente; me quedé ahí, observando el horizonte, recordando el pasado, mis días siendo Sombra y en lo difícil que me fue llegar a la Castaña sentimentalmente porque ella se aferraba a mi recuerdo como Elijah, hasta que recibí aquel disparo para protegerla.

—Siempre pensaste en mí, Bonita. Lo noté, sentí que no podría tenerte como Sombra tal cual deseaba porque el recuerdo de Elijah lo impedía, porque demostrabas que me seguías amando. Entonces, ¿por qué no sucedió lo mismo con Myles? —pregunté a la nada.

Nunca había analizado eso hasta ese momento. O no quise hacerlo en realidad, porque me encerré en el dolor que me provocó su traición.

—Oye, está frío acá afuera, deberías entrar. —La voz de Isabella me sacó de mis cavilaciones y la miré sintiendo unas ganas repentinas e insoportables de abrazarla.

Ya no estaba viendo a la mujer que se acostó con mi padre, sino que a la chica que en su momento me hizo titubear, la que creí que me haría débil, pero que cuando llegó el día de demostrar de qué estaba hecho, me dio la valentía y el poder que necesitaba únicamente con su recuerdo

—Luego iré —susurré y dejé de observarla, apretando mi agarre en la madera del barandal de la terraza para no ceder a mis deseos, porque por mucho que ansiara meterla entre mis brazos, ella no lo tomaría a bien.

La escuché susurrar un «como quieras» antes de volver a adentrarse en la habitación, y seguí en la misma posición, notando que mi piel se estaba tornando púrpura por el frío y deseé que eso me ayudara a calmar todos los sentimientos que se arremolinaban en mi interior.

—Toma —ofreció rato después.

Supuse que ya no volvería, pero lo hizo llevando con ella un vaso de whisky y dos mantas de terciopelo. Mi estómago se estremeció al ver el licor y esperé que Hanna no se fuera a cruzar en mi camino después de beberlo, puesto que no quería volver a olvidar nada de lo que supuestamente sucedía entre nosotros.

Serena me había dicho esa mañana que, aunque seguía analizándola, sí podía asegurarme desde ya que la rubia juraba estar enamorada de mí, pero mi compañera nombró ese absurdo enamoramiento como obsesión y que, aunque de momento eso parecía inofensivo, seguiría con su estudio por si algo se le estaba escapando, puesto que ella estaba bastante estresada y no quería que su cansancio mental influyera, u obstruyera, su capacidad para leer a las personas.

—Esta casa es enorme. —Isabella rompió nuestro silencio, ya le había aceptado el vaso con whisky y tras darle un sorbo lo dejé en la madera del balcón, tomando a la vez la manta para envolverme con ella.

La Castaña me imitó con la otra y noté su piel chinita por el frío. Podía volver con los niños, pero optó por quedarse ahí conmigo y no supe cómo tomarlo.

—¿Cómo vas con Elliot? —pregunté en lugar de decirle algo sobre su señalamiento anterior y me miró incrédula.

Hablar de eso no era lo mejor, pero necesitaba saber lo que estaba pasando entre ellos.

—¿Alguna vez fui intensa contigo? —indagó y fruncí el ceño—. Sé sincero, por favor —pidió y bufé una risa que no formé en mi boca.

—¿A qué te refieres con intensa? —devolví solo por provocarla un poco, ya que entendí lo que quería saber—. ¿Piensas que me rogaste que estuviéramos juntos? ¿Imaginas que eras de esas chicas que hacían cualquier cosa para llamar mi atención?

Contuve una sonrisa al ver que comenzó a sonrojarse.

—Sinceramente, no creo que haya sido difícil llamar tu atención —musitó y alcé una ceja, puesto que, aunque su voz fue tímida, no careció de fuerza.

—¿Porque sabes que puedes tener a cualquier hombre a tus pies, o porque yo sí me veo como un tipo fácil? —inquirí y ella se mordió el labio para no reír.

Me cago en la puta.

Mi cuerpo estaba reaccionando de maneras que la asustarían en ese instante, al verla interactuando así conmigo.

—Ya, deja ese tema y responde lo que te pregunté —me incitó y deduje que no supo más cómo seguir por esa línea, así que le di una tregua.

—Nunca fuiste intensa conmigo porque a pesar de todo, jamás buscaste mi atención, White —respondí sincero—. Las cosas entre nosotros se dieron y ya. Y cuando estuvimos en un punto en el que tú querías más, pero yo no te lo daba, intentaste hacerte a un lado.

—En otras palabras, eras un cabrón conmigo —replicó e hice un amago de sonrisa.

«Y vaya que lo fui», pensé.

—No porque lo haya querido siempre —admití—, pero ese no es tema para este momento.

Asintió de acuerdo y la escuché soltar el aire por la boca, escondiendo la mitad de su rostro entre la manta.

—Elliot está enamorado de su novia —soltó con amargura—. Y, a pesar de lo que siento por él, no voy a mendigar su amor —Me encogí en mi sitio, el frío ya me estaba afectando—. Supe que estuviste con Amelia, mi hermana, y te enamoraste de ella —Cambió radicalmente de tema y no supe si agradecer o lamentarlo.

—No, White —zanjé—. Te aclaré en su momento que sí hubo un tiempo en el que creí estar enamorado de ella, pero luego descubrí que no. En realidad, nunca experimenté nada de eso con Amelia —aseveré y me observó con detenimiento.

—¿Por qué lo descubriste?

¡Joder! La curiosa había vuelto.

—¿Crees que mi respuesta cambiaría algo de lo que está sucediendo ahora? Me refiero a ti y a mí —Negó de inmediato. Claro que no lo haría, así que no iba a responderle y ella lo comprendió sin que tuviera que recalcarlo. No obstante, se quedó conmigo a pesar de que callamos.

Los niños seguían viendo la película y escuchábamos cuando se reían de las travesuras que hacían los trillizos pelirrojos, para después imitarlas.

—Lo siento —susurró de pronto. La miré sin saber a qué se refería—, siento mucho haber olvidado todo.

—No es tu culpa —la corté.

—¿Siempre fuiste así de frío conmigo? —Se acercó un poco a mí tras hacer esa pregunta—. Digo, todo el tiempo te la pasas con esa cara de culo y a veces me intimidas, jamás sonríes y… no sé —Suspiró resignada antes de seguir—. Yo estoy acostumbrada, o lo estaba, a un hombre cariñoso y detallista y tú no eres nada de eso.

—Supongo que con el tiempo te aburriste de ese tipo de hombre —expliqué yéndome por lo más sencillo—. Y no, Isabella. No siempre fui frío ni tampoco pasaba con cara de culo todo el tiempo —Lo último volvió a hacer que ella contuviera una sonrisa.

Yo no pude.

—Encontré esto —dijo de pronto y me mostró su cámara, la había mantenido oculta con su manta—. ¿Es tuya?

—No, tuya —confirmé y eso la hizo atreverse a activarla para ver las fotografías.

Había muchas imágenes de las copias cuando jugaban, vídeos que también reprodujo; fotos de ella y los clones que yo tomé, otras mías con los niños que captó siempre que creía que no la veíamos, además de las que teníamos juntos, de cuando salimos a comer en Italia, en aquellos meses donde vivimos una vida alterna a la que siempre tuvimos.

De pronto llegó a aquellas imágenes más íntimas entre nosotros, cuando nos quedábamos conversando durante horas en la cama y me hacía reír con sus tonterías, con el único objetivo de captarme, asegurando que de esa manera obtendría pruebas de que yo era capaz de hacer un gesto genuino, para comprobárselo a quienes dudaban de mi capacidad para sonreír, sin saber que en un futuro, esas evidencias servirían para confirmarse a sí misma de que no siempre tuve una cara de culo con ella.

—Es hermosa —susurró.

—¿Esa Isabella? —inquirí, a pesar de que sabía a lo que se refería—. También la de ahora. Has sido hermosa siempre, en realidad —halagué sin pensarlo y sonrió de lado.

—Tu sonrisa —aclaró, pero sabía que ella era consciente de que no confundí nada.

—Gracias —musité.

Asintió y volvió a poner su atención en la cámara, pasando de las imágenes íntimas a las privadas. Cerré la distancia entre nosotros y puse la mano sobre la pantalla antes de que viera lo que seguía.

—No creo que sea el momento adecuado para que continúes —advertí.

Buscó mi mirada y el éxtasis que experimenté con eso fue increíble.

—¿Hay algo que no quieres que vea? —preguntó traviesa y vi el desafío en sus ojos—. ¿De lo que te avergüences?

Entrecerré los ojos, sonriéndole de esa manera porque lo que me provocó estaba muy lejos de ser nerviosismo, se parecía más a unas ganas incontrolables de demostrarle que no había nada en mí que me avergonzara, porque en su momento, ella lo adoró.

—Compruébalo tú misma —la animé con la voz oscura y sus mejillas se pusieron más rojas, aunque no supe si era por el frío o porque no me inmuté ante su desafío.

Aparté la mano tras eso, retándola a seguir cuando noté que vaciló, pero nunca fue una cobarde, así que volvió a concentrarse en las fotografías y vídeos, abriendo demás los ojos al encontrarse con una en la que ella estaba desnuda sobre la cama, mientras que mis piernas tatuadas se reflejaban en el medio de las suyas, porque fui quien la inmortalizó luego de follarla hasta que quedara exhausta.

En la siguiente aparecí solo yo, dándole la espalda, desnudo por completo. Acababa de terminar de ducharme y ella me fotografió, fingiendo ser una acosadora obsesionada. Me mordí el labio al recordar cómo la follé, asegurándole que le daría más motivos para que se mantuviera obsesionada conmigo.

—¡Jesús! Tienes muchos tatuajes —señaló con la voz torpe.

Sus ojos no estaban solo en mis tatuajes. Y me reí porque se vio en la necesidad de decir algo únicamente para que yo no notara que sus manos estaban temblando, sin embargo, volvió a quedarse sin palabras en cuanto le dio reproducir a un vídeo que creí que ella ya había borrado, pero descubrí en ese instante que lo conservó.

—*Mírate, pequeño infierno. Cómo puedes lucir tan gloriosa mientras pecas, ¿eh?* —Mi voz estaba plagada de placer y descontrol cuando declaraba tal cosa.

—*¡Oh, Dios!* —Cerré los ojos al escucharla gemir en aquel vídeo.

La había tenido tumbada sobre su estómago en la cama, mientras que ella se apoyaba con los pies en el suelo y encontraba cada uno de mis embistes cuando la penetraba desde atrás. Con una mano me aferraba a su cadera y con la otra sostenía la cámara para grabarla.

—¿Todavía crees que me avergüenzo de algo? —murmuré y tomé la cámara, apagándola justo cuando mi mano en su cadera había buscado sus nalgas para introducirme en otro lugar.

Isabella no se movió por un momento, ni siquiera respiraba, sorprendida por lo que acababa de ver y también apenada.

—Yo… ¡Dios! No sé ni qué decir. —Jadeó al reaccionar.

—No es necesario —la tranquilicé.

—LuzBel, en mi mente yo todavía soy virgen. —Me reí al escucharla—. ¡Madre mía! En ese vídeo parezco más una actriz porno.

—¿Cómo las que solías ver? —la chinché y sus ojos se desorbitaron, su rostro se enrojeció más de lo que ya estaba—. Sí, Isabella, sé que hubo un tiempo que tuviste una pequeña obsesión con esas producciones, tú misma me lo dijiste.

—¡Oh, por Dios! —entonó y se cubrió la cara haciéndome difícil no reír.

—¿Sabes qué más sé?

—Espero que no sea vergonzoso —musitó y no se atrevió a mirarme.

—Hablas con tu voz interior, la llamas tu perra conciencia porque me aseguraste que siempre te daba los peores consejos, por eso jamás le obedecías.

—¡Carajo! ¿Por qué tenía que decirte todos mis secretos? —se quejó, pero rio en ese instante y, además, me miró y noté que sus ojos estaban brillosos.

¿Me los dijo todos?

Joder.

En ese momento me embargó la seguridad de que sí lo hizo, y no sé si tener esa versión de ella estaba influyendo a que olvidara lo que pasó entre nosotros. Lo que nos separó de verdad.

—¿Mi…, mi primera vez fue contigo? —continuó con las preguntas y noté los nervios implícitos en esa.

—Sí, Bonita —respondí seguro—. Y desde ese momento solo fuiste mía.

No dijo nada más, simplemente miró al horizonte, como antes lo hice yo, y quedó pensando en quién sabía qué. Observé su perfil, estaba más delgada debido al coma en el que estuvo, pero igual de hermosa.

Isabella era una mujer fuerte y estar ahí a mi lado lo demostraba, pues sobrevivió a una herida de bala y a una terrible caída; antes ya había sobrevivido al dolor de perder a seres que amaba y de nuevo estaba atravesando por lo mismo. Pasó por torturas que nadie merecía, pero seguía malditamente de pie, saliendo adelante a pesar de haber perdido la memoria porque no iba darse por vencida ante nada.

Había salido de aquel hospital decidida a comenzar de nuevo y juro que yo no conocía a nadie más fuerte que ella. A pesar de sus errores era imperfectamente perfecta y entendí lo que no quise entender antes.

La mujer que yo tuve conmigo, esa que se hallaba en ese momento a mi lado, nunca habría sido capaz de acostarse con mi padre.

La Isabella White por la cual yo era capaz de dar la vida, me fortalecía, no me destruía. Y sí, la encontré acurrucada al lado de Myles, desnuda y en una situación comprometedora, pero…

—¡¿Desde cuándo esa puta y tú me están viendo la cara?! ¡¿Desde cuándo, Myles?!
—¡Jamás pasó! ¡Y no entiendo cómo es que llegamos a lo que viste hoy! ¡Este no soy yo, hijo!
—¡No me llames hijo, malnacido! ¡Porque mi padre jamás me habría hecho esto! ¡Nunca, Myles Traidor Pride!

—¡LuzBel! ¿Estás bien? —Isabella puso una mano en mi hombro para llamar mi atención.

Tenía la respiración acelerada y tomaba con demasiada fuerza la cámara en mi mano.

La miré y tragué con dificultad, recordando lo poco que nos dijimos con Myles después de llegar al cuartel y buscarlo con la intención de matarlo por lo que me hizo. Él había lucido totalmente perdido y en ese momento supuse que fue por los golpes que ya le había propinado en el hotel. Pero también lució de esa manera cuando lo encontré con Hanna y luego en el vídeo con la chica a la que intentó abusar.

Mierda.

—Necesito que entres a la habitación —le dije y frunció el ceño—. Está muy frío y todavía te encuentras en recuperación.

—¿Pero está todo bien contigo? —insistió y asentí.

—Tengo que hacer algo, volveré para la cena si quieres que me una a ustedes —avisé y asintió, caminando a mi lado, permitiéndome que la tomara del brazo para guiarla de nuevo adentro, como si no conociera el camino.

Sin embargo, disfruté de ese leve acercamiento y más de que ella lo permitiera.

—Ya ela tempo que vinielan —se quejó Aiden. Esa copia a veces parecía demasiado maduro para su edad.

Isabella rio al escucharlo.

—Tengo que hacer algo, chicos. ¿Pueden cuidar a mamá por mí? —propuse y ambos asintieron. A ellos les encantaba cuando les pedía que me cubrieran, se sentían mayores y orgullosos.

Isabella observó nuestra interacción como si fuera lo mejor del mundo, tal cual lo había hecho las pocas veces en que nos vimos. Cuando la busqué con la mirada le asentí a manera de despedida y me sonrió.

Al salir de la habitación, lo hice decidido a enfrentarme a alguien a quien creí que no podría volver a tener frente a mí, sin embargo, encontrarme con la Isabella de nuestros inicios, la chica que conocí cinco años atrás, me hizo recordar todo lo que ella me había demostrado ser.

Recordé a la mujer que hacía lo que quería sin temor a ser juzgada. A la guerrera que hablaba de frente y no ocultaba nada ni por miedo a ser señalada, pues me dijo en la cara que se acostó con Elliot y no le importó lo que desencadenaría con ello. Luego se encargó de dejarme claro que los errores que pudo haber cometido jamás opacarían sus virtudes.

Entonces comprendí que Maokko siempre tuvo razón, lo que estaba pasando con la memoria de la Castaña era un nuevo comienzo, la oportunidad de reivindicarnos. Y no la desperdiciaría.

—¿A qué has venido? —preguntó Isamu con dureza cuando me bajé del coche y me acerqué a la entrada del búnker, donde él y Ronin se encontraban.

—A encender una jodida vela —les dije a ambos y me miraron sin comprender—. Voy a hablar con Myles sobre lo que sucedió. —Una de las comisuras de la boca de Isamu se alzó con burla y vileza.

Fue fugaz, pero lo vi.

—¿Qué tuviste que ver para comprender lo imbécil que has estado siendo? —inquirió y le di un gesto igual al que él tuvo antes.

—A tu jefa —admití y alzó una ceja—, pero no a la que tú conoces sino a la que yo conocí hace cinco años.

No dijo nada por unos segundos, simplemente me estudió y cuando se convenció de que no estaba ahí para hacer una locura, pidió por el intercomunicador en su oído que abrieran la puerta.

—Adelante —me animó y asentí.

—*¿Cómo es?* —Miré a Ronin sin comprender cuando preguntó eso—. *¿La Isabella de hace cinco años?*

Bufé una risa.

—Igual de cabrona a la que tú conoces, pero más sutil y tímida.

—*¿La prefieres así?*

—¿Por qué debería preferir una versión cuando puedo tenerlas todas? —devolví y noté que no esperaba esa respuesta.

Pero le satisfizo, ya que se hizo a un lado y me dejó seguir con mi camino.

En el pasillo del recibidor me encontré con Connor, ya me esperaba, así que imaginé que vio mi llegada por las cámaras. Él había estado en el búnker desde que llevaron a Myles. Evan seguía operando desde el cuartel con otros miembros de mis élites.

—¿Él ya sabe que estoy aquí? —inquirí y asintió.

—¿Vienes en son de paz? —Me reí.

—¿Crees que los asiáticos afuera me habrían dejado pasar si no?

—Buen punto —reflexionó y me saludó con un golpe firme en la espalda—. Por cierto, Jane quiere ir a la mansión mañana para ver a Isa, supongo que no hay problema.

—Solo pídele que no le hable de cómo entró a la organización, eso me corresponde a mí. —Rio al escucharme.

—Quiero estar allí cuando eso pase.

—Prefiero que no —admití y soltó una carcajada.

Seguimos caminando hacia una oficina y él se detuvo antes de que abriera.

—Te guste o no, voy a revisarte —advirtió.

—No voy a dañarlo. —Bufé.

—¿Sabes que muchas veces antes de los asesinatos, el asesino dice esas mismas palabras? —satirizó y rodé los ojos.

Alcé los brazos y dejé que me revisara para que se quedara más tranquilo. Y cuando terminó, me dio dos palmadas en el hombro y me animó a seguir. Respiré hondo antes de hacerlo y no me inmuté cuando abrí la puerta, pues no llegué ahí para titubear sino para enfrentarme de una buena vez a la realidad.

—Vaya, vaya. He tenido que verte entrar para creerlo. —La voz de Myles sonó fuerte cuando me vio atravesar la puerta. Estaba barbado, aunque limpio y con la ropa impoluta, luciendo recuperado e imponente; no más como el hombre perdido que recordaba de la última vez que estuvimos frente a frente—. Y por tu bien, espero que no estés aquí para discutir, porque como verás, estoy cansado de lidiar con tanta mierda —bufó.

—Solo quiero hablar, Myles —solté con frialdad.

—¿De qué? ¿De nuevo quieres que te diga cómo follé a Isabella? ¿O vienes a pegarme otra vez? —La ironía en su voz me hizo tensar la mandíbula—. Porque ya me dijeron que te atreviste a golpearme y deseo que vuelvas a intentarlo ahora mismo —se mofó.

Era tan yo en esos momentos. Estaba de pie y con las manos cruzadas en la espalda, mirándome con ganas de desquitarse conmigo lo que le hicieron en la prisión.

—¿Lo hiciste? —exigí saber y rio con indignación y amargura. Segundos después lo tenía frente a mí, mirándome a los ojos.

El gris de sus iris competía con el mío.

—¡Mírame, muchacho imbécil! —demandó y me tomó de la nuca—. Soy yo, Myles Pride, el hombre que te engendró y crio, el mismo que con su ejemplo te enseñó a tratar a una mujer como una reina, tal cual nos instruyó Levi, a pesar de que no hayas aprendido un carajo —espetó, mencionando al abuelo—. Pero viste cómo traté a tu madre siempre. —Mi respiración estaba acelerada para ese momento, igual que mi corazón, porque ese era el tipo que yo conocía. Y sentí algo oprimiendo mi pecho al volver a encontrarlo—. ¿En verdad me crees capaz de tocar sexualmente a una mujer que para mí es como mi hija? —preguntó y me limité a mirarlo—. Jamás le he sido infiel a Eleanor y si quisiera serlo, ¿crees que lo haría con la mujer que no solo es como mi hija sino también la novia de mi hijo, mi heredero y hasta hace muy poco mi orgullo?

—¿Por qué no te defendiste así hace unas semanas? —desdeñé y lo tomé de los antebrazos sin apartarlo de mí.

—Porque no era yo mismo, Elijah —largó—. Y me decepciona que tú, habiendo estado a mi lado siempre, me desconocieras, cuando has sido testigo de que jamás he visto a otra mujer con morbosidad

—¿Qué pasó con Hanna entonces? —le cuestioné porque, aunque aceptaba que tenía razón en reclamar todo lo demás, fui testigo de lo que vi en el cuartel entre él y la rubia.

—No recuerdo nada de mi vida desde que ella entró a mi oficina —aseguró y me estremecí.

Lo hice porque yo tampoco recordaba nada de lo que hice con ella la noche en la que estuvo en mi habitación.

Puta mierda, todo comenzaba a encajar.

CAPÍTULO 51

Tic tac

ELIJAH

Nuevas dudas llegaron a mi cabeza, pero sentí tremendo alivio cuando Myles dijo que no recordaba nada, porque eso me estaba dando excusas para no verlo como el peor de los canallas y traidores, ya que era más fácil imaginar a otra persona como culpable y no a él o a Isabella.

—Dime qué es lo que recuerdas —le pedí tras separarme de él.

Noté el recelo en sus ojos porque era obvio que estaba molesto e indignado conmigo, pero también vi que me comprendía.

—Avísale a los demás que iremos a junta urgente en un momento, los quiero a todos disponibles —le dijo a alguien por el teléfono de esa oficina—. Toma asiento —sugirió tras eso.

Supuse que Myles estaba aguardando por este momento, pero en lugar de buscarme él, esperó a que yo lo hiciera.

Tal cual me aconsejó con la Castaña, cuando yo insistía en buscarla para aclararle mi verdad, él aplicó lo mismo conmigo, por eso aseguró que le dejaría todo al tiempo y, aunque a mí me pareció una cobardía de su parte, en ese instante supe que si me hubiera buscado en su momento y no en el mío, yo no habría aceptado escucharlo.

Respiró hondo y me miró con tristeza y decepción en cuanto tomé asiento, él se quedó de pie y segundos después comenzó a explicarme que antes de lo que pasó en el cuartel con Hanna, ya había comenzado a sentirse extraño, aunque culpó al estrés por lo que estábamos atravesando, así que no le dio importancia y en su lugar, optó por hacer más ejercicios, ya que siempre sacó su tensión de esa manera.

Y en efecto, no recordaba nada de lo que pasó en aquella oficina, aunque sí aseguró que cuando entró a ella con Hanna no hubo ningún acercamiento entre ambos, por lo que tampoco podía culparla de lo que había pasado.

—No te voy a ocultar nada ahora y tampoco tendré filtros por considerarte, Elijah —advirtió y presentí que lo que diría a continuación no me agradaría—. No sé si llegamos a tener relaciones sexuales con Isabella, lo que sí te aseguro es que eso jamás hubiera pasado con el consentimiento de ambos —Maldije en mi interior, porque no era fácil escucharlo—. Y es una mierda que esa chica a la cual he visto como una hija, haya perdido la memoria, pues era mi única esperanza para aclarar lo sucedido.

—¿Cómo iba hacer eso, Myles? Si cuando yo la confronté no pudo negarme nada —espeté entre dientes, pero ya no estaba molesto con él—. Y créeme cuando te digo que estuve a punto de matarla con tal de que me dijera la verdad, y ni aun así me dijo que no.

Las imágenes de cómo la tuve en aquella cabaña me golpearon como unas perras y negué al mismo tiempo que solté el aire por la boca.

—Nos drogaron, hijo —aseguró y bufé, negando con la cabeza, pero no porque no le creyera—. Y en ese estado, fue más fácil que ella misma creyera que lo que pasó fue porque lo consintió y sobre todo, si estás en un ambiente en donde cada persona cercana a ti, consciente o inconscientemente te señalan de haber hecho algo. Sin embargo, a diferencia de mí, ella tenía la posibilidad de recuperar sus recuerdos una semana después, que es el tiempo que tarda el narcótico en salir del sistema. Yo en cambio tengo frito el cerebro porque me mantuvieron drogado por demasiados días.

—¿Por qué aseguras que los drogaron a ambos? —cuestioné.

—Caleb consiguió que uno de los médicos de Grigori entrara a la prisión a la que me llevaron, allí tomaron análisis de mi sangre para estudiarlos y encontraron restos de una droga que todavía no sale al mercado negro, pero ellos la reconocieron porque es japonesa y los Sigilosos han estado detrás de eso luego de varias muertes en Tokio, en las que las víctimas han presentado los mismos síntomas.

—Me cago en la puta —largué y me puse de pie.

—Voy a explicarte esto con los equipos presentes, pero antes quiero que me mires a la cara para lo que voy a decirte —pidió y lo hice de inmediato—. Eleanor ha sido mi todo siempre y no sabes la decepción que siento ahora mismo con ella, porque dudó de mí cuando jamás le he dado un solo motivo, en nuestros años juntos, para que lo haga. Aun así, comprendo que en su caso haya sido fácil caer en la trampa porque este es un plan perfecto de nuestros enemigos y tu madre se ha mantenido alejada de Grigori, por lo que desconoce los alcances de la maldad.

Me restregué el rostro al comprender su punto, pero no iba a interrumpirlo.

Madre tenía por excusa el no haberse inmiscuido en nada de la organización porque ella prefería combatir el mal con paz y ayudas, no con guerras y muertes. Y padre la mantenía en la ignorancia para protegerla, y porque conocía lo nerviosa que se ponía su mujer siempre que sabía sobre los peligros a los que nos exponíamos.

—Tú y Tess en cambio, se mueven en este mundo, Elijah, pero aun así se dejan ganar por la estupidez —prosiguió y no rebatí—. Me avergüenza que sean mis sucesores —añadió con enojo y tragué con dificultad—. Me decepciona que tú, que tanto querías pertenecer a la élite más alta de Grigori y que después de que hayas luchado para conseguir tu lugar en ella, actuaras como un súbdito inexperto que no sabe ni dónde está parado.

—No fue fácil verte con ella en la cama, Myles —repliqué, porque, aunque entendía su punto, él se estaba olvidando del mío.

—¡¿Y acaso te eduqué para que seas un mediocre?! —inquirió, dando un golpe sobre el escritorio con la palma de su mano—. Porque solo ellos son incapaces de estar a la altura de una mujer segura e independiente, Elijah. Y ese está siendo tu maldito problema, Isabella White es tu inseguridad más grande porque no eres capaz de manejar su seguridad y lealtad.

Apreté uno de mis puños y con la otra mano me restregué la nariz y la boca, con la necesidad de liberar la tensión, ya que las palabras de ese tipo me estaban calando de una manera que no soportaba, simplemente por ser verdaderas.

—Espero que cuando ella recupere la memoria, sepa que merece a su lado a un hombre que esté a su altura, hijo —deseó—. Y ojalá que tú aprendas a ser ese hombre, o tengas las bolas para no estorbar en su camino.

A continuación, salió de la oficina dejándome a mí en ella con una impotencia que me estaba revolviendo el estómago. Dando por sentado que ese hijo de puta fue el que me crio y educó. Myles Pride estaba de regreso y dispuesto no solo a hacer pagar a sus enemigos sino también a nosotros, su familia, por no haber creído en él.

Y tuve que morderme la lengua para no refutar, ya que merecía su revancha por todo lo que le hice.

Y únicamente cuando me hube calmado, salí de la oficina para llegar a la sala de juntas del búnker donde sabía que él y los demás me estarían esperando. Al entrar en ella encontré a Caleb, Isamu, Connor, Evan y Serena, junto a padre y dos hombres más de su élite.

—Perfecto, ahora estamos completos —dijo él cuando tomé asiento.

Seguido a eso comenzó a hablarme una vez más de cómo se enteró de que había sido drogado y lo poco que recordaba de sus días sumido en una oscuridad total, de aquellas voces en su cabeza que le ordenaban lo que tenía que hacer y cómo no podía evitar obedecer, razón por la cual se alejó, para no dañarnos a nosotros, hasta que Isabella lo buscó por medio del brazalete que él y mis hijos compartían.

—Yo no tengo el brazalete, así que intuimos que quién me lo robó hizo conexión con el de Daemon para que Isabella supiera dónde encontrarme. Ya Connor y Evan se han encargado de desactivar los tres para evitar cualquier otro contacto —aseguró al ver mi preocupación porque rastrearan a las copias, a pesar de que morirían antes de llegar a ellos.

—¿Por qué tomaste la decisión de hacerle análisis? —inquirí a Caleb.

—Isabella ordenó que lo liberáramos a cómo diera lugar, por lo que tuve que buscar motivos de peso para que no me negaran una libertad bajo fianza. Así que conseguimos que un médico de Grigori entrara a la prisión gracias a los contactos de Gibson. Tras obtener los resultados y que el doctor nos mencionara todo lo que vio en él, acotamos las pruebas con las de las víctimas mortales en Tokio, que el maestro Cho nos proporcionó.

La droga era conocida como *Mahō ni kakatta,* que significa hechizado. Las personas fallecidas en el país oriental eran mendigos e incluso adictos de la calle a los que tomaron como chivos expiatorios, pues la Yakuza quería asegurarse de que su producto funcionara de la *mejor manera posible* para sus futuros clientes.

—Pero White no mostró esos síntomas —señalé.

—Nosotros hemos sido entrenados para reconocer drogas o venenos —explicó Isamu—. Atravesamos por una fase en la que nos drogan o envenenan con el objetivo de hacernos reconocer cualquier peligro de esa índole tanto en bebidas, comidas o el aire; y a la misma vez desarrollamos cierta inmunidad. Eso convirtió a Isabella en un blanco difícil y por lo mismo la drogaron con dosis pequeñas en diferentes maneras, hasta que consiguieron tenerla en el punto que la querían.

—Revisamos los vídeos de seguridad del hotel y hemos detectado cómo lo consiguieron —siguió Evan y se acercó a mí junto a su laptop—. Serena leyó sus expresiones para comprender lo que no se dijo, así que mira aquí —Señaló el vídeo al que le dio reproducir y vi a la Castaña entrando al hotel—. De entrada muestra incomodidad y la manera en la que mueve su cabello es un indicador de calor, así que el hotel debió tener el aire caliente a máxima temperatura, para obligarla a que se quitara el abrigo y que con eso expusiera su piel.

—En cuanto llega a recepción hace una leve mueca con la nariz, pudo picarle por el clima o por algún aroma fuerte que no le agradó —acotó Serena. Estaba a mi lado, así que miraba el vídeo conmigo—. Justo ahí, nota su desagrado y cómo se limpia la mano tras devolver el bolígrafo.

Mi respiración se estaba volviendo errática cuando más avanzaba el vídeo.

—Entra al ascensor con estas dos mujeres y mira a la más joven —prosiguió Evan, cambiando de cámara.

La chica inhalaba un vapeador y la mujer mayor se acercó a White, tocándole el brazo desnudo.

—Montaron una escena para distraer a Isabella, por eso la mujer la toca con la intención de disculparse con ella por la mala educación de la otra —aportó Connor lo que yo estaba viendo—. Pon atención a lo que sigue —sugirió.

Isabella salió del ascensor y se tomó la cabeza, comenzando a mostrar malestares y cuando llegó a la habitación en la que la encontré con mi padre, presionó su frente en la puerta y noté cuánto le costó alzar el brazo para tocar. Enseguida de eso Myles salió y la miró realmente asustado y triste.

—No recuerdo nada de eso —rebatió él en el momento que lo vi en el vídeo sacudiendo la cabeza, a White abrazándolo y tras eso la besó.

—Primera dosis, inhalación con lo que sea que tenían en la recepción —volvió a hablar Caleb, yo tenía los puños apretados y el corazón acelerado—. Segunda, cuando le dan el bolígrafo. Tercera y cuarta, las mujeres en el ascensor, una con el cigarrillo electrónico y la otra con el toque en el brazo de Isa.

—Cuatro dosis pequeñas, aparentemente inofensivas, pero que a una persona común le hubieran provocado una sobredosis —largó Isamu y sentí que los ojos comenzaron a arderme.

—Sin embargo, fueron esas dosis las que casi la matan, porque todavía se mantenían en su cuerpo el día del atentado de Tess —añadió Caleb y lo miré sin comprender—. Esa noche confirmamos que la drogaron, LuzBel, ya que los efectos del *hechizo* fueron letales al mezclarlos con el reanimador que le pusieron en la sala de urgencias, por eso sufrió un paro cardiaco que casi la mata.

—Joder —espeté y me puse de pie, ya que me estaba asfixiando.

Les di la espalda, sintiéndome el peor de los bastardos, comprendiendo más las palabras que padre me dijo, pues tenía razón. Yo no estaba a la altura de White y menos después de cómo la traté por no haber confiado, por cegarme y olvidarme de quiénes eran Myles y ella.

—¿Por qué no me dijeron antes? —pregunté, aunque imaginaba la respuesta.

—No íbamos a decírtelo en realidad, pero cedimos por tu padre —admitió Caleb y bufé una risa amarga.

—No te creemos digno para que seas el compañero de nuestra líder —aseveró Isamu y cuando lo miré, noté que Serena le estaba sonriendo con incredulidad y sarcasmo.

Él también la vio y le hizo un gesto *de luego arreglo esto contigo*, que a mi compañera le importó un carajo.

—Pero esa es nuestra opinión. Al final, la decisión la tomará ella —se entrometió Caleb, dándose cuenta del reto entre esos dos.

—Volviendo al punto —habló Connor—. Fabio nos hizo llegar los estudios que te hizo a ti, el día que lo buscaste, y están limpios, lo que nos hace descartar a Hanna al menos como sospechosa de que los haya drogado.

No supe cómo tomar eso, así que opté por quedarme callado y seguirlos escuchando.

Connor añadió que había vuelto a investigar a la rubia tal cual se lo pedí, con la ayuda de Owen, aunque lo único nuevo que consiguió fue que ella le confesó al mellizo (en una de sus charlas en la habitación de Vikings) que tuvo un hermano, pero que había fallecido tiempo atrás a causa de la violencia en las calles.

—Sin embargo —acotó Serena y la miré—, Caleb me confesó que instaló cámaras en toda la mansión, a excepción de las habitaciones principales de la familia.

Miré al rubio con los ojos entrecerrados porque no me pidió autorización.

—Sabes que tomamos el derecho de la casa y sus terrenos luego de lo sucedido con Tess, así que no te sorprendas —se excusó.

—A dónde quiero llegar es —prosiguió Serena antes de que me metiera en alguna discusión con el rubio, que no era mi intención—, que he visto el vídeo de tu noche con Hanna, porque esa habitación sí tiene cámara igual que la de ella.

—¿Viste todo? —pregunté y asintió.

—No hay rastros de droga en tu sistema, Sombra, pero sí actúas como drogado esa noche —admitió, ella y los demás Oscuros me seguían llamando de esa manera a pesar que escuchaban a los Grigoris utilizando mi apodo original.

—¿Qué significa eso? —cuestioné, ya que sabía que había algo más.

—Que sabemos cómo drogaron a Isabella, pero aún no descubrimos qué método utilizaron con tu padre o cómo llegaron a drogarlo. Y podría estar sucediendo lo mismo contigo, aunque han optado por utilizar algo indetectable.

—Por esa razón tu padre se mantendrá aquí en el búnker y Hanna en la mansión —informó Caleb—. Y te pedimos que continúes actuando con la rubia como si no sabes nada, y sigues odiándolo a él. De esa manera ella seguirá confiándose y nosotros tendremos la oportunidad de investigarla más a fondo, puesto que ha sido descartada como la culpable de drogar a Isa y a Myles, pero algo nos dice que insistamos contigo.

—De acuerdo —acepté sin rechistar.

Seguimos hablando, padre también me pidió que no le mencionara nada a madre y cuando por fin salí de ese búnker, lo hice teniendo más claro que me merecía a pulso que Isabella me haya olvidado. Me gané con creces que su corazón volviese a latir por un tipo que siempre creyó en ella, que jamás se dejó llevar por nada ni por nadie, cuando de la Castaña se trataba.

Y era lo suficientemente hombre para aceptar que Elliot siempre fue el único que la merecía de los dos.

Durante la siguiente semana, me mantuve alejado de Isabella por vergüenza, porque quería castigarme a mí mismo al haberle fallado y tratado como lo hice, luego de caer en la trampa de nuestros enemigos. Y verla sonreírle a Elliot como antes me sonreía a mí, me mantuvo en el infierno.

Las copias, ella y hasta el puñetero perro lo preferían a él. Y si aguanté mis deseos de replicar y de mandarlo a la mierda fuera de mi casa, fue únicamente porque estaba cosechando lo que sembré.

—¿Podemos hablar? —Miré hacia la puerta de mi habitación y me saqué los audífonos de los oídos, sorprendido al encontrarla en la puerta, cuando media hora atrás la visualicé en el jardín con los chicos y mi jodido primo.

Por eso me había ido a mi habitación, para controlarme un poco. Así que en ese momento estaba recostado en la cama y debido a que mantuve los ojos cerrados y la música a todo volumen, ni siquiera la sentí entrar.

—Lo siento. Toqué algunas veces, pero no respondiste. Hanna me dijo que no te molestarías si entraba.

Puta madre. Definitivamente estaba viviendo en un mundo alterno si Isabella seguía los consejos de Hanna.

—Claro, pasa —la animé tras mi reflexión.

Le sonreí cuando ella lo hizo. Ya no usaba la venda en la cabeza, el color había vuelto a su rostro y recuperó las libras perdidas. Ese día vestía con un vestido corto de botones al frente e iba descalza, dejándome ver las uñas de sus pies pintadas de rojo. El cabello lo tenía agarrado en un moño desordenado y… mierda.

Era mi bonita castaña. La chica de dieciocho años en el cuerpo de una mujer próxima a cumplir veintitrés. Con más curvas que antes, pero con la inocencia que me entregó en el pasado.

—Te he buscado toda esta semana, pero sabes cómo esconderte en esta enorme casa —recalcó tras carraspear, con las mejillas sonrojadas porque literalmente me la comí con la mirada sin vergüenza alguna. Juntó las manos frente a ella y jugó con sus dedos, malditamente tímida.

Y ya sabía que me había buscado, de hecho, le preguntó a Lewis y a Serena por mí, pero no me sentía preparado para verla a la cara después de lo que le hice. Sin embargo, si ella acababa de dar ese paso, no me comportaría como un cobarde.

—Entra —la animé y escuché mi voz más ronca luego de imaginar todas las cosas que deseaba hacerle a esa inocencia.

Se había quedado cerca de la puerta y cuando caminó hacia la cama, me senté y con disimulo acomodé la erección que experimenté solo con verla.

—¿Para qué soy bueno? —pregunté y palmeé la parte de la cama frente a mí, invitándola a sentarse, probando si quería esa cercanía conmigo.

Dudó un segundo, pero al siguiente se acomodó cerca de mí.

Era increíble cómo la vida sabía jugar con nosotros, pues habíamos vivido tantas cosas juntos y de pronto estábamos ahí, sintiéndonos como si apenas nos estuviéramos conociendo, aunque en su caso era así.

—Espero que para mucho —murmuró distraída y la miré con una sonrisa.

—¿Perdón? —Sus mejillas se sonrojaron más que con mi mirada.

—¡Oh, Dios! Dije eso en voz alta —se reprochó y reí.

—Soy bueno para mucho, White —le aseguré tomándole el pelo—. No me retes si no quieres que te lo compruebe —añadí, recordándole lo que hizo cuando estuvimos en la terraza e insistió en ver nuestras fotos.

—No te burles —pidió conteniendo una sonrisa, denegándome ese privilegio—. ¿Por qué te has escondido de mí? —soltó antes de perder el valor y me tensé.

—Quería castigarme, privándome de verte —confesé y me miró sin comprender—. Pero no creo que hayas venido a averiguar sobre eso —señalé, animándola a que hablara de lo que sea que quería.

—¿Cuándo vas a hablarme de nosotros? —preguntó y perdí toda la diversión que me provocó su timidez—. Entiendo que tú y yo no estábamos en buenos términos y a lo mejor por eso lo has evitado, pero yo necesito saber cómo nos conocimos o llegamos a tener una relación, porque me está matando no recordarte —Su voz se ahogó con lo último y a mí me dejó sin palabras que admitiera eso.

Lo hizo porque yo veía el amor que sentía por Elliot, así que nunca esperé que le afectara tanto no recordarme. Digo, podía entender que se sintiera así por nuestros hijos, pero no por nosotros.

—Isabella, nuestra historia no es la mejor —acepté, mirándola a los ojos.

—¿Siempre me has llamado por mi nombre completo, o por mi apellido? —indagó y asentí.

—También por Bonita, Castaña, Pequeña, *Meree raanee* y a veces hasta hija de puta cuando me sacabas de mis casillas, aunque eso último lo tomabas como halago —añadí y, aunque sonrió, vi en sus ojos una añoranza enorme.

—¿Qué significa *meree raanee*?

—Mi reina —respondí y la vi tragar con dificultad—. Es hindi, el idioma del país en donde nació el ajedrez.

—¿Mi tatuaje te representa a ti? —Asentí en respuesta—. Lee me explicó que me lo hiciste tú. Este y el que tengo aquí —Se tocó la nuca y luego el costado izquierdo.

—También te hice otros tatuajes que no se ven —reiteré, recordando cada caricia y beso que dejé en su piel.

Ella no me pudo sostener la mirada en ese instante y calló por unos segundos.

—Cuéntame todo, por favor —pidió cuando volvió a encontrar el valor—. Quiero las rosas junto a las espinas —aseguró—. Porque si llegamos a tener dos hijos tan hermosos, entonces nuestra historia no fue tan mala.

Sus ojos estaban llenos de lágrimas cuando me miró de nuevo y me odié, porque ella no merecía eso.

—Fuimos hielo y fuego, Isabella. Y cuando nuestros caminos se cruzaron, ambos tuvimos que atravesar la oscuridad —Le limpié una lágrima que rodó por su mejilla y cuando bajé la mano, ella me la tomó—. Te convertiste en tempestad y yo en caos y creamos una catástrofe juntos. Un desastre que se nos salió de las manos, por eso ahora estamos así.

—¿Así cómo?

—Como el sol y la luna, Bonita. Tan lejos el uno del otro.

Sentí su agarre más fuerte en mi mano y también el leve temblor, pero en ese instante no supe si era suyo o mío.

—No te detengas —suplicó e imaginé que creyó que no seguiría más.

—¿Tienes toda la noche para mí? —pregunté.

—Todas las que sean necesarias —No hubo inseguridad o titubeos en su respuesta.

Entonces decidí que era el momento correcto para hacer eso, porque Isabella ya estaba preparada. Así que la llevé a su habitación (antes nuestra) y puse música en el reproductor con la intención de que ella se calmara un poco y para hacerlo yo también.

Empecé a contarle lo que ya sabía y lo que no, le dije todo desde el día en que quiso estacionarse en mi lugar en la universidad. Cómo deseé odiarla y me fue imposible, lo que hice para tenerla cerca de mí cuando comencé a necesitarla; fui muy sincero y le hablé de mis miedos, de lo que ella sufrió; le expliqué cada cicatriz que había en su cuerpo, incluso aquella maldita V que tanto me mataba ver y de las que llevaba en sus muñecas. Hablamos de la miserable violación a la que tuvo que enfrentarse, de la muerte de Jacob, de su interacción con Sombra.

Lloró y la consolé, esperé a que me odiara en cada momento donde todo se iba tornando más oscuro. No obstante, el odio no llegó, pero sí el dolor en cuanto le hablé de lo último que habíamos vivido, de cómo la traté, de las mierdas que llevé a cabo para que me pagara por algo de lo que no tenía culpa; de la herida que todavía estaba sanando en su pecho, la que yo le hice.

Aunque el dolor más desgarrador fue cuando le confesé la pérdida de nuestro bebé. Solo en ese momento viví ese dolor como tenía que vivirlo y para mi sorpresa, ambos nos consolamos.

—Sé que no lo merezco, pero perdóname, Bonita —pedí con lágrimas en los ojos—. Tú realmente eres mi todo y no he sabido cuidarte.

—Sabes que es muy pronto para perdonar —puntualizó dolida—. Es que... si todo esto me afecta aun cuando te he olvidado, ¿te imaginas cómo estaría si te recordara? ¿Si te amara como ahora sé que te amé?

No pude responderle, porque en el fondo sabía que ella tenía razón. Si hubiese sido la Isabella de antes no me habría perdonado, pero sí matado.

—No lo merezco, no te merezco —acepté rendido.

—No, LuzBel, no lo haces...

Se quedó en silencio de pronto y cuando yo quise decirle algo, alzó la mano para que hiciera silencio. Había dejado la música a un volumen bajo, pero alcancé a reconocer las notas de la canción que comenzó a sonar en ese instante.

Isabella me miró con sorpresa y el corazón se me aceleró ante la expectativa.

—Esa canción —susurró y se puso de pie, yéndose hacia el reproductor para darle volumen—, he soñado con ella y te veo a ti y a mí con máscaras —confesó y sonreí.

Se trataba de *Apologize*. Ella la había incluido en esa lista de reproducción una noche en la que me pidió que bailáramos porque quería recordar nuestro baile en Inferno, volviéndolo a vivir.

—¿Estás bien?

Llegué a ella cuando la vi sufrir un mareo y se cogió la cabeza con ambas manos. La tomé del brazo para sostenerla, tenía los ojos cerrados y una mueca de dolor, pero segundos después asintió y me miró a los ojos.

—Háblame de la canción —pidió dando un paso hacia atrás para que hubiera distancia entre nosotros.

—Ven aquí —pedí y a pesar de su reticencia la tomé de la cintura y comencé a moverme con suavidad, incitándola a que bailáramos—. Cuando añadiste la canción a esa lista, me dijiste que a veces la mejor manera de recordar, era volver a vivir las cosas buenas que nos habían marcado.

La pegué un poco más a mi cuerpo y agradecí en mi interior que llevara sus manos a mis hombros y con voluntad siguiera mi ritmo. Mirándola a los ojos comencé a relatarle la mascarada en la que estuvimos, el momento que estábamos atravesando y porqué elegí esa canción, asegurándole que ese baile no solo fue especial para ella sino también para mí, pues era la primera vez que me atrevía a hablarle por medio de la música sin necesidad de ser un cantante.

—Siempre te he necesitado como un corazón necesita latir, Pequeña —susurré y me miró a los ojos—. Y tú me amaste con un rojo fuego que de pronto, como un latido, se volvió azul —Presioné mi frente a la suya, dándome cuenta de cómo el karma, el destino, me estaba castigando—. Nunca quise que te dieras la vuelta y me dijeras que era tarde para disculparse, pero tampoco hice lo necesario para no obligarte a hacerlo.

Bajó su mirada, ya que en ese momento nos habíamos separado unos centímetros, y sus pestañas hicieron sombras sobre sus mejillas. Estaban húmedas y lucían más espesas, enmarcando aquellos ojos miel que me congelaban o derretían, según lo que ella quisiera.

—Mírame a los ojos, Isabella —pedí subiendo una mano a su espalda hasta llegar a su nuca, tomándola de ahí para que me enfrentara. Sus uñas se enterraron en mis hombros y noté la piel de su cuello erizándose. Al fin estaba reaccionando a mí—. ¿No sientes nada ahora que te tengo entre mis brazos? —Tragó con dificultad y se mordió el labio inferior, haciéndome más difícil no besarla—. Porque puedo entender que tu cerebro me haya olvidado, pero no acepto que tu corazón lo hiciera también.

—Me gustas —admitió—, eres peligroso y oscuro, y eso me está atrayendo demasiado —Mi corazón se aceleró al oírla—. Y sé que me tengo que alejar de ti, pero no puedo.

Su mano derecha hizo un recorrido por mi cuello hasta llegar a mi mejilla, su caricia me congeló y más cuando, sin esperarlo, besó la comisura de mis labios.

Había dejado la timidez a un lado y no supe cómo tomarlo.

—Tampoco pudiste en el pasado —susurré cerca de sus labios y luego acaricié su mejilla con la mía.

—¿Y en el pasado también quise usarte? —indagó con cinismo y la miré a los ojos. El brillo salvaje en ellos era como el que siempre tuvo para mí, cuando fui solo Sombra para ella—. Porque eso me pasa en este momento, no te amo, pero te deseo. —siguió, dejándome sin palabras—. Y la primera vez que me di cuenta de ello, después de haber visto cada uno de los vídeos de nosotros en la cama, me avergoncé, sin embargo, ahora no lo hago.

—¿Hablas en serio, White? —cuestioné incrédulo.

Alzó la barbilla con orgullo y mi respiración se volvió errática.

—Sí, LuzBel. Y lamento mucho si esperabas más de este momento. Discúlpame por no poder sentir más de lo que deseas de mí. —Intentó alejarse, pero la retuve.

—Yo puedo sentir por ambos —solté aferrándola más a mi cuerpo.

Esas palabras salieron solas de mi boca, sin pensarlas y sin arrepentirme; provocando con ellas que los ojos de Isabella se desorbitaran y por unos minutos ni siquiera respiró. Y cuando volvió a hacerlo, tomó una gran bocanada de aire y sin decir nada me abrazó, escondiendo su rostro en el hueco de mi cuello.

—No quiero decir las palabras equivocadas —Su voz fue amortiguada por mi piel y me estremecí al sentirla tan cerca, sobre todo porque esa declaración fue demasiado familiar para mí—. Sin embargo, deseo pedirte algo y siéntete libre de hacerlo o no.

—Hazlo —la animé.

—Ya me mostraste por qué reconocí esa canción, ahora quiero que me hagas revivir nuestra primera vez.

Puta mierda.

Admito que eso era lo último que esperaba, sin embargo, recordé que conmigo ella siempre fue paraíso e infierno desde un principio. En mis brazos nunca tuvo inhibiciones incluso cuando su experiencia no era mucha, y me estaba volviendo a dar esa parte que escondía ante todos, pero que no le avergonzaba mostrar en mi presencia.

Así que lo tomaría. No despreciaría nada de lo que quisiera entregarme, aunque fuera solo para usarme.

—Ven conmigo entonces —demandé, siendo frío y seguro.

Volviendo a ser el hijo de puta ególatra que conoció.

La tomé de la mano y la llevé hacia el clóset de la habitación, que ella misma redecoró. Este parecía otra recámara en la cual puso espejos por doquier, demostrándome que, aunque fuera una mujer fuerte y letal, seguía siendo femenina y vanidosa, además de astuta y sensual; pues no sería la primera vez que estaríamos juntos en ese espacio.

Ya nos habíamos encontrado ahí en muchas ocasiones, follándonos mientras nos veíamos en los espejos porque a ella le provocaba cierta morbosidad de la cual se había hecho adicta.

—¿Qué haces? ¿Por qué aquí? —cuestionó en cuanto la coloqué de frente al espejo y yo me quedé detrás de ella.

—Demostrarte por qué siempre viste el humo cuando este hijo de puta con corazón de hielo estaba cerca de ti —respondí tal cual lo hice años atrás, en aquel estudio de ballet—. Y porque aquí verás el fuego que provocamos cuando estamos juntos —Ella se mordió el labio en cuanto respiré en su cuello, arrastrando la nariz por toda la longitud de su piel, embriagándome con su aroma corporal y el de la fragancia a vainilla—. Eres ambrosía para mí, Bonita —susurré y lamí el lóbulo de su oreja.

Escuché su respiración acelerada y vi cómo tragó con dificultad.

—LuzBel —gimió y cerró los ojos.

Noté por el espejo que apretó la tela del vestido entre sus manos y sentí mi erección crecer ante la imagen sexi e inocente que me regalaba.

—Abre tu vestido —ordené y me miró.

—¿Será sin sentimientos de por medio? —deseó aclarar y curvé mis labios con perfidia, porque esa era una jodida diabla mezclada con el ángel que antes tuve.

—Claro que sí, Pequeña —confirmé sin inmutarme—. Ábrete el jodido vestido y quítatelo junto a los sentimientos —aconsejé y noté en su reflejo que escondió una sonrisa.

—¿Siempre me ordenaste hacer todo? —inquirió, llevándose las manos a los botones para comenzar a zafarlos de los ojales.

—No, hubo muchas ocasiones en las que hiciste lo mismo que estás haciendo ahora, como una orden sin vocalizar para mí —confesé y noté que eso le satisfizo.

Acaricié su brazo con dos de mis dedos y me deleité, una vez más, con la combinación tan perfecta que su piel perlada hacía con mi piel tatuada. Enseguida de eso lamí su cuello y la miré por el espejo, ella se mordió el labio y detuvo lo que hacía, abriendo el vestido hasta la mitad.

—¿Y te hacía ver el humo? —Detuve mis caricias al escucharla, sintiendo cómo mi corazón comenzó a golpear en mi pecho como un loco, quedándome petrificado al reconocer ese brillo en sus ojos—. Responde, Tiniebло —exigió—. ¿Lo veías? ¿Lo sigues viendo ahora?

La giré en su eje para que nos miráramos de frente y le acuné el rostro, queriendo asegurarme que no estaba alucinando.

—¿Lo ves tú? —pregunté con la voz ronca, temiendo estar equivocándome, ilusionándome con algo que necesitaba tanto como respirar.

Y el desafío y desdén que oscurecieron su mirada consiguieron que flaqueara.

—Tic tac —entonó con tanta vileza, que la piel se me erizó y temblé cuando arrastró la mano hacia mi cuello—. Tic tac —siguió y apretó su agarre ahí—. El reloj ha marcado que es mi turno para jugar, Luzbel.

—Puta. Madre —fraseé, titubeando, llevando mis manos hacia su nuca para aferrarla a mí, presionando mi frente en la suya cuando terminó con palabras, aquel último mensaje que me envió.

La piel se me había enfriado y jodidamente volví a estremecerme porque con eso terminé de confirmar que era ella de nuevo.

Mi maldita reina.

La mujer que me hacía sentir poderoso ante el mundo, incluso cuando me postraba a sus pies para adorarla.

Había vuelto, joder. Y no me importaba que fuera para hacerme comer mierda.

—Entonces... ¿Habrá muchas noches para Hanna?

Me reí con su pregunta, porque era obvio que mi intento por hacerla sentir celosa me saldría caro.

L.O.D.S

*Tic tac, tic tac.
El reloj ha marcado que es mi turno para jugar.*

ISABELLA

CAPÍTULO 52

Corazón de hielo

ISABELLA

Me congelaron en el tiempo.
Me mantuvieron sumergida en la oscuridad.
Me hicieron retroceder y revivir dolores insoportables.
Me llevaron a un punto muy vulnerable en mi vida en el que fui blanco fácil para mis enemigos.

Me arrebataron un hijo y consiguieron que olvidara a mis clones. A mi tesoro más valioso.

Trataron de destruirme una vez más, pero de nuevo yo me estaba reconstruyendo.

Resurgí, lo hice por medio de aquella canción que me marcó en el pasado, pero también gracias a sus palabras. Esas que fueron mías y que él hizo suyas sin vergüenza esa vez. Sin titubear ni dudar. Sin embargo, como en cada tormenta a la que tuve que entrar antes, no salí siendo la misma mujer que LuzBel tuvo a su merced en aquella cabaña.

Ya no era más la Isabella que por amarlo se sintió débil, todo lo contrario, me sentí como la mujer más poderosa, a pesar de mi luto, porque me estaba demostrando a mí misma que así me rompieran siete veces, yo me reconstruiría ocho.

Volví dispuesta a proteger a los hijos que me quedaban, y esa vez sería implacable, incluso con el hombre que amaba como jamás volvería a amar. Al que seguiría amando con un corazón de hielo.

—Lo dije para provocarte —respondió LuzBel a mi pregunta sobre Hanna, cuando me alejé de él.

Había llevado el juego de revivir nuestra primera vez hasta ese punto, únicamente para darle una lección, pues quería devolverle la frialdad que yo obtuve de él en el pasado, pero no lo culminaríamos, ya que como dije antes: así lo siguiera amando con rojo fuego y ardiente, le mostraría uno azul para que entendiera que no le perdonaría lo que me hizo en la cabaña.

Al menos no en ese momento, porque me sentía herida y quería sanar sola antes de seguir lastimándonos.

—Debo suponer que has descubierto que sucedió algo más en mi encuentro con tu padre, si no aprovechaste para asesinarme al tenerme como la inocente White —repliqué y noté que se tensó—. Porque dudo mucho que estuvieras actuando así únicamente por considerarme.

—Isabella, yo...

—Ve al grano, LuzBel —exigí al notar que aprovecharía para excusarse y comencé a quitarme el vestido frente a él.

Fui capaz de sentir su mirada lamiendo cada centímetro de mi piel y mi vientre se calentó, pues mi cuerpo también lo añoraba tanto como mi corazón, pero él era consciente de que mi acción no era para provocarlo y yo tenía los pies sobre la tierra, dispuesta a no dejarme llevar por mi deseo.

—Los drogaron —Carraspeó antes de seguir, en el momento que le di la espalda y abrí la puerta de uno de los armarios, inclinándome para sacar otro cambio de ropa—. A ti y a padre.

Me erguí con la espalda bien recta, apretando el vaquero en mi mano, sintiendo la furia embargándome.

—Déjame adivinar —repliqué y me giré para enfrentarlo de nuevo—. La recepcionista usaba una fragancia floral demasiado fuerte, tanto, que me marea incluso recordarla —Él asintió y bufé una risa que no formé en mi rostro.

Comenzó a decirme todo lo que mi élite le informó una semana atrás, cuando me dejó en la habitación con mis clones y se marchó sin decir a dónde. Y, aunque no teníamos la seguridad de si tuve relaciones sexuales con Myles o no, al menos fue un alivio saber que nada pasó porque nosotros queríamos.

Y vi en los ojos de LuzBel cuánto le mortificaba todo lo que me hizo por creerme una traidora y, a pesar de que me sentía herida por ello, tampoco me haría la víctima, pues sin justificarlo era consciente de que si yo lo hubiese encontrado, con alguien de mi entera confianza, en la situación que él nos encontró con su padre, posiblemente hubiera actuado igual o peor.

—¿Puedes organizar una reunión solo con mi élite y Myles? —pregunté cuando estuve vestida de nuevo.

Opté por ropa cómoda, aunque sin perder la apariencia de chica tímida que había estado teniendo esos días. Y ya antes habíamos acordado que de momento no le haríamos saber a todos que recuperé la memoria para poder contar con el factor sorpresa. Sin embargo, a mi élite no le ocultaría nada porque eran los únicos en los que confiaba ciegamente.

—Antes quiero que Fabio te revise —puntualizó y alcé una ceja, incrédula de que estuviera tomando las decisiones por mí—. Ódiame si es lo que quieres, porque estás en todo tu derecho, White, pero eso no significa que vas a alejarme de ti.

La determinación que utilizó me erizó la piel, pero no iba inmutarme.

—¿Y qué pasa si yo no te quiero cerca de mí? —indagué.

—¿Lo haces? —inquirió con recelo—. ¿No me quieres más cerca de ti?

—No, LuzBel —respondí sin vacilar—. Lo que ha sucedido entre nosotros ha sido demasiado jodido, así que no te quiero en mi órbita, al menos no como mi pareja sentimental, ya que como compañero de batalla admito que eres excelente, sobre todo sabiendo que protegerás a nuestros hijos incluso con tu vida —zanjé y vislumbré en su mirada el dolor que le provocó mi frialdad, el mismo que yo escondí—. Y siendo sincera, te ves mejor con Hanna —mentí y bufó.

En su relato, no dejó de lado que se acostó con esa maldita rubia y las sospechas que tenían sobre ella. Algo que por supuesto me lastimó e indignó; y más por el hecho de que yo les advertí de mi desconfianza, pero prefirieron creerme una celosa. Aunque tampoco me equivoqué con eso, ya que al final la hija de puta consiguió de nuevo lo que deseaba con él.

Lo recordara LuzBel o no.

—Esa mujer te calza a la perfección —añadí y sonrió con perfidia.

Podía jurar que se estaba mordiendo la lengua para no rebatirme y, aunque no era lo que quería de él porque me acostumbré a que ambos nos diéramos guerra incluso con palabras, disfruté de que en ese instante fuera su turno para no defenderse.

—Como sea, White. Voy a convocar esa reunión, pero antes le pediré a Fabio que te revise —dejó por sentado y me mordí la sonrisa, aunque la borré cuando en dos pasos llegó hacia mí y me acunó el rostro—. Y me calce quién me calce según tu opinión, nadie que no seas tú estará a mi lado —aseguró y mi corazón aumentó los latidos en el instante que él presionó su boca a la mía, dándome un beso seco y apretado.

¡Jesús!

Como una imbécil seguí su boca en cuanto se apartó, no porque quisiera seguir besándolo, sino porque el impulso que tomó para alejarse de mí provocó esa inercia en mi cuerpo. Aunque a él le satisfizo mi reacción y sonrió de lado antes de marcharse del clóset, demostrándome cuánto gozaba siendo ese cabronazo.

«Sinceramente, iba a ser muy difícil que te mantuvieras lejos de ese Tiniebla de la manera que pretendías».

Joder. Ahí estabas de nuevo, maldita arpía.

Le reñí a mi conciencia porque en esas semanas no la escuché ni una sola vez en mi cabeza. Ni siquiera al rogárselo siempre que LuzBel estuvo cerca de mí, pues tenía la esperanza de que ella sí lo reconociera; pero no pasó, la cabrona me abandonó igual que él, cuando más los necesité.

Y, aunque con mi memoria de regreso también hayan vuelto el dolor y el resentimiento que sentía hacia LuzBel, no sería hipócrita al negar lo mucho que me atrajo ese hombre cuando volví a conocerlo. Era como si la vida me estuviera comprobando, de esa manera, que en esta y en las que me quedaban por vivir, Elijah Pride sería mi único amor.

Pero eso no significaba que aceptaría la toxicidad que estuvimos teniendo antes del ataque de Tess.

Ni él ni yo nos merecíamos eso, así que fuera como fuera, ambos íbamos a tener que hacernos a la idea de que esa vez, sanaríamos por separado. No más con sexo salvaje y apasionado, tampoco con nuestra guerra de palabras y mucho menos con el poder que los dos teníamos.

Haríamos acopio de nuestra madurez nos gustara o no.

—Isa, qué bien te ves así —Detuve mi paso cuando escuché a Hanna.

Iba bajando de los escalones y ella saliendo de su habitación y..., mierda. Fingir amabilidad con ella no sería fácil, pero tenía que dar mi mejor actuación, ya que la tipa estaba demostrando ser inteligente, actuando como una agua mansa esperando por el mejor momento para dañar. Sin embargo, yo iba a demostrarle que en el arte del engaño, también podía salir bien librada si me lo proponía.

«*No recuerdo nada, White. Me pasó lo mismo la primera vez que estuve con ella y, aunque han descartado que yo haya sido drogado, Serena asegura que actúo como si lo estuviera en ese vídeo*».

La confesión de LuzBel me encontró y evité entrecerrar los ojos al ver a Hanna sonriéndome como si de verdad quisiera ser mi nueva mejor amiga.

«De hecho, ella ya creía que lo era».

Y una mierda que lo era.

Fingía muy bien, le daría ese mérito, ya que nadie podía ser tan buena con la mujer que tenía la atención total de la persona que quería solo para ella. Y, aunque la traté con educación cuando consiguió acercarse a mí (porque Lee-Ang se lo permitió, una mañana que me encontró jugando con los clones en el jardín), debido a que no la recordaba, llegué a sentir un poco de recelo incluso desconociendo muchas cosas sobre la tipa.

Y no estaba celosa en ese instante, ya que LuzBel no me interesaba como hombre por mucho que me atrajera, así que con certeza podía asegurar que mi aversión por ella nada tenía que ver con él.

—¿Tú crees? —pregunté con voz amable y chillona como la suya—. Me siento un poco insegura con este estilo, ¿sabes? —añadí y vislumbré a LuzBel saliendo de su habitación.

Él se quedó de pie cerca de la puerta, entrecerrando los ojos al ver mi interacción con su amiga.

—Te queda perfecto —halagó Hanna sin darse cuenta de nuestro espectador.

—Gracias —musité con un poco de timidez y podía jurar que el Tinieblo estaba sonriendo como un cabrón por eso—. Por cierto, tienes que darme el secreto para que tu cabello brille tanto. Es muy bonito.

«Cuídate de no dar un paso en falso si no quieres quedarte calva».

Por fin tú y yo éramos una sola.

—Gracias —ofreció ella y me sonrió, entrelazando sus dedos, dejándome ver esa manicura perfecta que siempre llevaba.

—Isabella, ¿estás lista? —preguntó LuzBel acercándose a nosotras.

Hanna lo miró cuando él llegó a mi lado y le sonrió ilusionada.

—¿Van a salir? —preguntó ella, actuando desinteresada.

—White tiene su cita médica semanal —explicó LuzBel por mí, utilizando un tono de voz neutro.

—¿Esta vez no viene el doctor D'angelo aquí?

—No, él ha recomendado que la lleve al hospital para hacerle algunos análisis de sangre.

Hanna asintió tras la respuesta que le dio LuzBel y después de eso deseó que todo me saliera bien.

—LuzBel, no olvides lo que me prometiste —pidió la hija de puta con tono amable, antes de que nos marcháramos, metiendo la cizaña con sutileza.

—Yo cumplo lo que prometo, Hanna. Así que no te preocupes —le aseguró él, regalándole una sonrisa.

Bufé sarcástica sin que ella me viera, aunque el cabrón sí que me escuchó, pero no nos dijimos nada y seguí fingiendo que eso no me importó; sin embargo, en mi cabeza iba imaginando todas las maneras en las que quería dañar a esos dos.

—Tuve que ver para creer que sabes ser una hipócrita cuando te lo propones —comentó cuando nos subimos a su coche.

—Yo en cambio no necesito ver nada para tener claro lo hijo de puta que eres —largué y vi que se mordió el labio para no reír.

—Serena, Owen y Lewis van a encargarse de las copias mientras nosotros nos reunimos con tu élite, padre y además Fabio —avisó, cambiando de tema.

Me sentía más segura si mis hijos estaban siendo cuidados por uno de los miembros de mi élite, pero no le quitaría mérito a los compañeros de él, pues ya había comprobado que manejaban el nivel de mi gente a la hora de proteger a nuestros hijos.

—¿Es tarde para incluir a Dylan y Darius? —sondeé y lo vi negar con la cabeza.

—De hecho, ellos están aquí porque padre sugirió que los incluyéramos —explicó y asentí.

Y no es que no confiara en mis hermanos, pero no negaría que después de todo lo que pasé, tenía más conexión con los Sigilosos, por esa razón al principio solo pensé en hacerle saber a ellos que volví a ser la mujer que conocían. Sin embargo, en ese momento sentí la necesidad de incluir a Darius y Dylan, y que Myles hubiera pensado también en eso me dio más tranquilidad.

A Elliot se lo informaría luego de asegurarme de que Alice no era un peligro, ya que con todo lo que supe, quería reconfirmar la lealtad de las personas ajenas a mí.

—¿Fabio me revisará a donde me llevas? —quise saber.

—Entre otras cosas —Fruncí el ceño por su respuesta.

—¿Qué quieres decir?

—Pronto lo sabrás —dijo con tanta rotundidad, que no quise insistir.

Y me picaba la lengua por preguntarle qué carajos le había prometido a Hanna y en qué momento, pero me tragué las palabras porque eso era algo que ya no me importaba.

«No te sentía convencida de eso, Colega».

Pues me convencería a cómo diera lugar.

Nos quedamos en un silencio incómodo lo que duró el trayecto hacia el búnker dentro del territorio de la mansión, pues reconocí el camino, así que imaginé que nos dirigíamos hacia allí. Y no fue fácil, ni lo sería por un buen tiempo y podía jurar que tampoco para LuzBel, puesto que era un hombre que no callaba nada con respecto a nosotros, sin embargo, me estaba demostrando que me daría el espacio que yo quería así le costara un infierno.

—¡Dios! Al fin te dignas a llegar —largó Maokko, en el momento que LuzBel entró a la sala de juntas donde nos esperaban, y sonreí.

Ella y Ronin habían demostrado más cuánto les afectó que los olvidara. Y sabía que Caleb e Isamu estaban iguales, pero ellos siempre fueron los serenos del grupo, así que escondieron su sentir cuando me reuní con cada uno para conocerlos de nuevo, siendo Lee la que se encargó de llevar esos encuentros.

—¿Por qué has pedido que nos reunamos con tanta urgencia? ¿Y por qué no están los demás? —inquirió Dylan y supuse que se refería a los otros Grigoris y los Oscuros.

—Porque yo así se lo pedí —respondí para ellos cuando entré a la sala de juntas.

Todos los Sigilosos se pusieron de pie al verme y Dylan junto a Darius (a quien vi hasta que entré) los imitaron, haciéndome sonreír por la acción. Myles estaba sentado a la cabeza de la mesa y cuando mis ojos se conectaron con los suyos, sentí el mismo alivio que sé que él experimentó.

—Estás de regreso —afirmé y solo en ese momento él se puso de pie.

—Como tú, hija —confirmó.

—Oh, por Dios —exclamó Maokko al darse cuenta de lo que ese cruce de palabras entre Myles y yo significaba, y llegó a mí de inmediato.

Correspondí a su abrazo en cuanto ella me aferró a sus brazos y reí al escucharla agradeciéndole a Kikuri-Hime, la diosa de la protección de la cual decían que los Sigilosos éramos hijos. Y mientras Maokko me mantenía ahí, miré a mis hermanos de La Orden.

Lee-Ang se cubría la boca con ambas manos, escondiendo su sonrisa. Isamu y Caleb, aunque estaban serios, tenían gestos de felicidad. Y Ronin dejó escapar una lágrima, queriendo parecer tan imperturbable como ellos. Tras eso miré a Dylan y Darius, el primero se sostenía la cabeza, sorprendido, mientras que el segundo sonreía aliviado.

—*Por siempre y para siempre* —exclamó Ronin con la voz ahogada.

—*Nuestra reina Sigilosa.* —Se le unieron los demás en japonés.

Incluso Maokko, quien me soltó hasta ese momento y me dejó ver sus lágrimas. Y lo que me hicieron sentir con ese recibimiento fue como volver a casa, a ese hogar con una familia unida que era capaz de dar la vida por mí, tanto como yo por ellos.

Mis ángeles Sigilosos.

El regalo de mamá.

—Gracias —les dije con la voz ronca y miré a cada uno—. Por creer en mí, más de lo que yo misma llegué a creer. Por no desistir sin importar lo que los demás dijeran, sin señalarme por lo que vieron. Gracias por respetarme a tal punto, que hicieron posible lo imposible.

También miré a Dylan cuando dije eso, porque LuzBel me había dicho que él se unió a ellos.

—Tus ángeles, Pequeña dinamita —reconfirmó Darius, pues él leyó la carta que mamá me dejó y la parte del diario en la que ella reiteró que los Sigilosos serían eso para mí.

Mis ojos se llenaron de lágrimas cuando le quitó el lugar a Maokko para abrazarme, Dylan se le unió enseguida y solté un pequeño sollozo al sentirme protegida entre ellos, al tener la certeza de que, aunque no crecí con ninguno y no supe de sus existencias por mucho tiempo, el lazo que nos unía era demasiado fuerte.

Cuando se apartaron de mí aproveché para saludar a mis demás hermanos, dándoles un enorme abrazo a cada uno porque, aunque respetaba sus reverencias, yo quería demostrarles lo agradecida que estaba con ellos con mi demostración de afecto occidental.

—*No vuelvas a ser la chica tímida, por favor*—rogó Ronin cuando me alzó del suelo con su abrazo—. *Porque me intimidas más así, jefa.*

Todos reímos al escucharlo. Y no decía mentiras, pues noté que cuando estuvo frente a mí una semana atrás, no supo cómo interactuar conmigo y pareció más tímido que yo.

—Creo que el Tinieblo también opina lo mismo —susurré en su oído y rio cómplice, aunque su mirada hacia el tipo que decidió hacerse a un lado para dejarme interactuar con ellos, delató que estábamos hablando de él.

—Gracias por creer en mí cuando nadie más lo hizo —dijo Myles en cuánto me acerqué para abrazarlo—. Por ordenar que me sacaran de ese infierno, por no darte por vencida incluso cuando eso te afectó más a ti.

—Y lo volvería hacer, aunque no espero que la historia se repita —confesé y ambos nos reímos.

Tras eso tomamos asiento para hablar de lo que acontecía y, aunque LuzBel se hizo a un lado para que mi gente me recibiera, regresó conmigo y ocupó la silla a mi izquierda, mientras que Isamu se quedó a mi derecha.

Empecé a hablarles de lo que me llevó a recuperar los recuerdos y ellos me pusieron al día de lo que estaba sucediendo. Tocaron el tema de Brianna Less usurpando el lugar de Amelia como Fantasma y todas las dudas que aún no habían conseguido resolver, hasta que fuimos interrumpidos con la llegada de Fabio.

—Me alegra mucho tenerte de regreso —aseguró y me dio un abrazo.

Noté la tensión de LuzBel cuando vio eso, pero no dijo nada ni mostró una mala reacción, todo lo contrario, saludó a Fabio fingiendo muy bien que no le afectaba que el doctor de nuestro hijo se acercara de esa manera a mí.

—Voy a revisarte y hacerte algunos análisis luego —avisó Fabio y asentí—. Por ahora necesito ponerlos al tanto de ciertas cosas que he averiguado.

Le pusimos atención cuando comenzó a decirnos que lo desconcertó mucho que los análisis de sangre de LuzBel no hayan arrojado ningún rastro de droga, por lo que decidió recurrir a todo lo que estaba en sus manos para descubrir qué le ocasionó al Tinieblo ese olvido, además de la sed insaciable y el dolor de cabeza. Y, aunque todavía no podía asegurarlo al cien por ciento, sí nos dijo que sus sospechas cada vez crecían con respecto a que tanto Elijah como Myles pudieron haber tenido contacto con un químico llamado *Hypnosis*.

—¿Qué es eso exactamente? —le preguntó LuzBel.

—Algo parecido a una droga que las élites de los gobiernos más poderosos utilizan para doblegar a sus víctimas sin necesidad de emplear la violencia —explicó Fabio—. Como el nombre lo indica, hipnotiza al objetivo para hacerlo actuar exactamente como desea quien lo posee. Y no cualquiera obtiene el químico, pues es algo altamente poderoso y reservado para ciertas personas.

—¿Cómo sabes todo eso? —le preguntó Darius.

Fabio miró a Myles antes de responder y este asintió dándole su autorización. Miré a LuzBel para saber si él sabía algo y con un leve asentimiento de cabeza me indicó que sí, pero no tuve oportunidad de indagar más porque el mayor de los D'angelo se puso de pie, y fue hacia la puerta para abrirla.

—Pasen —pidió.

Segundos después vi entrar a Dominik junto a Amelia.

«¡Jesús! La reunión de hermanos estaba completa».

Carajo.

Miré a Amelia, lúcida luego de tanto tiempo. Y, aunque quise ponerme de pie como lo hicieron LuzBel y los demás, no pude. Sin embargo, desde mi lugar la miré seria y con un poco de aversión, ya que a pesar de lo que vivimos en la clínica tiempo atrás, todavía seguía sintiéndome recelosa con ella en mi entorno.

—Lía, Dominik, ¿qué hacen aquí? —preguntó Darius.

—Por ella he sabido todo lo que les he comentado hace un momento —informó Fabio.

—*Jefa* —me llamó Isamu, queriendo confirmar si estaba de acuerdo con la presencia de esa chica en la sala.

—Hija, deberías escucharla —recomendó Myles al darse cuenta de mi actitud.

—¿Ahora sí sabes quién soy? —le cuestioné a ella.

«Perra».

No habíamos dejado de mirarnos y en ese momento Amelia alzó levemente la barbilla, mostrando una sonrisa fantasma y tomando una actitud que indicaba que a pesar de estar rodeada de mis Sigilosos, no se inmutaría.

«Una actitud demasiado familiar para mí».

—La hermanita estúpida que no sabe escuchar consejos —desdeñó en respuesta a mi pregunta.

«Oh, mierda. Otra perra».

Curvé mi boca con mezquindad y luego extendí el brazo, haciéndole un gesto con la mano para que tomara asiento. Isamu acogió mi gesto como respuesta y, aunque cedió, se mantuvo alerta a mi lado.

—¿No te parece que es de familia? —inquirí a Amelia.

Cada uno de los Sigilosos dio un paso hacia atrás, dejando la mesa libre para Dylan, Darius, Myles, LuzBel, Fabio, Dominik y ella; colocándose en lugares estratégicos que les permitirían actuar de ser necesario. Amelia notó las posiciones de cada uno antes de sentarse y sonrió de manera más abierta en ese momento, como un indicador de que no ignoraba lo que ellos estaban haciendo.

«Cuidar tu espalda».

Como siempre.

—Qué sería de ti sin ellos —satirizó.

—Mírate en el espejo para que tengas una idea —devolví.

—Ya, chicas —pidió Dominik.

Él se había mantenido pendiente de lo que su novia hacía y cómo actuaba. Además, noté que Fabio estaba en guardia, dispuesto a ser referí o defensor, lo que se diera primero. Sobre todo con LuzBel a mi lado, quien parecía ser otro Sigiloso más, cuidando mi espalda, desconfiando de la presencia de Amelia.

—Sé que para ambas es difícil estar frente a frente después de todo lo que han pasado, pero confío en que tienen la madurez para dejar de lado sus resentimientos así sea por un momento —comentó Myles llamando nuestra atención—.

Isabella, ella está aquí porque yo lo solicité, ya que en estos días ha sido una aliada para Fabio.

—También lo fue para mí, padre —le recordó LuzBel—, pero me hizo aprender por las malas que no es de esas aliadas que siempre buscan ayudarte sino más bien usarte.

Vi cómo a ella le dolieron las palabras del Tinieblo, aunque fue algo de lo que solo me percaté yo además de Dominik. Y él iba a rebatir, pero Amelia lo tomó de la mano pidiéndole de esa manera que se calmara, ya que al parecer comprendía la actitud de LuzBel.

—Háblanos de *Hypnosis* —le pedí.

Myles tenía razón, no era fácil tenerla en mi entorno sin querer matarnos, pues a ella le enseñaron a odiarme e hizo lo que estuvo en sus manos para que yo la odiara, pero confiaría en mamá y en lo que vio en su hija. Además, conocía a la perfección el trabajo de los D'angelo y su manera tan apasionada de ayudar a sus pacientes, por lo que no dudaba que Dominik había puesto todo su empeño para sacar a su chica de ese pozo oscuro en el que la mantuvo su propia mente.

—Las pocas personas que saben sobre él lo consideran una droga, pero en realidad es un componente altamente poderoso, que la élite más peligrosa de este país ha estado utilizando durante años, para manejar a su antojo a aquellas personalidades difíciles de comprar con dinero o incluso poder —comenzó a explicar ella—. Lucius llegó a obtenerlo gracias a Lujuria, uno de sus aliados de esa élite. Y fue el que yo utilicé en nuestra madre el día que la asesinaron.

LuzBel había vuelto a sentarse a mi lado y en ese instante se atrevió a entrelazar su mano con la mía en cuanto vio que apreté los puños, enterrando las uñas en mi palma porque, aunque Amelia comentó sobre eso el día que la visité en la clínica, no fue fácil que estando lúcida lo repitiera.

Sin embargo, la acción del Tinieblo sirvió para distraerme y dejé que ella se siguiera explicando, descubriendo que no hipnotizó a mamá con ese componente para dañarla, sino más bien para evitarle un sufrimiento más grande.

—Por eso te dije que no te dejaras tocar —reprochó Amelia y recordé sus palabras cuando me marché de su habitación en la clínica—. Cuando Lucius descubrió que eres parte de La Orden y que esa organización fue creada por mamá, supo de inmediato que ella entrenó a sus súbditos para que no cayeran en las trampas que sabía que su ex marido utilizaba contra sus enemigos, así que era obvio que estarías muy bien entrenada y no serías un blanco fácil. Por lo que se dedicó a estudiarte por medio de tu gente hasta saber exactamente cómo podría doblegarte. A ti y a los líderes más importantes de Grigori —Miró a Myles y LuzBel tras eso.

Hypnosis era peligroso y poderoso por lo fácil y sutil de administrar en las víctimas, pues bastaba con olerlo o tocarlo para que cayeran en una hipnosis, a veces profunda y en otros casos ligera. También podía ser ingerido por medio de comidas o bebidas, lo que nos puso alerta a todos, ya que nos estábamos enfrentando a un enemigo invisible.

—Lucius tenía claro que no sería fácil llegar a ustedes si perdía a Jacob como aliado, así que le ordenó hacer algo, pero desconozco el qué, para conseguir que tú cayeras en la hipnosis con la cual te manejarían a su antojo —explicó para Myles y el entendimientos surcó su rostro.

—Por eso él se mantuvo a mi lado antes de la emboscada en la que me hirieron —dedujo.

Ya me había soltado del agarre de LuzBel, pero en ese instante deseé tomarle la mano al ver lo mucho que le estaba afectando saber los alcances de, a quien consideró su hermano, para jodernos de todas las maneras que le fue posible.

—Joder, ha sido un estudio de mucho tiempo —comentó Dylan y supe que a él también le estaba doliendo seguir descubriendo que Jacob incluso muerto, siguió dañándonos.

—Llevado a cabo por David —aclaró Amelia—. Ya que solo él y Derek tenían conocimiento de que Jacob era el traidor de Grigori, Lucius dejó todo en manos de ellos, así que, aunque se lleve el mérito de la hazaña, tengan claro que fue su hermano la mente maestra.

David Black nos estaba confirmando que siempre había sido el más peligroso de los hermanos, pero lo dejamos a un lado por creer que únicamente era un lamebotas, cuando en realidad fue esa vocecita que guio a Lucius en sus atrocidades.

—Ahora sé que David y Derek siempre maquinaron todo a su favor, hipnotizaron al poseedor de *Hypnosis,* sin que él se diera cuenta, y lo manejaron a su antojo. Pero de una manera retorcida yo siempre fui la debilidad de mi padre y, cuando ellos se dieron cuenta de que ni esa *droga* haría que Lucius se deshiciera de mí, decidieron sacarme del juego y hacerme quedar como la traidora más grande de los Vigilantes, porque sabían que era de la única manera que él dejaría de considerarme como lo más especial de su vida.

«¡Jesús! Si así trataba a quien consideraba especial, no quería imaginar cómo era con quién le importaba un carajo».

Amelia siguió hablando sin ser interrumpida por ninguno de nosotros, dejándonos cada vez más pasmados con todo lo que consiguió saber por su cuenta en esos momentos que la creyeron más manipulable. Incluso se atrevió a mirarme a los ojos y de esa manera me narró todo lo que recordaba de aquel día en el que asesinaron a mamá. Y no puedo explicar lo duro que fue saber que ambas pelearon a muerte contra un ejército para poder escapar juntas, pero cuando se dieron cuenta de que solo una de ellas tendría la oportunidad de huir si la otra se sacrificaba, nuestra madre no dudó en hacerla correr.

—La habían acuchillado de muerte, así que ella sabía que por más que corriera no alcanzaría a esperar por la ayuda. Y yo… —La voz se le quebró ante el recuerdo que tuvo y tragué con dificultad el nudo en mi garganta—. Yo no estaba dispuesta a dejarla atrás, no me importaba morir protegiéndola hasta el último momento, pero mamá no lo aceptó y me obligó a huir, me hizo prometerle que saldría viva de ese lugar y que no dejaría que mi padre me destruyera. Me rogó que viviera por ambas y cuando me vio un poco convencida me pidió que la tocara con lo último que me quedaba de *Hypnosis.*

—Mierda —musitó Darius y se puso de pie, dándonos la espalda y negando con la cabeza, porque él sí encontró a nuestra madre en su último momento de vida y era consciente que la confesión de Amelia le dolía igual que a mí.

—Creí que lo hice por mi cuenta, pero ahora que mi cabeza está un poco más clara, he recordado que en realidad fue ella la que me pidió hipnotizarla, porque sabíamos las atrocidades que le harían y no quería darle el gusto a mi padre de escucharla gritar, o hacerla rogar.

Vi a Myles escuchando atento, con los ojos brillosos. Yo en cambio sentí mis lágrimas rodar.

—Mamá sabía que el mayor deleite de ese malnacido era doblegarla con violencia —musité con la voz gangosa.

—Y decidió morir a su manera, sin darle a él la oportunidad de escucharla lamentarse —aportó Amelia y me di cuenta de que ella también estaba llorando—. No busco tu perdón, Isabella —soltó de pronto—. No lo merezco después de todo lo que te quité, pero sí quiero reivindicarme, con los dos.

Miró a LuzBel tras decir eso y noté la tensión en la que él se había mantenido.

—No puedo volver a confiar en ti —aclaró él y ella asintió, pues lo comprendía después de todo lo que vivieron juntos.

—Confía en mí entonces —le pidió Dominik.

—Y en mí —habló Fabio.

—Tú sabes que ambos hemos tenido dos versiones diferentes de ella, así que te pido que confíes en la que yo conozco y a la que me he aferrado desde que ocupé tu lugar como Sombra —añadió Dominik.

—Y te doy mi palabra de que yo me encargaré personalmente de que no vuelva a caer en la que tú conociste —aportó Fabio.

Amelia sonrió con burla, pero sentí en mi interior que fue hacia ella misma porque estaba necesitando que esos dos hermanos intercedieran por su persona, ya que perdió la credibilidad ante los demás gracias al malnacido que la engendró.

—Yo no voy a confiar ni en ti ni en ellos —aclaré llamando su atención—, pero lo haré en mi madre —Ella asintió de acuerdo e imaginé que era lo que ya esperaba de mí—. Y sé que no será fácil ni para ti ni para mí, Amelia, pero de mi parte estoy dispuesta a hacer lo que esté mis manos para cerrar este ciclo contigo.

—Yo también, Isabella, por eso estoy aquí —señaló—. Para mí sería fácil mantenerme en esa clínica y dejar que otros peleen la batalla por mí, pero crecí luchando por mi cuenta y si debo morir, será de esa manera —zanjó y sentí las miradas de todos puestas en nosotras—. Sin embargo, soy capaz de admitir que no quiero pelear sola esta vez, por lo que deseo confiar en las personas que mamá confiaba. Busco la oportunidad de contar con ustedes —Miró a Darius tras decir eso y luego regresó a mí.

—Siempre he esperado por este momento, Lía —admitió Darius—. Por el día en que te dieras cuenta de que tienes a un hermano dispuesto a apoyarte en lo que sea necesario, para que consigas destruir las cadenas invisibles que te mantienen atada a ese hijo de puta.

—Perdón por verlo hasta ahora —ofreció ella y a Darius le sorprendió, lo que me dio a entender que Amelia jamás se mostró tan dispuesta y lúcida como en ese momento.

—Si estás presta a ayudarme, yo también te ayudaré —acepté y entre su mirada orgullosa vislumbré un poco de alivio.

—Elijah —lo llamó y me tensé por el tono de súplica en su voz.

Pero la tranquilidad y la confianza que Dominik demostraba en ella, me hizo darme cuenta que él entendía que lo que Amelia sentía por el Tinieblo ya no era amor ni obsesión. Al contrario, lo llamó y miró con la esperanza de que LuzBel le diera la oportunidad de reivindicarse y resarcir el daño que le hizo cuando estuvo sumida en su peor momento.

No obstante, Elijah era el más reacio de nosotros y no iba a culparlo ni a juzgarlo porque así me haya hablado de lo que vivió con ella, solo él sabía a la perfección lo que sintió y atravesó en sus días como Sombra viviendo en aquel infierno.

—Te veo más lúcida de lo que alguna vez te vi, Amelia. Y soy capaz de admitirlo, pero manipulada o no, me hiciste mierda y eso no me deja creer en ti.

—LuzBel…

—No, por favor —le pidió Amelia a Dominik cuando él quiso decir algo.

—Sin embargo, he aprendido por las malas que no debo de creer siempre en lo que veo —siguió LuzBel y, aunque no miró ni a su padre ni a mí, comprendí que era por nosotros que llegó a ese entendimiento—. Así que voy a darte el beneficio de la duda y si vas a luchar con nosotros y no contra nosotros, entonces cuenta conmigo.

—Gracias. —El alivio en su voz al agradecerle al Tinieblo lo sentí incluso yo, y me atreví a decir que toda la sala también.

Dominik igual asintió en agradecimiento por lo que LuzBel estaba haciendo y pensé en que a lo mejor, él y Fabio creyeron que la negatividad de alguno de nosotros le afectaría a ella, por lo que los alivió que el Tinieblo cediera, fuera por el motivo que fuera.

—A todos —reiteró Amelia y asentí en respuesta.

Acto seguido, ella siguió dándonos la información que poseía, asegurando que Lucius y David estaban preparándose para darnos un golpe mortal ahora que creían que yo estaba débil y Myles todavía encerrado. Y esta vez utilizarían a todos los Vigilantes que antes fueron parte de la sede de Aki Cho, pues eran considerados los más letales de la organización por el entrenamiento riguroso al que el japonés los sometió durante años.

—Ninguno de ellos le teme a la muerte y eso los hace más letales y peligrosos —constató y vi que LuzBel miró a Fabio, este le asintió, confirmando que ella no mentía, pues él, así no fuera un Vigilante, sí fue alumno de ese hombre.

«Y ya habíamos confirmado lo sádico que era».

Me estremecí al recordar la pelea entre él y el Tinieblo y, aunque esa solo fue una demostración, salieron bien librados dentro de lo que cabía porque a Fabio tuvieron que sedarlo.

—¿Sabes cuál es el denominador común que tienen los Vigilantes de Aki? —le preguntó Amelia a LuzBel y este negó—. Que todos tienen condiciones mentales que los hacen ser personas peligrosas para el mundo —respondió.

Mi mirada buscó a Fabio sin poderlo evitar y él sonrió de lado.

—Luchadores letales y suicidas —comentó Dylan y ella asintió.

—Yo entrené durante una buena temporada con Aki Cho, así que sé cómo lucha su gente —siguió Amelia—. Fabio tiene más conocimiento en eso porque fue alumno de él durante muchos años, por lo que podemos enseñarles lo que sabemos para que sepan a qué vamos a enfrentarnos —ofreció.

—¿Crees que nuestras élites no van a poder con esos tipos? —sondeó LuzBel.

—Terminaríamos sin la mitad de la gente si vamos a esa guerra sin prepararnos —replicó ella—. Sinceramente, creo que tú acabarías sin élites, ya que los únicos más capacitados para un enfrentamiento con ellos, son estas gárgolas que nos rodean ahora mismo —Señaló a mis Sigilosos tras decir eso y noté que a Maokko no le agradó el mote.

Isamu en cambio sonrió con desdén y Ronin alzó una ceja. Caleb y Lee-Ang estaban detrás de mí, por lo que no los vi.

—Pero para una batalla como esa, no debemos contar solo con La Orden del Silencio —dedujo Darius.

—No, necesitamos a Grigoris mejor preparados —respondió Myles.

—Y Oscuros —aportó LuzBel.

—¿Y tú? ¿Tienes una élite aún? —le cuestioné a Amelia y alzó la barbilla con obstinación.

—No eran de mi total confianza, así que no —admitió—. Y tuve que rescindir de los irlandeses luego del atentado perpetrado contra Cillian.

—Bien, entonces vas a unirte a la mía —puntualicé y ella alzó una ceja, sorprendida de la decisión que estaba tomando.

—Dudo que sea porque confías en mí a ese punto —reflexionó y sonreí con orgullo.

—Ya sabes lo que dicen, mantén a tus amigos cerca —Abrí los brazos señalando nuestro entorno—. Y a tus enemigos más cerca —reiteré mirándola.

Ella sonrió sin tomar mi declaración como ofensa.

—Voy a cuidar tu espalda, reina Sigilosa —aseguró sin apartar su mirada de mí—. Voy a cumplirle mi promesa a mamá.

Me estremecí con sus palabras porque le creí.

Malditamente creí que no me estaba manipulando.

Estaba demostrando a mí misma que así me rompieran siete veces, yo me reconstruiría ocho.

CAPÍTULO 53

Un rayito de luz

ISABELLA

Cuando dimos por finalizada esa reunión, Myles le ofreció a Dominik y a Amelia que se mudaran a una casa que tenía dentro de los terrenos de la mansión. Era pequeña, pero contaba con un granero en el cual podríamos entrenar para aprender esas nuevas técnicas que ella y Fabio manejaban mejor que nosotros.

Y la noté un poco reacia ante el ofrecimiento, o más que eso, avergonzada de tener que recurrir a quienes fueron sus enemigos para que la protegieran; y podía jurar que si hubiese sido solo por ella no habría aceptado, pero tenía una hija y por esa niña cedió a la ayuda de Myles.

—He estudiado muy bien a tus élites —dijo Caleb para LuzBel antes de que nos marcháramos—. Y podemos confiar en ellos, linda —Me miró tras la declaración—. Sin embargo, aunque lo recomendable es que todos nos entrenemos, yo sugeriría no decirles la nueva razón para hacerlo y seguir manteniendo en secreto la recuperación de tus recuerdos. De esa manera evitaremos fugas de información y que algún Grigori u Oscuro muera.

LuzBel curvó la boca con sarcasmo por lo que la declaración de Caleb significaba, pero no rebatió porque estaba de acuerdo con él por mucho que confiáramos en su gente.

—¿Has debatido con los demás lo que te comenté? —le preguntó el Tinieblo al rubio y me sentí un poco fuera de lugar al no saber de lo que hablaban.

—Hanna buscó anoche a LuzBel para pedirle que la saque de la mansión, ya que sin Eleanor allí se siente secuestrada —explicó Caleb para mí.

—¿Por eso te pidió que no olvides tu promesa? —sondeé para el Tiniebla.

—Sí y supuse que no te importaba, por eso no me preguntaste nada —rebatió él y lo miré con los ojos entrecerrados.

—Lo hablamos con Myles —comentó Caleb, previniendo una discusión entre LuzBel y yo—. Él quiere regresar a su casa y si ahora vas ocultar lo de tus recuerdos, pues consideramos que es buen momento para darle a la chica una libertad fingida.

—No le daré la oportunidad para que le comente a nadie más sobre mis hijos —zanjé.

—Sugieres entonces que la asesinemos —indagó Caleb, pero no consiguió esconder la sonrisa de mí, lo que me indicó que estaba bromeando.

—Si a su chico no le afecta —satiricé mirando a LuzBel.

—No, Pequeña cabrona, no me afecta —aseguró él con un gesto siniestro y sensual. Y sin esperármelo se acercó más a mí para susurrar en mi oído—. Me excita la idea de que le cortes la garganta y luego me folles sobre su sangre para dejar claro que soy tuyo.

«Puta madre, Colega».

El maldito sonrió de lado cuando se separó de mí y se dio cuenta de que me había dejado sin poder respirar, pues por muy hija de puta que me considerara yo misma, imaginarme haciendo algo tan retorcido como lo que él hizo con Caron, para luego reclamarme como suya, seguía siendo enfermo.

«Pero aun así te excitaste».

Mierda.

—¿Qué… —carraspeé antes de terminar la pregunta—, qué sugieres? —me dirigí a Caleb y sentí la mirada divertida de Elijah en mí.

—Preparar el apartamento de LuzBel para que regrese allí —respondió mi compañero y por su gesto de no querer sonreír, supuse que imaginó la índole de lo que el susodicho me susurró—. Hasta el momento la chica ha demostrado que únicamente ha estado en el lugar equivocado, o en el correcto según quien lo vea —El Tiniebla bufó al escuchar a Caleb.

Lo que sugerían no era del todo malo, pues yo quería a la tipa lejos de mis hijos sin descuidarme de ella, ya que así fuera solo una sospechosa y no existieran pruebas en su contra de nada, porque lo sucedido con Myles sí pudo haber sido una agresión debido a que lo manipularon, prefería no bajar la guardia.

Y al parecer, LuzBel opinaba lo mismo.

Y no me dejé cegar por los celos, vi más allá de ellos sin pensar en que él buscaba un lugar en el que solo pudieran ser los dos con la privacidad para hacer lo que se les diera la gana. Ya que al final también aseguró que dejaría que Cameron y Owen siguieran encargándose de vigilarla, aunque según Hanna únicamente la protegerían de la furia de Lucius.

—¿Quieres regresar ya a la mansión? —me preguntó cuando nos quedamos solos.

Amelia, Dominik y Fabio charlaban algo con Darius, Myles y Dylan. Lee-Ang había regresado a la casa con Ronin. Y Maokko me esperaba con Isamu.

—Volveré con ellos —avisé, señalando con la barbilla a mis compañeros—. Adelántate si deseas para que te encargues de tu amiga.

—White —Su tono de advertencia fue claro y negué con la cabeza.

—Lo digo en serio, LuzBel. No pretendo provocarte —aclaré—. Encárgate de ella para que crea que le cumpliste tu promesa, será más creíble si se lo dices tú.

—Perfecto, te veo luego —aceptó.

Se marchó sin más tras eso y yo sentí una opresión en el pecho.

«Y si no pensabas dar marcha atrás con tu decisión de alejarte de él, eso solo empeoraría, Compañera».

Sí, era consciente de eso.

—Se llama Leah —me giré para ver a Amelia cuando la escuché y fruncí el ceño al no comprender—, mi hija. La bautizamos con el nombre de mamá.

La sensación que experimenté fue agridulce, pues me dio tristeza que mamá no estuviera presente para conocer a sus nietos.

—Es hermosa —dije, pensando en cuando cargué a la nena en mis brazos y en todos los vídeos que Dominik nos había mostrado de ella.

—Como tus hijos —aseguró y no supe qué decir, pues seguía siendo extraño tener una conversación medianamente normal con ella—. Dominik me mostró el vídeo que ellos le enviaron a mi pequeña —confesó. Él me había pedido autorización para hacer eso, pues los clones se morían de ganas por saludar a la bebé creyendo que podría responderles—. Ambos, pero sobre todo Daemon, tiene suerte de tener una madre como tú.

Comprendí que se refería a la condición que ella y mi hijo compartían, a la diferencia que se marcaría porque nosotros lo tratábamos lo mejor que nos fuera posible, para que la bipolaridad no afectara la vida de mi bebé.

—Sabes bien que mamá habría hecho todo por ti si…

—Lo hizo, Isabella. Dentro de lo que estuvo en sus posibilidades ella me ayudó y estoy segura de que si no hubiese muerto, habría seguido luchando hasta rescatarme de las garras de ese demonio maldito que me tocó como padre —aseguró y sentí una punzada en el pecho—. Pero, para mi mala suerte, tengo más recuerdos tuyos como madre que de mamá conmigo —Tragué al saber que se refería a que siempre supo dónde estaba y me protegió en la misma medida que me dañó—. Eres todo lo que quiero ser y no puedo, lo que una vez quise y Lucius me negó, pues no solo te pareces a Leah Miller en lo físico, también heredaste su fortaleza y valentía.

Me reí cuando dijo eso, puesto que a pesar de que fue mi verdugo y mi Némesis, yo también sabía que ella era una mujer valiente, fuerte y resiliente. Lo comprobé por nuestra madre, por lo que Darius me habló de Amelia y por las cosas que Dominik también me confió.

—No me adules tanto, Amelia, porque tú también eres una Miller y lo has dejado claro en muchas ocasiones —zanjé—. Ni ella ni nosotras fuimos víctimas, hemos sido guerreras forjadas con fuego y sangre, así que hay que dejarlo claro —recomendé.

Se irguió en toda su estatura y alzó más la barbilla, aceptando mis palabras de una manera que quizá nunca lo hizo, porque jamás se las dijo la persona a la que de manera retorcida siempre admiró.

«Vaya ironía. Cómo la admiración se escondió detrás de la envidia».

Había visto a Elijah únicamente en los entrenos que teníamos en el granero de la casa en la que se instalaron Amelia, Dominik y su hija. Luego de eso cada uno tomaba su camino y por Lee-Ang me enteré de que veía a los niños siempre que yo no estaba cerca, algo que no sabía cómo tomar, aunque agradecía el espacio.

Hanna ya estaba instalada de nuevo en el apartamento y me enteré que los Oscuros hacían rotaciones para acompañarla, protegerla y vigilarla. Sin embargo, el Tinieblo mantenía su distancia con ella.

«Y eso también lo agradecías».

No sería hipócrita al negarlo.

—¡Mierda! —chillé cuando caí sobre la estera, luego de que Amelia me tumbara con su *jyo*[8].

Teníamos una semana de estar entrenando arduamente y los cardenales en todo mi cuerpo daban fe de ello.

Ese día habíamos pasado a la fase más importante y por fin nos enfrentaríamos a uno de los guerreros más letales que tuvo Aki Cho: Fabio D'angelo. El maestro Baek nos acompañaría ese día (aunque todavía no llegaba al granero), pues arribó al país luego de que le comentara sobre lo que estaba pasando con Amelia y toda la información que ella nos dio, tras recuperar mis recuerdos.

—En lugar de estarte comiendo a LuzBel con la mirada cada dos por tres, concéntrate en cuidar tu jodida espalda —me amonestó Amelia y negué con la cabeza, frustrada porque esa técnica que me enseñaba me estaba costando más de lo que imaginé.

—No me lo estoy comiendo con la mirada —reproché.

«Sí lo hacías».

No seas metida.

—Claro, tampoco yo me como con la mirada a Dominik —satirizó ella y negué, aunque no pude ocultar un amago de sonrisa—. Tú también, china, deja de embobarte con Marcus.

—No me llames china, hija de puta —espetó Maokko. Amelia rio y aprovechó el enojo de mi amiga para atacarla también.

Había notado que le gustaba llevarnos al límite y arremetía contra nosotras para ver qué tal funcionábamos bajo esa presión.

—Tu nombre es muy feo y además, ¿qué diferencia hay entre un país y otro? —la siguió chinchando Amelia.

Maokko consiguió hacer un movimiento que la otra chica no esperaba y la hizo caer a la lona, poniendo el bokken sobre la garganta de esta.

—Mucha cultura, creencias, idioma, comida…, así que mejor edúcate, maldita provocadora —largó Maokko, orgullosa por esa pequeña victoria.

—Vaya que eres de humor frágil —siguió Amelia, poniéndose de pie de nuevo.

Seguimos entrenando con la música de *Believer* de fondo. La canción parecía ser la favorita de Fabio, ya que no faltaba en nuestros días de entrenamiento. Él en ese momento se enfrentaba a Dominik y Elijah y admito que varias de mis distracciones se debieron a este último, pues me era imposible no admirar la gracia y letalidad con la que se movía en cada ataque.

---

8 Bastón de madera japonés, utilizado para los entrenamientos igual que el bokken.

Caleb, Dylan y Marcus luchaban entre ellos, igual que Isamu con Darius y Lee-Ang con Ronin.

Las otras élites también habían estado teniendo sus entrenamientos, aunque con Dylan, Isamu, Marcus y el Tinieblo como instructores, para enseñarles las nuevas técnicas que ellos aprendían en ese granero.

—En el caso que debamos enfrentarnos a una batalla como la que tuvimos hace más de un año, debemos tener presente que esta vez no será tan fácil, ya que la gente de Aki es la más letal. Y puedo asegurar que estos ya enseñaron sus técnicas a los Vigilantes de David y Lucius —explicó Amelia para todos en uno de los descansos que tomamos.

Siguió diciendo que entre las filas de esos tipos había tres que eran considerados los más peligrosos de todos, y estaba segura de que Lucius nos los enviaría a ella y a mí sin dudar, para acabarnos lo antes posible, por lo que debíamos prepararnos para eso.

—¿Alguna vez han escuchado hablar de los tridentes dentro de las peleas? —preguntó a nuestra élite y negamos—. Es simple, se trata de luchar en tríos contra un oponente, pero tratando de ser sincronizados como en un baile.

—La danza de la muerte —comentó Lee, recordando las enseñanzas de sensei Yusei.

Ella, Maokko y yo ya habíamos luchado de esa manera en varias misiones, en algunas ocasiones también lo hicimos con Salike incluida.

—Exacto —le respondió Amelia a Lee—. ¿Debo suponer que ya han luchado así?

—Lo hicimos también en cuartetos, cuando nuestra compañera Salike vivía —informé yo.

—¿Tú ya has peleado así? —le preguntó Isamu y Amelia negó.

—Para eso debe existir demasiada confianza, pues la persona que te cuida la espalda también puede apuñalarte —explicó ella, dejando claro que jamás tuvo a alguien en quien confiara de esa manera—. Sin embargo, debido a que Lee-Ang es la encargada de proteger lo único con lo que nos podrían doblegar, pienso que podría unirme a ustedes.

—¿Eres tan suicida de arriesgarte de esa manera? —ironicé yo cuando me señaló a mí y a Maokko.

—Me pregunto lo mismo, porque esta china tiene ganas de meterte este bokken por el…

—¡Joder! Si se tratara de pelear con palabras, con ustedes tres estaríamos bien protegidos —se burló Darius, cortando lo que Maokko diría.

—Te apoyo totalmente —acotó Dylan.

Vi a los demás sonriendo, a excepción de Elijah. Él simplemente estudiaba nuestras interacciones sin perderse ni un detalle y siendo sincera, me ponía nerviosa que fuera así.

—Volviendo al punto, sí. Soy ese tipo de suicida, así que andando. Es hora de que mi cuñado demuestre lo que sabe hacer con tres mujeres.

—*Che cazzo, cuore mio?!*⁹ Harás que mate a mi propio hermano —se quejó Dominik por la sonrisa *comemierda* que Fabio nos dio cuando Amelia dijo tal cosa.

---

9 ¡¿Qué demonios, corazón mío?!

Amelia le guiñó un ojo con malicia a su chico y este negó divertido. Por inercia yo busqué con la mirada a Elijah y lo encontré todavía serio, con una expresión asesina porque era obvio que vio la reacción de Fabio.

«Parecía que quería llevarte a algún lugar donde solo fueran ustedes dos, para demostrarte lo que él sabía hacer contigo».

Puta madre.

Sentí calor con las cosas que imaginé. Parecía que mi abstinencia comenzaba a pasarme la factura.

Menos mal el maestro Cho entró al granero en ese instante, acompañado de un súbdito de su confianza, ganándose mi atención, aunque no lo saludamos porque Maokko y Amelia llegaron a mi lado, preparadas para la batalla que se avecinaba cuando Fabio se posicionó frente a nosotras, dispuesto a demostrarnos lo que sabía hacer con tres mujeres.

—¿Listas? —preguntó él.

Amelia estaba a mi lado izquierdo y Maokko al derecho, un paso atrás de mí, formando de esa manera las puntas del tridente.

—No te prives de nada —le sugerí a Fabio.

—Ataca como si nos quisieras hacer pedazos.

—A ella sobre todo —recomendó Maokko tras lo que Amelia pidió y me reí.

Darius hizo sonar una corneta, porque sí, nuestro querido hermano comportándose como uno de mis clones, había llevado dicho objeto para según él, darle emoción al entrenamiento. Ante el sonido estridente Amelia fue la primera en irse sobre su cuñado y atacarlo con potencia. Sin embargo, Maokko al percatarse de que Fabio estaba atento al ataque, y que se preparó para derribar a la chica, fue la siguiente en arremeter y evitó que tuviera éxito con su cometido.

La forma en la que el hombre peleaba era sucia, sin honor, pero eficaz para detener a su objetivo.

Me uní a ellas, tras un breve análisis, para vencerlo con las técnicas que habíamos aprendido (algo que no iba a ser fácil) y Amelia me gritaba a cada momento que me cuidara la espalda y el pecho debido a la lesión de bala.

—¡Vamos, White! —escuché a Elijah gritándome en un momento que Fabio me lanzó a varios pies de distancia.

Marcus y Dylan trataban de contenerlo para que no se metiera a defenderme y eso me causó un poco de gracia, aunque no me reí porque sentía la comisura de mi labio partida, obsequio de un cabezazo que Fabio me dio, pero no porque quiso sino por los movimientos violentos de la batalla.

—¡*Hijo de puta!* —gritó Maokko en japonés cuando a ella también la lanzaron.

Pero, a pesar de sentirnos cansadas y adoloridas por los golpes recibidos, no nos dábamos por vencidas. Y, en cuanto Amelia logró encaramarse en el cuello de Fabio para hacerle una llave de sumisión, Maokko y yo vimos nuestra oportunidad. La asiática lo golpeó en el estómago y yo me lancé a sus tobillos, consiguiendo que el enorme guerrero cayera de bruces.

Amelia tuvo el tiempo suficiente para bajarse de él, amortiguando el aterrizaje con sus dos pies y antes de que Fabio consiguiera sacarnos la vuelta una vez más, las tres pusimos nuestras armas de madera en diferentes partes vitales de su cuerpo.

Demonios.

Era la primera vez que a Maokko y a mí nos costaba derribar tanto a un oponente. Y no me daba vergüenza admitir que sin Amelia no lo habríamos conseguido, ya que fue su manera de pelear, igual a la de Fabio, la que nos dio la ventaja.

—¡Mierda! —Ese quejido ahogado y muchas maldiciones más, salieron del letal guerrero que yacía en la lona.

Jadeando y agitadas como nunca, escuchamos que una persona atrás de nosotras aplaudía, y en cuanto nos giramos en busca del causante del sonido, encontramos al maestro Cho celebrando nuestro triunfo. Pronto cada uno de los presentes se fue uniendo y sentí mis mejillas calentarse porque no esperábamos eso.

—Poseidón jamás imaginó que un día, habría un tridente más letal y poderoso que el suyo —alabó y como siempre lo hacíamos con Maokko, nos inclinamos hacia él con respeto, Amelia se nos unió sin dudar y la miramos un tanto sorprendidas—. Fabio es uno de los guerreros más mortales que mi hermano tuvo y las tres lograron derribarlo, no solo con fuerza y agilidad, sino también con inteligencia y unidad. Y para destruir a un enemigo de esa índole, se necesitan guerreros poderosos.

—Gracias —respondimos las tres al unísono.

Para ese momento, Fabio se había puesto de pie con la ayuda de Dominik y nos miraba con orgullo, y muy adolorido.

—Dahlia Amelia Miller, tu madre nunca dudó de que eras una guerrera auténtica y leal —prosiguió el maestro observándola—. Mi querida amiga y compañera líder soñó con verlas luchando como las Sigilosas que ambas son, pero los planes de la vida no siempre se alinean con los nuestros —Le hizo una señal de mano a su súbdito y vimos a este acercarse con algo en las manos—. Sin embargo, yo le prometí que si ella no podía, yo haría esto para honrarla.

Me tensé cuando reconocí lo que tomó de las manos de su hombre de confianza. No fue una tensión mala sino todo lo contrario. Y recordé lo que leí en el diario de mamá.

Y no sabía si Amelia también se dio cuenta de lo que el maestro tenía ya en sus manos, pero sí noté que tragó con dificultad cuando él se acercó a ella.

—Leah creó La Orden como una organización para redimirse, creyendo fervientemente en lo lejos que llegaríamos —siguió el maestro cuando estuvo frente a Amelia—. Y en varias ocasiones usó estás palabras: Un día, Dahlia también se redimirá con los Sigilosos e Isabella terminará de poner el mundo a sus pies, porque creo en ellas y sé que juntas liderarán mi legado como las reinas guerreras que son.

Alcé la barbilla para clavar mi vista al frente, mi mirada volviéndose borrosa al escuchar a mi maestro repitiendo las palabras de mamá. Noté de soslayo a todos los Sigilosos en posición de descanso, pero con el puño sobre el corazón y los imité. No lo hice solo por hacerlo, fue por aceptación y respeto, y Maokko a mi lado actuó igual.

—Maestro —susurró Amelia con la voz ahogada cuando él puso el uniforme negro y el tahalí del mismo color en sus manos—, yo no lo merezco.

—Tu madre tampoco lo hacía, pero luchó para merecer todo lo que consiguió —reiteró él—. Honra de ahora en adelante el legado que la reina Sigilosa original te dejó, porque tú siempre has pertenecido aquí, Dahlia, solo tenías que encontrar el camino de regreso.

Dejé rodar un par de lágrimas cuando la escuché romperse y abrazar el uniforme en su pecho, imaginando que para ella no era fácil que le dieran un lugar de esa manera, después de luchar durante toda su vida para ganarse uno con el malnacido de su padre.

—*Honra a tu madre, rosa de fuego* —me pidió el maestro en japonés, utilizando por primera vez ese mote.

No lo dudé en ese momento.

Me coloqué frente a Amelia en cuanto el maestro se hizo a un lado y tomé el tahalí que ella abrazaba. Me miró estupefacta, pero ninguna de las dos dijimos nada hasta que se lo coloqué sobre la cabeza como símbolo de aceptación.

—Sigilo —empecé a recitar—, justicia —seguí cuando pasé una parte del tahalí por su brazo derecho— y piedad... —añadí al cruzarlo del otro lado, en su brazo izquierdo.

—Hacen a una silenciosa de verdad —terminó ella con la voz más entera que su estado.

Ambas tragamos con dificultad cuando escuchamos a todos los Sigilosos golpeándose el pecho con sus puños. Y el brillo en sus ojos me indicó que por primera vez, ella se estaba sintiendo en casa.

—*Por siempre y para siempre* —entonó el maestro Cho.

—*Las reinas Sigilosas* —añadieron los demás.

—Bienvenida a La Orden del Silencio, Dahlia negra —expresé yo.

Por eso su uniforme era negro, y el emblema de su tahalí una flor de Dahlia, porque mamá la bautizó así.

«Su Dahlia negra junto a su rosa de fuego, al fin juntas como ella soñó».

Dispuestas además, a ser un auténtico yin-yang.

Mis clones continuaban enseñándome muchas cosas, a pesar de que a ellos les mostré que los recordaba, y era hermoso verlos comportarse como chicos grandes.

Aiden todas las tardes me *leía* su preciado libro de figuras (que Maokko le regaló en su cumpleaños) y me sorprendí cuando entendí que la historia trataba sobre una bonita relación de amor. Mi curioso la comprendía a la perfección guiándose por los dibujos bien detallados, e incluso usaba diferentes interpretaciones cuando me narraba lo que veía, demostrando con eso que sería un lector empedernido igual que su maestra.

Daemon por su lado disfrutaba enseñándome a armar rompecabezas, constatando que cada vez se volvía más diestro con eso, mientras que yo apestaba y me desesperaba cuando las piezas no encajaban, por más que parecieran ser las correctas. Sin embargo él, en sus días buenos era muy paciente e insistía conmigo hasta que juntos conseguíamos armar enormes paisajes, gozando de la satisfacción de haberlo conseguido.

Había días en los que solo los observaba, recordando lo mucho que me dolió haberlos olvidado cuando reaccioné de aquel coma; lo que me frustró escucharlos llamándome mamá y que yo no pudiera recordar sus patraditas en mi vientre y todo el proceso de mi embarazo. Y cuando eso pasaba, terminaba con una mano sobre mi abdomen, sufriendo el luto por ese bebé que perdí, ya que, aunque no supe de mi estado hasta que fue tarde, igual me lastimaba saber que tuve la oportunidad de ser madre de nuevo y me la arrebataron.

Tess seguía pagando por eso en Tokio, pasando sus días en el monasterio que manejaba el hermano de sensei Yusei. La habían trasladado hacia allí por petición de Myles, quien por supuesto intercedió por su hija. Y yo acepté porque ya habíamos sufrido lo suficiente como para ser la causante de provocarle más dolor a él.

Y tenía conocimiento de que todavía no hablaba con Eleanor para aclarar las cosas, pues igual que yo, Myles había decidido concentrarse en lo que sucedía en la organización y la amenaza de un nuevo ataque de Lucius, antes que las situaciones sentimentales.

—Envidio a ese perro. —No tenía que girarme para reconocer al dueño de esa voz.

Yo estaba en ese momento en la habitación con mis hijos, viendo a cada uno hacer lo que más le gustaba, con el cachorro a mi lado. Este tenía la cabeza en mis piernas, disfrutando de las caricias que le hacía por las orejas peludas.

—No tendrías por qué —satiricé y Elijah comprendió el sentido de mis palabras.

Me fulminó con la mirada y antes de reírme, me concentré en ver cómo el cachorro alzó la cabeza para mirarlo y le movió la cola, yendo hacia él enseguida para que también le diera una dosis de cariño.

—Papito, ven a leel tonmigo —lo invitó Aiden al verlo. Daemon también se acercó a él y alzó sus brazos para que Elijah lo cargara.

El cachorro regresó conmigo para que siguiera acariciándolo y mientras volvía a consentirlo con eso, miré al Tinieblo interactuar con nuestros hijos.

En mis días sin reconocerlo, viéndolo actuar con los clones, me di cuenta de que nuestra historia no pudo haber sido tan mala como él aseguró, si era capaz de cambiar tanto cuando estaba a nuestro alrededor, pues seguía mostrándose implacable con el mundo, no obstante, en cuanto entraba a la órbita que creábamos los cuatro, era un hombre totalmente distinto. Sin miedo a mostrar sus sentimientos.

—¿Quieren ir a visitar a una princesa? —preguntó y ambos chicos se emocionaron, gritando un fuerte «sí» al unísono.

Los animó a que fueran por sus abrigos y botas, ya que la noche anterior había nevado, y lo vi sonreír mientras veía a nuestros hijos eufóricos por volver a ver a la pequeña Leah, a quien habían conocido personalmente esa semana.

—Quisiera que tú también cedieras así de fácil —soltó en cuanto nos quedamos solos y quise matarlo porque se refirió al cachorro de nuevo en mis piernas.

«Mentiras no decía, eh».

Metida.

—No soy una perra —repliqué sin alzar la voz para que los niños no me escucharan.

«Sí lo eras, pero en otro sentido».

—Yo tampoco soy uno —se defendió.

Punto para él.

—Bien, lo siento —ofrecí, sabiendo que también me pasé al compararlo con un perro.

Disimulé mi nerviosismo cuando llegó cerca de mí y se sentó a mi lado para acariciar al cachorro.

—Yo también —murmuró él—. Lo siento por todo, White.

Me miró a los ojos y me estremecí.

Seguíamos sin interactuar a menos que fuera en los entrenamientos, o en las juntas que teníamos con parte de nuestras élites, y en lugar de ser más fácil se tornaba cada vez más difícil tenerlo cerca y sentirlo tan lejos.

Pero continuaba creyendo que era lo mejor y dispuesta a sanar por mi cuenta, sin embargo, cuando rara vez existían momentos como ese, en el que la distancia entre nosotros era tan escasa y su fragancia me embriagaba igual que su presencia, me preguntaba si podríamos volver a intentarlo, porque, aunque él no insistiera y respetara mi espacio, sabía que seguía deseando estar conmigo, que se moría de ganas por ir a mi habitación y hacerme suya para que entendiera que nada volvería a ser tan perfecto como cuando estábamos juntos.

Lo sabía porque lo escuché hablando con Laurel por teléfono, sin que él se diera cuenta, y a ella le confesó todo eso, pero además añadió que si respetaba mi decisión era porque también seguía siendo consciente de que el daño entre nosotros de momento era irreparable, por eso se castigaba a sí mismo estando cada vez más lejos de mí.

—Estás preciosa hoy —halagó y apreté los labios para no sonreír porque todavía me encontraba en pijama, así que no le creí.

—Eres tan mentiroso —acusé—. Estoy en pijama y ni siquiera me he peinado; me lavé el rostro y con ello corrí más los restos de maquillaje, por lo que luzco ojeras exageradas. Así que no, no estoy preciosa, LuzBel —señalé.

—Luces como lo haces después de que te hago el amor, cuando provoco que tu maquillaje se corra por el sudor y te despeino con mis manos.

«¡Mierda!»

Con disimulo cerré las piernas y me hice presión a mí misma por las imágenes que puso en mi cabeza con esa declaración. Después de que recuperé mis recuerdos y tras lo que me susurró en el oído cuando estuvimos en el búnker, con Caleb frente a nosotros, era la primera vez que interactuábamos así, pues nos habíamos tenido que conformar con comernos con la mirada en cada instante que creíamos que el otro no nos veía, olvidando que éramos capaces de sentirnos.

—Esa para mí es la imagen perfecta, así que sí, estás preciosa.

Tragué con dificultad y me lamí los labios al sentirlos secos, sin poder decirle nada.

—¿Llevarás a los niños con Leah solo para que la vean? —indagué y él me regaló una media sonrisa, satisfecho por lo que consiguió.

—No, así que prepárate porque tú también nos acompañarás —demandó y tras eso se puso de pie—. Los espero abajo.

Me mordí el labio al verlo salir, maldiciendo y agradeciendo en partes iguales que cortara de golpe esa interacción que tuvimos, sin insistir más.

Tras eso me preparé junto a los niños porque imaginé que había algo urgente por lo cual quería que fuéramos a visitar a la pequeña Leah, puesto que no nos acercábamos por esa casa a menos que fuera en los entrenamientos, ya que a pesar de los pequeños avances que yo estaba teniendo con Amelia, seguía sin ser fácil que ambas dejáramos todo en el olvido.

Iríamos paso a paso para hacerlo bien.

En esos días había tenido la visita de Jane. Y fingí con ella más por su protección que por desconfianza y, aunque no fue fácil, disfruté del momento porque volvimos a ser aquellas chicas de dieciocho, las de cinco años atrás. Reviví las locuras que cometimos con sus anécdotas, me reconecté con mi amiga y pasamos un día entero entre risas y comodidad, tanto así, que volví a intimidar a Ronin (ya que se mantuvo a mi lado escoltándome) pues él volvió a desconocerme.

También me vi con Elliot y le confesé que era yo de nuevo, porque no quería fingir que seguía enamorada de él y que con eso Elijah se sintiera celoso. Lo hice debido a que valoraba el respeto que ese Tinieblo tenía por mí en ese sentido, al alejarse de Hanna. Y por supuesto que el ojiazul se mostró feliz y me aseguró, sin tener que pedírselo, que no le comentaría a Alice sobre eso.

Los Grigoris y Sigilosos también aprovecharon los días para revisar hasta el último rincón de la mansión y todos los coches, pues con la salida de Hanna queríamos asegurarnos que no hubiera micrófonos, cámaras o algún tipo de dispositivo con el que pudieran estar espiándonos, todo esto siendo parte de la desconfianza que la chica nos continuaba generando, al menos a mí.

No importaba que no hubiese pruebas en su contra, yo seguía insistiendo con mi recelo hacia ella a pesar de que ya la teníamos lejos.

«Siempre previniendo antes que lamentar de nuevo, Compañera».

—¿A pincesa no duelme hoy, papito? —le preguntó D a Elijah cuando este último lo sacó del coche.

Mi pequeño gruñón siempre se quejaba porque cada vez que había visto a Leah, ella dormía.

Hubo un día en el que Aiden trató de abrirle los ojos porque ambos insistían en querer saber del color que eran, y estaban aburridos de esperar a que la pequeña lo hiciera por su cuenta. Y la vergüenza que pasé por eso no quería repetirla, así que no me despegaba de ellos ni un solo segundo para que no volviesen a intentarlo.

—Esperemos que no —deseó Elijah y supe que él tampoco quería evitar cada dos por tres que sus hijos cometieran travesuras que podían terminar en accidentes.

—Y pensar que unos chiquillos inocentes pueden dejarte ciego por el resto de tu vida —murmuró Caleb en son de broma, desordenando el cabello de Aiden cuando lo bajó del coche, y me reí consciente de que no era mentira.

Él era el único de mi élite que nos acompañaba.

Cuando entramos a la casa, luego de que Dominik nos recibió, encontramos dentro a Darius y Fabio, los tíos locamente enamorados de la princesa del hogar, tanto o más que mis clones. Elijah por su parte siempre mantenía su distancia con ella cuando los demás la cargaban y hubo un momento en el que imaginé que no se debía solo a la tensión entre él y Amelia, sino más al recuerdo y al dolor por la pérdida de nuestro bebé.

Aunque cuando me atreví a preguntarle si se trataba de eso, añadió que también era porque no le gustaba encariñarse con niños que no fueran suyos, puesto que cuando los alejaban de él dolía. Y no quería volver a sufrir por alguien que no le pertenecía, después de lo que pasó con el pequeño Dasher, algo que me dejó anonadada porque por momentos olvidaba (debido a la dureza que siempre mostraba con los demás) que era capaz de sentir igual que nosotros.

Y de sufrir sobre todo, y no únicamente por los tormentos provocados por lo que le obligaron hacer en el pasado, cosa que hasta la fecha no superaba por más buen padre que intentaba ser. De hecho, yo sabía que secretamente él seguía creyendo que no merecía a nuestros hijos.

—¿Crees que los griegos podrían confirmarte esa información? —le cuestionó Darius a Elijah.

Tal cual lo imaginé antes, el motivo para que saliéramos de la mansión en un día tan frío sí era urgente.

A Amelia le había informado uno de los aliados con los que todavía contaba, que Lucius ya sabía que ella se encontraba en los terrenos de la mansión y que además tenía una hija, por lo que el malnacido estaba preparando un ataque para recuperarlas a ambas o para asesinarlas, lo que le saliera más fácil.

—Puedo intentarlo —respondió Elijah.

La tensión en todos era palpable. Los niños eran los únicos que ignoraban lo que significaba que ese malnacido pretendiera atacarnos en la mansión.

—Sé que se sienten confiados porque la mansión es impenetrable, pero no subestimen a Lucius, ya que él es guiado por David y créanme, ese malnacido cuando ataca, lo hace para destruir sin dar oportunidad de que sus víctimas se recuperen —siguió Amelia.

Ella estaba consciente de que la cazarían tal cual lo estaban haciendo con todos los que traicionaron a los Vigilantes. Marcus había vuelto a movilizar a su hijo y a la madre de este por la misma razón; y por el terror que vi en Amelia en ese momento, entendí que tenía motivos suficientes para temer.

—Ayúdenme a sacar a mi hija de aquí y les prometo por ella que voy a pagarles con mi vida —continuó y la vi sacar una daga, queriendo sellar su juramento.

—Calma, *cuore mio* —pidió Dominik llegando a ella.

Él tenía tanto miedo como su chica por lo que podía pasar, pero se obligaba a ser fuerte.

—No es necesario un juramento para esto, Amelia —zanjó Elijah.

—Leah es mi sangre y yo soy capaz de dar la vida tanto por ella como por mis hijos —le aseguré yo.

—Sáquenlos de aquí, por favor —me rogó y con eso me dejó ver que únicamente ella sabía los alcances de su padre y tío, por lo que vivió personalmente.

—Vamos a hacerlo —aseguré yo y miré a Elijah—. ¿Estás de acuerdo? —le pregunté a él, ya que no decidiría algo tan delicado sola, cuando los clones también eran suyos.

Asintió en respuesta.

—¿Puedes manejarlo? —le cuestionó él a Caleb.

—Por supuesto, sé a dónde los enviaré y cómo los sacaré de este territorio. Sin embargo, van a tener que confiar ciegamente en mí porque ni ustedes sabrán a dónde los llevaré —advirtió él y me quedé sin poder respirar. Mirando a mis hijos hablar con su primita, aunque ella no les entendiera, mientras Fabio los vigilaba sin dejar de poner atención a lo que nosotros hablábamos.

El cuerpo se me enfrió y sentí que comencé a temblar por dentro, ya que confiaba en Caleb ciegamente, pero nunca me vi en la necesidad de ignorar por completo lo que él pretendía hacer con mi tesoro más grande.

—Isabella —me llamó Amelia y la miré—, solo confiaré si tú confías. Guíame, por favor.

Sentí la mirada de todos en mí y únicamente me concentré en Elijah. Y él también me dijo sin vocalizar, que se dejaría guiar por mí. Tras eso observé a Caleb y volví a respirar hondo, pues yo confiaría en mamá en ese momento.

—Tendrás en tus manos a lo único que puede destruir este imperio, Caleb Brown —declaré.

—Y sabré honrar el honor que me das, Isabella White Miller —aseguró, haciendo una reverencia—. Y el que tú me estás dando por medio de tu hermana, Dahlia Amelia Miller —A ella también le ofreció una reverencia y vislumbré la esperanza brillando en los ojos de la chica.

La esperanza y la seguridad de que su hija estaría en buenas manos.

Acto seguido a eso, Caleb se encargó de dejarle claro a los padres y tíos de nuestros hijos que tendrían que matarlo antes de que alguien dañara a los pequeños de la familia. Y cuando todos se empaparon de la seguridad que nos transmitió, seguimos uniendo puntos, trazando líneas y dándole vida a un plan para prepararnos, y de paso, tener claro el contrataque.

Elijah pactó una llamada con Andru Vlachos y Aris Raptis. Y la adrenalina que me embargó casi me hizo vomitar porque mis nervios estaban a flor de piel con lo que se avecinaba.

—¿Tú eles hemana de mami? —Escuché a Daemon preguntarle a Amelia.

Él y Aiden la habían seguido a la habitación de Leah cuando la nena tomó una de sus tantas siestas. Y yo fui en busca de ellos porque ya era hora de marcharnos, aunque me acerqué con más sigilo a la puerta al escuchar la conversación que iniciaron.

—Lo soy, pequeño.

—¿Y eles nuesta tía? —quiso saber Aiden.

—¡Ajá! Qué inteligentes que son —halagó ella.

Me parecía inverosímil que esa mujer amable y la desquiciada asesina del pasado, fueran la misma persona.

—Tú me ustas, tía —confesó Daemon.

Él había reaccionado bien a ella desde que la conoció.

—Por eso eres mi chico favorito —Hubo silencio luego de que ella dijera tal cosa—. ¿O lo eres tú? —Me asomé a la rendija de la puerta y vi que señalaba a Aiden—. ¡Oh, Dios! No sé quién es mi chico favorito. ¿Por qué son idénticos? —Fingió idiotez.

«No le costaba tanto».

Reí porque mi conciencia no dejaba las malas costumbres.

—¡Polque somos copias, tía! —Mi pequeño sabelotodo habló entre risas, contagiando a D—. Papito nos dice así —le informó y ella despeinó sus cabecitas, sonriendo al oírlos.

—Ya que son mis chicos favoritos, quiero que me hagan una promesa. ¿Saben lo que son las promesas? —Sentí mi corazón quemarse al verlos asentir.

—Una pueba de honol y nosotos somos hololables —explicó D.

—Ho-no-la-bles, D.

Yo, al igual que Amelia, también me reí al escuchar a Aiden corrigiendo a su hermano.

433

—Sí eso, tía —aceptó D, seguí escondida, escuchando.

—Entonces prométanme que van a cuidar de Leah siempre, que ella será su princesa y la amarán como a una hermana —Levantó sus dedos meñiques hacia ellos—. Júrenme que siempre le harán saber que tiene a una mamá que la ama, aun cuando está perdida.

Como si D supiese de lo que hablaba, fue el primero en unir su pequeño dedo al de ella.

—Lo pometo, sempe la cuidalé —le aseguró, mezclando palabras italianas con el inglés.

—Y yo siempe la amalé, es una pomesa de vida —añadió Aiden.

Amelia sonrió satisfecha ante aquella promesa inocente.

Mis niños aún no sabían los alcances de eso, sin embargo, los estaba educando bajo los mismos códigos que fui educada; y en cuanto tuviesen la edad adecuada, sabrían que una promesa de vida comprometía el honor y la dignidad. Y únicamente podía hacerse luego de realizar una de sangre y haber creado un vínculo con la persona a comprometerse.

Y el no cumplirla podía conllevar a perder una vida a cambio, y no precisamente la del que faltó a su palabra, sino una a la que a esa persona en verdad le dolería perder.

La promesa de sangre podía romperse, aunque eso deshonrara a quien incumplió. La de vida en cambio era irrompible y se cobraría de una u otra manera si se faltaba a ella.

Y, aunque la promesa de mis chicos fue inocente, la que yo hice ahí, mientras los veía, sí era en serio. Juré por mi vida no solo cuidar a mis hijos sino también a la pequeña Leah D'angelo.

«Un rayito de luz nacida de la oscuridad, como aseguró Dominik».

CAPÍTULO 54

Corazón oscuro

ISABELLA

Traitor se reproducía en el interior de la habitación mientras yo me encontraba en la terraza, envuelta en una manta para protegerme del frío, deseando a la vez que mi corazón se congelara más, hasta que volviese a ser oscuro.

Los niños ya estaban dormidos en su habitación y todo estaba listo para que Caleb los sacara de la mansión al día siguiente, lo que me tenía peor en ese momento.

«Necesitabas serenidad, Colega».

No, lo que necesitaba era encontrar a esos malnacidos para hacerlos pedazos.

Ese día había sido lleno de caos total, pues por la mañana Elijah habló con los griegos y ellos, aunque no le dieron detalles de nada, sí le confirmaron que Lucius planeaba atacar la mansión no solo para recuperar a Amelia y a su hija, sino también para demostrarnos a nosotros que únicamente había sido un gigante dormido. Tras eso, Vlachos y Raptis le dijeron que estuviera pendiente de su correo electrónico porque le harían llegar algo que le interesaría ver, pero antes de eso, tuvimos que movilizar a nuestra gente porque Jarrel Spencer buscó desesperadamente la ayuda de Darius.

Al hombre lo habían atacado (ya que Lucius le haría pagar como a todos los demás que le dieron la espalda) donde se escondía con su pequeño y estuvieron a nada de acabar con ellos, pero Jarrel había asegurado todo el terreno del lugar donde se encontraba, por lo que pudo huir antes de que fuera tarde, sin embargo, él sabía que no podría solo.

Elijah no dudó en ir a su rescate junto a Darius y los Oscuros, yo por mi parte envié a Isamu, Ronin y Maokko para que los apoyaran, ya que no podía dejar solo a mis hijos. Pero tampoco me quedaría sin hacer nada luego de saber que ese niño era importante para el Tinieblo y que el padre fue un gran amigo de mamá.

—*Les entrego mi vida en pago, solo les pido que me prometan que pase lo que pase, van a cuidar a mi muchacho* —*rogó Jarrel cuando llegó a la mansión con su hijo.*
El pequeño era unos meses mayor que mis clones, un poco tímido, aunque Daemon y Aiden pronto lo hicieron tener confianza y conectaron de una manera increíble, tanto, que Dasher se olvidó de Sombra, tío Darius y tío Owen, como se había referido a aquellos hombres.
—*No te preocupes, Jarrel. Tu hijo será un miembro más en nuestra familia, pero pensemos en que pronto acabaremos con esto y tú volverás a ser feliz con él* —*lo animó Darius, aunque el hombre siguió reacio.*
—*Si te hace sentir mejor, te hacemos la promesa de que pase lo que pase, Dasher estará seguro y rodeado de personas que lo querrán siempre* —*habló Elijah y vi que eso tranquilizó a Jarrel.*
—*Gracias* —*nos dijo a todos. Amelia, Darius, Elijah, Myles y yo éramos los que estábamos ahí con él*—. *Y ahora que estoy aquí, puedo ayudarles en lo que se necesite.*
—*Vas a unirte al equipo de Connor y Evan para apoyarlos en todo lo que sea necesario con respecto al área tecnológica* —*avisó Myles y Jarrel asintió.*
Había notado que el hombre me miraba más de la cuenta desde que llegó a casa con su hijo, pero casi no cruzamos palabras debido a la situación, aunque le dejé claro, siempre que pude, que estaría seguro con nosotros.
—*Te pareces mucho a ella* —*comentó para mí antes de irse con Myles rumbo al cuartel*—. *Incluso el brillo de sus ojos es igual* —*Entendí que se refería a mi madre*—. *Y tú...* —*Amelia se tensó cuando Jarrel la miró*—, *ahora sí eres digna de ser hija de Leah, mantente así, pequeña Miller* —*recomendó y noté que la chica asintió levemente.*

Esa misión con ellos había salido bien, a pesar de que nos obligó a adelantar el viaje de los niños, incluyendo al pequeño Dash en el itinerario de vuelo. Incluso Caleb tuvo que apoyarse con Elliot para eso, ya que se vería en la necesidad de hacer una parada en Newport Beach para despistar a nuestros enemigos.

Sin embargo, lo peor de ese día sucedió una hora atrás, cuando Elijah decidió abrir el correo de los griegos con el asunto: IBAN A UTILIZAR ESTE VÍDEO COMO PRUEBA, PERO NO FUE NECESARIO.

Él, Myles y yo habíamos sido los únicos en la oficina cuando le dio reproducir a uno de los vídeos adjuntos (porque eran dos) y me quedé estupefacta, viéndome junto al abuelo de mis hijos en aquella habitación de hotel. Una mujer, con rasgos similares a los míos, y dos hombres más estuvieron con nosotros, demandándonos hacer cosas a las que yo me negué porque, a pesar de estar drogada, no cedía.

Uno de los hombres grababa y el otro optó por dormirme y desnudarme cuando entendió que hiciera lo que hiciera, no colaboraría. A Myles en cambio lo violó la mujer en la misma cama donde yo estaba, por eso hubo condones usados en la escena. Nos abusaron a ambos y las imágenes que tuvimos que ver fueron tan grotescas que al finalizar, ya no fui capaz de ver el segundo vídeo editado (ese en el que sí parecía que era yo, follando con el padre de quien era mi chico en ese momento), corrí hacia el baño a vomitar y luego me quedé ahí, llorando de rabia, impotencia y vergüenza, comprobando que mi corazón no se oscureció injustificadamente en el pasado.

Me convirtieron en un monstruo y quería demostrarles hasta donde llegaban los alcances de mi rabia.

—¿Te has dado cuenta de lo fácil que es ser la villana de una historia, cuando solo te leen el capítulo en donde haces atrocidades?

—Isabella…

—Pero no cuentan el capítulo en el que te crean a imagen y semejanza de un monstruo —corté a Elijah en cuanto llegó a mi lado.

Le había pedido que no me siguiera a la habitación cuando salí del baño en el que me encerré, porque en ese momento me odié incluso yo misma por permitir que me abusaran de nuevo. Y lo intentó igual, pero Myles lo detuvo, sugiriéndole que me diera tiempo, ya que lo que estaba pasándonos no era fácil de digerir.

—Dime qué debo hacer para que me perdones —pidió y lo miré.

Estaba sumida en tanto resentimiento, que solo podía pensar en lo que me hizo en aquella cabaña por creerme una traidora. Justificado o no, dolía tal cual a él le dolió cuando lo apuñalé sin darle una oportunidad de que se explicara.

«Y él podía explicarse, Colega. Tú en cambio actuaste como si lo hubieras traicionado sin poder evitarlo».

Por eso trataba de entender sus acciones.

Pero en cuanto me di cuenta de todo lo que hicieron los Sigilosos para descubrir una verdad que era más probable no conseguir, entendí que Elijah sí pudo haber actuado como ellos si hubiese confiado en mí.

Eso era lo que más dolía.

—Aléjate de mí —le respondí y negó con la cabeza—. Necesito sanar sola, Elijah. No deseo seguirte señalando, pensando en que pudiste haber confiado más en mí, cada vez que te veo. No quiero odiarte por lo que pudiste haber hecho y no hiciste. No quiero repudiarte porque no me amaste cuando más lo necesité, no…

Tiró de mí hacia él y me abrazó con tanta firmeza, que me hizo dudar de lo que le pedía, porque ahí entre sus brazos me sentí segura. Y entendí que no se equivocaron cuando dijeron que: la misma persona capaz de dañarte era la misma que te daba felicidad. Que quien te destruía también podía reconstruirte.

Sin embargo, aun amándolo como lo amaba, tal cual un jardinero a sus rosas, que sin importar las espinas de estas seguía ahí, creyendo fervientemente en la belleza de ese amor; igual que un desahuciado a la vida que, a pesar de que pronto la perdería, continuaba luchando por vivirla lo mejor que le fuera posible; así lo amara con sus demonios, sus defectos y su oscuridad, era consciente de que primero debía ser yo.

Y no por egoísmo sino porque era necesario aprender a ser feliz conmigo misma para que nadie me dañara. Tenía que reconstruirme por mi cuenta para que no supieran cómo destruirme. Debía perdonarme para poder perdonarlo sin que luego existieran resentimientos entre nosotros.

Quería volver a ser mía y después darme otra oportunidad de ser suya.

—Mi pequeño infierno —susurró dándome un beso en la cabeza—, pase lo que pase y decidas lo que decidas, quiero que tengas claro que siempre podrás contar conmigo —Me tomó del rostro y me hizo verlo a los ojos, noté en ellos la aceptación de lo que le pedí antes—. Bajo un cielo de hielo o en la peor de las oscuridades, a través del fuego ardiente o en la circunstancias que sean, estaré para ti, Bonita. En la vida, o en la muerte, tú y nuestros hijos serán lo más importante para mí, *meree raanee*.

—No hagas que esto parezca una despedida, por favor —rogué—. No en este momento tan crítico —Sonrió de lado y me dio un beso en la frente.

—No es una despedida, amor. Simplemente estoy tomando la oportunidad que la vida me da para dejarte claro, antes de que te alejes de mí, que si hay algo que nunca te dije, no fue porque no lo sintiera.

—Elijah…

—Por ti he llegado a desear que mi alma se acaricie con la tuya, tal cual lo hacen nuestras sombras cuando estamos juntos, Isabella. Contigo creí en el destino, en las oportunidades y en los nuevos comienzos y únicamente por ti, creeré que la distancia no siempre separa, pero sí repara.

«¡Jesús! ¿Ese era el chico con corazón de hielo?»

No, ese era el hombre con corazón de fuego.

«¿Enfrentándose a la mujer con corazón oscuro?»

La misma que deseó que dijera esas palabras antes.

Sin embargo, era sabedora de que antes no habrían tenido el mismo significado, porque para llegar a creer y entender ese momento, era necesario atravesar por lo que atravesamos.

—¡Qué hija de puta! —espetó Myles, tirando lo que estaba frente a él en la mesa de la sala de juntas.

Yo me encontraba de pie como los demás, observando la pantalla sin perder detalle y Elijah a mi lado, aunque parecía imperturbable, podía jurar que en su cabeza estaba imaginando todas las cosas que le haría a esa rubia maldita.

«Volviste a acertar con tu intuición, Compañera».

Sonreí sin gracia ante el señalamiento de mi conciencia.

—Llama a Cameron y pídele que por ningún motivo se descuide de ella —le ordenó a Dylan con la voz ronca por la furia—. Y ustedes vayan a buscarla —demandó para Belial y Lilith.

El día anterior, Elijah se fue de la habitación tras decirme aquellas palabras que me marcaron como el fuego en la piel. Y esa mañana, Connor, Evan y Jarrel nos solicitaron reunirnos con ellos por algo urgente; por eso estábamos en el búnker, viendo las imágenes de Hanna y Myles en aquella oficina, confirmando que este último jamás la tocó y mucho menos la agredió.

—¿Cómo obtuvieron el vídeo? —les pregunté.

Para ese momento ellos ya sabían que recuperé los recuerdos, pues no tenía caso ocultárselos.

—Cuando Dylan mencionó lo que Amelia confesó sobre que utilizaron a Jacob para preparar el camino con el que llegarían a Myles, decidimos volver a revisar sus computadoras —empezó a explicar Evan—. Las que tenía en el cuartel quedaron descartadas porque ya las habíamos desencriptado y no encontramos nada, así que fuimos por las que dejó en la empresa.

—Todas tenían únicamente archivos sobre los programas que desarrollábamos juntos —acotó Connor—, sin embargo, Jarrel nos solicitó revisarlas e instaló su propio programa de rastreo y seguridad cibernética, descubriendo con él todo lo que siempre estuvo en nuestras narices.

—El tipo era un excelente ingeniero, voy a darle ese mérito —comentó Jarrel—, así que era difícil ver lo que estaba a simple vista.

Los tres descubrieron que el fallo eléctrico que sufrieron en el cuartel fue algo que el mismo Jacob dejó preparado. David únicamente debía seguir las instrucciones que él le dio en su momento, desde una computadora cualquiera, así que decidieron ejecutar su plan en el instante que más les convino.

Uno de los programas encriptados de Jacob mostró las grabaciones de una cámara en la oficina de Myles que funcionaba incluso apagada, así que recuperaron los vídeos en los que se mostraba a Hanna sin su maldita máscara.

—*No, no, no.*

El vídeo seguía reproduciéndose, en ese momento mostrando a Myles en un estado sumiso, aunque reacio.

—*Eso es, tócame de esa manera* —lo incitaba Hanna.

Myles se negó hasta donde pudo, pero cada vez se perdía más.

—*No vas a hacerlo tú, perfecto. Será a mi manera, bebé… ¡Oh, Dios! ¡No, Myles! ¡Ah! ¡No me dañes por favor!*

La maldita hija de puta comenzó a golpearse ella misma y a desgarrarse la ropa, Myles la miraba asustado, sobre todo cuando, como una desquiciada, se dio contra la pared para que el daño fuera mayor y se creyera que fue hecho por un hombre. Tras eso volvió a llegar a él y lo incitó a que la tocara.

—¡Joder! Ni yo me atrevo a tanto. Y con eso ya estoy diciendo mucho —largó Amelia.

—¿Cómo demonios lo drogó? Si nunca le encontramos nada —indagó Marcus.

Amelia se acercó a Evan y le pidió autorización para tocar la laptop, tras eso comenzó a pausar y reproducir el vídeo, estudiando lo que veía.

—¡Mierda! —bufó de pronto, acercando una toma lo más que pudo sin distorsionar la imagen—. Usa *Hypnosis* en las uñas.

—¿Qué? —inquirí.

—Por eso su manicura siempre ha sido en *stiletto*, tiene las putas agujas en las puntas de estas. Miren cómo acaricia a Myles, la manera en la que las presiona —Hicimos lo que pidió y notamos el señalamiento—. Inyecta el componente, por eso hace efecto más rápido, debió estártelo poniendo en dosis pequeñas para llegar a manipularte como quería —le dijo a él.

—¿Estás segura de lo que dices? —le preguntó Elijah.

—La Bratva le prometió esa tecnología a Myles antes de que perdiéramos la alianza con ellos. Deduzco que David logró recuperarla y por eso la tienen. Encapsularon el componente en sus uñas y de seguro posee otro tipo de droga.

—Quiere decir que esa puta ha sido parte de los Vigilantes siempre —rugió Elijah.

—No, ella llegó a Vikings como una trabajadora más —aseguró Amelia.

—Demonios —exclamó Connor, observando algo en su propia laptop—. No era trabajadora sino más bien una infiltrada de la Bratva.

—No me jodas —escupió Myles.

Connor giró la pantalla de la laptop para que viéramos lo mismo que él. Había metido una imagen de Hanna en el programa del C3 y este nos mostró varias fotografías en diferentes países. Tenía otra ventana abierta al lado y ahí estaba una foto más grande de ella con información recabada por el gobierno estadounidense.

—Vanka Morozova, llamada por su padre, princesa *Khamaleon* —leyó Evan.

—Ahora entiendo por qué Serena no consiguió leer nada en ella —comentó Marcus.

—Atrapen a esa hija de puta antes de que sea tarde —ordené yo.

Elijah movilizó a su gente y yo envié a mis Grigoris con ellos luego de eso, y pusimos en marcha el plan de sacar a los niños de Virginia para que estuvieran a salvo, antes de que nos truncaran los planes, puesto que habíamos tenido el enemigo metido en casa durante mucho tiempo, el suficiente para que estudiara a la perfección cada rincón.

—¡Me cago en la puta que parió a esa mierda! —gritó Elijah cuando llegamos a los coches.

—Esto tuvo que ser plan de David, porque Lucius no es tan buen actor como para haberme burlado de esa manera el día que decidió dañarla, para obligarte a que volvieras de Grecia —le dijo Amelia.

—O lo fue porque ya David lo estaba manipulando con el *Hypnosis* —opiné yo y la escuché maldecir.

—Saquemos a los niños de aquí ya —demandó Elijah.

Hanna, o Vanka, como se llamaba en realidad, era una experta kinésica, por eso consiguió burlar a Serena siempre que esta la quiso leer, pues ella conocía a la perfección ese estudio de la comunicación corporal.

Hija de Anton Morozov, el *sovetnik* de la Bratva, una de las mujeres más peligrosas dentro de la mafia roja por su habilidad para camuflarse entre sus enemigos, ya que no solo sabía leer el lenguaje corporal sino que también imitaba a la perfección los de su víctima.

Por ella habían caído grandes criminales y rivales de los rusos, pues era el camaleón que su padre utilizaba. Una mujer paciente en lo que hacía, yendo a paso lento pero letal.

«Entonces sí que dominaba el arte del engaño».

Gracias por el recordatorio.

Como el plan ya estaba trazado, Caleb utilizó a todas las élites para que algunos de sus miembros viajaran a diferentes puntos del país. Jane y Connor se irían enseguida hacia Seattle. Lee-Ang y el maestro Cho acompañarían a los niños hasta Newport Beach, pero solo mi amiga continuaría el viaje con ellos. Dominik y Elliot se les unirían en otro punto.

Los demás de mi élite se quedarían a mi lado (Amelia incluida), igual que los Oscuros, quienes apoyarían a Elijah en lo que fuera necesario, así como Dylan, Darius, Cameron y Fabio. Jarrel y Evan se mantendrían en el cuartel para guiarnos y ser nuestros ojos en los puntos ciegos.

Nuestra demás gente fue desplegada en diferentes zonas de la ciudad, guiados por Jarrel, ya que conocía puntos ciegos que deberían ser cubiertos para que estuviéramos preparados. Y escoltados por mi élite hicimos un recorrido hasta perdernos de cualquiera que pudiera seguirnos, llegando al lugar en donde nos separaríamos de los clones, Dasher y Leah.

—¿Pol qué no vienes, mami? —preguntó Aiden cuando me despedí de ellos y me obligué a ser fuerte—. ¿O tú, papito?

—Nosotros llegaremos pronto, mientras tanto, quiero que sean buenos chicos y cuiden a la princesa y a su nuevo amiguito —respondió Elijah, señalando al chiquillo que aún estaba tímido y reacio en nuestra presencia.

El Tinieblo se había puesto en cuclillas en el pasillo de un *Seven Eleven* retirado de Richmond, cerca del hangar en dónde el jet esperaba.

—No se talden, pol favol —pidió D y respiré profundo.

Vi a Amelia entregándole su pequeña a Lee-Ang, con dolor y miedo, obligándose a entender que era lo mejor. Y notaba que Dominik estaba peor que ella.

—Cuídala por favor —le suplicó Amelia a Lee—. Te estoy dando todo lo que la vida me ha dado, protégela como si fuera tuya. A Leah y a los niños —añadió, reteniendo sus lágrimas.

—Pronto estaremos con ustedes —aseguró Dominik y me obligué a creerlo.

—Les prometo por mi vida que los mantendré sanos y salvos —les aseguró Lee-Ang.

Y no mentía, yo confiaba mucho en mi amiga porque cuando se trataba de mis hijos, ella era aún más letal que Maokko.

—Te amo mucho, mamita —La vocecita de Aiden me quebró en el interior.

—Eles mi vida, Bonita —añadió Daemon y los abracé sin poder hablar.

«Jamás una despedida me dolió tanto como esa».

—Yo también los amo, mis pequeños clones —titubeé—. Ustedes son mi vida, no lo olviden nunca, eh. Y les prometo que cerca o lejos, los cuidaré como si fuera su ángel —aseguré y los dos me besaron.

Me separé de ellos para que se despidieran de Elijah. Él, como siempre, les susurró algo en el oído y ambos sonrieron, luego lo besaron.

—Ya sabes qué hacer —dije llegando a Lee-Ang y asintió.

Sin esperar más, besé la frente de la chiquilla en sus brazos y salí por la puerta trasera del establecimiento, ya que si seguía un segundo más ahí no sería capaz de dejarlos, pues desde que vi a Jarrel despidiéndose de su hijo me quebré y, cuando tuve que hacer lo mismo con los míos, me rompí en mil pedazos.

La garganta me ardía y con cada paso que daba, rogaba para volver a ver a mis clones.

—Esto debió sentir mamá, ¿no? —preguntó Amelia, en cuanto me alcanzó, y la miré—. Cuando escapó de aquel hospital y tuvo que dejarnos atrás a Darius y a mí porque entendió que estar en su presencia era lo que nos ponía en peligro.

«Me cago en la puta».

Ella y yo también poníamos en peligro a nuestros hijos si estaban cerca de nosotros.

No obstante, me quedé sin saber qué decirle a Amelia, pues ambas estábamos viviendo lo mismo que mamá, de manera distinta, pero dolía igual. Experimentábamos en carne propia lo que leímos de su vida, pues le di el diario de ella días atrás para que supiera todo por nuestra madre y no por mí.

—Nosotras vamos a volver a verlos, Amelia —musité, queriendo creerlo también.

—¿Puedes prometerlo? —cuestionó esperanzada.

No me atreví a mentirle.

—Juguemos la partida juntas y consigamos volver con ellos —ofrecí y ella asintió, agradecida quizá porque no le di falsas esperanzas.

Nos fuimos hacia el coche en donde nos esperaban Caleb, Ronin, Maokko e Isamu. Dominik y Elijah llegaron minutos después, pues se quedaron adentro del *Seven Eleven* para asegurarse de que Lee y los niños se fueran sin ningún inconveniente.

Desde lo lejos vimos partir a las únicas personas por las cuales éramos capaces de doblegarnos, pero también por las que nos convertiríamos en monstruos y quemaríamos el mundo.

—Confíen en mí, esos niños están seguros —quiso calmarnos Caleb al ver nuestros rostros y nos obligamos a creerle—. Ahora activen sus intercomunicadores y marchémonos de aquí.

—White… —Elijah se quedó en silencio luego de llamarme y vi que sacó su móvil, frunciendo el ceño. Respondió la llamada que estaba recibiendo y la puso en altavoz—. Dime.

—*¡Esta rubia y puta rusa ha escapado, Sombra!* —gritó Lilith cabreada y me tensé.

—¡Me estás jodiendo! ¡¿Cómo que ha escapado?! —espetó él.

—*Encontramos a Owen y a Cameron inconscientes y cuando los hicimos reaccionar, nos dijeron que Elliot llegó por ella y la sacó del apartamento.*

Sentí que me dieron una estocada en el corazón cuando Lilith dijo eso y comencé a negar con la cabeza.

«Nuestro ángel».

No, maldición. Él no pudo haberme traicionado de esa manera.

—Esta vez nadie librará a ese hijo de puta de lo que voy a hacerle —rugió Elijah, mirándome con frialdad.

No pude debatir nada, simplemente me subí a la *Hummer* con Caleb, Isamu y Amelia, mientras que él se fue a su *Todoterreno*, acompañado de Dominik. Ronin y Maokko partieron sobre la misma ruta de Lee y los niños para asegurarse de que avanzaran sin problema, igual que Fabio y Lewis, quienes estuvieron aguardando, en su respectivo coche (idéntico al de Lee), al otro lado de la carretera en la que nosotros nos hallábamos.

—*Hemos visto pasar el coche del tesoro, avanzan sin problema* —nos avisó Dylan, él estaba junto a Max y Dom en un punto clave.

El desconcierto que sentí al darme cuenta de lo que Elliot hizo, no me había dejado analizar, hasta ese momento, que él viajaría a Newport Beach con Dominik para apoyar a Lee y al maestro Cho.

—¡Joder! Elliot sabe el primer destino de los niños —espeté y vi a Amelia reaccionar con terror.

—Calma, linda. Elliot cree que los niños irán allá, pero jamás estuvo en mis planes que eso pasara —confesó Caleb y tanto Amelia como yo lo miramos desde nuestros asientos—. Les dije que solo yo sabría la verdad y eso no ha cambiado ni cambiará —zanjó.

El leve alivio que nos embargó por eso fue momentáneo, ya que cuando llegamos a la mansión Belial y Lilith ya se encontraban ahí junto a Cameron y Owen, ellos todavía lucían aturdidos, sobre todo el mellizo. Cam actuaba raro y Marcus se veía desesperado.

—¿Fue Elliot quien le avisó a la hija de puta que la descubrieron? —le pregunté a Owen y él negó con la cabeza sin poder formular palabra.

—Los leyó, Isabella —respondió Marcus por su compañero—. La maldita puta supo que algo pasaba por más que ellos quisieron disimular, así que le avisó a sus aliados y estos secuestraron a mi hermana.

—¡¿Qué?! —chillé.

Escuché a Amelia maldecir y de soslayo noté que se bebió una píldora, a lo mejor para conseguir controlarse, pues su cordura estaba al límite.

—Elliot no te traicionó, lo obligaron a sacar a Hanna del apartamento para que no dañaran a Alice —prosiguió Marcus, dejándome entrever el miedo por su hermana y, aunque sentí cierta tranquilidad porque el ojiazul no actuara en mi contra adrede, seguí manteniéndome alerta por lo que podía pasar.

—Suponemos que Elliot se fue con ella para entregarla por su cuenta y que de esa manera le devuelvan a Alice —acotó Belial y me tomé la cabeza, tratando de mantener mi propia cordura.

—¡Estamos bajo ataque! —avisó Isamu de pronto y me puse alerta, desenfundando mi arma enseguida—. Han mantenido vigilados los alrededores de la mansión.

—¡El coche en el que se conducían LuzBel y Dominik fue emboscado! —Fabio entró hecho una furia a la casa, avisando tal cosa y el corazón por poco se me detuvo al escucharlo.

—Nos quieren drogar, jefa. Los hijos de puta saben que con nosotros lúcidos no van a poder —añadió Isamu y lo miré.

—¿Dónde está LuzBel? ¿Cómo saben esto? —grité. Antes de que respondiera vi a Max y Dom entrando a la mansión, llevando a uno de mis hermanos totalmente inconsciente—. ¡Mierda! ¡Dylan!

—Lo han drogado —avisó Darius yendo detrás de ellos.

El horror me embargó al saber eso porque Dylan ya estaba rehabilitado y no quería ni imaginar lo que eso podría perjudicarle.

—¡Joder! El malnacido sabe cómo va a controlarnos —espetó Amelia, mostrándose tan desesperada como yo me sentía.

—*Se han llevado a LuzBel y a Dominik antes de que consiguiéramos auxiliarlos* —nos dijo Maokko por el intercomunicador y negué con la cabeza—. *También atraparon a Jarrel, Evan consiguió escapar.*

—Mierda, mierda, mierda —grité. No quería dejarme controlar por el terror, pero no estaba teniendo éxito con eso.

—Los ataques de hace semanas no eran para dañarnos en realidad —comentó Caleb de pronto—. Esos hijos de putas nos estudiaron bien, linda. Las emboscadas que llevaron a cabo en ese momento debieron ser para saber cómo íbamos a reaccionar ante una amenaza de esa índole, por eso nos están drogando.

—Tiene lógica, Isa. Nos atacaron en simultáneo para entender cómo operaríamos, por eso optaron por otros métodos —lo apoyó Darius.

—Atraparon a LuzBel y a Dominik porque es una manera efectiva de controlarnos a nosotras y a Myles —mencionó Amelia.

—Y sabían que con Alice nos controlarían a Elliot y a mí, pero sobre todo a él, porque saben que tú le tienes absoluta confianza y que maneja a los Grigoris californianos —aportó Marcus.

—Dylan mueve a la gente de Tess en este momento, junto a la suya. Y por medio de él también te controlan a ti —Me llevé las manos a la cabeza e hice presión en ella por lo que dijo Isamu.

—Y Jarrel ha obtenido información importante sobre nosotros —se unió Lilith.

—Hanna ya estaba tratando de seducir a Cameron para que él le dijera todo lo que sabíamos, desde antes que nos avisaran que debíamos retenerla y no descuidarnos de ella —comenzó a decir Owen. Lewis había llegado a su lado minutos atrás y le inyectó algo. Hizo lo mismo con Dylan, lo que me hizo suponer que se trataba del medicamento para contrarrestar los efectos de la droga—. Cuando yo la descubrí me clavó una de sus uñas en la garganta y me sacó del juego.

—Suponemos que lo de Owen sí fue droga, pero con Cameron se trata de *Hypnosis*, por eso a él no le hace efecto el medicamento para contrarrestar los efectos de los narcóticos y evitar los que podrían llevarlos a adicción —explicó Belial.

Mi respiración estaba tan agitada como mi corazón, porque nos habían jodido los planes en cuestión de segundos y porque no teníamos idea de lo que podía estar sucediendo con Elijah y Dominik, tampoco con Elliot, Jarrel y Alice.

—Lo único bueno de todo esto es que los niños siguen a salvo —avisó Caleb y asentí agradecida.

—Bien, entonces respiremos hondo y continuemos con el juego, porque ya movieron ellos y ahora nos toca a nosotros —nos animó Darius.

Sabía lo que estaba intentando y supe que tenía razón, por mucho que nos hayan jodido al atrapar a personas con las que obviamente podían controlarnos, seguíamos en el maldito juego y era momento de tratar de tener la cabeza fría, porque nuestro próximo movimiento decidiría al ganador y yo no estaba dispuesta a perder.

«Teníamos que ser las dueñas del jaque mate, Compañera».

No aceptaría menos esa vez.

—Ahora estamos bajo tus órdenes —me dijo Belial de pronto y lo miré sin comprender.

—Sombra siempre nos dejó claro que el día que él no estuviera para liderarnos, tú lo harías en su lugar —explicó Lilith.

—Somos tus Oscuros en este momento, así que dinos qué hacer —pidió Owen y respiré hondo.

—Necesito que tú descanses hasta que estés al cien por ciento —demandé para él y, aunque no le gustó, tampoco debatió—. Ustedes vayan hacia el primer anillo de seguridad y apoyen a Myles y su gente —le ordené a Belial y Lilith, pues al entrar al territorio de la mansión vi al mayor de los Pride allí—. Tú y tú únanse a Isamu —Marcus y Lewis asintieron—. Vayan al segundo anillo de seguridad, Maokko, Ronin y Serena se les unirán.

—Señorita White, ¿qué haremos nosotros? —Miré a Max tras la pregunta.

—Acomoden a Dylan en una de las habitaciones, lleven a Cameron también. Tras eso vayan a la bodega por todo el medicamento para contrarrestar los efectos de la droga y denle un vial a cada miembro de nuestras organizaciones.

—Entendido —respondió él y Dom al unísono.

—Enviaré refuerzos para Evan —avisó Caleb y asentí.

Me quedé únicamente con Amelia, Darius y Fabio en ese instante y sentí sus miradas en mí.

—¿Cómo haces para no perder el control? —me preguntó ella y reí sin gracia.

—Me estoy muriendo de miedo por dentro, porque no soportaré que dañen a Elijah —admití para ellos—, pero no voy a dejarme vencer por eso, ya que si quiero traerlo de regreso, tengo que ser la calma antes de soltar mi puta tempestad.

Dicho eso nos fuimos a la sala de control para monitorear desde ahí lo que pasaba, pues tampoco debíamos exponernos de esa manera sabiendo que Amelia y yo éramos el objetivo principal de los Vigilantes. Aproveché el momento para hablar con Perseo y Bartholome y ponerlos al tanto de lo que sucedía y que nos dieran apoyo, agradecida de que me respondieran de forma positiva y rápida, pues me enviaron a toda la gente que necesitaba.

Darius se comunicó con Gibson en mi nombre, Fabio buscó a sus contactos dentro de la élite de Aki Cho y Amelia optó por buscar apoyo con Frank Rothstein, el líder de una élite poderosa en el país. Él ya la había apoyado con Cillian O'Connor cuando el irlandés fue atacado por Lucius, consiguiendo por medio de Frank que Cillian recuperara parte del poder que le arrebataron en su país.

Era irónico cómo en ese momento, mientras ella movía sus piezas en el bajo mundo, yo lo hacía en el lado *bueno,* dejando más claro con eso el balance que haríamos entre el bien y el mal para recuperar lo que nos arrebataron.

«Tú y ella siempre fueron el yin-yang de la reina Sigilosa original, Colega».

No me quedaba ninguna duda al respecto.

—*Hay un buen grupo de Vigilantes concentrados cerca de los límites con Carolina del norte y Pungo, Elliot lleva un rastreador incrustado en el brazo y nos tira esta ubicación* —comunicó Evan rato más tarde, mostrándome un mapa en la pantalla—. *Si tenemos suerte, LuzBel, Dominik y Alice también estarán allí.*

Lamentablemente, él nos había explicado que en la emboscada que les hicieron hirieron a Jarrel de gravedad y luego se lo llevaron, lo que nos mantenía en vilo, además de lo otro a lo que nos enfrentábamos, pues era muy posible que ya hubiera muerto, o que los Vigilantes lo hubiesen terminado de matar.

Evan consiguió librarse por poco gracias a la ayuda de sus drones, Isaac y Roman; y Caleb había logrado que lo llevaran al búnker a unas millas de la mansión, pues el cuartel se convirtió en un blanco fácil. Por eso nos estábamos comunicando por videollamada.

—En mi apartamento anterior tengo algunas insignias de los Vigilantes —avisó Amelia, nos había confesado que estas tenían un chip con el que ellos se aseguraban que fueran originales, para así evitar más infiltrados—. He averiguado y no está bajo vigilancia, así que podríamos ir a por ellas, vestirnos de negro y llegar al lugar haciéndonos pasar por su gente —propuso y le tomé la palabra.

No podríamos ir todos al lugar que indicaba el mapa porque los pondríamos en sobre aviso, así que deberíamos dividirnos en grupos para limpiar un poco el camino, antes de que la mayoría de nuestra gente se nos uniera. Por lo que ella, mi élite y yo, nos encargaríamos de eso.

—A veces, los planes de última hora son certeros —opinó Caleb.

«Esperaba que esa fuese una de esas veces».

¡Dios! Yo también, Compañera.

—Sin embargo, no irás tú a ese apartamento, Dahlia —zanjó Caleb. La llamaban por el nombre que siempre utilizó nuestra madre para que de alguna manera, Amelia sintiera que la veían a través de los ojos de Leah, no por lo que hizo cuando estuvo bajo la manipulación de Lucius—; enviaremos a otros Sigilosos, ya que es suficiente con lo que se expondrán ustedes dos al ir con nosotros a limpiar el camino.

Había notado la intención de Caleb de sugerirme que me quedara, pero bastó una mirada de mi parte para que no se atreviera, ya que de ninguna manera me quedaría de brazos cruzados, esperando a que otros hicieran por mí, lo que necesitaba hacer por mi cuenta.

Myles llegó a la mansión minutos después, para unirse a nosotros tras saber lo que sucedió con su hijo, asegurándonos a la vez que de momento todo estaba controlado en los alrededores, suponiendo con eso que Lucius y David únicamente buscaron despistarnos para coger a Elijah y Dominik.

—He hablado con Tess luego de lo que descubrimos de Hanna y según ciertos síntomas que ella atravesó, en los últimos días que estuvo aquí, suponemos que la maldita rusa también la drogó junto a Eleanor, de esa manera las puso en contra de ti para que le limpiaran el camino —informó Myles y negué con la cabeza.

—Demonios, la tipa está demostrando que es un mito eso de que las rubias son tontas —satirizó Darius.

—Por eso yo tengo que demostrarle que jamás debió subestimar a una castaña —desdeñé.

Y no volvería a cometer el error de dejar que otros se encargaran de ella, pues deseaba con todo mi corazón recuperar a Elijah y los demás, para luego cortar la cabeza de ese camaleón, porque juraba por mi vida que no permitiría que siguiera con su red de engaño.

Me desharía de las cabezas de los Vigilantes y de paso, dejaría a la mafia roja sin su princesa *Khamaleon*.

—Las insignias han llegado —avisó Isamu de pronto y nos miramos con Amelia.

—Hora de ir por nuestros reyes, reina Sigilosa —me animó ella y sonreí de lado.

—Es hora de quemar el mundo y congelar el infierno —aseguré yo.

Porque eso haría.

Terminaríamos de una buena vez con el juego.

CAPÍTULO 55
Golpe letal

ELIJAH

Tenía la visión nublada y las sacudidas de mi cuerpo cada vez iban en aumento. Sentía dolor en cada uno de mis huesos y músculos; y mover un dedo por mi cuenta se convirtió en un verdadero milagro en las últimas horas.

Acababa de despertarme una vez más, descubriendo que me mantenían en la misma posición y lugar: colgado de una viga con las manos amarradas a unas cadenas con púas que se me enterraban en la carne de las muñecas y, con cada movimiento que hacía por los espasmos de mi cuerpo, que ya me eran imposibles de controlar, los hilos de sangre que me corrían en los brazos se estaban haciendo más gruesos, provocándome una debilidad de la que odiaba ser preso.

Tenía la ropa hecha jirones, tal cual sentía el rostro, y los pies descalzos metidos en una cubeta con agua fría, en donde habían sumergido una pinza de electricidad.

—Y aquí sigues —musité al verla, bufando una risa burlona porque sabía que pronto volverían a activarla para seguirme torturando con ella.

Busqué a Dominik con la mirada cuando lo escuché soltar un leve gemido de dolor, y maldije al darme cuenta de que no estaba mejor que yo.

Le habían quebrado la pierna derecha y el brazo izquierdo, luego de *jugar* con él con una máquina para doblar hierro, creyendo que sería más débil que yo. Y era una jodida suerte que se haya desmayado por el dolor que le infligieron, ya que me torturaban más al hacerme ver lo que le hacían, que con la tortura física que me aplicaron a mí.

Jarrel corrió con peor suerte (si es que la mía y la de Dominik era mejor), pues a él, tras reanimarlo porque lo llevaron casi muerto, a donde sea que nos tenían, lo desmembraron hasta matarlo, dándole una muerte lenta porque no quiso decir lo que esos malnacidos exigían saber.

Pobres mierdas.

Estaban más imbéciles de lo que imaginé, si creían que íbamos a darles la ubicación de los niños, que es lo que pretendían, pues Lucius estaba convencido de que si lograba tener a su nieta en su poder, recuperaría el control sobre Amelia. Además de que juró que por ningún motivo permitiría que nuestra descendencia viviera, luego de matarnos a nosotros.

Y, aunque Caleb se aseguró de que no supiéramos el destino de los niños, esas mierdas jamás habrían obtenido nada incluso si lo hubiésemos sabido, pues no solo no éramos unos soplones sino que además, eran nuestros hijos a los que nos pedía delatar. Y únicamente un completo estúpido como él creía que los entregaríamos.

No importaba que nos llevaran al limbo entre la vida y la muerte y nos volvieran a reanimar para repetir el proceso. Podrían hacerlo las veces que quisieran, ni aun así nos harían soltar una sola palabra.

—Luces maquiavélicamente hermoso en esa pose, Ángel —La voz de Hanna inundó el lugar putrefacto que hacía una combinación perfecta con ella—. Podríamos aprovechar para jugar un rato, ¿no? —Estaba detrás de mí y colocó una de sus manos en mi abdomen, dejándome ver la aguja fina y diminuta que sobresalía de su uña del dedo índice.

A simple vista era imperceptible, por eso jamás la notamos, hasta que supimos cómo es que mantuvo la droga y el componente de hipnosis con ella.

Con eso fue que nos hicieron ir por nuestra cuenta a un lugar en donde pudieran emboscarnos, ya que lo último que recordaba antes de despertar en sus manos, era que nos dispararon algo en el coche cuando nos detuvimos en un alto. El humo que inundó el interior nos obligó a salir de él y aprovecharon ese momento para dispararnos la *Hypnosis* en el cuello, segundos después escuché la voz de Isabella guiándonos por otro camino hasta que perdimos a los demás Grigoris que nos seguían.

Hasta ahí llegaban mis recuerdos, pues luego de eso me encontré en ese lugar, con Dominik y Jarrel, junto a Elliot. Y ya había entendido que no fue la voz de Isabella la que escuché en realidad.

—*O entregaba sus rutas o la de los niños, LuzBel* —*me dijo Elliot cuando notó que incluso en mi posición, quería matarlo*—. *Secuestraron a Alice para manipularme y solo si ayudaba a Hanna a escapar, no la dañarían. Y sé que mi chica es tu amiga, por lo que espero que comprendas que necesito salvarla, incluso si eso signifique entregarte a ti.*

Reí sin gracia, pero entendí al hijo de puta, ya que yo tampoco habría dudado en entregarlo a él si hubiese estado en su lugar.

—*Solo por esta vez aplaudo tu astucia, cabrón* —*aseveré y él asintió.*

No le mentí, pues agradecí que me sacrificara a mí antes que a los niños o a Isabella. Y si lo estaba haciendo para salvar a su novia, pues se lo respetaba.

—¿Lo conseguiste las otras veces? —le pregunté a Hanna y ella caminó hasta quedar frente a mí—. Porque nunca tuve una erección contigo estando lúcido, así que mi amigo también te considera una rubia aburrida.

Me tomó del rostro y presionó mis mejillas con brusquedad, sonriendo de lado por mi declaración.

—¿Olvidas cuando estuvimos en tu apartamento? —satirizó.

—No estaba pensando en ti —desdeñé—. Tampoco la primera vez en donde supuestamente te desfloré.

Volvió a reír, esa vez con más burla.

—En tu apartamento no estabas pensando en mí, pero sí fui yo quien te provocó la erección y ese placer desmesurado que tanto te asustó, Ángel —satirizó, soltándome con brusquedad.

Fruncí el ceño y cuando comprendí que en ese momento yo todavía tenía el dispositivo en mi cabeza, la hija de puta se carcajeó.

—Amo estos momentos, cuando mis víctimas no ven venir nada de lo que he hecho —se jactó y apreté la mandíbula—. Amelia siempre ha sido una estúpida que nunca vio más allá de su nariz por estar detrás de ti como la perra que es —siguió—. Ella pudo asegurar un mando para controlar el dispositivo en tu cabeza, pero ¿quién crees que los desarrolló, LuzBel?

—Anton, tu jodido padre —supuse y su sonrisa llena de satisfacción me lo confirmó.

Mierda.

La hija de puta manipuló mi placer, por eso yo presentí que no era normal, pero me confié porque Amelia estaba recluida en ese momento, sin tener una puta idea de a quién había dejado volver a mi vida.

—¿Te follé alguna vez? —le pregunté y bufó.

Había visto el vídeo de la noche en mi recámara y, aunque parecía drogado, ella sobre mí y sus gestos de placer me hicieron creer que sí follamos.

—No —aceptó y como era una experta en leer las reacciones de los demás, supuse que también controlaba las suyas, así que no supe si mi gesto de alivio le molestó—. Pero yo fingí muy bien el placer, ¿cierto? —celebró—. No solo soy kinésica, como sé que ya lo averiguaste, también soy kinestésica, LuzBel. Por eso sé manipular mis gestos y emociones, razón por la cual Serena jamás descubrió que en lugar de leerme, yo la manipulaba —se regodeó.

Solo en ese momento comprendí demasiadas cosas y me maldije, sabiendo que White tenía razones suficientes para alejarse de mí, pues no le hice caso a su intuición creyendo que estaba celosa, cuando ella y Elliot fueron los únicos en sospechar en esa perra frente a mí.

—Entiendo que hayas interpretado un papel a la perfección, Vanka, pero si te soy sincero, presiento que lo que has hecho con nosotros va más allá de una misión que te encomendaron —sondeé.

—A veces hay dolores que no se pueden esconder del todo —admitió y la miré, esperando a que siguiera hablando—. Tú y Amelia asesinaron a la única persona que me ha importado en la vida, por eso yo voy a cobrarles arrebatándoles lo que más les importa.

—Demonios, he asesinado a tantas mierdas, que no sé a cuál de todas te refieres. Así que se más específica.

Me giró el rostro de una bofetada y de paso me incrustó una de las agujas de sus uñas. Cerré los ojos con fuerza y me tragué las ganas de gritar al sentir que las venas me ardieron, como si me hubiera inyectado ácido y no droga.

—¿Ahora sí recuerdas a Fred, pajarito? —preguntó y abrí los ojos, aguantando el gesto de dolor al saber que me hablaba de Imbécil.

—No me jodas —gruñí y traté de alejarme de ella cuando volvió a tomarme del rostro, temiendo que volviese a inyectarme lo que fuera que ya me estaba incendiando las venas.

—Veo que se te aclararon los recuerdos —satirizó—. Así entenderás por qué yo también te meteré una manguera por el culo.

—Le hice a esa mierda lo que merecía —escupí con ira—. Y lo volvería hacer si tuviese la oportunidad de revivirlo.

Gemí cuando me asestó un puñetazo en la boca del estómago y me hizo perder todo el aire.

—Todo lo que Fred te hizo fue porque se lo ordenaron, hijo de puta.

—¿Cómo… cómo es posible que el hijo de un *sovetnik* fuera el lamebotas de Fantasma y luego de Lucius? —conseguí decir sin ahogarme.

—Fred era mi hermano solo por mi madre —explicó—. Pero crecimos juntos y fuimos muy unidos hasta que papá me llevó con él a Rusia.

Por eso su acento no era marcado.

—Entonces por buscar venganza también viniste a lamerle las bolas a Lucius, aunque fingiste que te tomó por la fuerza —me burlé.

—Lucius solo ha sido el títere hipnotizado de su hermano, David es el del verdadero poder, imbécil —susurró con una voz tan baja, que me costó escucharla—. El viejo estúpido jamás me puso una mano encima, la habría perdido antes de conseguirlo —aseguró.

Isabella también tuvo razón en eso, Amelia no sospechó que su padre fingió porque él en realidad creía que dañó a Hanna.

—¿Él sabe quién eres? —Negó con la cabeza, sonriendo con una vileza que daba asco.

Y que me estuviera respondiendo tan fácil me indicó que no pensaban dejarme vivo.

—Soy una puta más de Vikings —Entendí que ese era el papel que vino a interpretar—. Una chica ardida que él manipula, porque no acepto que no me amaras como tanto he deseado. Una mujer frágil a la que despreciaste en el pasado y hago esto porque merecía más que me desfloraras.

Me cago en la puta madre que la parió.

Hasta sentí miedo de lo que dijo, aunque no lo admitiera, porque de verdad actuó como si sintiera todo eso, metiéndose perfectamente en su papel de mujer ardida.

—¿Qué pretenden tú y David? Porque ahora tengo claro que estás aliada con él —cuestioné.

—Deshacernos de la descendencia de Lucius y que de paso, lo asesinen a él en esta batalla, así su hermano tomará el lugar como líder sin que los otros aliados crean que lo traicionó. Ya sabes, el honor, la lealtad, bla, bla, bla —se burló—. David ni siquiera está aquí, dejó todo en mis manos para luego disfrutar de la victoria.

—Dejó a su perra roja —Gruñí cuando me asestó otra bofetada y saboreé mi sangre—. Ruega para que no te ponga las manos encima, yo o Isabella —aconsejé y le escupí la cara.

Sentí un puto asco cuando se limpió con la palma y luego lamió mi saliva, demostrándome sus jodidos alcances psicópatas.

—¡Isabella, Isabella, Isabella y más puta Isabella! —entonó—. Todos tienen a esa maldita como la reina y señora del mundo, cuando no es más que una huérfana ilusa buscando venganza. Y lo único que obtiene es sumergirse en más miseria —Quise alcanzarla y estrangularla.

Y me tocó quedarme con las jodidas ganas en ese momento porque me tenían imposibilitado.

—¿Acaso tú no estás buscando venganza? —le recordé.

—Y ya la conseguí, Ángel —se regocijó—. Manipulé a tu madre y hermana para que se deshicieran de una líder, ella te ha hecho mierda a ti. Y con eso te quité un hijo por el hermano que me arrebataste. Todo lo demás, está siendo algo extra —Abrió los brazos con satisfacción tras la declaración.

—Maldita hija de puta —espeté y soltó una carcajada.

—Mmmm, yo me llamaría una excelente jugadora. ¿Acaso no lo has comprobado ya por tu cuenta? —No me dejó responder—. Ya me deshice de los peones, de los alfiles, de las torres, de los caballos y heme aquí, teniendo en mis manos al rey para que caiga la reina y dar el jaque mate.

—No nos subestimes, Vanka, porque el juego no termina hasta que digas esas palabras. Y así hagas caer al rey, no podrás jamás con la reina —aseguré sin una pizca de dudas y ella rio.

—¿Te diviertes, princesa? —La voz de Lucius nos interrumpió y llegó de inmediato detrás de la puta rubia.

Hanna me guiñó un ojo antes de responderle.

—Mucho, bebé.

¿Era puto en serio lo de bebé? Quise reírme, ya que el viejo ya estaba camino a caducar, pero me contuve porque necesitaba sobrevivir.

Me aferraría a la vida hasta donde pudiera, pues nunca había sido fácil deshacerse de mí y debía confirmárselos.

Nos tenían a Elliot y a mí de rodillas, apresados con las manos en la espalda. A Dominik lo sentaron y amarraron a un pilar de madera. Los hijos de puta lo despertaron por el dolor que le provocaron al ponerlo en esa posición, importándoles un carajo que tuviera el brazo y la pierna quebrados.

A Elliot también lo torturaron, según lo que veía, ya que al no conseguir nada con nosotros quisieron seguir jodiéndolo a él, pero el tipo había seguido negándose a darles la información que buscaban y temíamos que la cosa no pararía ahí, pues la hija de puta rusa estaba demostrando por qué pertenecía a una de las mafias más sangrientas.

—¡No por favor!

Aquel grito nos alertó a los tres, y vimos a Alice siendo arrastrada del cabello, pataleando sin éxito para escaparse.

—¡Cumplí! ¡Maldita sea! Hice lo que querías —le gritó Elliot a Hanna. Ella únicamente rio satisfecha por lo que estaba provocando—. ¡Déjala! —exigió, consciente de que no serviría de nada.

Me sentí impotente al ver cómo trataban a mi amiga, pues le estaba fallando a ella y a Marcus, pero así confirmaran lo maldito egoísta que era, jamás entregaría a los niños por salvarla. Y no solo porque se trataban de mis hijos, sino también porque le fallé a muchos infantes en el pasado por culpa de esos malnacidos, y no estaba dispuesto a condenarme más.

—¿La seguirías protegiendo si te confirmo que ella me ayudó a joderlos? ¿Que lo hizo porque estaba celosa de Isabella cuando la reina Grigori de mierda perdió la memoria y volvió a estar enamorada de ti?

—¿Qué? —Me hice la misma pregunta que Elliot en ese momento.

—¡No! ¡Yo jamás te ayu…! ¡Ah! —gritó Alice cuando el hijo de puta que la sostenía la zarandeó al tirar más de su cabello.

—Tiene razón, no lo hizo —desdeñó Hanna. La hija de puta únicamente buscaba meter cizaña para llevarnos al límite—. No consciente, sin embargo. Simplemente fue una buena amiga y llevó mi maquillaje a tu apartamento cuando se lo pedí, sin saber que en ellos escondía los repuestos de mis drogas.

—¡Oh, por Dios! —se lamentó Alice, dándose cuenta por primera vez de lo que hizo.

¡Maldita mierda!

—Ahora le daré la oportunidad de que compruebe cuánto te importa —siguió mofándose Hanna con una sonrisa siniestra.

—¡Elliot! ¡Nooo! —Alice gritó al ver que él quiso ir hacia ella y un imbécil con arma taser lo contuvo dándole una descarga eléctrica y, aún sin recuperarse, lo hicieron ponerse de rodillas de nuevo—. Amor, perdóname —suplicó por algo que no tuvo culpa en realidad.

—Una última oportunidad, Elliot. Dime dónde están esos niños.

Bufé una risa en cuanto Lucius volvió a llegar comportándose como el rey del lugar, cuando no era más que un títere de su hermano y de esa víbora que tenía al lado. Ella le hizo un gesto de cabeza a tres tipos y estos tumbaron de espaldas a Alice en una mesa y la contuvieron.

Joder.

Vi el miedo de Elliot en cuanto comprendimos el plan que tenían.

—¡Dios! ¡Nooo! —La voz aterrorizada de Alice me rompió por dentro e hice lo mismo que Elliot anteriormente: corrí hacia ellos sin llegar lejos, ya que una maldita descarga me atravesó el cuerpo.

Puta madre.

Era una suerte que mi corazón siguiera soportando tantos choques de electricidad.

—Dejen el espectáculo y hágannos esto más fácil —demandó Hanna.

—Es fácil, Elliot: solo dime a dónde llevaron a los niños y ya —lo animó Lucius.

—Mierda —gruñí. No quería estar en su lugar.

Elliot me miró con dolor y miedo. Dejó rodar las lágrimas al ver a Alice luchar contra aquellos tipos, uno ya estaba entre sus piernas y desgarraba su ropa.

—Solo tú puedes evitar el cruel destino de tu novia —le recordó Hanna con tono burlón.

—¡No! ¡Déjala! —le gritó él al tipo que ya estaba bajando el pantalón de Alice.

Ambos fuimos contenidos cuando de nuevo intentamos movernos, y sentí que me fracturaron las costillas al recibir las patadas de dos malnacidos, alcanzándome a cubrir a duras penas el rostro con el hombro, haciéndome un ovillo.

Escuché a Elliot gemir de dolor, Alice gritaba horrorizada y Dominik estaba comenzando a reaccionar luego de haberse desmayado por el dolor una vez más.

—¡¿Dónde están?! —gritó Lucius.

Ambos estábamos tumbados boca abajo en ese momento, los amarres en nuestras manos se tensaron más y con brusquedad nos levantaron para ver lo que seguía.

—¡Elliot! —Alice nos miró a ambos, sus ojos inundados de lágrimas y terror—. No se lo digas —suplicó y aceptó su destino para liberarlo a él del cargo de consciencia.

Sus pechos ya estaban de fuera, sus piernas desnudas y sus bragas en las rodillas. Era ella o mis hijos, Leah y Dasher. Y Alice escogió a los niños.

—¡Perfecto! ¡Partan a esta puta en dos! —ordenó Hanna.

—¡Noooo! —rogó Elliot.

Escuchamos a Alice gritar con horror y vimos cuando el tipo entre sus piernas cayó sobre ella, empapándola de sangre después de que una katana que reconocía a la perfección, lo partió a él en dos.

Me cago en la puta.

El maldito infierno se desató en un santiamén. Los otros dos tipos que retenían a Alice corrieron la misma suerte al ser atravesados por armas blancas. Y bañadas en sus jodidas sangres aparecieron en aquel tridente, Amelia, Maokko e Isabella. La primera vestía de negro y las dos últimas de vinotinto, portando con letalidad el uniforme de La Orden del Silencio.

—¡Mierda! ¡Sí! —gritó Elliot realmente agradecido.

Los tipos a nuestro lado también cayeron al suelo sin vida cuando otro tridente los sorprendió, este conformado por Fabio, Ronin e Isamu. El último asiático cortó el amarre de mis manos con su daga, como si el material hubiera sido de mantequilla.

—¡Ponte esto! —me gritó Darius, lanzándome su chaleco antibalas. Él apareció con Marcus y Lewis—. Póntelo, maldición. Vas a necesitarlo más que yo en este momento —exigió cuando notó que no lo aceptaría.

Pero lo dejó para mí sin dejarme replicar y siguió luchando.

Belial, Lilith y Owen me rodearon para darme tiempo de colocármelo, impidiendo que algún Vigilante quisiera aprovechar el momento para deshacerse de mí. Los disparos, gritos y el hedor a sangre me embargó, haciendo que la adrenalina mermara un poco el dolor en mi cuerpo tras la tortura recibida.

—Ten, cielo —Lilith me ofreció un arma que tomé enseguida.

Ellos se movían a mi alrededor, peleando y deshaciéndose de los malnacidos tratando de llegar a mí. Y… joder, me sentí estúpidamente inútil al moverme con torpeza por el dolor en mis extremidades en cuanto intenté ponerme en pie. Aun así, busqué a Isabella con la mirada, encontrando solo a Maokko luchando con dos Vigilantes.

—¡Arriba, hijo! —me animó padre, llegó junto a Caleb y Serena justo cuando nuestros malditos enemigos consiguieron alejar al tridente que me protegía antes.

Él y el rubio me ayudaron a ponerme de pie y gruñí, convirtiendo la maldita frustración en orgullo, colocándome espalda contra espalda con ellos para unirme a la batalla, siendo cubiertos por Serena que llegó como parte del tridente de padre, además de Roman, Max y Dom, quienes formaban otro.

—¡Demonios! Esa zorra dista mucho de ser la dulce Hanna —espetó Serena al ver a la rubia luchando como una auténtica guerrera.

Se estaba enfrentando con una agilidad innata a Belial, Lilith y Owen, siendo apoyada por dos hombres de Aki Cho.

—¡Perfecto! Evan y Connor han sacado a jugar a sus creaciones —avisó padre en cuanto varios drones entraron al lugar.

Supuse que Connor los controlaba desde donde se encontraba con Jane.

—Pelea con las glocks esta vez, Sombra —aconsejó Serena al darse cuenta de que no estaba en las mejores condiciones para luchar a golpes.

Le tomé la palabra y comencé a disparar, haciéndolo directo a las cabezas de dos hijos de putas que atacaban a Isabella en ese momento. Ella se movió con la gracia de una ninja sádica con otro par, asesinando como si tuviera la cordura de una psicópata, recordándome a Dylan, confirmándome que heredaron eso de Enoc.

Sin embargo, le hice el trabajo más fácil al deshacerme también de esos malditos con una bala en la sien de cada uno. Ella me miró y sonrió, confirmándome el ángel de la muerte que también era y enseguida corrió hacia mí.

—Pregunta estúpida —avisó—. ¿Estás bien? —Sonreí antes de responder.

—Respuesta estúpida. Ahora lo estoy, pequeño infierno —Vi el alivio en sus ojos.

Me moría de ganas por abrazarla, pero en lugar de eso la tomé de la nuca y la agaché, protegiendo su cabeza de esa manera cuando le disparé a un hijo de puta que pretendió atacarla por la espalda.

—Te debo una —avisó antes de seguir con la lucha y me reí.

La batalla siguió. Darius me había dejado muchos cargadores llenos de balas en el chaleco, así que los cambié en varias ocasiones. La muerte se convirtió en el platillo más servido de esa velada y los gruñidos de dolor en una grotesca melodía.

Los tridentes de Belial y el de padre se mantuvieron cerca de mí para ocuparse de la lucha cuerpo a cuerpo, mientras que yo me convertí en una especie de dron terrestre, ya que lo que Evan y Connor hacían desde el aire, yo lo ejecutaba desde el suelo.

Reconocí a gente de Makris y Kontos en el lugar, además de la fuerza militar de Gibson, incluso escuché a algunos hablando en irlandés, por lo que imaginé que Cillian decidió enviar a su gente para apoyar a Amelia.

Elliot y Marcus peleaban lado a lado en ese instante para proteger a Alice; Fabio, Isamu y Amelia se movían juntos cubriendo a Dominik, mientras Maokko y Darius lo liberaban. Myles peleaba con Lucius y vi a Ronin y Lewis correr detrás de Hanna cuando esta se les quiso escapar.

Mierda.

Quería meterme en una lucha cuerpo a cuerpo, pero no podía ser imbécil, así que me conformé con seguir deshaciéndome de los demás con las balas, liberando el camino de mis compañeros.

—¡Todos los tridentes atentos! —grité en cuanto vi entrar a varios asiáticos, a quienes reconocí como los tipos de Aki Cho que Amelia mencionó.

Dos de ellos se fueron directo a enfrentar a Maokko, Fabio e Isamu, dándome cuenta de que algunos de los tridentes se rotaban los miembros según la batalla lo dictaba. Darius y Amelia luchaban para sacar a Dominik del lugar.

Avancé al mismo tiempo que Isabella en cuanto la vi correr a donde estaba padre, luchando en el camino contra nuestros contrincantes. Ella lo hacía con lucha de cuerpo a cuerpo, o utilizando su katana, mientras yo la protegía con mi arma, teniendo el apoyo de Serena enseguida.

—¡Ayuden a Fabio, Isamu y Maokko! —gritó Isabella para Belial, Lilith y Owen.

—¡Y ustedes cubran a Amelia y a Darius! —demandé a Roman, Max y Dom.

Nos acercamos a padre, quien estaba doblegando a Lucius, e Isabella asintió hacia él, diciéndole de esa manera que desde ese momento se encargaría ella de esa mierda.

—Eres el reemplazo de la puta de tu madre —escupió Lucius al verla y rio mostrando los dientes manchados de sangre.

—No, malnacido, soy el reemplazo que la reina Sigilosa dejó para mandarte al infierno —aseveró ella.

Sonreí con orgullo al escucharla, siendo más consciente de que mi chica no necesitaba a nadie para que la defendiera, pues con ella bastaba y sobraba. Yo simplemente estaba ahí, cuidando su espalda y siendo ese compañero de batalla que me pidió ser. Comenzando desde cero esa vez, aprendiendo a confiar en esa reina en todos los sentidos, queriendo merecerla como padre me lo sugirió.

—Tu puta madre rogó para que la matara —Esas palabras de Lucius serían su peor castigo—. Rogó para que no la violaran.

—Eso deseaste, maldita mierda, pero no lo conseguiste —zanjó Isabella, recordando lo que Amelia le confesó—. Hasta en eso te superó Leah Miller, porque escogió cómo morir, no lo dejó en tus manos.

Acto seguido, se lanzó contra él. Con padre y Serena cuidamos que nadie la interrumpiera, matando en un santiamén a los imbéciles que pretendieron correr para defender a su jefe, encontrando la muerte como recompensa.

White en serio disfrutaba haciendo mierda a ese hijo de puta, demostrando que Myles únicamente lo acarició. Le cortó los tendones y acuchilló su polla, subiendo incluso al abdomen, bañándose con su sangre, moviéndose como si se trataba de una asesina en un juego virtual, haciéndolo ver fácil. Hasta que se cansó y la vi girar los anillos en sus dedos medios; eran los que usó en Karma tiempo atrás.

—Esta vez voy asegurarme de que mueras, maldito engendro —rugió, clavando las agujas de los anillos tres veces.

Se alejó de él en cuanto la mierda comenzó a retorcerse como el parásito que era y la vi sonreír satisfecha, disfrutando de la escena.

—Ya sé cuál será tu final si te atreves a serle infiel algún día —comentó Serena con cara de horror, padre a su lado sonrió divertido.

455

Lo imité mientras le disparaba a un par de tipos y luego me giré en mi eje, disparándole a otros.

—No dejen que nadie se le acerque hasta que muera. No tardará mucho —le ordenó Isabella a Roman, Max y Dom, quienes se encontraban cerca de nosotros.

Nuestras miradas se conectaron en ese instante, se había perdido por unos segundos en sus ansias de venganza y regresó a ser la Isabella oscura, la chica que no descansaría hasta acabar con los que le jodieron la vida.

Asintió y me sonrió.

—Es el turno de tu chica —avisó y negué con la cabeza, sonriendo y maldiciendo porque sabía que se refería a Hanna.

—Sí, sé cuál será tu final —se burló Serena.

La Castaña estaba en su derecho de joderme con esa puta, pero…, mierda, odiaba que la llamara mi chica cuando la única en mi vida era ella. No obstante, no era el momento para discutirlo, por lo que opté por seguirla y vi a padre y Serena yendo detrás de mí.

—¡Ronin! —gritó de pronto Owen con desesperación.

—¡Mierda, no! —se le unió Isabella.

Vimos cómo el asiático trató de proteger a Lewis cuando este estuvo a punto de ser herido por Hanna, recibiendo él, el ataque, pues ambos habían seguido en la lucha con ella.

Owen corrió queriendo atrapar a Ronin cuando este cayó desde el segundo piso, Isabella trató de hacer lo mismo. Hanna aprovechó el golpe que dio y se lanzó también desde donde estaba como si hubiese sido una jodida Gatúbela.

Entonces nos asestó un nuevo golpe letal.

Darius se hallaba desprotegido y cargaba a Dominik, sirviéndole como apoyo para que él lograra avanzar con su pierna buena; Amelia le había dado su chaleco antibalas a este último y Hanna lo notó, así que obviando con agilidad a Lilith, Maokko y Belial, con la misma arma que antes le disparó a Ronin le apuntó a Darius.

Amelia se puso frente a su hermano sin dudar, recibiendo los tres impactos de bala.

—¡Jaque mate para la primera reina! —gritó la hija de puta.

—¡Nooo! —Fue el desabrido y doloroso grito de Dominik al ver lo que pasaba, cayendo al suelo junto con Amelia en brazos cuando intentó cogerla, antes de que ella impactara en el suelo.

Todos se fueron en contra de Hanna, ella rio como la vil maniaca que era y se giró para dispararme también a mí, apuntando directo a mi cabeza, percatándose del chaleco que usaba. Yo alcé mi arma para contratacar, pero Isabella se puso frente a ella creyendo que no tendría tiempo de defenderme a mí mismo.

Entonces escuché una nueva detonación del arma de Hanna y mi mundo se paralizó.

CAPÍTULO 56

Dahlia negra

ISABELLA

Tuvimos que transportarnos a una ciudad cercana a Pungo en helicóptero, ya que en coche nos llevaría mucho tiempo y eso era con lo que menos contábamos. Al llegar ahí, Gibson ya tenía a un equipo de la fuerza armada esperando por nosotros, para llevarnos a nuestro destino.

La adrenalina y la furia que me recorrían de pies a cabeza eran el combustible que me hizo moverme como una máquina asesina. Junto a mi élite de Sigilosos y Oscuros nos convertimos en uno solo, matando a todo Vigilante y ruso que se cruzaba en nuestro camino, porque en efecto, hombres de la Bratva apoyaban a nuestros enemigos.

La misión principal era deshacernos de la mayor cantidad de gente con la que contaban Lucius y David, antes de que los pusieran en sobre aviso de nuestra presencia, así que no nos detuvimos a preguntar nada y mucho menos amenazar, limpiamos el camino y ya.

—Mira lo que me encontré, jefa —dijo Isamu cuando estábamos cerca del granero en donde tenían a los chicos y a Alice.

Acabábamos de quitarnos los uniformes e insignias Vigilantes porque ya no era necesario tener esas mierdas sobre nuestro cuerpo (Darius, Fabio y los Oscuros únicamente se quitaron las insignias). Todos los Sigilosos llevábamos el uniforme vinotinto de La Orden, Amelia utilizó el de la Dahlia negra que le dejó mamá.

—Sabíamos que la traidora volvería —espetó Brianna Less al ver a Amelia.

Isamu la tenía del cabello y ella luchaba sin éxito por soltarse del agarre de mi compañero.

—Vaya ovarios los que tienes para llamarme así, mientras ese hombre que te coge del pelo, podría arrancarte la lengua en cuestión de segundos —señaló Amelia con una sonrisa socarrona en el rostro—. O terminar de hacerte lo que no pudo la otra vez.

Isamu sonrió como un completo cabrón ante la declaración de Amelia. Brianna se asustó al recordar de lo que hablaba e hizo un movimiento muy ágil para zafarse de él. Mi compañero se lo permitió porque era de los que disfrutaba cazando a su presa, sin embargo, la chica no llegó muy lejos, ya que Caleb la detuvo al sorprenderla saliendo detrás de un árbol.

—Shss, calma, bonita y salvaje liebre —recomendó el rubio, presionando la espalda de Brianna en su pecho, cogiéndola del cuello y hablándole en el oído.

Fuera la perspectiva que fuera, en esos momentos mis compañeros se habían convertido en unos cabrones. Isamu y él sobre todo. Y que fuéramos con los rostros manchados de sangre, Caleb incluso del cabello rubio, nos daba un aspecto macabro.

—¿Cómo está tu bebé, Bri? —le preguntó Amelia de pronto, sonriendo como una cabrona—. ¡Ups! Lo siento, ahora recuerdo que lo perdiste.

«Mierda. A veces olvidaba lo hija de puta que era».

Yo también.

Sentí un poco de remordimiento al enterarme que Brianna perdió a su bebé, lo que supuse que fue por mi culpa. También imaginé que por eso el karma me cobró caro al arrebatarme un hijo, pues fui una perra con la chica y eso no lo discutiría y mucho menos me excusaría.

—¡Hija de…! —Brianna gimió cuando Caleb apretó más su agarre en ella y la calló de golpe.

Isamu caminó hacia ellos, sus pasos siendo los de un verdadero hijo de puta, sonriendo con alevosía.

—También te gusta la bonita liebre, ¿no? —inquirió Caleb para él, sonriendo con perfidia.

Sabía que ambos querían asustarla para no tener que dañarla físicamente, prefiriendo hacerlo a lo psicológico, ya que a veces era más efectivo de esa manera.

«Y el daño perduraba por más tiempo».

Daba fe de ello.

—No te imaginas todo lo que estas bonitas e inocentes liebres hacen contigo en situaciones más… ¿íntimas? —le dijo Isamu y acarició un mechón de cabello de Brianna.

Ella lo miró aterrada y se sacudió, pero Caleb la sostuvo de la cintura, apretando a la vez el cuello.

—Debo decirlo… me encantan cuando son así de hijos de putas —comentó Amelia a mi lado y negué con la cabeza.

—Y luego dices que la perra soy yo —se quejó Maokko.

—Cuñado, ¿por qué no le demuestras a esos dos el nivel que tú manejas? —provocó Amelia a Fabio y él se limitó a sonreír de lado y negar con la cabeza.

—Amelia —la amonestó Darius y ella se encogió de hombros.

—Es solo para que vea lo que se perdía al estar con un imbécil como Derek —se excusó.

—Bien, dejemos de perder más tiempo —los animé a todos.

—¿Qué quieres que hagamos con ella, linda? —me preguntó Caleb.

Miré a Brianna, ella también lo hacía, y noté la súplica en sus ojos.

La chica solo estaba siendo usada por su propio suegro y no se daba cuenta, o no le importaba, en su necesidad de vengarse de mí por lo que le hice a su marido. Pero tenía suerte de que yo no estuviera para perder tiempo en ese momento.

—Desaparécela de mi vista, a ella y a su hija —le ordené a Caleb y él asintió—. Y asegúrate de que jamás se vuelva a cruzar en mi camino, porque si lo hace, no seré benevolente —advertí.

Dicho eso, le ordené a los demás que continuáramos con nuestro camino, sabiendo que Caleb sabría encargarse de la tipa. Y si no la maté yo misma, fue porque no era capaz de dejar a su hija sin madre cuando ya le había arrebatado al padre.

En el trayecto hacia el granero seguimos matando a más Vigilantes, Darius me avisó que Myles y Serena también nos seguían de cerca junto a otro grupo conformado por unos irlandeses que Cillian envió para que apoyaran a Amelia con lo que fuera necesario. Asimismo, la gente de Perseo y Bartholome cuidaban nuestras espaldas.

—No olvides lo que dejé en el coche —me pidió Amelia y negué con fastidio.

—Yo no soy tu mandadera, así que preocúpate por tus asuntos tú misma —demandé.

—Eres una cabrona insufrible, ¿sabes?

—Dijo la maniática intensa —saticé y la vi esconder una sonrisa.

No estaba siendo despreciable con la chica porque quería, sino más bien porque odiaba ese presentimiento en mi pecho de que las cosas no saldrían exactamente como lo deseaba. Y era consciente de que a Amelia le pasaba lo mismo, por eso me pidió que guardara por ella una cajita de terciopelo que trató de darme en el coche, pero me negué y le ordené que no llamara la desgracia con esas cosas.

—*Mis reinas, ha sido un placer cuidar sus bonitos culos en esta vida* —dijo Ronin acercándose a nosotras y maldije en mi interior porque odiaba que hiciera eso en cada misión que teníamos, pero él siempre aseguraba que le gustaba aprovechar hasta el último minuto consciente para decir lo que quería—. *Espero que nuestros caminos vuelvan a cruzarse en la siguiente, jefa* —Me limité a asentir sintiendo la presión en mi pecho cortándome la respiración—. *Y no me escucharás decirlo de nuevo, Dahlia, así que aprovéchalo: también quiero volver a coincidir contigo, porque igual que tu hermana, eres una gran reina oscura.*

Se adelantó tras decir eso para ir con Maokko y luego con Isamu y Caleb, aprovechando su último minuto consciente, como solía llamarlo, para no quedarse con nada que hubiera querido decir y no pudo.

Vi a Amelia tragar con dificultad y tras eso carraspeó.

—*Shouganai*, Amelia —musité para ella, utilizando una frase japonesa que sensei Yusei siempre nos repetía. Me miró con los ojos acuosos y le sonreí—. Acepta las cosas que están fuera de tu control, acoge lo que el destino te da y deja de culparte por lo que no pudiste evitar.

«También decidiste aprovechar hasta tu último minuto, eh».

Y continué mi camino dispuesta a que no fuera el último.

No obstante, mis planes y los de la vida no se alinearon, una vez más. Y aquel presentimiento con el que entré al granero se volvió oscuro y con sabor metálico en cuanto Hanna arremetió contra Ronin, sintiendo que rompió una parte de mi alma al ver a mi hermano y compañero caer del segundo piso.

Y lo que hizo a continuación me demostró que sí podían romperme más, lo confirmé al ver a Amelia recibiendo los impactos de bala en lugar de nuestro hermano.

«¡Oh, Dios mío!».

Eso no podía estar pasando, de ninguna manera aceptaría ese shouganai.

—¡Jaque mate para la primera reina! —celebró.

—¡Nooo! —gritó Dominik.

—¡Y ahora voy con la segunda! —avisó Hanna.

¡No!

Reaccioné al ver que la malnacida le apuntó a Elijah y no dudé ni un segundo en ponerme frente a ella para impedir que también lo hiriera. Sin embargo, el disparo nunca llegó a mí porque Isamu actuó con la rapidez que lo caracterizaba y le lanzó una estrella *shuriken,* consiguiendo que la pistola cayera de su mano y que el proyectil impactara en el suelo.

Maokko fue la siguiente en atacar, ambas arremetimos al mismo tiempo, pero mientras ella golpeó los tobillos de Hanna, yo impacté la rodilla en la mandíbula de esta. No obstante, la hija de puta consiguió reaccionar a pesar del aturdimiento de nuestros golpes y esquivó los siguientes, viéndose rodeada en un santiamén por mi amiga, Lilith, Serena y yo.

Parecíamos unas leonas rodeando a la hiena, turnándonos cada una para asestar nuestros ataques mientras los demás hombres de mi élite peleaban contra los rusos que intentaban defenderla. Los Oscuros auxiliaban a Ronin, Amelia y Dominik. Los Grigoris, irlandeses y los militares se encargaban de los Vigilantes. Y yo, así llorara por dentro por lo que estaba pasando con dos de mis hermanos, solo ansiaba despedazar a la hija de puta que consiguió ponernos en jaque.

—¡Buh! Puta camaleón rojo —gritó Lilith, riendo como una desquiciada cuando le dio un cabezazo a Hanna, consiguiendo que la cascada de sangre en la nariz de esta aumentara.

La tipa trastabilló hacia atrás y estuvo a punto de caer al suelo, pero la cogí del cabello con tremenda fuerza brutal, a tal punto, que le arranqué varios mechones con piel incluida.

—No dejes que la toque el diablo, reina Sigilosa —sugirió Lilith con voz cantarina y sonreí, entendiendo por qué Dylan amaba tenerla a ella y a Belial como compañeros.

—Y quién crees que la está sosteniendo —se mofó Maokko refiriéndose a mí, golpeando la parte trasera de las rodillas de Hanna para que esta se doblara.

—Ahora entiendo por qué Sombra está loco por ella —comentó Serena, impactando el talón de su pie con tanta fuerza sobre los dedos de Hanna, que la tipa aulló de dolor.

Le destruyó las uñas junto a la carne y huesos en cuanto la rubia trató de apoyarse con las palmas en el suelo, y juro que eso me dolió incluso a mí.

—Y yo estoy viendo por qué Isamu tiene una obsesión contigo —declaré y, a pesar de lo que hacíamos, la morena se sonrojó.

Continuamos con nuestros ataques grupales con la tipa, aunque mis compañeras permitieron que fuera yo la que más la castigara. Al principio se había defendido muy bien, incluso llegó a asestarnos un par de golpes, pero en ese momento sus fuerzas ya la estaban abandonando.

—Voy a darte un poco de tu propia medicina —le dije y tras girar la aguja de mi anillo, la cogí de la mandíbula y la clavé en su piel.

Comenzó a maldecir en ruso, retorciéndose cuando el fuego líquido le incendió las venas, sin embargo, la desquiciada también se reía.

—No tienes idea… de lo que mi padre te hará —me dijo entre titubeos.

—Que venga él y el puto Pakham, toda la mafia roja si lo desea —desdeñé, dándole un golpe en el abdomen. Gritó porque el veneno en sus venas la hacía más sensible y aumentaba el dolor—. Encontrarán lo mismo que tú, malnacida: la muerte en manos de la puta reina Sigilosa.

El caos a mi alrededor había sido controlado por mi gente y amigos, así que sentí sus miradas en mí. Lilith, Maokko y Serena se hicieron a un lado cuando Elijah llegó y nuestros ojos se conectaron.

—Hallarán la muerte en manos de mi jodido rey Grigori —aseveré porque incluso queriéndolo lejos de mí, no negaría quién era en mi vida—. Y les demostraremos que del *lado bueno*, también se puede encontrar una organización de miembros más sanguinarios que ellos.

—Ángel —suplicó la cínica y como pudo se arrastró a los pies de Elijah cuando lo vio.

Él me sonrió de lado con perversidad y se puso en cuclillas frente a ella, tomándola de la barbilla con una mano y del brazo con la otra para que se pusiera de pie.

—Eres excelente fingiendo —musitó él, cogiéndola del rostro con tanta delicadeza, que no soporté no tener nada en las manos, así que zafé de nuevo la katana de mi tahalí.

—No, Ángel, jamás fingí contigo. Me enamoré de ti, te amo —siguió ella con su jodido espectáculo—. Perdóname por lo que te hice.

«Debiste haberle cortado la lengua a esa hija de puta».

Buen punto.

—Pero sabes para qué no fuiste excelente —urdió él, hablándole en el oído, pero con el tono exacto para que los demás lo escucháramos—. Para rogar por no caer en nuestras manos, en las de ella sobre todo. —Sin que Hanna lo previera la empujó con más fuerza de la que era necesaria, consiguiendo que volara hasta caer a mis pies—. Ahí tienes a mi chica, *meree raanee* —satirizó y me fue inevitable no sonreír.

—¿No te da vergüenza? —inquirió Hanna para él—. Te crees el jodido rey de tu mundo, pero estas a los pies de esta perra, te arrastras por ella como el pusilánime que eres —lo provocó, sin embargo, Elijah únicamente sonrió de lado y me miró.

—Sí, Vanka Morozova, soy un pusilánime que, incluso siendo capaz de poner el mundo a mis pies, únicamente me siento poderoso estando postrado de rodillas *frente* a ella.

«Oh. Santo. Padre».

Me mordí el labio cuando entendí la referencia sexual implícita en su declaración, aunque el corazón se me aceleró por lo que sus palabras significaban en realidad.

De soslayo vislumbré a Lilith dándole un codazo a Belial mientras este se reía de algo. Los demás se mostraron imperturbables y expectantes por lo que sucedería. Y debido a que mi adrenalina aumentó tras las palabras de ese Tinieblo, arremetí contra Hanna antes de que siguiera soltando su veneno y le demostré a ella y a nuestros espectadores, por qué las mafias debían temernos.

La cogí del cabello para alzarla del suelo, hundí mis dedos en el lado izquierdo de sus costillas y le retorcí una, haciéndola gritar hasta que mis tímpanos se sintieron como que sangraban. Cayó de nuevo al piso, repetí el proceso de levantarla y volver a arremeter, hasta que no pudo ni cubrirse el rostro, demostrándome que, así pudiera defenderse, sus fuerzas la abandonaron por completo mientras el veneno la seguía quemando desde adentro.

—Te concedo el jaque mate —le dije a Elijah, mientras Hanna se retorcía en el suelo como una lombriz.

La rubia ya no podía parar de gemir por el dolor y cuando él la tomó del cabello y se puso detrás de ella para cogerla del cuello, sus ojos se abrieron con verdadero temor, dejando de ser la experta en manipular sus emociones y mostrándonos que le daba pavor morir.

—¡Shhh! Calma, princesa —ronroneó Elijah en su oído, fingiendo ser el príncipe que llegó en su ayuda para apaciguar su tormento, aunque sonriendo con maldad sin esconder su verdadera intención.

—Ángel, por favor —musitó ella con dificultad, pues había perdido un par de dientes en la pelea.

—Yo te saqué de un infierno, y yo mismo te devolveré a otro —entonó él con vileza y comenzó a apretar su cuello para estrangularla.

Sin embargo, a último minuto me di cuenta que entre la pelea, Hanna me había quitado los anillos y se los puso ella. La hija de puta me sonrió de lado dejándome clara su intención.

—Pero te arrastraré conmigo —sentenció con dificultad y se aferró a los antebrazos de Elijah.

Él gruñó de dolor, aunque no la soltó, todo lo contrario, apretó con más fuerza sin importarle que ella alzara la mano para tocarlo una tercera vez e inyectarle el veneno. No obstante, yo me moví con más rapidez y siendo la katana una extensión más de mi cuerpo, la blandí cortándole la mano y de paso, parte de la boca, borrándole la sonrisa victoriosa que pretendió darme.

Gritó de dolor, lo hizo sin dejar de ahogarse por el agarre de Elijah. Y cuando a él le afectó más el veneno que tenía en las venas, decidió terminar pronto con lo que hacía, torciendo el cuello de la tipa hasta que la dejó viendo hacia atrás.

—Jaque mate —gruñó, pero cayó al suelo comenzando a retorcerse de dolor.

Estaba muriendo también, aun así no dejó de mirarme a los ojos, diciéndome sin palabras lo que no podía con la voz, destruyéndome con la idea de que iba volver a perderlo. Sonriéndome para tranquilizarme.

—*Die for you, meree raanee* —susurró entre quejidos.

—Pero no hoy, hijo de puta —espetó Isamu llegando a su lado e inyectándole algo en el cuello. Elijah jadeó y sentí que yo lo hice junto a él al ser consciente de lo que mi compañero acababa de hacer—. No hagas que me arrepienta de volverte a dar otros *cinco minutos* —sentenció.

Me lancé sobre el cuerpo de Elijah tras eso, riendo entre el llanto cuando él comenzó a respirar con más tranquilidad, pues el antídoto de Isamu comenzó a combatir los efectos del veneno.

«Me cago en la puta».

Había demasiadas cosas entre nosotros sin resolver, podía convertirme de un suspiro a otro en una mujer letal e implacable, pero sin ese hombre, sin mi rey, yo no era nada.

Lucius y Hanna estaban muertos, lo comprobé yo misma. E incluso acepté que Isamu utilizara sus propios métodos para asegurarnos de que nadie pudiera regresarlos de la muerte. Y, aunque nunca quise ser la mujer en la que me convertí, lo que le dije a Elijah cuando estuvimos en la terraza era verdad.

Yo podía ser la villana en un capítulo, hasta que leían en el que me formaron a imagen y semejanza de esos monstruos que un día pretendieron acabar con una chica de dieciocho años, que únicamente regresó a su país con deseos de recuperar la vida que le arrebataron.

Esa era la Isabella White que llegó a Virginia con ganas de convertirse en la mejor fotógrafa. Aquella joven enamorada de su príncipe azul, la que siempre vivió en una burbuja porque su padre la amó tanto, que no le importó crear para ella un mundo de ilusión, aunque él se convirtiera en el peor monstruo con tal de mantenerla a salvo.

Pero la vida, con sus propios planes, me llevó a atravesar la peor de las tormentas, una de la que salí convertida en una mujer vapuleada, con sed de venganza, ansiando ganar su propio juego. Siendo a veces jugadora y en otras, la pieza que movieron a su antojo. Sin embargo, al final de la partida, conseguí coronarme como la ganadora.

No obstante, Perseo fue sabio al decirme que solo las personas más rotas podrían llegar a ser grandes líderes. Y el señor Levi Pride tuvo razón al asegurarle a su nieto que con el poder, también llegaban grandes pérdidas.

Lo estaba viviendo en carne propia en ese instante, viendo ir y venir a doctores y médicos de una sala a otra. En una intentaban regresar de la muerte a Ronin, en la otra trataban de que Amelia no cruzara el limbo; en la tercera sometían a Elijah a una transfusión de sangre para sacarle el veneno del cuerpo y en la cuarta operaban a Dominik.

Esa era la batalla en la cual no importaba mi fuerza física o mi destreza, ni siquiera la voluntad indomable que había venido manejando en los últimos años. Nadie podía consolar a nadie y lo único que logré hacer fue sentarme en el suelo del medio del pasillo, con las manos apoyadas en mis rodillas flexionadas, sosteniéndome la cabeza, sin poder respirar, sufriendo taquicardias por el terror de que los médicos nos dieran noticias fatales, odiando no tener la capacidad de regresar el tiempo para asesinar a esa malnacida antes de haberle permitido llegar tan lejos.

—Jefa, Dominik ha salido de la operación y LuzBel está fuera de peligro. —Pegué un respingo cuando Isamu puso sus manos en mis hombros y me ayudó a ponerme de pie.

Me había congelado en mi lugar, viajando en mi mente hacia los peores escenarios. Dominik seguía inconsciente por la anestesia y Elijah terminó dormido por la debilidad que le provocó la transfusión de sangre. Ambos tenían el cuerpo magullado e inflamado por la tortura a la que los sometieron, pero estaban vivos.

¡Dios!

Estaban vivos y fuera de peligro. Y pronto volverían a estar bien, al menos de salud.

—Isa… —Miré a Maokko cuando llegó a la habitación de Elijah a buscarme, me encontró abrazándolo y llorando entre su cuello, amando sentir su pulso y reviviendo el miedo que experimenté cuando lo secuestraron y luego porque Hanna lo envenenó.

—Por favor, Maokko. No me des una mala noticia —supliqué al verla llorando.

Me parecía inverosímil perder a otro hermano Sigiloso.

—No, no —se apresuró a decir—. Ronin ha superado la peor crisis.

—Joder —exclamé sintiendo tremendo alivio.

Me senté de nuevo en el sofá que estaba en la habitación y me cubrí el rostro, comenzando a llorar, soltando sollozos agridulces.

«Puta madre, Colega. Bien decían que el hecho de que pudieras llevar la carga en tus hombros, no significaba que no fuera pesada».

Y la mía pesaba tanto, que ya comenzaba a ir de rodillas con ella.

Tenían a Ronin en coma inducido, pero el doctor le aseguró a mis hermanos que el mayor peligro ya había pasado, por lo que lo despertarían cuando lo consideraran prudente. Él había usado chaleco antibalas como todos los demás, sin embargo, Hanna sabía lo que hacía, así que disparó justo cuando mi compañero alzó un brazo para apartar a Lewis, consiguiendo darle en la axila. El proyectil cruzó todo el interior de su pecho, provocándole una hemorragia interna que lo llevó a encontrar la muerte por unos segundos cuando lo operaban.

Con Amelia todavía no se sabía nada, ya que los doctores seguían con ella en la sala de operación.

Esa noche nadie durmió. Yo deambulé entre las habitaciones de Dominik y Elijah, además de ir a la sala de cuidados intensivos en la que tenían a Ronin, para verlo siquiera de lejos. Isamu y Caleb se encargaban de atender las cuestiones que debían comenzar a solucionarse sobre las organizaciones. Los Oscuros los apoyaron en recuperar a nuestros muertos y se ocuparon de los Vigilantes y rusos que quedaron vivos, pues la orden directa fue que nadie de los enemigos quedara en pie para seguir reproduciendo su maldad.

Íbamos a ser implacables esta vez y les enviaríamos un mensaje claro a todas las organizaciones criminales para que no se atrevieran a volver a jodernos.

Myles se estaba ocupando de recibir a Eleanor y a Tess, quienes regresarían al país, Dylan había llegado a acompañarme cuando se sintió mejor y Cameron apoyaba a Evan en lo que fuera necesario, junto a Connor desde Seattle. Y Elliot no se apartaba del lado de Alice, aunque hubo un momento entre la noche que me buscó para agradecerme por haber impedido que dañaran más a su chica.

—Toma —me ofreció Maokko.

Llevaba para mí un té y analgésico, pues me escuchó comentar que sentía que la cabeza iba a explotarme. Caleb me había llamado para asegurarme que el tesoro seguía protegido y con eso mi adrenalina se fue a tope, aunque bajó de golpe, lo que me provocó una migraña.

Elijah se despertó en medio de mi llamada con Caleb y el alivio en sus ojos fue tremendo al escuchar lo mismo que yo, y entender con eso que los niños estaban seguros.

—Dominik ha despertado y pidió que lo llevaran a la sala de cuidados intensivos para esperar allí por noticias. Darius se encargó de eso —avisó mi amiga y me preocupé.

El italiano tenía el brazo y la pierna con férulas, además de barras de titanio incrustadas para conseguir que sus huesos sanaran lo mejor que fuera posible.

—¿Quieres ir allí? —me preguntó Elijah y no supe responder, porque sí quería, pero no si eso significaba dejarlo solo a él—. Vamos, White. Yo también quiero estar cerca de Dominik en este momento.

—¿Te sientes bien para caminar?

—Por supuesto, la debilidad ya pasó —aseguró.

Le tomé la palabra y junto a Maokko nos fuimos hacia la sala, ya que ella también quería estar allí para mantenerse pendiente de Ronin.

La espera era insoportable y el olor a antiséptico comenzaba a revolverme el estómago por la manera en que mis nervios se alborotaban. Dominik se mantuvo callado, aunque el gesto angustiado en su rostro indicaba que por dentro vivía un tormento. Darius no estaba mejor, a pesar de que intentaba parecer optimista.

—¡Fabio! ¡¿Qué está pasando?! —Todos miramos al susodicho cuando salió de la habitación en donde tenían a Amelia y Dominik le preguntó tal cosa, con la agonía siendo palpable en su voz.

Maokko me había dicho antes que el mayor de los D'angelo entró de auxiliar a la sala de operación, como un favor personal que le hizo el médico que se encargaba de su cuñada y no se apartó de ella hasta que la llevaron a cuidados intensivos.

—Los tres impactos de bala los recibió en órganos vitales —comenzó a explicar Fabio que lejos de ser un médico en ese momento, estaba siendo el hermano que no le mentiría a Dominik para darle falsas esperanzas.

El otro médico salió segundos después de la sala, luciendo cansado, pero también frustrado. Eso consiguió que mi garganta se secara y el corazón se me acelerara por lo que temí que podía significar su actitud.

—Hicimos todo lo que estaba en nuestras manos. Ocho horas intentando darle una oportunidad, pero el bazo se rompió ante el impacto de bala y la hemorragia ocasionada comprometió varios de sus órganos, sin incluir los que fueron dañados con los otros proyectiles —informó ese médico, que fue quien atendió a Amelia.

—No, por favor. Debe haber algo más que se pueda hacer. ¡Tienen que intentarlo, Fabio! —Me aferré a la mano de Elijah al escuchar a Dominik.

Fabio había intentado mantenerse en calma, pero su dureza y serenidad tambaleó al escuchar a su hermano. Maokko se hizo varios pasos atrás y la vi llevarse las manos a la cabeza.

—Lo siento, viejo —musitó Fabio derrotado.

—Dios mío —murmuré con la voz quebrada.

—¡No, Fabio! Yo confié en ti —le reclamó Dominik con dolor y yo no pude seguir siendo fuerte—. ¡Dios, no!

—Dominik —Él se sacudió del agarre de Darius, sin importarle el dolor físico, cuando este lo llamó y puso las manos en sus hombros, mostrándose más derrotado que yo.

—¡Me niego, joder! ¡Me niego a que me la quiten cuando apenas la tengo! ¡Me niego a que no hagas nada para que mi hija no se quede sin su madre! —siguió espetando.

Elijah me tomó de la cintura en cuanto mis piernas flaquearon y vi a Fabio apretando su mandíbula con impotencia, porque entendía el dolor de su hermano, aunque lo rompía que él creyera que pudo haber hecho más, pero decidió no hacerlo.

—Dominik, ella está luchando para darte el tiempo de que te despidas —avisó el doctor—. Agoniza, pero no quiere irse así, por lo que les recomiendo que cumplan su último deseo.

—Puta madre —susurró Elijah en mi sien, abrazándome más a él.

—No me sueltes —le rogué entre lágrimas.

—Jamás, amor —juró dándome un beso en la sien que me estremeció.

Vimos al médico irse y a Fabio de pie frente a Dominik, su hermano pequeño rompiéndose cada vez más y nosotros sin poder sostener sus pedazos porque no era posible. Darius detrás de él lloraba en silencio, Maokko terminó de apartarse, pero la vislumbré llorando, presionando su espalda a una pared; y yo abracé a Elijah, rogando por despertarme de esa pesadilla.

«Pudimos ganarle la partida a nuestros enemigos».

Pero la vida seguía confirmándome que ella seguía siendo la maestra del ajedrez.

«Joder, Colega».

Minutos después acompañamos a Dominik porque él me lo pidió a mí, a Darius y a Elijah. Mi hermano empujó la silla de ruedas de él y mi Tinieblo me guio a mí, sintiendo que cada paso se hacía más pesado que el otro y, cuando abrieron la puerta de la sala me congelé.

Dios.

Diez o doce horas atrás estaba viva, dispuesta a luchar a mi lado para salvar a nuestros reyes y mantener a salvo a nuestros hijos. Peleó junto a mí como una Sigilosa más, mi gente la llamó su reina, la Dahlia negra de la que mamá siempre se enorgulleció. Y en ese momento la encontré pálida, perdiendo la batalla con la vida, como una flor vulnerable en las manos del destino. Había muchas máquinas conectadas a su cuerpo para darle *cinco minutos* más, pero esos serían exactos, no como los que Isamu le otorgó a Elijah.

El respirador artificial hacía un sonido escalofriante que me erizó la piel y el bip lento de su corazón, se convirtió en una especie de marcha fúnebre anticipada, comprobándonos con eso que el médico no nos mintió.

Ella estaba muriendo.

«Y aun así, la Dahlia negra le daba batalla a la vida para irse bajo sus propios términos».

—¡*Per Dio, amore mio*[10]! —exclamó Dominik en su idioma con el dolor más cruel en su voz y le tomó la mano—. *Finché c'è vita c'è speranza*[11]. Así que no me dejes aferrarme solo a ella, por favor —rogó—. No te puedes ir cuando apenas eres mía. *Ti prego, non lasciarmi*[12]. Tu rayito de luz te necesita, yo te necesito.

Nos miramos con Elijah luego de ver esa escena frente a nosotros, yo tenía las mejillas mojadas por las lágrimas, mi Tinieblo en cambio lucía el agradecimiento y la adoración a fuego vivo en sus ojos grises. Lamentando lo que le sucedía a Dominik, pero aliviado de que no fuera él en su lugar.

—Lo siento si esto me hace egoísta —susurró al darse cuenta de lo que vi en sus orbes tormentosas—. Pero si tú eres la que está aquí, no me importa quién esté ahí.

Lloré a mares, porque sí, podía ser egoísta de su parte, pero no lo culparía cuando yo pensaría igual si el caso con Dominik y Amelia fuera lo contrario, por mucho que apreciara al padre de mi sobrina.

También entendí que nada del sentir de Elijah era por lo que Amelia hizo en el pasado, ya no importaba el daño que ocasionó, pues en esas semanas aprendí a perdonarla y, aunque nos faltó tiempo como hermanas para sanar las heridas entre nosotras, eso no mermaba mi dolor por ella, por su hija y por el hombre que se aferraba a la poca vida que aún le quedaba a su reina.

Me dolía también Darius, ese hermano que cuidó de ella todo lo que pudo y que se encontraba ahí a su lado también, lamentando quizá lo que deseó hacer, pero que Lucius le impidió.

—Te amo, mi reina oscura y no quiero seguir adelante sin ti —siguió Dominik y me atreví a llegar cerca de la camilla.

Amelia tenía los ojos medio abiertos, inundados de lágrimas, queriendo hablar sin poder. Me dolió el corazón por su despedida silenciosa, Darius me abrazó al verme cerca, consolándonos como los hermanos que éramos, ahogándonos con nuestro llanto.

Vi el movimiento de su mano al apretar la de Dominik y él la miró, sonriéndole y mirándonos a nosotros al darse cuenta de que ella también lo hacía.

—Sí, *cuore mio*, están aquí para ti —le dijo, entendiendo lo que nosotros no—. Viste que tenía razón, que has sido amada incluso cuando creíste que no. —Amelia intentó sonreír al escucharlo y joder, ese hombre me estaba haciendo más pedazos con sus palabras y ruegos.

—Per…perdónenme —consiguió decir para Darius y para mí.

Le tomé la mano libre en ese momento y solté un sollozo.

—Ya lo he hecho, Dahlia —susurré—. Lo hice desde el día en que te di la bienvenida en La Orden y te dejé luchar a mi lado como la reina que mamá siempre vio en ti.

Me apretó la mano en agradecimiento y luego miró a Darius.

---

10 ¡Por Dios, mi amor!

11 Donde hay vida, hay esperanza.

12 No me dejes, por favor.

—Te amo, hermanita. Siempre lo he hecho, incluso cuando creí que te odiaba —le aseguró él—. Te amo y lo haré siempre.

Ella sonrió y jadeó al querer respirar por su cuenta, tras eso dio un suspiro que demostró el alivio que sentía.

—Cuiden… —Lloró al no poder seguir.

—La promesa de mis hijos la hago mía, Dahlia Amelia Miller —juré al saber lo que quería—. Tu hija será mi hija.

Las lágrimas corrieron de los rabillos de sus ojos.

—Cie-cierra el juego —suplicó y negué con la cabeza, llorando más en ese instante. Miré a Elijah y él asintió, pidiéndome que lo hiciera—. Po-por favor, rosa de fuego.

—No, Dahlia negra —sollocé—. No se gana cuando duele tanto terminar una partida.

—Cie-ciérralo —rogó y el bip de su ritmo cardiaco se aceleró.

—No, amor —suplicó Dominik.

—Hazlo, Isa —pidió Darius entre lágrimas.

—Jaque mate, hermanita —solté entre lágrimas amargas y ella sonrió.

—Te amo, luz de mi vida —Alcanzó a decir con claridad para Dominik antes de que su corazón sufriera un paro.

—¡No, Amelia! ¡Nooo!

Me sacudí en espasmos ante ese grito desgarrador de un hombre enamorado, torturándome y sintiendo que me desgarraban en carne viva, al ser testigo de cómo la vida podía ser tan cruel con algunas personas, con Dominik sobre todo, quien luchó contra la oscuridad de un corazón dañado por la crueldad, hasta que lo hizo relucir con luz propia y sin embargo, se lo arrebataron de las manos.

Se lo quitaron como si nunca lo hubiera merecido, demostrándome con eso lo injusto que era el amor.

CAPÍTULO 57

Estoy lista para volar

Darius, Elijah, Dominik e Isabella.

»Ruego a Dios para que jamás vean este vídeo, y si lo hacen, es porque mi lucha no logró llegar hasta el final. Sé que tampoco esperaban saber de mí tan pronto, no obstante..., los quería fastidiar una vez más.

Amelia rio divertida.

»No es fácil, ¿saben? Mi vida jamás lo fue, sin embargo, tengo que agradecerte a ti, Elijah, porque, a pesar de que tus motivos fueron otros, llevaste luz a mi oscuridad. Y no tomes esto como un reproche, acepto que merecía que fueras tan cabrón conmigo, sin embargo, gracias a tus ganas por deshacerte de mí, me diste la oportunidad de experimentar el verdadero amor. En tu afán por castigarme terminaste premiándome con un hombre que iluminó mis días más oscuros, que me hizo inmensamente feliz, y por el cual obtuve el mejor regalo que alguna vez me dieron: a mi rayito de luz.

En ese instante ya no contuvo sus sollozos y su risa fue gangosa.

»No dejen que me extrañe y tampoco que sepa lo peor de mí. Mi pequeña no se lo merece y confío en que la dejaré en las mejores manos.

Suspiró fuerte antes de seguir.

»Darius, perdóname por haber sido una mala hermana cuando tú buscaste ser el mejor hermano conmigo, por haberme perdido en las mentiras de Lucius y casi haberte matado. Ahora sé que tú solo buscabas mi bien y, aunque lo olvidé por mucho tiempo, ese italiano insufrible de ojos grises me hizo recordar, con sus métodos odiosos, las veces que me consolaste y me salvaste de las voces que me susurraban que me hiciera cosas feas. Recordé también el amor con el que me protegías, el mismo que en muchas ocasiones vi en los ojos de mamá... Gracias de corazón, mi pequeño ángel.

Tragó con dificultad y exhaló un largo suspiro.

»*Isabella, no sé ni por dónde empezar contigo... Fuiste la persona que más dañé y me arrepiento tanto... ¡Dios! Mamá me hablaba de ti, ¿sabes? Decía que tenía una pequeña hermana a la cual yo iba a proteger y a la que amaría, me aseguraba que serías mi mejor amiga cuando al fin lográramos estar juntas y que formaríamos una familia con tu padre, Darius, tú, ella y yo. Y fue lindo soñar con eso, porque al final fue solo un sueño.*

»*Nací destinada a la oscuridad, a viajar a la velocidad de la luz de un extremo a otro de mis sentimientos; fui fácil de manipular y sufrí cosas horribles, pero volvería a vivir todo eso con tal de conocer a Dominik de nuevo y procrear a mi pequeña. Reviviría el proceso sin cambiar nada, si los resultados fueran los mismos. Y si ahora ya no estoy con ustedes, pues no pasa nada, yo comprendo que tengo que recibir mi merecido por el daño que causé, consciente o no, debo pagar y es algo que de verdad acepto. Sin embargo, no quiero irme sin asegurarles que fui feliz en mis últimos días, ya que así haya vivido en un verdadero infierno desde que tengo uso de razón, conocí el cielo y disfruté de él. Y todo gracias a ustedes.*

Se limpió las lágrimas y la nariz antes de continuar.

»*Sé que estás mal con Elijah, que se han dañado mutuamente y que él cometió algo imperdonable y, aunque no soy la más indicada, quiero darte un consejo: venzan los miedos y luchen por lo que poseen, ya que es único. Ustedes tienen la oportunidad de hacerlo, yo ya no. Y el solo hecho de pensarlo duele... Pero, volviendo al punto, tú y tu rey sí que pueden ser felices. Así que no busques las miles de razones que tienes para dejarlo, mejor aférrate a esa única para quedarte.*

»*Síganse amando tal cual lo hacen, Isabella. Entréguense el uno al otro como siempre lo han hecho, porque te puedo dar fe de esto: ese hombre imbécil e imperfecto, atravesó lo inimaginable para regresar a tu lado. Yo misma quise impedírselo y no me enorgullece aceptarlo, pero lo torturé con la intención de que te sacara de su cabeza. Lo mantuve en el infierno para que te olvidara, no obstante, él siguió aferrándose a tu recuerdo. Se convirtió en un monstruo con la esperanza de mantener a salvo a su reina. Hasta que me convencí de que hiciera lo que hiciera, Elijah jamás dejaría de sentir por ti lo que en realidad siente y no es capaz de vocalizar. Por todo eso de lo que fui testigo, creo que vale la pena seguir adelante cuando se ama como ustedes lo hacen.*

Rio y negó con la cabeza, decepcionada quizá de ella misma, aunque también con un gesto incrédulo.

»*Y, por favor, pase lo que pase, cuiden de esos pequeños clones que la vida les dio, sobre todo de Daemon, con quien me llevo una deuda, pues lamento de corazón haberle heredado mi castigo, ya que sé lo que es cargar con tal desgracia... Y vendrán momentos duros para él, Isabella, por más buenos padres que sean, hay episodios que no van a poder impedir, sin embargo, no tengo duda de que, así no sean los mejores como pareja, si lo son como padres; y confío en que ese pequeño tendrá la felicidad, el apoyo y la ayuda que a mí se me negó.*

Se sorbió la nariz, respiró hondo y cerró los ojos un instante para luego poder seguir. Aunque antes rio burlona. Y cuando volvió a hablar entendí la razón.

»*Dominik D›angelo, sabes que te amo con la misma intensidad que esos dos idiotas se aman... Y no puedo más que agradecerte por haberme dado tu cielo, tu luz. Gracias, mi amor, porque me hiciste tan feliz, porque amaste mis demonios tanto como a mí, por creer que yo sí podía y..., pude, cariño. Lo conseguí porque tú estabas a mi lado y ni la vida ni la muerte me alcanzarán para pagarte todo lo que me diste.*

»*Y sí, cuore mio, nuestra historia no fue tan larga como la de muchas otras parejas, pero eso no significa que no haya tenido la calidad y la intensidad de ellas. Caminé durante mucho tiempo a través de la oscuridad, sola y vacía, hasta que llegaste tú y me tomaste de la mano. Me hiciste arder, me incendiaste con las chispas de tu amor que me mantuvieron viva cuando yo misma me creí muerta. Me aseguraste que el sol brillaría sobre nosotros mientras cruzábamos por la noche más negra y no te equivocaste, lo hiciste posible, me diste un final feliz y ahora..., estoy lista para volar después de sobrevivir a tormentas de lluvia y arena. Luché mi propia guerra y ahora es tiempo de que vuelva a casa como triunfadora, sin miedo. Así que no lo tengas tú, por favor.*

Sollozó, pero aun así, supe que creyó en lo que dijo, no fue solo para que Dominik se sintiera un poco mejor por lo que pasaba.

»Isabella White, Elijah Pride, perdón y gracias otra vez. Darius Black, por favor dale otro significado a ese apellido y no olvides que te quiero. Saludaré a mamá por ustedes y me voy feliz porque la tendré solo para mí.

Su voz fue gangosa y divertida

»Mi felicidad tuvo nombre y apellido: Dominik y Leah D›angelo, jamás lo olviden y..., hasta pronto.

Me hiciste arder, me incendiaste con las chispas de tu amor que me mantuvieron viva cuando yo misma me creí muerta. Me aseguraste que el sol brillaría sobre nosotros mientras cruzábamos por la noche más negra y no te equivocaste, lo hiciste posible, me diste un final feliz y ahora..., estoy lista para volar después de sobrevivir a tormentas de lluvia y arena.

CAPÍTULO 58

Corazón de fuego

ISABELLA

Aquella cajita de terciopelo que Amelia insistió que recordara dónde la había dejado, contenía dos USB, uno con los nombres de Darius, Dominik, Elijah y el mío; y otro con el de Leah D'angelo, junto a una carta dirigida para ese hombre que volvió a destruirse cuando vimos el vídeo que ella dejó para poder despedirse, ya que en efecto, ella presintió que algo iba a pasarle y decidió aprovechar hasta su último minuto consciente.

Grigoris, Sigilosos, Oscuros e incluso Cillian O'Connor, nos encontrábamos en el cementerio, una semana después de aquella batalla en la que ganamos, pero que a la vez perdimos. *Journey* se reproducía desde un pequeño altoparlante (luego de que el maestro Cho y Darius ofrecieran unas palabras), haciéndonos trizas cuando la intención de Amelia fue hablarnos a través de la canción, para que celebráramos su viaje de regreso a casa.

Maldición.

Era duro darnos cuenta de lo corta que podía ser la vida, y de cómo en un respiro teníamos todo y en el siguiente nada.

«En un momento podías alegrar a muchos con tu presencia y al otro los destruías con tu ausencia».

—Si hace unos meses me hubiesen dicho que ahora estaría aquí, hablando frente a ustedes, ofreciéndoles unas palabras en honor a Amelia, me habría reído por tremenda locura —comencé a decir cuando fue mi momento.

Miré a mi élite de Sigilosos (únicamente faltaba Ronin porque se seguía recuperando en el hospital), vistiendo con honor el uniforme vinotinto, aunque llevando todos un emblema en forma de Dahlia negra. El maestro Cho usaba su kimono negro y todos los demás presentes eran un mar de vestimentas de luto.

El ataúd de Amelia estaba abierto y ella lucía en toda su gloria con el uniforme de la Dahlia negra.

—Pero ahora estoy aquí, una vez más, en pie como un roble, echando raíces profundas, viendo cómo la vida me arrebata a un miembro más de mi familia —Elijah se mostraba imperturbable, pero las gafas de sol que usaba en ese momento, no me hacían dudar que su mirada estaba puesta en mí—. Las enseñanzas que recibimos no siempre vienen a través de métodos fáciles de tolerar y menos de aceptar, pero nacimos guerreros y por lo tanto, nuestra valía será probada una y otra vez.

Miré a Fabio detrás de la silla de ruedas de su hermano. Dominik también usaba gafas de sol, pero las lágrimas corrían por sus mejillas. Darius estaba al lado de ellos en el mismo estado que su cuñado.

—No estoy aquí para decirle adiós a mi hermana, sino un *hasta pronto* como ella me lo dio a mí —proseguí y tras eso me acerqué al ataúd y puse una mano en mi corazón—. Guerrera de corazón oscuro, tan fuerte y frágil. Llena de bondad, escondida dentro de la maldad. Ocultando su astucia debajo de la ingenuidad. Siempre tan llena de luz, a pesar de haber sido rodeada por mortandad. Un ángel de alas rotas creyéndose un demonio; mi contraparte, mi hermana, una villana en una historia mal contada. Por siempre y para siempre la Dahlia negra. ¡Por siempre y para siempre...!

—¡La reina Sigilosa! —gritaron los Sigilosos golpeándose el corazón.

—¡Por siempre y para siempre!

—¡La Dahlia negra!

—¡Por siempre y para siempre!

—¡Amelia Miller!

—¡Por siempre y para siempre!

—¡La reina oscura!

«Por siempre y para siempre una guerrera».

—Vuelve a casa guerrera y gracias por haber estado a mi lado —añadí con la voz quebrada—. Gracias por haber compartido conmigo este jaque mate y por haber sido esa torre que siempre cuidó de mí.

Un canto de «por siempre y para siempre» siguió luego de mi despedida. Y mientras bajaban el féretro, justo al lado del de mis padres, hubo una lluvia de dalias negras, celebrando el regreso de mi hermana con mamá.

Y únicamente en ese momento volví a aceptar el *shouganai*.

Los niños habían vuelto felices de su viaje dos meses atrás, contándonos todas las aventuras que vivieron junto a Lee, Connor y Jane (estos últimos se unieron a ellos una semana después de la batalla que libramos). Y tener a la pequeña Leah de nuevo con nosotros no fue fácil, pues era el recordatorio de una parte de nuestras almas que jamás podríamos recuperar, sin embargo, ella sería el *kintsukuroi* que nos repararía con su oro.

Dominik la había dejado a mi cargo mientras él se recuperaba tanto de sus lesiones físicas como del alma, pues cayó en una depresión profunda de la que iba saliendo poco a poco. Lee-Ang me ayudaba mucho con ella, puesto que se encariñó con la nena y la cuidaba como si fuera suya.

Los clones eran los más felices con esa situación, porque después de ser solo ellos dos y su cachorro, se convirtieron en cuatro, ya que el pequeño Dasher Spencer también se volvió parte de nuestra familia al perder a su padre.

Y por supuesto que no estaba siendo fácil, ya que la vida lo sometió a un cambio demasiado brusco tras arrebatarle a sus padres siendo un bebé aún, no obstante, Belial, Lilith, Owen, Darius y Elijah, trataban la manera de que se acoplara a su nueva realidad, lo que resultó conveniente, ya que él convivió con ellos en el pasado.

Gibson nos estaba ayudando a que Darius pudiese obtener la custodia del niño, aunque ese era un largo camino por recorrer.

—¿Mamita, ónde etá tía Lía?

Estaba con mis pequeños, preparándolos para ir a la cama, y Daemon preguntó lo que más temía, después de tanto tiempo obviando ese tema.

—Ella tuvo que irse a un largo viaje —respondí tratando de que mi voz sonara normal.

—¿Volvelá? —Aiden, mi curioso no podía quedarse callado.

Suspiré fuerte.

—No en mucho tiempo... —¿Cómo les iba a explicar eso?—. Ella ahora está con los abuelos, mis padres —aclaré—, y no creo que la dejen venir pronto, la extrañaron mucho y quieren tenerla con ellos un largo rato.

Tal vez no era la mejor explicación, pero no sabía qué más decir.

—¿Extañas a tus papitos, mami? —Miré a D cuando me hizo esa pregunta, luego a Aiden, y asentí.

Era la primera vez que alguien me preguntaba eso.

Extrañaba a mis padres cada día, pues me dejaron demasiado pronto; me los quitaron cuando más los necesitaba y me tocó avanzar por mi cuenta a prueba y error, sin haber aprendido lo suficiente para sobrevivir. Viéndome obligada a caer y a levantarme en incontables ocasiones.

Me hice a base de sufrimiento y lucha, sin embargo, había algo en lo que opinaba igual que Amelia: yo también sería capaz de repetir el proceso si el resultado fuese el mismo, porque tener a mis pequeños, verlos crecer y ser felices, valía cada dolor y pérdida, cada bala y traición, cada lágrima y cada una de las tormentas que me tocó vivir.

—Sí, mucho, pero los tengo a ustedes, a Leah y ahora al pequeño Dasher —les aseguré con una sonrisa.

—Y a papito, mami —añadió Aiden con emoción.

—Y a Somba —agregó Daemon y reí junto a ellos.

«Bien decían que las pequeñas cosas eran las que te hacían disfrutar la vida».

Y por fin podía comenzar a respirar y vivir en paz.

Esos meses me lo confirmaron, pues tras acabar por fin con los Vigilantes, las cosas estaban volviendo a su auge natural.

Nuestra gente había acabado con cada enemigo, no les dimos tregua ni derecho a cárcel, puesto que ya no creíamos en ese tipo de justicia. David Black huyó con su familia y por supuesto que la Bratva intentó cobrarnos la muerte de Hanna, o Vanka. No obstante, Elijah se encargó de hacer una tregua con los griegos, en la que les prometió cierta inmunidad si ellos se ocupaban de hacerles entender a los rusos que, los únicos culpables de que asesináramos a esa tipa fueron Lucius y su hermano, ya que ellos jamás le dieron la protección que le prometieron al *sovetnik* de la mafia roja.

Además de eso, cerró el trato con la promesa por parte de los griegos, de que le quitarían todo el apoyo a David para que no volviese a levantarse ni a reactivar a los Vigilantes en Estados Unidos, si él llegaba a buscarlos. Y con tal de conseguir que no se fueran a echar a atrás, tuvimos que ayudarle a Cillian O'Connor a que recuperara su poder total y que de esa manera se convirtiera en el aliado más fuerte de Andru y Raptis.

El irlandés estaba de nuestro lado más por honrar a Amelia, y porque le convino el apoyo que le dimos para que levantara su imperio farmacéutico.

Tres semanas atrás nos habíamos reunido con el presidente del país, pues por una u otra razón nunca llegamos a hacerlo en el pasado tras cerrar el trato con ellos, así que en ese momento aprovechamos para mover nuestras fichas y que con eso Elijah (como Sombra), cerrara alianzas con los irlandeses y griegos, ya que tampoco íbamos a ofrecer algo que se nos saliera de las manos.

Durante todo ese tiempo, él y yo nos habíamos mantenido separados, de hecho, se fue a su apartamento para dejarme sanar por mi cuenta como se lo solicité, quedándome en compañía de los niños, puesto que Myles se fue de viaje con Eleanor y Tess se mudó con Dylan luego de que mi hermano la perdonara.

Solo nos habíamos visto en tres ocasiones, en la reunión con el presidente, en una junta con las élites y cuando sus padres y Tess solicitaron hablar con nosotros, y esos encuentros fueron suficientes para sentir la intensidad con la que me seguía adorando, a pesar de que yo no le diera oportunidad de acercarse a mí, con la intención de hablar sobre lo nuestro.

Eso me convirtió en el blanco favorito de las bromas de Ronin, quien a pesar de haberse recuperado por completo de su lesión, todavía no salía a misiones en las que tuviera que luchar por su vida de nuevo, por lo que se mantenía como mi escolta personal.

El maldito irrespetuoso aseguraba que yo me encerraba en la habitación, a llorar por Elijah, y no por los ojos, luego de que nos veíamos, alegando que incluso él sufría de erecciones por la tensión sexual que el Tinieblo y yo exudábamos. Y, aunque quisiera matarlo por eso, también agradecía seguirlo teniendo en mi vida, así fuera un insufrible.

Quién sí había salido a misiones peligrosas, era Isamu, debido a que Esfir volvió a necesitar de nosotros, esa vez para que la sacáramos a ella del Líbano, ya que su país le puso una diana en la espalda y no descansarían hasta matarla. Así que mi compañero se mantenía viajando entre Estados Unidos, Japón y el Medio Oriente; situación que me había dado cuenta que ponía a Serena con los nervios de punta, aunque la morena se mostrara como si no le importara el Sigiloso.

—Llegaste antes —le dije a Caleb cuando llegó a la mansión.

—Gibson me facilitó las cosas —comentó.

Ese día él se había encargado de sacar a Brianna y a su hija del país, aunque antes le colocaron un rastreador a la mujer (sin que ella se diera cuenta) para asegurarnos de que no volviese ni se acercara a nosotros. Y como mencioné antes, la única razón que evitó que la asesinara fue que me di cuenta que solo fue una víctima más de las escorias que la rodearon, además de que no dejaría a su hija huérfana.

—Por cierto, linda. Elliot me llamó para avisar que ya está todo listo para recibirte en la sede de California.

—Vale —murmuré.

Elliot se había regresado a Newport Beach un mes atrás, se llevó a Alice con él. Y, aunque no me lo debían, ambos me pidieron una disculpa. El ojiazul por haber liberado a Hanna y ella porque nunca se dio cuenta de que le facilitó la droga a la rusa loca.

«*Ya, cambia de trabajo porque ser camello no te llevará a nada bueno*».

Le había hecho esa broma para liberar la tensión y que ella dejara de sentirse culpable por algo que yo entendí que no hizo por dañarme.

Tal vez no nos habíamos llevado bien por todas las cosas que se dieron entre nosotras, pero me sentía feliz porque notaba que amaba a Elliot como siempre deseé que lo amaran, pues mi ojiazul se merecía una mujer que también lo mereciera a él.

«El hombre que te dio más rosas que espinas».

Sí, aunque a mí me gustaran más las espinas.

«Estabas defectuosa, Colega».

Me reí de eso.

Debido a que yo pretendía tomarme unas largas vacaciones, Elliot seguiría encargándose de mi empresa en California, así como de la sede Grigori, sin embargo, les haría una visita para solucionar problemas menores. Dylan continuaría ocupándose del estado de Virginia, en mi nombre y en el suyo.

Por fortuna, el medicamento que Lewis le aplicó el día que lo drogaron, contrarrestó cualquier recaída que pudiese tener, así que mi hermano seguía manteniendo su locura orgánica. Un poco elevada por las mieles de la reconciliación con Tess.

La pelirroja nos había pedido perdón a Elijah y a mí, yo se lo otorgué porque no quería cargar con más odio en mi vida luego de mi última pérdida. Sin embargo, fui clara con que no la quería cerca de mí ni de los niños al menos por un tiempo.

Con Eleanor sucedió lo mismo, hubo perdón, pero también habría distancia, por eso Myles decidió irse de viaje con ella, además de que como pareja querían resolver muchas cosas. Y si dejaron la mansión a mi total disposición, fue porque ellos igual buscaban que mis hijos siempre estuvieran protegidos.

—Conque me tocará viajar a Italia muy seguido, eh.

Mi cuerpo entró en tensión al escuchar la voz de Elijah.

Me hallaba en la terraza de la que fue nuestra habitación. Decidí aguardar ahí mientras él se encontraba con los niños, aunque no esperé a que me buscara, ya que nunca lo hizo en otras ocasiones.

—¿Quién fue el pequeño chismoso? —pregunté sin atreverme a mirarlo.

«Ni siquiera te atrevías a respirar, Compañera».

Tragué con un poco de dificultad, escondiendo la mitad de mi rostro entre la manta con la que me cubría porque mi conciencia como la metida que era, hizo un señalamientos certero. No quería respirar porque su fragancia parecía tener feromonas para mí.

—Ni tan pequeña —aceptó y negué con la cabeza, suponiendo que la chismosa fue Maokko.

Había decidido regresar a Italia dentro de dos días, saldría desde California luego de la reunión con los Grigoris.

Dominik ya se había recuperado de su tercera operación en la pierna y él quería volver a su país natal, pues consideraba que seguir en la ciudad que se lo arrebató todo le impedía superar por completo su depresión. Por lo que tomé a bien acompañarlo para continuar ayudándole con Leah, además de que extrañaba el lugar donde más feliz fui, a pesar de que dejaría atrás a quien contribuyó a que fuera plena en su momento.

—¿Ibas a decírmelo? —preguntó, pero no hubo molestia en su tono, aunque sí tristeza.

—Sí, pero no sabía cómo hacerlo —admití.

Había intentado hablarle en muchas ocasiones desde que tomé la decisión, pero siendo sincera conmigo, sentí temor de hacer más real nuestra separación. Algo tonto, ya que él ni siquiera me buscaba cuando llegaba a la mansión para ver a los niños, tampoco me escribió o llamó por error.

«El Tinieblo se tomó muy a pecho lo de darte espacio».

Pues sí.

Y se lo agradecí el primer mes, aunque en el segundo comencé a desesperarme por tenerlo tan cerca pero tan lejos a la vez.

«Los dos eran unos idiotas».

O más bien estábamos aprendiendo a respetar nuestros espacios.

—Aquí estoy ahora y te lo he hecho fácil, porque ya sé que te irás con los niños —señaló y sentí que el corazón comenzó a golpear mi pecho con brusquedad—. Mírame, Bonita —pidió y la respiración se me aceleró cuando me tomó del brazo—. Dime, viéndome a los ojos, que quieres más distancia entre nosotros para que yo siga arrepintiéndome doblemente en cada segundo, por haberte dañado.

Apreté los labios cuando me atreví a alinear nuestras miradas.

Su manera de verme había cambiado tanto, que era capaz de leer en ellos lo que nunca vocalizó en nuestro tiempo juntos. Por eso terminé encerrada en mi habitación las veces que lo vi, y no para hacer lo que Ronin suponía, sino porque me era difícil soportar las ganas de correr hacia mi Tinieblo y pedirle que no me dejara de amar como lo hacía.

—¿Es eso lo que buscas? —preguntó.

Veía sus iris grises incendiándose de deseo y añoranza, lo mismo que yo experimentaba por dentro.

«¿Veías también lo hermoso y majestuosamente oscuro que se veía ante el paisaje de nieve impoluta que los rodeaba».

Estaría ciega si no.

Vestía todo de negro, queriendo reafirmar con eso el aura de peligro que siempre lo envolvía. Sus labios y mejillas estaban rojas por el frío y cometí el error de respirar, inhalando su aroma corporal y artificial, recordando con eso todas las veces que estuvimos juntos, desnudos, y respiraba de su cuello para embriagarme de él.

—¿Lo aceptarías si te digo que sí? —murmuré y me regaló un amago de sonrisa.

—¿Acaso no he aceptado el infierno por ti? —devolvió y me mordí el labio—. ¿Acaso no dejé de ver el humo porque todo contigo se convirtió en fuego? ¿No significa nada que incluso acepte la muerte? —No sé ni cómo soporté las ganas de llorar—. ¿Qué es un poco más de espacio entonces?

Alzó la mano para acariciarme el rostro, pero me alejé de él.

Caminé hacia el interior de la habitación porque mis sentimientos revolucionados, los nervios y adrenalina de esa batalla consiguieron que el frío fuera insoportable. Elijah me siguió, indispuesto a darme una tregua, volviendo a ser el hombre obstinado que, así me concediera más espacio, no me lo daría sin antes luchar una vez más.

Y jamás lo justifiqué por lo que me hizo, tampoco busqué excusas para el daño que yo le ocasioné al juzgarlo sin darle una oportunidad de explicarse, e incluso apuñalarlo sin remordimiento porque muriera.

Me creí dueña de su vida, también me equivoqué. Ambos fuimos retorcidos y tóxicos porque fue la manera en la que nuestro mundo nos enseñó a amarnos. Pero no negaría jamás que, así otro llegara a amarme, nunca se igualaría a la forma en la que me amaba mi villano. Con egoísmo o lo que fuera, él ya había quemado el mundo por mí y congeló ese infierno terrenal que quiso mantenernos separados.

Y ese tiempo alejados me hizo darme cuenta de que no podía amarme a mí sin amarlo. Y lo que deseaba que aprendiera, podíamos hacerlo juntos.

«Aleluya».

—¿Quieres más espacio? Concedido, Pequeña —zanjó y me tomó de la cintura para que no siguiera caminando lejos de él—. Pero te irás sabiendo todo de mí, ya no quiero que supongas nada, necesito que cuando estés lejos de mi órbita pienses en lo que me hiciste.

Me había mantenido de espaldas, pero me giré cuando dijo eso.

—¡Yo no te hice nada! —aseveré y rio con ironía.

—Aseguraste que nuestros enemigos te crearon a su imagen y semejanza, pero no te diste cuenta de que tú también me deshiciste y luego me volviste hacer a la tuya —Lo miré sin saber qué decir—. Te convertiste en pecado y muerte, y a mí en un pecador adicto a esa mortandad.

«Bendito Dios».

—Elijah —susurré.

Mi sangre se sentía como aguanieve recorriendo mis venas, haciendo que dolieran. Y el corazón ya me había subido a la garganta.

—Llegaste a mi vida hace más de cinco años como una inocente chica que se adueñó de ella con una sola mirada, Isabella White. Hiciste tuyo a este hijo de puta que jamás quiso pertenecer a nadie más que a sí mismo —Di un paso hacia atrás cuando él lo dio hacia adelante—. La primera vez que estuviste en mi cama la llevo tatuada en mi memoria, ¿sabes por qué?

No me dejó responder. Y no lo habría hecho igual porque las lágrimas se atoraron en mi garganta junto a mi corazón.

—No porque te hice mía, sino porque te vestiste con mi camisa y luego te sentaste sobre tus rodillas, viendo aquel cuadro de las piezas de ajedrez y, cuando giraste el rostro con inocencia para mirarme, me diste el jaque mate, *meree raanee*.

Jadeé y apreté los labios al sentir que estos me temblaban. Intenté decirle algo, pero él me tomó del rostro y puso sus pulgares sobre mi boca.

—Desde entonces te he adorado con mis defectos, Castaña hermosa y…, siempre que he tratado de decirte todo esto que me haces sentir, las palabras que llegan a mi cabeza no son suficientes.

—Dios —murmuré ahogándome porque ya no podía respirar.

—Me estremeces con solo mirarme, me derrites únicamente tocándome. Me quemas, Pequeña, pero a la vez me haces sentir el hijo de puta más poderoso del mundo. Y sé que solo te he dañado con esto tan inexplicable que me despiertas.

No pude moverme, simplemente lo miré, lloré y traté de no morir por no respirar.

—Pero, no sé adorarte de otra manera. Yo soy esto, pequeño infierno. Acéptame, por favor —suplicó y ni morderme el labio bastó para contener el temblor de mis sollozos—. Acéptame con mis demonios, defectos y oscuridad y te prometo por mi vida que haré cualquier cosa para seguir siendo tu amor o tu sacrificio.

«Ahora comprendía por qué te gustaban más las espinas».

—Quiero que nuestras almas se acaricien igual que nuestras sombras, Elijah —acepté.

Noté el tremendo alivio en sus ojos y rio, pero segundos después cerró la distancia entre nosotros y me besó.

Al principio me quedé inerte, con los labios cerrados porque olvidé cómo moverlos; me congelé de miedo y emoción al sentirlo después de tanto tiempo negándome a él. Sin embargo, Elijah no desistió y exigió una respuesta.

Lo hizo tan severamente que me obligué a corresponderle y pronto ese beso se ahondó más. De lánguido a devastador en un solo segundo, era como un fósforo encendido y arrojado a un cuerpo empapado de gasolina.

Fuimos en cuestión de minutos un infierno rugiente; los pensamientos comenzaron a descarrilarse, nada importaba salvo el ahí y el momento exacto; el hombre, mujer y pasión. El pasado se fugó, nuestras bocas exigían, festejaban. El aliento se entremezclaba, tibio, luego caliente, después abrasador.

La pasión comenzó a desgarrarse hacia abajo, construyéndose de nuevo hacia arriba y pronto la ropa se esfumó, dejando de ser un estorbo entre nuestros cuerpos que ardían y se aclamaban; las manos alabaron nuestra piel en una perfecta sintonía y cuando caímos a la cama, ninguno de los dos supo más donde comenzaba uno y terminaba el otro. Me adoró de pies a cabeza con su boca y sus tatuajes fueron trazados completamente con mi lengua, avivando el color de la tinta y añadiendo el brillo que necesitaban.

Nuestros gemidos y jadeos se convirtieron en un coro divino. El miedo que el pasado creó quedó en el olvido, el dolor del daño infligido consciente o inconscientemente desapareció, el vacío inmenso en nuestros pechos se llenó, la oscuridad de nuestras almas comenzó a colmarse de luz y con la luz, se borró el odio del ayer y el miedo del mañana, quedando solo el amor y la pasión del ahora.

Y al fin éramos solo él y yo, demostrándonos que había valido la pena haber luchado contra el hielo, contra la oscuridad y ser pasados por el fuego más abrasador.

«Convirtiéndose en ese instante, en uno solo… Un solo corazón de fuego».

Elijah tocó el punto exacto de mi núcleo con sus dedos, con la lengua, con su pene. El primer orgasmo llegó mientras yo estaba acostada de espaldas en la cama, el segundo tumbada sobre mi estómago, el tercero sobre mis manos y rodillas, el cuarto mientras hacíamos una unión perfecta entre el seis y el nueve; el quinto estaba a punto de lograrse con él sentado y yo sobre su regazo, meneando mis caderas, penetrándome a mí misma y él siguiendo mi ritmo.

Nuestras bocas no se abandonaban, sus manos se turnaban entre acariciar mis nalgas, mi espalda, subía a mi cuello, tomaban mi cabello y luego bajaban a mis pechos; el sudor nos había bañado, las sábanas fueron empapadas, mis rodillas se impulsaban en el colchón y mis pies se anclaban a sus piernas para hacer de aquel movimiento balanceado; arriba, abajo, arriba de nuevo y otra vez abajo, cada vez golpeando con más intensidad, cada embestida siendo más fuerte que la otra y mis uñas haciendo un nuevo tatuaje en sus hombros, así como sus manos trabajaban duro para tatuar sus caricias en mi cuerpo.

Las promesas hechas antes, de nuevo estaban siendo cumplidas.

—Eres fascinante —susurró en mi oído—, eres mi paraíso, Bonita —siguió y eso aumentó mi libido—. Y hacer el amor contigo es la bendición más grande que obtengo a pesar de ser un vil pecador.

Ambos gemimos cuando mis movimientos se intensificaron, abrazó mi cintura con fuerza y comenzó a marcar su ritmo.

—Y aquí, mientras te hago mía vuelvo a pedirte perdón por todo el daño que te hice —Me penetró con más fuerza al decir todo eso—. Solo confírmame que no es tarde para nuestro eclipse —suplicó.

Lo hizo sin dejar de hacerme el amor, porque sí, estábamos haciendo el amor.

Tres penetraciones más y miles de sensaciones comenzaron a agruparse en mi vientre.

—No, no es tarde para nosotros —afirmé segura, sin titubear— porque te amo, Elijah Pride —dije mientras mi quinto orgasmo me arrasaba por completo, haciendo de ese último y con su declaración, el más perfecto de todos.

—Y yo a ti, amor —respondió lo que jamás esperé—. Te amo como te aman cada uno de mis demonios —Las lágrimas de felicidad pura salieron de mis ojos mientras me corría y sentí cuando él también comenzó a correrse dentro de mí—. Tú eres y siempre serás el amor de mi vida, Castaña terca. Y voy hacer que esto dure para siempre, que cada día desees ser más mía que tuya.

—Nunca he dejado de desearlo.

—Por eso te amo, Pequeña. Te amo con rojo fuego.

«Te amo».

Palabras dichas por muchos y sentidas por pocos. Y ahí estaba él, un hombre que jamás utilizó esas frases en vano, un cabrón que demostraba el valor verdadero de aquella declaración tan añorada.

Ese te amo era el más real que escuché en la vida porque sabía que fue solo dicho por primera vez, única y exclusivamente para mí.

Y luego de aquel momento la magia siguió, Elijah se quedó a mi lado, disfrutando de la noche de invierno, susurrando en mi oído cosas hermosas, dándome motivos para seguir adelante y yo riéndome de sus intentos para que no me arrepintiera y le daba la razón en algo: a veces las palabras no eran necesarias para explicar lo que en verdad se sentía, pero oírlas de un hombre como él, fue, era y siempre sería mágico.

«La historia de Isabella White y Elijah Pride seguiría».

Dándole final a una etapa oscura y comenzando una de luz».

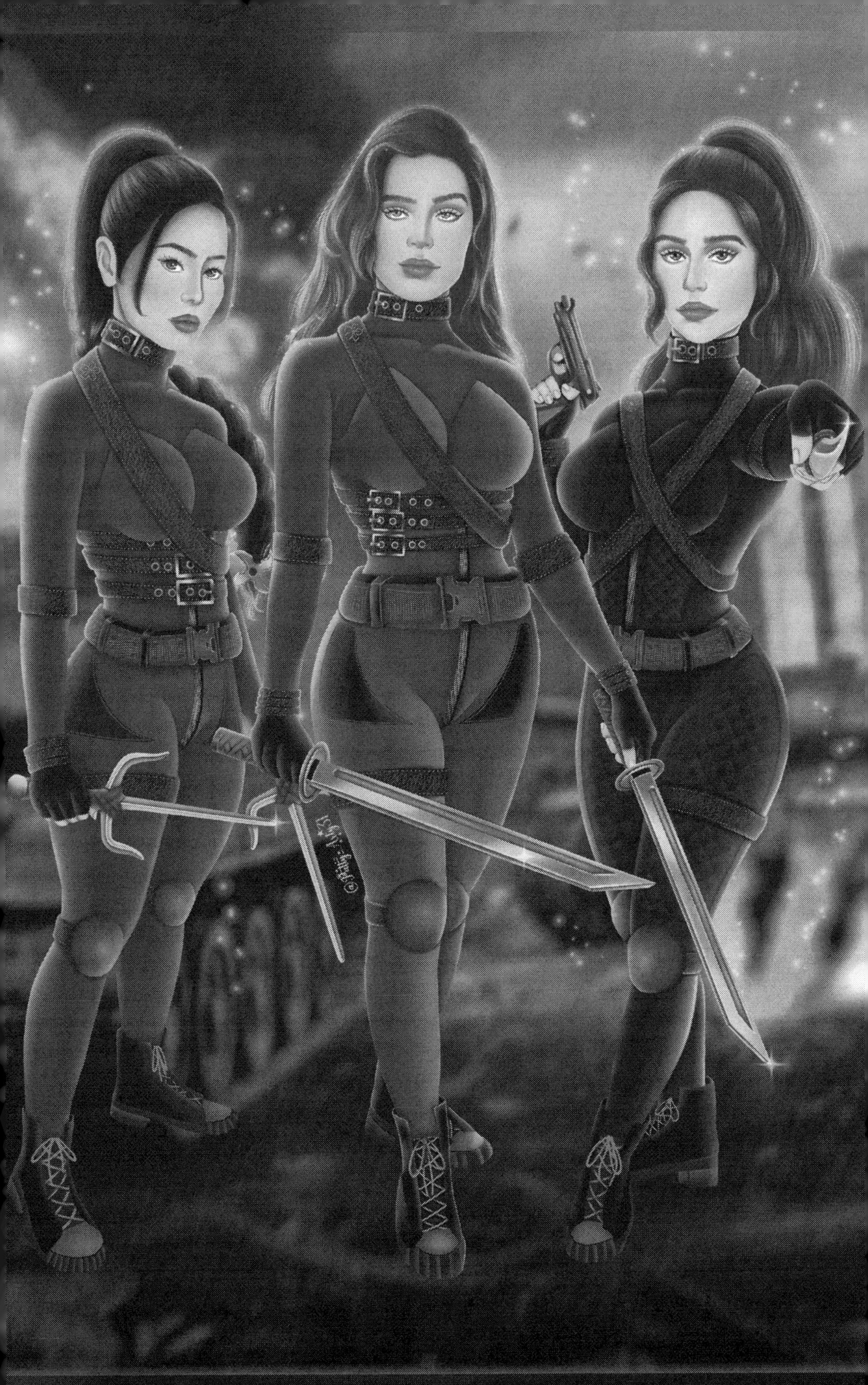

EPÍLOGO

ELIJAH

Las élites no eran únicamente personas que se encargaban de cuidar nuestras espaldas, también eran compañeros, amigos, gente en la que sabíamos que podíamos confiar a ojos cerrados. Por eso, merecían estar con nosotros tanto en las buenas como en las malas. Razón por la cual nos acompañaban esa noche.

Isabella había cumplido sus veintitrés años meses atrás, pero debido a que la muerte de Amelia era muy reciente y, a que acabábamos de mudarnos de regreso a Florencia, evadimos la celebración con los amigos. Sin embargo, hace dos semanas conseguimos superar una crisis con Daemon, lo que nos hizo terminar agotados y realmente necesitados de una noche en la que pudiésemos distraernos y relajarnos.

Yo le propuse un encuentro sexual a la Castaña, en una cabaña cerca de nuestra casa, pero la entrometida y bocazas de Maokko nos escuchó y me juró que si volvía a llevarme a mi chica a un lugar como ese, me arrancaría las bolas con las uñas.

Me reí de la amenaza, aunque era consciente de que la cabrona lo cumpliría.

Ella había terminado proponiendo una noche entre amigos y en cuanto aceptamos sin rechistar, se puso en contacto con Laurel y ambas prepararon una pequeña fiesta sorpresa para Isabella, sin muertes esta vez, sin temor a los enemigos, sin nada malo que se interpusiera y sobre todo, sin novios queriendo lucirse como príncipes, viajando desde lejos para dar una sorpresa.

Vaya días aquellos.

Fabio les había ayudado a Maokko y Laurel con el plan, de nuevo utilizando su cercanía con el dueño del club, así que reservaron todo el segundo piso del local, conscientes de que un privado no sería suficiente para los Grigori, Sigilosos y Oscuros.

Mis padres también llegaron a visitarnos, así que ellos se encargaban de cuidar a los niños (ya que Lee-Ang se había ido a vivir con Dominik para hacerse cargo de Leah, por orden de Isabella, aunque intuía que también porque la asiática dos se encariñó demasiado con la niña), las élites de padre los resguardaban sanos y salvos en el lugar, pues, a pesar de que todo era tranquilidad desde que nos deshicimos de nuestros mayores enemigos, no pretendíamos confiarnos de nada.

—¡En lugar de que nos tortures así, te llevaré a mi casa a ver Netflix! —gritó un tipo en la primera planta—. ¡Así ocupo tu boca para algo más placentero!

—Vaya hijo de puta —comentó Lewis a mi lado.

Apreté los puños al ver al malnacido riéndose con su grupo de imbéciles, celebrando lo que le gritó a White, pues ella era la que cantaba en ese momento, en el karaoke del cual se adueñó junto a las demás mujeres de nuestras élites.

—Vayan por esa mierda y córtenle la lengua —demandé para él y Belial.

—¡¿Hablas en serio?! —inquirió Darius, incrédulo por lo que pedí—. Ha sido solo un juego entre chicos jóvenes e imbéciles.

—¿Siquiera sabes lo que propone con eso? —le preguntó Dylan con una risa burlona.

—Pues eso, que vean alguna película, serie o algo —respondió Darius y bufé, negando con la cabeza. Los demás soltaron algunas carcajadas porque el idiota solo tenía la apariencia de chico malo, por lo demás, seguía siendo demasiado inocente—. ¿Cuál es el chiste? —se quejó.

—Tú lo eres —le dijo Evan.

—Quiere llevar a la reina a que se la chupe, idiota. Mientras él ve Netflix… ¡Puta madre! —se quejó Owen cuando Connor le dio un golpe en la cabeza, tras explicarle a Darius por qué era un chiste.

—No era necesario que fueras tan específico —le dijo Connor y me señaló con la barbilla para que Owen se diera cuenta de lo mucho que me molestó su aclaración.

—¿En qué momento piensan ir a ejecutar lo que les pedí? —espeté para Lewis y Belial.

—Creo que es mucho lo que quieres, basta con darles una advertencia —comentó Marcus.

Caleb, Ronin e Isamu se mantenían como espectadores, riéndose con Fabio por lo que veían.

—Por menos ha matado, viejo. ¿Qué esperabas? —murmuró Belial, dándole una palmada a Lewis en el hombro para que se pusieran en marcha.

—Voy a unirme a ustedes esta vez. Me hace falta un poco de acción —avisó Isamu yéndose detrás de ellos.

—Procuren alejarlo lo suficiente de aquí, porque no quiero problemas con Jeff —recomendó Fabio, refiriéndose a su amigo dueño del club.

—¿*De verdad harán lo que les pides?* —cuestionó Ronin, incrédulo de que aquellos tres se fueran por el hijo de puta que quiso pasarse de listo con mi chica.

—Si no lo hacen, ellos terminarán sin lengua, *kanmi*[13] —respondió Owen por mí.

Vi a Ronin medio sonreír, al asiático le gustaba más de lo que admitiría en voz alta, que el mellizo lo tratara de esa manera. Con Isabella sospechábamos que esos dos ya tenían algo serio, pero ninguno lo aceptaba. White se había indignado con su amigo por no decirle la verdad con respecto a ello y hasta quiso convencerme de que lo averiguara yo por mi cuenta.

Sin embargo, le dejé claro que haría todo por ella. Incluso volver a quemar el mundo de ser necesario, pero no sería un cotilla, pues había límites que no cruzaría. Y por supuesto que también terminó indignada conmigo por eso.

—Isa va a matarte si se entera de lo que has ordenado —advirtió Caleb y me encogí de hombros.

—Nadie va a decírselo —zanjé y lo miré con advertencia.

—Estoy tentado a hacerlo yo únicamente para que te quede claro que jamás seguiré una orden tuya —admitió y bufó una risa.

Definitivamente ese rubio jamás sería mi favorito de La Orden.

Y menos mal Belial, Lewis e Isamu regresaron antes de que las chicas decidieran dejar lugar para alguien más en el karaoke. Laurel y Serena eran las más sedientas, pues se adueñaron de aquel micrófono como si su intención hubiera sido en realidad gritar un par de cosas a través de las canciones, que no podían decir con palabras.

Jane, Tess y Lilith se la habían pasado más riendo en el escenario. Y Maokko con Isabella nos sorprendieron en su momento porque hicieron un dúo, cada una cantando en su propio idioma.

—¿Acaso quieres que te meta en el baño para recordarte cuánto te encanta mi polla? —le susurré a Isabella en el oído, justo cuando aquella mesera que utilizó meses atrás para darme celos, llegó con más bebidas y le sonrió al reconocerla.

Vi a mi pequeño infierno morderse el labio antes de sonreír con picardía, pues entendió por qué dije lo que dije. Y, aunque no negaría que me provocaba celos que alguien más la mirara con malicia, había muchos aspectos en nuestra relación en los que trabajábamos juntos, y ciertas cosas que ya tomábamos como juegos de provocación para terminar follando a lo bestia.

Sin embargo, Isabella llegó a comprender que, aunque confiara en ella (porque lo hacía), mi posesividad era algo innato en mí y moldearme me tomaría más tiempo del que se suponía. Por eso pedí que le dieran un escarmiento a aquel hijo de puta que le gritó antes. Ya que incluso ni volviendo a nacer, sería el príncipe azul con el que muchas soñaban.

Yo era el villano, el rey oscuro de mi reina.

—¿Y vamos a invitarla a ella? —Alcé una ceja cuando me hizo esa pregunta, viendo el brillo divertido en sus ojos miel.

—Joder, Pequeña. Así sea la fantasía de muchos, no soportaría ver que ella te pusiera las manos encima —acepté y soltó una carcajada.

—Ni yo, tonto. La pobre terminaría sin manos si llegara a acariciarte así fuera por descuido —confesó y sus palabras consiguieron que la sangre se concentrara en mi polla.

---

13 Dulzura.

—Ahora quiero hacerlo únicamente para verte en modo sádica —musité en su cuello.

—¡Ya! Compórtense —nos regañó Laurel haciéndonos reír a ambos.

—Muero de hambre —gruñó Lilith, ella estaba sentada sobre el regazo de Belial.

—Hay un restaurante 24/7 cerca de aquí, podríamos ir, ya que yo también tengo mucha hambre —propuso mi hermana y todos asintieron.

Con ella las cosas iban mejorando poco a poco. Dylan había influido mucho en eso, siendo sincero, ya que por muchos meses guardé resentimiento por la pelirroja, a pesar de saber que lo que me arrebató no fue porque quiso, sino porque Hanna la manipuló igual que a madre. No obstante, para mí no era fácil olvidar de la noche a la mañana que me asesinó un hijo y por poco me quitó a Isabella.

Pero como madre sugirió: íbamos paso a paso. Y que estuviera ahí demostraba mi buena voluntad de seguir andando por ese camino.

—¿Es en el que sirven esos mojitos deliciosos? —preguntó Serena con emoción.

—Los favoritos de Isa —recordó Jane tras el asentimiento de Tess en respuesta a Serena.

—Vamos y disfrútenlos por mí —las animó White.

—¡Aguafiestas! No has querido beber nada de licor esta noche —se quejó Maokko.

—Pero sí que se ríe de nosotras —añadió Laurel, refiriéndose a las tonterías que hacían por estar achispadas.

Abracé a la Castaña y la atraje hacia mi cuerpo. Yo también me di cuenta de que rechazó todas las bebidas y se la pasó a base de agua, pero cuando le pregunté qué le sucedía, se limitó a responder con que no le apetecía emborracharse.

—¿Entonces? ¿Vamos a comer algo? —preguntó Caleb y se puso de pie.

—Yo paso, debo volver y descansar un poco antes de mi viaje —declinó Isamu.

Serena evitó mirarlo, se habían estado ignorando más de lo normal en las últimas semanas, aunque no sabía si era porque entendieron que jamás podrían llevarse bien, o porque el asiático se estaba dedicando personalmente, y concentrando, en la chica libanesa a la que sacaron de su país tiempo atrás.

A Lewis le había caído de maravilla esa situación.

—Yo también paso, debo estar mañana temprano en la clínica, así que necesito dormir un par de horas —replicó Fabio.

Todos los demás aceptamos ir a comer, agradecidos de que el restaurante estuviera poco concurrido, pues nosotros llenamos casi la mitad del espacio.

—Es increíble estar todos juntos en un momento como este, y no porque exista una misión de por medio —celebró Jane. Ella y Connor se casaron meses atrás, sin fiesta ni invitados, solo ellos dos en un viaje que hicieron a las Vegas; y me alegraba por ellos, pues cumplieron su mayor sueño y se les veía felices.

Y tal cual comentó: estábamos todos juntos, aunque no se negaba el vacío de aquellos que la vida nos quitó. Incluso dolía la ausencia de Jacob, a pesar de que él nos había traicionado.

Visité su tumba el día que sepultamos a Amelia y seguí el ejemplo de la Castaña con su hermana, pues decidí comenzar a otorgarle mi perdón, pensando en él como el hermano que lo consideré, recordando los buenos momentos que pasamos juntos, las incontables veces que me ayudó, que estuvo para mí; reconociendo que su error más grande fue amar hasta el punto de cegarse y dejarse engañar por un malnacido.

Sin embargo, los nuevos inicios tenían que comenzar por dejar el pasado a donde pertenecía.

—*¿Por qué tu hermano no vino?* —le preguntó Ronin.

—De seguro porque te tiene miedo —se burló Maokko de él.

Isabella le tradujo a Jane la pregunta de su compañero y ella rio al entender mejor la respuesta de Maokko, pues para nadie era desconocido que a ese asiático le divertía seducir a Cameron, aunque a Owen eso no le hiciera ni puta gracia.

—Se está haciendo cargo de la apertura de nuestra nueva tienda, aunque estuvo a punto de venir él y dejarme a mí con eso. Pero ya antes se había tomado unas vacaciones, por lo que le tocó quedarse con las ganas de estar aquí —explicó Jane.

Me había sorprendido demasiado el día que Isabella me comentó que su amiga y Cam abrirían un sex-shop, ya que podía imaginar al último en un negocio como ese, pero no a la miedosa. Sin embargo, la Castaña me recordó que aquellos juguetes con los que un día me provocó, fueron regalos de Jane, por lo que mi sorpresa era injustificada.

—Han sido solo unos meses, pero siento que demasiadas cosas han cambiado en este tiempo, ¿no les parece? —indagó Evan.

Con la tranquilidad y la paz del momento, llegaron los avances a nivel personal para todos. Evan por ejemplo, aparte de ser socio con Connor en la empresa que ya poseían, decidió comprar el gimnasio de Bob cuando el viejo lo puso a la venta, alegando que ya quería jubilarse. La nostalgia por nuestros días vividos allí hizo que mi amigo lo adquiriera, y de paso, pensaba abrir otros para inmiscuirse también en el negocio del *fitness*.

—¿Han cambiado también en el amor? —le preguntó Serena, pues él seguía soltero.

La chica con la que lo vi en algunas ocasiones había sido algo pasajero según noté.

—Sinceramente, me siento bien con el momento que estoy viviendo, así que no me hace falta —respondió y vi a Isabella darle un codazo a Ronin, antes de que este fuera a soltar algunas de sus guarradas e impertinencias.

—¿Y qué pasa contigo, cariño? —le preguntó Caleb a Laurel. Ellos se hablaban de esa manera luego de aquella *noche de chicas* en la que la pelinegra quiso flirtear con él—. ¿Qué harás ahora que te has graduado?

Se había titulado hace una semana de hecho.

—Pretendo ser como una estrella fugaz y viajar a distintas partes del mundo por un tiempo —explicó con orgullo, haciéndonos reír—. El estudio me agotó, tengo mis ahorros y antes de esclavizarme con un trabajo, voy a conocer nuevos rumbos y a disfrutar —añadió.

Noté que Darius la miraba como un idiota embobado y, aunque no me convenía burlarme, tampoco desaprovecharía mi momento para vengarme de él, por todas las veces en las que pretendió tomarme de su payaso.

—¿Y tú qué piensas hacer? —lo chinché y sonrió.

Fue una de esas sonrisas que siempre tenía cuando estaba a punto de soltar alguna idiotez.

—Me metí hace poco a la universidad.

Eso nos sorprendió a todos.

—¡Felicidades! ¿Qué estudias? —halagó Tess para luego preguntar.

Nos intrigaba su respuesta.

—Astronomía —soltó con orgullo.

Sabía que no podía dejar de ser un imbécil.

Isabella rio al comprender la tontería de su hermano, Laurel, por increíble que fuera, se puso nerviosa y todos los demás se quedaron con la lucha interna entre creerle o no, al adolescente de Darius Black.

—Seguro te encanta esa carrera —se burló Lilith, ella también entendió la tontería del tipo.

—Claro, sobre todo porque mi primera tarea es estudiar a una estrella fugaz e intentar atraparla.

Todos nos reímos, incluso Laurel, después de fulminarlo con la mirada.

Ella se había resistido a él durante un buen tiempo y cuando me acerqué para hablar de lo que pasaba, su única respuesta fue que los demonios de su pasado estaban persiguiéndola.

Estuve allí para mi amiga, le hablé por mis propias experiencias y la animé a seguir, por eso fui el único que comprendió su decisión de viajar, siendo testigo de lo que sufrió, sabiendo su verdadera historia.

Laurel no solo quería descansar, también necesitaba escapar.

Pedimos nuestra comida después de reírnos por las cosas que a Darius se le ocurrían, Isabella optó por una porción de pie de limón, y entre risas, bromas y pláticas, pasamos la madrugada en aquel lugar hasta que la mañana llegó y el sueño amenazó con dejarnos tirados en cualquier momento.

—Iré por un café, ¿quieres uno? —le pregunté a Isabella dirigiéndome a la cocina, cuando llegamos a casa.

—Mejor me llevas agua, por favor. Necesito ir al baño —respondió y asentí.

Se fue corriendo escalones arriba, con sus zapatillas en la mano. Incliné un poco mi torso cuando subió un poco más, para tener una mejor vista de sus piernas, y comprobar si... Mierda. Estaba en lo correcto, no usaba bragas.

Sonreí y fui rápido por la botella de agua que me pidió, dejando de lado el café en el momento que el demonio entre mis piernas reaccionó ante tal maravillosa vista.

Corrí detrás de mi hermosa pantera tras eso, con la intención de demostrarle cuánto la necesitaba, pero me preocupé cuando entré a la recámara y escuché sus arcadas en el baño.

—¡White! ¿Estás bien? —inquirí entrando al cuarto de baño, cogí su cabello y la ayudé mientras se doblaba en el váter, vaciando su estómago. Ella ni siquiera había bebido para que estuviera en ese estado—. ¿Será que el pie estaba en mal estado?

—Sal de aquí, por favor —pidió con dificultad en lugar de responder y negué.

De ninguna manera la dejaría sola.

—¿Qué sucede, Bonita? —cuestioné de nuevo. No respondió, en lugar de eso se puso de pie con mi ayuda, notando que estaba actuando extraña.

Llegó al lavabo y tras abrir la llave del agua se mojó el rostro y luego se lo lavó con agua y jabón, cepilló sus dientes y casi se acabó el enjuague bucal.

—Ya, deja eso —pedí—. Y no le des más largas al asunto porque no desistiré hasta que me respondas.

La tomé de la cintura y comencé a besar su mejilla hasta llegar a su boca, sin que ella pudiese evitar tal cosa por la incomodidad que le provocó haber vomitado. No sentía asco de absolutamente nada con White y bien sabía que era capaz de besarla aun así no se hubiese cepillado antes.

¿Asqueroso? Tal vez si fuese otra persona, pero era Isabella, mi Castaña, la mujer que logró acabar con mis miedos y a la que decidí entregarme en cuerpo y alma.

—¿Qué pasa, White? —susurré y aparté el cabello que se pegó en su frente—. Sé que algo te sucede, no digas que nada —advertí—. No estás comiendo bien, has perdido peso y ahora vomitas. Me estoy preocupando —admití y besé su frente—. ¿Dime qué tienes? —pedí de nuevo.

—Tengo... —Inhaló aire profundamente y comencé a asustarme—. Tengo a un nuevo bebé en mi vientre —confesó asustada y exhalé un suspiro lleno de alivio.

—¡Demonios! Me habías asustado —solté sacando el aire retenido y reí.

Me miró frunciendo el ceño, separándose un poco de mí.

—¿Sólo dirás eso? —preguntó y me descolocó.

¿Qué le iba a decir? Dijo que tenía un nuevo bebé en su... ¡Un nuevo bebé!

—¡Mierda! —exclamé— ¡¿No me estás mintiendo?! ¿White, estás embarazada? —Estaba soltando preguntas casi sin respirar porque, en cuanto caí en la cuenta de lo que me dijo, sentí que mi mundo giró a mil por hora.

—Tengo ocho semanas —añadió y reí con nerviosismo.

Mi pecho se hinchó de emoción y orgullo. Reía y no sabía si hasta estaba llorando, todo era demasiado para mí y sin esperármelo yo mismo, caí de rodillas.

—¡Joder! —clamé agradecido, viendo su vientre todavía plano—. ¡Al fin, *meree raanee*! —susurré y cuando miré hacia arriba, ella estaba llorando y acarició mi rostro—. No sabes lo feliz que me haces, Isabella —aseguré lo que no me cansaba de decirle—. Me harás papá de nuevo.

Comencé a besar su abdomen tras mis palabras llenas de una emoción inefable, y subí hasta sus pechos cubiertos por el vestido que usaba, llegando a su boca.

—Gracias —murmuré entre besos.

—Gracias a ti por estar aquí, para mí —Negué con la cabeza.

El único que tenía que agradecer era yo. Y no me cansaría de hacerlo jamás, sobre todo porque al fin me daría la oportunidad de verla con su vientre abultado, de estar con ella en ese proceso, disfrutando juntos de una etapa que se nos negó con las copias. Y juré que iba a consentirla en cada jodido antojo que tuviera.

—Tenemos que festejar esta noticia —aseguré, besándola luego de que ella alzara los brazos para que le sacara el vestido, adorando su cuerpo tal cual lo merecía, llevándola a la cama y recostándola en el colchón con cuidado—. Le daremos la noticia a los niños y a todos los presentes en esta casa.

—¿Por qué también a ellos? —preguntó y jadeó cuando lamí uno de sus pechos.

—Quiero que todo el mundo sepa que de nuevo seré padre, que mi preciosa Castaña por fin me lucirá su hermosa barriga —aseveré y rio.

Y luego de las risas llegaron los gemidos y jadeos, esos que me volvían loco y más aún, con la felicidad que hinchaba mi pecho en aquel instante, con el nuevo ser que sería parte de nuestras vidas.

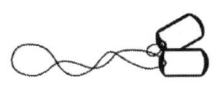

Siete meses después...

—¡*Eres un idiota, Elijah!* —Me alejé el móvil de la oreja luego de aquel grito que casi destroza mi tímpano— *¡Y Dylan igual! Díselo.*

—Te escucho, nena —señaló él a mi lado, mientras conducía.

—Ya, Tess. Ahora mismo vamos hacia allá, dile a Isabella que me espere —pedí preocupado.

—¡*Imbécil! Como si eso fuera fácil* —se siguió quejando y colgó.

—¡Mierda, viejo! Tienes que acelerar —le insté a Dylan y asintió.

Salimos temprano, le pedí a él que me acompañara a algo realmente importante, que era de vida o muerte para mí.

Para el siguiente día había preparado una cena especial en donde estaría toda la familia reunida (incluido los amigos) y necesitaba recoger lo que me hacía falta para que fuese perfecta, pero quería una última opinión y Dylan podía ayudarme. Sin embargo, no contaba con que Isabella decidiría adelantarse, o más bien, que mi pequeña decidiera fastidiar la sorpresa de su padre, demostrándome así que al igual que su madre, venía decidida a poner mi mundo patas arriba.

Porque sí, íbamos a tener una niña, mi propia princesa.

Y cuando decía «íbamos», hablaba de ya, lo que me tenía muy asustado.

Por error dejé el móvil en el coche, Dylan lo olvidó en casa y casi se nos fue toda la mañana en aquel centro comercial, ya que mi cuñado, al saber de qué se trataba en realidad aquella cena, decidió buscarse una mejor vestimenta.

Al llegar al coche encontré muchas llamadas de Isabella y luego más de Tess; y cuando devolví las de la Castaña y no me respondió, imaginé que estaba molesta porque odiaba siempre que no respondía. Tras eso le marqué a mi hermana y me puteó antes para después decirme que mi chica había entrado en labor de parto y la llevaron al hospital.

Miedo, nervios, culpa, felicidad, ilusión y muchas cosas más se formaron en mi interior, dándome así un cóctel de emociones que me idiotizaban.

Era la primera vez para mí, estaría en el parto y recibiría a mi pequeña, esa chiquilla que jodió mi cena, mis planes y se impuso con sus deseos de conocer el mundo, a mis deseos de cambiar mi vida, de dar un paso más en mi relación con su madre.

Isabella White.

Había comenzado a odiar su apellido.

—Así que la más pequeña de los Pride también quería estar presente en uno de tus grandes días —se burló Dylan, manejando y comiéndose algunas señales.

Las multas llegarían a casa por docena y no me importaba.

—Ves lo parecida que será a su madre —respondí con una sonrisa—. No ha llegado y ya puso mi mundo a sus pies, cumpliendo sus caprichos antes que los míos —añadí con cierto orgullo.

—Espero que mi hermana no te mate mientras esté dando a luz —deseó.

—Yo también, viejo, yo también.

Las copias se pusieron felices el día que les dijimos que tendrían a su hermana, Daemon fue el más eufórico y tuvimos que tratarlo con precaución, ya que noticias como esas no siempre eran saludables para él, pero por fortuna supo manejarlo bien. Luego le dimos la noticia a los demás y celebramos doble, dándome cuenta de que nuestros hijos eran los niños que más tíos tendrían, pues cada miembro de las élites se proclamaron como tal.

Y tal cual se lo prometí a la Castaña el día que me dio una de las mejores noticias de mi vida, cumplí cada deseo y antojo que tuvo, incluso dejé que me arrastrara a una sesión de fotos en la que quería que nos inmortalizaran juntos, con ella luciendo su barriga, ambos con los torsos desnudos. Una idea que por supuesto no me causó ni puta gracia, y no por mí, sino porque odié la idea de que le vieran los pechos.

Y por el bienestar del mundo, fue bueno que le pidiera a Jane que nos fotografiara.

Algunos de sus antojos fueron un tanto complicados, sobre todo ese que le dio a los seis meses de embarazo, en plena madrugada, de una pasta con camarones y salsa Alfredo. Los restaurantes ya estaban cerrados y en los supermercados únicamente encontré los ingredientes, por lo que me convertí en el hazmerreír de Belial y Lilith, ya que tuve que pedirles ayuda para que me prepararan la comida, pero la chica como la pequeña cabrona que era, en lugar de cocinarla por mí, me guio para que la hiciera por mi cuenta.

Ese día les juré a esos dos que los mataría si llegaban a decirle a alguien más por lo que me hicieron pasar, sin embargo, Isabella se encargó de hacerle saber a todo el mundo que su chico le cocinó, ya que ese hecho, al parecer, fue algo que le tocó ese corazón sensible que tuvo durante todo el embarazo.

Incluso lloró cuando le llevé el plato de pasta y le dije que lo había cocinado yo, sacándome un jodido susto porque creí que no le había gustado.

—No te pierdas, viejo. Ya estamos cerca.

Dylan me sacó de mis pensamientos y los nervios volvieron.

Madre me llamó justo cuando entramos a la calle del hospital, para decirme que pronto llegaría con los niños, puesto que ellos estaban muy emocionados e inquietos; y necesitaban estar con su hermana.

Padre y Tess estaban en la sala de espera y ellos me avisaron que Maokko y Lee-Ang se encontraban con Isabella en la habitación, así que me fui directo ahí, asustado al ver a unas enfermeras entrando.

—¡Hey, Bonita! Ya estoy aquí —Ella tenía los ojos cerrados, conteniendo una mueca de dolor—. Siento mucho no haberte respondido.

Negó con la cabeza, aliviada de verme, aunque enseguida ese gesto instantáneo se convirtió de nuevo en uno de dolor.

Mierda.

No sabía si era ella la que tenía que respirar profundo, o yo.

—Perfecto, cariño. El momento ha llegado —avisó una de las enfermeras.

—¡Oh, Dios! —se quejó la Castaña cuando tuvo una contracción más fuerte.

Maokko y Lee-Ang habían salido de la habitación para dejarme solo con ella y el personal médico.

—¿Qué hago para calmarte? —pregunté, pues la manera en la que sufría me estaba haciendo sentir impotente.

Porque era pésimo que una guerrera como ella demostrara lo insoportable, que supuse que era, lo que experimentaba.

—¿No pueden ponerle algo para el dolor? —indagué a una de las enfermeras y ella rio.

—Tu chica no quiso nada, cielo.

Miré incrédulo a Isabella.

—Ya… no lo entenderías —me dijo.

—Entiendo que eres una masoquista —señalé y ella rio, después gruñó—. ¡Demonios, Pequeña! —espeté y la cogí de la mano al verla retorcerse—. No volveré a embarazarte —juré y las enfermeras cabronas se rieron de mí.

—¡Aaah! —Ese fue el primer grito que le escuché y contuve mi dolor por la manera en la que apretó mi mano.

Un médico entró a la sala y casi me volví loco al verle abriéndole las piernas después de avisar que la revisaría. Definitivamente no volvería a embarazar a mi chica. Me negaba a que tuviéramos que pasar por eso de nuevo, por el dolor de ella sobre todo.

—Bien, Isabella. Tu pequeña está impaciente por salir, así que necesito que pujes más fuerte —pidió el doctor, metiendo más el rostro entre sus piernas.

Mierda, mierda y más mierda.

Gruñí, los demás creyeron que fue de dolor por el agarre de la Castaña, pero se debió en realidad a que me estaba conteniendo para no sacar a ese tipo del lugar donde solo yo podía estar. Sin embargo, tuve que hacer acopio de todo mi autocontrol y madurez, ya que era consciente de que el hombre únicamente hacía su trabajo.

—¡Aaah! —gruñó Isabella.

—Tú puedes, *meree raanee* —la alabé, besando su coronilla.

Puse el brazo en sus hombros e hice que me sostuviera de ambas manos. Su fuerza fue brutal en el momento que me tomó y supe que el agarre le ayudaba para impulsarse más.

Su gemido fue aún más fuerte, estaba empapada de sudor, sufriendo el dolor sin quejarse, sabiendo que con eso traería al mundo a nuestra princesa. Y… joder, no sé cómo demonios las mujeres se sometían a tal tortura con tanto amor y entrega.

Puta madre.

¿Cómo demonios nos atrevíamos a llamarlas el sexo débil? Si estaba más que claro que si ellas eran las que parían vida, es porque eran más fuertes que nosotros, ya que yo, un jodido orgulloso, en ese momento flaqueé únicamente con ver a mi reina en esa labor de parto.

Y entendí por qué la adoré con tanta facilidad.

—¿Cómo mierdas pasaste por esto con las copias? —me atreví a preguntar y ambos gruñimos esa vez, ella por la siguiente contracción y yo porque sentí que me quebraría los huesos de los dedos.

—Bien, ya está aquí, puja una vez más y esta vez que sea largo, Isabella —habló el doctor.

—Una vez más y te prometo que ya no te haré pasar por esto —la animé y a pesar de la bruma de su dolor y cansancio, sonrió.

—¡Oh, Dios! ¡Aaah! —gritó al pujar.

Mi corazón estaba tan acelerado, que no sé ni cómo no se me detuvo, o cómo conseguí seguir murmurándole palabras de aliento hasta que su fuerza cedió, su dolor se calmó y un pequeño llanto nos interrumpió.

Y dejé de respirar.

—Eso es, cariño. Miren qué hermosa niña.

El doctor tenía en sus manos a una pequeña cosa de piel oscura, en esos instantes, y cabello negro; la ahuecó en su pecho y me hizo llegar a ellos para cortar el cordón umbilical.

Las manos me temblaban, no solo por el dolor que el agarre de Isabella me provocó, sino también de nervios. Y no me dieron tiempo de ver a mi bebé, la enfermera se la llevó de inmediato para limpiarla. El llanto que seguía soltando estaba lleno de vida y a mí me embargó de felicidad.

—Ahora entiendes que hay dolores que valen la pena atravesar —musitó Isabella con la voz débil.

Me había estado observando, pero cuando yo lo hice ella cerró los ojos, echó la cabeza hacia atrás y vi su pecho subiendo y bajando con celeridad. Me acerqué para besarla y acaricié su rostro, notándola realmente agotada.

—Eres una cabrona, Pequeña —musité, halagándola en lugar de ofenderla con esa frase.

Era una hija de puta en todos los sentidos. Una reina capaz de ponerme a sus pies de muchas maneras.

—Hola, papito —La voz de la enfermera fingiendo ser una niña me interrumpió, llevaba en sus brazos a un pequeño paquete envuelto en mantas blancas—. ¿Quieres cargarla? —preguntó y asentí, pero no sabía cómo hacerlo.

Me sentía torpe y ella lo notó, sonriendo con comprensión e instruyéndome con amabilidad a cómo poner mis brazos para depositar en ellos, una pequeña cosa que me mostró lo que jamás imaginé.

¿Quién dijo que un hombre no podía enamorarse de dos mujeres a la vez?

¿Quién aseguró que no se podía amar a dos mujeres?

¿Quién era el que aborrecía que un hombre fuera capaz de dar su corazón a dos mujeres?

Quien lo hizo jamás estuvo en los zapatos de un hombre como yo que, amando como amaba a la mujer en esa camilla, fui capaz de enamorarme de nuevo de una chica diferente a ella. Porque ahí, en el instante mismo que cogí a mi pequeño tesoro en brazos, me di cuenta de que Isabella tendría competencia.

Porque me había enamorado otra vez, porque estaba amando con locura a otra mujer, una que en realidad tenía la piel blanca como la leche, el cabello color cobrizo y unos ojos verdes grisáceos que hipnotizaban como la luna llena a un lobo.

—Gracias —le dije a Isabella.

Ella me había estado observando de nuevo, aunque con los ojos cargados de lágrimas esa vez.

—Te amo —susurró y sonreí.

—Lo sé —le aseguré y fue su turno de sonreír.

—¿Cómo se llamará? —preguntó.

Ella me había dado a mí el honor de escoger el nombre.

—Abigail, la nueva luz en mi vida —informé.

—Abigail, la luz del padre, me gusta —estuvo de acuerdo, al saber el significado del nombre.

—¿Quieres cargarla? —pregunté y asintió.

Se la di, no sin antes besar la frente de mi hija y pedirle un enorme favor, ya que se había adelantado. Tras eso la puse en brazos de su madre y ella admiró la perfección que creamos. La acarició dejando salir sus lágrimas hasta que un bulto entre su manta captó su atención.

—¿Elijah? —susurró y me miró luego de sacar la cajita de terciopelo que puse ahí y la abrió, descubriendo el anillo con diamante negro en forma de rosa.

—Iba a hacerlo mañana, pero ya que ella quiso estar presente, qué mejor momento y testigo que nuestra pequeña —admití y la cogí de la barbilla para que me mirara a los ojos sin perderse un solo detalle—. Hoy, ocho de febrero, la misma fecha en la que te conocí hace más de seis años en la universidad, en la que nuestra hija decidió nacer. La fecha en la que ambas han puesto mi mundo de cabeza, quiero pedirte que aceptes unir tu alma a la mía en todos los sentidos, Isabella White —La vi tomar el anillo y procesar mis palabras—. Cásate conmigo, Bonita.

Alternó la mirada entre nuestra hija y yo, se mordió el labio y sonrió a la vez.

—¿Por siempre y para siempre? —musitó con la voz entrecortada.

Presioné mi frente a la suya y le di un beso casto.

—Serás mi reina Sigilosa —aseguré sobre sus labios y soltó una risa gangosa—. Mi reina Pride, mi reina Grigori, mi maldita reina de fuego… Mi esposa.

—Acepto, amor —respondió sin una pizca de duda, volviéndome a confirmar lo poderoso que ella me hacía.

Esa mujer me debilitó con su inocencia, derritió mi corazón de hielo con su astucia, me puso a sus pies con su corazón oscuro y me convirtió en su jodido rey. Me reconstruyó, me quemó y me otorgó un maldito corazón de fuego que solo fulguraba por ella.

Por mi Castaña.

Mi Bonita.

El centro de mi tierra.

Mi paraíso personal.

Mi pequeño infierno.

Meree raanee.

Fin.

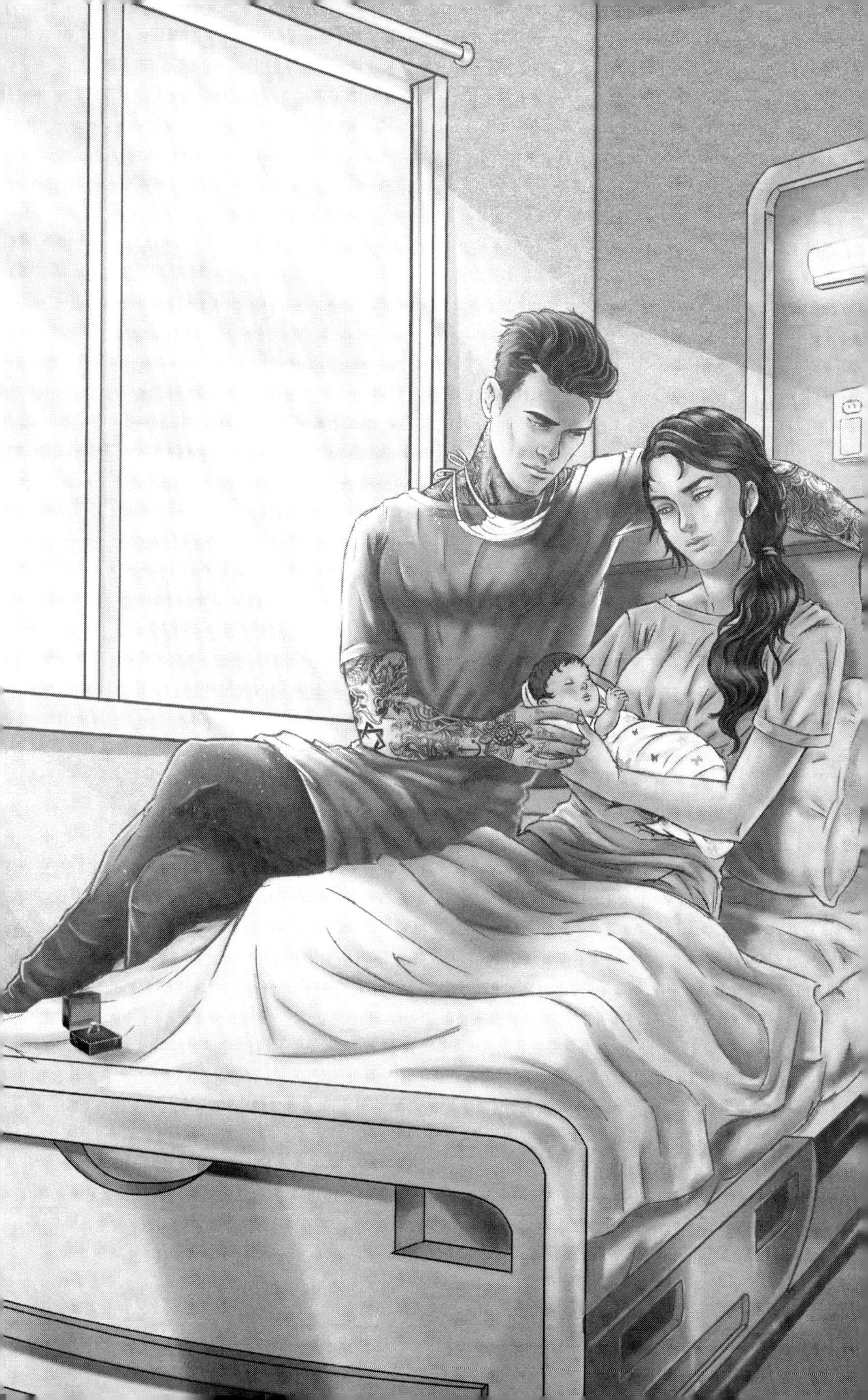

MÚSICA UTILIZADA

1- *Ghost*
2- *Die Trying*
3- *Love is the Devil*
4- *Porcelain*
5- *Lost the game*
6- *F**k U*
7- *Trampoline*
8- *Play with Fire*
9- *Apologize*
10- *Believer*
11- *Journey*
12- *Apologize (instrumental)*

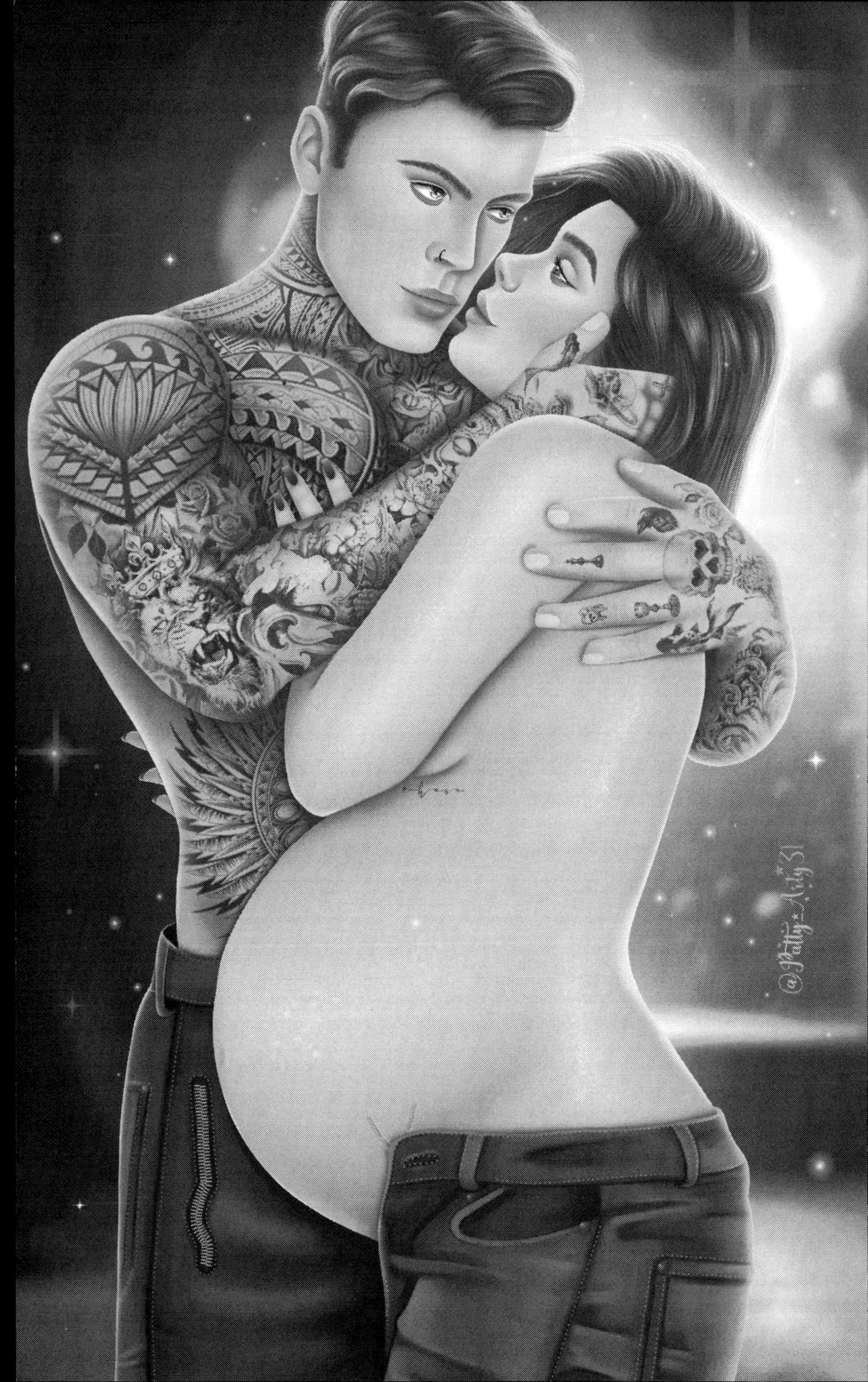

POR SIEMPRE Y PARA SIEMPRE

ISABELLA

Dos años después.

Grigori y La Orden del Silencio dejaron de ser un secreto a voces, para convertirse en dos organizaciones mundialmente conocidas por su justicia implacable. Y, aunque la criminalidad era algo que no se erradicaría por completo, al menos sí teníamos a todos nuestros enemigos pensándose más de dos veces el seguir contaminando nuestros territorios.

David Black se había atrevido a buscar a Andru Vlachos y a Aris Raptis un año atrás, exigiéndole a los griegos que se comportaran como los Vigilantes que eran y apoyaran a uno de los fundadores de la organización, pero el trato de ellos con Sombra se había fortalecido (igual que el de Cillian O'Connor), así que los hombres lo enviaron a la mierda, y de paso, le dieron su ubicación a Anton Morozov, ya que el ruso ansiaba el día en que pudiera cobrar la muerte de su hija al verdadero culpable de que nosotros la hayamos asesinado.

Elijah también se había ocupado de seguir luchando por rescatar a aquellos niños que caían en manos de secuestradores o pedófilos, por eso se la vivía viajando entre un país y otro. Una lucha en la que yo también me incluí, en la que creíamos fervientemente, aunque a veces hubiese días en los que todo se ponía oscuro por la maldad que cada vez crecía más. Sin embargo, éramos unos obstinados y continuaríamos aportando nuestro granito de arena, sin importar que para algunas personas fuera como echarlo en saco roto.

—Mira lo que llegó —avisó Maokko con emoción, arrastrando con ella un perchero lleno de ropa perfectamente organizada.

Eran los nuevos uniformes de La Orden, hechos con una nueva nanotecnología que el gobierno estadounidense nos otorgó, para que nos protegiéramos mejor. También se mandaron a fabricar para los Grigoris y los Oscuros.

—¿Y esos? —le pregunté a Lee cuando llegó con otro perchero más pequeño y vi seis uniformes en color negro.

—Papá ordenó que los fabricaran, un pedido especial para tu gran día, aunque tú no lo usarás —me recordó y sonreí.

—Pero son seis, así que supongo que uno es mío —indiqué.

Me acerqué al perchero de ella y admiré la tela suave de esos. Era casi como sentir los pétalos de las rosas, de hecho, el diseño entretejido parecían pétalos negros y delgados, aunque no por eso dejaba de ser un material fuerte. Y supuse que se debía a que era el mismo con el que se crearon los otros uniformes.

—Jesucristo —musité al detallar el emblema del tahalí y luego el dije a un lado del uniforme.

Miré a Lee-Ang y ella sonrió, asintiendo a la vez.

—Será un uniforme de gala solo para nosotros —explicó—, para que ellas te acompañen en tu boda. La Dahlia negra y la flor de cerezo unidas en un diseño especial.

Respiré hondo, sintiendo orgullo y nostalgia.

Hace dos años, el maestro Cho me había confesado que la flor de cerezo que nos identificaba como Sigilosos, era la representación de mamá, no de la cultura donde nació la organización tal cual creí siempre. Y en ese momento, Lee me dijo que los pétalos que formaron con la tela de ese uniforme, eran los de una dalia negra.

El dije emblema lo habían diseñado de una manera formidable, pues fusionaron el cerezo en color blanco, con matices rosas, y en medio de él añadieron una dalia negra. Y al observarlo detenidamente, daba la sensación de que el cerezo protegía a la dalia, como una confirmación de lo que mamá siempre hizo con su primogénita.

—Estarán contigo, protegiéndote como siempre lo han hecho —aseguró Lee y puso un dije en mi mano, sonreí y exhalé un largo suspiro.

Las dos me cuidaron en vida, incluso cuando quisieron impedírselos, ellas siguieron haciéndolo, mamá como una reina o un alfil, Amelia como una torre impenetrable, por lo que le agradecí al maestro que tuviera ese detalle tan especial conmigo.

—¿Saben si Elijah ya aterrizó? —les pregunté por quinta vez ese día.

Nos casaríamos en dos días, Laurel era la madrina de honor oficial y se estaba ocupando hasta del detalle más mínimo de la boda, apoyada por Serena, Tess y Jane. Pero mi Tinieblo había estado fuera de Florencia desde hace dos semanas, ocupándose de unas misiones junto a sus Oscuros y me preocupaba que no llegara, pues ya había retrasado su regreso en dos ocasiones.

—¿No me digas que te da miedo que cancele la boda? —se burló Maokko y la fulminé con la mirada.

—Antes se congelaría el infierno para que él se atreviera a hacer eso —lo defendió Lee y la miré con agradecimiento.

—Por supuesto que sí, pero parece que Isa olvida por momentos que su Tinieblo, incluso está dispuesto a aceptar a Dios con tal de que él una sus almas para siempre.

—Eres una perra —solté entre risas.

«Una perra sabia».

Declaró mi conciencia.

Lee-Ang también se rio al escucharla. Y el comentario de Maokko fue hecho porque Elijah me dejó claro que si quería una boda con un reverendo, él estaba dispuesto a aceptarla, algo que me conmovió, pues todos sabíamos que mi Tinieblo creía solo en lo que veía, como repetía siempre, pero con tal de unirse a mí, aceptaría que lo hiciéramos con la bendición de mi Dios.

Y gracias al cielo, él llegó a casa dos horas después de que yo hubiera estado con mis amigas. Los niños lo recibieron mostrándose felices, incluso su princesa, quien era muy apegada a su papá a pesar de que a veces se iba por varios días, eso no impedía que para ella siguiera siendo su favorito. Y... Dios, era todo un espectáculo mágico ver a mi villano comportándose como un auténtico príncipe azul con Abigail, la niña de sus ojos.

Mi relación con él avanzó de una manera maravillosa. Y por supuesto que seguíamos discutiendo, pues ambos éramos dominantes en muchos sentidos, así que había momentos en los que no nos era fácil llegar a un acuerdo, sin embargo, no volvimos a separarnos y mucho menos a alejarnos sentimentalmente, todo lo contrario, podíamos quemar el mundo con nuestras peleas, pero en cuanto estábamos solos, nos incendiábamos uno al otro, amándonos como solo nosotros sabíamos.

Elijah se había encargado de darme mi propio cuento de hadas, aunque en ese, la princesa era feliz con el villano.

—Dios, Isa. Dime por favor que no te estás arrepintiendo de esto —rogó Laurel, llegando a la habitación en donde me habían preparado para mi gran día.

Al último minuto, sentí que el aire comenzó a faltarme e incluso traté de quitarme ese hermoso vestido que confeccionaron para mí. No lo escogí ostentoso ni mucho menos de princesa. Era sencillo, largo y con vuelo, elaborado en satén perlado y sobre este, encaje con hilos de seda en forma de rosas, dalias y cerezos entrelazados con hojas.

Tenía un escote que me llegaba hasta el ombligo, el satén únicamente cubría mis pechos, pero la demás piel de mi torso quedaba expuesta, aunque protegida en algunas partes con el diseño del encaje. Era manga larga y de la parte de atrás, también mostraba toda mi espalda desnuda.

—Por supuesto que no, tonta. Solo necesito respirar un poco —le aseguré a Laurel y vi el alivio en su rostro.

Me habían hecho un moño alto y sobre este acomodaron un velo largo hecho con el mismo encaje del vestido, pero en ese instante lo tenía hecho puño, abrazado a mi pecho porque pesaba.

—Tenemos media hora aún, pero LuzBel está como loco allá abajo —avisó y sonreí.

Habíamos esperado dos años para casarnos porque antes teníamos que resolver muchas cosas con respecto a las organizaciones, además, quise darle a mi hija el tiempo necesario solo para ella y sus hermanos, luego de haberme mantenido alejada de mis clones por un largo periodo debido a todo lo que atravesé después de darlos a luz.

Quería ser mamá a tiempo completo, por lo que dejé a un lado a la guerrera y no me arrepentía de la decisión que tomé.

—¿Puedes dejarme sola? —le pedí a Laurel con amabilidad, demostrándole que no me molestaba su presencia, únicamente necesitaba esa media hora para mí.

—Claro, cielo. Solo quería asegurarme de que todo estaba bien.

—Lo está, es solo que… —Me quedé en silencio por un momento—. Tengo miedo de que sea un sueño —acepté y ella me miró con ternura—. Me da pavor salir y darme cuenta de que todo ha sido parte de mi imaginación. Y sé que es tonto porque ese hombre que me espera allá abajo me ha dado los mejores dos años, sin contar que por él tengo el mayor tesoro que la vida me obsequió, pero… no quiero que sea una ilusión, Laurel.

—No, Isabella, créeme que no lo es —aseguró llegando a mí y me tomó de las manos—. Nunca nada ha sido tan real como la tormenta que crearon ustedes dos. Y puedo jurarte que en esta vida y en las que siguen, ese demonio volverá a ti para congelarte y quemarte en partes iguales. Para crear una catástrofe juntos —Apreté los labios, tratando de contener las lágrimas porque no quería estropear mi maquillaje.

—Gracias —musité y ella sonrió, dándome un beso en la frente, comportándose como una hermana más para mí.

—Voy a dejarte sola para que respires hondo y te deshagas de esas lágrimas, pero quiero que tengas claro que allá afuera, te espera la realidad, Isabella White, así que aprovecha tus últimos minutos con ese apellido —Me reí de eso y luego la vi irse.

Acto seguido me fui al tocador y me limpié la línea debajo de los ojos porque las lágrimas alcanzaron a humedecerme, tras eso me miré en el espejo y me sonreí a mí misma porque Laurel tenía razón, afuera me esperaba mi hermosa realidad.

Así que respiré hondo y apreté fuerte los párpados solo un instante, el suficiente para que escuchara la puerta abrirse de nuevo. Mi cuerpo entró en tensión porque reconocí su presencia oscura, esa que tenía la capacidad de erizarme la piel y de estremecerme hasta la médula.

—Viste que no era imposible un eclipse entre tú y yo.

«Bendito padre».

Cada uno de mis vellos se puso en punta al escuchar su voz robotizada y, aunque mi corazón comenzó a desbocarse, no me atreví a abrir los ojos, incluso cuando lo sentí llegar detrás de mí. Mi piel vibró en el instante que acarició mi espalda con el dorso de sus dedos, cubiertos por unos guantes, y su fragancia me golpeó, haciéndome viajar a la velocidad de la luz entre mis recuerdos.

—¿Te das cuenta de cómo sucedimos, Bella? —susurró en mi oído y abrí los ojos de golpe al sentir un material diferente rozándome la piel.

Mi respiración se volvió errática, el corazón me latió con más locura, mis pezones se endurecieron y el vientre se me calentó ante esa imagen hermosamente oscura en el reflejo del espejo.

—Sombra —jadeé.

Tenía puesta aquella máscara negra sin expresión, la que parecía que se había quebrado y luego unieron con oro. Llevaba las lentillas de iris doradas, tal cual nos vimos en la gala de Nauticus. Su esmoquin era negro, toda la ropa lo era. Desde la camisa hasta el chaleco, la corbata y el pantalón.

Me miró a través del espejo y supe que estaba sonriendo con chulería, lo que me llevó a morderme el labio y sentir que mi excitación aumentó.

Dios.

Hace unos minutos estaba aterrorizada de que esto fuera un sueño, pero en ese instante me sentí poderosa y dueña de mi realidad, porque él estaba ahí conmigo.

—¿Creíste que te dejaría casarte con Elijah sin antes recordarte que una parte tuya seguirá perteneciéndole a Sombra, Pequeña?

Sonreí de lado cuando comenzó a sacar las pinzas con las que aseguraron mi velo y no se lo impedí.

—Eres un enfermo al presentarte aquí el día de mi boda —susurré siguiéndole el juego, jadeando de gusto en el instante que con habilidad sacó también las pinzas de mi cabello, para soltar mi moño apretado.

—Y más enfermo voy a parecerte cuando te penetre hasta la empuñadura, porque te enviaré bien follada a ese altar.

—Mierda —me quejé en el instante que cogió un puñado de mi cabello ya suelto y me giró hacia él.

Sin embargo, yo también actué y le subí la máscara para encontrarme con su boca, cubriéndome con su sabor y calor. Su lengua se deslizó dentro, moviéndose fuerte y poderoso sobre la mía, devorándome de la manera en la que solo él sabía hacerlo.

—Te lo dije, Pequeña, tú y yo somos una catástrofe —jadeó, alejándose una pulgada—. Somos y seremos un pecado que sabe a cielo. —Mis ojos ardieron por la emoción y la excitación que estaba provocándome, por la certeza y la felicidad de que ese hombre era mío.

Me tomó de los muslos y me sostuve de sus hombros cuando me cargó, apoderándome de su boca, besándonos con vehemencia, mordiendo y jugando con nuestros labios. La máscara cayó de su cabeza en el instante que se sentó en un sofá de la habitación, dejándome en su regazo, sintiendo la tela de su pantalón con mis pies, pues todavía no me había puesto los zapatos.

Se sacó los guantes sin dejar de besarme y luego metió las manos por debajo de mi vestido, cubriendo la piel de mis piernas, subiendo a mis muslos y luego ahuecando mi culo desnudo, tirando de mis caderas a su pelvis.

Sentí su cresta rígida empujando en mi clítoris y gemí presa del deseo que ya estaba haciendo que mi piel vibrara más.

—¿Eres consciente de que no puedes ver a la novia hasta que estemos en el altar? —susurré contra sus labios mientras le desabrochaba el cinturón del pantalón y él se encargaba de subir la falda de mi vestido.

—Si no pudo separarnos el infierno, ¿crees que lo hará una superstición? —gruñó por lo bajo y sonreí porque siempre tenía las palabras correctas.

Sus manos codiciosas volvieron a mi culo y me acarició mientras besaba mi cuello, mi mandíbula y luego mis labios. Me eché el cabello a un lado para darle todo el acceso que fuera necesario, sintiendo el aire alrededor de nosotros volviéndose más pesado, por el humo que provocaban nuestros cuerpos siempre que estábamos juntos, quemándonos con el fuego interior que creábamos al estar en la misma órbita.

Mi piel parecía incendiarse con su contacto, mientras echaba la cabeza hacia atrás, sintiendo el placer construyéndose en mi pecho y bajando hacia mi abdomen.

—Bella —jadeó contra mi cuello—, cómo me gustaría que te vieras a través de mis ojos, para que te dieras cuenta que incluso pareciendo un sueño, lo que siento por ti es lo más real que el mundo pudo crear.

Enderecé la cabeza, abrazándolo y enterrando los dedos en la parte de atrás de su cabello para no dejar de mirarnos a los ojos, estremeciéndome por cómo era capaz de adorarme con su mirada, deseando que el tiempo se congelara.

Dios mío.

Él lo era todo para mí. Mi pasado, presente y futuro. Mi rey y mi villano. El único hombre que me hacía sentir completamente viva siempre que se encontraba en mi espacio e incluso cuando no. Con Elijah nada era fácil, pero sin él, lo imperfecto jamás sería perfecto.

—Te amo, Sombra —susurré, cerrando los ojos y presionando mi frente a la suya—. Amo a cada uno de tus demonios. Te amo en todas tus versiones.

Permaneció quieto un momento, su agarre en mí se hizo más fuerte, pero sentí como si hubiera dejado de respirar. Las lágrimas volvieron a brotar de mis ojos, aunque esa vez no eran de miedo sino más bien de seguridad, gratitud y felicidad.

—Jamás me sueltes, LuzBel —seguí—. Nunca dejes de ver el humo conmigo, Elijah.

Se zambulló en mi boca y gemí, sintiéndome mareada por el éxtasis de esa felicidad. Encontré sus labios para profundizar el beso y nuestras lenguas volvieron a acariciarse, consciente del fuego creándose en mi vientre.

—Eres mi pecado, Bonita —aseguró entre jadeos—. Mi muerte, Bella —añadió y apretó la carne de mis nalgas, volviendo a hacerme sentir la cresta de su polla, esta vez sin la tela del vestido de por medio—, pero también mi salvación, Isabella.

Nuestras respiraciones se aceleraron más, acaricié su rostro y profundizamos el beso de nuevo, sintiendo su mano ir más allá de mis nalgas, encontrando mi coño empapado por él.

Oh, Dios.

Esparció la humedad y gemí sobre su boca, amando que jugara con mi clítoris, perineo y más allá. El placer me atravesó como un ciclón, siendo demasiado. Sus labios jamás dejaron de chuparme codiciosamente y cuando introdujo los dedos en mi vagina solté un grito ahogado, sintiendo cómo empapé su mano. Mi cabeza se nubló, actuando por instinto, aunque mi cuerpo definitivamente sabía lo que quería.

—Mírate, Pequeña —demandó, sonriendo con lascivia—, siendo paraíso e infierno en mis manos.

—Dios —gruñí, palpando cómo el pulso entre mis piernas era más rápido y fuerte.

La manera en la que los músculos en mi coño se endurecieron fue increíble y supe que no soportaría más, en cuanto mi clítoris zumbó con necesidad.

—Toma lo que es tuyo, *meree raanee* —me incitó con una respiración risueña.

Sacó la lengua para lamerme el cuello y yo abrí su pantalón, liberando su polla, sintiendo el líquido preseminal en la punta. Lo posicioné en mi entrada y él me tomó de las caderas en cuanto comencé a penetrarme, controlando conmigo el momento, siendo lento y amable al deslizar su corona adentro.

Gemí de gozo absoluto.

Había echado todo mi cabello un poco hacia el frente, por eso este también estaba sobre su cabeza, siendo el velo natural que nos cubría a los dos. Sus manos se asieron a mi trasero con ímpetu, sosteniéndome apretada sobre él.

—¿Cómo lo haces? —pregunté—. ¿Cómo puedes follarme con el cuerpo, pero hacerme el amor con la mirada? —seguí.

No estaba loca, mi pregunta fue hecha porque él me estaba adorando con los ojos de una forma que me estremecía, pues siempre me decía de esa manera lo que no vocalizaba.

—Porque te amo de todas las maneras que me es posible, amor —sentenció y mi corazón se saltó un latido.

Tras eso, ambos gemimos porque llegó profundo dentro de mí y únicamente se detuvo un segundo para luego salir y volverse a introducir. Ese baile entre nosotros que nos salía a la perfección dio inicio, moviéndonos en sintonía, siendo una danza del amor en lugar de la muerte.

Empujó con fuerza, lo encontré de la misma manera, ambos llevándonos al limbo del placer. Bebimos nuestros jadeos y no dejamos de mirarnos a los ojos, grabando cada uno de los gestos de gozo que nos provocábamos.

—Voy a hacer que esto dure para siempre, Isabella —juró.

El orgasmo había comenzado a volcarse en mí, llenándome de un placer que me atormentaba a través de cada nervio y pulgada de mi piel. Mi corazón seguía latiendo como loco mientras me llenaba con anhelo y lujuria en partes iguales.

—Voy a entregarte mi alma y corazón con cada respiro.

—¡Elijah! —aclamé.

Sus manos apretaron mis caderas, embistiéndome con más fuerza y tomé todo lo que me estaba dando, rogando por más fricción en mi útero, sabiendo que esa vez mi orgasmo llegaría de diez lugares diferentes, todos dirigiéndose a un punto donde se fusionarían y me harían explotar.

—Voy a volverme loco por tus caricias cada día —siguió y respiré duro, sus embestidas volviéndose más poderosas con los votos de amor que me estaba diciendo sin estar en el altar aún—. Y seguiré haciendo cualquier cosa que sea necesaria, para ser por siempre tu amor o tu sacrificio.

Dicho eso capturó mi boca y tuve que forzarme para no perder la razón, porque me besó con tal fuerza, que lo sentí hasta en mis pies. Luego se alejó y me cogió del cabello, embistiendo su pene dentro de mí, preso del placer. Gemí sin control alguno, nuestras respiraciones calientes mezclándose.

Enganché un brazo alrededor de su cuello, sintiendo que me llenó más profundo, golpeándome por dentro.

Me mordí el labio inferior, apretando los ojos igual que mi vagina lo hacía alrededor de su pene. Mi vientre y mis muslos comenzaron a arder con el orgasmo llegando a la cima y entonces explotó, recorriéndome desde la cabeza hasta los pies, subiendo y bajando como fuego en mis venas.

—Te amo, *meree raanee* —zanjó Elijah, embistiendo dentro de mí unas cuantas veces más, clavando sus dedos en mi carne hasta que me punzó la piel.

Luego estalló y jadeó, tratando de respirar. Su cuerpo se sacudió y tensó, y yo volví arder con su placer, recibiendo hasta la última gota de su simiente dentro de mí, llenando la habitación con la melodía que creamos.

—Te amo, mi rey —devolví, besando sus labios mientras ambos tratábamos de recuperar el aliento.

—Te ves hermosa vestida de novia —declaró tras unos minutos y sonreí, ya que creí que no se había fijado en mi apariencia cuando entró.

—Estropeaste mi peinado —reclamé dándole besos castos.

—No, simplemente busqué que no me prives de ver tu cabello en este día tan especial para ambos —aclaró—. Quiero a mi Castaña hermosa dándome el sí.

«Por Dios, Colega. Nuevamente confirmaba por qué siempre preferiste las espinas».

Me reí por la declaración de mi conciencia.

Y luego de ese encuentro, el amor de mi vida me ayudó a volver a estar lista para él. Incluso pintó mis labios y me llevó hasta el lugar en donde nuestros clones me esperaban para llevarme directo al altar.

Caminé con ellos tomados de mis manos, siendo guiados por la melodía de *Apologize* en versión instrumental, sintiéndome poderosa al ver a mi villano, con Abigail en sus brazos en ese momento, esperando por mí.

Mis Sigilosos vestían el uniforme de la Dahlia negra y aquel dije relucía del lado de sus corazones como sabía que lo hacían los míos, pues usé el que representaba a mi madre y hermana y otro en forma de pirámide con estrellas en representación de papá.

Los Oscuros y los Grigoris vistieron de gala, ellos llevaban el dije en honor a mi padre.

Todas las élites ocuparon cada lado del altar junto a nuestros amigos y hermanos. Y lo que minutos atrás creí que era un sueño, en ese momento fue la más hermosa realidad que la vida me obsequió. Y con cada paso que daba hacia ella me sentía más poderosa.

No como una reina Sigilosa ni como Grigori, pero sí como la mujer que amó la frialdad, acogió la oscuridad y se unió al fuego de un amor interminable.

«Por siempre y para siempre, Compañera».

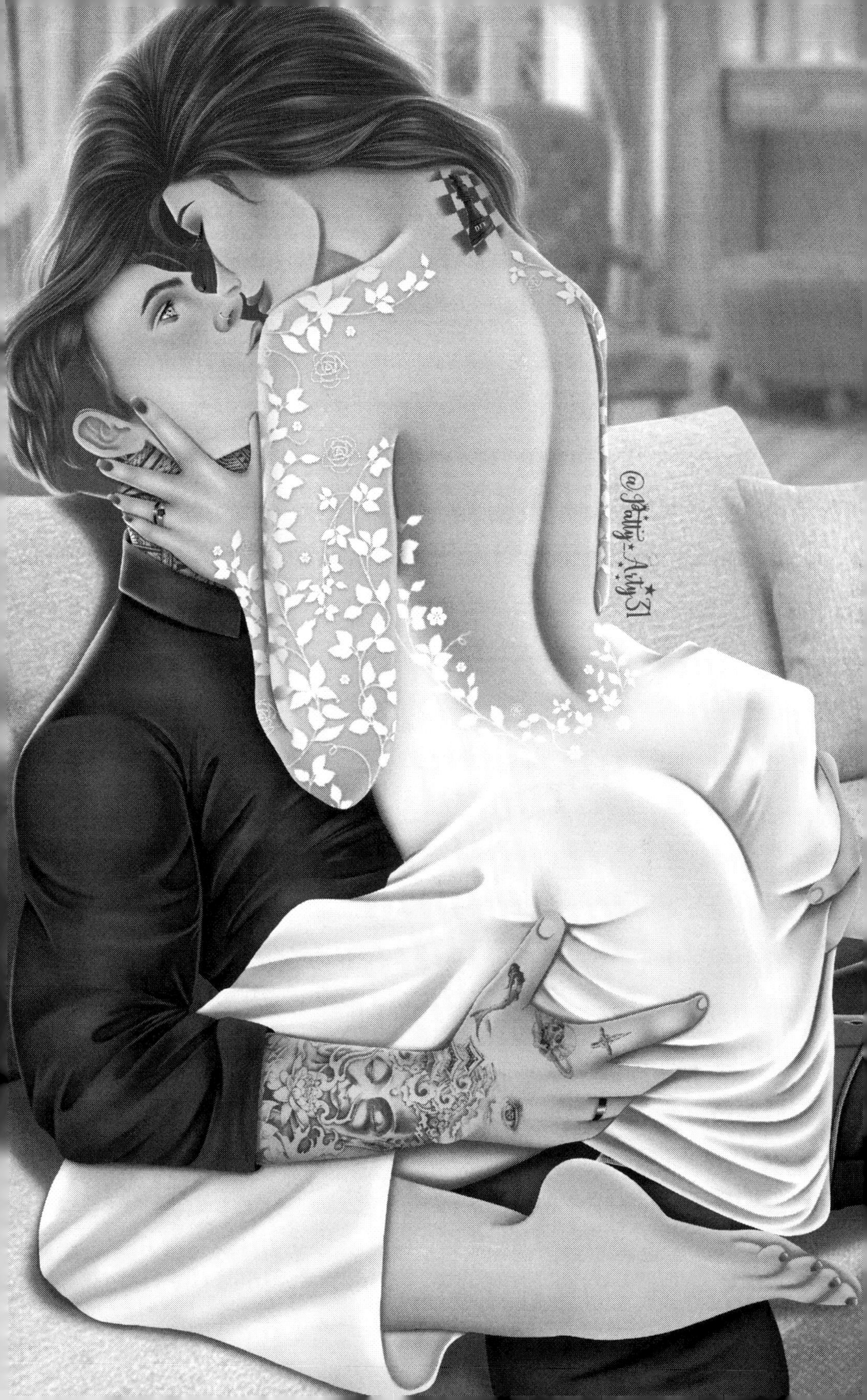

AGRADECIMIENTOS

Esta es la nueva edición del tercer libro de una trilogía que ha marcado mi vida antes y después, desde que comencé en el mundo de la escritura en plataformas como Wattpad, Booknet y Amazon (Kindle).

Ha sido una aventura llena de desafíos y, llegar a donde estoy ahora ha supuesto aún mayores dificultades. Sin embargo, siempre he contado con la presencia de Dios a mi lado, y por esa razón, mi mayor agradecimiento es para Él.

Le doy las gracias por abrir mi camino y poner en él a personas que me han ayudado a crecer como escritora. Me ha dado amigas que me apoyan incondicionalmente y, sobre todo, una familia comprensiva que siempre está ahí para mí.

Pero lo que más agradezco es que me ha dado la capacidad de luchar por mis sueños y no rendirme ante las adversidades que se me han presentado en este mundo literario.

En todos mis libros siempre dejo una parte de mi corazón, pero trabajar en estas nuevas ediciones me hace darlo todo, no solo porque los publico de manera independiente, sino también porque ha sido un reto para mí superarme.

Y me siento satisfecha de haberlo logrado.

Y sin dejar de lado a nadie, quiero agradecer a todos mis lectores, tanto a los nuevos como a los antiguos, personas especiales que me ayudan a crecer, a superarme y a seguir soñando para crear nuevos mundos.

Dios, mi capacidad y mis lectores me han creado y no pienso detenerme mientras tenga vida.

Gracias a todos.

BIOGRAFÍA

Jasmín Martínez, escritora de novela romántica y del subgénero Dark Romance. Nació en El Salvador un 31 de octubre de 1988.

Comenzó su aventura en el mundo literario a través de la plataforma de lectura y escritura Wattpad, donde actualmente cuenta con más de 154,000 seguidores. Luego se unió a Booknet, otra plataforma que también permite escribir y leer, pero, sobre todo, vender libros en formato digital únicamente. Ahí ha conseguido llegar a más de 17,000 lectores del mismo género que le apasiona escribir.

Emigró a Estados Unidos en el año 2016 con su esposo e hijos, y en el 2018 tuvo la oportunidad de publicar de manera independiente el primer libro de la trilogía Corazón, trilogía que le ha dado reconocimiento en varios países: tanto de América como Europa, conquistando así a más de 200,000 lectores que le ayudaron a posicionarse en el año 2021 como una de las autoras más vendidas de Amazon, KDP, lo cual le otorgó la oportunidad en el recién pasado año 2022, de vivir la experiencia única de las firmas y presentaciones de sus libros en ferias internacionales tales como:

—En la Feria Internacional del Libro de Bogotá, Colombia.
—En la Feria Internacional del Libro de Lima, Perú.
—En la Feria Internacional del Libro de Guayaquil, Ecuador.
—En la Feria Internacional del Libro de Guadalajara, México.

Actualmente, cuenta con nueve títulos publicados en papel de manera independiente en Amazon, KDP (De ellos, tres traducciones al inglés), uno con un contrato editorial con Cosmo Editorial, así como cuatro novelas publicadas en las plataformas anteriormente mencionadas, plataformas que le ayudaron y siguen ayudándole a darse a conocer en el mundo literario con un número de historias que promete ir en ascenso con la ayuda de su imaginación y la de sus lectores que la siguen apoyando en cada proyecto al que le da vida.

Ha fijado su residencia en Portsmouth, Virginia, ciudad del país que le ha dado la oportunidad de dedicarse por completo a sus letras y familia. Espera, poco a poco, ir sumando más logros con su gran pasión y escape.

Es la mayor de tres hermanos y se siente feliz de enorgullecer a su familia con cada meta que se propone y consigue, siempre con el apoyo de los que ama. Se define como una escritora aficionada: ama leer un buen libro y escribe para describir los mundos que imagina en su cabeza. Pero, sobre todo, creé fervientemente que los sueños se cumplen cuando luchas por ellos, cuando no te rindes.

Sigue escribiendo cada día y promete no parar mientras Dios le de vida e imaginación.

CONTENIDO

Advertencia... 7
Capítulo 23... 11
No hay redención   11
Capítulo 24... 23
Serás la muerte de muchos   23
Capítulo 25... 41
Maldita tempestad   41
Capítulo 26... 55
No eres tan diferente a ella   55
Capítulo 27... 69
Moriría en el intento   69
Capítulo 28... 85
No soy de porcelana   85
Capítulo 29... 101
Perdiste el juego   101
Capítulo 30... 113
Si cumples, yo cumplo   113
Capítulo 31... 123
Prueba defectuosa   123
Capítulo 32... 131
Me matas   131
Capítulo 33... 149
Te quemó   149
Capítulo 34... 169
Ya no hay vuelta atrás   169
Capítulo 35... 181
¿Quieres que me arrodille frente a ti?   181
Capítulo 36... 191
Caímos   191
Capítulo 37... 207
Ahora la recuerdo   207
Capítulo 38... 223
Mi momento ha llegado   223
Diario de Leah... 235
Capítulo 39... 239
Imperfectos   239
Capítulo 40... 251
Tan fuerte y frágil   251

Capítulo 41	267
El maldito soy yo	267
Capítulo 42	281
Un pez en medio de tiburones	281
Capítulo 43	297
Tomando lo que me pertenece	297
Capítulo 44	307
LuzBel para ti	307
Capítulo 45	319
Déjame ir	319
Capítulo 46	331
Paz	331
Capítulo 47	345
Código azul	345
Capítulo 48	355
Hazme olvidar	355
Capítulo 49	371
¿Y qué pasa con los eclipses?	371
Capítulo 50	387
No voy a dañarlo	387
Capítulo 51	395
Tic tac	395
Capítulo 52	407
Corazón de hielo	407
Capítulo 53	421
Un rayito de luz	421
Capítulo 54	435
Corazón oscuro	435
Capítulo 55	447
Golpe letal	447
Capítulo 56	457
Dahlia negra	457
Capítulo 57	469
Estoy lista para volar	469
Capítulo 58	473
Corazón de fuego	473
Epílogo	483
Música Utilizada	497
Por siempre y para siempre	499
Agradecimientos	509
Biografía	511

Jassy's Books

Printed in Great Britain
by Amazon

baf67530-81de-43bb-9b61-9b41b13bbf87R01